大
方
sight

HARD TIMES
AN ORAL HISTORY OF THE GREAT DEPRESSION

艰难时代

亲历美国大萧条

〔美〕斯特兹·特克尔 ————— 著

王小娥 ————— 译

中信出版集团｜北京

图书在版编目（CIP）数据

艰难时代 /（美）斯特兹·特克尔著；王小娥译 . -- 北京：中信出版社，2016.10
（2024.11 重印）

书名原文：Hard Times: An Oral History of the Great Depression
ISBN 978-7-5086-6725-6

I. ①艰… II. ①斯… ②王… III. ①纪实文学－美国－现代 IV. ① I712.55

中国版本图书馆 CIP 数据核字（2016）第 223154 号

Hard Times : An Oral History of the Great Depression
Copyright © 1970，1980 by Studs Terkel
Published by arrangement with The New Press，New York
Simplified Chinese translation copyright © 2016 by CITIC Press Corporation
ALL RIGHTS RESERVED
本书仅限中国大陆地区发行销售

艰难时代

著者：[美] 斯特兹·特克尔
译者：王小娥
出版发行：中信出版集团股份有限公司
（北京市朝阳区东三环北路 27 号嘉铭中心　邮编　100020）

承印者：保定市中画美凯印刷有限公司

开本：880mm×1230mm　1/32　印张：19.75　字数：509 千字
版次：2016 年 11 月第 1 版　印次：2024 年 11 月第 5 次印刷
京权图字：01-2015-4249　书号：ISBN 978-7-5086-6725-6
定价：88.00 元

版权所有·侵权必究
如有印刷、装订问题，本公司负责调换。
服务热线：400-600-8099
投稿邮箱：author@citicpub.com

这本书关乎时间，也关乎一个时代。对有些人而言，警钟已经敲响。很久之前的勇士和恶龙都垂垂老矣，我上次看见他们的时候，有的精力旺盛，有的疲惫不堪，有的已经死去。

目 录

前言   I
私人回忆录（附加评论）   001

第一卷
补偿金征讨大军前往华盛顿   015
兄弟，能给我一毛钱吗？   024
我无法理解一个什么都缺的社会   028
有人在我们的公寓做了记号   038
大萧条的受益者   078
黑人生来就是过萧条日子的   108
永远不要陷入与父母相同的困境   112
工会煽动者，不得再雇用   140
停掉整个生产线只花了五分钟   171

第二卷
钢铁巨头和旧式家庭   197
教堂唱诗班成员   216
地下酒吧之夜   222
在精神科诊所   256
煤矿工人的一天   262
农民换不到任何东西   282
编辑和出版人   311

第三卷	罗斯福和他的新政	325
	顽固的民粹派	370
	夸夸其谈	377
	旗帜和神圣祷告	385
	汤森医生、休伊和史密斯先生	416
	巡回牧师布道时刻	435
	来自堪萨斯的绅士	441
	林中景色	448
	校园生活	458

第四卷	勉强过活	465
	凌晨三点钟	469
	一封电报	472

第五卷	生机勃勃的艺术	477
	公务员和领救济的人	504
	驱逐、被捕及其他	523
	荣耀和屈辱	551
	奋斗与成功	578

尾　声	鸿沟	609

致谢　　　　　　　　　　　　　　　614

前 言

苦难的日子别再来了

写下这几个字，史蒂芬·福斯特（Stephen Foster）的那首歌就开始在脑子里肆无忌惮地回旋。

这是 1986 年年初，我却想起了"肮脏的三十年代"[01]。很多年前，有一位议员就是这样定义那阴沉黯淡的十年的，我们将在本书中读到他的回忆。

为什么这会引发我们的回忆？《六点钟新闻报道》和最知名杂志的财经版块都在讲，根据政府的新闻稿来看，形势从未好转。就连"繁荣年"这个词也只是偶尔出现在标题中，权作一种乐观的预言。

没错，还有一些不大正式的警告严肃登场，都和"赤字"有关。除了这些通常无人相信的预言，没什么会让人失眠的事情。"赤字"这个词比较晦涩难懂，会计才用得到。它同"饥饿"和"无家可归"完全不一样。这些让人不舒服的字眼总是出现在讲述"人情冷暖"的专题报道中，边上就是八卦专栏和戏剧新闻。

最开始出现了一些重大的情况。先来看看股市。"股市再次上涨十二

---

[01] "肮脏的三十年代"（Dirty Thirties）指 1930—1936 年（个别地区持续至 1940 年），北美发生的一系列沙尘暴侵袭事件。

个点……将道琼斯工业指数推向新高,说明对未来经济增长和公司收益的乐观情绪依然高涨。"[02]再来看看道琼斯指数。看看公司的广告,"责任"充斥其中。看看工商管理学院毕业生容光焕发的脸庞,他们煞有介事地拿着公事包,乘车赶往忙乱的办公室或是去更加忙乱的议院上班。

此外,还会不可避免地看到电视节目的农民。你也许就知道这么一位:那是一个绝望的爱荷华人,杀死了自己的邻居,然后自杀。我记得一位银行小官员也遭遇了这种事。这也不是他的错,他和杀死他的人一样心神错乱。这样的命运是他们自己不能左右的。

犹尼昂县拥有南达科他州最富庶土地。上个月,当地农场主住宅管理局(Farmers Home Administration)的一位年轻官员在自己的妻子、儿女及宠物狗熟睡的时候杀死了他们。随后,他去了自己的办公室,开枪自杀。他留下一份遗嘱:"这份工作给我很大压力,让我左边头痛……"因为他是外地人,农场主住宅管理局显然认为,比起南达科他当地人,他会更愿意以强硬的态度对待那些还不上贷款的本地农场主,所以将他派遣到本州各处去工作。[03]

"我朝谁开了枪?"穆勒·格雷夫斯(Muley Graves)惊呼。他是斯坦贝克(Steinbeck)笔下一个几近癫狂的"奥客"[04],被"拖拉机"赶离了自己的土地。镇上的银行职员回答道:上帝啊,我也不知道。他自己都快要疯掉了。

穆勒是二十世纪三十年代的一个小农户。那个爱荷华人是八十年代

---

[02] 《芝加哥太阳报》(*Chicago Sun-Times*),1986年2月8日。
[03] 《支离破碎的腹地》(*Broken Heartland*),作者鲍勃·迈克布莱德(Bob McBride),刊登于《国家》(*The Nation*)杂志,1986年2月8日。
[04] 奥客(Okie),原指俄克拉荷马人,后泛指破产农户。

的一个小农户。他们之间虽然隔了半个世纪，但导致他们穷途末路的原因是一样的：还不起钱。

自大萧条以来，还没有个体农场主经受过这样的艰难与绝望。数以万计的人越来越消沉，正品尝着愤怒的葡萄。如果政府不施以援手，他们只能从别人那里寻求帮助。因此，他们身边总是不乏骗子的存在。

科尔尼，内布拉斯加州——在一间寒冷黑暗的粮食仓库里，两百个来自中西部的男男女女蜷缩在毯子底下，认真地听一个高个子男人讲话。他身穿黑色西装，信誓旦旦地表示要拿起武器保卫一无所有的农户。三十二岁的拉里·汉弗莱（Larry Humphrey）长相英俊，还带着点儿稚气。他说："基督告诉我们，他来并不是叫地上太平，乃是叫地上动刀兵。当银行体系垮掉，亮出武器是再理所当然不过的事情。……人所周知的是，世界上的大多数银行是犹太人开的。……"[05]

在三十年代，乡下也曾弥漫着愤怒情绪，也曾出现过武装斗争，但两者是有差别的。"地方民团"（Posse Comitatus）和"雅利安国"（Aryan Nation）被当成小丑并有转移视线之嫌，让人从麦地里轰走了。人们多多少少知道根本原因之所在，但这种认识在接下来的五十年里已经不剩下什么了。三十年代的农户将矛头对准了华盛顿。

南达科他州的埃米尔·罗瑞克斯回忆道："在十到十一个州里，冲突一触即发。你几乎可以闻到火药的味道。当爱荷华的州长赫林要出动国民警卫队时，米洛·雷诺[06]说：'等等！我不会让自己的双手沾染上无辜民众的血。'我们花了很长时间才让农民离开75号高速公路。那里可能聚

---

[05]　《农场乡村的新右翼骑士》（*Farm Country's New Right Knight*），作者詹姆斯·里奇韦（James Ridgeway），载于《乡村之声》（*Village Voice*），1986年2月4日。
[06]　米洛·雷诺是三十年代一个武装农民组织"假日协会"（Holiday Association）的领袖。

集了上千人。雷诺在苏城召集了一次会议,来了大约三万农民。我们决定前往华盛顿,勉强接受它的一个农场计划。如果胡佛在 1932 年不发挥点儿作用,我们就遇上真正的麻烦了。"

当时和现在的区别:在三十年代,政府确认一项需求便施予援手;现在,政府看到一种表象,报之以微笑。拉里·汉弗莱看到一颗苦果,已经熟透,等待采摘。

芝加哥南郊区最近发布的一份公报显示,美国钢铁公司的南部工厂准备解雇六千人。这样一来,在岗工人只剩下一千名,也只是暂时在岗而已。这算不得意外。钢铁行业的人都知道这是迟早的事:重工业里又多了好几千个无事可干的人。

艾德·萨德洛夫斯基(Ed Sadlowski)是工会领袖,他的祖父、父亲还有他自己都是钢铁工人。最近,他驾车载着我在工厂里转了转。我就像莱斯利·霍华德(Leslie Howard)在电影《伯克利广场》(*Berkeley Square*)里扮演的主人公一样,进入了另一个时空。这位英国人发现自己成了乔治四世的臣民,而我发现自己回到了胡佛治下的日子。

烟囱不冒烟,空中也不再出现橘色的火光。停车场空荡荡的,不管你的视力有多好,连一辆雪佛兰或福特车都看不到。偶尔会发现一辆废弃的破旧老爷车,这样的画面也会让人想起三十年代。我们的座驾是方圆几里之内唯一在行驶的车辆。只看到一条流浪狗,不见人影。那天算不上很冷,事实上,天气暖和得有些反常,让周遭的一切显得愈发萧条。

那片街区的店铺也没什么生意,只有两三间木板条搭建的铺子。艾德指给我看一家成衣店,挂着"开门营业"的牌子。"下个月就要关门大吉了。"

南芝加哥加入了扬斯敦、约翰斯敦和加里的阵营。八十年代前后的钢铁城变得像三十年代的鬼城一样。最近,我在一家艺术电影馆观看了威拉德·范·戴克（Willard Van Dyke）1938年拍摄的纪录片《山谷之城》（*Valley Town*）。它向我们展现了大萧条时期的兰卡斯特（宾夕法尼亚州），冰冷死寂。一时间，仿佛时光倒流，我看到了萨德洛夫斯基的南芝加哥。

此去何往？下一站是何方？卡尔·桑德堡（Carl Sandburg）在他著名的长诗里提出了这些问题。他呈现了一个群体的集体回忆，跨越了好几代人。他不相信一代人会完全失忆。现在，他会将他的诗重新命名为《人民，可能吧》吗？

起居室里的报纸越来越多，上周的、上上周的，捆得像流浪汉的铺盖卷那样。我从中发现了那些与牛市有关的标题。其中，一个与众不同的题目吸引了我的目光。发稿地，爱荷华州滑铁卢："迪尔公司（Deere and Co.）将再解雇两百人，自10月以来，该厂已逾千人下岗。"文章引述了美国联合汽车工会838分部丹·佩奇（Don Page）的一番话："你总是在说情况不会变得更糟，然而事实并非如此。"

丹·佩奇和总统先生似乎在不同的频道上，当然更不在同一个星球上。默多克新闻集团的标题积极正面："辉煌重现"，子标题是"美国正日益强盛——里根"。尽管《华尔街日报》和《纽约时报》不那么浮夸，但同样兴高采烈。

让我们回到那捆报纸。发稿地，纽约州斯克内克塔迪："通用电气公司的涡轮发动机部门将在今年内减少至少一千五百个工作岗位……"1974年，该厂雇用了两万九千人。到了1980年，这个数字降到了一万七千以下。

翻到漫画版，是著名的《布鲁姆县城》（*Bloom County*）。作品采用的是旧图新画的手法，几乎不着痕迹。东方航空公司（Eastern Airlines）发布了一条很严肃的声明：一千七百名空乘人员将被裁减，留下的工作人员的工资将下调20%。运输工人工会（Transport Workers Union）则表示实际工资的降幅达到了32%。

美国电话电报公司（AT&T）也发布了一项声明。它并没有出现在公司的电视广告中。演员克利夫·罗伯逊（Cliff Robertson）再也没有必要出现了。公司位于奥罗拉的工厂将把员工人数从四千裁减到一千五。就像库尔特·冯内古特（Kurt Vonnegut）所说的那样，就是这么回事。

上周，就在我的办公楼附近，年轻人排着长长的队伍，绕着街区蜿蜒前行。起初，我以为他们是在等着买芝加哥熊队比赛的门票。一个街区之外，还排着一条这样的长队。这里大部分是黑人，大约有两百号人。其中一个只有十九岁，告诉我他们都是来求职的。当天晚些时候，人事部的一位熟人告诉我一共只有五个空缺职位。

1931年，艾德·保尔森十九岁。他也是一名求职者，在旧金山找工作。"我早上五点起床，赶到码头区。在史倍克糖厂的外头，挤了上千人。每个人都很清楚这里只招三四个人。负责人带着两个保安出来说：'我需要两个小工，另外两个下到坑里干活。'上千人会像一群阿拉斯加犬一样冲上去抢这几根肉骨头。最后只有四个人能得到工作。"

年轻的保尔森开始了他的流浪生涯，和他遭遇相同命运的还有好几百万人。他搭乘货车，一半的时间都待在货车车厢里，空间仅够立足而已。也许在堪萨斯、内布拉斯加或者鬼知道的什么地方，会有一份工作在等着他。

路易斯·班克斯是一位"二战"黑人老兵。他回忆道："白人黑人都一样，因为大家一样穷。所有人都很友善，睡在流民露营地里。我们有时候会派一名流浪汉四处转转，看看有没有哪个地方在招工。他会回来说：底特律，没工作。或者说：有人在纽约招人。有时候，一节货车车厢里会挤上十五到二十个人；有时还会更多。还有女人，很多女人为了上车甚至假扮成男人。唉，每个人都在搭车，满心希望能找到一份工作。"

十五年之后，《萨克拉门托蜂报》（Sacramento Bee）派出两名年轻的记者戴尔·马哈里奇（Dale Maharidge）和迈克尔·威廉姆森（Michael

Williamson）启程上路。他们搭乘货车走了好几个月。长辈们给他们讲述三十年代的事情，他们自己也研究了多罗西亚·兰格、沃克·埃文斯等人的摄影作品。在路上他们看到了同样的面孔。威廉姆森说："穷困潦倒的人看上去都差不多。"

他们也看到了挤得无法动弹的货车车厢。这些新的流浪者来自"铁锈带"、废弃的农场及破产的小店铺。其中许多人曾投票给里根，因为"他让我们感觉不错"。现在，他们感觉不那么好，但很少有人怪到总统头上。他们讨厌被称作"失败者"，但现在别人就是这样叫他们的。在三十年代（至少回想起来是这样），他们被称作"受害者"。如果说当时和现在之间存在什么主要的差别，那就是在语言上。当时，在失意者面前，意气风发的人言语中透着不安，现在则是些微的蔑视。

一名流浪者说："我不知道在美国贫穷也是违法的。"你知道在路易斯安那州睡在车里是违法的吗？你知道在波特兰睡在天桥下是违法的吗？你知道在劳德代尔堡从垃圾箱里找吃的是违法的吗？有人告诉马哈里奇和威廉姆森，那些垃圾箱里会投放老鼠药。

事情并非像表面看来那样令人吃惊。在三十年代，流浪是逮捕和拘留最常见的罪名。盗窃紧随其后。现在，根据联邦调查局（FBI）的数据，当工厂倒闭成为常态，盗窃和抢劫案件增加了一倍。

一位越战老兵带着他的妻子、两个小孩子和一顶帐篷四处奔波。他正在盘算一些自己难以接受的事情。"我他妈的努力去当一个好市民，之前从未干过违法的勾当，现在却想着去打劫那家 7-11 便利店。我不会为了给孩子弄口吃的，就去朝别人开枪。"

艾德·保尔森能理解他的想法。"在三十年代，每个人都是罪犯，真是该死！你总得活下去。从晾衣绳上偷衣服，从后门廊偷牛奶，偷面包。我还记得搭着一辆货车穿过新墨西哥州的图克姆卡里。我们短暂停留了一下。那里有一家杂货店，相当于现在的超市。我下了车，弄回来些面包卷和饼干。店老板隔着玻璃冲我挥拳头。这没什么大不了的,不过激发了我们的狼性。你是个掠食者。你不得不这样。"

现在的报纸又在报道股市上又一个破纪录的日子。财经专栏欢欣鼓舞:"经济即将上交一份上佳的成绩单,让其他一切都只称得上'平庸'。今年将比许多经济学家(其中一些在华尔街上班)愿意承认的要好上许多。"

唯有《商业周刊》不那么乐观。它刊发了一篇封面文章《赌场社会》(The Casino Society)。在这篇令人惊愕的文章中,作者以迥异于其他知名期刊的笔调写道:"不,这不是拉斯维加斯或大西洋城。这是美国的金融体系。交易额已经远远超出支撑经济所需的数额。借贷(说得好听点,就是杠杆)正在失控。因为期货的存在,人们无须拥有股票便可投机倒把,操纵市场。结局便是:金融体系从投资转向投机。"[07]

这篇文章给未来敲响了警钟。假如阿瑟·A.罗伯逊还在世,他一定能分辨出丧钟的声音,至少能听出警告的意味。他是一个实业家,"一个清道夫。曾买下那些因为破产而被银行接手的企业"。他二十四岁就成了百万富翁。他认识市场上所有的传奇人物,这些人"将一只股票的价格抬到高得离谱,然后转手给毫无戒备的普通民众"。

"1929年,那确确实实是一个暗中搞鬼的赌场。为数不多的骗子从众多上当的人那里占尽便宜。交易就像是用昂贵的狗来换昂贵的猫。失去理智的金融市场让庞兹(Ponzi)[08]看上去就像个业余玩家。一切都是赊账买的。"

西德尼·J.温伯格回忆起1929年10月29日那天,惊愕地吹了声口哨:"那简直就是晴天霹雳。所有人都目瞪口呆。华尔街的人也普遍觉得困惑。他们并不比其他人知道得多。他们觉得会宣布点儿什么。"我不忍

---

[07]《商业周刊》(Business Week),1985年9月16日。
[08] 查尔斯·庞兹(1882—1949),二十世纪二十年代波士顿的一个投资家,因"庞氏骗局"而臭名昭著。他的"帝国"垮掉了,许多人破产,他自己也进了监狱。

心问他谁来宣布点什么，是埃米尔·库埃（Emile Coué），是上帝，还是罗杰·巴布森（Roger Babson）？温伯格是高盛的高级合伙人，同时还是总统顾问。

"不可能再出现经济萧条了，至少不会严重到1929年那种程度，除非通货膨胀失控，价格远超真实价值。没错，股市的深层反应会引发经济萧条。政府当然会立即回应——暂停交易。但在恐慌之中，人们会乱卖一气，不顾其真实价值。现在，股民人数已经达到两千多万。当时，这个数字只有一百五十万。股市现在的跌幅要比1929年深。"

现在有一种政府行为，但不是温伯格所想的那样。1929年股市崩溃后制定的条规已经放宽了许多。对我们的银行尤其如此。

潘妮·乐培霓（Penny Lernoux）在作品《我们信银行》（*In Banks We Trust*）描述了这令人心寒的一幕幕。1982年，位于俄克拉荷马州的宾州广场银行倒闭，这可能就是个象征，当时马克斯兄弟（Marx Brothers）和W. C. 菲尔兹（W. C. Fields）正流行。这条小鱼在疯狂追逐高利息债务人的过程中，吸引了一群群更大的鱼。我们永远不知道大通银行、伊利诺伊大陆银行和花旗银行是有多侥幸才逃过一劫。因为太侥幸，反而让人感到不安。政府救了它们一命，但与1929年帮助那些被大萧条击垮的银行所采取的方式截然不同。

罗斯福新政（New Deal）的监管机构因为里根革命（Reagan Revolution）而瘫痪，激进的银行业务（这个词是自由市场经济主义者所乐见的）成为常态。在营造出来的投机氛围中，银行成了布鲁斯特（Brewster），慷慨地借出他们（我们）的资金，期望得到更丰厚的回报，结果是血本无归。

拉美国家是最大的债务国，欠着好几家美国银行的钱，数额高达3500亿美元。如果它们当中有一两个国家无法还上欠款（比如说巴西、阿根廷或墨西哥），就可能清空我们九大银行的资金。我们来谈谈恐慌，谈谈两三家或者全部九家银行的挤兑。

大卫·肯尼迪在多年之前被理查德·尼克松任命为财政部部长，三十年代初他曾就职于美国联邦储备委员会（Federal Reserve Board）。他表示："1929年和1930年，数千家银行倒闭。纽约有一家银行——美利坚银行，在它倒闭之前有两百家小银行破产。因为它的存款来自这些小银行。"

潘妮·乐培霓得出一个结论："这样下去的结局会让1929年就像是一场生日派对。"

但是，我们也经常听到不同的声音，告诉我们不管现在和当时有多像，未来根本没那么糟糕。詹姆斯·内桑森（James Nathenson）是芝加哥建筑商协会（Chicago Homebuilders Association）的前任主席，他和美国现任总统一样看到了一个光明的未来。内桑森是芝加哥熊队的超级球迷，持有他们的季票。"如果熊队赢了比赛，我会把发生在他们身上的一切都当作芝加哥楼市的积极信号。"他指的是即将开赛的超级碗（Superbowl）橄榄球赛事。（熊队当然赢得了比赛。）

幸好，这座城市（这个社会）有着沃尔特·佩顿（Walter Payton）的双腿、吉米·麦克马洪（Jim McMahan）的胳膊及威廉姆·佩里（William Perry）的块头。[09]别管南芝加哥那些不冒烟的烟囱和木板条搭建的店铺，别管那两百多个排着长队求职的年轻人，也别管什么历史。内桑森的乐观丝毫未减："在芝加哥，一旦我们成为赢家，就会开始在生活中像赢家那样去思考问题。如果成了输家，我们的态度难免会染上失败者综合征。"[10]罗纳德·里根也说不出比这更精辟的话。

有很多起先像"赢家"一样思考的人，突然有一天就变成了输家，令人猝不及防。他们的说法会出现在下面的章节中。西德尼·温伯格回忆道："就像是晴天霹雳。"风向标是被拆除了吗？暴风雨来得征兆全无？我

---

[09] 这三个人都是芝加哥熊队的超级球星。——译者注
[10] 《芝加哥论坛报》（*Chicago Tribune*），1986年1月25日。

们是否从之前的痛苦经历中吸取了教训？对有些人来说，这经历仿佛就在昨天；对另一些人而言却像是过了好几个世纪。一位年轻姑娘的祖父母曾向她讲过大萧条时候的事情，她说："对我来说就像童话故事一样，有点儿像睡前讲的那种故事。"

吸取了教训？就像那个站在法官面前的醉汉，当被问道是否承认有罪，他的答复就是：保持缄默。

我们的国家是世界上最富裕的国家，但在回忆中可能是最穷的。也许过去一个时代的幸存者的记忆可以用来提醒他人或者他们自己。

Hard Times:
An Oral History of
the Great Depression

A
Personal Memoir
(and parenthetical comment)

私人回忆录
（附加评论）

这是一本回忆录，无关确凿的事实和精确的统计。当回忆起三四十年前的一个时代，我的同事们有时候会感到痛苦，有时又会觉得特别开心，通常是两种情绪交织。起初还有些迟疑，紧接着回忆涌上心头：曾经的痛苦和欢欣，荣耀和耻辱。那时，也同样有过欢笑。

他们讲的都是真的吗？这个问题就和彼拉多（Pilate，钉死耶稣的古代罗马犹太总督）提出它时一样不切实际，他的理论无法洗刷他的罪恶。在临时歇脚的地方，一个衣衫褴褛的人讲述了他在加利福尼亚的痛苦遭遇，之后约德老爹（Pa Joad）向牧师凯西（Preacher Casy）提出了这个问题。

"老爹说：'要是那家伙说的是真话呢？'牧师答道：'他说的是真话，他的亲身经历，并不是无中生有。'汤姆问道：'那我们怎么办，也会是这样的下场吗？'凯西说：'我也不知道。'"[01]

我想这位牧师说出了本书人物的心里话。他们回忆的都是自己经历过的事情。确凿的事实或精确的日期没有那么重要。这不是律师的辩护状，也不是带注解的社会学论文。我们只是试着从一些没有精心准备的幸存者的讲述中去了解"大萧条"那场浩劫。

还有些人并没有受到波及，或者说有些人过得相当不错，这并不是什

---

[01] 出自美国现代小说家约翰·斯坦贝克（John Steinbeck）的作品《愤怒的葡萄》（*The Grapes of Wrath*）。

么稀罕事儿。在所有灾难中,情况都是如此。就像卡罗琳·伯德(Caroline Bird)所写的那样,"大多数人受到了这样或那样的伤害,在身上留下了'无形的伤痕'"[02]。非常感谢那些愿意在本书中揭开伤疤的人,我对他们深表感激。这本书未能收录另外上百人(他们散落在四处)的生命片段,我对他们深感歉意,也表示理解:他们让我对这段被人忽视的时期有了更全面的认识。

本书中出现了一些年轻人。他们没有经历过"大萧条",在很多时候都感到迷茫,对这段历史一无所知。这并不代表他们不成熟,反而标志着我们的不成熟。该是他们了解这段历史的时候了,也是我们了解这段历史的时候——了解它在我们身上加诸了什么,因而也是了解在他们身上加诸了什么。

我自己并不记得1929年10月里那个阴郁的日子。我也不像那些过目不忘的人,能够记起三十年代里那些具有代表性的事件。相反,一些模糊的画面闯进了我的脑海。一些脸孔、声音,间或一段悲伤的回忆或是快乐的一瞬,或是过去一个时代令人惊异的纯真。然而,有一种感觉一直扎根在那里……

即便是现在,当我行驶在高速公路上,看到一间小小的汽车旅馆外面"尚有空房"的霓虹灯标识闪着微弱的光,就忍不住想起我母亲过去经营的威尔斯–格兰旅馆。按捺不住一股不可理喻的好奇,我问自己:"它能扛下去吗?明年它还会在这里吗?"

正如我一个年轻的同事所指出,害怕损失财产是三十年代遗留下来的问题。有一位年长的公务人员,在华盛顿工作。只要手头存够了钱,她

---

[02] 出自卡罗琳·伯德的作品《无形的伤痕》(*The Invisible Scar*)。

就会去买一块土地。"如果再来一次大萧条,我还可以靠它们过活。"她还记得新奥尔良码头附近的烂香蕉,那是她每天的伙食。

得益于现代科技,东西可以产出大量的东西。熬过大萧条的那些人很难理解这一点。因此,在严重的情况下,他们会为了保护自己的东西(也就是财产)去打架,甚至去杀人。许多年轻人往往看不清这一点,那是因为他们对大萧条一无所知。这个词只在长辈责备他们的时候偶尔出现,并不能让他们对此有所了解。

在二十年代中期,威尔斯-格兰旅馆的五十个房间总是客满,经常还有人等着住进来。我们的客人来自各个行业,基本都是常住。暂时寄宿的旅客只有那些追求浪漫但又没钱去高级地方的夫妻。奇怪的是,旅馆里总是有房间,即便是给那些有过错的罪人。

每到周六,大部分客人会支付上一周的房钱。傍晚时分,我会跑到街区银行去存钱。除了几个流动工人和一位老铜匠(因为禁酒法案而赋闲)[03],所有的客人都有一份稳定的工作。那真是一段快乐的时光。

《法庭》(Judge)和《生活》(Life)(当时还是周刊)上有乔治·让·内森(George Jean Nathan)和帕尔·洛伦兹(Pare Lorentz)的评论文章,还有杰弗逊·马查默(Jefferson Machamer)画的各色女人,十分热闹。《自由》(Liberty)上有维斯特布鲁克·佩格勒(Westbrook Pegler)撰写的体育报道,最难忘的是一篇向被文明毁掉的有几分孩子气的杰出拳击手巴特林·西基(Battling Siki)致敬的文章。《文学文摘》(Literary Digest)仍在发行,尚具备偿债能力,还没有预测到阿尔夫·兰登(Alf Landon)几年之后的胜利。在高中生辩论队,我们讨论的是美国应不应该准许菲律宾独立,应不应该加入国际法庭,应不应该承认苏联。我们可以任选

---

[03] 传统酿酒业会雇用专业的铜匠照看蒸馏器。——译者注

一个立场。那真是一段悠闲的时光。

这可能是最好的时代，也可能是最坏的时代。史考特·聂尔宁（Scott Nearing）强烈抨击美元外交。鲍勃·拉·福莱特（Bob La Follette）和乔治·诺利斯（George Norris）在议员竞选讲台和参议院表达了和霍雷肖（Horatio）相似的立场，反对巨额海外投资。然而，有两张脸孔在我的脑海中反复出现：副总统查尔斯·盖茨·道斯（Charles G. Dawes）和查尔斯·柯蒂斯（Charles Curtis）。前者是一位有责任心的银行家，嘴里总是叼着一根重心极低的烟斗；后者之前做过骑师，长相平平，态度和蔼。当时的整体氛围很单纯，但绝非伊甸园式的。

说起那年股市的崩盘，我什么都不记得，除了店里的客人渐渐减少，不过一开始还察觉不出来。他们好像被人带走了，没有反抗，也没人看见，跟爱德华·阿尔比（Edward Ablee）的祖母不一样。我们在旅馆门口挂上了"内有空房"的牌子。

留下的客人每天越来越频繁地出现在门厅里。之前，我只在傍晚和周末的时候能看到他们。扑克牌磨损得越来越快。棋盘上的红黑格子变得几不可辨。克里比奇牌的木钉也丢得更频繁了……人们越来越暴躁，冷不丁就为了莫名其妙的原因打上一架。

那些突然闲下来的人会责怪自己，而不是把责任推到社会头上。没错，在市政厅和华盛顿都有饥饿游行和示威，但是当数百万人拿到解雇通知书时，内心是觉得羞愧的。尽管其他人也遭遇了同样的命运，但他们内心深处有一个声音在低喃："我是个失败的人。"

没错，许多穷人都有同样的想法，但沮丧有时会演变成暴力，暴力又会转向他们的内心。于是，父子背离，正在找工作的母亲一言不发。从某种含糊不清的角度而言，除了那些雄辩的政治反对派，外在因素要对此负责。事实并非如此。这就是一个人内心所感受到的愧疚。

我们将那些老住客都登记在册。母亲、哥哥和我每天翻看那本越来越难以辨认的账簿时，都会谈起其他人的命运。情况越来越糟，我和哥哥试图安慰母亲——不管怎样，我们和客人都会挺过去的。她指着账簿上潦草的笔迹回应：真是债台高筑。

我们越来越频繁地去拜访房东。（在日子好过的时候，我们签了一份长期租约。）他是一个经历过世纪之交的人，没有电话，所有的文件都是手写签署的。他的笔迹醒目流畅，用词也没有错漏。鉴于形势的奇怪转变，他对租约的调整是相当合理的。他这个人一就是一，二就是二，在选本党候选人时，他投给了胡佛，而不是麦金莱（McKinley）。他看上去比我想象得还要让人琢磨不透。他一下子变得笨拙、慌乱起来，这让我很吃惊。

华尔街一位德高望重的金融家回忆道："华尔街的人也普遍觉得困惑。他们并不比其他人知道得多。他们觉得会宣布点儿什么。"（我要说的重点是）1930年，财政部部长安德鲁·梅隆（Andrew Mellon）预测道："……这个国家将在来年取得稳步进展。"一位投机者诚惶诚恐地回忆道："像皮尔庞特·摩根（Pierpont Morgan）和约翰·洛克菲勒（John Rockefeller）这样的人也损失了巨额财富。无人幸免。"

凯里·麦克威廉姆斯（Carey McWilliams）建议华盛顿的听证会研究引发大萧条的原因。"他们上演了最好的漫画作品。主要的实业家和银行家都出席做证。他们还是头绪全无……"

我们的旅馆只住满了一半，许多客人更愿意用救济支票而不是之前惯用的现金来交房钱。星期六晚上不再让我兴致勃勃了。

越来越少人谈起奥尔良街头小房间里的姑娘，白天喝酒的人明显增多。有意思的是，赌马的人越来越多：半美元的赌注，六匹马。大家愈发认真地研究起《赛马报道》(*The Racing Form*)。赛马杂志《伯特·E.科利尔之选》(*Bert E. Collyer's Eye*)和赛马简报在众人手边传来传去。输掉的黑人去玩数字游戏,输掉的白人则在一边发牢骚。

我在芝加哥大学的法学院待了三年,没有什么好讲的。我几乎什么都忘了,只记得我们班上有一个黑人——来自非洲的王子,他的领地属于英国(还是法国来着?)。还有一个案件我记得很清楚——涉及法定强奸罪。我什么都没记住也怪不得那些教授,他们为人善良,而且学识渊博。问题出在我自己身上——总是昏昏欲睡。至于原因,我也不知道,直到现在也没弄清楚。这是不是一种我自己当时没有意识到的感觉——一天天过得无关紧要?还是一个懒学生事后的文饰心理?这个问题我一直没有弄明白。

在大学的那几年(1931—1934年),我确实学了点儿东西。从威尔斯-格兰旅馆到大学校园的路上,我得经过黑人区。我是不是为了逃避"侵权"和"不动产"这些东西,才找到了蓝调音乐。我不清楚。

我知道的是,我在其中挖到了宝藏:那些见钱眼开的人称之为"种族唱片"(race records)。我记得的歌手有大比尔(Big Bill)、孟菲斯·梅尼(Memphis Minnie)、坦帕·雷德(Tampa Red)和大马塞奥(Big Maceo)。他们让我知道生活之外还有很多东西,甚至超出了维斯特布鲁克·佩格勒的想象——就此而言,他们说的是巴特林·西基和塞内加尔。

生存。不论当时还是现在,黑人蓝调音乐的核心就是贫穷。尽管它们显而易见的主题和歌词通常都关乎女人、变化无常或永恒持久,以及征服者约翰(John the Conqueror)[04]的英勇无畏,然而真正吟唱的却是他"贫困潦倒"的生活状态。这位年长的黑人小声低语:"黑人本就生来贫

---

[04] 征服者约翰是非裔美国民间传说中的英雄。——译者注

苦。如果有人可以告诉我现在的不景气和1932年的大萧条对黑人有什么不同,我倒是很想听一听。"

这就是他在回忆那些"艰难的日子"时笑得如此苦涩的原因。"这些大人物为什么要自杀?他无法忍受只能带豆子,而不是牛排或鸡肉回家给他的女人。很少听说黑人因为钱自杀,很少有黑人有钱。"

即便是在"大萧条"时期,白人过得"穷困潦倒",黑人的境况也更加不堪。在他们的蓝调音乐里,这一不争的事实被反复吟唱。

> 我就像约伯那可怜的火鸡,[05]
> 无事可做,只能咯咯咯,
> 我太穷了,亲爱的,
> 不得不靠着篱笆嘟哝。
> 哦,亲爱的,我要换个地方待,
> 天啊,我太穷了,亲爱的,
> 我在黎明的时候向上看。
>
> 亲爱的,那些还在矿井下的人儿,
> 都抬头瞧着我……
>
> ——大比尔·布鲁兹尼(Big Bill Broonzy)

画面开始模糊,时光流转。接着就到了解禁年。我和一个同学去了酒馆,这些地方突然之间就合法了。当时开始流行一种做法:酒馆为客人的第三杯酒免单。我们去过的所有酒馆都是如此。现在还是不遵守这一习惯比较好。

---

[05] "约伯的火鸡"(Job's turkey)比喻一个人一贫如洗。——译者注

在我认识的人当中，老铜匠海尼克（Heinicke）因为禁酒令的解除受益最多。他原本总在旅店前厅闲坐，一把年纪，病恹恹的，耳朵又背，被生活折磨得疲惫不堪。突然之间，好些酿酒厂急需有他这门手艺的人。人们有多渴望喝到啤酒，熟练铜匠就有多短缺。

他一周工作六天，意想不到的高收入和（最重要的是）工作带来的快乐让他变年轻了许多，就像浮士德一样。他新买了一台超外差收音机，搁在占了房间一半的巴洛克式橱柜里，音量开得特别大，可以清楚地传到旅馆全部的五十个房间。一半是因为他实在高兴，一半也是因为他耳背。

其他人则打破以前的沉默，热衷于政治争论，言辞尖刻，通常热闹又滑稽，但都不会批评富兰克林·德拉诺·罗斯福的炉边谈话。每到周日，前厅里都会响起一个新的声音，那就是查尔斯·E. 考福林（Charles E. Coughlin）神父，他的声音会从一台放置在高木架上的收音机里传出来。有人低声说："关掉，关掉！"但是，马修·麦格罗（Matthew McGraw）坚持要听。这个干瘦的老人是我们的夜班职员，戴着眼镜，目光炯炯（长得和考福林神父极像）。

马修有几分像知识分子。在股市崩溃之前，他是一位木匠师傅。他经常引用书中或激进周刊、月刊里的句子。他反对有钱阶层、权贵和垄断。他会引用德布斯（Debs）、达罗（Darrow）和潘恩（Paine）的话。……在1929年10月到1934年11月社会正义联盟（Union for Social Justice）成立之间的某个时间，马修·麦格又遇上事儿了。这个被人遗忘的人，手边的那杯苦酒满得都溢出来了。

一个印刷工还记得他的父亲从鲍勃·拉福莱特——威斯康星州力主改革的议员——转向了考福林神父。这个沮丧的人想要一个答案。那个态度温和、讲话轻声细语的推销员也是一样，他之前从未质疑过任何事情。他的女儿还记得他说起这位来自罗亚尔欧克的牧师:"他是对的。"推销员投了罗斯福一票。

而我的母亲,手紧到吝啬,好不容易存下来的钱也随着塞缪尔·英萨尔(Samuel Insull)[06]帝国的坍塌打了水漂。这样看起来,我之前跑银行费的工夫全是白忙一场。这对母亲的打击特别大。幸亏她之前没有听信街区里一位银行家的话。这位 R. L. 奇泽姆(R. L. Chisholm)先生吹嘘自己的银行——讽刺的是,居然叫作信任国家银行——是如何如何好。尽管他恨不能跪在自己母亲坟前发誓,并对我母亲的节俭表示钦佩,她还是把自己的几千块钱取了出来。第二天,这家伙的银行就倒闭了。到头来,这位公共事业巨头还是吞掉了她这笔钱。母亲为此恨上了英萨尔,还有她自己。[07]

那是 1936 年。我很久之前就决定放弃走法律这条路了,在这一年加入了"伊利诺伊州作家计划"(Illinois Writers' Project)。我是电台部门的一员。我们撰写脚本,灵感源于芝加哥艺术学院的画作。这些稿子会在《芝加哥论坛报》的电台 WGN[08] 上播出。这些对城市文化的贡献让报纸的出版人麦考密克上校(Colonel McCormick)感到非常自豪。在他报纸的头版,总是登载着一幅漫画,要么是方帽长袍、疯疯癫癫的教授,要么是公共事业振兴署(Works Progress Administration)无足轻重的

---

[06] 塞缪尔·英萨尔(1859—1938),英裔美国人。1881 年赴美任爱迪生的私人秘书,1892 年成为芝加哥爱迪生公司总经理。1912 年他的大型电力公司已拥有数百座发电厂。他组织了一些持股公司,供电网迅速扩大。1932 年这些公司因大萧条而倒闭,英萨尔逃至欧洲;1934 年被迫回到芝加哥,因诈欺、违反破产法和侵占罪而三次受审,均被判无罪。——编者注
[07] 英萨尔在芝加哥受审期间,漫画作品《孤女安妮》(Little Orphan Annie)反映了瓦伯克爸爸——勇敢的红头发小姑娘的恩人——的痛苦经历。他自己也被钉在了十字架上。
[08] WGN 全称 "World's Greatest Newspaper",即 "世界上最伟大的报纸"。——译者注

人物,靠在自己的铁锹上。尽管如此,他还是坚持制作《伟大的艺术家》(Great Artists)系列节目。在节目尾声,有这样一段话:"……本节目由公共事业振兴署支持播出,署长哈里·霍普金斯(Harry Hopkins)。"有人告诉我他经常听节目,而且听得还挺开心。

一次偶然的机会,我开始录制广播肥皂剧,参与过的节目包括:《帕金斯妈妈》(Ma Perkins)、《贝蒂和鲍勃》(Betty and Bob)和《首场常客》(First Nighter)。工作机会很多,而且没有任期限制。解雇人的理由只有:电刑、终身监禁或者枪毙。

随着工会活动愈演愈烈,在《瓦格纳法案》(Wagner Act)的支持下,美国广播艺人联合会(American Federation of Radio Artists)成立。广播人几乎都赞成,但总有一些固执的高管,扮演着卡纽特大帝的角色。工会运动的大潮席卷了他们。就此而言,当时的氛围是相当宜人的。

其他行业的工会也不尽然。就以美国报业协会(Newspaper Guild)为例。对于三十年代,我最鲜活的记忆——当然也是最悲痛的记忆——就与芝加哥的这场冲突有关,它给我之前的印象画上了句号。赫斯特集团的早报《先驱考察家报》(Herald-Examiner)正在进行一场漫长而严重的罢工。记者们在办公楼外聚集抗议。赫斯特集团的运货车上装了好些人。其中一些是我的高中校友,还有一些曾有过合作。他们现在是双重身份:送货人和恐怖分子。一旦出现情况,他们就会冲击聚集的记者。

我目睹了戏剧化的一幕:一个脸色苍白、浑身是血的记者躺在人行道上,他的同事和路过的行人惊恐地瞧着。大街的中间站着一个结实的大块头,手里拿着车用千斤顶。他四肢张开,似乎在向所有的来人发出挑战。然而,我在他的眼中清楚地看到了恐惧。

其余的已成为历史,我就把它交给那些记忆更完整的人吧。这本书就是他们的回忆和反思。

**Hard Times:
An Oral History of
the Great Depression**

Book
One 第一卷

补偿金征讨大军前往华盛顿

吉姆·谢里登（Jim Sheridan）

这是一间大旅馆：几百位客人将它当作旅途中的落脚点，这些人正慢慢从精神几近崩溃的状态中缓过劲儿来。靠近门口和前厅的凳子上坐满了老者和年轻人，他们正在热烈地交谈。在这个夏天的傍晚，这里无疑是整个街区最热闹的地方。

他六十三岁。

这些退伍军人走在大街上，他们曾为了德国的民主去打仗。他们以为马上就能领到补偿金，因为他们缺钱。一个叫沃特斯（Waters）的家伙觉得这些退伍军人应该到华盛顿去，就像科克西在1894年组织一帮无业游民所做的那样。[01]在他看来，这样就能让政府满足他们的要求。

D.C.韦伯（D.C.Webb）在"疯人院广场"[02]组织了一队人马去游行。我没在军队里待过——"一战"的时候太小，"二战"的时候又太老了（笑），恐怕算不上合格的游行者。不过，其他的十个还是十五个人都当

---

[01] 1894年，雅各·S.科克西（Jacob S. Coxey）带领一批失业者前往华盛顿。他们最后没有达成目的。因为人数太少，人们新造出一个带有贬损意味的短语"科克西失业请愿军"（Coxey's Army）。

[02] "疯人院广场"（Bughouse Square）是当地人对华盛顿广场公园的戏称。——译者注

过兵,他们觉得我去没什么问题。韦伯说:"来吧,你是个相当不错的流浪汉呢!"(笑)

我们到铁路站场搭上一辆货运列车。印第安纳州的秘鲁市是我们的第一站。我们在那扎下营来,接下来就到城里闲逛,到各个杂货店给老板讲同一个悲惨的故事。他们会给我们一些香肠,或者面包,或者肉,或者罐头。然后,我们回到铁路站场——也就是树丛中,在那儿生起一小堆火,把吃的东西放在罐头盒子里煮一煮,围着火堆坐成一圈吃东西。

秘鲁市是我们离开芝加哥后在切萨皮克到俄亥俄铁路上的第一个分界点。我们会停下来休息一下,再找点儿东西吃。列车长们会告诉我们火车已经准备好开出站了。在这些流浪的人里,有的还拖家带口。你能想象女人和孩子坐在火车车皮里吗?

列车长想搞清楚站场里一共有多少人,这样他就知道应该让火车拖上多少节车皮。当然,铁路公司并不知道这个情况,这些列车长出于同情,会多拉两三节空车皮,补偿金大军就可以爬进去,舒舒服服地坐到华盛顿。就连铁路警察也都非常好心肠。

有时候,一节车皮里会挤上五六十人。我们只能瘫在地板上。至于厕所,你得一直待在里头,直到下一个停车点。(笑)火车通常会走上一百英里才停下来。你没有带吃的,只能到城里讨一些。这就是一场大规模的乞讨。

在某个忘了叫什么名字的城市,D. C. 韦伯站在戏台上讲了一番话。我们凑了一些钱,甚至一些本地人也出了钱。钱是用来给小伙子们买烟的。城里人都非常有同情心。

现在,当陌生人来到一座城市或是一个街区,当地人会表现出憎恶,当时并不存在这样的情况。我也不晓得现在的人为什么会讨厌这个。这是大萧条时期的一种现象。当时要比现在更讲同志情谊。这种同志情谊甚至超出了共产主义者的想象。美国已经没有这种感情了。人们有不同的想法，意见不一致，但他们之间存在一种很美好的感情。当你遇到麻烦……真的，如果他们能帮你就一定会帮。

有一件事情我记得特别清楚。我们当时到了弗吉尼亚州的一个地方。天很热。在我们的营地里，有一个高个子男人，和他在一起的还有他的老婆和几个小孩子。我们请他们过来一起吃点东西，他拒绝了。于是，我用一个旧盘子装了点吃的拿过去给他们，还是被拒绝了。那个丈夫对我说他才不关心吃的东西。可是，那个奶娃娃饿得哇哇直哭。

最后，我和另外几个家伙晃到了市中心。我还记得我们进了一家药店，向老板讨一个带奶嘴的奶瓶。你能想象一个男人向人讨要一个带奶嘴的奶瓶吗？我真是鼓足了勇气才这么干的。我说明了情况。然后就走了，接着去讨奶粉。

当我回到营地时，天已经黑了。我先去跟头儿韦伯报到，他还拿那个奶瓶取笑我。我说："上帝啊，这里有个娃娃要吃东西呀。"他说："这一下午你可没少碰钉子。"我说："没事，我准备再试一次。"于是，我走过去，同那个男人的老婆讲。我说这里有个奶瓶。我们甚至都热好了牛奶。但是，她看了看自己的丈夫。那个男人说他不想要。

我还能做什么呢？只是觉得心情不好。我并不觉得这是施舍。在我看来，这个男人的自尊心太强了。

当我们的火车穿越弗吉尼亚时，悲剧发生了。

火车必须穿过一些山区。发动机的烟和煤烟会顺着隧道飘回来，进到车厢里。为了不被呛到，我们关上了车门，拿手帕捂在鼻子上。我们还为此讨论了一番。小婴儿会怎样？我们怕孩子会闷死。那个妈妈抱着她的小娃娃，娃娃看上去非常安静。她突然尖叫起来。我们不知道她为什么尖叫。到达华盛顿后，我们才发现那个娃娃在过隧道的时候就死了。

小娃娃的死让车厢里的人都很难过，就像自己的孩子不在了一样。

我们到华盛顿的时候，许多退役军人已经先我们抵达了。没有安排住房。大部分拖家带口的男人住在"胡佛村"[03]。波托马克河对岸就是我们所说的阿纳卡斯蒂亚大本营。他们在那里用纸板和各种可用的东西搭建住所。我不晓得他们去哪儿搞吃的。其他大部分人住在宾夕法尼亚大道街边。

那条街上的许多建筑正在拆除,准备盖政府大楼。大批退伍军人把这些楼房变成了营地,住了下来。有一些空车库,他们也住了进去。完全没有私有财产的概念。他们不会事先征得主人的同意,甚至都不知道主人是谁。

他们来向胡佛总统请愿,希望在补偿金过期之前拿到钱。总统不干。他说如果他们拿到了补偿金,国家就会破产。他们在白宫周围守夜,轮班绕着白宫游行。

现在的问题是:如何将这些家伙赶出华盛顿?离开的命令已经下达了四五次,但人们拒绝执行。警察局局长被招来驱赶这些人,但他[04]拒绝了。我还听说,海军司令被命令出动海军,也拒绝了。最后,正是伟大的麦克阿瑟(MacArther)将这些狼狈不堪的退伍军人赶出了华盛顿。

我永远忘不了那幅画面……麦克阿瑟沿着宾夕法尼亚大道过来了。女士们,先生们,我绝对没有瞎说,他骑在一匹白马上。他后面跟着坦克,正规军的部队。

从某种意义上说,这是一次算不上暴动的暴动。这些退伍军人并没有行动,而那些人用刺刀戳他们,用步枪的枪托砸他们的脑袋。一开始,他们费了好长时间才把退伍军人赶出那些大楼。就跟静坐一样。

他们想方设法把这些人赶走。有一个大块头的黑人,大约有六英尺那么高,手里拿着一面很大的美国国旗。他是补偿金征讨大军中的一员。一群士兵推着他往前走,其中一个冲他嚷道:"滚开,你这个黑杂种!"

---

[03] "胡佛村"(Hooverville),美国二十世纪三十年代初设立的失业工人及流浪汉收容所。——译者注
[04] "他"指的是佩勒姆·D. 格拉斯福德将军(Pelham D. Glassford)。

他转过来对着这个士兵说："不要推我。我曾为了这面国旗去战斗。我为了它在法国作战，今天我也会为了它在宾夕法尼亚大道战斗！"那个兵用刺刀戳他的腿。我记得他受伤了，但不晓得有没有人送他去医院。

在某种程度上，暴动才刚刚开始。士兵们推搡着退伍军人。虽然他们不想动，这些当兵的还是在拼命赶他们走。

到了晚上，退伍军人退到了波托马克河对岸。他们接到命令撤出阿纳卡斯蒂亚大本营，但他们拒绝了。士兵们开始放火烧他们的窝棚，他们被烟熏了出来。我离得很远，没有看清当时混乱的场面。那火烧得就跟现在贫民窟起的火一样，只不过点火的不是住在里面的人。

士兵们冲他们扔催泪瓦斯和催吐瓦斯，这是一项他们自己不愿意执行的命令。他们比征讨大军年轻，这就像是儿子在打老子。第二天，报纸上一片哀叹之声，但他们也意识到必须把这些人弄走，因为他们给这座城市带来了危害。麦克阿瑟成了英雄。[05]

后来，补偿金征讨大军又回到他们一开始出发的地方。他们没有拿到补偿金。

附记："在补偿金征讨事件之后，我一路流浪到纽约。因为不是常住居民，我在那里领不到救济。于是，我开始干那个最古老的行当，也就是讨饭。我成了职业乞丐，有好几个稳定的主顾。海伍德·布龙（Heywood Broun）就是其中一个。我每次跟他讨钱的时候，他就会说：'老天啊，难道城里除了我，你就不认识别人了吗？'"（笑）

---

[05] 他的助手是乔治·巴顿（George Patton）少校和德怀特·艾森豪威尔（Dwight Eisenhower）少校。胡佛总统说："谢天谢地，我们的政府还知道如何对付暴民。"

A. 埃弗里特·麦金太尔（A. Everette McIntyre）

联邦贸易委员会。

一天早上——我觉得是1932年6月26日或27日，警察封锁了整条街道，将游行的人往回赶。补偿金征讨大军之前绕着白宫游行，总统不喜欢这样。其他很多人也不喜欢，因为游行者在交通繁忙的时段堵住了宾夕法尼亚大道。

大约有五千人的征讨大军和他们的家人在拆得七零八落的楼房里扎营。警察包围了他们。有人冲警察扔砖头。两个警察开枪还击：一个退伍军人被打死，还有一个受了重伤。

第二天午餐时间，我听到了部队口令。在我的右边，椭圆广场朝向纪念碑的方向，有部队在集结。似乎出了麻烦。果然，我们没有等太久。

这支队伍的最前面是一队骑兵。几辆指挥车和四辆载着小型坦克的卡车停在退伍军人的营地附近。卡车放下活动坡道，坦克就这么开到街上。当军队出现时，那些旧楼里的征讨大军敲起锡锅，大叫道："自己人来啦！"他们还指望部队会同情他们呢。

有辆指挥车离我站的地方不算远，有人从车上下来，竟然是陆军参谋长麦克阿瑟。他的助手是一位年轻的少校，德怀特·艾森豪威尔。他们两手叉腰，观察当时的形势。

第十二步兵团全副武装。每个士兵都配备了防毒面具，腰间别满了催泪弹。他们听到"向右转"的命令，转过来就正好面对着退伍军人的营地。他们装上刺刀，戴上防毒面具。他们听从命令，用刺刀开路推进。刺刀是用来戳人的，好让他们离开。

很快，催泪弹爆炸，几乎所有人都看不见了。整个街区都被烟雾笼罩着。火苗也蹿了起来。那是士兵在点火烧楼，把里面的人赶出来。步兵显然是奉命把这群人往桥的方向驱赶，让他们到波托马克河对岸去。整个下午，他们就这样攻下一个接一个的营地。

我和同事都觉得部队会攻击河对岸的阿纳卡斯蒂亚大本营，那里有两万到四万名补偿金征讨者。我们爬到一栋大楼的楼顶，想看看晚上会发生什么。那是天黑以后的事情了。

第十二步兵团真的跨过了大桥，还是像之前那样全副武装。那场面还真是壮观。我们看到起火了。很快，营地里的所有人在深夜被赶到了马里兰林地。

第二天，我在报纸上看到有人被刺刀戳伤，有人受了重伤，举着胳膊的人胳膊被军刀砍掉，有人被刀背打伤，还有人的耳朵被切掉……

爱德华·C. 沙尔克（Edward C. Schalk）

"一战"老兵。

部队出动了，他们还能做什么呢？他们只能离开，像那些善良的斯巴达勇士会做的那样。

我还记得他们从华盛顿回来的时候，是在州街这儿下的车。他们就像又聚了一次一样。那天天气不错，是夏天。各种各样的人都来看望他们。他们展开了一面国旗，所有人都往里扔钱——二十五美分、半美元。这表示大家欢迎他们回来，都支持他们。那天，他们确实很风光。他们之后去了哪儿，没人知道。

我们曾穿着卡其军装,
嗨,看上去真棒,
扬基歌歌声嘹亮。
五十万只靴子踏着沉重的步子,
我就是那年轻的鼓手。
喂,你还记得吗?他们叫我阿尔——
一直都叫我阿尔。
喂,你还记得吗?我是你的兄弟——
兄弟,能给我一毛钱吗?

——《兄弟,能给我一毛钱吗?》
(*Brother, Can You Spare A Dime?*) [01]

---

[01] 词作者 E. Y. 哈伯格,曲作者杰·戈内(Jay Gorney)。版权自 1932 年起归 Harms, Inc. 所有。经 Warner Bros.–Seven Arts Music 授权使用。保留所有权利。

兄弟,能给我一毛钱吗?

E. Y.(伊普)哈伯格 [E. Y. (Yip)Harburg]

歌词和轻体诗作者。他曾为以下作品写过歌:《彩虹仙子》(*Finian's Rainbow*)、《大胆的女孩》(*The Bloomer Girl*)、《牙买加》(*Jamaica*)、《绿野仙踪》(*The Wizard of Oz*)和《卡罗尔伯爵的浮华世界》(*Earl Carroll's Vanities*)。

我可不喜欢窝在左岸的阁楼上嚼着大葱过日子。我喜欢创作的时候有个舒适的环境。于是,我下海经商,有个同学跟我一起。我想再干个一两年就该退休了。啪,结果股市大崩盘!血本无归。那是在1929年。我只剩下一支铅笔。

幸运的是,我有一个朋友——艾拉·格什温(Ira Gershwin)[01],他对我说:"你还有支铅笔。拿上你的押韵词典,开工吧!"我按他说的做了——反正也没有其他事可做,我就到处写轻体诗,一次赚个十美元。当时的大学生都对轻体诗、民谣和十四行诗感兴趣。这是在三十年代早期的时候。

股灾的时候我反而很安心,觉得如释重负。我非常讨厌做生意。当我发现自己可以把歌或诗卖出去,我又变回我自己,重新活过来了。其

---

[01] 艾拉·格什温(1896—1983),纽约百老汇著名歌词作家。——编者注

他人不会这么看问题，他们的选择是从窗户跳出去。

有人没了钱就跟丢了命一样。当我失去财产，创造力却迸发出来。我感觉自己才刚刚来到这个世上。所以，在我看来，这个世界变得美好起来。

股灾让我意识到商业才是最大的白日梦。作诗是唯一现实的谋生方式。靠你的想象力生活。

我们以为美国的商业就像直布罗陀巨岩（Rock of Gibraltar）一样牢靠。我们是一个繁荣的国家，没有什么能阻挡我们的脚步。一栋褐砂石房子会一直存在。你将它传给自己的孩子，他们给它加上大理石墙面。这就是延续、传承。如果你办到了，它就一直在那儿。突然之间，梦想幻灭，带来的影响是难以置信的。

那时，我会一个人沿着街道散步，总会看到等着领救济品的队伍。在纽约，威廉·鲁道夫·赫斯特（William Randolph Hearst）的救济食物发放处排的队伍最长。他派了一辆大卡车，车上有好几个人，还有几大锅热汤和面包。那些鞋上套着麻袋布的人围着市中心的哥伦布圆环（Columbus Circle）排起长长的队伍——足有好几个街区那么长，就那么等着。

在我最早配乐的戏里有一部滑稽短剧——《美国轶事》（Americana）。那是1930年。《先驱论坛报》（Herald Tribune）的奥格登·雷德夫人（Mrs. Ogden Reid）嫉妒在赫斯特那里领救济的队伍比她那里的漂亮，比她那里的长。这是一部讽刺剧。我们需要给它配首歌。

在舞台上，我们让那些人穿上破烂不堪的军装，在那儿呆呆地等。这时响起这首歌。我们得想个歌名。要怎么创作才能让这首歌显得不那么伤感？你不能说：我妻子病了，我有六个孩子，股灾让我失了业，给我一毛钱吧。我讨厌这样的歌。我讨厌如此直白的歌。我不喜欢用怜悯的笔调去描述一个历史性的时刻。

当时有一种打招呼的方式很流行。在你经过的某个街区，总有一个可怜的家伙走过来说："能给我一毛钱吗？"或者是："能给我点儿东西去换杯咖啡喝吗？"……最后，每个街区、每条街道都有人在说："兄弟，能给我一毛钱吗？"我觉得这是个不错的歌名。如果我能把这首歌写出来，那它就不仅仅是在讲述一个人在乞讨一毛钱。

这个人在说："我修过铁路。我修建了那座高塔。我曾为你去战斗。我是那年轻的鼓手。为什么我现在站在这里等着领救济？我曾经创造的财富都去哪儿了？"

这首歌就是这么写出来的。当然，除了思想和意义，歌还得有诗意。歌词要能引发人们的回忆。写歌就是一门精细的手艺。然而，《兄弟，能给我一毛钱吗？》揭露了一个政治问题。一个人为什么会变得身无分文，就因为像大萧条这样不可思议的事情或是疾病或其他让人失去安全感的事情？

这首歌里，这个人真正想说的是：我向这个国家投了点儿资，可该死的红利去哪了？难道是红利在说："兄弟，能给我一毛钱吗？"到底是哪儿出了问题？让我们认真聆听一下。它不仅仅只是悲惋同情。它没把他贬低为乞丐，反而是让他成为一个有尊严的人，提出自己的问题——带着一丝愤怒。他应该愤怒。

1931年和1932年，每个人都会唱这首歌。乐队会演奏它，也录制了唱片。在罗斯福竞选总统的时候，它让共和党很是苦恼。有人让电台的工作人员不要大肆宣扬这首歌。有时候，他们还试图直接禁止电台播放它。不过为时已晚，这首歌已经深入人心了。

二十年前的今天,
帕伯军士教会了乐队演出。
无论乐队流行还是过时,
他们总是面带微笑。

——《帕伯军士孤独之心俱乐部乐队》
(*Sgt. Pepper's Lonely Hearts Club Band*)[01]

---

[01] 约翰·列侬和保罗·麦卡特尼演唱。版权自1967年起归Northern Songs, Ltd. 所有。经授权使用。保留所有权利。

我无法理解一个什么都缺的社会

莉莉（Lily）、罗伊（Roy）和巴基（Bucky）

莉莉十八岁。她的弟弟罗伊十六岁。巴基十七岁。他们出生在一个中下层家庭。

莉莉：奶奶给我们讲过大萧条的一些事情，现在也能读到一些相关的内容。不过，她们讲的和我们自己读到的有出入。

罗伊：他们总是对我们说，你们有吃的和现在所有这些东西，应该高兴，因为在三十年代人们总在挨饿，没有工作，什么都没有。

莉莉：他们讲过等着领面包的长长队伍。

罗伊：对，你得排队，等着领吃的。

莉莉：所有的东西，有的时候你才有的拿。如果没有，你就得将就。她说你要等很久。

巴基：我没经历过大萧条，它跟我没啥关系。

罗伊：从哪儿听说的来着，反正没人想生活在那个时候。

巴基：好吧，我没生活在那个时候。

罗伊：我们真的不知道当时是什么样子。好像已经是很久之前的事情了。

莉莉：我记得有一个时期经常挨饿。当时我没住在家里，不能指望任何人。(指指另外两个人)不过,他们没离开过家。他们一直待在家里,就像现在这样。

罗伊:像是一些小事情。比如你在家的时候:黄油在哪儿?家里没黄油了,你就出门去买。不过,那个时候黄油在哪儿?没有黄油。你就得一直等着,直到能搞到黄油。

莉莉:可能是人造黄油。

罗伊:现在,你走进房子,坐下来,打开电视机,再进厨房,拿杯牛奶或其他什么东西,看几个小时的橄榄球或棒球比赛。他们就不行。如果他们很饿,又什么吃的都没有,就只能等着。

巴基:爸妈说:我们拥有现在的一切应该感到高兴,像是穿的衣服、吃的食物,所有的一切。

莉莉:他们曾经讲过一个银圆的故事。不管什么时候跑出去,他们都会拿着这块银圆,到街角的小铺子里,买上一块钱吃的。他们拿银圆付钱。店主会留着这块银圆,直到他们有了一块钱,去把它换回来。

我觉得如果再来一次大萧条,我们会更难过。如果再经历一次,你不晓得他们要怎么挺过来。因为他们对太多的事情想当然了。我的意思是,你看看他们现在,什么都不缺。你无法想象如果没有了这些东西,他们要怎么办。如果他们还记得自己以前是怎么做的……因为他们已经让它成为过去了。他们已经经历过一次,觉得自己已经恢复过来了。如果我们现在遇到大萧条,所有人都会更难接受。

大家相互践踏。他们会欺压,甚至杀了对方。他们得到的多过自己需要的,然后就践踏别人,好保住这些东西。他们有了汽车,有了房子,有这有那。这些都超出了他们的需求,但他们觉得自己需要,所以想保住这一切。跟他们拥有的东西相比,人的生命都算不得重要。

黛安（Diane）

记者，二十七岁。

每次遇到"大萧条"这个词，它都像一道屏障或是一个不对外人开放的俱乐部。因为它，沟通无法顺畅地进行。年长的人总是说：因为你们没有经历过大萧条，所以完全理解不了。他们从来不说：因为我们没有经历过如此安逸的社会，所以不能理解你。所有沟通的尝试都无疾而终。突然之间就有了代沟。这是件可怕的事情。

他们真正想表达的是：我忍饥挨饿，辛苦工作了二十年，你必须努力。这是非常严重的加尔文主义。工作、忍耐，一天被责骂二十次，才能得到一碗豆汤。

我无法理解一个什么都缺的社会。我们没有生活在这样的社会里。我们置身在一个什么都过剩的社会：多余的东西、多余的人。

在我们长大成人的社会里，你坐进车里，有人送你去高中，你在那里不需要费什么工夫，就能拿到"优秀"的成绩。在我看来，白手套就是全部的防护，是终极铠甲。

对我而言，"大萧条"就是过去的新闻纪录片，"领救济汤的队伍"这个词和亨利·方达（Henry Fonda）主演的《愤怒的葡萄》一样真实又悲观。比起大萧条，工业革命更能让我感同身受，因为人们是受到自己不能掌控的因素影响而失业的。

我一直不明白为什么会出现大萧条。也许这就是我不像自己想象的那么有同情心的缘故。你应该羡慕他们，因为他们曾经历过"闪耀的二十年代"，是叫这个吧？[01]那时，他们经常跳舞，在车里喝杜松子酒，为 F. 斯

---

[01] 应该是"咆哮的二十年代"（The Roaring Twenties）。

科特·菲茨杰拉德喝彩。人们之间的联系不是经济上的，而是社交上的。

它不同于道德失范的二十年代，那时候流行超短裙、私酿的杜松子酒、蹩脚的诗歌，股市一路上涨。在我的脑子里，这一切都混在一起。在某个时候开始实施禁酒令。我不太确定那是在大萧条之前还是之后。当时还有艾尔·卡彭（Al Capone）[02]，银幕上也有人穿着酷炫的宽肩套装，拿着机关枪扫射。那是历史上不可思议的一段时期。就像是在演电影，乱成一团，动荡不安。

安迪（Andy），十九岁

我在康奈尔大学读书的时候，一个纪录片社团放映了帕尔·洛伦兹（Pare Lorentz）的《大河》[03]，非常棒的片子。它的大部分内容很感伤，充满文艺复兴式的情怀，主要来自田纳西河流域管理局，我想这个机构是在大萧条时期组建的。洛伦兹写的那首诗里，全是河流的名字，虽然没什么独创性，可当你仔细聆听，就会觉得这是一首很棒的诗——这条河原来那么重要。

在电影放映的过程中，人们一直在笑，笑话那些乡土味十足的台词。我特别惊讶，甚至觉得有点儿受伤。我问工作人员："这些人是怎么回事？"他回答说："这条河对他们来说毫无意义。"我想可能就是这样。

---

[02] 艾尔·卡彭（1899—1947），美国臭名昭著的罪犯，被称为黑帮教父"芝加哥王"。——译者注
[03] 《大河》（*The River*）是一部纪录片，二十世纪三十年代后期，在农业安全管理局（Farm Security Administration，FSA）的支持下拍摄。

迈克（Michael），十九岁

大萧条对我而言意味着什么呢？我不知道。我一点儿都不消沉[04]，随时都能开心起来。不能在躺椅上坐下来，来上一杯啤酒，打开电视机，对我来说这就是大萧条。

泰德（Tad），二十岁

这是被父母过滤掉的东西。我对大萧条所知不多，他们也不介意我知道得不多。他们控制着信息源——有点儿像大祭司：你不能靠圣坛太近，不然你就会被打死。过去这段艰苦的经历才让他们有理由享受今天的富足。如果我们有了他们不曾有过的想法，那就糟糕了，他们对我们的心理控制就减弱了。所以，他们对嬉皮士心怀不满。这些人在说：我们的父母告诉我们过去是这样的。现在，我们要这么干，还不错。不过，父母不大喜欢。他们想让大萧条成为一个秘密。他们试图控制我们可能接触到的信息。他们自己搞砸了，又不想让别人发现。

南希（Nancy），二十一岁

钱是我爸爸最看重的东西之一。他希望自己是个百万富翁。我不一样。我觉得钱没那么紧要，必须有，但我不会对它日思夜想。

---

[04]　"消沉"（Depressed）与"大萧条"（Depression）词根相同。——译者注

马歇尔（Marshall）和斯蒂夫（Steve）

马歇尔二十三岁，斯蒂夫二十一岁。他们都上过大学。现在，一个为地下报纸编辑文章，另一个经营着一家咖啡馆。

马歇尔：直到去年置身"复活城"（Resurrection City），我才开始认真地去思考"大萧条"。我想一开始有穷人在游行，军人把这些人赶走了，其间冲突不断。"大萧条"从未在我的脑海中出现过，但我觉得应该想一想。虽然我自己并没有经历过。

斯蒂夫：对我来说，这是很私人的事情。我妈妈高中毕业后，还很年轻，本来有机会上大学，但她不得不去工作，因为她的父母在挨饿。从那时起，她的生活就是勉强维持生存。人们都有过梦想，但他们被迫放弃，好在美国社会里活下来。去赚个一块两块，就像我妈妈那样，梦想破灭。

我知道有很多美国人都以大萧条为耻辱。我还记得麦卡锡时期，人们都在批评自己在大萧条期间的所作所为，相当于公开承认自己羞耻的行为。

马歇尔：大萧条让人觉得尴尬。那是对国家体系的羞辱：美国模式看起来是那么成功，突然之间，问题出现，一切都不灵了。现在很难理解这件事情。想象一下，因为和文件、钱及其他抽象的东西有关的原因，这个体系突然就崩溃了。

在现在的很多年轻人看来，它恰巧证明了这种经济体系是不合理的。毕竟，当时有工厂，有人想工作，也有设备。但就是不管用。要是现在，如果有很大的粮食仓库，却不立刻打开给挨饿的人发放粮食，人们就会拿起枪，一定要让它打开。他们不会被这样的想法禁锢：你没有权利获得食物。这里有吃的，为什么人们还要饿死？

斯蒂夫：人们总是在说理想主义对年轻人是一件好事情，直到某一个时刻，你必须开始面对生存的现实。这就是在大萧条期间得来的教训。至少我的父母是这样。他们被迫放弃自己的理想，面对残酷的现实——挣钱活下去。他们花了很大的代价才得来这个教训，觉得有必要传给我们。这些经历我都是间接知道的。我看到了它带来的后果。

我不认可这一点，也拒绝过我父母不得不过的那种生活。我拒绝接受他们得来的教训。

马歇尔：不同代人之间的这种问题其实就是价值观，金钱至上的价值观。对你们这代人来说，是血，是汗，是泪……你必须得去挣钱。

一群年轻人在证券交易所烧钱，把钱从阳台上撒下去，引起一片混乱。大家都在抢交易所地板上的钞票。他们试图表述和金钱观有关的立场。一个越南人被汽油弹点着，一头动物被宰杀，而一美元却被奉为圣物。美元不会被烧掉。事实上，这是一种联合犯罪。对美元的这种崇拜是一种固有的异化的想法。那些在1929年自杀的人都是受害者。

斯蒂夫：从三十年代开始，大萧条就决定着我们的生活质量、习惯和氛围：金钱万能。你的立场是什么？大部分人——包括年轻人在内——会选择美元。

你还能重现——至少在想象中重现——大萧条时的那种氛围吗？

马歇尔：恐惧。它动摇了人们的安全感，显然这种安全感也是自欺欺人的。自那时起，人们没有一刻不害怕。害怕共产党，害怕生活在罪恶中的人，害怕嬉皮士——恐惧、恐惧，除了恐惧还是恐惧。我想这是大萧条落下的毛病。

人们一般认为钱会带来安全感。但事实恰好相反。如果你有一间大房子，这意味着你又得开始担心了：有人会来抢劫。如果你有一间很不错的大铺子，你又害怕发生动乱，你店里的东西可能被偷被抢。瞧，钱带来更多的恐惧，而不是安全感。

斯蒂夫：恐惧是人们不愿意谈到的一种情绪。但是，这种情绪却实实在在体现在他们的生活中。我的父母费了好大工夫才克制了大部分恐惧。当我拒绝入伍时，他们是站在我这边的。但我开始参加示威游行的时候，他们担心我爸爸会因此丢掉工作。恐惧是如此明显，你都能尝到它的滋味。你做的事情有可能让你失去赚大钱的机会。如果不是大萧条，我完全没办法想象这种恐惧。它影响了他们的生活和道德意识。

在我的感觉里，那是一个完全混乱的时期，甚至都没有路标。道德和社会的指示牌也被彻底毁掉了。在那段时间里为什么没有出现更多的暴力？暴力是以什么形式呈现的？发生了什么？是政府的投资，还是第二次世界大战将我们拉出了大萧条的深渊？冷冰冰的出版物显然不足以让我充分了解那段时期。

附记：1969年11月1日，马歇尔自杀。

我一直在艰难地流浪,
我以为你知道的。
我一直在艰难地流浪,
离开家乡,走在路上……

我曾被扔进一间硬石监狱,
我以为你知道的。
我曾在外晃荡九十天,
沿着那道路一直向前。
那可恨的老法官对我说:
你这是九十天的流浪。
老天,我一直在艰难地流浪。

——《艰难的流浪》
(*Hard Travellin'*)[01]

---

[01] 词曲作者伍迪·格斯里。版权归纽约的 Ludlow Music Inc. 所有。经授权使用。

有人在我们的公寓做了记号

艾德·保尔森（Ed Paulsen）

1926年，他十四岁。从那时候起，他就在各个州晃荡——"搭上货车"穿越各地。"我总是会回到南达科他的家。我的姐姐和姐夫有一块很小的农场。那是让我放松休息的地方。我在那里打过半职业的棒球赛。你知道我的对手是谁？萨切尔·佩奇。他为俾斯麦队效力。我放过牛，一个月十块钱。待在那里我总是心有不甘，老想着要去洛杉矶或者旧金山这些地方闯一闯。"

"所有人都在谈论1929年的股灾。不过这里是西部小镇，我们并不知道发生了股灾。股市对我们而言意味着什么？啥都不是！在蒙大拿州的卡特班克，谁的手上会有股票这种玩意儿？如果将当时的时局比作一场艰苦异常的乒乓球比赛，农民就是那颗球。"

"1930年，我读完高中，走出校门，过上了这样的生活……"他在华盛顿摘过苹果，在洛杉矶"兜售床单"，在沿海地区做过养路工。"日子越来越难过。我们不知道怎么在城里挨下去。大家都很害怕。施粥处排满了长龙。我们不知道要怎么站到领粥的队伍里去。我说的我们包括我的两个兄弟和我自己。我们没法想象自己变成那样。我们有着中产阶级的想法，只是我们的收入算不上中产。"（笑）

"1931年，这种生活在旧金山告一段落。我打算在码头上谋一份差事。我有着运动员的块头，强壮结实，不过这没啥用。那个时候，如果想在标准加油站（Standard Oil Service Station）找份工作，你得有大学文凭。当时的行情就是那样……"

我早上五点起床，赶到码头区。在史倍克糖厂（Speckles Sugar Refinery）的外头挤了上千人。每个人都很清楚这里只招三四个人。负责人带着两个保安出来说："我需要两个小工，另外两个下到坑里干活。"上千人会像一群阿拉斯加犬一样冲上去抢这几根肉骨头。最后只有四个人能得到工作。我只是一个啥也不会的小屁孩儿。

于是，你一路晃到贫民区。那里有几千号人。有人站在筐子上，发表一些跟经济有关的奇谈怪论，大话连篇，不知所云。十一点半左右，真正的头儿会取而代之。他们会说：好啦，我们现在要去市政厅。市长安吉洛·罗西是个衣冠楚楚的小个子，穿着昂贵的靴子和紧身背心。我们在楼梯上吵吵嚷嚷。最后，市长会出来露一面，但啥也不说。

我还记得人们提出的要求：我们要工作，我们要家人有栖身之地，我们要食物、杂货，诸如此类……提要求的有一半是黑人。当时，旧金山黑人并不多，但他们都相当谨慎。那些头儿总是让队伍中有白人也有黑人。

对于还是个孩子的我来说，这实在是勇气可嘉。因为你很清楚这个社会根本就不会满足他们的要求。他们要求那些空置的房屋敞开大门，让他们的家人有个体面的住处。[01]但你也知道社会不会屈从。一切都会落空。

---

[01] "十三个接受公共援助的家庭蜗居在一栋空置的大楼里……同试图驱逐他们的警察对抗。其中大部分人是最近一场火灾的受害者。其他人则是嫌弃自己糟糕的居住环境，看中了这栋三层楼房……租客联盟的代表珀尔·摩尔夫人说：'我们准备把这些房子空出来备用，就像早期移民从印第安人手中拿走房子后所做的那样。'"（《芝加哥每日新闻》，1969年2月21日）。

这个队伍有四个街区那么长，塞满了整个路面。大家身上一分钱都没有。居然有人在街角向这些身无分文的人兜售苹果。（笑）

这些家伙开始大声嚷嚷，几匹马踱了过来。马上都坐着警察。接下来，有人开始打斗，最后出现了伤亡。那天死了三个人，还有人受伤。场面变得混乱起来，这些家伙随身带了大理石子儿，他们把石头扔到街面上。马儿脚下趔趄，四处打滑。这让警察很恼火，态度也强硬起来。

当时就是这种没用的抗争，不知道为什么我自己也觉得压根不会赢。我们天生觉得自己会输。那群人就是这么想的。许多人会回到救世军那里。当时是一点钟，大家都很饿。我们的脾气都很温和。很多人都有孩子，80%吧。他们之前有过工作，并不想把这个社会搞乱。他们只是想工作，他们只是不能理解。这是件很奇怪的事情。你看报纸，听小道消息，听说有人准备盖栋楼。

于是，第二天早上，你五点起床，赶到那边。你之前听到了招工的消息。那里有三千人，木匠、水泥工，还有懂机械和其他各种东西的人。这些人一直相信工作会越来越多。事实却是越来越多的人在抢越来越少的工作岗位。旧金山正在慢慢停摆。一点儿变化都没有。

我们一直想出海，不过手头没票。哦，我都去过那个码头一千次了。那里曾经可以看到很漂亮的老客轮，它们要开往夏威夷。你可以听到乐队在演奏《再见》，站在那里的所有人都在流泪。好像你在跟出远门的人道别，其实船上的人你一个都不认识。（笑）

社会并不会让我们觉得不安。我们只是有些不明白，但并不生气，也不会觉得上当受骗。我们不会说到造反，只会谈论工作。

我们只是在小镇上读过高中。在媒体看来，这可算不上知识分子。世道艰难，你的生活环境就是这样。1934年，我去了洛杉矶，遇到了厄普顿·辛克莱（Upton Sinclair）[02]。直到那时，我才感觉到一股激情。如果你问我，是什么时候开始问"这他妈究竟是怎么回事"的，那就是我无意闯进厄普顿·辛克莱演讲集会的那次。[03]那是 1933 年或 1934 年的冬天。这个小个子、穿着粉白衣服的人就站在那儿演讲，他可能是你见过的最不像激进分子的家伙。你原本觉得他会戴着夹鼻眼镜，头发蓬乱。他的听众主要是普通的小职员。

他说成堆的橘子和木头闲置在一边……他们把橘子和苹果堆成一垛，浇上汽油，放火烧掉。蔬菜和其他东西都被毁掉了。后来，联邦政府宰杀猪崽，大家都哭得很厉害。它们本应该看看当时加利福尼亚的样子。这一切都是为了不让价钱掉下来。

辛克莱的主张是把没使用的资源分给失业的人。这对我的震动很大。让挨饿的人有东西吃，这很有道理。我得到了一份工作，在他的竞选活动中和四重唱组合一起唱歌。

如果说在这段时间里，有谁一直与我们为敌，那就是退伍军人协会。其成员主要是本地人。对于到处流浪、不顾后果、饥肠辘辘的人来说，这些人就是他们最凶恶的敌人。在我去过的每个地方，"胡佛村"都遭遇了突袭。这伙人戴着那种该死的帽子。他们拿着棒球棍，将这些可怜人从铁路货场附近的树丛中赶出来。在我生活的小镇上也是一样。我读高中的时候就和他们干过一仗。这帮人一直在祸害我的生活。

他们是那种保守、狭隘的家伙，一直过得不错，像是商人、店主、地主。现在，他们陷入困境。这些人对这个小个子的州长候选人很不友善。

---

[02] 厄普顿·辛克莱（1878—1968），美国著名作家、社会改革家。辛克莱以写作"揭发黑幕"的小说闻名，作品大多揭露了二十世纪初美国的社会弊病，代表作有《屠场》《石油》《煤炭大王》等，曾获普利策奖。——编者注

[03] 辛克莱曾竞选加利福尼亚州州长。EPIC（End Poverty in California，结束加利福尼亚州的贫困）是他的竞选口号。

他们拿着棒球棒和棍子跑到他的会场,把人群驱散。有一次,我们在圣费尔南多谷唱歌,这些人袭击了我们,把我们打得够呛,差点就不能活着离开那里。

在辛克莱竞选期间,我经常跑去图书馆,拿起之前从未读过、从未听说过的书。每天早上要去找工作,十一点无功而返,就一头扎进图书馆。如果说我受过真正的教育,就是在那里。

那个时候,罗斯福是总统。还有什么全国复兴总署(National Recovery Administration, NRA)……当时有一些奇奇怪怪的事情,让我们根本摸不着头脑。人们谈论的是限价这类话题。一个非常奇怪的世界,但对我们来说都无所谓。我们兄弟三个,找到一列货车,一路搭到波特兰。他俩找到了工作,修邦纳维尔水坝(Bonneville Dam)。沿河的风光非常漂亮。天气好的时候,坐在货车顶上,就可以看到很美的景色。

我们到了无业游民的集结地。因为那晚要到十一点钟才有火车,我们就在一家廉价的小饭馆里待着。这时走进来一个西班牙妓女和一个黑人妓女。她们每人点了一份汉堡。老板说:"我不卖给黑鬼,滚出去。"那个西班牙姑娘又返回来点了两个汉堡。老板一边嘟囔一边热了两个汉堡。那个黑人姑娘走了进来。老板俯身到柜台下,拿起一件黑色夹克。他把衣服冲黑人姑娘甩过去,正打中她的头,嘡的一声响。老天!我以为那个姑娘被打死了。她呻吟着,摇摇晃晃地从凳子上摔下去。老板飞快地绕过柜台冲出来。我伸出脚绊了他一下,他摔了个狗吃屎。两个姑娘趁机跑了出去。不然,他会杀了那个黑人姑娘的。我们也离开了那家店。我们在半夜搭上一列货车,在凤凰城下了车。这个小镇一点儿都不友好,我们还是先走为妙。

这是一列运橘子的货车。我们待在冷藏车厢里。目的地是堪萨斯城。火车跑得飞快,我们的日子可就不那么好过了。我们穿过铁丝网去吃橘子,拼命补充维生素。(笑)一路走下来,酸酸的橘子汁让我们的嘴巴像烧着了一样,牙齿也都酸倒了。我们在堪萨斯城下车的时候,嘴巴都快合不拢了。

那天晚上,我们在开往堪萨斯城的火车上。每次停车的时候,都有黑人爬上来把煤扔下去。你能看到下面有人把煤拢在一起。你能看到铁路警察态度很糟糕。

哈尔和我坐在车厢顶上,那是一个相当美好的夜晚。突然,我们看到一个铁路警察,他手里的电筒足足能照到一千英里以外。嘭!嘭!他开枪了。我们听见子弹打中车厢的声音。嘭!就像这样。我举起双手,朝亮光的方向走过去。哈尔跟在我后面。那家伙说:"下来!"我说:"我下不去,老天!"这玩意儿每小时能跑五十公里,也可能更快。他说:"跳!"我说:"我做不到!"他说:"转过去,朝前走!"他让我们在火车顶上朝前走。那里有一节无盖车厢,大约八英尺高。他说:"跳!"我跳了下去,跌进湿沙里,沙子没过了我的膝盖。

后来我们到了内布拉斯加州的一个小镇——比阿特丽斯。当时是早上,我都快冻僵了。冻得半死的我们爬进沙箱[04]。我们把身上弄干,慢慢暖和起来,又回到火车上。晚上,我们到了奥马哈。突然之间,我们的火车被佩带着手枪的警察围住了。其中一个家伙说:"到卡车上去。"我问:"为什么?我们什么也没干!"他说:"不是送你进监狱。你们要去的地方是流民营地。"

他们把我们一路拉到了一间老旧的部队仓库。他们给每个人登记,再放进去,脱掉你的衣服,涂上去虱剂,让你洗个澡。当时已是半夜。洗完澡出来,看到很多吃的,有炒鸡蛋、培根、面包、咖啡和吐司。我们美餐了一顿。实在是太棒了。我们到楼上去睡觉。是那种上下铺,床单、牙刷、毛巾和其他东西也都准备好了。我在床上坐下来。我没法告诉你

---

[04] 火车刹车用的沙箱,位于火车头顶部。——译者注

那感觉有多好。我们简直以为自己进了天堂。哈尔还很年轻，只有十七岁。他说："这到底是什么地方啊？"我说："我也不知道，但它肯定是个不一样的地方。"

第二天早上，他们把我们带到一个社会服务工作人员面前。当时，已经有上千号人在那里。他们有的在打棒球，有的在刷墙；其中有流浪汉，有乞丐，还有在路上流浪多年、愤世嫉俗的粗人。这里就像是个游乐场。真是不可思议。

通过一名社工，他在全国青年总署（National Youth Administration）得到一份工作。上班的地方在南达科他州阿伯丁一所很小、没有供暖设备的大学里。"然后，我的好日子就开始了。"

"罗斯福上台之前，联邦政府和你的生活没什么关系。除了邮政局局长，几乎没有地方代表。现在，你认识的人在政府里工作。就是普通老百姓，或者住在街角的那个家伙。"

"对保守而狭隘的小镇居民来说，欢迎和憎恶这种变化的人各占一半。它产生的影响立竿见影。在阿伯丁，当地人是反对的。但他们又很开心看到绿色的救济支票兑现成钞票。如果不是这样，他们就会破产。这件事不能一概而论。罗斯福的新政干涉到了他们的生活，对此，他们咬牙切齿。同时，他们又得靠此生活。小镇居民就陷入这样的矛盾中。"

全国青年总署拯救了我的生活。我可以很容易地在联合国得到一份工作[05]，也同样容易被扔进新新监狱[06]。只是碰上了好运气而已，就是这样。每个人都是罪犯。你偷东西，你坑蒙拐骗。你总得活下去。偷晾衣绳

---

[05] 他在联合国儿童基金会做行政工作。
[06] 新新监狱是美国纽约州州立监狱。——译者注

上的衣服，偷后门廊上的牛奶，偷面包。我还记得搭着一辆货车穿过新墨西哥州的图克姆卡里。我们短暂停留了一下。那里有一家杂货店，相当于现在的超市。我下了车，弄回来一些面包卷和饼干，店老板隔着玻璃冲我挥拳头。

这没什么大不了的，不过激发了我们的狼性。你是个掠食者。你不得不这样。土狼很狡猾。它看起来胆子大得要命，其实外强中干。它会跑，不过一旦被困得无路可走，它又会拼命。在我长大的地方，它们是遭人恨的，因为它们吃羊。它们还会咬死小牛犊，跑到鸡圈里。总之，是很讨厌的东西。可是，如果不这样，它们要怎么活下去呢？它们不像狼那么强大，个子小小的。它们的生活环境很糟糕，经常被狗追着跑。它又不像狐狸。土狼是大自然的受害者，跟人一样。在三十年代，我们就是土狼，失业的土狼。

不，我并不觉得大萧条是什么可贵的经历。幸存下来的人们依然活在它的阴影里——那段艰难的日子留下的阴影。

宝琳·凯尔（Pauline Kael）

影评人，纽约人。

我生平第一次目睹暴力事件是在内河码头。人们的那种愤怒啊，直到最近我才在费城再一次感受到。这次是爆发在警察和黑人小孩之间。

愤怒的人总是在大声嚷嚷。他们手里拿着武器，因为别人而生气。当时，我坐在车里，和父亲一起。我曾经见过领救济面包的长队，队伍里的人都是低眉顺眼的。但这次的不一样。小女孩通常不会见到这种场面，尤其是学究家庭出来的爱读书的小姑娘。

这可能是旧金山大罢工的前奏。我不确定。那时就像是新闻封锁了，浑身的无力感。

家里特别有钱的孩子都被送到了半岛上，避免受到伤害。富人们觉得会爆发一场革命，搬到了城外。

我妈妈经常在后门给那些饿着肚子的人东西吃，邻居们很生气，他们说这样会招来更多人。她该怎么做呢？妈妈说："我还是会给他们吃的，除非东西都吃光了。"直到很多年之后，我才明白人们对那些人所怀着的恐惧情绪。当时，我们家里没有这种恐惧。

我理解邻居们为什么会害怕。她们的生活中一直伴随着家庭暴力。每个周六的晚上，她们都会被自己的丈夫打一顿。你能听到她们的尖叫声。因此，她们害怕所有的男人。我的爸爸从没打过妈妈，这一点我很确定。在我们家里，没有暴力，所以我们并不怕那些陌生人。

弗兰克·切尔翁卡（Frank Czerwonka）

"我是个清洁工，打扫这座城市。我的收入很稳定，一个月发两次钱。我老婆有一份独立的收入。这就是我的生活。"

"因为大萧条，情况有点儿变化。我觉得自己是只老猫，家里的生活全靠着我。虽然我不喜欢这份工作，也没有胆子换。因为我已经在这行干了太多年，是老资格了。"

"我不跟潦倒的人一起混。当你和成功的人在一起，可能会沾点他们的好运；如果和那些失意的家伙一起，他们的霉运也可能传染给你。所以，我就是个势利眼，怎么着吧！"

我爸死后，我妈就经常出入地下酒吧，下盲注，在啤酒馆晃荡。后来又嫁了几次。

1928年，我开始工作。大萧条的前一个星期，我丢了工作。我想要的东西我都有。我想要的不多。我的人生理想就是做个流浪汉，这个倒是没做到。（笑）

1930年，我继父有了这间公寓，在这里开了个地下酒吧。我们隔壁住的是黑社会。在我们社区，没人喝私酿的劣酒，我们只喝精酿酒。我的继父会在（芝加哥）南区兜售私酿酒。

这些私自酿酒的人让燃气公司的人用三英寸的管子接到燃气总管上，利用公司的工具偷接燃气。那些公司的人也是拿了钱的。他们把管子接到总管上，然后牵到二楼，放个炉子在上面。他们放一个一百加仑的蒸馏器，每天工作二十四小时。停下来也只是为了换一批新的原料。

邻里之间也彼此照应。像我有个朋友，他爸爸开了个小酒馆。他在一家公共事业公司上班，修电表。小区里日子越来越难过。每个人都在偷燃气，偷电，偷一切可以偷的东西。很多人家都卸掉了电表。于是，他就在小区里为大家在电表上安装跳线。他警告他们：如果看到有人爬到电线杆上装电表，就告诉他。电力公司的人来了，装了一个电表。他就爬到电线杆上，在电表上装了根跳线。[07]

整个社区的人都会配合？

没错，对付公共事业公司。对社会工作者也是一样，他们也是敌人。只要有人看到社会工作者在附近巡视——看得多了都能认出来，就会把消息传开。如果有人在聚会，有人在吃东西，或者是有老人在兼差赚点儿小钱，他们就会彼此掩护。

在黑帮分子住的地方，有成桶成桶的麦芽浆。有一天，我继父喝醉

---

[07] 安装跳线就是在电表上接一根线，让电流绕开电表而不是从中经过，这样电表就不会转。这样，即便电流一直通过，电表上也不会有记录。

了,他喝醉之后就疯疯癫癫的,爱跟人吵架,然后被关起来。那些家伙就问我妈能不能把他干掉。我妈说:"不行,我还没给他买保险呢。"

我们的地下酒吧,门面是糖果店,那只是个幌子。警察没有为难我们,他们只会勒索那些黑社会的家伙。他们忙着从这些人手里捞钱,这可是大买卖。他们会拖走两卡车的私酿酒。五加仑装的酒罐,通常会少一夸脱。即便是一加仑装的罐子,也会少上四盎司。[08]他们从来都是短斤少两。当时都是这样。他们就是一群骗子。

你贿赂过这些黑帮分子吗?

没有,我们通过这些人的门路买东西。我们买酒。这种私酿酒显然是为了卖到南区,卖给黑人的。这些黑社会有很大的地方用来酿酒,约莫八间屋子。他们常常会停工,不过也没那么频繁。因为有警长关照。他们不会贿赂来巡逻的警察,通常是给他一杯酒了事。不然,就得花更多的钱。如果一个人知道这里有利可图,他就会告诉所有人,他们就都会牵扯进来。所以,他们只贿赂警长,他就不会来找麻烦。

我们被突然检查过几次,但他们从来都找不到酒。我妈有一个很妙的花招。她在墙上钉一颗钉子,挂上一罐酒,然后在外面搭上帽子和外套。这样,警察怎么都发现不了。

有一个女人也用糖果店当门脸。一个警察开始往她那儿跑,态度很好。她晓得他是想要贿赂。于是,她准备了一瓶酒。警察劝她把酒卖给自己。然后,他逮捕了女人,把她送上法庭。警察说:"我买了这瓶酒,足有半品脱[09]。"女人说:"你怎么知道这是酒?"警察喝了一大口,又吐了出来。是尿。案子被驳回了。

我们住到这儿之后,城里的凯迪拉克——敞篷车——车队也往这儿

---

[08] 一夸脱约等于0.95升;一加仑约等于3.785升;一盎司约等于28.35克。——译者注
[09] 半品脱约等于284.13毫升。——译者注

跑，车上放着枪身锯短的猎枪。他们不是要拉我们入伙，就是要钱。四十美元。我妈那天手里没钱。她只有等顾客上门后找他们借，花了三个小时才把钱凑够，给那些家伙。

后来，禁酒令在1933年废除。酒的价格从一加仑四十块降到了五块。有一段时间，八块是标准价，五块是最低价。

我不想再这么过下去。不管怎么样，得找份工作。工作一天七美分，午饭揣在兜里。不管你信不信，我在等电车。一辆卡车要开出城去，它的后挡板掉了，我跳了上去。这一走就是六个月。这可能是1931年的事，胡佛还是总统。我一直待在卡车上，直到它不再往前走。当时，刚好有列货车经过。

我有七美分，不过午饭让我给吃了。我买了一盒布尔·达勒姆（Bull Durham）烟，但我需要吃的。我发现了一个流民营，在那里吃了点儿东西，从流浪汉那里学了些小把戏。

那个时候的货运列车相当不错。火车停靠在一个小镇里，无业游民们下车，镇上的人口要增加两倍。所以，许多人都搭货车。女人也是一样，很多女人甚至会扮成男人的样子。

我碰到了几个自称教授的人、炸保险箱的小偷、熟练的技工，各色各样的人。好多流动工人也在流浪。这些人通常都有点儿钱。当他们做完一份工，拿到钱，就去饮酒作乐，兜里的钱就被偷了。他们不喜欢农民。有很多农民被埋在了那里。

我说的是在西部修胡佛水坝（Hoover Dam）。混凝土里有很多农民的尸骨。他们就把农民推进去。他们不喜欢农民来抢工作。唉，当时流浪的人中也有一些坏家伙。

过去，流浪汉都有自己固定的活动范围，就像牧师和推销员一样。好些镇上的人都认识他们。他们知道一些条件好的监狱，可以进去过冬。他们还会拉帮结派，不让外人轻易加入。如果有一个年轻的小伙子，他们都很喜欢，就会把他拉进来。当时有很多同性恋的事情——色狼、阿飞，什么人都有。我曾把一个家伙推进河里。也不晓得他有没有爬起来，因为我跑了。

传教士一直都有。你听布道的时候，他们向你灌输些东西，之后你该怎样还是怎样。这些传教活动都挺可怕的。我只是想休息一下，所以参加了。偶尔也会有人皈依，开始信教。他们会逗留一阵，只为了有个地方待。一旦兜里有足够的钱买酒，他们就会去喝酒。

如果你够幸运，买到一包烟，比如骆驼牌的，你会把它藏在袜子里，然后把布尔·达勒姆牌的放在衬衣口袋里。这样，那些没有烟的人就只偷得到布尔·达勒姆牌的烟。

现在的年轻人真是惊到我了。我是说比方他们正在抽烟，公交车过来了，他们会把没抽完的烟扔了。我不会。我会把烟掐灭，放进口袋里。有段日子，我经常坐巴士四处走，一天在口袋里找到了六个烟屁股。我把它们放进烟灰缸里，万一哪天烟抽光了呢。

当地人一点儿都不关心流浪汉，不喜欢他们。总是有人在流浪，在你家后门讨东西。

他们知道去敲哪家的门吗？

不知道，这像是只有老流浪汉才能破解的密码。如果它还有用，就不会让新来的人知道，那些最近变穷的人。

有时候天气好的话，就睡在农田里。有一次在北达科他州，我只有一张地图可以盖在身上，另一张地图垫在身下。早上醒来，地图上都结了霜。不过没关系，我就这么睡了。不过，我现在可遭了罪，关节炎。

基蒂·麦卡洛克（Kitty McCulloch）

"我七十一岁了，还能游泳。"

那时有很多乞丐，他们跑到你家后门，说肚子很饿。我不会给他们钱，因为我自己也没有。但我会让他们进屋，坐在厨房里，给他们点儿吃的。

有一次来了个人，正好是圣诞节前。我老公有一套特别好的西装，量身定做的。黑色的西装，带细条纹。他把这套衣服放在了一边，我以为他不是很喜欢。我就对那个人说："你的衣服破得不成样啦，我可以送你一套西装。"于是，我把那套衣服给了他。

在接下来的那个星期天，我老公要去守灵。他问："我的那套好西装呢？"我说："啊，孩儿他爸，你从没穿过那套衣服。我……呃……它已经不在了。"他问："它在哪儿？"我说："我把它送给一个穿破烂衣衫的家伙了。你还有三套西装呀，可他一件都没有呢。所以，我把衣服送他了。"他说："孩儿他妈，你可真是太过分了！"

一个上了年纪的人到了我家后门，他长着白胡子，像个哲学家。那是个非常有魅力的人，可能有六十多岁了。我跟你说，他长得特别像圣尼古拉。我给他吃了一顿好的，热乎饭。他说："给我支铅笔，还有纸，我给你画张画吧！"于是，他开始画画。他真的非常好，是一个艺术家。

（笑）有一个家伙跑到我家门前，我在他身上闻到了酒气。他说："你能不能给我几件衬衫，你丈夫的旧衬衣？"我说："噢，非常抱歉。我丈夫只有旧衬衣穿，真的。他现在只有这些，正穿着呢。"他说："夫人，如果我再搞到几件，我会回来还给你。"我说："得了吧，你先顾好自己再说。"

还有一个，我也闻到了酒气。他想跟我要点儿钱。我说："你饿吗？"他说："我什么吃的都没有，我想要点儿钱去买吃的。"我说："我来给你做个好吃的三明治吧！"于是，我给他做了个三明治，配上蛋黄酱、鸡肉和生菜,一个双层三明治,包在蜡纸里。他狠狠瞪了我一眼,沿着巷子走开了。我看他走过了两三道门,然后把三明治扔到了路上。

道恩(Dawn),基蒂的女儿

我记得有人在我们的公寓做了记号,用粉笔或其他东西做的记号。你可以在靠近后门廊的砖块上看到这些记号。有个记号写道:老兄,你在这里会有点儿收获,不过不是什么都要得到。我们有时在小路上玩,会听到有人说:"这儿有一家。"他们不会跑到邻居家的台阶上,因为他们在那什么也要不到。但是,我们家被做了标记。他们从芝加哥来到这里敲我家门,他们知道自己总能要到点儿什么。不知道那记号是什么意思,其中一些看看有点儿像"X"。他们可能在说:"你从这户人家要不到钱,但能吃上一顿。"我妈妈对人特别热情,对谁都是一样。

路易斯·班克斯(Louis Banks)

他躺在一家老兵医院的病床上,兴奋地跟我说着话,滔滔不绝……
"我们家在阿肯色州的麦吉希有一块小农场,很有些年头了,种棉花。到芝加哥的时候,我还是个又瘦又小的孩子。我参加过有偿拳赛。大人的比赛结束之后,就轮到我们上了。"

十四岁的时候,我在五大湖地区工作,一个月赚四十一块五。我想:总有一天我会成为了不起的大厨。但是,当时的日子很不好过。那是1929年。我从早上五点一直干到晚上七点。洗盘子,削土豆皮,搬运沉得要命的垃圾。我们打算到底特律去。

人们睡在码头上,喝得醉醺醺的,第二天可能就死掉了。我曾见过尸体漂在河面上。他们因为一无所有,就跳河自杀。黑人白人都有。

到了发工钱的时候——我每隔两个星期去领二十一块,回来后得想想下一步去哪儿。因为在这儿会被打劫。我有一个工友,叫史考特,在这儿烧锅炉。他想寄点儿钱回家。他特别卖力气,总是汗流浃背,后来肚子被烧伤了。我特别难过。那些人把他弄死了,扔到河里,就为了从他身上拿走十五还是二十块钱。就算是为了半毛钱,他们也会去偷,去杀人。

1929年,日子特别不好过。我成了无业游民,到处流浪,讨个几分钱去换东西吃。我到铸造厂找工作。他们没要我,因为我的肤色。还有一次,我去了萨吉诺,除了我还有两个白人。那两个人都被录用了。我又回到街上流浪。这给我的打击特别大——种族歧视。

四处流浪的时候,我会躺在铁轨边上,直到看见有火车开过来。我的口袋里总是揣着一瓶水、一条胶带或是旧布,免得瓶子被打碎。还有一块面包,这样我就不会饿着。我整天整夜都在车上,大太阳的时候也是一样。

我在火车车皮顶上坐了四天四夜,到了洛杉矶。我们一路坐的都是圣达菲铁路公司的车。我当时特别难受,太饿了,身体又虚,神志都有些不清了。我看见蛇在烟雾中慢慢爬过。我不停地说:"老天爷,帮帮我!老天爷,帮帮我!"车上还有个流浪汉,白人,叫卡拉汉。他的块头很大,看上去像杰克·邓普西(Jack Dempsey)[10]。他用手紧紧箍住我,把腿缠在我身上。不然,我就要从车上掉到一块玉米地里去了。我病得跟条狗一样,一直到我们抵达加利福尼亚州的长滩。

---

[10] 杰克·邓普西(1895—1983),美国早期拳王。——译者注

白人黑人都一样，因为大家一样穷。所有人都很友善，睡在流民露营地里。我们用一口大锅煮东西吃，把卷心菜、肉和豆子混在一起。我们坐在一起，搭个帐篷。有二十五到三十个人在外面，待在铁路边上，白人黑人都有。他们没娘，没有姊妹，没家。他们脏得不行，穿着工装裤。他们没吃的，什么都没有。

我们有时候会派一名流浪汉四处转转，看看有没有哪个地方在招工。他会回来说：底特律，没工作。或者说：有人在纽约招人。于是，我们动身去纽约。在火车上可以看到我们的人，十到十五个人。我听到其中一个在大叫。他掉下车，死掉了。他当时想下车，以为到家了。他听到了一个声音。（他模仿火车的汽笛声，缓慢、悠长，充满忧伤）

之后，我看到了一个铁路警察，白人警察。他们管他叫"得州瘦子"。不管在什么火车上，他都会开枪把你打死。我们从俄亥俄州的莱马出来，那里有个"莱马瘦子"。如果他在车上抓到你，也会把你打死。无论你上的是运羊车，还是运别的东西的火车。他不会叫你下车，而是直接开枪打死你。

我在全国各地都坐过牢，和其他犯人锁成一串。在佐治亚州就是这样。就因为在火车上流浪，就因为无家可归，我不得不摘了四个月的棉花。他们把我放出来的时候，就给我三十五分钱，还有两条工装裤。1930年，大萧条的时候，警卫就那样把我从火车上带下去。那时候是夏天。先生，没错，他们就给了我三十五分钱。

我去敲别人家的门。他们会说："你想要什么？我要报警啦！"警察会把你扔进监狱，就因为你在流浪。他们会让你挤奶，干上三十天或九十天。在威斯康星州，他们会做同样的事情。亚拉巴马州、加利福尼亚州，不论你去哪儿，都是一样。我什么都没干，却总是在牢里待着。

人们不得不四处流浪，离开老婆，离开老娘，离开家人，只为了弄点儿钱活下去。但他会想着亲爱的妈妈，想给她寄点儿钱，怕她挨饿。

我当时觉得很没脸。我离开家是因为没工作。我说："我到外面闯一闯，去找份工作。"但老天爷不帮我，什么活儿也没找到。我不想她们看见我脏得要死，穿着破衣烂衫的样子。我的胡子也没刮。我不想给她们寄相片。

我在信里写道："亲爱的妈妈，我过得很好，希望你一切都好！"那时我在洛杉矶，睡在石阶下面，身上盖着几张纸。这里是贫民窟，黑人住的地方。可是，我的娘啊，她会说："哦，我的儿子在洛杉矶，他过得相当不错呢。"

我和一群流浪汉混在一起，喝很差的烈性酒，有时候两三天都吃不上东西，因为病得太严重，吃不下去。我没死掉，这可真是个奇迹。但我相信上帝。

我去了洛杉矶的一家医院。那里的人问我："你住在哪里？"我说："流民救助中心，请送我回家吧。"警察会说："好，把他扔到牢里去！"我因为流浪在牢里待了三个月。在我流浪期间，三分之二的时间都在牢里。一待不是三五天，而是两三个月。因为我们是免费的劳力。摘水果，摘棉花，然后再放你走。

我干过十五到二十份工作，哪份都不好做。从早上六点一直干到晚上七点。切肉、做饭、洗盘子、打扫卫生。就像你在一头扔了球，再一路跑过去，到另一边去接球。你就是个"万金油"，什么都得干。白人厨师一周的工钱是四十块，我只有二十一块，他干的我都得干，他不干的我也得干。穷人的日子不好过。有钱人就靠着穷人生活。

当我还是个瘦小的孩子时，在阿肯色州摘过棉花，我看见了我的爸爸。他当时要工作整整一天，工钱只有两块钱。他给我们买上一块咸猪肉，一袋子面粉。那就是阿肯色州的麦吉希。

要知道，为了那一袋子面粉，他一天要摘上两三百磅[11]的棉花。在大太阳底下，还可能被蛇咬。他的所有家产就是一间小房子，一个装水的桶。1930年，我去那儿看他。我不想再流浪了，就跑去看他。我爸爸头发都白了，没有银行存款，也没有"蓝十字"[12]。他什么都没有，一直工作到死。（流泪）还有个白人，就在那里开着辆拖拉机……这些就好像是昨天才发生的事情，但那是1930年。

1933年，芝加哥举办世界博览会。有一家大酒店招了些黑人当服务员。在接下来的十到十五年里，白人服务员都比黑人赚得多。我当时在北区的一家酒店里当服务员，那里有很多流氓。现在，只有一些高级酒店才招黑人做服务员。不过我想，在一些小旅馆里，可能也有黑人服务员。

1935年之后，世界博览会之后，就业的情况稍微好些了，你可以找到洗盘子、帮人拿行李的工作。

我给公共事业振兴署干过活，工钱是二十七块五。我们的工作是挖一条大沟，再把它填上。你觉得自己是个有钱人了，你可以买套衣服。在那之前，你就想要有点儿钱，但就是一个子儿也没有。孩子们都没衣服穿。我的小侄女和我自己的孩子都只能穿传下来的旧衣服。你不能偷东西，要是偷了东西就得进教养院。你没日没夜地工作，最多能赚十五块。我的小孩都是在大萧条期间长大的。一堆拖油瓶……日子难过。

在大萧条期间，你曾经感受到善意吗？

没有，除了救了我一命的流浪汉卡拉汉。如果不是他在火车上帮忙，我早就死了。在流民露营地，大家对彼此也不好，没有朋友一说。每个人都愁容满面，一脸苦相。真是可悲。

要打仗的时候，我参军了，特别高兴。我知道自己安全了。我穿上

---

[11] 一磅约等于453.59克。——译者注
[12] 蓝十字蓝盾协会（Blue Cross Blue Shield Association），是美国历史最悠久、规模最大、知名度最高的专业医疗保险服务机构，诞生于三十年代大萧条时期。——译者注

军装，对自己说："现在我可算安全了。"我有钱拿，有饭吃，身边有一群人。我知道在街上瞎混或流浪的时候，分分钟都可能被人弄死。

我喜欢待在部队里，因为在外面我破衣烂衫，也没有工作。现在穿上美国军装，有东西吃了，我特别高兴。我一点儿都不在意那些吓到我的步枪。在部队里，我不会在火车上被人打死，我也不会饿肚子。每次敬礼，看到周围那些好样的美国士兵，我都觉得特别自豪。我也是个好样的兵，拿过五枚勋章。现在，我宁愿待在部队里，也不想大萧条再来一次。

附记：康复之后，他回到芝加哥一间高级酒店的工作岗位——在洗手间做服务员。

"我在达科他州和蒙大拿州的时候，经过卡斯特将军（General Custer）最后的据点——小大角时，我在那里写下了我的名字。是的，先生。因为这个记号，这些记忆就会一直在那儿。就是这样，先生。"

艾玛·蒂勒（Emma Tiller）

那个时候，她住在得克萨斯州西部，做厨子。

当流浪汉上门来讨吃的，南方的白人通常都会把他们赶走。如果来的是黑人，她们就会给他吃的，甚至会给他钱。她们会问："你抽烟吗？吸鼻烟吗？"抽的，夫人。吸的，夫人。她们对黑人不错，但这种好让人不开心。对跟自己一样肤色的人，她们才不会这么做。

有些工作她们只招黑人来做。她们不会找一个白人妇女来做家务，怕她抢走自己的老公。

黑人妇女会说:"夫人啊,厨房里有中午的剩饭。怎么不给他呢?"主人说:"不,不,什么都别给他。他明天会带着一帮人再来。他应该找份工作去干活儿。"

给白人干活儿的黑人妇女会拿一些吃的,用报纸包起来。有时候,我们会沿着小路赶上去,把他叫住:"嘿,先生,到这儿来!"我们会说:"你待会儿再来,我把吃的放在袋子里。我会在垃圾桶旁边坐下来,这样就不会被人瞧见。"这样他们就有东西吃了。我们通常还会顺手拿上一块肥皂、一个刮胡刀或是其他东西,放在袋子里一起给他。黑人通常都会给流浪汉一些吃的。

有时候,我们看到这些人在铁轨上捡东西,就会告诉他:"到我们家来。"他们来了之后,我们就给他们一件旧衬衣、一条裤子或是几双旧鞋。吃的一直都会给。

有好多次,我回到家里,拿走老公的旧鞋。有的他自己要穿,有的已经破得不成样子。不管黑人还是白人,我都给他们。

我们有时从地里收点儿吃的,掰几颗玉米烤来吃。我们把玉米放在一个布袋子里,纸袋子会破。当他们饿的时候,就可以停下来生堆火,把玉米烤来吃。我们自己也这么干,而且喜欢这么干。再给他们一点儿盐和其他东西,让他们可以撑到下一个地方。

他们会坐下来聊天,讲一讲他们的不幸。我们从来不问是真是假。了解一个人本来的样子,这一点很重要。随便什么人都可以四处走走,写一本有关某个人的书,但那本书并不总能让你了解那个人真正的样子。在那个时刻,当你同那个人坐下来聊天,了解的只是他的过去。明天,他可能就变成另外一个人。通过一个人本身去了解他,而不是通过看一本书去了解他,这一点很重要。只有经过一些事情,上了年纪才会明白这一点。许多人虽然受过很好的教育,但有些常识他们并不了解,尤其是和人相关的常识。

佩吉·特里（Peggy Terry）和
她的母亲玛丽·奥斯利（Mary Owsley）

这间公寓位于芝加哥的上城区，总是挤满了人。社区里的年轻人随意地进进出出，来访者络绎不绝。偶尔，会有一个衣衫褴褛的小男孩笨手笨脚地走进来，张大眼睛打量着，然后消失。在这里，佩吉·特里被视为南方穷苦白人的代言人……"这些穷人在这里生活了好几年，胆子都快吓破了。他们意识到自己肤色代表的意思和自己想的不一样。"

奥斯利夫人先讲了她的故事。

她出生在肯塔基州，嫁给了一个俄克拉荷马的小伙子，当时"他刚从'一战'战场上归来。战争让他烦乱不安，我们就在这两个地方之间来来回回。我们不是在从肯塔基到俄克拉荷马的路上，就是在从俄克拉荷马回肯塔基的路上，走了三四趟。战争造成的悲剧历历在目，他在哪里都不开心"。从1929年到1936年，他们生活在俄克拉荷马。

在俄克拉荷马城有好几千人失业。他们跑到施汤站排起长长的队伍，那里的食物很干净，味道也不错。太多太多的人，白人、黑人都有。我在他们身上看不到任何区别，因为失业的白人同黑人一样多。他们年轻时攒下的家当全都没了。当时的情况就是这样。我记得好些人家坐着大篷车离开这里。我猜他们可能要去加利福尼亚。

石油繁荣出现在1929年。人们从四面八方来到这儿。几年过去了，他们住在小帐篷里，住在用捡到的纸箱和废旧金属搭成的棚子里。他们把可以找到的所有东西堆在一起，竖起一道墙，隔开大家的视线。

在俄克拉荷马城，我认识这么一家人——一对夫妻、七个孩子，他们住在一个洞里。那个洞相当不错，他们收拾得特别好，好得让人吃惊。洞里有椅子、桌子，还有床。这个洞完全靠土支撑，就像窑洞一样。

哦,沙尘暴,实在是太可怕了。你洗完衣服,把它们晾在绳子上。如果你碰巧出了门,没能在沙尘暴吹来之前把它们收进屋,那衣服就再也洗不干净了。沙尘中有石油,会在衣服上留下你见过的最恶心的污渍。衣服毁了,再也没法穿上身。我试着穿过,不过实在见不得人。我丈夫失业之前,我们住的地方还不错。虽然不是砖砌的房子,但也没差。沙尘暴过后,你得打扫房子,从阁楼到地面,所有的东西都蒙上一层沙。红色的沙,里面都是石油。

大部分人的日子很艰难。你能看得出大家都心烦意乱,因为每个人都不知道这样的日子什么时候是个头。很多人自杀,不为别的,就因为看不到未来有好转的可能。其中的一些人我都认识,有的是农民,甚至还有生意人。他们破了产,就因为这个自杀了。

很多时候,有一户人家总会有点儿东西吃。他们会分成好几份,每个人都会分享。即便是那些过得相当不错的人家,他们也会觉得不好意思。因为他们在吃东西,别人却在挨饿。

我的丈夫心里很纠结,只不过掩饰得很好。他是个聪明人,但他不明白一个如此富裕的国家怎么会变成现在这个样子,为什么这么多人会活活饿死,而那么多小麦,还有其他东西却被倒进海里。说法一套一套的,而他想找到一个原因。他找到了。

我丈夫去了华盛顿,和那些去华盛顿的人一起游行——抚恤金征讨大军。

打仗的时候,他是个机枪手。他说在德国的时候,德国人冲他们扔过毒气弹。现在他回国了,自己政府的走狗却冲他们扔瓦斯弹,还用水龙带喷水驱赶他们,把他淹得半死。没错,没错,他是个惹事鬼。(笑,突然一声叹息)我想我的一生就是这样了。

随后，佩吉·特里讲了她的故事。

我第一次注意到那种差别是傍晚放学回家后。妈妈会让我们去施汤站领吃的。她从来不让我们说粗话。如果你刚好排在队伍的前头，那么你只能领到清汤寡水。我们就让那个把汤舀进桶里的家伙——每个人都得拿自家的桶去领汤——把表面那层油腻腻、水样的东西撇掉。我们请他把勺子往下多伸点，好从锅底捞点肉渣和土豆上来。可是他不肯。我们就这样学会了粗口。我们会说："该死的，往下伸一点儿！"

接下来，我们会去街对面。那里有个地方有面包，大块大块的面包。在这条路上不远的地方有一个大棚子，他们在那儿发放牛奶。妹妹和我每人拿两桶。在很长一段时间里，我们就这样过日子。

我还记得有一次，家里只剩下芥末可以吃。妹妹和我在饼干上涂了太多芥末，结果吃完都生病了。直到现在，我们都闻不得芥末味。

我们周围只有一户人家有东西吃。巴尔先生在制冰厂上班。只要有吃的，巴尔太太总会分给孩子们，可还是没办法顾到所有孩子。他们家有棵很大的树，结了些果子。她会让我们去摘果子。有时候，我们会去摘水果吃，吃得都恶心了。

她的两个女儿去诺曼上大学。当她们说起大学里那些好东西，巴尔太太就会让她们压低声音，因为总有些穷孩子什么都没得吃。我还记得她因为社区里有人挨饿而难过。当时就觉得大家都是自己人……

当他们有吃的分给大家时，你会接到通知，然后就去了。有一天，爸爸带着妹妹和我去了他们家。他们给大家分了些土豆和别的东西。他们家一辆装着橘子的卡车停在路边。有人问橘子是给谁的，他们没有回答。于是，这些人就说：那好，我们就把这些橘子拿走。他们真这么干了。爸爸和另外几个人跳上了卡车。巴尔先生报了警，警察把我们都赶跑了。不过我们还是拿了橘子。

现在和当时不一样了。现在，一无所有的人会觉得不好意思。而当时，我不知道有钱人的想法。我想富人是看不起穷人的，和现在一样。但在我认识的人当中，我们都认为这不是我们的错，是国家机器出了问题。大多数人怪胡佛，一切的一切都是他的错。我并不是说他一点儿责任没有，我觉得也不全是他一个人的错。我们的政府不是一个人管理的，不可能因为一个人就垮掉。

回忆过去的时候，你有没有一种羞耻感？

我觉得很有意思。去施汤站领吃的很有趣。因为我们都沿着那条马路走，一边笑，一边玩。唯一的感觉就是肚子饿，得去弄点儿东西吃。没人让我们觉得不好意思。没有那样的。

现在，你会觉得都是自己的错。如果你穷，唯一的原因就是你懒，你无知，不懂得自救。你会觉得如果收到一张福利机构的支票，诺克斯堡的银行[13]就会破产。

到施汤站领吃的。即便在这之后，情况仍然没有好转。然后，公共事业振兴署成立，我结婚了。我老公就为振兴署干活儿。这个活儿在肯塔基州的帕迪尤卡。我们都还是孩子，他十六岁，我十五岁。我老公在那里挖沟，往里埋一条总水管。即便到了1937年，这座城市还有部分地区没有用上自来水。

我和老公开始周游各地，大概有三年都是这样过的。这是一段特别美好的时光。如果你穷，又一直待在同一个地方，麻烦就会找上门来。当你不停地从一个地方换到另一个地方，停留的时间就短得连麻烦都没法找上门。如果你很穷，但可以到处周游，倒是可以把日子过得很舒服。

我们开始搭顺风车的时候——那时我已经怀孕了，大家对我们真的非常好。有时还会给我们吃的。我记得有一次睡在干草堆里，那家的女

---

[13] 诺克斯堡位于美国肯塔基州路易斯维尔市西南，美联储金库所在地。——译者注

主人出门看到我们，就说："你都要生娃娃了，这样可不好。你得多喝牛奶。"然后把我们带到屋子里。

她家的晾衣绳上挂着很多小地毯，她当时正在大扫除。我们就说要帮她给毯子除虫，回报她给我们东西吃的好意。她说不要，她不想我们这么做。她就是单纯要给我们东西吃。我们很坚持，如果她不让我们干，我们就不吃东西。她只好让我们给毯子除虫。她家的毯子真的是太多了，不过我们还是干完了。然后，我们进了屋。她家有一张特别漂亮的桌子，摆满了各种吃的，还有牛奶。我们走的时候，她用一个一加仑的桶子装满了牛奶，我们带着上路了。

你现在不会遇到这种事了。我想：如果你现在这么做，恐怕要被逮捕。有人会报警。"二战"结束之后——好像从战争结束的那一刻开始，政治宣传造成了现在的氛围——人们彼此憎恨。

我记得有一个晚上，我们走了很长时间，又累又饿。这时，过来了一辆四轮马车。这是一家黑人往城里赶。因为他们不能停下来去餐馆吃饭，所以准备好了吃的东西，随身带着。马车的后面装满了干草。我们问能不能在车上睡一觉，他们答应了。我们醒来的时候已经是早上，那家的主妇邀请我们一起吃点儿东西。她有一个餐盒，里头装满了鸡肉、饼干、红薯和其他东西。那顿饭吃得太舒服啦。

那时候我不喜欢黑人。事实上，我讨厌他们。如果他们全部离开这个国家，我都没有意见。

她回想起自己作为白人的优越感及自己的发现。"如果非要说是什么改变了我的想法……我确实不知道。我想了又想。你足不出户，总看不清真实的自己。只要你还认为自己高别人一等，那些地位比你低的人就会抱怨。一旦你抛弃这种想法，你就会发现自己并不比别人过得更好。事实上，你的处境更糟，因为你生活在一个谎言里。真相就在那里，在我们面前。我们在棉花田里摘棉花,旁边田里是黑人在干活儿——亚拉巴马州、得克萨斯州和肯塔基州都是一样。但我从不觉得我们有任何共同之处。"

"我在那里待了一段时间之后才发现别人是怎么对待穷苦白人的。那些穷苦的南方白人,他们的待遇和黑人一样糟糕。我想这说明了所有问题。"

我在墨西哥人那里也找不到认同感。老公和我是流动工人。我们去了得克萨斯州的山谷地带,那里特别漂亮。我们在里奥格兰德河谷地区(Rio Grande Valley)摘橘子、柠檬、葡萄和酸橙。

摘一蒲式耳[14]的柑橘果,可以拿到五分钱。摘葡萄的时候,你得拿个环去套果子。你手里拿个环,就像这样(她用手画了个圈圈)。它上面有个小东西,可以挂在拇指上。你爬上树后,就用那个环去套葡萄。如果葡萄滑过了环,那就不能摘。你干得特别卖力,特别是如果你想赚够钱去买东西吃,你就会摘些不够大的葡萄。最后,他们会检查你筐里的葡萄,把所有能从环里穿过的果子扔出去。

有一个小男孩,我记得特别清楚,那是个长得很漂亮的孩子。我们每天都坐在树下吃午饭。那里有野生辣椒。他坐在那里,每过一会儿就摘一颗辣椒扔到嘴里嚼啊嚼。我看那些辣椒长得不错,也跑过去摘了一颗尝了尝。天,嘴巴就像着了火一样。他笑得在草地上直打滚。他觉得这太有趣了——白人不能像他们那样吃辣椒。他剥了葡萄皮让我吸里头的汁,因为我的嘴巴火辣辣的。他后来会跑过来问我要不要帮忙。有时,他会帮我摘葡萄,因为他觉得对不起我,害我被辣椒辣到了。(笑)

不过那是个小男孩。我不觉得他有什么问题。但那些男人女人,他

---

[14] 蒲式耳是谷物、蔬菜、水果的容量单位,一蒲式耳约等于35.238升。——译者注

们不过是讲西班牙语的外地人,应该被遣送回墨西哥。

在我们住的小镇上,"外国佬"[15]很少,这让我很生气。几乎没人说英语。当你试图跟这些墨西哥人说话时,他们压根不懂英语。我们从来没想过应该去学点儿西班牙语。那样一个时期真的很难讲,自己就像变了个人。每当我回想起这些日子,都感觉进入了另一个世界,是另外一个人在做这些事情。

如果说有一件事情让我开始思考,那就是罗斯福总统的袖扣。这听上去有些不可思议,但确实如此。我看到报纸上讲他有多少对袖扣,还说其中一些是红宝石和其他什么宝石做的——这就是他的袖扣。我永远都不会忘记当时我坐在前院的一个旧轮胎上,又穷又饿。我在大太阳底下坐着,那里一棵树都没有。我在想为什么有人有那么多袖扣,而我们连肚子都填不饱。当时我都靠肉汤和饼干度日。我记得那是我第一次在心里问为什么。

爸爸终于拿到了他的补偿金,他用那笔钱买了辆二手车,好载着我们回肯塔基州。爸爸对我们说:"你们都上车。我想带你们去看点儿东西。"他一路上都在讲我们的日子有多艰难,他说:"如果你们觉得我们的生活已经很不容易,我想让你们看看那些真正不容易的人。"那是在俄克拉荷马城,他带我们去了当地的一个"胡佛村"。在那里,我们看到了最令人难以置信的场景。

好多人都住在老旧生锈的车子里。我是说,那就是他们的家。有人住在装橘子的板条箱搭成的窝棚里。还有一家子,有好些个孩子,他们居然住在一个钢琴箱子里。这不是一块小地方,可能足足有十英里宽,十英里长。人们把自己找得到的东西拼凑在一起,就这样住在里面。

---

[15] 外国佬,原文为"gringo",西班牙人和拉丁美洲人用以称美英血统的人,尤指美国人。——译者注

当我读《愤怒的葡萄》这本小说时——她给我买的（指了指坐在房间另一头的一个年轻姑娘）——感觉那里头写的就是我的生活。尤其是他们住在政府流民营的那一部分。因为我们在得克萨斯州摘水果的时候，就住在一个类似的地方，也是政府提供的。他们有时候会派人过来，帮那里的女人们做床垫。瞧，我们什么都没有。他们却来告诉我们怎么缝衣服。每个周六的晚上还会有一场舞会。我看《愤怒的葡萄》时，觉得那就是我曾经过的日子。我之前从来没有为穷人感到如此自豪，直到读了这本书。

在我看来，我们的政府做的最坏的事情就是让人们失去自尊。这让人没法成为一个真正的人。想的是为什么是哈莱姆区[16]，为什么是底特律。他们关心的是军队、法律和秩序。在一个国家里，只有大家成为体面的人，才谈得上法律和秩序。每次听到又有一栋大楼着火，我就想：天啊，再烧一栋吧。（笑）

我不觉得人生来就是受苦的，这就是胡说八道。人是地球上进化最高级的物种，我们生来是为了快乐地生活，享受世上的一切。那些让生活变得快乐而不是痛苦的东西掌控在少数人手里，我认为这是不对的。你早上醒来，不晓得今天等待你的将是什么，饥饿还是其他什么东西。这种想法就像一只大手抓住了你的心脏，拼命揉挤。

附记：我要走的时候，佩吉·特里突然想起了一件事情。"那是1935年的圣诞节，就在爸爸领到补偿金之前。圣诞节里，我们什么礼物也没有。我是说一样东西都没有，一个橘子、一个苹果都没有。我觉得好难过。我去了教堂，那里有为孩子搞的活动，我偷了个圣诞节礼包。那是一个非常漂亮的盒子，上面还有一个大大的红蝴蝶结。我把它从钢

---

[16] 哈莱姆区（Harlem）是纽约的黑人聚居区。——译者注

琴上偷走了，带回了家。我告诉妈是主日学校的教师给的圣诞礼物。我打开盒子，是一条天鹅绒做的琴盖布，很漂亮。妈妈知道主日学校的教师不会给我这个。因为我们住在一起——一个被他们称为'呆鹅公寓'的小窝棚里。（笑）一个小孩子，大人告诉你圣诞老人什么的，然后你不得不跑到教堂去偷一份礼物……结果还是一份古怪的礼物——钢琴的盖布。小孩子不应该跑去偷东西。他们任何时候想要任何东西，都应该得到满足。我觉得那才是我们想要的生活。"

小久光季子（Kiko Konagamitsu）

日裔美国人，生活在中西部的一座城市。

我爸爸在加利福尼亚州南部有块农场。我还记得《愤怒的葡萄》书里的那些人物。就是那样的人为我爸爸干活儿——在地里收割。让我奇怪的是，他们会说："让那个日本孩子来算。"他们从地里回来，我就帮他们算出当天收割的总数。我给他们过秤。我不觉得自己能够胜任，我还只是个小孩子。但我会算数，他们觉得很了不起。这是很大的信任。好像一个人越穷，就越愿意相信别人，也更愿意帮助别人。

我爸有很多旧式的东方情结。如果他的朋友遇上麻烦，没钱雇人干活儿，爸爸就会让我过去帮忙。我记得有一次特别糟。我给那人干了一整天，洗莴苣，码蔬菜。他一分钱都没给我，爸爸反而把我大骂了一顿。"你根本不应该指望人家付钱。他没让你去，是我叫你去的。"

现在，在美国的日本人之间，这种互助精神反而不如大萧条时期。第二代日本人已经成了地地道道的所谓"美国人"。

有人会笑着说：也许"二战"——和日裔美国人集中营[17]——对我们来说是件好事，不然我们怎么可能离开加利福尼亚呢？在日裔美国人中，好多博士在家庭农场或水果摊上干过活。他们的父母住在窝棚里，省下钱让孩子们去上大学。（笑）

在珍珠港事件之后，几千个日裔美国人被集中到圣安妮塔。我们被分配到集中营或是转包给农场主。弟弟和我报名去给爱达荷州的农场主收甜菜。我们在甜菜农场干活儿，却连一张糖券都拿不到。我都不知道糖是啥味道。（笑）

"乡巴佬"乔·麦克唐纳（Country Joe McDonald）

摇滚歌手，二十六岁，"乡巴佬乔与鱼"乐队的成员。

我问过爸爸他以前干过些什么事。他从不多说，只会讲搭运货的火车到处跑，找不到工作。后来他去了阿拉斯加州，找到活儿干了，但总是饿肚子。事实上，他很少谈起大萧条。

你能想象大萧条是什么样子吗？

不能。不过在乐队刚组建的时候，曾经有过这样一段时间。我们有两年都在贫困线以下挣扎。一周只能赚五到二十块。我们努力想让日子好过点儿，但第二年真是要命。我们太想吃点儿好的了。我们生活在一个富足的社会。我真是没办法想象整个国家变成那个样子。

对我来说，这是太久之前的事情了。我还记得伍迪·格斯里的唱片，

---

[17] "二战"期间，数千个生活在美国西海岸的日本家庭被扣押在再安置营中。这些建筑今天依然还在。

讲那一场大风暴来袭,他们变得无家可归。他们的房子都是推土机一推就倒。(笑)我很难想象推土机推倒我父母在伯克利的房子。要推倒一座水泥墙房子可不是那么容易的事。那段时间不可能再来一遍了吧。

我到处旅行,和来自墨西哥的外来工聊过天。从某个方面来说,他们彼此之间比大多数中产阶级的有钱人要更亲近。贫穷让他们成为非常真实的人。你一无所有的时候很难虚伪。我的意思是在你穷困潦倒的时候。我想在大萧条时期人性里一些好的东西现在已经没有了。

凯萨·查韦斯(Cesar Chavez)

和许多从小就干活儿——尤其是在野外干活儿——的人一样,他比自己的实际年龄(四十一岁)显老。他态度谦逊,声音柔和。

他是美国农业工业联合会(United Farm Workers of America, UFWA)的主席。这个组织与同业工会和产业工会不同,它是一种新式的劳工联盟。与其他工会相比,农业工人——也就是那些"侍弄庄稼的人"——一直得不到罗斯福新政带来的种种福利。

噢,我还记得当时我们一家人被赶走。爸爸带了几匹马和一辆篷车。我们一直住在那间房子里,搞不懂为什么要离开。我们搬到了另一个地方,条件更差,很寒酸的房子。那应该是1934年前后的事情。我六岁左右。

那里是北吉拉谷,在尤马以北五十英里的地方。爸爸被人从他那小块土地上赶走了。他从他的爸爸那里继承了这块地,我的祖父当时就在这里安了家。我的两三个叔叔也搬走了,为了同样的原因——银行没收贷款抵押。

如果本地的银行同意,政府会向我父亲这样的小农场主提供贷款担保，好让他们继续经营下去。但是，本地银行的行长恰好最想要我们家的那块地。我们都被他的势力包围了：我们家周围的地全是他的。他当然不会同意贷款。

一天早上，开来了一辆巨型拖拉机。我们从来没见过这么大的家伙。爸爸之前都是用马干活儿。大拖拉机推倒了我们家小小的马圈。我们不知道这到底是为了什么。一周之后，这块地改头换面，还挖了沟，跟以前大不一样。我不喜欢它变成现在的样子。

我们全家爬进一辆旧雪佛兰车里，那是我爸爸的车。然后，我们就到了加利福尼亚，成了外来工。我们家有五个孩子，按当时的标准还只能算个小家庭。那是在1936年前后，我八岁左右。我们的生活很奇怪。之前我们很穷，但我们知道晚上会有一张床，我们有屋子住，还有一间厨房。生活看上去很安定，我们有鸡肉、火腿、鸡蛋和其他很多东西。突然之间一切都变了。在你还小的时候，你弄不明白是怎么回事。你只知道可能是哪里出了问题，你不喜欢，但不会问为什么，你不想让自己消沉。你只能继续往前走。

但这件事对爸爸的打击很大。他曾经有块地，结果突然没了。我常听到他和妈妈讲这些话：我们再干一季，就能存够钱去亚利桑那州买块地。类似这样的话。这几乎成了他的习惯。他从来就没放下这个念头——有朝一日再回去，有块自己的地，哪怕小小的。

我非常非常理解这种感情。这些对话听起来有点儿让人难受。我想我的兄弟姐妹们也能看见爸爸脸上那悲伤的表情。

……他想要的那块地？

再也没能买块地，再也没有。几年之前，他就不再讲这种话了。对土地的渴望，那是一种非常强烈的渴望。

搬到加利福尼亚之后，我们放学后会去做工，也有时候不去。"侍弄庄稼"，我们非常想念书。为了存够钱过冬，我们全家人去摘杏子、核桃

和梅子。我们是新手，从来没干过流动工人。包工头会狠狠占我们的便宜，用一些很蠢的方法。（笑）

有时候我们自己都忍不住要笑。我们相信身边的每个人。把所有家当装在车里，在加利福尼亚到处跑，这个样子很显眼。那个时候我们没有拖车。这就是吸引包工头的诱饵。无论我们车停在哪里，总会有个包工头过来提供各种工作，薪水也不错。我们总是上他们的当，跟着他们去，相信他们。

我们到了圣何塞，没有找到工作。之前有人骗我们说这里在招工。我们身上一分钱都没有，只能在市郊的一座桥下住下来，那里是干枯的河床。这还可以忍受。没法忍的是在四百米长的地方住了那么多家人。你也知道孩子是啥样的。他们带来的一些东西把我们伤得不轻。这些孩子大部分来自中产家庭。

有一次，我们上了个大当。我们在去德拉诺的路上经过弗雷斯诺。我们把车停在一个加油站，被一个包工头看到了。他说有大钱可以赚，我们就跟他走了。我们干了一个星期：那里的葡萄长得不好，没能赚多少钱。为了挣钱，我们都没上学。星期六是发工钱的日子，但我们没拿到钱。包工头说酿酒厂没给他付钱，下个星期就能拿到钱。他给了我们十块钱。爸爸拿着这点钱去杂货店买了十块钱的东西。我们又干了一个星期，到了周三周四的时候，爸爸去问他要上周的工钱，他把那个借口又说了一遍。就这样，我们干了四个星期，拿到了要么五块、十块，要么七块，这就是全家人全部的工钱。

一天早上，爸爸决定不再干活儿了。如果他不付钱，我们就不干活儿。我们坐上车去找这个人。房子是空的，他已经跑了。酿酒厂说他们已经给那个人付了钱，而且给我们看了付款凭证。那个人果然已经拿过钱了。

到处都有人在罢工。我想我们家可能是最爱罢工的家庭之一。爸爸不喜欢那里的环境，脾气开始变得暴躁。有些人家会跟着我们。我们动身去别的地方，有的时候会回去。因为在别的地方找不到工作，只得又回去。再求着人家雇我们干活儿。雇主知道我们的情况，会拼命羞辱我们一番……

这些罢工都以胜利告终吗？

从没胜利过。

我们和有些人家一样，不会无视他人的不满。有人可能和雇主有私人恩怨，他说我不再给这个人做工了。即便我们正在那里工作，也会尊重他的决定。我们觉得应该这么做。我们也会跟着走。因为我们看重这些东西，我们自己也会惹出这些事情来。比方说我们是按件算工钱，又知道这些人在过秤的时候搞鬼，那我们决不会就这么算了。我们会丢了工作，去别的地方。有些人家也是这样。

有时候你们不得不再回来，那包工头知道了这个情况……

他们会知道，并且利用这个大做文章。因此再回去是有些丢脸的。但我们没有别的办法，不得不再干上几天，攒够加油的钱。

我经历过这样一件事。我们开车经过加利福尼亚州的印第奥。沿着高速公路有些小饭馆，大多挂了"仅限白人"的牌子。爸爸懂英语，但不明白这到底是什么意思。他拎着个壶，走进一家店去买点儿咖啡给妈妈喝。他让我们别进去，但我们还是跟进去了。年轻的女服务员说："我们这里不招待墨西哥人。出去！"我就在那里，看到了，也听到了。她没再搭理我们，我相信她以后也绝不会再想起这件事，但我们每次想起来都觉得很受伤。于是，我们回到了车上。买咖啡太难了，事实上，我们根本没买到。这都不重要，但这件事我们记得非常清楚。

在布劳利的时候，铁路对过有家小餐厅。我们放学后就那边去擦鞋子挣钱。周六是个好日子。擦一双鞋可以挣两三分钱。我记得当时汉堡卖七分钱一个。要去那家小店，得穿过整个镇子。我们正要跨过铁路的时候，被警察拦住了。如果我们背着擦鞋箱，他们一般会允许我们去"美国城"或是"英美城"。于是，我们到了这家小店，走了进去。

我们又遇上一个那样的女服务员。当时她正在和男朋友还是什么人讲话。店里挂着一块类似的招牌，但我们没管它。她抬起头扫了我们一眼，虽然什么都没说，但那个架势就是拒人于千里之外。她把脸转过去，不再看我们，说道："要什么？"我们说想买两个汉堡。她好像是笑了，冷笑的那种。她说："哦，可我们不卖给墨西哥人。你们怎么不到墨西哥城去买？"她整个身子都转过去，继续聊她的天。

她永远都不会知道她对我们的伤害有多大。可我们怎么也不会忘记。

有时候，我们会上两天学。一个星期、两个星期，最多三个星期。我们到处流浪的时候就是这样。冬天，我们会回到大本营。如果运气够好，我们在一个地方可以从1月待到5月。我们开始数一共上过多少所学校，三十七所。这还只是小学，从一年级到八年级。三十七所学校。我们从来不转学。星期五的时候，我们不会跟教师讲，也不会办什么手续，跟往常一样回家。对于这样的情况，学校也没有办法。

我记得有一位教师，我很奇怪她哪来那么多问题。（在那个时候，如果有人问你问题，你就会起疑心，对方可能不是警察就是社会工作者。）她很年轻，只是想知道我们为什么成绩落后。有一天，她开车来到我们的流民营。这可是件大事情，之前从来没有教师来家访，一次也没有。因此，这一天对我们来说特别有意义。你懂的。

我记得这些。有的人会把这段记忆从他们的脑子里清除，彻底忘掉。我不会这么干。我不想忘记。我不想总陷在里面，但它是真实发生过的，我想记住这段经历。这就是事实。你晓得，这就是历史。

弗兰（Fran）

二十一岁，来自亚特兰大。出生在别人眼中的富裕家庭。

我妈妈那边有一大家子人，兄弟姐妹一共七个。我从小到大，她从来不给我讲童话故事，只讲大萧条时候的事情。这些在我听来和童话故事差不多，因为她总是在我睡觉之前讲这些东西。

关于大萧条，你在学校学到的东西和从家里听到的大不一样。你知道在那几年里社会不知怎的就出了问题。然后，你发现每个人都在努力工作，情况就好转了。他们不会讲是因为各行业要为"二战"造枪才好起来的，而只会讲每个人都鼓足干劲，拼命工作，所以"情况好转了"。还因为罗斯福是个不错的人，尽管有人认为他做得有点儿过火。他们不会讲人们的日子过得有多苦。

许多年轻人对这样的戒备很生气。这样做很有害，因为他们不想让你了解一段非常真实的经历，尽管同时也是一段非常艰苦的经历。他们试图用某种方式阻止你去了解自己的历史。

布莱基·戈尔德（Blackie Gold）

他是一名汽车经销商，在郊区有一栋房子。

对于我拥有的一切，我都心怀感激。我从来不跟孩子提大萧条，一次也没有。为什么要提呢？我被迫干了什么，我又将就了什么，我从来不跟他们讲自己当时的经历，也没有理由要讲。他们没必要了解萧条时期。他们知道自己现在过的还有即将到来的生活就行了。

我只知道我的孩子们都很有教养。我跟女儿们讲话的时候，她们会说"好的，先生"或"不，先生"。我随时知道孩子们在哪儿，不用担心她们变成什么"垮掉的一代"。

我家的房子是自己盖的，基本不用还房屋贷款。我有个女儿马上就大学毕业了。她不用去工作，因为我可以供她上大学。她十六岁的时候，我送了辆车给她。现在她要毕业了，我会再送辆新车给她。

那时候，我们得出门讨煤，买已经搁了两三天的面包。我出生没多久爸爸就死了。我被送到了孤儿院，在那里一直待到十七岁。然后，我就出来闯社会了。我妈得想办法养活我那六个哥哥、姐姐，根本顾不了我。于是，我加入了民间护林保土队（Civilian Conservation Corps, CCC）。那是在1937年前后。

我在CCC干了六个月，然后回家待了半个月，到处找工作，一个月都赚不到三十块。于是，我又重新加入了CCC，去了密歇根。在那里的六个月，我们植树造林。然后，我又出来了，仍然赚不到钱。我又一次回到CCC。这次，我去了爱达荷州的博伊西，做护林员。在那里的六个半月，工作就是森林救火。

高速公路旁的那些大树，都是CCC种下的。我们去的都是些光秃秃的地方，一棵树都没有。我们的工作就是挖沟种树。一个小时能种一百棵左右。

我非常喜欢这里的生活。一天三餐能吃饱。不管什么东西端上桌，我们都吃，而且吃得很开心。没人会拒绝。他们让你成为一个真正的男子汉。你知道，每个人都是平等的。在CCC里，没有谁比谁更高贵。我们从来没有因为种族问题闹过事。这儿也有几个黑人，他们管好他们自己，我们管好我们自己。

从CCC出来后，我加入了海军，当了五年半的美国海军。这应该是我这一生里最棒的经历。一天三顿都吃得不错，还不用缴税。非常有安全感。

我是挨过苦日子的，但从没进过监狱，也没被抓过。不管干什么，我心里都充满感激。那时候，虽然有很多人靠救济过日子，但从来没听说有人游行。最大的盗窃案也只是一个人经过水果店，偷了个番茄。从没听说过有人打破窗户，入室盗窃。在三十年代，犯罪率要比现在低一半。一个人只要想工作，就不可能穷。脏也是没理由的——肥皂和水能让所有人变干净。一个自由的白人在一个像美国这样伟大的国家里，不可能有需求得不到满足。

在 CCC 的日子里，如果有人不想洗澡，我们会给他好好洗刷一番。我们拿上硬毛刷，给他洗个澡，让他身上的每个毛孔都打开，一个都不放过。他需要的就是洗个澡。我们大概这样干过一百次。来一个浑身恶臭的新家伙，十个老家伙就会把他"押"到浴室，带上一把军用板刷。如果新来的家伙就愿意自己看上去像个乡巴佬——我不是说那些从南方来的小伙子，那也没办法。但是，如果他想自己看上去像个野蛮人，那可不行，我们偏要剪掉他的头发。没错，我们会让他变成个干净人。

你要知道，在 CCC 或海军里，三十个家伙坐在一起，那种味道实在是不能忍受。

你们是有个委员会来决定这么做的吗？

没有。我们只是互相看一眼，然后说："嘿，看看这只灰老鼠，太脏啦！"然后就有人接话："没错，看来他得来一次⋯⋯"我们会告诉他："你今天得洗澡。"他说："我的事要你管！"我们会说："你还有二十四小时。"如果他不洗，我们会把他抓去洗。我们没有留山羊胡的⋯⋯

这些人都守规矩吗？

绝对服从，在 CCC 和海军都是一样。我非常喜欢这一点。我们不用担心明天的三餐去哪里解决⋯⋯

在孤儿院的时候也这样？

当然，在高中也是一样。我们有位职业教育教师，他只会告诉你该干什么。如果你顶嘴，他就拿起一根尺子，打得你屁股开花，你就老实了。那时候，去学校只能说"是，先生"或"不，先生"，从来不顶嘴。他们有一间家长学校——蒙蒂菲奥里，把你变成一个男子汉。你学会让自己成为一个干净的人。服从。现在，孩子长到十六岁，就给他们买车。再过三十年，这些孩子早已经高中毕业，有的可能成了总统，有的可能在打算买下一个星球。

大萧条的受益者

威廉·本顿（William Benton）

他曾先后担任康涅狄格州参议员、助理国务卿、芝加哥大学副校长、大英百科全书出版人（经济发展委员会的发起人之一……"我们在美国三千个小镇做过调查研究，为转向和平时期的生产做计划，这都是源于大萧条时期的经历……"）。

他的理想是在三十五岁以百万富翁的身份退休。三十六岁时，他做到了。

1929年，他是洛德暨托马斯广告公司（Lord & Thomas）的副总经理，公司老板是阿尔伯特·拉斯克尔（Albert Lasker）。在他眼里，阿尔伯特是"有史以来最成功的广告人"。

1929年6月，我离开芝加哥，几个月之后股市就崩盘了。切斯特·鲍尔斯（Chester Bowles）[01]和我组建了我们自己的公司，办公室有一千七百平方英尺。公司就我们俩，还有几个姑娘。1929年7月15日，股市指数在这一天飙升至有史以来的最高点。

在我到处拉业务的时候，我的图上出现了一个十字叉。左边一根线

---

[01] 切斯特·鲍尔斯曾任康涅狄格州州长，后来还做过美国驻印度大使。

从左上角一路下滑到右下角，这是股市指数；另一根线代表本顿暨鲍尔斯广告公司（Benton & Bowles）的业绩，从左下角一路上扬到右上角。刚好形成一个十字叉。股市下挫崩盘的时候，我们的广告公司却一举成名。1935年，我卖掉公司。当时，它是世界上最大的独栋办公大楼，也是最赚钱的写字楼。

我的朋友比尔兹利·拉姆尔（Beardsley Ruml）推崇这么一条理论：在灾难中进步。在所有的灾难中，都存在潜在的好处。我就获益于大萧条。其他人也一样。我想那些卖红墨水、红铅笔和红蜡笔的人也是大萧条的受益者。

那时候我只有二十九岁，鲍尔斯才二十八。经济好的时候，大客户都不愿意听年轻人的，不愿意接受新的创意。大多数的华尔街大鳄将1929年称为一个"新纪元"，认为持久的繁荣将把我们推向新的高度，而现在不过只是个开始。

那一年，白速得牙膏（Pepsodent）的销量降了一半。牙医们都在说"白速得牙"，他们说这款牙膏太粗糙，会破坏牙釉质。老式广告都不起作用了。当时我还在芝加哥，为洛德暨托马斯广告公司工作，白速得是我们的客户。

1929年5月的一天，我离开了办公室。我们的办公室在新落成的棕榄大厦（The Palmolive Building）[02]，我们是它的第一批租客。我步行回公寓。那是一个闷热的晚上，所有的窗户都敞开着，我听到广播里黑人的声音[03]从各家各户飘到大街上。我转过身，又回到街面上。当时有十九户人家在听收音机，十七家听的是《阿莫斯和安迪》（Amos and Andy）。这可能是广播历史上的第一次听众调查。

---

[02]　棕榄大厦现在是《花花公子》杂志的办公楼。
[03]　下面提到的广播节目《阿莫斯和安迪》是全黑人班底。——译者注

第二天早上,我跑去见拉斯克尔先生,告诉他我们应该马上为白速得买下《阿莫斯和安迪》的广告时段。我们当时就买了。后来,我就去了本顿暨鲍尔斯广告公司。

白速得在广播节目中出现了,而这个节目在几周时间里就成了美国广播史上最轰动的节目。当时比《阿莫斯和安迪》更有名的只有林德伯格(Lindbergh)飞越大西洋的新闻。白速得的销量一路飙升。

华尔街股灾也没有影响到白速得。它的销量翻了两三倍。这个品牌后来以天价卖给了利华兄弟公司(Lever Brothers),拉斯克尔也从中大赚一笔。本顿暨鲍尔斯广告公司也为了我们的客户大张旗鼓地进军广播领域。

我们并不知道当时大萧条已经来临。只是客户们的产品销量都大幅下跌,他们开始愿意听听我们的新点子。经济好的时候,他们根本不会让我们进门。因此,我们算是大萧条的获益者。我的收入每年翻一番。我离开本顿暨鲍尔斯广告公司的时候,赚了将近五十万美元。在当时,电影大腕都赚不到这么多。那是1935年。大萧条与我擦肩而过,所以要聊大萧条,我可能不是一个很好的对象。

《阿莫斯和安迪》的诞生与我没有丝毫关系,我只是觉得应该买下它的广告时段。但是《麦斯威尔演艺船》(*Maxwell House Show Boat*)这个节目,我很是花费了一番心血。它后来成了排名第一的广播节目。听众都信以为真了,以至于在头几个星期,有十万到十五万人跑到孟菲斯和纳什维尔的码头,因为我们说"演艺船"会在那里停靠。

《演艺船》是1933年开播的,当时是大萧条最严重的时候。可是,麦斯威尔咖啡的销量在六个月之内飙涨85%,而且还在增长。因此,麦斯威尔根本觉察不到什么大萧条。连锁店里卖的咖啡几乎一样好——尝不出差别,而且价格要低得多。可是广告让麦斯威尔咖啡平添魅力,让大家觉得它要好喝得多。它的销量翻了一番、两番。

在《演艺船》中,我们尝试了一种之前从未有过的做法——两人同饰一角。我们找来一位性感歌手，她可能不是一个好演员。然后又请来我们所能找到的最性感的女演员，台词由她来讲。她的声音让听众的心都沉静下来，变得温暖，马上就要融化的感觉。然后，女歌手开始唱歌。

戏剧工作者怎么都想不出这个点子。广播让它成为可能。这是广告界的新人想出的新创意。好莱坞反对这个，齐格飞（Ziegfeld）[04]也不擅长这个。广告人成就了广播。我们的想法天马行空。我们可不知道不能让两个人扮演同一个角色。

我们继续制作像这样的节目，都成了大热门。比如，《棕榄美丽魔盒》（The Palmolive Beauty Box）。我从大都会歌剧院挑了一位名不见经传的歌手——格拉迪斯·斯沃索特（Gladys Swarthout），把她打造成了一个大明星。我们又找了一个出色的女演员，当时她的周薪是一百块，由她来说台词，而格拉迪斯用她极具魅惑力的嗓子来演唱。有人告诉我不能用她，因为她不是女高音，而这部分的音调太高了。我冷冷地说："那就重写，把调子写低点儿！"搞戏剧的人不会想到这个……我们在广播领域大获全胜，就因为我们不熟悉它的游戏规则。

这是大萧条期间的新花样。产品销量上去之后，那些大客户才开始正眼瞧我们：想出这些新点子吸引年轻人的新人都是谁啊。我们看上去就像大学生，但他们还是付给我们大笔大笔的钱。这就是鲍尔斯和我逃过大萧条这一劫的缘故。

大萧条之前在广告界呼风唤雨的那帮人渐渐销声匿迹，他们做生意的方法就是陪客户打高尔夫球。大萧条加快了营销研究的应用。在为拉斯克尔工作的时候，我捣腾出新的方法，后来在自己的公司沿用。乔治·盖洛普（George Gallup）[05]引入新的标准。他曾经称呼我为前辈，因为我是

---

[04] 此处指百老汇最大的歌舞团——齐格飞歌舞团。——译者注
[05] 乔治·盖洛普（1901—1984），美国统计学家、广告人、科学抽样调查方法的创始人，创立盖洛普民意调查。——编者注

广告行业的开拓者，搞清楚了消费者的需求。

麦斯威尔咖啡的广播节目促使商业广告出现了变化，这是我永久的遗憾。当我们让安迪船长喝着咖啡，咂摸着嘴唇，你都能听到咖啡倒入杯中时咖啡杯清脆的叮当声及咖啡汩汩流动的声音。它将表演和演员引入广告。这是一次变革，但我们当时并没有料想到它日后的全部影响。在它的影响下，不可避免地产生了广告歌和现在肆无忌惮的广告。就像在芝加哥大学为我举办的宴会上，鲍勃·哈钦斯（Bob Hutchins）在介绍我时所说的那样——我发明了我现在要为之道歉的东西。

1937年，我在股票投资上大概损失了十五万，因为我对雷曼兄弟（Lehman Brothers）言听计从。我的意思是——购买别家公司的股票，这是傻瓜才干的事情。我打算买下自己的公司。我不去运作它，只是有它在名下，由我制定策略。我四处打探，买下了缪扎克公司（Muzak）。要不是大萧条，我绝不可能买到这家公司。它当时已经破产，经营不下去了。那是在1938年前后。

在纽约，只在酒店和餐馆能听到缪扎克音乐[06]，人们只是把它当作现场音乐的替代品。吉米·彼得里洛（Jimmy Petrillo）恨它恨到骨子里，视其为音乐家的头号敌人。我对自己说：其他地方也应该播放这种音乐。

我去见我们的五个销售员，当时我们总共就五个销售员。他们对我说："我们已经占领了纽约80%的市场。不可能卖到别的地方去了。"我说："你们怎么不试试理发店和医生办公室？""不，你不可能在那样的地方播放缪扎克音乐！"我说："你们五个都这么想吗？"他们中有个年轻的小伙子，在公司才干了六个星期。他说："不，我觉得这是个不错的主意。"我说："那么，你们另外四个最好另谋高就，我要让这位年轻的先生

---

[06] 缪扎克音乐是缪扎克公司制作的一种通过线路传输在机场、商场、餐馆等场所播放的背景录音音乐。——编者注

做公司的销售经理。我们一起把缪扎克推向新的领域。"

这个决定让缪扎克为我们大赚了一笔,现在它的利润是一年两百万。我们没有为它额外投资,是大萧条让我挖到了这个金矿。

除开那些常规的公共场所,第一个安装缪扎克的是纽约的一家银行。银行经理说:"上夜班的工作人员待在亮着电灯的办公室里觉得很压抑。他们想要一台收音机,我不同意。我说给他们装上缪扎克。现在整个银行都能听到音乐了。"有一个姑娘,在银行个人贷款部门做前台接待。人们在那里小额贷款,除非还得出分期付款,不然就一去不返。姑娘对我说:"缪扎克音乐让这个地方变得没那么可怕。"

我想出了这样的句子:"不需要聆听的音乐。"这是我推销缪扎克时用的广告语。这种不需要聆听的音乐,缪扎克当属首创。它是一种新型的背景音乐。我母亲是个出色的音乐家,就是因为这个她对缪扎克不屑一顾。稍懂点儿音乐的人都对缪扎克非常不齿。

我是个没有乐感的人,所以,我才对广播那么有一套。在美国,大多数人和我一样没什么乐感。耳朵迟钝到完全没有乐感。我非常喜欢鲁迪·瓦利(Rudy Vallee)、平·克劳斯贝(Bing Crosby)和其他通过广播大红大紫的明星。

二十年来,我一直都是缪扎克公司的老板。后来,我花光了自己第一个一百万,手头缺钱,就把它卖了,赚了好几百万。

缪扎克会让人上瘾。买走缪扎克公司的那个人给了我四套系统装在家里和办公室里。我总是把缪扎克开着。因为没开的时候我总能发现,可当它开着的时候我反而没有察觉。这就是所谓的不需要聆听的音乐。它就是这样让人上瘾的。

每个生意人都希望自己的产品能让人上瘾。这也是香烟、可口可乐和咖啡一直卖得这么好的缘故。就连肥皂都会让人上瘾。我在广告界从业期间,肥皂是我经手过的最主要的产品。

在本顿暨鲍尔斯广告公司的时候，我一直在想再干六个月，再干三个月就行了。但我们的业务每年都翻一番。每年我都会讲：一旦拉到这个新客户，我就不这么卖命了。如果能预见未来六年的情况，没有哪个聪明人能忍受我所忍受的一切，哪怕可以赚到一百万。

1937年秋天，我成了芝加哥大学的副校长。我的日子发生了天翻地覆的变化，因为我开始阅读经济学教授的文章，并与他们结识；开始对教育广播感兴趣；开始举办和主持"芝加哥大学圆桌会议"。但是，勤奋工作的习惯已经根深蒂固。虽然受折磨的方式跟以前不一样了，但每周都工作很长时间，很辛苦。不过，我的傍晚跟以前过得大不一样。

大萧条对芝加哥大学的影响非常大，医学院和附属诊所格外耗钱，导致亏损越来越严重，捐款却越来越少。

沃尔格林先生（Walgreen）[07]让他的侄女从芝加哥大学退学，他指责大学向学生灌输共产主义思想。一时间，芝加哥的所有报纸几乎都在批评、嘲弄我们学校。大萧条让人们对共产主义更加敏感。

我打算去拜访沃尔格林先生，跟他谈谈这个事情。芝加哥大学从来没人干过这种事情。我找到以前的一个客户，他把我引见给沃尔格林先生。我说："沃尔格林先生，这些伟大的学校都是靠像您这样的人的无私捐助才能维持下去。您为什么不伸出援手，让芝加哥大学按您预想的那样——教授与美国制度相关的课程呢？"是哈钦斯给我出的这个主意。我问他："怎么解决这个问题呢？"他说："太简单啦。让他给学校捐笔钱。"在我们聊天之后的第二天，哈钦斯跑去沃尔格林先生那里，搞来五十万美元。我们与沃尔格林先生之间的麻烦就这么解决啦。

你觉得大萧条对人们的分期付款购买行为有什么负面影响吗？

---

[07] 查尔斯·沃尔格林（1873—1939），沃尔格林药房的老板，该公司现为世界500强企业之一，是美国第二大全国药房连锁店。——译者注

《大英百科全书》（Encyclopaedia Britannica）主要靠分期付款购买，我们的整个商业模式就是这样。我们并不觉得信用是个问题，尤其是在大萧条这个时期。失业的人越多，我们就越容易找到出色的销售人员。失业的人越多，我们的求职者也就越多。销售人员增多，也就抵消了消费者减少产生的影响。在灾难中进步。

阿瑟·A. 罗伯逊（Arthur A. Robertson）

他的办公室位于纽约一幢摩天大厦的顶楼，墙上挂着许多画作和照片。其中有一幅约翰逊总统的画像，上面写着："献给我的朋友——一位为国效力的爱国者。"还有一幅是休伯特·汉弗莱（Hubert Humphrey）的画像，上面写着："献给我的朋友阿瑟·罗伯逊，并致以美好的祝福。"德怀特·艾森豪威尔的照片上写着："献给我的朋友阿瑟·罗伯逊。"此外，还有美国的达官显贵们送的纪念品。

他讲述了早年间的经历，那时他做过战地记者、广告人，还有工程师。"我们修建了纽约地铁的第六大道段。我的职业生涯很特别。我现在是个实业家，以前在德国收购了几家搪瓷工厂。我曾获得俄国政府的猪毛交易特许经营权。我把这些猪毛卖给户外广告公司做刷子。十九年前，我和几个合伙人花一百六十万美元买下一家公司。现在，我们已经在纽约证券交易所上市，最近有人出价两亿美元要买这家公司，我们拒绝了。我是董事长、公司的掌控者，是我创建了这家公司。"

"我曾认真地考虑过在1928年三十岁的时候退休。二十四岁的时候，我的身家已经是七位数了。"

1929年，那确确实实是一个暗中搞鬼的赌场。为数不多的骗子从众多上当的人那里占尽便宜。交易就像是用昂贵的狗来换昂贵的猫。1921年，经济出现衰退，1924年开始好转。之后，股市一路攀升，就像没有上限一样。失去理智的金融市场让庞兹看上去就像个业余玩家。我看到擦鞋工用五百块定金购买价值五万块的股票。一切都是赊账买的。

现在，如果要购买价值一百块的股票，你得支付八十块，另外二十块由经纪人支付。当时，你可以只付八块或十块。股市崩盘的原因正在于此。一点点风吹草动就能酿成巨祸，因为人们没钱支付另外的九十块。那时不像现在有这些控制措施。你只能平仓：心不甘情不愿的卖家和勉强的买家。

那个时候，有一家香烟公司的股票卖到每股一百十五块。股市崩溃了。公司老总给我打电话，问我能不能借他两亿。我回绝了，因为我当时也得保护自己及密友们的资产。他的股票跌到两块钱一股，他也从自己位于华尔街的办公室纵身跳出窗外。

还有一个人，他的公司有一千七百万美元现金。他是所在行业的领军人物之一，手下的三四个品牌现在都家喻户晓。当他的股票开始下跌，他出手补救。第二波大跌之后，他彻底破产了，欠三家银行的钱，每家一百万。

银行的处境和他一样，只不过政府伸出了援手，把它们拉出火坑。突然之间，它们变得高你一等，接管了欠债公司的业务。它们解雇原来的专家，换上自己人，而公司正是由这些专家一手打造的。我从银行手上买过一家这样的公司。它们把公司卖给我是为了止损。

最糟糕的公司经营者莫过于银行家。说到审查资产负债表，他们是专家。职业培训让他们保守谨慎，因为他们借你的钱是别人口袋里的。所以，他们连公司运营过程中必要的适当风险都不愿意承担。因为亏损太多，他们急于甩掉身上的包袱。我最近把那家公司卖了两百万，1933年买的时候才花了三万三千美元。

三十年代初，我可是有名的"清道夫"。我买下那些因为破产而被银行接手的企业，这是我最赚钱的几个时期之一。这个时期不乏传奇人物，一百万在他们眼里只是零花钱。三四个这样的人聚在一起，将一只股票的价格抬到高得离谱，然后丢给毫无戒备的小股民接盘。一听说像杜兰特（Durant）或杰西·利弗莫尔（Jesse Livermore）[08]这样的人物在买某一只股票，所有的人都会跟风。他们知道股票价格会被抬起来。唯一的问题是在他们抛出股票之前逃出来。

杜兰特，通用汽车的创始人，两度拥有通用汽车，又两次失去了它……通用公司当时的股票价值已超过十亿，相当于现在的三四十亿。他开创了自己的汽车公司，之后公司破产。当股灾到来，他举手投降，就像其他人一样。我最近一次得知他的消息是他开了一家保龄球馆。一切不过只是股票账户上的数字而已。那个时候，每个人都希望阳光能永远灿烂下去。

没错，就是1929年10月29日，股市大乱。那天，我接到了十七八个朋友的电话，他们听上去都很绝望。借钱给他们没有任何意义，他们转手把钱交给股票经纪人，而第二天情况会变得更糟。到处有人自杀，这种感觉太可怕了。都是我认识的人，真是让人伤心。你在某天看到股价还是一百美元，第二天就变成了二十块、十五块。

在华尔街，人们就像行尸走肉一样。有点儿像电影《死神假期》（Death Takes a Holiday），天昏地暗的感觉。你昨天还看见一个人开着凯迪拉克，如果他够幸运的话，现在还能有钱搭车。

一个朋友对我说："如果情况继续恶化下去，我们只能去讨饭啦！"我问他："向谁讨？"

---

[08] 杰西·利弗莫尔（1877—1940），美国金融投资家，曾数度破产又重新崛起，1929年大萧条时通过做空获利1亿美元，1934年再次破产，1940年因抑郁症自杀。——编者注

许多股票经纪人并没有亏钱。他们的客户破产了,他们却因为拿了佣金大赚一笔。只有那些拿自己的钱去博弈,或是没能及时卖空亏钱股票的经纪人才元气大伤。经纪业务自然也一落千丈,股票经纪公司只好勒紧裤腰带,关门裁员。

银行活期贷款的利率是18%,借出去的钱被拿来买股票,而股息可能只有1%到2%。他们觉得股价能一直上涨。每个人都这么指望。曾经有股票经纪人从我这里借钱,利率是22%。22%啊!

至于那些在公共事业领域打下江山的人,他们会先买下一个小规模的公共事业公司,鼓吹它利润惊人,然后再把它卖给自己名下的上市公司。塞缪尔·英萨尔他们就是这样累积巨额财富的。英萨尔帝国坍塌的原因和这些失去理智的投资者破产的原因是一样的。不管他们有多少钱,都会层层加码,以求赚得更多。

我的好友约翰·赫茨(John Hertz)一度拥有黄色出租车公司(Yellow Cab)90%的股票。此外,他还拥有洛杉矶柴克出租车公司(Checker Cab)及芝加哥地面电车公司(Surface Lines)的股份,资产足有四五亿。一天,他邀我坐游艇出游。在游艇上,我结识了两个声名显赫到让我敬畏的人物:杜兰特和杰西·利弗莫尔。

我们聊了他们手头的股票。利弗莫尔说:"我相信我的股票将来足以掌控 IBM 和菲利普·莫里斯(Philip Morris)[09]。"我问他:"那你还有什么可操心的?"他回答道:"可是我只懂股票,不会做生意。"于是,我又问:"像你这样的人是不是都存了一千万,任何人都不能动用。"他看了我一眼回答说:"年轻人,如果你赚不到大钱,有一千万又有什么用呢?"

到1934年,他已经历了两次破产。我的会计问我要不要帮利弗莫尔一把。他破产了,想在股市里重振雄风。他总能东山再起,连本带利地

---

[09] 菲利普·莫里斯是全球最大的烟草公司,生产万宝路香烟。——译者注

还掉借款。我同意了，借给他四十万。到1939年，我们赚够了钱，每个人税后能分到一百三十万的利润。杰西这个时候已经快七十岁了，经历了两次破产。我问他："是不是兑成现金好一些？"在那个时候，每年有五万块就能过上国王般的生活。他说，就这点儿钱他是过不下去的。

我卖光了股票，把现金装到口袋里，剩杰西继续在股市打拼。他一直跟我讲他马上要在股市大赚一笔。人称"卖空本"的本·史密斯（Ben Smith）当时在欧洲，他告诉杰西不会爆发战争。杰西信了史密斯的话，做空[10]粮食。他能让自己手里的每一块钱去赚更多的钱。

我到阿根廷的时候，听说德国已经入侵波兰。可怜的杰西在电话里说："阿瑟，你得救救我。"离得这么远，我什么也没有答应他。我知道给他钱就是打水漂。

几个月之后，我回到纽约，杰西在办公室等着我。这个可怜的人已经输得血本无归。他跟我借五千块，我当然给了。三天之后，杰西去荷兰雪莉酒店吃早餐，在盥洗室开枪自杀。他们找到了他为那五千块给我写的借据。就是这个人，他曾说过："如果你赚不到大钱，有一千万又有什么用呢？"杰西是最出色的股票交易人。他知道每个粮食种植地区每一种作物的情况。他是个孜孜不倦的好学生，不过总是过于乐观。

你有预感股市会在1929年崩盘吗？

我在5月就感觉到了，为自己保住了一大笔钱。5月的时候，我抛售了大量股票。那是一种很可怕的感觉。不过，我没有卖光，最后也损失惨重。

---

[10] "做空指将尚未持有的东西卖出，之后将其买回。你认为某只股票不值它当前的股价，比如说一百块。尽管你不持有该股票，你可以先卖掉一百股。如果你的判断准确，它的价格跌到了八十五块。你再以八十五块的价格买入，把它还给当初以一百块价格买入你股票的那个人。你卖掉的并不拥有的东西。"显然，如果这只股票升值，做空会导致损失惨重……本·史密斯在股市崩盘期间做空，狠赚一笔。

1927年，当我得知林德伯格在筹划他飞越大西洋的壮举，就买进了莱特航空（Wright Aeronautical）的股票。我听说他驾驶的飞机就是莱特公司制造的。当时，我住在密尔沃基[11]。办公室距家只有一英里左右。每次离开家的时候，我就开始跟股票经纪人联系。等我到办公室，已经赚了六十五个点。所有一切发生的速度是如此之快，这确实挺吓人的。无论你买什么股票，似乎都涨起来没个头。

有人说我们在重演1929年的悲剧，我不这么认为。现在有了证券交易委员会（Securities and Exchange Commission）和银行保险，人们知道自己的存款是安全的。如果每个人都相信这一点，就像相信假钞可以用是一样的。除非事发，否则就一直管用。

1932年，我在纽约的熨斗大厦（Flatiron Building）[12]新租了一间办公室。热衷健康养生的麦克费登（McFadden）创办了廉价餐馆。我非常欣赏一个同我做生意的黑人小伙。他承诺为七十五个饿着肚子的人提供食物。我六点就离开办公室，越过这七十五个人排的长队进到麦克费登的店里，为他们每个人支付七分钱。我每天都这么干。等着领食物的队伍，真是令人难以置信。我觉得只有1922年的德国能与之相提并论。看上去就像没有明天一样。

我还记得"银行假日"[13]。我算是比较幸运的。我有个非常聪明的小舅子，做律师的。有一天，他对我说："我对银行有不好的预感。我觉得我们应该手头多拿点儿现金。"就在银行关闭潮爆发前两个月，我们决定把存在银行的所有钱都取出来，近一百万美元。我在俄亥俄州的克莱德有家瓷釉厂，他们用我的签名抵钱。我每个周六、周日都会送现金过去。

---

[11] 密尔沃基，威斯康星州东南部港口城市。——译者注
[12] 熨斗大厦，纽约于1902年建造的第一座摩天大楼，有二十层，因形似熨斗而得名。——译者注
[13] "银行假日"（Bank Holiday）指罗斯福就任当天宣布全国银行从3月6日起停业整顿，直至调查清账工作完成才能重新开业。——译者注

我在密尔沃基的百货商场转一圈,如果他们付不出现金,我就开一张为期三十天的欠条,每欠一块还一块零五分。

1933 年,杰克·法克特被绑架的那天晚上,我和一个合伙人、他夫人,还有从怀俄明州来的一个侄女正在夜总会跳舞。我们每个人的袜子里都藏了两万五千块的现金。我们准备第二天早上到克莱德去,我原本打算带十万块过去支付账单和工人工资。我们每个人都带着两万五千块在跳舞。绑架杰克·法克特的绑匪索要的赎金正好是十万。这帮蠢蛋,如果抓到我们,他们就能拿到这么多钱了。

吉米·麦克帕特兰(Jimmy McPartland)

爵士音乐人,小号手,被比克斯·贝德贝克(Bix Beiderbecke)[14]钦点为接班人。二十年代末,他离开芝加哥,和班尼·古德曼(Benny Goodman)、巴德·弗里曼(Bud Freeman)、吉恩·克鲁帕(Gene Krupa)及艾迪·康顿(Eddie Condon)一起来到东部。

因为亏了钱,太多人从窗口纵身跳下。天哪,这到底是为了什么?我们几个人曾经议论过:这些人是疯了吗?钱是什么?我们是音乐人,钱对我们来说又意味着什么?什么都不是。生命、生活和享受生活才更重要。这些人亏掉了所有的钱,那又怎样?我们曾说过:"你还活着,不是吗?"他们可以从头再来。这是我们之前的想法。

事实上,我们不怎么为了钱发愁。反正我个人是不会,因为我总能赚到钱。对我来说,一切都来得太容易。我觉得很惭愧。但我从来不为

---

[14]　比克斯·贝德贝克(1903—1931),美国著名爵士乐短号手、钢琴家和作曲家。——编者注

钱烦恼。如果有人缺钱,我很乐于施以援手。

我还记得我们乐队失业的时候。那是在1928年、1929年,华尔街股灾之前。比克斯还在保罗·怀特曼(Paul Whiteman)的乐队。我们已经七八周没活儿干了,手里也没剩下什么钱。天,我都快要饿死了,没钱买吃的。

他们邀请我们去聚会上表演,社会名流、有钱人举办的聚会。那里供应最好的威士忌和类似的东西,不过没吃的。(笑)只有各种各样的酒。我们会问:"有三明治吗?"

我们曾受邀参加在派克大街举办的一次聚会,班尼·古德曼和乐队其他人都去了。除了我们,还有怀特曼的整个乐队,比克斯·贝德贝克,大家都去了。我们喝酒,玩乐,即兴演奏。主持人是个大块头。我把比克斯叫到一边,向他求助:"比克斯,我们现在没活儿接。你能借我五块钱吗?我已经两天没吃东西了。"他打开钱包,里面有两张一百、一张五十的钞票。他非要把那两张一百的塞给我。我说:"不用,不要这么多,五块、十块就够了,够买吃的就行。"他说:"小朋友,你拿去吧,等你们接到活儿干了,再还给我。"

后来,比克斯生病了,离开了怀特曼的乐队,回家休息了一段时间,完全没了收入。我当时参加了《混球》(Sons of Guns)节目,每周能赚二百七十五块。光是这个节目就能让我赚到这么多。一周赚三四百块是件很轻松的事情。我又有钱了。我和比克斯过去曾在一家地下酒吧见面。一天,我去了那家酒吧,他也在,身无分文,恶疾缠身。他说:"小朋友,你有钱吗?"我说:"当然,你需要钱?"我口袋里有一百七十五块。旧事重演。我给了他一张五十的钞票。我说:"给!"如果我有更多,我什么都会给他。他说他有一份工作,会还我钱的。五六天之后,他就死了。只有三十二岁,因为肺炎死的。

在那家地下酒吧里,我们听说有些人过得不太好。管他的,你会掏出五十块，或者十块、二十块的，塞到他们口袋里，对他们说："拿去用吧！"他们重新开工后，会把钱还来。就算不还，又有什么关系呢？我们过去都是这样的。我知道蒂加登（Teagarden）[15]是这样，比克斯也是这样，好多人都是这样。

当时是在国家禁酒期间。我们会在表演间隙溜进地下酒吧喝上一杯。一天晚上，我们进不了酒吧了。老天，警察就在外面。黑帮杀了三个人，都是上流社会的人，所以这家地下酒吧就开不下去了。警察偶尔也会象征性地来酒吧检查。所有这些都是公开的。我猜酒吧也有警察的份。

一天晚上，有人走进中央公园酒店说："有人中枪了！"那是阿诺德·罗斯坦（Arnold Rothstein）[16]。我们听说了整件事情的来龙去脉。因为我们曾经看见这些人在酒店进进出出，那个时代的黑帮大佬们一直很喜欢我们。当然啦，我们又不给他们惹麻烦。他们到酒店来，下楼去地下室，吃饭，跳舞。

三十年代中期，全国各地的俱乐部和舞厅都会约请各种大乐队和小爵士乐队表演。"我们在一些很不错的地方演出，包括最高级的酒店，很赚钱。虽然有人找不到工作，但还是有很多钱可赚的。乐队里的乐手都聊些什么？大部分时间是在说姑娘。"（笑）在这段时期，他是芝加哥一家爵士俱乐部"三颗骰子"的主持人。

我们的节目还请了比莉·哈乐黛（Billie Holiday）[17]。她曾经唱过《奇异果》(*Strange Fruit*)。哦，实在太动听了。我和比莉相处得很好。有时，我

---

[15]　杰克·蒂加登，著名爵士乐手。——译者注
[16]　参见后文。
[17]　比莉·哈乐黛，著名爵士女歌手。——译者注

会在后台读书给亚瑟·泰特姆（Art Tatum）[18]听。他在节目间隙弹钢琴。你知道，他看不见。我有时候会带书过去。他总是提起这个："吉米，还记得你那个时候读书给我听吗？"他坐在那儿喝着啤酒，我就读书给他听。

我从来不纠结于一个人的肤色。你会唱歌或演奏，那就行了。我从来不知道情况已经变得那么严重，直到我在1934年去了新奥尔良。我们表演的地方有个赌场——森林俱乐部。附近有一些警察，因为这地方有可能被打劫。他们甚至在高处架了一挺机关枪。所有人都带着枪。

一天深夜，我们在外面喝酒。还有三四个警察。其中一个说："那边有个黑鬼，我去逮住他，打爆他的头。"他们朝那个人走过去。我感觉他是真的要开枪。我把他的手推到一边，对他说："别开枪。我不想看见你杀人。"这只是微不足道的小事。我只不过推开了这个警察的手，就救了那个黑人一命。那些警察看样子是想把我的头打爆。他们开始摸枪，一个家伙准备揍我。另一个人阻止了他们。然后，我意识到：老天，这些家伙太危险了。他们可以无缘无故地杀人。就因为……唉，老天。

那时，人们之间更加友爱。不管你是黑人还是白人，都一样。只要你是一个好的音乐人，这就够了。现在，黑人会说白人演奏不出真正的爵士乐，所谓的灵魂音乐。真见了鬼了，除了灵魂，我们还用什么去演奏？每个人的灵魂都是不一样的。你懂我的意思吗？迈尔斯·戴维斯（Miles Davis）[19]觉得我很不错——他很喜欢我，我也喜欢他。但还是有很多人说：这个白人根本不行，他没有那种灵魂。开什么玩笑呢！谁的灵魂都没上锁。如果我忘乎所以，按照我自己的感觉去演奏，那就是我的灵魂，难道不是吗？不管你是黑人还是白人，都应该按照自己的方式去演奏。

三十年代的音乐很不错。我的意思是没有停滞不前。我没这样。只

---

[18] 亚瑟·泰特姆，爵士音乐家、钢琴演奏家，双目失明。——译者注
[19] 迈尔斯·戴维斯（1926—1991），小号手、爵士乐演奏家、作曲家、指挥家，二十世纪美国最有影响力的音乐人之一。——译者注

是，我必须按照自己的感觉去演奏。如果我的风格不错，它就会延续下去，在三十年代或直到六十年代，或者一直到七十年代。

我觉得每个人都应该有份工作，政府应该确保每个人都有工作可干。成立公共事业振兴署就是个相当不错的办法。我很幸运，不需要它的帮助，但我觉得就应该这么干。每个人都应该工作，做他们想做的事情。我并不是说共产主义什么的，可能算得上社会主义，我自己也不清楚。就像我是一个音乐人，那就出钱给我开音乐会，大家都来听。

政府应该想点儿办法，让人们有事可做。在这些城市，有太多事情等着人去做。工作比领取救济的感觉好太多了。你有了自尊，这是最重要的。戏剧、舞蹈学校、音乐人……可以让像我这样的人去做教师，教爵士乐。这样，我的平生所学就能传承下去。年轻人可以将它们发扬光大，做出自己的选择，不过他们最少也得有点儿背景知识。这就像学习历史，就像成为历史的一部分……

西德尼·J. 温伯格（Sidney J. Weinberg）

著名投资公司高盛的高级合伙人。他曾在罗斯福的前两届政府中出任顾问。

1929年10月29日，这个日子我记得特别清楚。我在办公室待了一周，没有回家。股票交易显示牌一直在转。我已经不记得那晚有多长了。一直等到十点、十一点，我们才拿到最后的报告。那简直就是晴天霹雳。所有人都目瞪口呆。华尔街的人也普遍觉得困惑。他们并不比其他人知道得多。他们觉得会宣布点儿什么。

知名人士都在发表声明。小约翰·戴维森·洛克菲勒（John D.

Rockefeller Jr.）[20]站在 J.P.摩根公司前的台阶上宣布他和他的儿子们在买进普通股。很快，股市再度下挫。共同基金被用来救市，可惜只是徒劳。大众开始恐慌，拼命抛售。这段时间对我来说真是度日如年。我们投资公司的股票上涨了两三百点，然后又跌成渣。所有投资公司都是这样。

过度投机是罪魁祸首，完全无视国家的经济状况。有那么一伙人肆意做空。你什么都可以卖，过度打压市场。越是打压，越是恐慌。现在，我们制定了防护措施。活期贷款的利率提高了，20%对吗？

没人那么有远见，可以预见股灾。你当然可以马后炮，许多人都说："我就知道有股灾，所以把证券都卖掉了。"我觉得这不一定可信。总有些保守的人，他们真的卖掉了股票，但这样的人我一个都不认识。

在我认识的人里，没人跳楼。不过有人扬言要跳。他们最后不是进了养老院就是进了疯人院。这些人在股市或是银行做交易，最后身体垮了，钱也没了。

罗斯福上任后力挽狂澜。说我们的金融体系会出问题，这都是陈词滥调了。但确实有许多制度需要改变。我们正处于崩溃的边缘，有可能发生叛乱，还有可能爆发内战。

华尔街是反对罗斯福的。1932年，在我认识的人当中，只有我和乔·肯尼迪（Joe Kennedy）[21]是支持罗斯福的。我当时在民主党全国委员会（Democratic National Committee）任财务副主管。在他头两届任期过后，我就不再支持他了。我和他大吵了一架。我认为没人可以连任超过两届，那套"新政"也让我有些心力交瘁了。1940年，有人请我到战时生产委员会（War Production Board）工作，他迟迟不肯在我的聘用文书上签字。后

---

[20] 小约翰·戴维森·洛克菲勒（1874—1960），洛克菲勒家族的重要人物，标准石油公司创办人、亿万富翁约翰·洛克菲勒唯一的儿子和继承人。——编者注

[21] 老约瑟夫·帕特里克·"乔"·肯尼迪（1888—1969），美国商人、政治家，美国民主党成员，曾任美国证券交易委员会主席。——编者注

来，我们又冰释前嫌了。

1934 年，信心终结了大萧条。1937 年，我们又经历了一次经济衰退。经济回暖之后人们有些兴奋过头了，得矫正一下。1939 年"二战"爆发，给经济注射了一剂强心针。

不可能再出现经济萧条了，至少不会发展到 1929 年那种程度，除非通货膨胀失控，价格远超真实价值。没错，股市的深层反应会引发经济萧条。政府当然会立即回应——暂停交易。但在恐慌之中，人们会乱卖一气，不顾其真实价值。现在，股民的人数已经达到两千多万。当时，这个数字只有一百五十万。股市现在的跌幅要比 1929 年深。

现在，人们的资产净值都是以价格计算的，而不是手头的现金。恐慌之下，价格会无视价值一路下滑。一幢房子值三万块，一旦你陷入恐慌，它就一文不值。之前五十块买进的股票现在的卖出价是八十块，大家都很开心。于是，他们自我感觉良好，可这不过是票面价值而已。

马丁·德弗里斯（Martin DeVries）

当时，大家都在投机。造成现在的局面，除了自己还能怨谁？这是他们咎由自取。我的观点是什么？如果你在赌博时犯了错，为什么要怪别人？是你自己的错，难道不是吗？

就像那些排着长队领救济的人。我当然同情他们。但他们中的许多人在日子好过的时候并不会过日子，他们什么都没存下来。如果会过日子，许多人不会沦落到这个地步。二十年代，人们都穿二十块一件的丝绸衬衣，大手大脚。如果他们只买两块一件的衬衣，把另外十八块存到银行，大萧条到来的时候，他们也不至于变成现在这样。

1929 年，我有一个朋友在搞投机。他会问："有什么赚钱的好门道？"

我说:"我们在卖联邦爱迪生公司(Commonwealth Edison)的高等级第一抵押债券,收益不错。"他说:"不怎么样,才5%的收益,我在股市能赚10%。"他当时用保证金买股票。他觉得自己很有钱。知道他后来怎么样了吗?一枪打爆了自己的头。这跟政府没有关系,都是咎由自取。

现在,大部分人在寅吃卯粮。他们自己一点儿也不担心。反正政府日后不会坐视不理。现在,没人想工作。我们有个黑人女佣,人很好,在我们家已经干了十五年。她有个孙子。我们请他帮忙揭下卧室的壁纸,一小时给他两块钱。很简单的活儿,只是撕下墙纸。我们提供桶、海绵和梯子。你觉得他会干吗?不干。我们找不到愿意干这个活儿的人。最后,我只得自己动手,很容易就搞定了。

你觉得这是因为新政?

当然。他们启动了规模如此巨大的救济项目。不然为什么所有黑人都跑到芝加哥和纽约去了?

所以,当我说到富兰克林·德兰诺·罗斯福……

我就激动了。新政开始之后,迅速着手整顿华尔街。就全国而言,华尔街是一切动荡的罪魁祸首。他们成立了证券交易委员会,这是对的。就我所知,也存在一些弊端。罗斯福任命一帮年轻人执掌证券交易委员会。他们刚从哈佛毕业,只会空谈理论。年长的乔·肯尼迪是个例外,他是个强盗资本家。这些实施新政的人觉得自己使命在身。罗斯福抨击华尔街的人有他的理由,但不公平。并非所有华尔街人都恶贯满盈。

我和朋友们经常聊起这个,尤其是在他表演过火的炉边谈话之后。我们缴税,不要求任何回报。其他人却在申请救济,用我们的钱帮他们渡过难关……从某种层面上来说,这也没什么问题。可是,他们花光了你的钱,还是没有什么作为,这就不公平了。

他们是不切实际的社会改良家,试图有所作为,我对此表示赞赏。但他们听不进别人建设性的意见。

胡佛时运不济。大萧条来的时候他在位。就算是耶稣在位，也会面临同样的问题。可怜的老胡佛真是够倒霉的，赶上了大萧条。这是全球性的大萧条，不是胡佛的错。1932年，就算是只猴子都能击败胡佛，赢得总统大选。这一点毫无疑问。

约翰·赫尔施（John Hersch）

他是芝加哥一家大经纪公司的高级合伙人。傍晚，我们从他位于拉塞尔街的办公室往下看，熙熙攘攘的人群正拥向公交车站和停车场，急着回家。

"从1924年到1968年，这个行业始终让我着迷。我从业很长时间了，也为此感到骄傲。现在和二十年代截然不同了。现在的道德准则异常严格。偶尔也会有不好的事情发生，但毕竟是少数。"

他身上散发着一股看破红尘的味道。

1924年圣诞节前后，我离开芝加哥大学，进入这个行当。我股市的资产有三千块，那是我的全部家当。黑色星期五那天——其实是星期四？我的保证金账户出现异动，可能只剩下了六十二块钱。

那时，我太太在一家莎士比亚剧团工作，每周的薪水一百二十五块，那真是一笔巨款啊。那天晚上，她回到我们的小公寓，对我说："猜猜今天发生了什么事情？"我说："怎么啦？"她回答说："我辞职了。"我一个星期赚六十块，她赚一百二十五块。我们收入的三分之二和全部积蓄就这么没了。

我当时的工作是管理保证金。如果客户使用保证金购买股票，也就是说，没有付钱就买进股票，那我就在他们的个人账户上记下数额。

当股市开始崩盘的时候，人们从大幅缩水的保证金账户里疯狂抛售。我们整晚都在记账。我们工作到夜里一点，然后跑到拉塞尔酒店休息，五点起床吃早饭，然后接着给保证金账户记账。因为每个人都陷入困境，无人幸免。

我的老板坐在电信交易室里看股价收录器。是要看的，因为美国无线电公司（Radio Corporation）95%的资产都在股市交易记录单上，它们可以让股票大厅里显示的指数下降六十个点。交易大厅就是个疯人院。我问他："我们还得出钱吗？"他说："要到晚上十二点才知道。"他是半开玩笑半认真。现实就是那么残酷。

股市崩盘并非一朝一夕的事情，之前出现过多次警告。整个国家都疯了。每个人都在买股票，不管自己是否支付得起。擦鞋匠、服务员，还有资本家……许多公司都是金字塔式的控股结构，但这些金字塔不过是虚拟的票面数值。英萨尔先生的公司就是个很好的例子。那真是快速致富的噩梦。

保证金账户不仅仅牵涉股票经纪人，还有银行。银行的很多贷款都收不回来，工作方式和经纪人一样随意。当他们打开账户……

我在辛辛那提有个年轻朋友，很有魅力的一个人，已婚，还有几个孩子。他为自己购买了十万美元的保险。对他来说，生命已经走到了尽头。他选择了自杀，好让妻子和孩子们能靠那笔保金活下去。当时有很多人为了保金自杀。现在想来有些不可思议，至少现在你知道很多人出了门之后还能回家。

还有一些人，我的印象也很深刻。我一直听说有人生意出了问题，但他们从不降低自己的生活标准。他们过着国王般的生活，整个大萧条时期都是如此。我一直没搞明白是为什么。我认识的一些人保住了他们位于芝加哥河南岸湖滨大道（Lake Shore Drive）的公寓，还有汽车，但所有人都知道他们遇上了麻烦。我不知道他们是如何办到的，当然我也不关心。我和我的朋友们都破产了，我们从来不假装日子还好过。

政府对保证金没有管控，人们用很少的钱就可以买进股票。当政府不再支持保证金交易，大家的资产就大幅缩水。此外，你还可以做空，又没有规则约束。[22] 当时，有许多保守、信誉良好的银行家都搞特殊交易，以低于市场的价格将证券卖给他们的朋友。结果，什么都没有了。

现在，但凡有点儿声誉的银行家，几乎没有反对证券交易委员会的。他们认为1933年的管控对我们的行业是非常非常好的。

在1932年、1933年，根本没有证券业务。我们午后就在拉塞尔大街打桥牌。不用给人打电话，也不用去拜访谁。办公室安静极了，你都能听到单据飘落到地上的声音。（笑）没人去打工挣钱。许多人想方设法每周挣个四十块、六十块的，但大多数时间我们在打桥牌。（笑）

我发现国人对当时的状况反应很迟钝。即便股市崩盘之后还是一样。在实施新政之初，资本家理所当然地将罗斯福奉为金融系统的真正救星。《芝加哥论坛报》写了很多盛赞他的文章、社论。情况稍微好转之后，蜜月期也告一段落。你应该晓得那帮在森林湖站上车的家伙：他们每天早上都在找头条新闻，让罗斯福出糗的头条。这些人哪……

这个叼着长烟嘴的家伙做了一些基本规划，像是证券交易委员会、公共事业振兴署，甚至是糟糕的"蓝鹰运动"（Blue Eagle）。他给这个国家注入了一种新的精神。

1933年的"银行假日"催生了一种快乐、肆无忌惮的情绪。其实，人们的日子只是能过下去而已。但他们相信：哎呀，天哪！情况不可能更糟了吧。他们开始以物易物。

当时，"爱尔兰乐手"乐队在芝加哥演出，大家都拿着土豆进场。人

---

[22] "现在，按照证券交易委员会的规定，只有股价上涨八分之一后才可以卖出。下跌的过程中不可以卖出。"

们拿着蔬菜去买票。这个乐队的观众可不少。

我也无意让大家忽略这样的事实——大萧条时期普遍存在的苦难生活。你要知道还有人在密歇根大街桥（Michigan Avenue Bridge）下生活。还有些斯文人，穿着两百块一套的旧西装卖苹果。苦难实在是太多了，我永远不想再看见……

我发现人们不再记起大萧条或是想到它，聊天也不会提及它。此外，我还发现许多人——甚至是教授，他们在大萧条期间每个月的薪水是三百块，其中一些人现在可以拿到十万，甚至是十五万。过去，你从来见不到这么多钱，怎么都见不到。工业的发展和交易中的公平公正也都是过去两三年里的事。

关于大萧条，还有一件事情值得关注——它没有导致革命。我记得在艾奥瓦的某个地方，有个叫米洛·雷诺的家伙，颇有一些追随者。他们推翻卡车，不让警察没收抵押品。但是，当你考虑到全国的情况，整个国家居然秩序井然：人们只是坐在那儿，接受命运的安排。现在回想起来，这有些不可思议，真的不可思议。无论他们是感到震惊，还是觉得情况会出现转机……我太太经常跟我讨论这个问题。在她看来，没有出现暴力抗议，尤其是在1932年、1933年，这真是令人惊讶。

安娜·拉姆齐（Anna Ramsey）

我的父亲是理发师。就在股灾之前，他买了一栋房子。我们的日子开始过得紧巴巴的。我们保住了房子。他是个很节俭的人，我还记得他省吃俭用，攒下钱来还抵押贷款。他经常找一家贷款公司借钱。每当爸爸到处找钱还贷款，家里的气氛就很紧张。我还记得这件不体面的事情。

那是一家非常有名的贷款公司。我记得那个地方很阴森。当然，我知道那里并不阴森，只是我的感觉而已，总觉得那个地方有问题。我并不觉得丢脸，但很憎恶我们无法掌控的状况。

现在，每个月里我最不想做的就是去还抵押贷款。我讨厌想起自己付的那些利息。如果我有钱，就一次付清。我就是非常讨厌这个。

大卫·J. 罗斯曼医生（Dr. David J. Rossman）

心理医生。他曾师从弗洛伊德，病人都来自中上阶层。他从二十年代开始执业。

百万富翁因为焦虑到我这儿寻求治疗。1933年，其中一个人告诉我："我来这儿是因为钱都亏光了，只剩下长岛的一栋房子，价值七十五万。我不知道卖掉它能换回什么。"他浑身上下透着一股贵族气派。"我常常因为自己赚的那些钱心怀愧疚。"

我问他："为什么觉得愧疚？"他说他是股市的场内交易人，当他看到股市下挫，就开始做空，狠狠推它一把。每天交易结束的时候，他能赚五万到七万五千美元不等。这种状况持续了很长一段时间。他说："我一直觉得自己好像在从那些孤儿寡母的手里抢钱。"

华尔街股灾之后，他感到很内疚。他开始尝到没钱的滋味。告诉你一件事，你就能掂量出他的分量：他在摩根大通参加了一个秘密会议，希望股市能止跌企稳。他本来和我预约的是五点，结果来电话说："我今天来不了。不过下次见你的时候，会告诉你一个重要的消息。"

如果我在1933年3月买进了通用汽车和克莱斯勒的股票，一万块的投资足以让我赚上好几百万。不过，这不是他给我带来的消息。他说："我们打算关闭美利坚银行，因为总统想维持极端膨胀的股价。"这不过是纽约一家规模极小的银行。他们决定让总统去碰壁。银行倒闭了。

这个人让我去银行把所有存款都取出来，换成黄金券。黄金券的背面写着：可在美国财政部兑换成金条。我换了一万块的黄金。我想："我拿着这些东西怎么办呢？"沉得要命，全是金条。我把它们放在一个保险箱里。两天之后，我不得不把它们又拿出来，因为总统宣布持有黄金是违法的。我把黄金带回银行，他们给了我一万块。

我听说，早在1929年股灾之前我们的经济就千疮百孔了。我的一个病人是美国最大的厨具经销商。他的工厂规模极大。他说：没有任何事先通知，突然之间就没有订单了。那是1929年五六月份的时候。

我们所有人都认为金融"新时代"已经来到。我炒股多长时间？从1926年到1929年。我的资产翻了倍。我还记得曾经买过的一些股票，像是电气债券及股份（Electric Bond and Share）公司的股票，买的时候一百块一股，卖出时四百六十五块一股。

那是你能赚到大钱的唯一方式。工资收入都不值一提。医生是这个世界上最高明的业余投资客。医生开始对这个感兴趣是因为他们的部分病人来自金融界的高层，我的一些医生朋友就是这样。这些病人告诉医生买进哪些股票。好多医生就是这样走上了不归路。

我自己从1926年开始往股市投钱。那个时候，我在退伍军人管理局（Veterans Administration）工作，我觉得那里的医生多少都买了些股票。有的赚得多，有的赚得少。我胆子太小了。直到几年之后，我得到消息，买了蒙哥马利—沃德公司（Montgomery Ward）的股票，十天之内就赚了一千块。

1929年5月，我退出股市。我把钱从证券交易所拿出来，委托给了这么一个人，他为美国最富有的一些人理财。我想他总该万无一失吧。他开始买进股票。佳斯迈威（Johns-Manville）是其中一只，当时它的价格是一百十二块，他买得比较便宜，一百零五块，买了一百股。我最后以五十块的价格卖掉了。

1929年春天,他盗用了价值三百万的股票。他陷入了大麻烦,最后死于冠心病。他为之管理资产的雇主身家大约一个亿。那个人在股灾中毫发无损,并通过交易欧洲的贬值货币赚取了巨额财富。他向自己的朋友提供内幕消息,其中很多人都赚了六百万到八百万。六百万是一大笔钱。欧洲货币的贬值让他们大赚一笔。

人们经历了什么?

人们没有太多感觉。你都不知道正在经历大萧条,除了有人在抱怨自己没工作。你花一点点钱就能得到最棒的服务。人们的工作报酬几近于无。那时,人人都在兜售苹果,整座城市里到处都有人在排队领救济。但总的说来,最高的失业率还不到20%。

那你的病人也都受到影响了吗?

影响不大。他们支付不菲的诊费。我刚翻出了一本1931年到1934年间的银行存折。天哪,那个时候我每个月挣两千块,那可是一笔巨款啦。到了1934年、1935年和1936年,情况开始好转,大批病人拥来。人们四处求助。都是中产阶级,手头又松了。"二战"爆发的时候,纽约的心理医生都忙死了。我早上七点开始看第一个病人,一直工作到晚上。

他仔细回想了1937年的经济衰退、对西班牙内战的兴趣、对罗斯福针对西班牙禁运武器政策的失望、巴塞罗那的陷落……他的很多病人都是自由派,有的人认为马克思主义或许能解决问题,其他人则是"大商人的中坚力量"。

你和下层人民打过交道吗?

下层社会?没有。我知道一个包工头,算中下层吧。我花了八千五百块请他帮我建一栋十个房间的石头房子。每平方英尺的节疤松木,我付他五分钱,现在你得花一块五。在那儿打工的人每天赚不到五块钱。我问包工头他能赚多少,他说:"够吃半年。"算是能拿多少拿多少。贱卖自己的劳动力,把活儿干好,同时指望着能得到另一份工作。

那时候,每个人都安于自己的角色,为自己的命运负责。大家或多或少地把责任揽到自己头上,要么是怠工,要么是无能,要么是坏运气。每个人都觉得是自己的过错,是因为自己的懒惰和无能。你接受这种命运,缄默不语。

人们会因为自己的失败感到羞耻。我想搞清楚这到底是怎么回事。我自己并没有受过什么苦。

大萧条还有一个突出的特点,那就是几乎没有动乱。倒是有一些大规模的游行。有人在华盛顿游行,胡佛承诺所有问题都会解决。人们抱持希望,不知所措。

在1930年和1932年,大企业向罗斯福求助。他们从来都没有克服自己的羞耻心,也从来没有原谅罗斯福,因为他本有能力做点儿什么,采取措施刺激经济。

现在,人们认为一切都是理所当然。整个精神面貌都变了。整个国家充满了更多的敌意和毫无收敛的攻击性。我们实现了前所未有的繁荣。每个人都在问:"为什么不是我?"这个富足的社会展现在人们面前,让大家知道富有的那一半是如何生活的。就在电视上,你看得到。大家都在问:"这些家伙究竟是谁?我有什么问题?我是黑人,那又怎样?"大家不再愿意为自己的命运负责。这都是其他人的错。这很可怕,有可能把我们的国家弄乱。

如果再来一次大萧条,你觉得有可能爆发革命吗?

应该不至于闹革命,它没有组织。

现在,没人能忍饥挨饿。他们认为一切都是理所应当。事实上,正是三十年代的政府给人们灌输了这么一种观点。那时,人们不会要求政府什么，只会提出一些自己无法回答的问题：为什么我是替罪的羔羊？为什么是我？他们希望天上掉下馅饼。

黑人生来就是过萧条日子的

阿朗索·莫斯利（Alonso Mosely）

他是美国志愿服务队（VISTA）的成员，在黑人社区工作，二十岁。

关于大萧条，我知道的都是在学校里学来的。人们生活艰难，靠食品救济券过日子。我的父母很少提到它。他们什么都没告诉我……

克利福德·伯克（Clifford Burke），六十八岁

黑人生来就是过萧条日子的。所以，你们所说的大萧条对一个黑人来说没什么大不了。在他们看来没有这样的东西。他们最好的出路就是做看门人、搬运工或是擦鞋匠。只有影响到白人，才会得到重视。如果你能告诉我，现在的不景气和1932年的大萧条对黑人来说有什么不同，我倒是想听一听。现在的情况更加糟糕，你看看现在的物价。知道住在这里的人要付多少房租吗？真不想告诉你。

他现在领着养老金，大部分时间在一个社团组织做志愿者，在这座城市西区的黑人社区工作。

我们有一项很大的优势。我们的老婆跑到商店，买回一包豆子或是一袋面粉还有一块肥肉，然后用它们做顿饭，我们就能填饱肚子。牛排？我的肚子可消化不了牛排，就像骡子在豪华马圈待不习惯。如果是白人，他就没办法了。他老婆会跟他讲：看，你要是不多赚点儿钱，我就走啦。我见过这样的事情。他不能忍受只带回豆子，而不是牛排或鸡肉。他也不能忍受像黑人那样吃救济。

你看，好比一个白人可以挣六十块，而我在这里只能挣到二十五块。如果我带豆子回家给老婆，我们会把它吃掉。虽然这不是我们想要的，但我们还是会吃。那个白人挣着大钱，如果他带豆子回家，他老婆会说：滚。（笑）

为什么那些大人物会自杀？他们没办法再过上自己已经习以为常的生活，这让他们觉得在自己的女人面前丢脸。比方说，你向一个人说谎，他不会怀疑。可是，如果你告诉他现实生活的真相，他就接受不了。这么长时间以来，白人一直很有优越感，他们不明白为什么自己会穷困潦倒。

我有个朋友，他不知道自己是个黑人——我的意思是说他表现得好像他不知道一样。他手头有些股票，结果亏了两万块。他回家喝了一瓶毒药，一瓶碘酒还是什么的。很少听说黑人会因为钱自杀，通常是跟人打架打死的。可如果说到因为钱，没几个黑人手头有钱。（笑）

我勉强熬过了，熬过了大萧条。（笑）我在一家木料厂做货车司机，一个小时挣四毛钱。星期一我们有点活儿干，他们会让我周五再来。没有必要再找份工作。那时候很少人有工作，大部分还是白人。

我还有另外的挣钱门道。我过去台球打得不错，经常骑着自行车从一个台球室跑到另一个台球室。我押上手里的钱，打赢那些家伙。我离开家的时候身上揣着一块钱。头一两局，我赢了球，就把带来的钱再放回口袋，然后用赢来的钱继续赌球。偶尔，回家的时候口袋里多出一块五。这可是不少钱。每个人都希望能赢别人，这样才能赚到钱。很可悲。

因为还能赚到钱,我从来没去公共事业振兴署什么的申请工作。没必要挤占别人的工作机会,断了人家的活路……

他们必将拥有,
他们不会失去。
《圣经》所言,仍是箴言。
你的父母可能很富有,
上帝保佑的却是那些内在富有的人……

所以内心强大的人聪明一些,
而内心脆弱的人则逐渐退出舞台。
囊空如洗,不能代表你的等级,
上帝保佑的却是那些内在富有的人……

——《上帝保佑这孩子》(*God Bless' The Child*)[01]

---

[01] 词曲作者小阿瑟·赫尔佐格(Arthur Herzog, Jr.)和比莉·哈乐黛。版权归 Edward B. Marks Music Corporation 所有。经授权使用。

永远不要陷入与父母相同的困境

简·约德（Jane Yoder）

她们家在埃文斯顿[01]有一栋房子，四周长满了青草。"我们属于中产阶级，不是上层，也不是底层。"她丈夫是一家大公司的初级主管。他们有两个儿子：大儿子是空军中尉；小儿子毕业于圣母大学，马上就要结婚了。

"我喜欢这些树。这栋房子见证了丈夫和我的艰辛。我们买下它的时候，只付了很少一部分钱。我很怕欠债。如果说有什么事情是我害怕的，那就是富人越来越富，而自己还在分期付款买东西。所有这些东西都是隐形成本——就像这房子，我们不得不通过丈夫朋友的父亲赶紧买下来。所以说，我们不需要付佣金。"

"我们一直都在支付账单。我真正担心的是拥有的东西太多，超过了我的需要。我可不想这样。对我来说，安全感不在于我拥有什么，而是没有什么也可以勉强生活下去。我不会迫不及待地想拥有某样东西。虽然我觉得在卧室里再摆上一台电视机可能也不错，但我还是放弃了这个想法。我们已经有了一台。你一次能看多少台电视呢？"

"我们是1940年7月结的婚。当时，我们很早就决定要买这张鸡尾

---

[01] 埃文斯顿，芝加哥市北郊城市。——译者注

酒桌。还有那张茶几。于是，我的兄弟进来的时候就会说：'太神奇啦。一样的东西，你们却派上了新用场。老天，你是怎么办到的？'"

她的父亲是一位铁匠，生活在伊利诺伊州中部的一个矿业小镇。她们兄弟姐妹七个。矿区在"二八年或三零年"的时候就关闭了。那里的人只得到其他地方去找工作，她父亲也是其中一个。

大萧条期间，爸爸忍受了很多精神折磨。哦，太多了。我有个姐夫是矿区的负责人……我看着这两个人……我真的觉得爸爸有着非凡的智慧。我一直认为他有潜力成为……

他有点儿像陀思妥耶夫斯基笔下的人物。我觉得爸爸非常非常聪明。他学着去讲英语，学两三种语言，并以自己不像社区里的其他人而自豪。他经常给我们讲一些报纸上或小说里看来的东西，而且很动情……"打败那些不愿意思考的人。"他为自己的孩子感到自豪……但他有点儿精神分裂。他会自省，然后情绪崩溃，因为他在自己内心深处看到了痛苦。

我们挣扎着活下去，希望不要挨冻。没有毯子，没有外套。那个时候我上四年级。凯蒂[02]去了芝加哥，买了件印第安绒毯布外套。我还记得和这件印第安绒毯布外套有关的糗事。（倒抽一口气）凯蒂回家的时候带着这件衣服，在她的衣橱里挂了好一阵子。我一件外套也没有。我还记得在苏·庞德的家里穿上了那件外套。我想：这真是不错呢，老天。我把它带回了家，等到星期天的时候穿着它去了教堂。当时，每个人都在笑话我。我看上去太滑稽了。一个黑头发的孩子，胖得马上要超重。天，每当我想起这个……但我还是穿着它，管他们笑不笑。我还记得当时心里在想：见鬼去吧。我根本不在乎……这算什么呀！使劲笑吧，那是你们的问题。我自己暖和就行。

---

[02] 简的姐姐。

在那之前我有过一件外套，非常轻薄。我还记得自己总是觉得冷，不停地发抖。回家之后，什么也不干，直接上床。因为躺在床上，就可以把那件外套盖在身上，就暖和了。

我还记得那种寒冷。我一直都没有靴子，直到结婚才有了第一双靴子。下雨的时候，你为了躲雨拼命跑，在雨中奔跑。这个时候穿着靴子实在是太奢侈啦。如果下雨的话，你会穿一双旧鞋，免得把别的鞋弄脏。你经常擦鞋，在里面放上鞋楦。你并没有多余的鞋楦。鞋子穿破之后，就扔在家里。至于高跟鞋，就把鞋跟锯掉，这样穿起来更舒服。

我们对儿子们讲：你有一件黑色的毛衫，一件白色的，还有一件蓝色的。你一次穿不了十件，还是只能穿一件。这是什么东西？……在我认识的人里，有些人有三十件衬衫。天哪，我都懒得去想要把它们挂在什么地方。要这么多干吗呢？我一点儿也搞不懂。

如果我们感冒或者是吐了，没人给你量体温。我们根本没有体温计。但是，如果你吐了，而且浑身发烫，妈妈会用手摸摸你的额头。不知为什么，她觉得给你橘子，给你香蕉，给你一些你之前从没见过的东西，你就会好起来。她经常用克罗地亚语这么说：你会好起来的。然后，她就把这些好东西都给你。老天，你简直天天盼着自己呕吐。我还记得自己梦到橘子、香蕉，梦到它们。

我的大弟特别聪明，他想继续上学，但是他得帮家里还杂货店的账单。但我最小的弟弟弗兰克并不知道。当我想起这两个弟弟有时会觉得心碎，他们想去弄点儿吃的，可能会到那家店。看到我们家欠下的九百块的账单，他们没法再开口。

弗兰克现在在新墨西哥，是两座矿山的负责人。我们会笑话他："还记得吗，弗兰克？"那时候他总在问："这个要花很多钱吗？"[03]家里每买

---

[03] 原文为波斯尼亚语，"to košta puno"。——编者注

回来一样东西，他都会问："这个要花很多钱吗？"

要花很多钱吗？不管你带回什么：面包、鸡蛋，还是卡罗牌的玉米糖浆。哦，卡罗牌的玉米糖浆真是好东西呀。我不太记得自己跑去杂货店买吃的东西。我一定很得意，而且也觉得自己做不来。我们所有人都不想去杂货店，因为我们能感觉到爸爸没钱。于是，我们就饿着，饿着肚子聊天。

我想起公共事业振兴署……爸爸很快在那里找到了工作。简直是天赐良机。这是最棒的事情了。你知道，我说的是填饱肚子。活下去，只是活下去。

我接受护士培训的时候，身边有一个姑娘叫苏珊·斯图尔特（Susan Stewart），住在对面宿舍。她爸爸是医生，妈妈是护士。她们对公共事业振兴署的印象让我大吃一惊，我还没来得及说爸爸在公共事业振兴署找到了工作。宿舍闲谈的内容就是：这些懒汉，靠着铁锹磨洋工。我只是坐在那儿听她们讲。我看看四周，然后意识到：没错，苏珊·斯图尔特是这么看的，可她的爸爸是医生，妈妈是护士。多棒！他们的职业受人尊重。在我们家，没人有体面的工作。我想她们并不知道情况到底是怎么样的。

我要怎么维护它呢？我从来都不能掌控这个。我必须得表明自己的态度，不然我觉得自己可能会失控发脾气。于是，我说："我们没经历过，可能并不知道真相。就像我们照顾的那些病人。他们也不是自己愿意住到医院来的。"我把它们抽象地联系起来，不然我觉得自己会发火。

那之后，我回到家就会想：老天，这真是两个不一样的世界。

汤姆·约德（Tom Yoder），简的儿子

我和他妈妈聊天的时候，他走进房间。他的未婚妻和他在一起。

这事对我来说简直太搞笑了，有些黑色幽默的味道。大约四十年前，妈妈的兄弟们——我现在对他们已经很熟悉了——带上小口径步枪，在离芝加哥一百英里的地方找吃的。如果他们找不到吃的，就得饿肚子了。我觉得这有些太过了。在我看来，我们这一代人无法真正了解这意味着什么。我从来没有饿着肚子上床——我倒是想来着。从来没有，估计以后也不会。

每当我抱怨家里的生活，妈妈总说："我希望你的日子永远能有这么好。"像我这种人就会说："瞧瞧，你希望我的日子永远能有这么好，这话什么意思？我还指望自己四十的时候能挣两万五呢。"但我明白她的意思。对于现在拥有的一切，我心怀感激。但人的天性就是都希望生活不仅要继续，而且要过得更好。

黛西·辛格（Daisy Singer）

摄影师。

华尔街股灾的时候我六岁。我们是典型的中上层犹太家庭，第二代美国人。我的父亲在一定程度上算是白手起家。

他可以说是一个伪君子，总是装出比实际更有钱的样子。他的许多朋友都比他有钱，但他是最招摇的一个。他总是物尽其用。他并不是特别聪明，却喜欢给人支着儿。有人想自杀的时候，都会来找他。

餐厅领班很快就能发现他是个厉害角色，不好对付。就好像如果他在横越大西洋航行，某个时候会遇到斯贝尔曼主教（Cardinal Spellman）[04]，另一个时候会遇见艾尔·卡彭。他就是这样的一个人。

大萧条之前，我们住在派克大街，就在那种看起来非常沉闷的大公寓楼里，家里有十一个还是十四个房间。股灾之后，我们搬到了中央公园西路，落差有点儿大。爷爷奶奶也跟我们一起搬了进来，主要是为了撑门面；另外，还可以帮点儿忙。

我还隐约记得关起门来召开家庭会议，讨论贷款及诸如此类的事情。门面还是要撑起来的，因为我听说在商场上如果人们在你身上闻到落魄的味道，那你就真的已经落魄了。

我一直都有女家庭教师。有一个我特别喜欢，从我很小的时候一直教到我七岁。之后陆陆续续还有过一些，我都不太喜欢。

我还记得有一次和我喜欢的那个家庭教师去公园。那里有一片棚户区，就像"胡佛村"。对我来说，这就是我对另一个世界的鲜明记忆。从那以后，说到穷，我就会想起这个……当时我还牵着家庭教师的一只手。这么多年，我感觉自己受到上天的特别眷顾，从小到大没有经历过艰难困苦。要说有什么事让我觉得难受，那就是我一直以来都顺风顺水，感觉自己活得不太真实。我从来没见过人们排队领救济食品。我只在电影里见过。

外面的世界距离我们太过遥远，都感觉不会和它有交集。通向那里的门关上了，好像那里有什么传染病一样。我想这就是天真无邪——经历的事情越少越好，但我可不觉得这有什么好的。

父亲癌症晚期的时候会出现幻觉。有些幻觉是生意人特有的。他有个假想的口袋，里面装着假想的文书。他用一种他常用的手势把这些东

---

[04] 斯贝尔曼主教，天主教纽约总教区的第九任主教和第六任总主教。——译者注

西藏起来。那应该是很重要的文书。他总是带着一个"公文包",他有好几百万份"文书"……

罗宾·兰斯顿(Robin Langston)

他白天是一名社会工作者,晚上是爵士乐手。他四十三岁。十七岁之前,他一直生活在阿肯色州的温泉城。

"……有那么多地方,情况可能变得更糟。假设我到了,到了密西西比……"

当家里的电灯都不再亮了,我就知道大萧条是真的来了。爸妈再也付不起一块钱电费。家里点上了煤油灯。爸爸经营着一家餐厅,连餐厅都点上了煤油灯。这事对我有点儿影响,它让我知道爸爸不是这个世界上最了不起的人物。之前我一直以为他是。

爸爸既不会读也不会写。即使一架飞机在天上写出他的名字,他也不认识。但他求知若渴。读书给他听是我们——妹妹和我——的任务。他是那种把收音机开一整天只为听新闻的人。

我记得家里那盏煤油灯,是因为在1930年前后,我得到一份圣诞礼物——一本小书,画的是林德伯格飞越大西洋的故事。妈妈给我讲了林德伯格有多了不起。她说有朝一日,我也会像他那样驾驶飞机。但是,她没告诉我有多大的机会驾驶飞机。你看,问题就在这里。他们并不想让我知道真相。

妈妈是教师,但她从没教过书,因为爸爸一直都不想让她工作。他是一家之主,希望自己足够强大。家里有许多书:普希金、弗雷德里克·道格拉斯(Frederick Douglass)、雷蒙德·莫利(Raymond Moley)的作品,还有《时代》杂志。布克·T.华盛顿（Booker T. Washington）[05]的书是没有的。在我们家看来，他是个非常可恶的人。

爸爸教我们如何随遇而安。与其他人比，我们算幸运的，从没饿过肚子。虽然没什么钱，但得到了很多精神指引。我说的不是比利·葛培理（Billy Graham）[06]这种。我说的是家庭会促使你关心他人。我会亲爸爸，而且不会因为亲了一个男人觉得不好意思。我们曾经有过这样的感情。

有一次，爸爸和我拆了一面墙，准备扩大经营。那时应该是八九点钟。因为用铁锹的时候受了伤，他的手在滴血。我看到了，就亲了亲他的手。

那家餐厅在黑人社区，但我们从白人身上赚的钱和从黑人身上赚得一样多。白人想进来买炸鸡。他故弄玄虚，让他们以为他用的面糊有什么神奇之处。他还有另外一招：白人说黑人就爱吃西瓜，那好吧，每当白人顾客上门，他就把西瓜的价格往上提。都是些让我们挨过大萧条的办法……

我五岁左右就在爸爸的餐厅里洗盘子。爸爸没让我干，是我自己坚持的。我站在一个可口可乐的箱子上，弯着腰在洗碗槽前干活儿。妈妈在收银台，妹妹做服务生。这就是个家庭式餐厅。

大萧条期间，爸爸买的大部分东西是用现金支付。最大件的是一辆车和一台冰箱。我记得很清楚，他付的是现金，因为他不想一次次回到店里，还给白人店主钱，换回一张张收条。爸爸不喜欢求人施舍。

我们家一直有许多白人朋友，因为我们家总是有吃的。只要能填饱肚子，白人不介意忘掉他们自以为是的优越感。他们可以吃到爸爸的秘制炸鸡。

这个黑人社区有一个独特的地方。它和芝加哥其他地方不一样，这里还住着白人。警察局局长就住在社区的中心位置。在距离我们家五十

---

[05]　布克·华盛顿（1856—1915），美国黑人政治家、教育家，致力于提高黑人的教育水平以提高黑人地位，而非直接通过政治手段争取平等，著有《超越奴役》。——编者注
[06]　比利·葛培理（1918—2018），著名作家、牧师、福音派传道者。——译者注

英尺的范围内，住着十户白人。我还记得给流着鼻涕的白人小孩东西吃。那是大萧条的时候，白人和黑人都没有工作。只有白人失业，大萧条才正式变成"大萧条"。爸妈那么做完全是出于内心的善意。

我还记得生活变得特别困难，这位警察局局长拿着他的收音机在爸爸那里当了十块钱。他从这个黑人手里拿到了十块钱。他是真的需要这些钱。他手下有些人在城外，他想带他们去吃点儿鸡肉。他告诉爸爸自己没钱，爸爸让他抵押点儿东西。于是，他拿来了收音机。

大萧条期间，爸爸特别关照黑人。我们家有个地下室，爸爸会让那些穷困潦倒的人一直在那里住下去，他们只需要在我们家的花园里干点活儿，修剪玫瑰什么的。我就是跟这些人学会了赌博和掷骰子。这里面还有几个拳手，有一个后来成了冠军。

学校都实行种族隔离制度。我怀疑学校里没一个教师有学士学位。这些人让我们望而生畏，都是黑人。一位女士已经在那里教了五十多年书。我怀疑她十年级都没毕业。你走到一个沙盒前，她会教你如何用镜子在沙盒里做一个池塘——把镜子放在沙里，让它自己反光。

那可能是在八九年级，在一堂英语课上。黑人学校里没有图书馆，只能指望那些愿意捐助的人送给我们的东西。我们读的是《时代》杂志。雷蒙德·莫利有一篇谈经济的文章，我们要设法读到那文章，并写一篇相关的报告。我只能去白人的高中借书。

一个邋遢的白种女人把门打开一条小缝，把书扔在了地板上。我脑子里在衡量到底哪个更重要：被人侮辱还是读到雷蒙德·莫利的文章？我的第一反应是雷蒙德·莫利。但爸爸一直教我们不要卑躬屈膝。于是，我没去捡那本书。这件事让我很受伤。我哭了，因为我真的很想读那篇文章。

温泉城是个很特别的地方。它是个疗养胜地，经济完全靠有钱人到这里来消费。他们带着自己的女人来到赛马场。看起来有几分高雅，有几分《大英百科全书》的味道。它是个大都会，同时又是个半农村地区，一个兼具城乡特色的地方。

他们有一个市长。他似乎已经在任一百万年了。他会坐在自己的马车里,由两匹黑色的小马拉着到处巡视。他住在黑人社区,只不过住在山顶上。他会光顾社区里的每一家赌场。白人会下来掷骰子,也下来找女人。红灯区一直都在黑人区里。你只能在酒店里找到白人妓女,她们的价格更贵些。她们会和酒店的黑人服务员合作。比如哪个服务员拉来一个政客,她或许能赚个几百块。她会给那个服务员一些钱,没准儿还会跟他上床。

我知道的那家教堂是由市政厅掌控的:"每次圣诞节,我们都会为黑人弄些火鸡。我们会派白人学校董事会里的人去跟他们对话。我们可能会让你们中的一个人到我们的教堂来,唱赞美诗。"就为了让我们不要闹事。在温泉城的黑人社区做到这一点很容易,因为这里一切向钱看。"好吧,只要你不给我们惹麻烦,我们就让你的赌场开下去,我们就让你摸彩,我们就会让那个黑人诈骗犯为所欲为,让他在周六晚上把他的黑人哥们弄出监狱。只要不在这里给我们惹事,我们就会给你喘息的机会,判你一个月缓刑。我们会让你回家,重新做人。"

我们会看《芝加哥保卫者报》(Defender),它面向南区和北区发行不同的版本。我们就是从这份报纸上知道了斯科茨伯勒案件[07]。这些男孩的一个辩护人曾来到这里,在黑人教堂发表了演讲。对,我们知道了这个案子,还有那个白人妇女,叫鲁比什么的……

鲁比·贝茨(Ruby Bates)。

对。这个案子发生的时候,大批年轻人希望找份工作,出门闯荡,想着日后飞黄腾达。他们很怕流浪,不想自己卷进又一起斯科茨伯勒案。

---

[07] 1931年3月,九名年龄在十三至二十一岁之间的黑人男孩乘坐穿过亚拉巴马州乡村的敞篷货车时因斗殴被捕入狱。随后被控强奸了两名搭乘同列货车的白人女孩并受审。事发地点是斯科茨伯勒。在这九名男孩中,八人被草率地定罪,判处死刑。——译者注

《芝加哥保卫者报》是可以公开看的。报纸由一家白人开的铁路公司运过来,再从一节白色的货车车厢里扔下来。在黑人社区的报摊上可以买到。

大萧条期间,我的老家临时设立了一个办事处,为那些穷苦的白人还有黑人服务。办事处安排他们到山区做工,像是砍葡萄藤或是灌木这类活儿。这时候是罗斯福当政。他们也会下来人,告诉人们怎样耕种这块废地,同时还带着救济品。我就看到过有人排着队领豆子。豆子里还有棉铃虫。有些人简直要熬不下去了,只能吃这些豆子,把虫子从里头挑出来。

罗斯福很对黑人社区的脾气。你不会去注意他的皮肤是白是黑,甚或是蓝是绿。他就是罗斯福总统。他通过她夫人获得了巨大的支持。他当时的形象就是"伟大的白人老爹"(Great White Father)。

公共事业振兴署和其他项目让黑人有机会进入手工业和其他各个行业,让黑人也能在办公室用打字机工作。这让我们感觉到,在当前的大势下我们也大有可为。我不记得有黑人强烈反对罗斯福。当你看到周围的人都斗志昂扬,就会不自觉地被感染。

我觉得当权者在大萧条期间错失良机。当时的情况是大家普遍都穷。但是,即便每个人都穷,还是有戴硬领、穿白衬衣的威尔逊式的刻板人物[08]存在。即便我们现在同在一艘船上,但我依然是白人,而你还是黑人,因此我们没必要待在一起。白人的日子会越来越好过,而你们黑人就只能……

你觉得还会发生这种程度的大萧条吗?

我觉得有可能。但联邦政府应该不会让它再来一次了。因为现在的人跟那时候完全不一样。如果他们真的想退化到无政府状态,那就来一次大萧条好了。我十六岁的儿子跟我十六岁时根本不一样。他有男人的

---

[08] 此处指伍德罗·威尔逊,他有强烈的种族主义倾向。——译者注

担当，他可不喜欢被糊弄。我十六岁的时候怕死，但这个孩子，现在已经十六了，连杀人都不怕。

代纳迈·加兰（Dynamite Garland）

在这家曾经十分典雅的老酒店，她是最受欢迎的客人。上了年纪的寡妇和领退休金的老男人经常到她这里寻求建议和慰藉。她的房间里到处都是平装书、艺术品，有她自己的，也有别人的，都是些古古怪怪的东西，无不暗示着她多变的兴趣爱好……

她四十五岁，在芝加哥洛普区[09]的一间意大利美食餐厅做女招待。在这个年纪，她算得上漂亮迷人。

她来自克利夫兰的一个"工薪家庭"。大萧条之前，她的父亲是一名铁路工人。"他现在七十八岁了，是国内的轮滑专家。他和妈妈参加过舞蹈马拉松[10]。"

我还记得突然之间我们就不得不搬家，爸爸丢了工作，我们搬进了一间双层车库。业主七年没收过我们一分钱房租。我们有一个烧煤的炉子，我们三个孩子只能轮流着去把腿烤暖和。车库门打开的时候真是冻死人。我们睡觉时把小地毯和毯子都盖在身上，衣服则垫在床单下面。

早上，我们到外面取点儿雪，在炉子上烤化后用来洗脸，从来不洗脖子或其他地方。我们将两双袜子套在手上，再穿两双到脚上，穿上长秋裤，将裤腿扎进从好意商店[11]买的鞋子里。然后，我们走上三四英里

---

[09] 洛普区，芝加哥的传统中央商务区所在，为美国第二大中央商务区。——译者注
[10] 舞蹈马拉松是为慈善募捐举办的跳舞活动，参与者需在较长时间内不停地跳舞。——译者注
[11] 好意商店（Goodwill）是美国的慈善连锁商店，专卖捐赠的二手货。——译者注

去学校。

爸爸曾有过三四间房子,那是他的爸爸留给他的。后来,一间一间都保不住了。曾经有一家人付不出房租。他们开了一家蛋糕店,每次交房租只给一半现金,另一半用饼干来抵。我们就靠碎成渣的饼干和小面包过活。从这可以看出,爸爸是个很精明的人。

他总有办法给我们这些个孩子弄到吃的。有三四个月的时间,我们就靠糖果包填饱肚子,那是用巧克力做成的小方块。我们把它化在牛奶里。他还在一间中餐馆打过工。那段时间,我们就每天吃炒面。我现在看到炒面就犯恶心。粟米片球和卜卜米也曾是我们的主食,我感觉它们都要从我的耳朵里钻出来了。现在我一点儿都吃不下,犯恶心。那时候妈妈做面包,在毯子下面发面团。噢,那面包好吃极了。我之后再没吃过那么美味的面包。

每个星期天,我们都去找房子,那已经成了大萧条期间的一项娱乐活动。你和家人一起到各处的房子里看看。它们不是出售就是出租。你到处瞧,看看这东西要放哪儿,那东西要放哪儿,这间房就是我的了。我知道我的马要养在牲口棚的什么地方。妈妈会下到地下室,说:"这里建得真好。我的土豆箱要放在这儿,洋葱放在那儿。"我们都想好了每样东西要放哪儿。(笑)

妈妈长在一个专门做花边窗帘生意的爱尔兰家庭,上过家政学院。即便是在大萧条期间,我们都还有餐巾环。她把一切都归置得井井有条。我曾到一个闺密家里去吃饭,她们家的餐桌上摆满了意大利美食。她很愿意到我们家来吃饭,因为她喜欢我们家的布置。

在我们的天主教学校,有些孩子的家庭环境似乎要好那么一点点。我经常把头埋在桌子底下,偷看修女的黑色平底鞋。似乎我一直在做要受惩罚的事情。有一次我差点儿咬到她的膝盖。(笑)我想做一个修女。我对这些可亲的女士充满了敬畏之情。结果,我成了脱衣舞娘。(笑)

她们让你把名字写在募捐信封上。妈妈只能拿出两三分钱。墙上的金星是给那些成绩好的孩子的。我非常清楚我比其中几个优秀。她们拿到了一颗星,而我从来没有得过。

在妈妈给我们挑的那些学校,其他孩子的家境要比我们家好得多。她在一家洗衣店工作,给我们赚学费和书本费。我们本来可以上免费的公立学校。

这说明了妈妈在家里的地位。她什么事情都要掺一脚,爸爸管她叫"女王"。她总是有一些自以为是的主意。

爸爸总是尽他最大的努力。他往人家的邮箱里塞一些小传单——"粉单市场肥了白人的腰包"。我想他这活儿是为某个左翼组织干的,爸爸并不同意上面的任何主张。干这个每星期能赚三块钱。

爸爸在阿克伦市找了份工作——送外卖,我们就搬过去了。那个地方脏兮兮的,到处是灰尘,烟雾弥漫,妈妈总是在擦啊洗的。我们就住在铁路边上。车上的人会扔西瓜还有别的东西给我们。火车减速后,爸爸就跳上车,让我们这些孩子去捡煤。

我十四岁左右加入了全国青年总署。每两个星期能拿到十二块五,工作就是做军用床脚柜。收入的一半给了妈妈。这是我第一次可以给自己买衣服。买了几件漂亮衣服之后,我就不再想当修女了。(笑)

我闺密的父亲参加了一个新运动——"技术统治运动(Technocracy)"[12]。我曾跟她一起戴徽章,因为她是我好朋友嘛。我还记得那徽章上有个圆圆的东西。

我在一家蛋糕店做过兼职。工作是在那些美味的巧克力泡芙下面垫上塑料纸,这些塑料纸经常掉在地板上,次数多到你都要吃惊。那个地方到处都是蟑螂。(笑)但是没人生病。你只要把它们赶跑就行了。那些

---

[12] 技术统治运动流行于大萧条早期,它基于一个以能量而非美元为单位的价格系统,旨在以工程师和科学家管理社会运行。运动的发起者是年轻工程师霍华德·斯科特(Howard Scott),罗斯福当选后,运动逐渐没落。——编者注

蟑螂的个头可真是够大的。

高中毕业后,我就订婚了。我以为结了婚,就可以整晚吃汉堡和热狗,尽情狂欢,弹吉他唱歌。我当时在一个乡巴佬乐队唱歌,和吉他手结了婚。没什么比回家躺在地板上睡觉更难受的了。

酒店外面就是伊利诺伊中央铁路,可以听到火车经过的声音。"我很怀念那些低沉的火车汽笛声。我想像祖父那样启程上路。他是个流浪汉,可不是乞丐。他是个经验丰富的水手,可能去过中国。他不仅带回礼物,还给我们讲精彩的故事。我们家里没地方给他住,他就睡到浴缸里去。他在浴缸里放了一个漂亮的枕头,就当是床了。他嗜酒如命。我们只好把家里的银器都藏起来,因为他会拿出去当了换酒喝……"

十一个月之后,孩子出生了。"二战"爆发的时候,我又怀孕了。我们结婚的时候,老公每周挣十四块。每周花一半为婚礼置办衣服。后来,我们在国防工厂工作,收入从一周十四块一下子飙升到六十五块。当时简直有点儿乐昏了头。哇,天哪,我们真有钱啊!我先给自己买了一件红色的毛皮大衣。有了这些钱,我一定要给自己买件毛皮大衣。噢,你不知道,那些衣服好看极了。再配上我的红头发,看上去就像个猩猩。之后,我还得再给自己买上几双有交叉饰带和缀着小球的鞋子,还有带花边的衬衣。真是俗气!

人们说穷人家长大的孩子知道该怎么花钱。我们家穷得要命。可是,当我们手里有了点钱后,还是大手大脚。我觉得这是个性问题。我并不后悔,但仍然……

斯利姆·科利尔（Slim Collier）

一个酒吧侍者。

"我出生在滑铁卢[13]。艾奥瓦州的大部分地方，尤其是南部地区直到'二战'结束才开始供电。我十一岁才第一次住进有自来水的房子，那是在1936年。"

"我们家祖上一直生活在马恩岛上，那是苏格兰和爱尔兰之间的一座岛屿。科利尔家族里第一个到这里的人是戴着镣铐被一艘英国战舰运来的。那是在1641年。他被人称为'白奴'。他是个政治犯，因为煽动罪被判十七年徒刑。十年苦役之后，他得到了国王的赦免。不是的，我们家族的人可不是坐着'五月花号'来这里的。"

"科利尔家族的每个男人都会回到马恩岛找老婆。我的父亲打破了这个传统。他娶了一个生活在达科他州的德国移民的女儿。我妈妈真是一个眼高于顶的人。她只比我大十四岁……"

我的爸爸是个很好面子的人。他的个子非常矮，只有五英尺两英寸高。他是个农民，同时也是制造工具和模具的工人。他是那种人——每天早上起床后，会穿上白衬衣、西装，打上领带，再穿上驼毛外套，戴上手套，钻进新款克莱斯勒，从农场开到城里，再把车停到停车场，下车，脱下外套，将西装放进衣帽柜里，换上满是油污的工装裤，去制作工具和模具。他非常虚荣。当大萧条波及他时，对他的打击很大。

他这种人会先付下一套房子的定金，然后再次按揭贷款，付下第二套房子的定金。大萧条让他失去了所有的房子。他的愤怒和沮丧影响了我的一生。他是那种人——如果有人破产，他会很高兴。现在，轮到他了。

---

[13] 滑铁卢，美国艾奥瓦州东北部城市。——译者注

我们家的农场有一百六十英亩，主要种植玉米。现在，我哥的农场刚好也是一百六十英亩。有了自动化作业，农场里的活儿一两个小时就能干完。不过，爸爸是个固执的老家伙。我离家的原因就是他不肯买辆拖拉机。1938年我十四岁，就在那一年我离开了家。在家的最后几天，我帮他干的活儿就是把木头从树林里拖出来。1939年，他买了辆拖拉机。（笑）

1931年，爸爸丢了制造工具和模具的工作。当时，他在约翰迪尔拖拉机厂上班。我七岁，刚开始上学。我之前很少看到他。突然有一天，他开始一直在我身边出现。这可真是不小的打击。从此，就由他而不再是妈妈来管教我了。那段时间，我可没少挨训。

那时的人们恐惧而忧虑。约翰·保罗家具店位于韦斯特菲尔德，离滑铁卢不远。现在，你可能要管这地方叫郊区了。它有点像个小村子，每天早上公鸡会打鸣叫你起床。生活在这里的人们都会养奶牛和猪。一部分地方有路灯，但它还是更像个农场，因为可以看到家畜。我们小孩子也会光顾这家店，因为它同时也有糖果和少量文具卖。

我还记得男人们聚在店里。一个家伙夸口说自己从未吃过救济，以后也不打算接受。那里不少人都讨厌他这么说，因为在韦斯特菲尔德，大部分人接受救济。

人们脾气暴躁是那个时代的一个特征。愿意工作的人找不到工作。爸爸是那种必须有点儿事干的人，他会给自己找活儿干。一个玩耍的孩子也能惹他生气。并不仅仅只有我爸是这样，所有人都特别容易生气。

1933年，爸爸重新开始工作了，兼职。无论如何，他又开始赚现金了。"现金"这个词在我的整个童年留下了深刻的烙印。一毛钱管一个星期。可以用它买一包爆米花，还可以让我坐在戏院的第三排看鲍伯·斯提尔（Bob Steele）[14]开枪打印第安人。当时看电影都是在周六——也被叫作

---

[14] 鲍伯·斯提尔，美国电影演员。——译者注

"野牛镍币"[15]日，为同学们的下一个星期提供了谈资。

当时，现金非常少。我还记得自己找到一块钱，爸爸郑重其事地接管了这笔钱，每次给我一毛当零花钱。

爸爸被重新被聘用之后，我们回到了被金融公司拿走的农场上。因为他付得出钱，可以赎回抵押品。他们自己也很缺钱。

有一家人抵押的农场被没收了。3月1日，他们被赶走，家里所有的东西都被卖了。连家庭照片也是一样，五分一张、十分一张地卖掉了。许多小孩子都是被父母带到那里的，部分出于病态的好奇，部分出于同情，还有部分原因就是那里有事发生。在那个年代，在没电视、没广播的地方，随便一件事情都是大事件。

我们小孩子是很开心的。我们聚在一起，有很多新来的孩子，玩各种游戏……我慢慢地对当时的情况有了一些了解。无意中听到大人们讲话，会感觉到他们的担忧和释然：事情没发生在他们头上，但预感可能会发生……满脑子想着灾难可能临头。在我的回忆里，不仅有这种言外之意、恐惧，还有迷惑。在好几个星期里，大人们谈话的主题就是这个。

当时，到处弥漫着这种无助的绝望和听天由命的情绪。少数人也会愤怒和反抗，但就大部分而言，还是绝望和听天由命。

我们小孩子会一再重复"繁荣近在眼前"[16]这句话，但我们不会去想繁荣到底是什么意思。（笑）艾奥瓦州在传统上是支持共和党的。爸爸打算投票给民主党，并把这件事提前说出来了——他投票给罗斯福，这事还挺令人震惊的："科利尔家变得激进了。"（笑）好吧，当时人们把大萧条怪罪到胡佛头上。

---

[15] 野牛镍币是1913—1938年生产的一种硬币。美国传统硬币上刻画的主要是美国政府的杰出人物。而野牛镍币两面的图案分别是在美国为拓居而进行的西进运动中遭破坏，几近灭绝的两种形象——美国野牛及土著印第安人。——译者注
[16] "Prosperity is just around the corner"，出自胡佛总统的讲话。——译者注

"我和爸爸吵架，离家出走，成了一个流动农民工，一个月十六块钱，除此之外其他全包[17]。这种雇工可以和农场主一家一起上教堂，但不会和他们坐在一起。雇用的帮手都坐在后排。男男女女的雇工可以和农场主一家坐在同一张桌子上吃饭。但在公开场合，你得遵守一些特定的礼节，比如打开门让农场主一家人全部进门之后你再进去。没错，在那个时候也还是讲究社会阶层的。"

此外，他还做过戏院的领座员、旅馆服务员、卡车副驾驶及装煤工。最后，他在十七岁那年参军入伍。在整个连队里，只有他和另外一个人读完了八年级。他们成了医疗兵。

1939 年，我开始了四处做农场帮工的生活，找到了一份切芦笋的工作，一小时一毛五分钱，要切得尽可能地快。我记得有一次，我直起身子来揉揉酸痛的背，因为一直弯着腰快速地干活儿嘛。结果二工头就冲我大叫："看到那些站在路边的人了吗？他们正盼着你丢工作呢。要是再让我看到你直起腰，他们当中就有人有活儿干了，你就滚蛋吧。"

早上四点，我们会来到一个特定的地方，站在那里等卡车过来。他们会大声喊道：一小时一毛五。如果你想工作，就到滑铁卢的这些路口等着。人们站在那儿，抽烟聊天，吹牛皮，开玩笑，就像互不相识的人平时聚在一起时一样。有人决定：一小时一毛五，再也不干了，毕竟家里还有两块钱现金。其他人则爬上卡车，有一个家伙会说：人够啦。

他们把人带出城外，到乡下去干活儿。乡下人很恼火，他们不肯为了这点钱干活儿。那个时候我还没意识到剥削和工人间的竞争。

当时谈到过成立组织吗？

---

[17] 如果你生病，农场主会帮你付医药费。农场主的妻子会给你洗衣服，保证你周日上教堂的时候有干净衬衣穿。

在艾奥瓦没有，在中东部都没有。那里的人们都太保守了。我过了四十岁才第一次加入工会。一直以来，我都认为加入工会后你就不再独立自主了，那意味着把自己交付出去。我从父亲身上继承的傲慢自大可能比我意识到的还要多。我太傲慢了，不愿意加入工会。见鬼，为了独立自主，我的工钱就要比别人少。

加入工会，就会被贴上令人感到羞耻的标签。我们社区有一个人，他老婆是一个暗娼。他抽的是成品香烟，而不是要自己动手卷的布尔·达勒姆香烟。这个人没什么自尊。同样地，加入工会的人也不那么受人尊敬。

附记："那时候，一个四十岁或五十岁的女人就是老女人了。去年9月，我回到艾奥瓦州，发现有些女人四十五岁、五十岁了，比她们二十岁的女儿还要好看。节省人力的设备、化妆品……而且她们很注意保养：补充维生素。我还发现很多和我差不多年纪的人戴假牙。我们没有补充需要的维生素，也没有补充必要的矿物质。"

多萝西·伯恩斯坦（Dorothe Bernstein）

服务员。

1933年，我进了孤儿院。那时我十岁左右。我一直有干净衣服穿，吃的也够。我们上学要穿过公园。路上还要经过铁轨。那画面就像昨天一样。

有人会在那里等我们经过，我们把午饭给他们吃。如果孤儿院的厨师做了我们不爱吃的东西，我们就会把它们装在棕色的小纸袋里送给那些人。

现在，我会告诉女儿：要小心陌生人，尤其是看上去有某些特征的某一类人。但在当时，我们一点儿也不害怕。当你从别人身边走过，即便是陌生人，你也不会有这样的想法：天哪，我得当心这个人。没人与你为敌。这些人没有工作，如果有活儿干他们可能会去工作。我不知道他们是怎么搞成那样子的，他们会去哪里，最后会怎样。他们人都很好，你绝对不会认为这些人会伤害你。他们不是乞丐，只是霉运缠身而已。

星期五，我们会把自己的午饭给他们吃，我们每个人都会这么干。当时可能有一百二十五个人在上学，每个人都拿着一样的棕色纸袋子，里面装着沙丁鱼末三明治，上面还涂着蛋黄酱。这是三十多年前的事情了。我现在还是不吃沙丁鱼。（笑）每次把别人点的沙丁鱼端上桌时，我都会堵着鼻子，不过不是用手。你试过屏住呼吸吗？这样你就闻不到味道了。因为在我眼里，它们和那些涂着蛋黄酱的沙丁鱼三明治没有什么区别。

你跟他们打招呼，他们也跟你打招呼。就是这样。如果你要问我他们晚上睡哪儿，我不知道。他们知道我们是朋友，出于某种原因我们也知道他们是朋友。

现在人们会谈起过去的那些好时光。想工作然而找不到工作，这可算不上好时光。你的孩子想喝牛奶，你只能到处去讨。我还记得和一个好朋友去商店。因为她们家用食品券，她觉得很不好意思。我还记得她有多抱歉，这让她觉得丢脸。她说："要不你在外面等我？"

路易丝（Louise）是个波希米亚姑娘。她妈妈开了家杂货铺，她们家就靠这个生活。路易丝帮着记账，总是有人欠账。你从来不会跟人说："你有钱付账吗？"他们会说："记在账上吧！"你就记上这笔账，因为这是那些人家糊口的食物，必须得吃。也不是说你就白送出去了，他们最后还是会把钱还上。

这些地方不像超市，超市这种地方没有人情味。他们会说："嗨，多萝西，你妹妹怎么样了"，等等。超市里没有记账这一说。你进去，付钱，结账离开，你甚至都不清楚自己到底买了哪些东西。彼此之间的信任是不一样的。

在这个世界上，有人羞于承认他们的出身。我在学生家长与教师联谊会（PTA）上就碰到过一个。我上前非常友好地问她："你是×××吗？"她看着我。我说："我是多萝西，还记得我吗？"她扬了扬眉毛。我想说的是她那天是盛装出席。她说："你肯定弄错了。我不认识你。"在那之后，我又碰见她五六次。她就是我说的那个人。我不再提这个话题。很多人会觉得难为情。那不是你的错，他们觉得：我宁愿有一道紧闭的门，将那些日子隔在门外。

我不认识那些跳楼自杀的真正有钱人。我读到这样的新闻就像是在看小说一样。谁会有那么多钱呢？就因为没了这些钱，他们就自杀吗？对我来说，还是抓到一根救命稻草重新站起来比较容易。

你知道的，当你落魄到不能再落魄，唯一的出路就是向上。你能做的事情无非两样：要么躺下等死，要么凭自己的力量重新振作起来。

道恩（Dawn），基蒂·麦卡洛克的女儿

我的父亲是一个白领工人。我记得那些年他经常嘲讽罢工的人。然而正是这个人，工作得非常辛苦，一周要干七十二小时，但他觉得没必要罢工。当政府规定每周的最高工时不得超过四十四小时的时候，天，他恨不得举双手双脚支持罗斯福。

我还记得当时那种激动和兴奋的心情。政治很重要。我记得我们一家人和好朋友星期天聚在一起收听考福林神父[18]的讲话。当这个人在电台里大声疾呼的时候，我们小孩子们必须保持安静。我不记得他到底说

---

[18] 查尔斯·考福林神父（1891—1979），美国天主教神父，在二十世纪三十年代，他的电台节目一度拥有三千万听众，他呼吁保护劳工权利，反犹太，有纳粹倾向。——编者注

了些什么,但我记得我恨他。我也不知道为什么,因为我当时并不知道原因。我现在知道了。这是不是很有意思,一个小孩子的反应……爸爸经常听他讲话,而且觉得他说得很有道理。整个大萧条期间,收音机在我们所有人的生活中都扮演着非常重要的角色。

一切都很重要。如果死了一个人,那就是头条新闻。在我看来,生命更重要。我还记得有这样一则头条新闻——一个年轻的高尔夫球手穿着金属鞋子,被闪电击中。我们社区的人都在说这件事情。一个人死于如此诡异的事故,这件事情非常重要。现在,我们会听到一些令人悲伤的伤亡数字,我们会听说越战……生命只是如此而已,现在已经没那么宝贵了。

菲利斯·洛里默(Phyllis Lorimer)

"我不知道发生了什么。我知道自己正在经历什么。我确实听说有人跳楼自杀,但对我个人来说,这毫无意义。"

"我在康涅狄格州的格林威治长大,家里有一栋非常漂亮的房子。我家里很有钱,但我一直觉得自己很穷。就我那些堂、表兄弟姐妹们,每个人的爸爸都是百万富翁。我最好的朋友们都有自己的岛。他们每个人都有自己的船,都有自己的马。"

"我的父母离了婚。爸爸在加利福尼亚州,是个非常成功的电影制片人。妈妈把我带到了那里。结果赶上了华尔街股灾,我们就都留了下来。"

股灾发生的时候,我正在读寄宿学校。我很喜欢那所学校,它位于格伦多拉。当时,那是加利福尼亚州最好的寄宿学校,非常美的学校,坐落在一片橘林中。我马上就要担任学生会主席,特别自豪。突然有一天,我领不到铅笔了,于是去找校长,看看是什么原因。她有些难为情,因为我们都是老朋友了。她说:"对不起,账单还没有付。"她恭维了我几句,然后说:"如果有奖学金,你一定能拿到。"又说:"实在是太抱歉了。"

我觉得不可思议,特别难堪。当时校长的处境也很艰难。我给妈妈打了个电话,说:"来接我吧!"她来把我接走了。我回到家,那个家已经不能算是家了——继父和我们生活在一起,而我特别恨他。

三十年代的日子很不好过。和其他人在一起的时候我还感觉不到,我还以为只是我个人的遭遇。我怎么也想不到全国都是这样。出生在有钱人家,现在突然就身居好莱坞的一间斗室,和经常醉酒、令人讨厌的继父生活在一起。

我的哥哥还在达特茅斯学院,他很走运,不知道家里发生了怎样的变故。家里的钱都拿去了,好让他能够继续留在达特茅斯学院。我们却靠着救济过日子,吃咸牛肉罐头。我们把天然气关掉了。妈妈很可爱,把所有吃的东西都弄得跟野餐一样。我们在电动爆米花机上弄吃的,所以从某些方面来讲,那时的日子还是过得蛮开心的。(笑)妈妈很幽默,而且极有魅力,因此我不晓得当时的情况已经很糟糕。家里没钱的时候,她会想办法给我买个瓷娃娃,而不是去买菜。(笑)她是个很怪的人,所有人都爱盯着她瞧,而我就像个丑小鸭。

爸爸仍然拉不下面子死扛着。他曾经春风得意,然后变得一无所有,失去了两栋房子及房子里的所有东西。他的职业和大萧条没有任何关系,是他自己搞砸了。还不是大萧条的时候,就有很多次没钱付账。

我们家过去特别有钱,我的堂、表兄弟姐妹们依然很有钱,即便是在大萧条期间。突然之间我就有了四匹很棒的白马,就是他们送我的。我可是个很厉害的骑手。(笑)我在很多表演赛和障碍赛马中都骑过马。可是回到家里,还是得在晚上吃咸牛肉罐头。(笑)

我的哥哥善于社交,是个十足的势利眼。我们吃着咸牛肉的时候,他在达特茅斯学院过得相当不错。没人告诉他情况有多糟。他和一个社会名流朋友住在一所奢华的房子里，还配了个男仆。他回家才发现我们真实的处境，而真相是如此可怕。

他比我大五岁，面对的现实是他得出去干点儿什么。这让他得到了终身的教训：永远不要陷入与父母相同的困境——永远不要变得像他的父亲那样落魄。

他的第一份工是在风驰通（Firestone）轮胎厂搬运橡胶，这让他的白色棒球外套变得臭烘烘的，他从头至尾地讨厌这件事情。回到家的时候，他身上总散发着一股恶臭，他非常憎恨自己。

这让人没法忍。他不会告诉别人他周末跟谁在一起打网球。他有一辆门快掉了的老福特车。不过用手撑着的时候，门还是关得上的。每次他开这辆车带我出门，我就得用手撑着车门。就是这样的一辆福特车。

他想干出点儿样子来，给自己弄了个小黑本子，上面写着到什么时候干什么事情，他也确实做到了——弥补了父母落魄带来的后果。他希望涉足彩色摄影。每天晚上从在风驰通轮胎厂下工后，他都会坚持自学，不到一年就成了特艺集团（Technicolor）驻纽约办事处的主管。他就是有这样的决心……

现在，我必须去挣钱了，因为继父总是醉醺醺的，爸爸则假装一切都没发生过。我上过培养淑女的家政学校，但什么都不会做。我能讲一点儿法语，但讲得很糟。我知道当年长的人进屋时我得起立，至于其他的，我就一无所知了。

我听说有一部叫《华清春暖》(Footlight Parade)的电影在招募会游泳的人。这部电影是华纳兄弟影片公司拍的，是第一部大型的水中歌舞表演电影[19]。我去试镜时吓坏了，但还是尝试了高台跳水，结果被录用了。

---

[19] 巴斯比·伯克利（Busby Berkeley）编排的华丽表演，主演包括鲁比·基勒（Ruby Keeler）、理查德·鲍威尔（Richard Powell）和托比·温（Toby Wing）。

我当时真是惊讶极了。我真的觉得自己就是在那时树立了这样一种观念，而且终生不变：尊重那些真正去做什么的人，而不是那些因为父母的努力（自己就无所事事）而拥有什么的人。

我很喜欢歌舞团的女演员，讨厌那些临时演员，他们在一旁坐着就能拿钱，我们却是拿生命在冒险。我在那里过得很开心，这是我第一次在某些事情上比其他人强。我获得了之前从未有过的自尊。

突然之间，就这样，我靠着每天在高高的台子上玩命做特技表演能赚到七块五，喝点儿酒，也不用加班。在这段日子里，我知道了一个好的工会能发挥怎样的作用。我童年的大部分时光是一个人度过的。现在，我开始尊重那些为了彼此和他人而工作的人。我对演员工会（Screen Actors Guild）产生了莫大的敬意，它维护着我们这些每天在水底工作赚七块五的人。

那段时间在我的一生中非常重要。我上过好几个淑女学校，每天穿制服。我的母亲喜欢出风头，而我只希望没人盯着我看，希望在人群中隐身。我很爱妈妈，她并不属于哪个时代，在哪个时代她都能过得很好。在她身上，我永远都无法知晓当时的社会境况如何。哥哥就不一样，因为当时的境况扰乱了他正常的生活。

我一直觉得我融不进西安普敦、格林威治，还有纽约大颈镇的社交圈，我感觉自己不属于它，不管这个"它"指的是什么。但我肯定那些亲戚就属于"它"。我妈妈看上去有些蠢，她会穿着渔网袜骑自行车。我们都很怪。

但是突然之间，我发现自己属于另外一个团体。其中有奥运前明星，他们曾是跳水或游泳运动员，还有拼命工作的歌舞团女演员。我突然就不在乎哥哥的名流朋友了。他总是在说："如果他们问起你的工作，千万别说你是歌舞团的女演员。"我说："我是歌舞团女演员，我很自豪。"这让他很恼火。

在西安普敦、格林威治还有纽约大颈镇，我只知道那里的人极力阻止波兰人搬进来。小时候，我真的以为西安普敦那条运河上的桥就是为了不让犹太人去乡间俱乐部。（笑）我突然成了一个热爱劳动的人，和那些歌舞团女演员及舞台工作人员一起。

鲍勃·利里（Bob Leary）

他兼职做出租车司机，同时还在上学。他载着我在曼哈顿狭窄的街道上绕来绕去，我们在零星时间里聊了会儿天……

爸爸花了两年时间去粉刷爷爷的房子。他刷了两次。这让他有事可做，让他不至于丢掉所有的……其实我不想说自尊这个词，因为当时太多的人都丢了工作，并不只是他一个人。

他加入了蒸汽管道工工会。当时，他们正在盖公正大楼（Equitable Building）。不过，1929年左右，整个工程停了下来。

他永远忘不了这个。我想要是一个人失业太久，肯定会受到一定的影响。它会打击你的自信。并不是说它摧垮了爸爸的自信，但我能看出它对爸爸的人生观，以及对待成功的态度产生了怎样的影响。那些在商业上取得成功的人让他钦佩不已。我觉得这一点跟大萧条有关。

我在萨斯奎哈纳货场做工,
一天能赚一块钱。
辛辛苦苦讨生活啊,伙计们,
工钱还只有一点点。
他们说要涨工钱,
涨了我就不抱怨,
没涨我就卷铺盖。

——传统民歌

工会煽动者，不得再雇用

拉里·范·杜森（Larry Van Dusen）

他五十五岁，大半生在工会做组织工作。"我十九岁那年离开家，再没回去过。在科罗拉多州和得克萨斯州沿路流浪，搭顺风车，坐货运列车……偶尔回家一趟，发现家里在靠救济生活。然后又离开……"

三十年代早期，他在堪萨斯城做过社会工作者，组织过失业人员委员会，参与过罢工，多次被捕……

我现在仍然会跟自己玩个小游戏——刮胡子。在被警察带走之前把胡子刮干净。有一次被警察带走的时候，脸上的胡子两天没刮，在接近三十八摄氏度高温的堪萨斯城监狱待了三天，脖子上起了非常可怕的疹子。直到现在，还是会偶尔长疹子。这算是我的小诀窍吧。如果他们这次要把你带走，你进监狱前至少要把胡子刮干净。现在，每当我自娱自乐的时候，仍然会想：在警察敲门之前把胡子刮干净。

监狱里的残忍行为，失业者，尤其是黑人受到的待遇——我还记得那些刚进监狱的新人因此而崩溃。他们把一个大块头的黑人拖进我们隔壁的一间号房。我们闹出很大的动静，希望来人带他去看医生。我们想当然了。因为没人来，第二天早上他被抬走的时候身子已经僵硬了，他死在了那间号房里。

在那段日子里，你很容易在芝加哥被捕。他们把你从一个辖区的警局转到另一个辖区的警局，因此你的律师可能要花上三天时间才能搞清楚你到底在哪儿。我已经习惯了堪萨斯城了，这里的情况比那里要难应付。当时的警局有他们自己的手段，比如电椅。六到八个人关在一间号房里。对劳工组织者来说，这样的逮捕已经司空见惯了。

在我看来，失业人员委员会为新政的立法奠定了基础，吸引了一批后来成为劳工组织者（特别是加入产业工会联合会）的人。就个性和思想而言，他们朝气蓬勃。尽管有共产主义者和社会主义者的加入，但他们并不像那个时期的左翼政治团体那么顽固偏狭。他们在一定程度上打破了常规，只是将人们组织起来填饱肚子。

我目睹的第一次罢工——密苏里州南部的方解石[01]矿工的罢工，是圣路易斯的失业人员委员会发动的。矿工的居住条件异常简陋。生活确实很悲惨，常年在井下，那才真是被土埋了半截。他们希望卖上更好的价钱，于是就罢工。他们试图不给市场供货。我亲眼看到矿工们的聚会被当地的警察和联防队员驱散。

和那个时期大多数罢工一样，它的政治意义多过经济意义。《圣路易斯邮报》（*St. Louis Post-Dispatch*）和其他报纸对此大肆报道。它凸显了这些矿工的悲惨境遇，让大家把关注的焦点放到了在派克大街、格罗斯波因特（Grosse Pointe）和温尼卡（Winnetka）……到底发生了什么。所有的左翼团体则忙于把事态搞大吸引更多眼球。这些在后来罗斯福颁布的新政措施中有所体现。

当时最常见的事情之一就是感觉到自己父亲的无能，我当然也不例外。他没能逃过一劫。当时的生活是很困难，可我为什么要在自己的袜

---

[01] 方解石是生产油漆所需的一种材料，类似于白铅，是从立井（类似小矿井）里挖出来的。矿井当然不归矿工所有。他们只是钻井，将方解石挖出来卖给大公司。

子里塞一张纸板再去上学？这并不代表我恨爸爸，而是一种遗憾——他没能做得更好，没能交到好运。同时，还有爸爸对时事的愤怒给我带来的不安。

爸爸在很大程度上是个人主义者，手艺人通常都是这样。非常时期，他会接一些他觉得有辱自己身份的工作。不过总会闹出点儿事：他会跟工头吵，跟老板吵。他是个木匠。修路基、开出租车或干类似的活儿，他是不可能开心的。爸爸是个技术纯熟的手艺人，当时的境遇让他很受挫。我们家也受到了很大影响。

我还记得许多孩子因为发现父亲没有能力养活自己而感到的震惊、困惑和痛苦。这从父子之间激烈的争吵中就能看出来。我记得我也这样和爸爸吵过一次。家里六个孩子，我是老大。我一直觉得爸爸和我之间有着特殊的情感。

我们因为新思想发生过激烈的争吵。罗斯福提供救济到底对不对？成立公共事业振兴署是不是个好主意？人们是否有权占有他们的农场，并通过武力保卫？在美国劳有所得的老说法也随着大萧条的到来变成一句空话。这给家庭生活带来了很大的压力。很多家长都感到愧疚，因为他们要靠公共事业振兴署和修坝才能养活一家子。当时爸爸在堪萨斯城铁路道场附近浇注混凝土，好在陡崖上修墙，这让像他那样的手艺人觉得很傻，因为那时全国都需要房屋，而他的手艺本可以派上用场。像他那样的人自尊大受打击，觉得自己干的活儿跟美国传统意义上的生产劳动不沾边。

爸爸的日子过得很艰难：他喝酒。大萧条期间，他喝得更多，家里的矛盾也越来越多。许多父亲都有离开家的习惯，我的爸爸也不例外。他们会去芝加哥找工作，去托皮卡[02]。留在家的人就等着，盼着他能找到

---

[02] 托皮卡，美国堪萨斯州首府。——译者注

点活儿干。周六晚上最难熬，因为终于可以知道他能不能带着薪水回家。大萧条让一切都变得更加尖利，更有杀伤力了。

偶尔也会好运临头，爸爸能找到一周的活儿。我还记得他在晚上回家，沿着那条穿过树林的路。他总是骑着一辆自行车。他下车后，有时会说声"嗨"或是拥抱我一下。木匠工装裤上新鲜锯末的味道，爸爸回家的情景，还有一个星期的薪水——这些东西我也还记得。这是记忆中美好的那部分。

糟糕的那部分一直都存在——当你看到爸爸回到家里，工具箱扛在他的肩膀上，或是拿在手里。那意味着他的活儿干完了。工具都拿回家，一切又恢复成以前的样子。

我还记得多年之后回到家里，情况有所好转。那时大萧条已经过去，"二战"也已经结束。对我而言，房子跟以前大不一样。爸爸变得跟天使一样。生活并不富裕，但他们正在努力改善。家里不再有我小时候感受到的那种刻薄、互相指责及怨恨。

我还记得回到家里的那一天。妈妈准备了烤牛肉，味道非常好，分量也很足。我们吃完饭的时候，桌上还剩了些。大萧条期间，如果运气够好，一周能吃上一次牛腿肉。直到十九岁、二十岁，我才知道除了牛后腿肉还有其他部位的牛肉。我记得所有孩子围坐在桌边，盯着桌上的肉，手放在叉子上，随时准备动手。这要看爸爸怎么切那块肉——决定了谁能吃到第一块。每个孩子都能吃到一块，可肉吃完了你还是很饿。现在，每当看到老婆强逼着孩子吃这吃那，我就会经常想起这一幕。

我想大多数孩子有过这样的经历。大萧条让像我这样的长子更早离开了家。这不是同家庭脱离关系的问题。在我看来，任何大规模的经济动荡都会改变生活的模式。孩子对父母生出疑虑。他们为生活所迫，很早就离开家。他们必须尽快找到工作。这和现在这代人不一样。

现在，当年轻的工人到厂里来，像我这样的劳工领袖跟他们谈话时，这一点表现得特别明显。我们试图跟他们讲讲曾经的经历,当我们在工厂内组织工会时,因为黑名单,我们只得改名换姓……你跟他们讲"阵亡将士纪念日大屠杀"(Memorial Day Massacre)[03]……你跟他们讲弗林特的军队、静坐罢工及其所代表的汽车行业的变革……如果他们懂礼貌,会听你说。但这些事情并不能真正让他们受到触动。可是对我们而言,它们意义重大。

经常到厂里来的一个年轻工人有着与他父母相同的价值观。他的父母经历过大萧条。这么些年过去了,他们的斗争取得了胜利,这对夫妻在郊区有了一栋房子,有一两个孩子上了大学或高中。于是,这个年轻人来到厂里,这里的工人与我们那时相比更像是中产阶层。

恐惧是大萧条留下的后遗症,此外,还有占有欲——不论是财产还是安全感。现在,我衣柜里衬衣的数量是我需要的二十倍,因为在大萧条期间我一件都没有。

约瑟·伊格莱西亚斯(Jose Yglesias)

作家。他的作品有《再见之地》(The Goodbye Land)、《革命的铁拳》(In the Fist of the Revolution)和《规律的生活》(An Orderly Life)。

"易博市(Ybor City)是坦帕的一个行政分区。这里讲西班牙语。上公立学校之前,我都没学过英语。"

它是古巴雪茄制造商在十九世纪八十年代建造的。他们想找一个气候温暖潮湿,而且不会产生劳工纠纷的地方。"结果还不到两个月就发

---

[03] 1937年5月30日,芝加哥警察向钢铁罢工工人开枪,当场打死十人,史称"阵亡将士纪念日大屠杀"。——译者注

生了罢工。(笑)雪茄生产工人可能是你遇见过最激进的工人。他们通过激烈的斗争来争取更好的薪酬。他们举行了很多次罢工。"直到"二战"开始,他们才得到工会的承认。

"在坦帕,人们的生活都可以和各种罢工联系起来。每当提起一个破坏罢工的人,人们会说:'他破坏罢工一点儿都不奇怪,因为他妈妈在1921年也这样做过。'在我的家乡,罢工是一件非常狂热的事情。让破坏罢工者的日子过不下去,没人觉得这有什么不合理。这是永远洗刷不掉的污名。"

"女人们也会痛打那些女工贼。女人从一开始就在雪茄厂工作了。她们的薪水和男人是一样的。没错,这些女人都是非常彪悍的。"

在这个阳光灿烂的城镇,大萧条来得悄无声息,无人觉察。当莱拉姨妈说家里没吃的了,我才意识到大萧条开始了。我们住的房子是姨妈的。她不再收我们房租了。一个星期收入九块钱,再收房租就有些过分了。

杂货店的老板会过来,拿走一张小小的订单。他第二天会把东西送来。因为欠账,妈妈什么东西都不买了,不过他还是坚持过来:"为什么豆子订得少了?"

大萧条期间,家乡的情况与别处还是有所不同。这里不是暗无天日的鬼磨坊。街上也不是贫民窟的样子。也有穷人家,他们的房子好几年都没有粉刷了。可是,一切都是公开的。你在阳光下玩耍。我不记得有真正的贫困。

易博市是位于南部的一座岛屿。当一个美国人对拉丁人发火时,会管他叫"古巴黑鬼"。我想成为美国人——这是我最早的感受之一。自己所属的这个群体让你感到丢脸。在我十二岁的时候,我就是亨利·福特(Henry Ford)的狂热支持者。

1931年罢工的主要起因是工厂里的朗读者。工人们每周花两毛五到五毛钱，雇一个人在工作时读书给他们听。雪茄厂通常地方很大，而且空旷，工人们都在桌子前工作。他们搭起一个台子，这样朗读者站在上面读东西时就会向下看着那些工人。他一天要读四个小时左右。他读报纸、杂志，还会把一本书分好几次读完。读的书也是大家共同决定的。有些朗读者是天生的好演员。他们不仅读书，还会把场景表演出来。所以，虽然很多工人大字不识一个，却知道左拉、狄更斯、塞万提斯和托尔斯泰的小说，还有无政府主义者克鲁泡特金的作品。《每日工人报》(*The Daily Workers*)和《社会主义号角》(*Socialist Call*)都是常读的报纸。

工厂老板虽然不必为此花一分钱，但还是决定结束这一切。一天早上，工人们来上班，发现念书的台子被拆掉了，于是大家开始罢工。这次罢工工人们输了。在我的老家，罢工总是以失败告终。那些朗读者再也没回到工厂里来。

对我来说，大萧条是从1930年开始的，伴随着季节性失业。整个夏末和秋天，工厂都在赶工，好交付订货，之后在圣诞节前停工了。再后来就只生产便宜的雪茄，更贵的上等雪茄停产了。

我的叔叔是个工头。他不太胜任这份工作，因为开除别人让他受不了。他会和老婆商量：我们要解雇那么多人，我该怎么办？我的婶婶说：你不能开除他，他们夫妻有十二个孩子要养活。你经常听到这样的对话，慢慢就知道情况越来越糟了。工厂也不再招收学徒了，我的姐姐赶上了最后一批。

这次罢工给我留下了严重的心理创伤。当时，我在上初中，参加了学生巡逻队。我胳膊上套着袖章。罢工期间，工人们挺进学校，想让学校停课，把孩子们带走。校长关上了大门，让学生巡逻队守在那里。如果工人们来了，我要怎么做？我的妈妈也参加了这次罢工。

在这次罢工的高层领导中，有一个女的，那天轮到我站岗，她被抓进监狱了。她的女儿被留在校长办公室。她家和我家就隔着一个街区。我还记得从学校回家时，我还想着要不要向她表示同情，并问问她妈妈的情况，但我没有这么做。对此，我觉得很惭愧。多年以后，我在纽约为西班牙共和派举办的一次聚会上遇见了她，把这一切告诉了她。

每个人都将自己收入的10%都用来支持西班牙第二共和国。这是非常了不得的。那里所有的人都支持西班牙共和派，送去大量的物资，都特别有组织。人们误以为《禁止通行》(*No Pasarán*)[04]是西班牙歌曲，其实它是坦帕的一位雪茄工人写的。

这是一场异常激进的罢工。雪茄工人们挥舞着红旗向市政厅进发，一路唱着意大利无政府主义的老歌——《前进，人民》(*Avanti Popolo*)和《红旗》(*Scarlet Banner*)。我以为这是西班牙语歌，因为我们也唱过《前进，人民》[05]。你瞧，抚恤金征讨大军让他们觉得革命已经在这里爆发。

这是一个拉丁小镇。人们不在家里闲坐而是去咖啡馆、街角或是他们自己建造的劳工大厅。聊天的内容也很激进。工厂老板看起来非常恐惧。1931年的罢工丝毫不掩饰它的激进。在那之前，易博市已经有了共产党。发传单的都是你认识的人。（笑）他们坐在车里沿着街道开过来（小声），车灯都关着。然后开到每一户人家的门口。大家都知道这个人是谁，他们会跟他打招呼："你好吗，曼纽尔？"（笑）

罢工期间，三K党会带着枪到劳工大厅去驱散聚会。在很多情况下，他们就是戴头套的警察。尽管他们自称公民委员会，但每个人都管他们叫"傻子三K党"。（笑）工人们手拉手组成罢工纠察线，三K党就过来打人，并把这些工人带走。

这一年的罢工是非常可怕的。工厂还没关门的时候，他们就裁掉了许多工人。那里有一个遭人恨的经理——一个西班牙人。人们常说："一

---

[04]　"禁止通行"是当年西班牙内战的口号，就是不许法西斯通过的意思。
[05]　西班牙语里"前进，人民"为"Avanca pueblo"，和前面的意大利语比较接近。——译者注

个西班牙人得多残忍才会这样对待自己的手下。"他站在楼梯顶上,哼唱着《红旗》:"你——你可以进来。"然后,他又会哼唱《国际歌》:"你——你不许进来。"之后,他就对其他人不理不睬。他们都没有被雇用。不过,也没有人求他。

当罢工以失败告终,坦帕的报纸用一整页刊登了罢工委员会所有成员的名字,用大号铅字。他们被控阴谋罪,在监狱待了一年。在他们当中,没一个人回到原来的工作岗位上。

因朗读者而起的罢工仅仅维持了几个星期。我只是不知道他们是如何保持战斗性的。这里当然也曾有个小规模的罢工,组织不大得力。雪茄工人简直不可思议。如果他们拿到一张快要碎掉的烟叶,他们就说:"太干燥了,咱们走!"如果他们要罢工,不会等到一天要结束的时候,当烟叶还湿着,摆放在外面时,他们就开始罢工了。烟厂老板会损失几百美元,有时候损失会达到一千块。

这里也曾试图组建产业工会联合会(Congress of Industrial Organizations,CIO)。我记得一个堂兄曾秘密地四处活动。你可能会以为他在谋划刺杀沙皇呢,其实他是在说服人们报名参加产业工会联合会。美国劳工联合会(American Federation of Labor)非常保守,一直被视为敌人。他们从不支持罢工,认为罢工是煽动者搞的鬼。

人们开始去纽约找工作。到1937年,我家里的所有人几乎都到了纽约。你可以搭乘长途巴士到那里。在纽约,我们全家人都待在一起。除了厨房,我们哪儿都睡,门厅里都摆了张床。有人从坦帕来,你就给他们提供住宿。我们是那个时代的波多黎各移民。在所有自助餐厅的厨房里,杂工和洗碗工中至少有两个来自易博市。

当坦帕又开始招人时,有些人回去了,也有人去做公共事业振兴署安排的工作。人们会尽量拖延着不接受政府的援助。莱拉姨妈和她老公是我们家族中唯一接受公共事业振兴署帮助的。这是施舍,所以被视为可怕的悲剧。你不能向他们提起这个话题。

这并不意味着你不接受其他东西。每到发薪日,所有的烟厂都会为某个身陷困境的人募捐。假如有个父亲死了,就会为他的葬礼募钱。我的爸爸到哈瓦那做手术时,也有人为我们募捐。这是可以接受的。你自己并没有要求这样做。有人会说:"注意啦,某某遇到难事儿啦!"当哈瓦那的雪茄工人开始罢工,这是件很光荣的事:你送钱给他们。这与西班牙—古巴传统有关。

邻居们总是互相帮忙,所有人都是这样。大家团结在一起,这是非常棒的事情……

如今的烟草业工人不再有当年我父母、姨妈和叔叔们的知识和视野。他们都是非常有教养的人。对我来说,现在要读懂政治分析家的文章很困难,即便那些新左派也是一样,他们谈起对工人阶级的"崇拜",总是一副贬损的口气。我所知道的工人阶级是非常棒的。

附记:"除了祖父,我们全家都觉得罗斯福非常不错。祖父年轻的时候就知道古巴诗人何塞·马蒂(Jose Marti)。他会说:'我们学着吃石头,并靠此活下去。'他会说:'胡佛就是个卑鄙的吝啬鬼,罗斯福就是另外一个墨索里尼。'但是,新政确实为国家的复兴奠定了基础。人们也确实找到了工作……"

伊芙琳·费恩(Evelyn Finn)

她是个缝衣工。这是大萧条刚开始的那几年,在圣路易斯……

即使当时还没有工会,你也可以把车间搅得天翻地覆。你一个个地说服姑娘们站到你这一边,直到你们的人占了绝大多数。我还记得有这么一个二工头。那天早上,姑娘们都很累了。他从车间的一头走到另一头,问道:"大家都开心吗?"我说:"我不开心。"他说:"你怎么啦?"我说:"我到这里是来斗争的。"

另一个姑娘站到了我这一边。我们被开除了。"惹事精。"他居然有脸说,"我给你们写封推荐信吧。"那个可怜的姑娘哭了起来。我说:"把你写的东西给别人看,我觉得丢脸。我不想任何人知道我居然为像你这样的人工作过。"所幸后来我们找到了工作。

有时候,你得为自己争取精神上的支持,好与老板对抗。我甚至为此丢掉了工作。我还很年轻。我有一百十五磅重,棕色头发。因为我的内心充满了斗志,几乎不怎么留意自己的个性。我总是责备自己身边的小伙子。他一直在追求我,不停地骚扰我,让我跟他出去。我说,那好吧。老天,他那个兴奋啊。我们坐进他的车里。他问:"我们去哪里,你家?"我说:"不,我们去你家,吃晚饭。"你应该看看他脸上的那个表情。(笑)我认识他老婆,一个亲切的小妇人,我为她缝补过衣服。我让他照我的话做了。他老婆看到我很高兴。(笑)之后,他再也没邀请过我。他是个头发灰白的老男人,两个儿子都已经成人了。

我干过计件工作,完成多少工作就拿多少钱。可是,老板希望我们打卡。如果你是个计件工,而且你干得非常快、非常熟练——我就是这样的——你就不希望他知道这个、那个或是其他什么。我拒绝打卡。他们有空和我聊聊吗?这些人才不想开除我,我可是个熟练工。

"你为什么不愿意打卡?"

"你还希望我在这儿干下去吗?"

"为什么这么问?当然了。"

"那就别管我。如果我早上来的时候你站在那儿,你就打一下卡。看我干一整天活。我回家的时候,你再打一次卡。可以吗?"

他们只好接受，即便在大萧条期间也是如此。我的手指好像有神奇的魔力，而且，我一点儿也不害怕。（笑）

一天，我让整个车间的人都罢工。我能让所有车间罢工。那时，我们已经有了工会，我是工会的主席。我们想要的待遇，他们不给。我想他们是想和老板达成私下协议。于是，我们开始静坐。我对姑娘们说：就这么坐着，什么也别干。我们坐在那里，拿很多事情开玩笑，大家都很开心。老板都快疯了。工会领导来了，他们也疯了。这是欢闹的一天。他们管我们叫一小撮共产主义分子，姑娘们都不知道这到底是什么意思。我知道它的意思，但我不是。既然他们是这种反应，我就说道："姑娘们，今天天气不错，我们出去散个步吧！"我们就去散步了，整个车间的姑娘。他们最后还是满足了我们的要求。

不管怎么说，我在圣路易斯创建工会的过程中发挥了很大的作用。我们会到所有人家里去，这很累人，不过我还年轻，不会觉得累。有一天，我和一个姑娘去按门铃，结果有人朝我们身上泼了好几桶水。没人支持工会，他们怕得要死。

我记得自己从未害怕过，即使身无分文，也没什么好怕的。我给一个小姑娘打气：我们会失去什么呢？我们没那么多东西可以失去。可是，有些人就害怕非常小的事情。有什么好怕的呢？

我们车间没有黑人姑娘，隔壁车间倒是有四五个，她们干一些打杂的活。不过，她们不跟白人姑娘一起干活儿。在圣路易斯，黑人和白人不在一起干活儿。现在，我们三个一起工作，两个黑人姑娘和我。车间里的其他人都很安静，不过我们总在角落里搞出点儿花样来，一点儿都不无聊。你觉得我们没在工作，可我们比其他人完成的都多。即便我们对什么事情很生气，也会一笑了之。如果老板来骚扰我们，我们就拼命取笑他。

我从来都不会让自己的工作变成苦差事，而是把它变成自己的爱好。我很享受现在的工作，感觉就像是坐下来读一本书。

汉克·奥廷格（Hank Oettinger）

他是一个整行铸排机工。他把大部分业余时间花在写"致编者函"上。"我喜欢对政治对手冷嘲热讽。我出没于洛普区的各间酒吧。我喜欢与人争论，穿体面的衣裳。伯奇分子[06]也盼着我去他们的地盘。如果我没露面，他们就会担心：'你去哪儿了？'"

"我下午晚些时候开始工作，一直干到深夜。和朋友在酒馆小聚，煽风点火一番，回家睡觉。第二天，我从梦中醒来，天气不错，气候温暖，天色明亮。我走到楼下，可能在上班之前再和别人斗几句嘴。"

我来自威斯康星州北部一个非常小的小镇，那里已经被伐木业的几大巨头破坏殆尽了，成了一片采伐迹地（cut-over land），你经常能听到这个词。它现在是一个以旅游为产业的小镇。冬天就什么都没有了。

对于很多在大萧条期间过过苦日子的人来说，这是很新鲜的。但对我来说并不陌生。我们家有十一个孩子，我是老十。我爸爸只有一条腿，曾在一家伐木场工作过一段时间。这份工作丢了之后，干了一段时间的契据登记员。后来，这份工作也没了。在大萧条的头几年，县里92%的人都靠救济生活。

我们本来也可以领救济的，不过爸爸不干。愚蠢的自尊。他甚至都不接受医疗服务。唉，我还真是长了一口好牙。那时候，补一颗牙要两块钱。天，我的牙只好就这么没了。最后，我自己去打工挣钱，才保住了大部门牙齿。可是，他居然不接受医疗救助，真是个顽固的荷兰佬！

---

[06] 伯奇协会是1958年成立的美国极右政治组织。——译者注

他非常崇拜鲍勃·拉福莱特[07]。他喜欢鲍勃在铁路公司抗争和反对参加第一次世界大战上的观点。我有德国血统,这可能是原因之一。这里的人都喜欢老鲍勃。他们饱受压迫,知道自己受到伐木公司的剥削。1924年,妈妈问爸爸:"你知道拉福莱特赢不了总统大选,为什么不把选票投给有可能赢得大选的人呢?"爸爸回答:"我只投给我相信的人。"

我曾目睹一支饥饿游行的队伍向市政厅进发。那天非常冷,严寒刺骨。我和老板站在一起朝窗外望去。我并不知道到底发生了什么。他说:"应该把这些浑球儿锁起来。"我心里想:为什么要把他们锁起来?突然之间,印刷业就和其他行业一样难以为继了。我在1931年下岗,在之后两年多的时间里一直处于失业状态。我每天早上六点起床,然后四处奔走。我到处找工作,一直到八点半。图书馆九点开门,我在里头可能要待上五个小时。

那个时候,人与人之间的感情还很美好。假如有个人是猎手,他出去打回了几只鸭子或是其他猎物,就会把朋友叫过来一起分享。

我还记得拿到土木工程署(Civil Works Administration)[08]薪水支票的头一个星期。那是个星期五。当天晚上,所有人都拿到了自己的支票。许多人是在这三年里第一次领到支票。所有人都出门庆祝,就像某个欧洲古城的节日一样。禁酒令已经撤销了。你从一个酒馆走到另一个酒馆,看见人们买好几杯啤酒,招呼大家一起喝。他们都是全家出动。我记得那是一个温暖的夜晚。每个人都是那么开心,就像是领到了施乐公司(Xerox)的大笔分红。

我从未见过人们的态度出现这样的转变。不再闷闷不乐,满脸愁容,每个人都很高兴,就像过节一样。他们彼此敬酒。口袋里第一次有了钱。

---

[07] 鲍勃·拉福莱特(1855—1925),昵称"好斗的鲍勃",美国政治人物,二十世纪二十年代进步党运动的主要领导人,曾任众议员、威斯康星州州长、参议员。1924年曾参选美国总统。——编者注
[08] 土木工程署是公共事业振兴署的前身。

如果罗斯福第二天竞选总统,他的支持率一定是100%。

我曾被人灌输了这样一种观念——在美国没有阶级这种东西。直到某一天,我才清醒过来。当时,我在沃基肖[09]的一家报社工作。他们刊登了一张农妇的照片,她站在自家窗边,东西都盖着一层灰,还有一头死牛。就在同一页的下方,还有一张伯纳德·巴鲁克(Bernard Baruch)[10]的照片。他在股市大赚了一笔,站在某个人的游艇上。我看看上面的照片,再看看下面的。美国还真是没有阶级之分啊。

做整行铸排机工时,我一个小时赚六毛七分钱。一个星期大概是二十七块,这下我可是大人物了,我有钱啦!慢慢地,我开始参与工会运动。产业工会联合会成立初期,印刷工人发挥了很大作用。这看上去可能有些不寻常,一个高级的行业工会同约翰·L. 刘易斯(John L. Lewis)[11]一起去反对那些劳工贵族。

现在,四十岁以下的工会成员绝对都不知道我们当年的抗争。他们不想破坏安逸的现状。在组建产业工会联合会的时候,我们曾经高唱《团结到永远》(Solidarity Forever)。共产主义分子表现得相当活跃。天,我们甚至还唱过《国际歌》。现在,你能让一个年轻的印刷工人——他开着豪华别克,在郊区有栋房子——唱"起来,饥寒交迫的奴隶……"?这就好像我在1965年参加民权游行,他们开始大喊"我们要自由"。我,一个周薪两百块的印刷工人,如果我也跟着喊"我现在要自由",那听上去也太荒唐了。我知道我是在为他们争取自由,从某种角度而言,最终也是为了我的自由。可是,如果我喊出这样的话,确实听上去很荒唐。

大萧条期间,因为老鲍勃、他儿子和菲尔,拉福莱特运动声势日壮。

---

[09] 沃基肖,位于威斯康星州东南部。——译者注
[10] 伯纳德·巴鲁克,投机大师,华尔街传奇人物。——译者注
[11] 约翰·L. 刘易斯(1880—1969),美国劳工领袖,于1935年组织成立了产业工会联合会。——译者注

当新政颁布，他们开始与罗斯福合作。这个时候，爸爸已经很老了，脾气也很坏。作为一名偏激的天主教徒，他倒向了考福林主义。

对他和他最宠爱的儿子而言，这可是件大事。他甚至要把《社会正义》(Social Justice)卖掉。我不愿意这么做，但我还是得告诉他：这个家里没有《社会正义》，我就不待了。

怎么解释你的父亲从鲍勃·拉福莱特转向考福林神父呢？

即使在大萧条期间，他还是无法接受这样的观点——美国存在不同的阶层。当我还是个孩子的时候，他就这样。他还激烈地反对共产主义。他对当前的很多做法都持反对态度，这就是他喜欢拉福莱特的原因。但美国还是那个伟大的国家，所以你得为所有的不公寻找其他理由。

一方面，他很尊重牧师。最开始的时候，他是支持罗斯福的，可他觉得这位总统现在是犹太人的傀儡。他骨子里一直是反犹主义的。

希特勒和罗斯福差不多在同一时间上台。不管怎么说，希特勒在德国狠狠地收拾了那些共产主义分子。我想，爸爸转变的原因在于反共主义而不是他固守的天主教义。

当考福林神父操纵白银市场的丑闻曝光之后，爸爸又觉得这是个秘密计划。他相信考福林神父这么做是为了帮助那些任由罗斯福和犹太人摆布的穷苦大众。那时候他已经八十二岁了，从未放弃过自己的信念。他一直追随考福林神父，直到生命的最后。

每个星期天的下午，考福林神父在电台发表讲话时，家里必须鸦雀无声，小声耳语都不行。当你走在大街上，每个天主教家庭都在收听考福林神父的讲话。打球或者是到外面骑自行车就更别想了。

考福林神父每次提到一个有犹太血统的电影演员，都会在他艺名的后面加上他的真名，爸爸听到就会幸灾乐祸。不过，爸爸是个很好、很善良的人，跟着他的邻居一起受了很多苦。

与此同时，他对社会立法带来的好处视而不见：他觉得那是让人们得到了他们不配拥有的东西。他喜欢鲍勃·拉福莱特，因为他亲眼看到鲍勃在抗争。他支持《劳工赔偿法》（Workmen's Compensation）。唉，我的爸爸还真是个矛盾综合体……

1938年，我威胁《自由人》（The Freeman）——也就是我在沃基肖工作的那家报纸——如果不把我们的时薪从九毛涨到九毛五，我就要带领工人们罢工。最后，我们的工资涨到了每小时一块。那个时候，我一个星期赚四十块。我还看《君子》（Esquire）杂志，看看我应该买什么款式的鞋子、外套和其他东西。我是个大人物了。我周六晚上会出去喝酒，有时候会花上七八块。酒馆老板都特别欢迎我。我可是个能花钱的大客户。

E. D. 尼克松（E. D. Nixon）

他是卧铺车列车员兄弟会（Brotherhood of Sleeping Car Porters）[12]蒙哥马利（亚拉巴马州）分会的主席，在这个岗位上干了二十五年。

"无论在什么地方，列车员总能和别人搭上话。他走进一家理发店，有人会问：'最近没看到你啊？'或者他们会注意到他的条纹裤子。每个人都听他讲话，因为列车员哪儿都去过，而他们从没去过这些地方。"

"列车员会把拿到的报纸带到自己吃饭的小餐馆或是住的旅馆，有白人的报纸，也有黑人的报纸。他们把报纸放进锁柜里，然后分发到全国各地的黑人社区。在铁路沿线，很多人都没法进城，我们就把报纸卷起来，在外面捆上一根绳子，再把它们扔给这些人。我们可以让大家知道当时的形势。列车员还真是知道不少事情呢。"

---

[12] 卧铺车列车员兄弟会成立于1925年，是美国劳工联合会中第一个由黑人领导的劳工组织。——编者注

从 1928 年到 1964 年，我一直在普尔曼公司（Pullman Company）工作。这份工作可不好做。我们也有休息时段：晚上十点到凌晨两点，一个列车员休息；凌晨两点到六点，另一个休息。在这段时间里，一个人守着两节车厢。从早上六点到夜里十点，列车员就忙着照看自己负责的那节车厢：解决问题，打扫清洁，在某个时间叫某人下车。你让那个人下车，打扫他待过的地方，再跑回去带一个新人过来。这时候，他们会大喊："全体上车！"你就要开始干活儿了。你得清扫男厕所、女厕所，还有走廊。你拿着抹布和扫把，公司说："拼命扫吧，把把儿带回来就行。"

我一开始去工作的时候，他们会在两个铺段之间放一个痰盂。这意味着每边有六个，男厕所三个，女厕所两个，一共十七个，它们得擦得像金子一样闪闪发亮。十二个下铺，十二个上铺，软卧包厢里有三张床，一共二十七个床铺，必须铺好，保持整洁。

一晚上最多能睡四个小时。有几趟车是从芝加哥到洛杉矶，从芝加哥到迈阿密。在卧铺车列车员兄弟会成立之前，我们一个月必须跑一万一千英里。没有固定的工作时间，有时候要工作四百个小时才能达标。

乘客会写投诉信。有时候，列车长也会写投诉信。报童也会投诉，就因为他是个白人。有人可能把钱包忘在家里了，却赌咒说自己带上了车，"被那个黑鬼列车员拿了"。很多列车员被叫来搜身，还要听一些难听的话。最后才发现是乘客把钱包忘家里了。

一天，我在新奥尔良。工务段的头头走在我的前面。当时，我挎着四个包，两条胳膊、两只手上各一个。他打开了休息室的门。我说："谢谢你！"他转过身，没好气地说："我又不是为你开的门。"我说道："再次感谢！"

我们一个月的薪水是六十二块五，在很大程度上要靠小费来生活。有的乘客因为某件事情生了气，一分钱都不会给你。他还会讲我们的坏话，告诉其他乘客不要给我们小费。"把我的鞋擦得乱七八糟……""没给我拿枕头。"他们讲得很大声，好让其他人都听见。

乘务巡视员是个黑人，常任巡视员则是白人。他们手里拿着一张油印纸，要做的就是在规则上画叉叉，坐在那儿看着你，在你转身之后把问题写下来。他们说了我不少坏话，因为我在兄弟会里挺活跃的。这些人就是眼线，注视着我的一举一动，告发我说过什么话。很多人都被吓跑了。尽管这样，我们这儿还是有不少人，让兄弟会得以存在。

"有几个列车员因为想要成立列车员兄弟会被开除了，我们的兄弟会就是在那之后成立的。公司组建了普尔曼列车员福利协会，由公司掌控。一天，有三个列车员走在大街上，听见伦道夫[13]站在一个肥皂箱子上演讲。这三个人听完后说道：'这就是我们需要的人。'"

"他们不需要向他支付薪水。伦道夫抓住了这个机会。我们有一个女列车员分会。她们会做一些炸鱼来筹钱。他坚持了十二年，没拿一分钱工资。你从来都不知道他会什么时候回到一个地方，因为他根本没钱去那儿。"

当普尔曼公司反对我们的兄弟会时，几乎所有的黑人报纸都倒向了公司一边。我想匹兹堡的《信使报》(Courier)是个例外。我们拿到了这些报纸，他们用大写的红色标题来谴责伦道夫，指出普尔曼公司一直对黑人很好：让他们有体面的工作，让孩子们有学校可上，等等。不要忘恩负义。

当我听到伦道夫演讲的时候，感觉那就像一道光。他是我见过口才最好的人。正是他带领我加入了争取民权的斗争。在那之前，我觉得黑人就是任人糟践，不管白人对他做什么都得忍着。我从未想过我和其他人一样有享受自由的权利。那天，伦道夫站在那儿讲话，让我变成了一

---

[13] 阿萨·菲利普·伦道夫（Asa Philip Randolph），卧铺车列车员兄弟会创始人。

个不一样的人。从那天开始,我就决定要争取自由,直到我自己得到一点儿自由。我一直在跌跌撞撞地往前走。那天之后,虽然仍然跌跌撞撞,但我走得相当不错。那是 1928 年。

之后不久,他就成了卧铺列车员兄弟会蒙哥马利分会的主席。第一个被炸的私人住宅就是他的家。三十年代后期,"我接到一个电话,说是有个女人被一个警长打死了。我在凌晨两点左右接到一个电话,是个白人打来的。他说:'发生的事儿让我不舒服。我没法跟你在电话里说。你过来跟我见一面吧。'"

"当时下着瓢泼大雨。你可能觉得我疯了,但我真的开了四十英里的车到他那儿。我走上他家的门廊,敲了敲门。我会被人开枪打死吗?我听到一个男人的声音,'是你吗,尼克松'?他打开门,将发生的一切告诉了我。但他不肯在任何东西上签字。我不怪他。如果他这么干了,那些人肯定会对付他的。"

"大陪审团会面了。有人给我打电话说:'你应该让他的儿子们来一趟,他们目睹了整个过程。'我找到了迈尔斯学院(Miles College)的院长,对他说:'把那几个孩子送上火车吧,我会把火车票钱给你的。'我去接站,对车上的工作人员说:'我希望这几个孩子在大陪审团面前做证。'他简直要吓死了,说道:'那个警长是发传票的,就是他杀的人。'"

"我走进他的办公室。他又矮又胖,穿着平头钉靴,腰间佩着两支手枪、手铐还有子弹,短棍插在裤子后面的口袋里,衬衣敞开着。我问:'你是怀特警长吗?'他说:'我就是怀特警长。'我说:'我是 E. D. 尼克松,代表卧铺列车员兄弟会。'你真该看看我说这话时他的表情。'我来这儿是想让你传讯那几个孩子。他们三点钟要在大陪审团面前为自己妈妈被杀一案做证。'他看着我,不知道要说什么。"

"他拿出一根铅笔,舔了舔,花了好长时间才写出那几个孩子的名字。我说:'你知道的,州政府为每英里的差旅补贴八分钱,这些孩子有权拿到这笔补助。'他说:'从这儿到伯明翰是一百英里。'我说:'没错。从蒙哥马利到案发点是十三英里,从他们就读的学校到车站是三英里。所以,一共是一百十六英里。'他说:'对,没错。'"

"他开始在纸上算来算去。我发现他根本不知道自己在干什么,所以我提前算了出来。我写下了那个数字,并说道:'我想你算完的时候,会得到这个总数。'他一把抓过我的纸,说道:'对,没错,没错。'他写了个凭证,我拿到了钱。"

"结果自然是他被无罪开释。那女人死于'不明原因'。但是他不敢相信自己的眼睛,他不信一个黑人居然有胆与他作对。我身上什么也没带。如果我有一把小折刀,又该被捕了,那才是他们需要的。"

伦道夫在1928年那个星期天演讲的时候,我在圣路易斯。他说:"如果你紧紧跟随我的步伐,一个月赚一百五十块的日子很快就会到来。"我无法想象有人会把我的工资从六十二块五涨到那么多。无论如何,我还是在募捐箱里放了一块钱。

当第二天早上回家,一下火车经理就召见了我。"我知道你昨天参加了卧铺车列车员兄弟会的一个集会。"有眼线向他告密了。我说:"没错。"他说:"如果你还去的话,工作就不保了。"好吧,我才不会受人摆布。我说:"我昨天加入了兄弟会。我想如果有人在工作上为难我,我有足够的钱把他送进监狱。"之后就再没人找我麻烦。

在我说这番话的过程中,我遇到了不小的麻烦。这个南方白人搞不懂他为什么要尊重兄弟会达成的合约。尽管伦道夫在1925年就成立了兄弟会,但直到1938年它才被视为一个真正的工会。在这段时间,我们有很多成员被解雇。只要公司觉得你跟列车员兄弟会有一丁儿瓜葛,就会开除或是惩罚你……

有一次，我也被公司叫过去了。工务段的主任投诉了我，说我和"一个女的"说话。那个女的是我太太。我说："马洛尼先生，那个女的是尼克松太太。我要你尊称她为尼克松太太，就像你希望我称呼你太太为马洛尼太太。而且，我希望我的这番话记录在档案中。"这让他目瞪口呆。

他们认定我工作失职，让我八天不要上车。这段时间是没有工钱的。公司在芝加哥的办事处说的是八天，本地的人把它改成了十八天。于是，我对太太说："他们这是想让人反抗吗？那就来一下子吧。"

兄弟会上诉到了国家劳工关系委员会（National Labor Relations Board）[14]。我被裁定无罪，普尔曼公司必须支付我这段时间的工资。所有指控不得记入我的档案。

我们有一个叫库里（Cooley）的列车员。他的块头非常大，体重大约有三百磅。公司想开除他。主管在蒙哥马利上了火车。这人的体重也有三百多磅。库里给他拿了个枕头。他四仰八叉地躺在沙发上，关上了门。他到亚特兰大后，写了一份声明，说列车员库里在蒙哥马利到亚特兰大路段没关厕所门。

他让列车长也说库里不好。主管的信是5月31日写的。列车长的信是6月6日的。可是，主管居然在信中引用了列车长信里的内容。

在听证会上，我说他肯定是个算命先生。他在写信的时候可以预知列车长七天之后要写的内容，我在考虑要不要让他看看我的手相。如果他真那么厉害，我很想听他讲一讲我日后的命数。

最后，体重和宽度帮我们赢了官司。主管说列车员库里在蒙哥马利到亚特兰大路段没关厕所门。两地之间共有十七站。这意味着主管必须从休息室出来，走到车厢的另一端，再走回来三十四次。每一次都要从

---

[14] 在联邦政府的监管下，1938年进行了一次选举。"选票都是密封的，我们的兄弟会赢得了选举。有一家工厂只招收我们工会的成员。很多人不想加入工会，却想要工会为他们争取来的好处。"

库里身边经过。如果他有三百多磅重,而库里的体重接近三百磅,他们加在一起差不多六百磅。你也知道普尔曼公司火车车厢的走廊,大约三十英寸宽。这个宽度可不够。他一次都过不去,更不要说三十四次。我指出了这点。我们赢了官司。

现在,普尔曼公司的列车员越来越少了,这是因为铁路公司在走下坡路。造成这样的局面都是它们咎由自取,不将乘客放在心上。铁路公司出售的是服务。乘客买票的同时就购买了服务和运输:亲切的待遇、卫生等,车票上都写着呢。它们赶跑了不少乘客。上周,我想去新奥尔良。只有一趟火车,夜里十一点五十分发车。我的天,以前每隔三个小时就有一趟车……

附记:他是蒙哥马利公交车抵制运动中的关键人物。罗莎·帕克斯(Rosa Parks)女士是他在卧铺车列车员兄弟会的秘书。当年,她因为拒绝换到公车尾部好给白人让座而被捕。正是他号召城市里的所有黑人牧师行动,也是他推荐年轻的牧师马丁·路德·金(Martin Luther King, Jr.)为蒙哥马利权利促进协会(Montgomery Improvement Association)的领袖。后来的事就众所周知了。

乔·莫里森(Joe Morrison)

他一半的工作时间都是在印第安纳州西南部的煤矿里度过的。"这个地方是我们所能想到的这个国家最穷的地方。"他在那儿出生。他另一半的工作时间在钢厂度过。他十四岁就辍学,开始工作——"在矿井里"。

"我的父亲是农民,同时还是个煤矿工人。家里有十个孩子,我是老大。他希望我能干点儿别的。每个家长都会担心自己的孩子因为矿井爆炸而死去。就在几英里之外的地方，他们挖到了天然气。矿井爆炸过几次，1927年那次，死了三十七个人。"

"煤炭工业在1926年遭受重创，之后再没能完全恢复元气。煤炭业和伐木业都受到了很大的打击。1919年有所下降，之后恢复了一点点。但到了1926年，再受重创。这两个行业再也没有缓过来。"

"1929年，银行业和大企业一蹶不振。不过在那之前，我们就一直在过苦日子，忍饥挨饿。二十年代早期，矿井关闭，人们无以为生。孩子们在学校饿晕过去。这是早在华尔街股市崩盘之前的事情了。"

有一天，从底特律到印第安纳州南部的路上，我数了数有多少人搭了我的顺风车。一共十四个。有一个女人带着三个孩子。在底特律，只有一个行业。汽车业一垮，其他就都垮了。如果汽车厂有一个岗位招人，会有两百人去应聘。（笑）

在1930年、1931年，你会看到货运列车，看到几百个孩子、年轻人，很多这样的人在全国各地流浪。他们找工作，也在找刺激……不寻常的是，女人也搭货运列车，这是之前从未听过，也没有想过的。不过，这是在大萧条期间。女人搭车去各个地方，她们穿着宽松的裤子，或是穿得跟男人一样，你几乎认不出她们是女人。有时候，有的男人会带着自己的老婆上车，他们没钱买票。

你会听到人们在火车车厢里谈论政治。货车走了一百英里左右，大家都还是陌生人，只有两三个人彼此认识，但可能会有二十人加入讨论中来。他们会谈论政治、当时的形势。针对这个、那个应该做什么，等等。

这些人的精神状态怎么样？

噢，他们准备好迎接革命了。很多生意人都盼着革命。联邦政府派出了很多监督员,将他们安插在"胡佛村"、城外、铁路和公路沿线。通过监视这些地方,他们得到了很多信息。信息就是:革命。各地的人们都在谈论革命。你会遇到一些搭货车的人,聊的话题是如果手里有一挺机关枪,他们会怎么做。他们会怎样搞死有钱人……

再没有人比工人更喜欢谈论政治了。你现在去一家酒馆,大家谈的都是球赛或者类似的东西,很少有人说起政治或是战争。我们之前在家闲时也会聊聊时事,而且总是热火朝天。

"二战"结束之前,你总能遇到一些年轻的工人,他们朝气蓬勃,读过很多书。他们读过有关社会主义和共产主义的出版物。当然,共产主义分子是后来才出现的。我还记得我十七岁在密苏里的一家铅矿干活儿的时候,他们会引用社会主义文献上面的内容。他们让议员的日子更难过了。即便是在这些小镇上,他们也会传送报纸和杂志。他们会让每个人把他们订的报纸留起来,传给那些没法订报的人。跟现在相比,人们读得更多,谈得也更多。

现在,人们可能也会思考,但他们不说出来,表现出一种漠不关心。他们忙着赚钱好支付账单,不再对自己面对的问题感兴趣。人们遗忘了很多。年轻的一代几乎已经忘了这段历史。历史正在被掩盖。

在麦卡锡主义时期,人人自危。人们开始闭口不言。五十年代,我曾被传唤到众议院非美活动调查委员会(House Un-American Activities Committee)[15]。我回到钢厂,只有几个人表现得很害怕,在头一天怕跟我讲话。第二天就好了,他们就跟过去一样了。他们尽力对我表现得友好,通过各种方式帮助我,但没人想谈这事。有些事情不想面对,但做与它相关的事情是可以接受的。他们害怕被打上标记,被人叫作"赤色分子"

---

[15] 非美活动调查委员会是1938—1969年美国国会众议院设立的反共、反民主机构。——译者注

什么的。

1934年,我们和矿务公司发生了激烈的冲突,我也因此被解雇。我在工会的劳资协调委员会任职。他们将我列入了矿区的黑名单。直到1936年去钢厂之前,我都没有工作。我到处溜达,做一些零工,只要人家要我,我就去干。我有一大家子要养活,七个孩子都还小,所以得极力争取一切可以到手的东西。

我去了一家汽车车间工作。当时美国产业联合会正在钢铁行业组织工会。我们那里的工会组织者有一半来自煤炭行业。在他们当中,有一些不错的工会组织者,不过也有一些一点儿都不上心。他们啥也不干,但很会哗众取宠。现在也有这样的人。

当时的情况相当困难。你会得到一点儿救济。一些商品有剩余的,像是面粉等。你有时在农场上能找到一天的活儿,也可能找到一星期的工作,比如修路或类似的工作。人们就是这样过活的。

玛丽(Mary),二十二岁

我的父亲住在农场里。大萧条开始的时候,他做的第一件事就是跑到纽约去找工作。他得到了一份破坏罢工的工作,他完全不知道这意味着什么。他不晓得这有多糟,或者说多危险,或者说罢工的人会如何看待这件事情。他还记得自己被带着枪的人盯梢。他很快就辞了职。他不知道自己当时在干什么,他是那么天真……

戈登·巴克斯特（Gordon Baxter）

律师，毕业于耶鲁大学和哈佛商学院。"关于世界时事，现在八年级的学生都比我们在大学期间知道得多。当年，我就坐在那儿听威廉姆·莱恩·菲尔浦斯（William Lyon Phelps）教授讲坦尼森（Tennyson）和勃朗宁（Browning）——世界上最可怕的废话，可当时我还没有那种判断力知道这就是废话。"

"那时候，除了周遭的环境，学校几乎与世隔绝。很少有人怀疑自己挣钱的能力。成功用收入来衡量：在商业世界里迅速出人头地。如果有人想去教书，他们一个字都不会说。在别人眼里，这种人就是疯子。"

"我上法学院的最后一年，我注意到有些事情正在发生。在纽黑文市的橄榄球比赛上，我遇到了耶鲁的毕业生，他们好几年前就说在华尔街工作很容易。现在，股市崩盘，他们失业了，又回到学校。我们就这么猝不及防地在现实世界摔了个大跟头……"

1932年，他三十二岁，成了一家大公司的法律总顾问和副总裁。公司员工上万人，主要经营压铸件、电气用具和汽车配件。

当时有一股静坐罢工的浪潮。新闻和有声望的人都说发生罢工实在是太糟了，但扣押资产在道德和法律上显然都说不通。在那些年里，罢工常因为罢工队伍混入了破坏者而失败。在工厂静坐，不让罢工破坏者进来，这是一种新手段。之前工会一直以失败告终，当游戏规则突然因为静坐而改变，就出现了强烈反弹。

现在，你会听到相同的言论。说的是学生示威。他们以和平的方式抗议是没有问题的，但他们在抗议的时候必须遵守相应的规则。

我们的一家工厂也发生了静坐罢工。有一个工厂经理是专门处理这种劳工问题的。就他个人而言，是个不错的人，不过他的样子看上去就是漫画里的工厂老板：嘴角叼着一根香烟，大方脸，大块头。他对付罢工者的方法不常见诸报端，但工厂对这样的把戏都熟知于心。

在芝加哥有一支特殊的警察队伍——工业巡警队[16]。梅克·米尔斯警官是队里的头头。发生罢工时，米尔斯就会安排人手去逮捕组织罢工的领袖。他们将这些人暴打一顿，扔进监狱，明白告诉他们滚到城外去。米尔斯可以拿到一千块的好处费，如果事态严重，可以拿到五千。抓捕这些所谓的煽动者，让他狠狠赚了一笔。

这些人都是工会组织者，其中一些并不在工厂上班。米尔斯让他手下的便衣警察到沙龙去抓这些人。他们先喝点儿免费的饮料，然后开始一番恶斗。

穿制服的警察会冲进去，逮捕里面的工会组织者，把他打个半死，再扔进监狱。他们把很多人都赶出了城，过程中发生了很多暴力行为。

那家工厂停工了，而我被卷了进去。工会向国家劳工关系委员会提出投诉[17]。争议在于承认工会。投诉的内容是开具黑名单。

工厂发出了公开信，言语非常花哨：我们会支付最丰厚的薪水；我们会始终同雇员讨论他们的不满，但不容外部力量介入。报纸的社论也督促工人们回去上班，每一天的罢工都会让他们损失一笔再也赚不回来的钱。

有人给了我一叠卡片带回城里给我们的律师看。我仔细看了当中的一部分，有的注明了"工会煽动者，不得再雇用"，其他的标着一些小圆点。人事经理告诉我，他们还标出了一个工会支持者。许多人已经或者即将被解雇。如果有雇主问到他们，就会得到这样的回答："不要雇他——惹事精、煽动者。"那个时候，"共产主义分子"这个词用得还不算多，但"赤色分子"很常见。

---

[16] 它还有一个更为人所知的名称——红色巡警队。
[17] 随着《瓦格纳法案》的通过，国家劳工关系委员会成立了。以参加工会活动为由开除员工或将员工列入黑名单变成了非法行为。

我把这些卡片带给了泰门（Twynan）、希尔（Hill）和布莱尔（Blair）。布莱尔是管事的头头，西北大学毕业的，专为铁路公司打官司，做得很成功。他代理很多家大公司，也是我们董事会的一员。他这个人超级无聊，个子很小，大约五英尺四英寸高，留着小胡子。他的客户都是被人攻击的圣人。那个时候，他七十岁左右。

他一激动就会肚子痛，在自己的皮椅上弹上弹下，伸手去拿矿泉水。接着，他跑到大厅里，大声喊他的秘书，向她口授信稿，好让自己平静下来。

他很喜欢用这个句子："这说明形势非常危险。"当然，这对律师来说是很好的说辞。如果充满了危险，就需要他来救场。每年的服务费可不包括这个。他从中赚了大笔的钱。

布莱尔告诉我这些卡片没有问题。我突然想到他根本不知道《瓦格纳法案》。当我把这一点告诉他，他说："不可能有这样的法律。如果有，我会毫不犹豫地告诉你它是违反宪法的，因为它侵犯了契约自由。"我说："还真有这样一部法律，它也被称为《瓦格纳法案》。"他说："我可没听说过。"我说："是最高法院颁布的，它的效力是被认可的。"他大叫起来："这不可能！"他转动自己的椅子，伸手去拿矿泉水。

他叫来一位同事。"这个年轻人告诉我有一部《沃特森法案》。""是《瓦格纳法案》。"那个人点点头。"真有？这个年轻人还说美国最高法院宣布它是符合宪法的。"那个人又点点头。"先生，这，这是不可能的。"他的同事说事实如此。"这是件好事。"听到这儿，他把那一摞卡片摔到办公桌上，"嘭"的一声响。"又一个左翼新政活动。那些值得尊敬的人建设着这个国家，他们可以进来做证，可是他们的证词却不被人相信。"那个人说："就是这个样子。"布莱尔说："我们让这家公司的总裁否认这些指控，但没人会信他的话。"我说："布莱尔先生，人家不信他的话，原因之一是他说的是谎话。"

"你说的谎话是什么意思？"

"看看这些卡片。工会的人都被标出来了。"

"这有什么问题吗？"

"有，这是不被允许的。"

"卡片上必须写这条。"

"这等于判了他们死刑。那些被解雇的人，他们的脸上都做了标记，写着：不得再次雇用。"

"但是，他们是前雇员。"

事情是这样发展的。布莱尔叫来一个领着公司薪水的侦探，对他说："把这些卡片拿走，我不想再看到它们。我也不想知道你要怎么处置它们，我希望你对它们一无所知。"

国家劳工关系委员会发现这家公司确实有过不当的劳工行为。工会得到了承认。公司掏了一大笔钱给那些被解雇的员工补发工资。当然还有一笔不小的律师费。

这件事情的后续有些古怪。那些人又回去上班了。可是怨愤的情绪一直没有消散，敌意仍然存在。每一方都恨不得对方去死。

我在这家公司待了十年。在此期间，这种情绪一直蔓延。最后，公司卖掉了压铸件厂，没法再从中赚到一分钱。这门生意很难做，但还是有公司做得很成功。我经常会想，是不是因为这种一直存在的怨愤才导致这样的后果。每次谈判都成了一场战争，以怨报怨，以暴制暴。

很多人快六十岁了才当上副总裁。我是公司里少有的几个受过大学教育的人之一。很多人都对我不太放心：得有人盯着我。但有很多比我年长的人邀请我一起吃午餐，让我告诉他们一些事情。

在那个时候，上过耶鲁或哈佛的人都去做股票经纪了，不会涉足制造业。当时的实业家基本都是从底层做起来的。这条路可不太好走。

这和他们的个人风格还有态度有很大关系。如果有人有这种印象——一个一路艰难打拼过来的老板觉得工人过得很安逸,那他彻彻底底错了。这位老板的观点是:我通过努力出人头地了,你为什么不能?

就种族而言,现在也有这样的类比。瞧,我们一家从故国移民而来,我的爷爷背着坛坛罐罐叫卖。后来,我搬到了郊区。如果我的爷爷能做到,这些黑人怎么不行?

那些成功人士对煽动者非常不耐烦。煽动者都是寄生虫,想把这个国家搞垮。没有哪条法律的原则是各方都同意的。这就是一场耐力的大比拼。这就是一个丛林。

现在,人们认为经济萧条都是人为的。在过去,经济萧条和地震、坏天气是一样的,属于不可抗力,是天灾。我并不认为三十年代的人会默默接受。我觉得会出现反抗。即便在郊区,也会出现反抗。至于他们到底做了些什么,我并不知道。我想他们会强有力地坚持下去,最终会演变成暴力:如果不按我的标准,那么就会按照别人的标准。会发生些什么,而且很快。

三十年代还出现了左翼。有的被当成共产主义分子,有的就是共产主义分子。他们指出当时的矛盾:人们在挨饿,却让农民把他们的猪杀掉。政府无法用生产力去满足人们的需求,大家对此感到愤怒而且沮丧。在三十年代,没什么人说这个。说的人都是疯子,是边缘势力。他们不是现在的那种边缘势力……

停掉整个生产线只花了五分钟

鲍勃·斯汀森（Bob Stinson）

"每个人都应该有点儿让自己倚赖的东西。有些人上教堂。如果说我有什么可以倚赖的，那就是全美汽车工人联合会（United Automobile Workers，UAW）。"

他经常去 UAW 位于密歇根弗林特的地区总部。他的个子很小，戴眼镜，运动衫外面套着西装。

"我从 1917 年开始在费雪车身公司（Fisher Body）工作，1962 年退休，干了四十五年多。在 1933 年之前，没有工会，没有规则：你任由工头摆布。我早上七点去上班，七点一刻的时候，老板走过来说：你三点钟可以回家。如果他比较喜欢另一个人，那么那个人就可以早点儿走，虽然你干活儿的时间更长。"

"好多个夜里，当我离开工厂的时候，心里都充满了恨意。如果我块头够大、够壮，我想我可能会和在街角遇到的第一个人打上一架。"（笑）"心情很糟糕，觉得很没有尊严。如果站在街上，你还可以管自己叫人，可一旦走进工厂的大门，打了卡，你就变成了一个机器人。干这个，去那儿，干那个。你都会照做。"

"我们卷入了底特律的一次罢工，但罢工失败了。回去的时候我们已经筋疲力尽了。人就是这样得到教训的。1931 年秋天，我被解雇了。

没人告诉我我上了黑名单,但费雪车身公司不再有我的立足之地。于是,我去了弗林特,马上就找到了工作。我很肯定因为参加底特律罢工而被贴上的黑色标签一直都在。"(笑)

"这个城里有一个'黑色军团',里面除了眼线就是些自高自大的人。他们因为告发工会组织者而与管理层保持着良好的关系。他们和三K党及黑衣骑士差不多。有时候,我们的伙计会带着青肿的眼眶走进来。我们问:'你怎么啦?'他会说:'我正在街上走着,一个家伙从后面冲过来把我打倒了。'"

"'黑色军团'后来发展成了'弗林特联盟'。它理应由那些品德高尚的好市民组成。他们受到了外来煽动者的恐吓,这些煽动者到这里来接管了工厂。他们让学校里的孩子还有家庭主妇在卡片上签名。生意人也会让家里的每个人在卡片上签名。他们称自己得到了弗林特城里绝大多数人的支持。"

"城里大多数人希望事情能得到解决。他们有亲戚和朋友在这间工厂上班,这可不是什么轻松愉快的工作。他们相信报纸上写的与外来煽动者相关的部分报道。我想任何人天天看到这些东西,多多少少都会相信一点。在这些人当中,绝大多数保持中立的态度。"

"人们都很害怕。当你和陌生人在一起时,你什么都不能说。只要你一戴上工会徽章,就得卷铺盖走人。这么快就被解雇,快得让你目瞪口呆。"

"我们会在一栋摇摇欲坠的老屋里碰头。眼线肯定也会来。法朗奇(Frenchie)的身份被揭穿了。有人走上讲台说:'我知道这个家伙是奸细,因为我告诉他的消息,他马上传给了工头。'大伙儿将他团团围住,但没人碰他。他只得从楼梯上走下去。"

他们属于美国劳工联合会。他讲了许多事情,例如如何被这个组织辜负,还讲了随后由约翰·L. 刘易斯领导的产业工会联合会的组建。

弗林特的静坐罢工发生在1936年的圣诞前夜。当时，我在底特律，为几个年幼的侄子、侄女扮圣诞老人。等我回去的时候，第二轮班[01]的工人已经号召全厂罢工。停掉整个生产线只花了五分钟左右。工头大为震惊。（笑）

　　工人们拔掉了插头，并让那些做裁剪缝纫的女工回家去。他们告诉主管，如果待在自己的办公室，可以留下来；告诉工厂警卫，如果不打扰工人们，可以继续干他们自己的工作。

　　我们安排人手在工厂巡逻，看有没有人在做一些不该做的事情。如果有人对待公司财产很随便——比如坐在汽车坐垫上，但没在上面垫麻袋，就会有人找他谈话。你不能在墙上写标语或者类似的东西。你可以用废弹簧来做床。这是因为如果你睡在已经完工的汽车坐垫上，它就不再是新坐垫了。

　　州长墨菲[02]说他希望上帝让他永远都不必动用国民警卫队来对付工人。可是，如果有损坏财产的情况出现，他只得这么做。这正中我们的下怀，因为我们曾邀请他到工厂里来，看看我们把这个地方维护得有多好。[03]

　　他们会给你分派任务。当总部的人要告诉工厂的人煮什么东西，我就负责传信。此外，我还负责清理垃圾。

　　商人们也同我们联手。于是，我们就有了苹果、成桶的土豆，还有好多筐就快要坏掉的橘子。我们中的一些人同时还是农民，送来好几筐猪肉。

　　流动厨房就设在工厂外面。煮饭的事情由女人们一手包办，只有一个厨师是从纽约来的。他会安排十到二十个女人在罢工者的厨房里洗盘子、刮土豆皮。伙食相当不错，主要是炖汤。吃的装进饭盒，通过窗户送到上面去。上面的工人们有他们自己的盘子、杯子和碟子。

---

[01] 这些工人从下午四点半工作到第二天中午十二点半。
[02] 弗兰克·墨菲（Frank Murphy），后来成了最高法院的大法官。
[03] 参见第五卷哈里·诺加德的讲述。

这些人难道不想偶尔喝上一杯？

很难满足这种要求。尽管这里有严格的纪律，如果有人想从窗户爬出去，不会有人阻止他。他想什么时候离开都行。总有些年轻人会请上一天假，出去看看自己的老娘过得怎么样。他们回来的时候，如果没人找他们，这些家伙就能喝上一口啤酒啦。

工厂的警卫开始带女人进来，但很快就被制止了。

我们的人数远远超过他们。他们在那个时候可能是反对工会的，不过在那之后不到三四年，工厂的警卫们也组建了自己的工会。我并不怪他们。他们靠着自己的主管才得到工作，和我们一样。

大部分人会让自己的妻子或朋友过来。他们站在窗户边上和外面的人交谈，了解一下家人的情况，看看工会送去的煤够不够用。

我们还有一个由女员工组成的分会。她们会到留在厂里的工人家里去，看看他们家里的煤是否够用，食物是否够吃。然后，她们会在当中协调一下，直到找到可以弄到煤的地方。她们中的一些人甚至把手伸到了"消费者力量"讨要。

在留厂的工人当中，有些人的老婆会劝他们出来吗？

工头会去到一些人的家里："不好意思，你的丈夫是个非常好的工人。可是，如果他不从厂里出来并且同工会脱离关系，通用汽车公司就再也不会录用他。"如果这个女人有一点点害怕，她就会跑到厂里来，倒在丈夫的肩上哭。他很可能会心烦意乱，去找罢工的头头……我们可能会派几个女人过去劝劝她，但有时候你只能让他走。因为如果你坚持把他们留在厂里，他们会非常担心，这样一来就会影响其他人的士气。

那个时候，士气非常高昂。一开始情况有点儿糟，大家担心一旦卷入其中，等待他们的结果就是丢掉饭碗。可是，随着时间的流逝，他们开始意识到自己有可能取得胜利，因为外面有很多人跑来表示同情和支持。

再后来，人们在开车经过工厂的时候，会把车速放慢。他们可能把车停在路边,摇下车窗问候:"你们还好吗?"我们的工人就会看向窗外,唱歌或是大声叫喊。就是保持士气。

有时候在街上,有人会向你走过来问:"厂里的工人们怎么样啦?"你说:"他们很好!"接着他们会说上一大堆:"我听说雪佛兰厂里的工人今晚就要被赶出去啦。"[04]我说:"得了吧!"他最后还是要来上一句:"好吧,希望你们好运。该死,我当年在那里工作时,真是一团糟。"说完,这人才转身走开。

一些在全国都很有名的人会向我们的罢工提供资金支持,罗斯福夫人就是其中一个。还有一个国会议员甚至从英国跑来给我们做了演讲。

很多我们之前没有预料到的事情都对工会有利。公司想关掉暖气。这只是想吓唬吓唬我们而已。半个小时过去了,没一个人动,他们只好又把暖气开关打开了。他们可不想暖气管子冷掉。(笑)如果温度降下来,这些管子就会脱节——因为它们是连在一起的,这样就麻烦了。

有时候你也会觉得害怕,因为身边流传着各种谣言。一天晚上,城里的一个警长来到费雪一厂(Fisher One),向工人们发出警告,让工人们离开。他站在那儿,看了大家几分钟。几个人开始骂他,他就转身离开了。

国民警卫队也被调到这儿来了。有的从庞蒂亚克[05]来,有的从底特律来。我距离他们驻扎的地方不到一个街区。每天我都会从这些年轻人身边经过。有一个小伙子,很年轻,他有一个工会徽章。这徽章是他的

---

[04] 通用汽车公司在弗林特的其他几个工厂也出现了类似的静坐罢工。"在雪佛兰第四发动机工厂,发生了一场混战。这就是所谓的'奔牛之战'。工人们占领了工厂,当地警方和治安官手下的人决定将他们赶出去。警方使用了催泪弹,罢工者则用螺母、螺栓当武器,造成了极其严重的后果。我们把他们赶跑了。催泪弹在工厂里爆炸时,女人们就把她们所能找到的每一扇窗户都打碎,好让空气进来。干得漂亮。(笑)汉斯·拉森(Hans Larson)在'奔牛之战'中被人开枪打死了。"

[05] 庞蒂亚克,美国密歇根州东南部城市。——译者注

还是他爸爸的？我走上前问他："你的队长允许你戴这个徽章吗？"他说："我不知道，不过我会搞清楚的。"（笑）这些年轻人都二十来岁，教养很好。没有打架，也没出现什么意外。

这些工人在厂里静坐了四十四天。州长墨菲——我都有些同情他了（笑）——试图让两方达成一些共识。我想他有好几天没好好睡过觉了。我们不会使用武力。一边是通用汽车公司的头头努森先生（Knudsen），另一边是约翰·L. 刘易斯。他们将达成临时协议，而弗林特联盟或位于底特律的通用总部一定会阻挠。所以，墨菲每天一早起床就有一个问题等着他去解决。

听约翰·L. 刘易斯讲话，感觉他就像是一个专门出演莎士比亚戏剧的演员。他来到这儿，公然谴责所有的对手——他的口才太好了。他在演讲里说，如果他们朝工厂里的工人开枪，那么就先打死他。[06]

一开始，事情并不顺利。最后，我们得到这样的消息：事情解决了。我的天，你得派三个人——一个接一个——去那些工厂，因为工人们不肯相信。最后，当他们确信事情已经解决，大家冲出工厂，手里挥舞着旗帜或别的什么东西。

你可以看到一些工人出来的时候胡子长得像圣诞老人似的。他们定了个规矩——罢工结束之前，谁都不要剃胡子。噢，那种兴奋就像是刚签订了停战协议，是不是？每个人都在到处乱跑，见人就握手，说："天啊，你看起来好奇怪，现在都长胡子啦！"（笑）女人们亲吻自己的丈夫。那天晚上，街上有好多人都喝醉了。

---

[06] 有人督促州长墨菲动用国民警卫队来驱逐静坐的罢工人员，刘易斯说："我将走进雪佛兰第四发动机工厂。我将命令那些人无视你的命令，绝不让步。之后，我就走到工厂里最大的那扇窗户旁边，脱掉外衣，脱掉衬衫，光着胸膛。这样，当你命令你的军队开枪时，这些子弹将首先穿透我的胸膛。当我的身体从窗户砸到地面，你会听到你的祖父在耳边低语：'弗兰克，你确定这么做是对的吗？'"

克努先生在文件上签字正式表明通用汽车公司承认 UAW-CIO 之前，我们什么都不是，甚至都不存在。（笑）这可是件大事。（他的眼睛湿润了）

格里高利（Gregory）

1946 年出生于弗林特，一生中的大部分时间住在这座城市的郊外。

那些静坐罢工？我完全不清楚。那都是些什么？

我的祖父曾在通用汽车位于弗林特的工厂工作。我的一个叔叔在费雪车身公司工作，还有一个叔叔在别克工厂工作。他曾经说起过自己的工作，我的祖父。大概就是站在求职的队伍里，等着找工作之类的。他在汽车行业里干了四十五年。但他从来没有提起过静坐罢工的事情。

查尔斯·斯图尔特·莫特（Charles Stewart Mott）

他九十四岁了，依然精力充沛。他是通用汽车董事会最年长的董事。二十世纪早期，他曾三度担任弗林特市市长。身为莫特基金会的创始人，他做了大量的慈善活动。他是这么说自己的："老莫特没日没夜地工作，星期天也工作，不知道什么时候退休。如果我变成三个人，还是会很忙。"他很烦别人说他长得像已故的英国影星 C. 奥布雷·史密斯（C. Aubrey Smith）。

1932 年，艾尔弗雷德·P. 斯隆（Alfred P. Sloan）来到通用汽车公司担任总裁。他精通公司的流程,擅长从混乱中恢复秩序。1913年买一股公司股票的钱,到1935年可以买到562.5股。我们向杜邦公司求助。他们一度持有我们24%的股票。我不知道要是没有他们我们该怎么办。在那之后,公司的股票就一直在涨。

我从不涉足劳工事务。即便在我拥有全部股份的公司,我也会把它们留给更擅长此道的人去处理。担心木已成舟的事情,我不是那种人。再没有比基金会的事务更让我开心的了。

在董事会议上,有人陈述劳工事务,但我们不会就此展开讨论。我们有一个副总裁专门负责劳工关系,这个人非常有能力。他和公司的董事们保持着非常密切的关系,好知道自己有没有违背他们的意思——也就是说,他的行事方式他们是赞成的。我们每个月的第一个周一开会。有时他会出席,并汇报当时的情况。我们只是表示赞同。

我认识弗兰克·墨菲。(笑)我不喜欢讲死人的坏话,但他身上肯定少了许多可以让事情变好的东西。三十年代早期,墨菲是底特律的市长。我记得他说过:"底特律的水务部门身陷困境。我们向邻近的小区供水,但他们付不出钱。水务公司很难对付……"嗯,我想我手下可能有六家、八家或是十家水务公司。它们是最好运作的。我对他说:"如果他们用了水,又不付钱,你要做的就是向法院申诉,要求他们付钱。这样你就能收到钱。"他不明白……静坐罢工的时候,他是州长,但他没有履行自己的职责。他没有执行法律。他没有动手,没能保护我们的财产。

你觉得国民警卫队应该驱逐那些静坐罢工者吗?

他们没权利在那儿静坐。他们那是非法占据,业主有权要求州长将这些人赶出去。但是,他并没有这么做。

现在也是一样。社区也纵容这种无赖行为。这真是骇人听闻。有人闯进商店抢劫,明明有全副武装的警察和国民警卫队,他们却不阻止这些人——这太可怕了。他们应该说:"住手。走开,不然我们就开枪了。"

如果他们不照做，那就应该朝他们开枪。他们打死了一些人，但数量远少于那些理应被打死的。这就是三十年代静坐罢工的翻版。

在你的记忆里，富兰克林·德拉诺·罗斯福是什么样的？

有人对我说：你看见新发行的十美分硬币了吗？上面刻的就是我们新的破坏者，是罗斯福的头像。他是个超级破坏者。正是从他开始，我们走上了下坡路。天，他对我们的国家都做了些什么呀，我想我们永远都弥补不了。可怕。

你还记得看见那些失业的人排着长队找工作吗？

我记得有这样的事情。

附记：弗林特的一位出租车司机载我去莫特基金会大楼，在路上他说："他是一个伟大的人。如果你住在弗林特，你会经常听到这个名字。他为我们做了很多好事……没错，我还记得静坐罢工。天，他们毁了这座城市，就跟他们损坏财物一样。这儿的报纸上全是有关这些事情的报道。我告诉你……"

斯科特·法韦尔（Scott Farwell）

他二十二岁。"我妈妈的家族在一座大城市拥有很大一块地。我们的避暑别墅有二十间卧室。三十年代，日子是有些困难，但我的妹妹还是上了一所女子学校，现在那里的学费是一年四千块。"

"我来自WASP[07]的中上层家庭，在成长的过程中一直被灌输人人

---

[07] White Anglo-Saxon Protestant，白人盎格鲁—撒克逊新教徒，旧指美国社会中祖先是北欧人、英格兰人，并曾经拥有强大权力及影响力的白人。——译者注

皆可成功的神话。事实上,并非人人都能成功。如果一个人赚了一百万美元,他能做到这一点只不过是因为其他一千个人一年只能赚三千块。"

书里讲有人从窗户跳出去,但没有说通用汽车公司那些年赚取了丰厚的利润。教科书上讲每个人都陷入了困境,这不是真的。有很多人在那段时间都狠赚了一笔,像是乔·肯尼迪(Joe Kennedy),所以,是少数人占了绝大多数人的便宜。是教科书在瞎说。

爸爸经常讲他没上大学是多大的错误。如果他没有在钢厂里浪费四年的时间,他很可能就成功了,赚到的钱比现在还多——他现在已经很有钱了。

他不是很愿意提起他当工人的那四年。看到我经历的一切,他觉得那是他自己年轻时也犯过的错误。不过,现在他越来越不这么看了,而且觉得我把自己的未来彻底毁了。

他怪自己。他不认为是社会太乱,而是觉得自己搞砸了。我不认为大萧条期间是人们自己搞砸了。在我看来,如果给他们一半的机会,他们都能干成点儿什么。他从没跟我说过有数百万人失业。他只说自己有多糟,工作不够努力,应该去上学拿个博士学位。

每当爸爸提起他当年的挣扎,我都想方设法将他驳倒。他也就不再给我讲道理了。他们渐渐把我妹妹宠坏了,用衣服和一切乱七八糟的东西。她是个时髦的小姑娘。我弟弟是个好脾气的小伙子,他从不有意与人作对,但这并不代表他以后不会。当他处在那个位置,他迫不得已也会那么做。

迈克·韦德曼(Mike Widman)

1933年,贾斯汀·麦卡锡(Justin McCarthy)从大学退学。他在福特公司的一家装配工厂工作,工厂位于城郊工业区,离芝加哥不远。

"我的工作是用砂纸打磨右挡泥板。每天的工资是五块钱。这些部件都是从底特律的胭脂河工厂（River Rouge Plant）运来的。我1月份开始上班的时候，一天能装配232台汽车。四个月后我被解雇，那时一天的产量是535台。人手和工资都没有增加。这就是著名的'福特加速度'。"

"早上八点进厂之后，工厂大门就锁上了，直到下午五点才会打开。工人们自己带午饭。厂里也没有卖食品的货车。没人告诉我，所以我上班第一天没吃上饭。此外，还得自己买手套，也没人告诉我这个。你可以想象一下我第一天五点下班时双手变成了什么样子。"

"我知道厂里到处都是便衣，一直都有人在监视我们。但我后来才知道这些都是福特公司人事部门的人，很多都有前科。"

"如果你想上厕所，必须得工头批准。他得找个人顶替你在装配线上的位置，帮你用砂纸打磨两个右挡泥板。如果他一时找不到人，你就得憋着。"（笑）

"如果你没能在早上八点打卡，比如你八点过两分才进厂，你就会被扣除一个小时的工资。什么理由都没用。如果你迟到两到三次，就会被解雇。"

"我不该把自己在西北大学夜校上课的事告诉工头。他说：'福特先生可不是花钱请你去上大学的。你走吧。'"

迈克·韦德曼在很长时间内都是约翰·L. 刘易斯的工作伙伴，他被指派为工人运动负责人，去组织福特汽车公司——汽车行业内最后一家拒不与美国联合汽车工会合作的大公司——的工人。

我们是1940年10月6日开始的。位于底特律、汉姆川克和迪尔伯恩的三家工厂有十万来人。我们很快就划好了片区，探明了福特工人所在的位置。送奶工帮了我们的忙。在这些人当中，大约有七百人是产业工会联合会的成员。他们告诉我们，哪些订奶的客户在福特汽车公司工作。但是我们要拼命找才找得到这些人。他们心中都非常害怕。

三年之前，鲁瑟（Reuther）和弗兰肯斯坦（Frankensteen）曾被公司人事部门的人暴打。[08]这个部门的人大多蹲过监狱。只要有人确保雇用他们，这帮人就能得到假释。福特公司爽快地为他们提供了工作，建立起一个高效的间谍系统。贝内特（Bennett）[09]就是这个系统的创始人。

一有人填了申请表，马上就会被开除。我们都搞不清楚为什么公司这么快就发现了。于是，我们加强了安保。我把卡片放在自己的保险箱里，直到保险箱装不下为止。还有一些申请表上看不出申请人的真实姓名。他们只是怕得要死。

在我们的办事处成立后，他们会过来，绕着走廊走个三四趟，四处张望。最后，他们才闪进门里，并且要求我们将他们带到密室。

福特工人的生活是很悲惨的。人事部门的那些家伙无处不在。他们随心所欲地开除人……今天，所有穿蓝色衬衣的人被开除。明天就轮到那些长着棕色、黑色头发的人。连申诉的权利都没有。

他们在街上看到我们的人，就是一顿暴揍。一些加入我们的工人戴上工会徽章或是联合汽车工会的棒球帽，简直就被整惨了。一些工人忍无可忍，有那么一两个保安就会受点儿轻伤。这样一来，他们就不敢在大庭广众之下耀武扬威了。不过，这是后来的事情了……

活动开始之后，我们在六天之内通过贝内特向福特公司提出要求——进行选举。贝内特拒绝满足任何"局外人"的要求，但他同意与对公司不满的员工会面。贝内特和我通过吉姆·杜威（Jim Dewey）——联邦

---

[08] 通用汽车公司与美国联合汽车工会签署协议后不久，沃尔特·鲁瑟和狄克·弗兰肯斯坦在位于底特律荣格厂附近的天桥上遭遇袭击，当时他们正在散发工会的传单。拉弗利特公民自由委员会确认袭击者来自福特公司的人事部门。

[09] 哈里·贝内特，福特公司人事部门主管。

调解员，充当了中间人的角色——展开了唇枪舌剑。我们在报纸上谴责对方。报道越多，申请加入我们的人就越多。我们收取一块钱的入会费和一块钱的会员费。到了2月份，我们已经收到了八万八千多块钱。

在我到这个地方之后，过了三十多天，我在第一次集会上发表演说，当时的听众总共只有二十三个人。现在，我们每次集会的人数都超过了三万人。我们消除了工人心中的恐惧。

我们外面有四十个组织者，都是被福特开除的人，我们将他们纳入队伍。不过，我们成功的关键人物反而是福特自己花钱雇的——在厂内工作的那六千志愿者。

我们买下当地学校里一所废弃的旧房子，整修成我们的食堂。我们不想闹罢工，但我们知道福特公司早晚会逼得我们这么做。我们得做好准备，以防万一……

4月1日，罢工开始。工头让我们劳资协调委员会的五名成员离职。他们去见部门主管，主管说："去跟就业办事处的人讲。"在就业办事处，他们被告知："你们离职了。被开除了。"

我们通过调解员要求公司处理此事。得到的答复是：他们被开除了，随便你们怎么做。这话很快在厂里传遍了……

午夜刚过，我们在十二点十五分号召工人罢工。上白班的工人还留在厂里，一直到四点钟。现在，两个班次的工人都在厂里。我们仍然试图让那五个人复职。公司再次拒绝。于是，我们让上夜班的工人也进来了。当时，福特的工厂里共有八万九千名工人，每个人都说不可能的事情就要发生了。

我们组建了一支乐队[10]。工人们随着音乐的声音走出工厂。我们已经调查过了，共有十四条公路通向工厂方向。在每条公路上，至少需要两

---

[10] 美国联合汽车工会从一开始就尝试各种方法吸引年轻工人，组建了保龄球队、棒球队，还有乐队。"我们的初衷是八个，结果最后弄到了九十个。"有五百人申请加入一支只有八十样乐器的乐队。联合汽车工会还分发了印有联合汽车工会标志的制服、帽子和衬衣。

千辆汽车组成警戒线。有个工人想了个主意：我们将从底特律开过来的第一辆电车的受电杆摘下来。这样一来，距离市区六英里范围内的电车就都停了下来。工人将垃圾、汽车及找得到的一切东西都排在一起。所有东西都被利用起来。

州长传话过来。他希望开放公路，我们同意了，前提是福特公司在调解期间关闭工厂。在州长的坚持下，福特公司同意了。我们有十四条警戒线，那天早上我做了十四场演说。我解释了当时的情况。我们开放了公路，组成了人墙警戒线。

除了大约五千名黑人，所有工人都离开了工厂。那个时候，福特表现出仁慈的一面，雇用了一些黑人。[11]这是他们第一次有机会跨入这个行业，非常害怕丢掉饭碗。他们并不是真的要破坏罢工，只是害怕而已。他们什么活也不干，就坐在那里自制各种武器，用短的铁条和橡胶管。他们害怕有人闯进来抓他们。但是，我们并不想把他们弄出去。福特公司将他们一天二十四小时都关在工厂里。他们从来没回过家。公司只需支付少得可怜的一点儿钱，就可以让他们连轴干上五六天。

贝内特跑到调解员那里说："我们希望那些家伙离开工厂。"我把罢工纠察队调到东边去。杜威——就是那位调解员——和贝内特商议让这些黑人在工厂西边上了城市公交车。事情就这么解决了，没出乱子。

然后，在福特公司的坚持下，美国劳工联合会过来横插了一杠。我去见他们的主管——一个从波士顿来的卡车司机。我问："你们到底要干吗？"他说："我要和你竞争。"我说："那你来得太晚了，门都锁上了。"他说："有人命令我这么干。"

在你看来，福特公司是和美国劳工联合会达成了协议，想把产业联

---

[11] "我想公司招收黑人是为了展示自己慈善的一面。此外，公司还雇用了许多聋哑人及其他残疾人。他们当中，有许多人在我这里报名。我们有人可以用手语同他们交谈。"

合会会弄出局，对吗？

没错。他们之前从没涉足过这个地方。他们对这个不感兴趣。他们开设了六个办事处：一个面向白人工人，人数超过七万；另外五个针对黑人，人数不足一万。他们的目的只有一个：如果不能赢，就策划一场种族暴动，或者毁了产业联合会。我们当中好战的人大多来自南方的白人工人，他们很生气，但他们都很遵守纪律。

这次罢工一直持续到 4 月 11 日，坚持了九到十天。当公司同意进行选举的时候，工人们就都回去了。可是，福特不肯接受之前的那五个人。我没有让工人们晚点再回去，而是让他们加入了我们这边。

1941 年 5 月 21 日，我们举行了选举。花了这么长时间才把所有事情平息下来。我们得到了 72% 的选票。我们得到了承认。于是开始协商，持续了三十天左右。

福特通过贝内特和他的律师卡皮兹（Capizzi）同意了我们提出的所有要求。他将提供与对手公司相当甚至更高的薪水。他怀疑是这些公司让我们罢工的，他可真敢想啊。（笑）

当时卡皮兹说："福特先生不希望在厂里面收钱，可以从工资里代扣吗？"我都快傻眼了。我们说："可以考虑。"（笑）他又问我们是否会接收那 20% 投票反对我们的人，而且不加指责。我们回答说当然，他们将得到平等的对待。他问："你们是否有工会标签让我们可以贴在车上？"我们回答说会设计一个。我们贴了一段时间，但没坚持下去。

让我吃惊的是贝内特的过火行为，他想让工人们选自己的工头。（笑）我知道后勃然大怒，"你到底想干吗？"他说："你的工人们可以在自己喜欢的工头手底下干活儿，不给他们不喜欢的工头干活儿。"这就是他的理由。我说："你以为我们会让你指挥我们委员会的成员吗？你自己指派工头吧！"这种搞法靠不住，如果工头说："嘿，你的活儿没干完。"那个工人可以说："等着，我们中午就把你选下去。"

工会工作的经验告诉我工会力量的发展方向在于管理层。只要不存在歧视或不公,工会就不应该限制这种权利。福特就限制了自己的权利。

你如何解释福特和贝内特的态度有了一百八十度的大转弯?

在我看来,贝内特是个很现实的人。他已经看到自己斗不过我们。他告诉我:"我希望这件事情能得到解决,福特先生希望我能解决这件事情。"我感觉福特给他下达了最后通牒:要么解决问题,要么走人。福特公司的人事部门也由此走到了终点。

一开始,有些人很难接受。他们抱持怀疑的态度。爆发了一连串的"野猫"罢工[12]。我想这都归咎于他们新得到的自由。随便一点儿小事,他们就闹着要离职,直到问题解决。我接到一个电话,贝内特派了一辆车来接我,带司机的。我想要的就是由福特汽车公司提供一辆带司机的汽车。(笑)不一会儿,我就把工人们的申诉都解决了。

这家公司之前非常抵制工会,现在却试着与工会和睦相处。过去,每当一辆福特车从身边开过去,我们就会说:"又一辆老破车。"罢工之后,我们会说:"天,真是一辆漂亮的小汽车啊。"

霍华德(Howard)

1947 年出生在底特律。

我的祖父从没跟我提起过罢工。
没提过福特汽车公司的罢工?
没有。

---

[12] 野猫罢工(Wildcat Strike)指工人自发的,没有工会批准和组织的罢工。——译者注

那约翰·L.刘易斯呢?

没有。你瞧,他是货真价实反对工会的。他不希望黑人到厂里来干活儿,这是他希望参加工会组织的原因:好保住自己的工作,把他们排除在外。另外,他又是反对工会的。

刘易斯·安德烈亚斯医生(Dr. Lewis Andreas)

1932年,他和其他人一起创建了芝加哥第一家医疗中心:医生联合执业,收费低。因为同情劳工,他发现自己也卷入了他们的运动……

《瓦格纳法案》生效之后,赋予了劳工组织工会的权利。自此,各种各样的人,包括专业人士、社会工作者和神学院的学生都卷入其中。有些工人不喜欢这样。他们肯定想过我们在干什么。不过,他们并不介意我,因为我是个医生,而且马上要出乱子了。

就在1937年阵亡将士纪念日的前几天,芝加哥南区的共和钢厂(Republic Steel)设立了罢工纠察队。我接到一个电话,对方说:"我们这儿的情况很糟糕。可能有几个人受伤。周围几英里都没有医院,连药店也没有。你能过来帮忙设几个救护站吗?"

那儿有一家叫山姆之家的酒馆,我拿了一些材料,在那里设立了一个救护站。那天担任纠察的人被打了,有几个头骨开裂,还有几个骨折的。所有人都很生气,决定在阵亡将士纪念日那天再试一次。[13]

当天是假日,所以人都是从印第安港、加里及各种地方来的。有的

---

[13] 梅耶·莱文(Meyer Levin)在作品《市民》中重现了共和钢厂大屠杀的场景。安德烈亚斯医生是这部小说的主角。

是自找麻烦,但很多人只是全家出来野餐而已,有小孩子、穿着度假衬衣的人。很多人只是出来玩乐而已,没有料到会发生这种事情。

警察在共和钢厂的门口站成一排,距离其他人很远。那天非常热,大约有九十华氏度。他们还穿着冬天的制服。阳光很强烈,眼里只看得到他们的帽徽闪闪发亮。

人们开始往外走,排成长长的队。这群人中什么人都有。有人打算用支标语的棍子干点儿别的事,比如打人。没人带武器。但是警察觉得这群人持有武器。至少他们的队长穆尼(Mooney)和副队长基尔罗伊(Kilroy)是这么告诉他们的。这两个人是专门负责这件事的。市长凯利(Kelly)不在城里。

我待在后面。突然之间,我听到几声枪响,看到蓝色烟雾升腾而起。我想:天啊,催泪弹。你们到底想干什么?我记不得医书上都是怎么说的了。我跑回山姆之家。大约三分钟之后,他们开始把伤员——枪伤——抬进来。大约有五十个人受了枪伤。十个已经死了。一个小男孩膝盖上中了一枪。我在为他看伤。一个女人胳膊上中了枪。他们躺在那儿,枪伤遍布肚子、腿及全身,正淌着血。各种骨折和裂伤……我对此一点儿准备都没有。除了共产党派过来的一个家伙,就我一个人在那。他想接管这里。

共产党不喜欢我这么干。我似乎在做他们想做的事情。我不同情他们,跟他们相处不来。我无法忍受他们的教条主义、不够宽容,最糟的是没有幽默感。他们是如此冷酷。我无法理解为一切致歉——为苏联所做的一切致歉——的盲目事业。我理解不了那个。

我们都希望生活在一个更好的社会,但我不想和这些人打交道,他们也不喜欢我闯入他们的领地。在他们当中,有一个人帮了我点忙,但我实际上是一个人在干活儿。

我跳上一把椅子说道:把那些中了枪的伤员马上抬到外面,送到离这儿最近的医院去。我没法为他们治伤。警察把一些人送进了监狱,另一些送到了医院。

很多人是背上中枪吗？

我给这些枪伤做了个图表，其中大部分是从后面击中的。助理州检察官梅尔·考福林（Mel Coughlin）问我："你能定义一下背部这个概念吗？"当时在法庭上。我就站起来，转过身说道："你们现在所看到的，就是背部。"

当时的情况是这样的：当枪击开始时甚至是在那之前，有人冲警察扔了几块石头。然后他们就转身跑了。我在拉福莱特委员会做证时是这么说的：就像软百叶窗的窗叶一样。在他们跑的时候，警察就朝他们开枪了。

警察并非全都是坏人。有些警察因为这次事故辞了职，他们没法忍受发生的这一切。我知道这个是因为他们其中一些人生了病，来我这儿看病时说的。

在刑事法庭审判的时候，有一个休庭时间。之前我一直在法庭上做证，休息的时候我跑到外面去抽烟。走廊里有大约六十个警察，我很紧张。有个大个子走到我跟前。我想：哎呀，这一刻还是来了。我做好准备挨他一拳。他走到离我很近很近的位置，说道："每天我肚子这里都很疼。你觉得是怎么回事啊，医生？"（笑）他们这些人，我不是每个都恨。他们做了很残忍的事。但他们也是遵守命令。有人告诉他们工人当时持有武器。他们很害怕，他们在颤抖，他们冲自己不认识的人开枪。

市长凯利听说这事之后也想为难我。一天，我接到一个从韦斯利医院（Wesley Hospital）打来的电话，电话里的声音很兴奋："有人在查你的所有档案。出了什么事？"我说："他们是想查查我在过去几年里做了几起流产手术吧。"我并不害怕。凯利的一个朋友劝他收手，因为他会失望的。我的档案非常清白。他只得作罢。

报纸上的话严重歪曲了事实。《论坛报》上有一张照片：一个有点儿年纪的人躺在林中空地上，穿着白衬衣，血从他的脸上流下来。警队的副队长基尔罗伊用短棍将他打得半死。图片的标题写着:"罢工者在共和钢厂暴乱中殴打警察。"我们当中有些人表示,如果我们做点儿什么,以后将成为重要的历史。于是,我们决定在芝加哥歌剧院(Civic Opera House)召集一次大型集会。

保罗·道格拉斯(Paul Douglas)是主席。罗伯特·莫斯·洛维特(Robert Morss Lovett)[14]、卡尔·桑德堡(Carl Sandburg)和阿萨·菲利普·伦道夫都来了。我描述了人员受伤的情况,身后有风琴伴奏,在场的人几乎都哭了。洛维特站起来说:"穆尼队长是个杀人犯。"卡尔·桑德堡被伦道夫的魅力折服了,嘴巴里反复叨着"卧铺车列车员兄弟会"。他沉浸在音乐中,一句话都没有讲。

"当晚,我坐在走廊上。在桑德堡念念有词的时候——他似乎想即兴创作一首诗,我身边的一些人(他们是钢厂工人)变得很不耐烦:'快点,快点,我的老天!'有人发出嘘声让他们安静下来,故意高声耳语道:'这可是卡尔·桑德堡。请保持安静!'他们很委屈,压低声音说:'我才不管他是谁,他在耽误大家的时间。'"

他描述了他们这群医生的挣扎。《美国医学会杂志》(AMA Journal)的社论给他们贴上了颠覆分子和反美国的标签。没有医院愿意接收他们。"整个三十年代,日子都很难过。我们没办法让别人关注我们的工作,我们像反对美国医学会一样反对宣传。"

在医学界,人们的日子相当难过。医生们自己都受到压迫,尤其是那些年轻的医生。现在的医生肯定不愁找工作,完全不懂我们当时的境遇。你跟他们讲大萧条,对他们而言就是无聊的废话。现在到处有人邀

---

[14] 罗伯特·莫斯·洛维特,芝加哥大学教授。他经常对时事直言不讳地发表反对意见。

请他们去工作。他们最大的难题就是接受谁的邀请。

在大萧条最糟糕的时候，真的是什么工作都找不到。同上一代医生的竞争也非常激烈。一个人接受了那么多培训，掌握了那么多知识和技能，准备好在这个世界上大展拳脚，结果发现没人来看病。他们不看医生是因为付不起钱。

穷人可以去免费药房，在那里接受治疗。有钱人付得起钱，可以得到很好的医疗服务。广大的中产阶级就什么医疗都得不到。他们在很大程度上沦落到了穷人的境地。

穷人会毫不犹豫地去免费诊所，对他们来说这无损尊严。他们习惯了这种事情。中产阶级可不想自己变成那样。

一些相当有钱的人突然间发现手头没钱了。因为英萨尔而遭受经济损失的教师们处境非常困难。很多教师因为英萨尔帝国的倒塌而失去了全部积蓄，尤其是那些上了年纪马上就要退休的教师。我们的病人中有许多教师。

他们付不起医疗费，也拉不下面子去免费药房，就拖着不去看病，直到病入膏肓。他们很可能因此丧命。

免费医院和免费诊所的宗旨和济贫院是一样的。1930年到1931年，我在西北药房工作过。我们注意到有一位女士经常过来。她来的时候开着一辆凯迪拉克，停在三个街区以外的地方，然后走过来。我管她们这种人叫外表光鲜的穷人。她有体面的衣服，她有凯迪拉克，但她没有钱。她会过来接受免费医疗。如果她开着凯迪拉克直接过来，让社会工作者看见，就不会让她进来。对那个阶层的人来说，接受施舍是一件很困难的事情。

"我们所主张的那些简单的目标——联合医疗、联合执业预付费——都实现了。我看过一些支持美国联邦医疗保险（Medicare）的理由，和我们在三十年前用的几乎一字不差。他们假装无辜,搞得好像是什么了不起的发现,结果就是这种东西。美国医学会一贯如此。他们今天唱着高调赞美着昨天还在谴责的东西。"

一夜之间,我发现自己开始给一所大学的前校长看病了。还有一位美术馆馆长的遗孀,穿着考究,头发全白,举止优雅。我们都很吃惊。我们原本以为在这里只会看到会来免费药房看病的人。结果各种各样的人都有,他们有一个共同点——付不起医疗费用。

人们在街上和电车上饿晕过去。我认识人民医院的一个住院医生。他告诉我每天都有人在电车上晕过去。他们把人带到医院,什么问题都不问,简单地给他检查一番。这种场景他们很熟悉,他们都知道原因是什么——饿。当他恢复意识,他们会给他点儿吃的。走在大街上的人也会因为饿而一头栽在地上。

他们只好坐在那里。我们面对是一种乱七八糟的、可笑的体系。我们中的一些人觉得它正在崩塌。我们决定重建这个体系。它相当于新社会所独有的医疗体系。我们是在开玩笑。聊天闲扯而已。

但是,当时的确有一种创造的感觉。我们属于所谓的"新美国"。我们的前景是社会主义。领导层大多来自纽约协和神学院(Union Theological Seminary)。创造一个新社会来替代正在消失的这个社会,可全靠我们了。(笑)我们可能很自大,但就是这种感觉。关于我们能干点儿什么的绝妙想法。

还有一种感觉就是困惑。除非推出像新政这样的政策,不然人们可能变得非常暴力。我还记得密歇根大街上一次死气沉沉的游行。大约是1934年。队伍由失业者组成,稀稀拉拉的,非常安静,没人开口讲话。只是一大群人沿着街道在走。在我看来,他们的脑子里可能在想:我们不会再忍受下去了。我之所以特别记得它,就是因为它的沉默。没人挥舞旗帜，没有激情，只有一股绝望的暗流在涌动。

正是罗斯福充满希望的声音把人们拖出了绝望的泥潭。他没有太多东西可以贡献，但已经足够了。他这个人够灵活，明白尝试的必要性。他的思想不僵化，让人们感觉到有人在乎他们。

在三十年代后期，我想说我们的社会再一次被"拯救"。这一次出手的是希特勒。因为权宜之计不再管用，国家又开始走下坡路。从某种意义上来说，"二战"终结了大萧条。这就像得了不治之症，中间病情稍有缓解，就像霍奇金病。每个人都很开心，腺体变小了。然后，病人就死了。"二战"终止了第二次下滑，而这次下滑有可能演变成暴力动乱。你瞧，现在治疗白血病的方法有所提高。病人们感觉不错，但还是全都死了。

但对于这种治疗方法，这种权宜之计，还有一点很重要：如果病人继续活下去，可能有人发明出什么新的疗法。恶性贫血就是这样。我一个医生朋友得了这个病。我们通过输血让他挺了一个月又一个月。他的女儿说：为什么你们要让这个可怜的人活着受苦？我说：总是有这样的可能性，有人发明新的方法可以救命。这个人还是死了。但三个月之后，墨菲（Murphy）和迈诺特（Minot）就发现了维生素 B_{12}。如果这个朋友还靠输血继续保命，那么他现在也许还活着。不管是对人还是对社会而言，我觉得权宜之计都是可取的。

那时候的日子很悲惨，很难忘。我们达成了目标。我们希望改善劳工的权益。像我和罗伯特·莫斯·洛维特这样的局外人，还有其他人都觉得，他们的权益和我们的权益是一致的。《社会保障法》（*Social Security Law*）和《国家失业补偿法》（*Unemployment Compensation*），所有这些都与劳工运动有关。其中的一些目标在很大程度上已经实现了。我觉得现在的情况要可怕得多。可怕的感觉在于担心无法从困境中脱身。然后，我们脱身了。我们感觉不错。

大萧条改变了我的生活习惯。我坐在这儿，这间办公室里……这些伤口是永远不会愈合的。我的父亲是个医生,他用自己的全部积蓄买了栋房子。房子被芝加哥大学收走了,他一分钱都没剩下。他们就这样把房子收走了,因为从法律上讲他们有权把房子收走。父亲在拉什医学院(Rush Medical Collage)[15]任教十二年,什么都没留下。我曾打算去做科研工作,但大萧条让我干上了这个——我并不怎么后悔。我本来有可能成为一个有钱的体面人……成为其他人中的一个。照现在这样,我就是我自己,独一无二,这是他们说的。(微笑)我并不后悔……

---

[15] 拉什医学院当时附属于芝加哥大学。

**Hard Times:
An Oral History of
the Great Depression**

Book Two 第二卷

钢铁巨头和旧式家庭

爱德华·A. 瑞尔森（Edward A. Ryerson）

内陆钢铁公司（Inland Steel Company）董事长，已卸任。他的办公室在内陆钢铁大厦——一座现代风格的建筑——的十八层。在我们对面的墙上，挂着他家庭成员的照片：他的祖父、父亲、哥哥、儿子，还有他自己。

瑞尔森家族早在十七世纪就在东部竖起了炼钢高炉。他们为美国独立战争供应子弹和大炮。他的祖父1842年来到芝加哥这座发展中的城市，卖锅炉工配件。

直到二十世纪二十年代后期，我们才真正好起来。我们也跟其他人一样，受到大萧条的冲击。没人买钢铁了。我的大多数朋友是有钱人，全都受到了同样的冲击。也有一些自诩聪明的家伙，声称看到了不祥之兆，提前将手里的证券变现了。我认识的大部分人栽了跟头。

我们不得不调整生活方式。我们所有人，为了自己得干更多的活。我遣散了司机，自己开车。我的妻子也是，各种各样的事情都得她自己干。

我们不得不缩减开支，这样才不至于看上去太拮据。毕竟，我和很多一无所有的人关系非常密切。我干的是福利工作。

大萧条期间,他是"社会服务理事会"(Council of Social Agencies)——后来被称为"福利委员会"(Welfare Council)——的负责人,同时还是新组建的"公共救助委员会"(Public Aid Commission)负责人。他是社会服务中心"芝加哥民众协会"(Chicago Commons)的理事会成员。"从很早开始,我就了解穷苦大众的问题。"

在胡佛的任期结束之前,我去拜访了他,希望联邦政府为伊利诺伊州的救济事业拨款——这是史无前例的。我这样做可能有点儿令别人费解。那时候,我是强烈反对联邦资金的,但我又意识到这个问题单凭地方政府是无法解决的。

我先是去了斯普林菲尔德[01]筹钱,搞到了一千两百万。你可以想象一下那笔钱在1932年的救济项目中能撑多久。只有三个月。

立法机构不理解这一点,他们不明白人们需要的是什么。我们必须抗争。他们认为公款不应该这么花,这事应该留给私人福利机构去做。

在我看来,胡佛的政策——也就是"旧政"——本来可以完成"新政"中的许多改革。我和胡佛的关系很近,我非常崇拜他。他曾邀请我在华盛顿任职,我拒绝了,因为我还有其他事要做。如果他能再次当选……可是公众想要改变。无论和哪一任总统相比,胡佛都算得上一个人道主义者。在我有生之年都是这样认为。

1935年,瑞尔森公司(经销商)同内陆钢铁公司(制造商)合并。当时,内陆公司是"小范围钢铁"的一员。这是一个组织松散的协会,其他成员包括琼斯-劳克林(Jones & Laughlin)钢铁公司和共和钢厂。汤姆·格德勒(Tom Girdler)是共和钢厂的总裁。在处理新近涌现的产业工

---

[01] 斯普林菲尔德,伊利诺伊州首府。——译者注

会联合会的钢铁工人组织委员会（Steel Workers' Organizing Committee）时，他的态度最为顽固。

1937年的罢工非常可怕。死了七个人？

十个。

汤姆·格德勒与内陆钢铁公司的所有人都不一样。我非常了解他。他能力很强，不过跟人打交道时表现得有些强硬。他从不接受这样的事实——国家的情况和几年前不一样。你还记得他说过的话吧：他永远不会和产业工会联合会签约；他宁愿下台去卖苹果或是别的什么东西。

我们的理念就不同。我们承认遇到了困难。我们承认劳工提出的要求中有一些的确非常严峻。我们都意识到应该采用与以往不同的方法来应对。以前，这一行业被所谓的钢铁巨头——加里（Gary）、施瓦布（Schwab）等——垄断着。汤姆·格德勒等少数人仍然固守着那个时代的理念，我想他们在玩完之前会想明白的。

还有史威尔·艾佛瑞（Sewell Avery）。在开始走下坡路之前，他是一个有趣、杰出而又能力非凡的好人。他一直如鱼得水，直到他被军人从自己的公司赶出去。[02]在那之后，他变了。他感觉新政会毁了这个国家。他之后的日子很惨。我很同情他。但我并不认为情势会每况愈下，我觉得我们会走出来的。

---

[02]　1944年，他是邮购公司蒙哥马利—沃德（Montgomery Ward）的董事长。他与联邦政府发生了争执。他坚称自己的公司没有涉足与战争相关的工作，因此无视战时劳工委员会的规定。他的工厂被查封，而艾佛瑞拒绝离开，最终被两个士兵赶了出去。

戴安娜·摩根（Diana Morgan）

她是北卡罗来纳州小镇上的"南方美人"。"有人说我配得上皇室王子。"（笑）她的父亲是一个成功的棉花商人，还拥有一家百货商店。"在桑顿·怀尔德（Thornton Wilder）的作品《我们的小镇》（Our Town）中，你能看到我们这个小镇的影子。镇上所有的人你都认识。我们是镇上唯一拥有图书室的人家。"

她的父亲旧病复发，再加上日子愈发艰难——农民和城里人都没钱支付账单，这让她家失去了那家商店。他父亲也破产了。

我正准备去上大学的时候，银行纷纷倒闭。我们家原本想着送我去卫斯理学院、瓦萨学院或史密斯学院，但我们几乎没有钱了，最后选了北卡罗来纳州的一所学校。学费没那么贵。

上大学的第一年，我回家过圣诞节……我发现家里的电话被切断了。我就是在这个时候觉得整个世界都快塌陷了。想象一下，我们家没有电话了！大学毕业的时候，我不得不面对这样的现实——家里连厨子都没有了，清洁女工也没了。床底下都是灰，这在之前是从来没有过的。窗帘也没以前那么干净。家里的东西开始看上去有些破旧。

关于大萧条，我最开始的发现是爷爷家的房子没了，要卖了抵税。我们自己家的房子也卖了。大家都认为那是我们镇上最漂亮的房子，有一百五十年左右的历史。我们甚至还有一间音乐收藏室。房子被卖了五千块，用来偿付税款，你可以想象我当时有多震惊。我就是在那间房子里出生的。

上大学的头两年，我从来没有感到自己如此衰老。因为我没有找到新的出路，而之前的生活已经告一段落。我还记得，城外的朋友来看我时，我有多难为情，因为有时候他们会说想喝水，而我们家里居然没有冰。(笑)我们家没冰箱,也买不起冰。有时候大家会提议去杂货店买带碎冰的可口可乐,我就只好难为情地拖了又拖,现在我还记得当时脸上有多烫。

一直以来,我没有过多地去想这个国家到底怎么了……我仍然还有社交生活。尽管我们中的一些人也读书,之后还会讨论书中的内容,但当时对大萧条并没有太多认知。让我们觉得遗憾的是有那么多年轻人找不到合适的工作……

一天,爸爸的一个朋友在街上拦住了我,他说:"你想工作吗?我有一个朋友负责新政的一个项目,她会跟你谈这个事的。"

天哪天哪,我太兴奋了。想到就要有一份工作,我都不知道要怎么做才好了。我特别紧张,但又非常期待。沃德小姐来了。她看上去像是海伦·霍普金斯(Helen Hopkinson)那样的女人,一丝不苟,令人望而生畏。她一定有四十五岁了,但对我来说,她就像是来自另外一个世界的古人,令人不寒而栗。

她对我说:"这可不是娇小姐干的工作。"她看着我,然后告诉我根本不合适那份工作。我说我还年轻,认真尽责,如果有人给我交代工作,我一定会尽自己最大的努力……她从头到尾没有说一句鼓励的话。

她走后,我哭了大概一个小时。我真的很受伤。我哭了又哭,想着她有多不公平。第二天,我收到一份电报,让我去参加妇女工作负责人在罗利[03]召开的一个会议。你能想到我有多吃惊。

那里有几十个女人,来自全州各个地方,各个年龄段的都有。对我来说,这地方太吵了。每个人都转来转去,谈论的是编织项目、罐头加工、书籍装帧……每个人似乎都很有学问。我真的不知道她们到底在说些什么,也没人告诉我要做些什么。每个人看上去都很忙,我猜自己应

---

[03] 罗利,北卡罗来纳州首府。——译者注

该是被录用了。

于是，我就回家了。我去了设在法院的县救济办事处。有人坐在一条长走廊的地板上，大部分是黑人，看上去沮丧又悲伤。一些人带着孩子，有的人已经很老了。她们一排排地坐在那儿，等待着……

我的第一印象是：天哪，这些可怜的人，只能坐在这里，甚至都没有人说"我们会尽快帮助你们的"。尽管我对社会工作一无所知，也不知道什么是好，什么是不好，但我的直觉是应该让她们感觉到有人关心她们。我谁也没问，径直走过去说："你们等了很久了吧？我们会尽快帮助你们的。"

我感觉办事处的姑娘们看上去很严肃，对人的态度也像是在惩罚对方：那些女人不得不在那儿等着，在你弄清楚她们是否有资格接受救济之前，得一直在那儿等。

我对缝纫、书籍装帧、罐头加工……以及其他被批准的项目一窍不通。我从来没煮过鸡蛋，也没有缝过一个针脚。但我认识女裁缝，我小时候，她们给我们做过衣服。我去看她们，让她们帮我。我向身边所有知道该怎么干活儿的人求助。

与此同时，我在救济办事处工作，开始面试救济对象，结果发现为了取得救济资格，她们必须穷得不能再穷。一般人都能意识到，一旦沦落到那种境地，每天就只能领到一块钱的补助去买食物，她们要怎样才能摆脱贫穷？

卡洛琳（Caroline）在我们家当过厨子，她也来了。知道她不得不到救助机构去讨吃的，这让我很震惊。让我看到她窘迫的处境，她觉得很难为情。她是个很棒的女人，心胸宽广。现在她年纪大了，身体也不行了。她说："天哪，上帝派你从天堂到凡间救我来啦！我的日子太苦了。你真漂亮，在我眼里，你就是天使。"她说着奉承的话，这是南方黑人为了活下去惯用的方法。她沦落至此，而我不得不眼睁睁瞧着她承受这一

切，这让我很难受。(轻声哭泣，快要说不下去)

很多年来，我从未想过为什么卡洛琳家的墙是用报纸糊的。她有一段时间帮我们家洗衣服。我去过她家几次。卡洛琳站在院子里——很硬的泥巴院子。院子里架着一口大铁锅，底下燃着火，里面煮着白色的衣服，她不停地翻搅着。

她对人总是很亲切，会请我进屋坐坐。她从来没有为家里的样子表示过歉意。那时候，我在心里想：卡洛琳用报纸糊墙，好奇怪啊。在十一二岁的时候，我还不会去想：这是怎样的一个国家，让自己的人民住在这样的房子里，让他们不得不用星期天的报纸当墙纸。我有些吃惊，但我并不害怕。

当那些客户都走了——很有意思，你这样对待她们，但仍然叫她们客户——办事处的姑娘们对我非常友好。她们会问我想知道什么，并把文件给我看。她们的高效给我留下了深刻的印象。可是，在同救济对象打交道的时候，她们却散漫得多。我不明白她们为什么要这样。可能她们是怕城里人觉得她们对领救济的人太好了。

即便在那个时候，人们还是觉得领救济是不好的，领救济的人是不想工作。我们经常能接到电话说某某领了一袋子的救济食品，其实他有辆车，他妻子有工作，等等。我在工作之余跟我那帮老朋友聊天，维护我们的项目，我说：你们不了解情况。他们说我太感情用事，看不清事实。那个时候，我第一次听到了一句老话：如果你给他们煤，他们会把它存在浴缸里。但他们根本没浴缸来放煤。所以，怎么会有人知道如果他们有煤会这么干呢？

我们一直都受到威胁，因为我们的资金经常被立法机构质疑。我在那儿才干了三个月，项目就被终止了。那个时候，我已经爱上了这份工作。想到这一点，我简直要哭出声来。我告诉沃德小姐——她这时已经成了我贴心可靠的朋友——这就是我想做的事情：我想要做点什么去改变一些事情。

那个时候,办公室的姑娘们——其中我最喜欢艾拉·梅(Ella Mae)——很乐于让我去面试救济对象,因为她们的工作都快忙不过来了。每个人手头大约有一百五十个案子要处理。不到两个月,我受聘成为一名社会工作者。

在我的记忆里,当有人到办事处来求助,你会填写一张表格,把那些让人难为情的问题都问个遍:家里有人工作吗?你有自己的房子吗?你有车吗?你要做的是,确认这个人真的一无所有。没东西吃,家里还有孩子。然后,你就给他们一张食品救济券。在家访确定他们真的很穷之前,你不能给他们鞋子,也不能给他们钱去买药。

当然,你得在四块钱的杂货店购物券花完之前尽快去看看这些人。要知道,我曾开车出去家访。这是我第一次离开主街。之前我从来没去过乡下,当我看到乡下的情况真是大吃一惊。

我第一次知道这个县里还有一个叫林岛的地方。那里地势很低,一下雨,搞不好得坐船才能去看住在那里的伊齐基尔·琼斯(Ezekiel Jones),也许是叫什么别的名字。我记得有一次这辆租来的福特车在水里卡了壳,我折了些树枝垫进去,才把车开出来。现在,我将这件事视为人生最棒的经历之一。如果有人跟你说:像你这样长大的人,如果发现自己在晚上七点置身野外,你的车抛锚了,水淹到了轮毂的位置,你要怎么做?我想我可以解决这个问题。

之后我看到两间房子——用木头搭的,破破烂烂,脏兮兮的;一个看上去全身瘫痪的母亲——好像根本不能动的样子;父亲的胡子没刮,醉醺醺的;房子里大大小小的孩子好几个,没有东西吃。你觉得自己什么忙也帮不上,只能留下一张救济食品券……

"之后不久,公共事业振兴署就出现了。罗斯福意识到人们不能光靠救济过下去。这不仅让他们觉得丢脸，而且让他们丢掉了男子气概。如果他现在看到那些在芝加哥吃救济的人，每顿饭才拿二毛七分钱，一定很震惊。这差不多是1930年的水平。这点儿钱在那个时候就不够用……"

至于这家人……后来就开始实施"农村复兴项目"。我很高兴给救济名单上的家庭发放证明，让他们可以搬到政府买下的那些地方去。有了更好的房子，房子里也有了家具。这家人就搬去了。那个女人——就是那个几乎不省人事的母亲——的脸上又有了生气，孩子们都很干净，家里也擦洗一新，摆脱了之前的绝望。那个男人过去是个佃农，看得出来是把干活儿的好手。之前，他手里头什么都没有，直到……像这样的事情还有好多……

这个项目里有我经手的十二个家庭，艾拉·梅也有十二个。那里是一个很漂亮的农场，可能有两三百英亩。农场里有房子，而且不是那种两间房的窝棚。艾拉·梅和我的工作是挑选可以搬到那里的家庭，这可真令人兴奋。艾拉·梅说："我觉得杰西·克拉克（Jess Clark）不错。"还有戴维斯，他是这个项目的负责人，他会说："那个又老又懒的家伙？他什么都不会干。你就是太天真。"所以，我们得亲眼看着这些人证明自己的价值……

这个项目每个月都会出现资金告急的问题。我们不知道国会会不会终止它。很多人觉得钱这么花掉真是太愚蠢了。

这个项目每个月都面临着被终止的风险，因此州里的负责人建议她换份工作。在联邦政府的支持下，她到纽约社会工作学院（New York School of Social Work）就读。后来她结婚了，有六个月不在县里。

我回来后的第一件事就是下车冲到法院，看看那些人干得怎么样，她们有没有坚持下来。

上面我提到了一家子白人。这里还有一个黑人家庭，九个人挤在一间房里。一家之主已经不年轻了，六十多岁，但他给我的印象是很强壮，如果给他机会，他一定能干成点儿什么事。我们审核通过的人都干得不错，已经开始偿还贷款。他们当中没人偷懒，没人把事情搞砸。事实证明，这些人都是正确的选择——证明他们是对的，而不是我们。

1934年，她和丈夫搬去华盛顿，在那里生活了十一年。"有人邀请我去参加在乔治·梅森酒店（George Mason Hotel）举办的'弗吉尼亚州名望之家舞会'。我一个星期之前曾在那家酒店门前抗议过，因为他们给员工的工资低得离谱，好像时薪只有七毛五。在回复邀请信时，我不只是说某某女士很遗憾不能受邀出席……我写了一封信，说我不会去工资如此不合理的酒店。我的丈夫非常吃惊。他说：'我怎么也想不到你会是这种立场。'我倒是从未想过我不是这种立场。"

我有时会想即便我们没有失去自己家的房子，即便我没有在土木工程署工作过，我还是会在某一天醒悟过来。但我也可能只是在社区福利基金（Community Chest）或圣卢克时装秀（St. Luke's Fashion Show）工作。我也说不清楚。如果我没有经历那一切，可能永远也不会明白人们是怎么想的。

可能你就是得亲身经历一些事情……住在森林湖、格罗斯波因特或斯卡斯代尔的人，必须要看着自己的房子被烧或被炸才能明白这个社会的状况吗？如果它发生在几英里以外的地方——比如说在城里，而你住在郊区，你可以从报纸上读到相关报道……

附记:"我曾去一所很棒的大学参加在那里召开的女性工作会议。去的路上,我在驶出高速公路时弄错了出口,不得不穿过一片区域。从生活在那里的人身上看不到一点点希望,这让我极为震惊。"

"出席那次会议的都是些生活优渥、精明聪慧的女性,有白人也有黑人。这些人来自中上阶层,非富即贵,属于最上层的那1%。我想在她们整修一位雕刻家的工作室时——之前在这儿,现在没了——可能会开始思考三个街区之外的情况是怎样的。"

"我对其中的一位女士说:'你最近有开车经过这片社区吗?'她说:'戴安娜,亲爱的,这里有了新的安居工程,还有其他一些项目,比过去好太多了。'我马上意识到无论我说什么都无法让她们明白……"

温斯顿·罗伯茨太太(Mrs. Winston Roberts)

1906年,她从南方来到芝加哥,嫁给了一位年轻富有的实业家。他家属于这座城市里最上流的社交圈。

"这对于我那附庸风雅但又极度贫困的南方家庭来说,是件了不得的大事。我的朋友们根本没什么反应。我哥哥的评价是:我每天都能吃到火腿和培根啦。"

她很快成为芝加哥的上流社会人士。"我喜欢这种感觉。生活实在太甜美了。我是城里最早有汽车的人之一。当你开车到马歇尔·菲尔德百货商店(Marshall Field's),门口的人会帮你把车开走停好。"她曾受邀参加波特·帕尔默夫人(Mrs. Potter Palmer)[04]的社交晚会。"这并不说明什么。我总是很开心。我并不知道什么是摆阔。"

---

[04] 她的丈夫拥有芝加哥数一数二的百货商店。——译者注

她被百依百顺的丈夫宠坏了。她睡得很晚,她的生活就是用汽车载着朋友们到处玩。四个孩子由一个英国保姆照看。这位保姆建议她在每天晚餐前跟孩子们相处二十分钟或是一个小时左右。"我也跟孩子们说话。当温斯顿回到家的时候,我已经打扮好了。然后,我们就出去吃晚餐了。"

她有时候会遇见一个年轻人,他会跟她讲简·亚当斯(Jane Addams)[05]、赫尔馆(Hull House)[06]还有周遭穷人的生活。"我觉得他很怪,其他人都很有意思。我想:他是一个非常讨人喜欢的年轻人,但我不会再请他来喝茶了。我们没什么共同语言。"(笑)她接着说,"我要什么有什么,从来没有想过还有很多人没有。"

她丈夫死后,一切都变了。虽然他工作十分勤奋,但他的投资都很盲目。"他们很严肃地告诉我,没有什么东西留下来。"

我有四个半大的孩子,我和他们相处得并不那么好。一天,我满怀希望地在家翻箱倒柜,看看温斯顿有没有留下保险箱的钥匙或是钱什么的。因为大家都很奇怪他的遗产竟然如此之少。我说:"就这些?"我还记得小叔子脸上的表情:"这是电车通票。"我从没见过这个。我自己有汽车。

他问的第一句话是:"你每个月生活费要多少钱?"我说:"有多少钱就花多少钱。挣来的就是自己的,然后就靠它生活。"你可以做很多事情来存钱。我曾说过:"从高起点开始很难,从低起点就容易得多。"于是,我从低起点开始。

1930年左右,一个朋友建议我做睡衣生意。我们两个一起干了一年。

---

[05] 简·亚当斯(1860—1935),美国社会工作者、社会学家。她因争取妇女和黑人移居的权利而获1931年诺贝尔和平奖。——译者注
[06] 赫尔馆是简·亚当斯和爱伦·盖兹·斯塔尔在芝加哥创办的社会福利机构。——译者注

我们自己做，自己卖。我可以做出很漂亮的衣服，我不用学就会做。我从来不觉得无助。当我还是个小姑娘的时候，想要穿新衣服只能自己缝。在南方，女人都会缝衣服。我不用做饭。我可能没钱买鞋，但会找人来做饭。她们也不要钱，只要把每天吃剩的东西带回家就行。

她卖掉了汽车，和孩子们搬到了一处小得多的住所。在她的生意伙伴退出之后，她坚持干了十年。

把家里的三楼变成做生意的地方，在角落摆了一个茶叶专柜，很有意思。顾客们过来找一件合身的衣服。我雇用了一个技术很好的缝纫女工，扩大了生意规模。用那种款式的衣服在市场上大赚一笔。

我将这个地方称作我小小的缝纫之家。朋友们都觉得糟透了，觉得我是真的放弃了这个世界。你不知道这些人过去有多势利。但她们也试着帮助我，我一点儿也不觉得难为情。

我的朋友很多，她们都是忠诚的朋友，一直和我保持联系。我通过各种方式将她们给我的钱回报给她们，像是让她们穿得更有魅力啊、帮她们找点儿兴趣啊……我什么都做。我有个朋友跟一位医生有私情。（笑）我给她做了件天鹅绒的睡袍，她可以在医生晚上过来看她时穿。还有各种各样的东西。（笑）

不过，我一直都有点儿叛逆。所有的朋友都把孩子送到拉丁学校去读书。我把自己的孩子送到了弗朗西斯帕克中学（Francis Parker School）[07]。我很高兴自己这么做了，因为我学到了很多东西。

---

[07]　弗朗西斯帕克中学当时是一所非常先进的进步学校，校长弗洛拉·库克（Flora Cooke）是简·亚当斯的朋友。

你有没有觉得那些朋友对你有些施舍的意思？

没有，她们有的时候对我非常小气，因为她们看不到我实际上将她们给我的钱都通过别的方式回报给她们了。还有的害怕被我敲竹杠。

捉襟见肘时，我卖了很多银器。当时，银子的价格很高，而且有的银器我根本用不上。这笔钱可以让我坐火车去东部看孩子们。他们都去了东部的学校，学费是用祖父遗嘱里留下的钱支付的。如果我让他们到芝加哥来，学费就得由我出。我决定还是让他们去华盛顿吧，这样便宜一点儿。

那里有一家叫"海军上将"的大酒店，里面的很多套房是为退休的海军上将和他们的客人们准备的，可能这就是酒店叫这个名字的原因吧。我们订了一间公寓房，价格非常便宜。两间卧室、一间起居室、一间洗手间，每天只要五块钱。那是在三十年代早期。

我们从杂货店买了许多大盒装的麦片和大瓶装的牛奶。酒店还会提供一些东西。举止优雅的服务生会端着漂亮的托盘过来，然后我们就坐下来把东西分掉。谁吃玉米片，谁吃这个，谁吃那个。东西都做得很漂亮。我们在这个地方住了好几个星期，过得跟女王一样。

就是在那个时候，我们的国家停止了银行业务，也就是"银行假日"。我没有钱，我也不在意。我的日子跟以前一样好过。听到罗斯福说"唯一值得恐惧的就是恐惧本身"，我特别兴奋。

你的朋友们对罗斯福评价如何？

那个时候，我们不聊这些东西。（笑）很多人不喜欢罗斯福夫人。我觉得她很棒。我的好点子都是从孩子们那里得来的。

我变得更加严肃。但我不像很多人会去关注这个世界上的苦难，比如我的女儿。我不是那样的人，但我开始意识到这一点了……

诺丽·萨里宁（Noni Saarinen），罗伯茨夫人的女佣

她在罗伯茨夫人家干了三十二年。

1921年，她从芬兰来到美国。她在这里做女佣，在各色人等的家里干各种各样的杂活儿。

1930年是萧条时期。我的丈夫没有工作。即使是现在，粉刷匠的工作仍然是季节性的。所以，他没活儿干的那段日子我就去做工，他在家照顾儿子。

他说他的生活上下颠倒了，你懂他说这话是什么意思吧。（笑）你本来走在地板上，然后开始倒立，就是这样的感受。因为他没能力养家。因为我们结婚的时候，他说过："你以后不用工作。"

在日子艰难的时候，民主党倒是给了我们鞋子。选举期间，有人提来一个篮子，里面有鸡肉和鞋子，是给我儿子的。儿子穿上鞋，一个朋友还开玩笑说这是民主党鞋。这是我们得到的唯一一样东西。

当大萧条开始后，我在一户人家里找了份工作。他们家有司机、厨子、专门整理房间的女佣、一般的女佣，还有洗衣工。我在厨房做帮手。这家人很有钱。我在这里干了两个星期之后，才见到家里的女主人。

我在那里并没干太久。因为银行倒闭，他们必须减少家里的帮手。这个时候，男女主人都在佛罗里达。他们的儿子、女儿在阿斯特街[08]。男主人在一封信里写道："打发掉一些帮工，我们已经没钱雇他们了，而你们也不配再享受他们的服务了。"

我们在银行里没什么存款，即使银行关闭了，也没什么大不了。所以，我并不怎么在意。（笑）在罗伯茨夫人年轻的时候，我告诉她：工作

---

[08] 阿斯特街，位于芝加哥。——译者注

不是你必须要干的事情。你按照自己喜欢的方式去做,然后乐在其中。工作不是惩罚。我喜欢工作。

我一直都去我们劳动人民的俱乐部,聚会什么的。有一些很棒的人来给我们演讲,告诉我们生活不该是这个样子。但革命并没有临近,比现在隔得还远。(笑)不像现在,感觉到处都像要革命一样。

我的苦恼在于自己的生活仅限于家务活,没有办法去观察这个世界。我的世界是封闭的。所以,即便我有这个能力,我的视野还是被一圈围墙挡住了。

茱莉亚·瓦尔特(Julia Walther)

满书架的书和墙上的画无不彰显着她广泛的兴趣。这套公寓弥散着一股旧世界的味道。室内的装饰品虽然昂贵,却显得突兀。

看向窗外,越过汽车超速行驶的湖滨大道,我们就看到了湖。在这个春日的午后显得格外静谧。

当你说起大萧条,我第一个想起的是塞缪尔·英萨尔。他算得上是一个象征。这个人疯狂地追逐成功。他代表着1929年股市崩盘之前那段时间最阴暗的一面。他通过不光彩的方式运用自己的权势,比如修建歌剧院,强行废弃了奥迪托勒姆大剧院,后者可比前者好太多了……

人们被迫向歌剧院捐款。[09]这就像悬在他们头上的一根棍子……芝加哥的生意人在某种程度上都依赖着英萨尔公司的利息。他们必须投一

---

[09] 二十世纪,英萨尔是芝加哥歌舞团最主要的支持者。奥迪托勒姆大剧院由丹克玛·阿德勒(Dankmar Adler)和路易斯·沙利文(Louis Sullivan)设计,被视为世界上最好的歌剧院之一。1967年重建并重新投入使用。

笔钱进去，不然塞缪尔·英萨尔就把他的钱撤出来。

歌剧院是在大萧条到来的那一年修建完工的。我还记得我们不得不去看首场演出——《弄臣》（*Rigoletto*）。坐在那里的每个人都面色凝重，因为大萧条已经到来。每个人都知道股市在下挫。我们坐在粉红色的天鹅绒包厢里，一脸沉重地看着彼此，与此同时台上出现一道叉状闪电。在最后一幕的暴风雨场景中，英萨尔——当时是联邦爱迪生公司（Commonwealth Edison）的总裁——有些情不自禁。你从来没有在舞台上见过这样的暴雨、这样的闪电，也没听见过这样的雷声。

阿诺德·弗莱彻（Arnold Fletcher）被英萨尔诱骗着买了最贵的包厢之一。我们和弗莱彻一家人坐在他们的包厢里。那天的股市让他们高兴不起来，生活也让他们高兴不起来，台上的音乐更让他们高兴不起来。糟透了。整场表演都很糟，舞台背景简直可怕。从头到尾都是迎合英萨尔的口味。还有幕布！镀了金，实在太做作，太浮夸了。我现在只有一个印象——纯粹是一场噩梦。

温·斯特拉克（Win Stracke）是马克斯·莱因哈特（Max Reinhardt）的作品《奇迹》（*The Miracle*）中的年轻演员。1926—1927年，该剧在芝加哥的奥迪托勒姆大剧院上演。在一次彩排中，"剧团经理莫里斯·格斯特（Morris Guest）和英萨尔手挽着手走上舞台。格斯特指着这些巨大的柱子说：'这是巴黎圣母院里那些巨柱的复制品。'英萨尔说：'哦？这是原件？'金融圈的人对文化有多无知"。

包厢里的这些人都恨英萨尔。那个时候，他们尤其恨他。在那之后，他们发现自己的生意一路飞速下滑。随着英萨尔倒台，他的帝国也坍塌了。我丈夫的损失相当惨重。我们感觉仿佛末日到了。弗雷德（Fred）1926

年创建了自己的公司[10],是从他父亲名下的一家伐木公司起步的。公司合并后,担任总裁的人比他年长,比他更有经验,他们就等不及要除掉他。为了避免这样的事情发生,他借钱掌控了公司 51% 的股权。

股市崩盘的时候,银行抽身而退,不再支持他,要求收回通过保证金持有的股票。在这个崩溃的市场中,弗雷德做不到这一点,变得一无所有。他被彻底打垮了。弗雷德总是笑着说:"我这一辈子就见过一次一百万美元,就是我损失的那一百万。"

大萧条是如此真实,那段狂热期反而变得不真实。太多人因为恐惧从窗户跳下去。

我还记得第一次乘车从密歇根大街桥下面经过。《芝加哥论坛报》的报社就在那里。就在这个地方,我们看到不止数百人,而是几千人蜷在他们的外套里,就这样睡在人行道上。

我当时吓坏了,整个人都懵了。只有一件事给过我同样的冲击,那是发生在"一战"初期。在 1914 年,梅斯战役(Battle of Metz)打响的那天,哥哥和我还是小孩子,我们坐在火车包厢里,准备离开德国。我们都能听到枪炮声。他们开始把伤员送上车,一个上校被抬上来。他们参战时还穿着神气的军装。这个人的衣服刚好是那种最漂亮的浅绿色,裤子上有深红色的条纹。他的伤在胸口,血不断地滴下来——滴滴答答——慢慢地滴到地板上。

躺在桥下的这些人,和那人一样,经历了前所未有的事情,生活和他们自己之前想的完全不一样了。直到你亲眼看到有人即将死去,才能明白战争是什么样的。虽然我自己从来没有在桥底下睡过,但我现在开始明白大萧条对有些人而言到底意味着什么了。

你觉得美国还会再经历一次大萧条吗?

---

[10] 除了提供工业产品,这家公司还以赞助文化事业为人所知。

我不知道。有人告诉我大萧条不会再来了。但是，有一件事让我很困扰。美国人说："这不会再发生在我们身上。德国是一个奇怪的民族，跟我们没有任何共同之处——他们是野兽。"我知道这不是真的。在特定的情况下，这种事情可能发生在任何地方……

德国也经历过一次可怕的萧条。一个人就此登上舞台，告诉大家德国是一个伟大的民族，人们要做的就是相信自己并且追随他。他向大家承诺太阳、月亮，还有星星。德国的知识分子和喜剧演员在夜总会里嘲笑他和纳粹。我在慕尼黑的普拉茨尔酒店就听过一次，听众都喜欢极了。可这没能阻止纳粹主义。他们赢得了中下阶层的支持……

大萧条让我们深受打击。非常可怕。但我们存着这样的希望：它不会将我们彻底打垮。我想现在的人可能不会这么说。如果大萧条再来一次，我很怕，非常非常害怕。

教堂唱诗班成员

温·斯特拉克（Win Stracke）

芝加哥的一位民谣歌手。老镇民谣学校（Old Town School of Folk Music）的创办人。

从 1933 年到 1940 年，我在芝加哥第四长老会教堂（Fourth Presbyterian Church）担任独唱。那里的教民都来自小康之家，都是在很多年前从新英格兰来到芝加哥的。我刚开始清醒地面对这样的现实——在我们的社会里有政治和影响力这种东西，之前我没有真正意识到，在阿尔夫·兰登（Alf Landon）[01]的支持者和罗斯福的支持者之间存在阶级之分。

我记得很清楚，那是 1936 年大选之前的那个星期天早上。我赶到教堂，在礼拜上完成我的独唱部分，放眼朝外望去，看到了大约九百甚或上千人。简直就是一片黄色的海洋。每个人都带着大大的黄色向日葵徽章，以示对兰登的支持。就是这种影响力让我突然意识到在美国有阶级之分。

我之前在另外一家教堂唱过歌，它的主要赞助者是芝加哥一个非常

---

[01] 阿尔夫·兰登（1887—1987），美国银行家、政治家，美国共和党成员，曾任堪萨斯州州长。1936 年代表共和党参选美国总统，最终输给罗斯福。——编者注

有钱的实业家，大家对他非常敬重。他在一次晚礼拜时发表了讲话。当时是1933年左右，大萧条最水深火热的时候，附近举行了很多政治抗议。他站起来说他从头至尾翻看过《圣经》，里面没一个字、一个词或一句话表明耶稣是反对资本主义的。（笑）

1937年至1938年，我参加了一个八重唱组合，在"海德堡旧日时光"餐厅[02]表演。那里的服务生懒散地坐着读纳粹党报——《民族观察报》（*Volkischer Beobachter*），这让我们非常愤怒。这家餐厅有一个惯例——如果有客人过生日，他们会送上一瓶莱茵白葡萄酒。专门负责斟酒的服务员端着盘子上来，给我们组合的每一位成员倒上一杯酒。我说"我们非常开心地向某某夫人致意"或类似的话。接下来，我们端起酒杯，唱起《最好应该……》（*Soll Er Lieber...*）。

我们当中有人说：喝什么莱茵白葡萄酒，见他的鬼去吧。于是，我们向领班宣布：再也不喝莱茵白葡萄酒。餐厅的老板很生气。我们说："如果你们不喜欢，我们走好了。"最后他们妥协了，给我们喝"自由古巴"。从那以后，我们就以"自由古巴"酒向过生日的客人致意。

那时我还在教堂唱歌。所以，我会穿着演出服在餐厅演完第一场：红色的夹克、白色的裤子、普鲁士长靴。当然，我们还会戴上那种胡椒粉盒子形状的小帽子。然后，我就从第四长老会教堂的后门溜进去，在海德堡演出服外面套上一件袍子，就去唱圣歌。（笑）

大萧条期间，靠唱歌过活很难。我们为钱所苦。曾经有一份工作——一周一次的广播节目，我们的报酬是阿莱顿酒店（Allerton Hotel）的一间房。老板是这么想的：如果我们有干劲，就会把房间租下来，这就是我们的报酬啦。我从来就租不起那里的房子。酒店的入住率只有30%。他

---

[02] "海德堡旧日时光"（Old Heidelberg）餐厅位于洛普区，现在已经不存在了。它的特色是供应德国风味菜肴和酒。

们什么东西都不给。

有一个周日早间广播节目的赞助商，他拥有很多墓地。我们唱老式的赞美诗，谈公墓，每次能拿到十五块钱报酬。他说服我们灌制唱片，这样他就省了钱了。这个怪人甚至想不用钱而用墓地来结算报酬。我现在还有七块墓地呢。（笑）

1939年，我成了芝加哥WGN[03]"空中戏院"（*Theater of the Air*）节目合唱团的一员。我每个周六晚上都能听到或看到麦考密克上校[04]。当时有个十分钟的节目版块，他会解说底特律对加拿大人的防御或者讲他在坎提格尼战役[05]中是如何乘坐热气球察看敌军炮兵的。

有一次，我记得他坐在过道上。旁边是他的妻子，他妻子旁边是他们家的大丹犬，狗的旁边（笑）是州长德怀特·格林（Dwight Green）。当上校开始讲话时，狗也开始拼命地吸鼻子，发出很大的声音。上校的妻子就把手伸到州长胸前的口袋里，拿出他的手绢，捂住狗的鼻子。上校讲完话之后，她又把手伸过去，将手绢放回州长的口袋里。（笑）

1940年，我被第四长老会教堂解雇了。在这之前，我已经活跃在各种场合唱歌。这并没给我带来太多麻烦，因为听众们几乎来自不同的世界。农具制造工人当时正在罢工，反对麦考密克收割机工厂（McCormick Works）。这在干草市场广场暴乱之后还是头一次。[06]我在工会大厅唱歌。当地的一家金融公司在晚上放了一部影片，片子讲述罢工者在遇到紧急情况时是如何借钱，然后连本带息偿还贷款的。

我听说有一个女人拜访了第四长老会教堂的牧师，向他投诉我参

---

[03] 指《芝加哥论坛报》。——译者注
[04] 罗伯特·R. 麦考密克（1880—1955），《芝加哥论坛报》的出版人。——译者注
[05] 坎提格尼战役（Battle of Cantigny），第一次世界大战中的战役，发生在法国。——译者注
[06] 1886年5月4日，芝加哥工人为争取八小时工作制，在干草市场广场举行集会，遭到了镇压。——译者注

加罢工活动。我收到了音乐委员会主席——来自芝加哥的一个旧式家庭——的来信,说教堂不再需要我的服务。

有意思的是,这个人就是放电影的那家金融公司的老板。所以我得出这样一个结论:在支付利息的条件下将钱借给罢工工人是没问题的,但是为他们免费唱歌是不行的。(笑)

我最后一次去参加礼拜时,教堂的牧师将我带到他的书房,并为我祈祷。他希望主给我指引,让我改邪归正。祈祷之后,他强烈建议我离开城里,并改名换姓。

人生只是一碗樱桃，

不必太认真，

人生太神秘。

你辛劳，你节俭，你担心烦恼，

但生不带来，死不带走，

所以，别忘了，它只是一碗樱桃。

最高大的橡树也会倒，

生活的美好，

只是借用，

从不曾拥有，又如何失去。

生活只是一碗樱桃，

好好生活，好好欢笑。

——《奢华生活》(*High Life*) [01]

---

[01] 词作者卢·布朗（Lew Brown），曲作者雷·亨德森（Ray Henderson）。版权自 1931 年起归 De Sylva, Brown & Henderson, Inc.。版权更新后，指定归 Chappell & Co., Inc.。

地下酒吧之夜

萨利·兰德（Sally Rand）

舞娘。

"1930年，我二十六岁，正是开始尽情享受的好年纪。我出生在美西战争和'一战'之间，那是美国最后纵情享乐的时刻……一切都甜美、简单，如同少女的梦一般。"

她的童年在密苏里州的乡下度过，青少年时期在堪萨斯城度过。当她到了天真傻笑的年纪，她那毕业于西点军校的父亲说道："傻笑的姑娘命不好。"所以，她受的是老派的教育：邪不胜正、诚信至上……"我被这样教育着长大，三十年代的到来，让我有些猝不及防。"

"突然之间，这些古老的行为准则就反过来了。一个人在自己的岗位上干了三十年，怎么就丢了工作？一门生意做了一辈子，怎么就没了？我那些上哈佛、耶鲁和普林斯顿大学的朋友从窗户跳了出去。真的是从窗户往外跳。股市崩盘的想法令人难以置信。只有脑子里天真的一面才让我相信原来的生活会一直继续下去……"

"对没什么钱的人来说，没多大差别。我直到九岁、十岁才见到钱。父亲每个月给我们，我们有衣服穿，有房子住，吃得还不错。除了爱，我们什么都不缺。"

在六岁那年，她看到了帕芙洛娃（Pavlova）跳舞。"我坐在那儿，忍不住哭出声来。就在那个时候，我萌生了这样的想法：我要去跳舞，成为一名芭蕾舞演员。"她跟随阿道夫·博姆（Adolph Bolm）的芭蕾舞团走遍了中西部地区，"将文化带给人民大众"。（笑）

到了好莱坞，她在马克·塞内特（Mack Sennett）[01]手下工作，和塞西尔·德米尔（Cecil B. De Mille）[02]签了约。"只要醒着，我就寸步不离地跟着他。我跟着他参加剧本讨论会，看每一部样片。我就像鬼影一样跟着他。他去上厕所，我就在门口守着。"她的艺名是比莉·贝特（Billie Bett）。"德米尔将兰德-麦克纳利[03]地图上的兰德去掉了。"

她和玛丽·碧克馥（Mary Pickford）[04]的关系很亲密。"后来，道格拉斯·范朋克（Doug Fairbanks）[05]与阿什莉（Ashley）结婚，玛丽开始专注于宗教冥思。她写了一本书《为什么不试试好的？》（*Why Not Try Good？*），后来她嫁给了巴迪·罗杰斯（Buddy Rogers）[06]。"

萨利·兰德同她的剧团"萨利和她的小伙子们"跟随欧菲恩马戏团（Orpheum Circuit）巡演。大萧条导致订票取消。她那些有钱的朋友破产了。

这些价值五十万的漂亮游艇就停在这里，现在上面爬满了藤壶。它们的主人都从窗户跳了出去。有谁会买游艇呢？一个男人朝我走过来，说道："这些游艇卖吗？"我说："你不是开玩笑吧？全部都卖。"这家伙是贩运私酒的。于是，我把这些价值五十万的游艇卖给了私酒贩子，五千或一万块。我拿6%的佣金。真是太棒了。

---

[01] 马克·塞内特，电影制片人。——译者注
[02] 塞西尔·德米尔（1881—1959），美国电影导演，好莱坞影业元老级人物。——译者注
[03] 兰德-麦克纳利是美国著名的地图出版商。——译者注
[04] 玛丽·碧克馥（1892—1979），美国电影演员、制片人。——译者注
[05] 道格拉斯·范朋克，美国电影演员、导演、剧作家，碧克馥的前夫。——译者注
[06] 巴迪·罗杰斯，美国电影演员。——译者注

他们过去都有自己的快艇，开到国境线三五英里以外的地方去装酒。现在，联邦探员对他们的船了如指掌。于是，他们买下这些游艇，载上穿泳装的漂亮姑娘，就像是要出海一样。装上酒，再回来。

过去，这些游艇的内饰都是红木的，卫生间的把手都是镀金的，房间里挂着漂亮的油画。现在，游艇里装满了酒，里面的一切都毁掉了。

洛普区的酒店都破产了。我没钱付账。我没吃的，没有威士忌，什么都没有。我跑去跟经理讲："我从来没有欠过酒店的账。我现在没有工作，不过我会找到的。现在，我也没法把欠你的钱给你。"他们说："别担心。反正酒店里也没有人了。"

跟我一起演出的小伙子托尼说："别担心。我的叔叔们不是管理舞台的就是贩运私酒的。挑一家你想去演出的夜总会，我们就有工作了。"我看着这些怪人，还有那小得像邮票一样的舞台。……

到那时为止，我最性感的芭蕾舞演出就是扮演谢赫拉莎德（Scheherazade）[07]。我觉得一个姑娘不穿袜子就上舞台实在是太轻佻了。（笑）我找到了工作，一周七十五块钱。得到这份工作仅仅是因为托尼的叔叔给那家夜总会的老板弗兰克运酒。

不过，我得想想演什么。我不可能在那里跳芭蕾。于是，我去了梅比莉·希勒（Maybelle Shearer）的道具店。那里的柜台上放着很多老式的扇子。很长时间以来，我一直希望可以表演"白色的鸟儿在夜色中飞翔"。我见过白色的苍鹭落在我祖父的农场里。我想到了帕芙洛娃和她模仿鸟儿的舞蹈作品——《天鹅》。在我还小的时候，我就曾将翅膀绑到自己肩上。我很开心，但我还是有着很好的品位，知道这不是我想要的。后来，我看到了伊莎多拉·邓肯（Isadora Duncan）[08]的照片。我本来有可能成为

---

[07] 谢赫拉莎德是《天方夜谭》中的苏丹新娘。——译者注
[08] 伊莎多拉·邓肯（1878—1927），美国舞蹈家，现代舞的创始人。——译者注

一个很出色的舞蹈演员，可我缺乏创新。所以说，需要乃发明之母。

我买了一对歌剧中的女主角唱高音时挥舞的羽毛扇子。不管什么时候，只要一位女性手里拿上一把扇子，她就变成了别人眼中的荡妇，一个卖弄风情的女人。我曾在欧扎克浸信会的布道大会上见过这样的事情。一个女人戴着阔边帽，穿着印花棉布的衣服。她手里拿着一把棕榈状的扇子，瞬间就成了示巴女王（Queen of Sheba）。我拿起扇子，打量着镜子中的自己。我试着露出高深莫测的笑容。我突然意识到这扇子就是我想要的。

我从纽约订购了一对漂亮的扇子，是货到付款。我却因为没钱付账拿不到货。我认识一个经营流动赌场的姑娘，她说："别担心。彼得就要带着钱从加拿大回来了。他会带着钱回来的。"彼得回来的时候，他别克车的车尾跟筛子一样。原来他被人打劫了。我还是没钱去提货。他当了自己的戒指，把我的扇子钱付了。

我到那家夜总会去准备首场表演，可是弗兰克不记得我了："你到底是谁？"于是，我给托尼打了电话："他不让我开场表演。"托尼、彼得和另外一个家伙都到弗兰克的店里来了："这种地方闹起事来可就不好了。"弗拉克怕了，"什、什、什么？"于是，我让那个在妓院弹钢琴的家伙排练了一遍。托尼跑到 Chez Parée 夜总会[09]偷了他们最好的两支蓝色聚光灯。我站在那儿……我本来打算将一件雪纺绸睡衣按照伊莎多拉·邓肯的服装样式改成一件希腊式的束腰外衣。我留着那件睡衣，等待一个合适的时机，不过那个时机还没到来。我没机会回到酒店去……已经在叫我的名字了。

我穿着拖鞋，拿着一对扇子，站在那儿做决定。要么上去表演，要么弗兰克会随便找个借口开除我。我冷静思考了一下，说道："好吧，谁

---

[09] Chez Parée 在很多年里一直是芝加哥最有名的夜总会。

知道这对扇子的后面是什么呢？"他们不知道。那天晚上证明了兰德的动作比观众的眼快。

没人感兴趣。他们在等桌边歌手出场。这些人推着钢琴到处走，在客人们借酒浇愁的时候唱一些悲伤的歌。几个星期之后，才有人发现我什么都没穿。这在经济上是很合算的，因为我没钱去买东西。

1933年春天，我遇见了查理·韦伯（Charlie Webber）。他已经当了四十年县长。他在巴黎街[10]上设立了啤酒特许店。

与此同时，他还在议会广场酒店举办化装舞会。当时还有人排着长队领救济，有人在挨饿。可是，芝加哥的女人们品位实在是糟糕，穿着她们即将在化装舞会上穿的衣服拍照片。一件可能要上千美元。大家跑到巴黎去买这些衣服，戴着珠宝。另外，有人在街头挨饿，有人在华盛顿游行，还挨了子弹。她们的品位真的很差。

一个朋友帮我做宣传。我们都具有推广意识。她说："你为什么不穿着你要穿去化装舞会的衣服拍张照片呢？"我没有戏装。她说："戈黛娃夫人（Lady Godiva）[11]怎么样？"她给所有的报纸都发送了这么一条消息。

我们得租一匹马。这样，我才能装扮成戈黛娃夫人的样子拍照。这就像是在说：还有人在挨饿，你怎么好意思穿上千块一件的衣服？主办这场舞会的姑娘有点儿沮丧，因为我的照片抢了风头。于是，我去了议会广场酒店，他们不让马进，因为马掌没有橡胶套。最后他们将我和马抬上桌子，把我们一起抬了进去："戈黛娃夫人"在白色桌子上骑着马进了舞会大厅。赫斯特报系第二天在头版进行了报道。太棒了。

我一直缠着查理·韦伯，求他让我在世博会上表演，他还没同意。因为巴黎街是由镇上那些权贵赞助的，全是法国风格的娱乐设施。韦伯先

---

[10] 芝加哥世博会的特色之一。该博览会于1933年到1934年举行。
[11] 戈黛娃夫人是英格兰盎格鲁—撒克逊的贵族妇女，据传说，她为了让丈夫减免强加于市民的重税，裸体骑马绕行考文垂的大街。——译者注

生还没有大牌到可以为我争取表演的机会。他建议我在世博会开幕的前夜先闯进预展。到时候，赫斯特夫人会举行她有名的牛奶基金晚宴。"这样，你的一只脚就迈进去了……"

我又去把那匹马租了回来，但世博会的门都关上了。在罗斯福夫人第二天来剪彩之前，车辆都不得进入。我把马从卡车里牵出来："好啦！没有车辆了，它只是一匹马。"可是动物也不让进。好吧，我们又回到拖车里，到了瑞格利码头。巴黎街的一艘游艇停在那里。这客人也太奢侈了吧。

于是，我付了八块钱买票上船。他说："谁跟你一起？"我说："就一个朋友。"我把马带上了船，那人不同意。我说："你管他是人是马呢？"在停游艇的地方，有一个不会讲英文的小个子法国人。他觉得一个带着马的妖艳女人应该出现在那里。所以，他打开了门。仪式的司仪心里一定在想：天哪，来了个女人，还带着匹马，没人跟我讲啊。可怜的家伙。

到这个时候，游艇上的晚会一直都很无聊。他们请了两个乐队。一百美元一顿的饭菜把这些人的口味都搞坏了。喇叭响了，司仪宣布：现在，戈黛娃夫人将开始她著名的骑行。音乐响起。媒体的摄影师，尤其是赫斯特报系的都在那儿。闪光灯闪个不停，音乐响起。每个人都很开心。他们说：再来一次。于是，我又表演了一次。我又回到那家夜总会表演了一次。

派拉蒙夜总会。"米尔德丽德·哈里斯·卓别林（Mildred Harris Chaplin）也在那儿跟我一起表演。一天晚上，她对我说：'我给你介绍一个体贴又可爱的男人吧。'在女厕所，一个姑娘说：'你今晚无疑跻身上流社会了呀。'我扔下外套，跑回酒店把自己锁在里面。哇！"

第二天，我去巴黎街缠着一个人，让他给我工作机会。我根本进不去。那里乱成了一锅粥。所有人都在等人告诉他们萨利·兰德什么时候现身。你知道,世博会已经开幕了。让剪彩去见鬼吧。那天早上,美国的每一家报纸都在报道戈黛娃夫人拉开了世博会的序幕。那地方挤得水泄不通。她什么时候表演?没人知道。(笑)

一个可怜的家伙在地板上走来走去,他说:"萨利·兰德来之前,任何人都不能进来。"我说:"我就是萨利·兰德。""什么?!"他们雇了我,一个星期九十块钱。我得立刻回去拿扇子。他们没有钢琴,只有一架木琴。我们就这样开始表演了。

他们原本打算利用这次世博会为芝加哥,特别是洛普区招徕生意。如果你找来大炮对着州街开火,一个人都打不到,因为所有人睡在世博会会场外,自己的福特车里。洛普区没什么生意。他们觉得最好在这里弄点儿世博会上吸引人眼球的东西。要把彩旗街或科学馆搬到这里可没那么容易。我是最方便移动的。所以,他们雇我在芝加哥剧院演出。

这时候市政厅曝出了一件大丑闻。一个记者发现凯利市长偷税款。拿走人家的房子抵税,却连纳税通知都没发出去。报纸的头版都在说这个。市政厅不得不想办法把大家的注意力从他们的丑闻上移开。他们想出了一个老掉牙但非常不错的标语:清理洛普,喜迎世博。

他们的第一次行动抓到了一个小妓女,她行贿没找对人。还有一个家伙在小巷里卖避孕用具。其他人都没事,他们交了钱。可是,这样也没法上头条。你得爆出个大新闻才行。

所以,在我首场演出的那天晚上,来了个大块头的女警,简直是个女巨人。她穿过薄纱幕布闯了进来。我还以为她是个色情狂。她进来的时候尖叫着……我被锁在化妆间里,还有个小个子的记者跟我在一起,他想从我这里挖新闻。警笛在响,整个侦查队都在外面。这是切片面包问世以来最大的新闻了。最后,约翰·巴拉班(John Balaban)[12]不得不让他的律师事务所把我从化妆间里弄出来。为什么?我被捕啦!

当时,广播全程报道了这件事。有人开始邀请我去演出。我去了警察局,在一些文件上签了字,然后回来继续表演。我又被捕了。那天被捕了四次。最后,一个小个子的女警察对我说:"亲爱的,别担心。就算你裹得严严实实还是一样,他们照样逮捕你。"我尽力按他们的要求去做,可没人替我说话。

这就是问题所在。他们必须制造头条新闻,让人们不再关注市长偷税的事情。这就是他们的盘算。请我演出的邀约排满了十一个星期。我在芝加哥剧院一天演七场,在巴黎街一天演七场。那周我第一次拿到了一千块的周薪,我拿到钱后的第一件事是给我的继父买了辆拖拉机。

在1933年6月,一周赚一千块,那算得上巨款了。1934年,我再次在世博会上演出。1934年11月11日,人们开始失控了,彻底毁了"一个世纪的进步"。他们扯下旗子,打碎街灯,把墙推倒。一开始是为了搜集纪念品,但后来变成了大规模的破坏。每个目睹过这些场景的人都有这种可怕的感觉……

当我们说"我们的社会"时,总带着点儿洋洋自得。我们看上去就像走不出童年的孩子。我们不相信我们看到的,不相信我们听到的……

富人们依然吃着豪华大餐,穿着貂皮大衣,而在芝加哥却有人冻死在街头。[13]我第一次去印度的时候,看到街上的死人,我吃不下东西。想想我们扔进垃圾桶的垃圾,而这里还有人在街头挨饿。在我们的国家,也有这样的事情。我现在就穿着貂皮大衣。没错。

我真的觉得还会再来一次大萧条。我想大家会走出家门,拿他们想

---

[12] 约翰·巴拉班是巴拉班-卡茨公司(Balaban & Katz)的老板,公司当时拥有多家电影院。
[13] "新闻里说一个黑人姑娘在小巷里冻死了。在她的心跳停止之后,他们又把她救回来了。"

要的东西。我觉得不会有人乖乖地排队等着领救济食品。见鬼。我不会纵容这种事情，可我们已经让它发生了。拿电视机。现在，他们想要的不是吃的，而是另外一种食物。不光黑人，所有穷人都是一样。

中产阶级用自命不凡的目光打量着穷人：我们身边永远都会有穷人。不是吗？

托尼·索马（Tony Soma）

纽约的餐厅老板。他年轻的时候从意大利来到美国，一开始也过过穷日子。1908年，威廉·霍华德·塔夫脱（William Howard Taft）获得总统提名期间，他在辛辛那提的一家酒店当过服务员，"一个高个子、红头发的美国人把我的眼眶都打青了。他说我没资格待在美国，因为我是个意大利人"。后来，他成为恩里科·卡鲁索（Enrico Caruso）[14]的侍者……"他小费给得很少。"

二十年代末、三十年代初，他被人称作"百老汇托尼"。他的地下酒吧最受文学圈和戏剧圈的青睐。

大萧条期间是"托尼餐厅"最显赫的时候。我有三个地方出租——在第六大道东边的三个街区。1929年，我将它们卖了十万四千块。因此，对我来说，1929年是我到美国以后最重要的一年。声名、金钱、朋友，我全有了。我有最棒的朋友，他们来自欧洲和好莱坞。

他们当中没人破产吗？

他们没有破产，倒是有人发疯了。他们仍然很有钱。美国人从来不

---

[14] 恩里科·卡鲁索（1873—1921），二十世纪初意大利著名歌剧男高音歌唱家。时人认为卡鲁索是最伟大的戏剧男高音。——译者注

破产。只是个数字问题。没错,我有股票。钞票换成股票。我买花旗银行的股票时,它的股价是五百十八块。后来,股价一路下滑到三十五块。同样的股票,同样的人。只有数字变了。对我而言,钱就是纸。我的自我就相当于这个世界上所有的钱。我是个自我中心主义者。

我自己是个资本家,但我觉得很多人都受制于钱。不,我不是个文明人,我只是个资本家。毕竟这是一个资本主义国家,我有权像一个资本家那样活着。但我知道那些有产阶级,是他们身上的保守因子使得大萧条持续下去。罗斯福将这个国家变成了今天的美国。现在,我们依然是冒险家。我要赞许的不是罗斯福,而是罗斯福夫人。她才是那一家人里的天才,而她的丈夫不过是个自命不凡的家伙。

我以为自己会得到很好的保护,我那个时候有一个律师,可他根本不懂做生意的各种流程手续。取消禁酒令那天晚上,"77 夜总会"[15] 的前厅堆满了一箱箱的酒。我们本不应该有这些酒——商标是"77",零售商不应该有批发商的执照,只能有一个执照。我有零售商的执照,这已经足够了。但是"77 公司"可以经营很多生意。我一直觉得自己的所作所为是负责任的。我本应该为自己成立一家公司的。他们现在成为百万富翁就是这个原因。法律的双重标准是为了保护钱,而不是保护人,现在仍然是这样。

大萧条期间,我的生意比之前更好了。我的生活也没什么变化。我是个非常谦卑的人。我的许多客人都是上过报纸的。他们是我的朋友:沃尔夫(Wolfe)、菲茨杰拉德(FitzGerald),还有好多大人物。我没缺过钱,因为我从不关心经济状况。相信罗伯特·本奇利(Robert Benchley)[16] 还是相信银行?本奇利还是要比银行可信一点儿。

---

[15] 77 夜总会是一家有名的夜总会,它还有另外一个名字。
[16] 罗伯特·本奇利,美国幽默作家。——译者注

我给你举个例子。我和他在"77"会面，解决一些问题。在那些日子里，这就是你和对自己的生意有价值的人见面的地方。我们签订了一份小合约，涉及金额在四位数。他把合同递给我说："托尼，如果我今天死了，你也能拿到钱。"只是一张纸而已。就是这样的客户。这在某种程度上是一种相互同情。

你的酒吧遭遇过突击检查吗？

突击检查？没有，从来没有。他们想知道一家有酒的店会做什么生意。我什么都不做，就是喝酒的生意而已。除非你供应劣质酒，或者有人在这里吸毒、卖淫，否则当局不会觉得你有问题。在我这个地方，你可以坐下来喝酒，桌上还摆上一瓶。我从不去想这些人是干什么的。他们是我的客人，他们有自己的朋友。我这里绝对没有违法犯罪的事。

我从没受过苦。人不是生来受苦的。对有些人而言，大萧条的余波仍在。大萧条就是病，一种心理疾病。现在还有人排着队领救济，可是他们能拿到钱。钱都是工作的人付的。

过去，穷人们更加傲慢。他们没有电视。他们必须每天工作十六个小时，几乎没有空闲时间。我在广场酒店当服务生的时候，一天要工作十六个小时，报酬只有一块钱。那个纽约人在我走出酒店大门的时候会搜我身，看我口袋里有没有东西。有一次他在我口袋里发现了一盒糖，就把我解雇了。

现在的穷人不会觉得愧疚，很病态，心理病态。贫穷从来都代表着懒惰。

在那些日子里，你注意过那些无家可归的人吗？

没有。我一直住在43街和59街之间，从来没遇到过穷人。

看见过卖苹果的人吗？

我很忙。我一直在工作。

附记：他是个虔诚的瑜伽修行者。我们的谈话结束之后，他马上开始倒立，嘴里唱着《女子皆善变》(*La donna è mobile*)[17]。

亚历克·怀尔德（Alec Wilder）

作曲家。他写过多部作品，包括：《如此美丽的乡村》(*It's So Peaceful in the Country*)、《当我们还年轻》(*While We're Young*)、《我就在你身边》(*I'll be Around*)、《男人是大麻烦》(*Trouble Is A Man*)、《烦恼的冬天》(*The Winter of My Discontent*)和《再见，约翰》(*Goodbye, John*)等。他的器乐作曲包括木管乐器八重奏、协奏曲和乐团演奏。大萧条开始之后，他时不时地住在纽约的阿尔贡金酒店（Algonquin Hotel）。

我觉得非常不对劲，因为服务员、每个人都在谈论股市。在阿尔贡金酒店，他们用可能赚到的所有钱——像是赌马赢的钱——去交保证金买股票。这在我看来太疯狂了。就在华尔街股市崩盘的六个星期之前，我说服生活在罗切斯特的母亲让我跟我们家的投资顾问聊一聊。我想把父亲留给我的股票都卖了。他生前是罗切斯特一家银行的行长。这也许就是我后来成了音乐家的原因。我当然不想成为银行家。什么都行，就是不做银行家。

我们的投资顾问是个很有魅力的人，我跟他说我想卖掉股票。原因仅仅是我感觉有不好的事情要发生。他一下子感伤起来："噢，你的父亲可不会喜欢你这么做。"他太有说服力了，我只好顺从他的意见。我本可以

---

[17]《女子皆善变》是威尔第歌剧《弄臣》中的咏叹调。——译者注

把这些股票卖十六万。六个星期之后,股灾来了。四年之后,这些股票只卖了四千块。他叫约翰·巴尔科姆(John Balcom),我从没见过谁的脸有他那么英俊。原来他酗酒。所有……他给我的建议,都还沾着杜松子酒的酒气。他最后自杀了。唉,亲切又和蔼的约翰·巴尔科姆。一个好市民。他让我损失了十五万六千块。有了这笔钱我会过得很好。这位精明又老派的绅士。所以,当时我的感觉没错,确实要出问题了。

奇怪的是,我并不怪他。但我不希望再和钱扯上关系。事情已然发生,那就算了。从此,我的疑心变得很重,再没有投资过。我很烦别人跟我说:"嗨,有件买卖很不错,如果你有余钱……"我会说:"别跟我说这个。"我不想和它有任何关系。

我甚至都不把钱存进银行,而是统统装进口袋。很多年来,我都没有银行账户。我有钱赚,税收也不像之前那段时间那么糟,所以不用费心去记录自己的开支。我只是把钱装在自己的口袋里。这有点儿疯狂。带着三四千块钱到处走,不能用支票付账。真是太疯了。

我口袋里装着三千块的债券。什么时候没钱花了,就兑现一张。这样我就又有钱了。这么做是为了应对大萧条给我留下的后遗症。

我在一家地下酒吧外面的人行道上遇到了一位很漂亮的姑娘。那是午夜了,但她还在看报纸上的漫画。我们的相处非常浪漫。她想出演她朋友写的一出戏剧。于是,我卖掉了纽约中央铁路公司(New York Central)的股票,拿到了一万两千块。我觉得那出戏的开支不会超过一万或一万两千块。如果我等上五年,那些股票我能卖到十万块。那出戏糟糕透顶。这是在1930年或1931年的时候。所以,我对大萧条确实是知道一点儿的。(笑)

我喜欢光顾地下酒吧。如果你去对了地方,就从来不用担心会喝到劣质的威士忌。我经常听说,朋友的朋友被劣质的杜松子酒弄瞎了眼睛。我想自己还算幸运。这些酒吧的氛围都很浪漫。地下酒吧里的漂亮姑娘是这个世界上最漂亮的姑娘。你一走进酒吧大门,就变成了一个特别的人，属于一个特别的社会阶层。当我带一个人进去，就像是在慷慨解囊。我多少有些名气。你得认识一些有门路的人。就像演电影一样，不真实。那里的菜也相当不错。地下酒吧也会发生一些可怕的事情。我就看见过一个人在门边给了一位绅士几千块，好让酒吧免于突击检查。

我还记得废除禁酒令的那天。我走进一家供应酒的餐厅。这种感觉太奇怪了，因为我是在地下酒吧开始喝酒的，我不知道公开喝酒是什么样的感觉。从大街上走进一间餐厅，点上一杯酒，没人把手放在你的肩膀上。我已经习惯了喝酒是可耻的想法。一个朋友将我带到罗切斯特的一个垃圾场，给了我人生中的第一杯啤酒。如果当时喝酒是合法的，我觉得我就不会喝了。

在康涅狄格州，有一户非常有钱的人家。他们在去欧洲之前对孩子们说：家里不能有酒。于是，杜鹃花丛下是杜松子酒，山楂树底下是波旁威士忌。房子外面到处都是酒。家里不能有酒。于是，只能在门廊上喝酒。

罗斯福上台了，这是个欢欣鼓舞的时刻。似乎每个人都知道这一点，即便是对政治不敏感的小孩子。我很烦有人说他在政治上阴险狡诈。我的天，还有亚伯拉罕·林肯。在这样一个国家里当政治家，你就得玩点阴招儿。

每个人都感受到他那不可思议的魅力。他的炉边谈话，这在我看来很怪。尽管他很有智慧，演讲也很精彩，但我始终不懂公众是如何迷上他的声音的。这不是你在大街上能听到的声音，它抓住了听众的心。所有人都在模仿他，戏剧演员不停地学他说"我亲爱的朋友们"。可是，当他说出来的时候，你就觉得很亲切。这真是一种很特别的体验。

我不怎么关心政治，因为我一心扑在音乐上。逃离生活中的阴暗面，这可能是懦弱的表现。我不会去"胡佛村"看那些窝棚。我不想知道太多，这会让我心情非常沉重，写不出任何音乐。这不是借口，可是……

卡尔·斯德哥尔摩（Carl Stockholm）

现在，他在芝加哥经营一家干洗连锁店，非常成功。在二十年代及三十年代早期，他是一个六日自行车赛赛车手。

我们在东海岸有七条赛道。夏天，一个车手要工作二十周，一个星期最少五次。我在1922年成为一名职业自行车手，一天能拿到一百块钱。后来，我们的报酬涨到了一天两百甚至更多。一个优秀的自行车手是值那么多钱的。两人赛是最流行的。我们要连续骑上六天，一百四十六个小时。

这个地方对文娱界的人来说是个很好的去处，因为我们整夜营业。我们这里来过好多戴礼帽的社会名流。特克斯·里卡德（Tex Rickard）[18]手底下有六百个百万富翁。他们来的时候都是盛装出席。我们还会雇用歌手演出。他们会在赛场中央放置一架钢琴。他们白天黑夜都在唱。你会不自觉地和着他们的节奏踩踏板。我还记得《回到你热爱的卡罗来纳》（Back To the Carolinas You Love）。现在听到这首歌，我的腿还然会跟着它的节奏蹬圈。

我们从来不戴头盔，没有任何保护措施。工作的时候，我们穿一件丝绸衬衫，还有紧身裤。如果你摔下来，衣服就会裂开。这份工作很不容易。

我出门的时候身边总跟着很多记者。你在一两个小时里会换四五家地下酒吧。似乎每个人都觉得他会出现在某些特定的地方。对于大型运动来说，为一个短程比赛支付一千块也没什么大不了的。

迪恩·奥巴尼恩（Dion O'Bannion）[19]是我的一个大客户。私酒贩子

---

[18] 特克斯·里卡德，著名的拳击经纪人，后来成为纽约麦迪逊广场公园的所有者。
[19] 迪恩·奥巴尼恩，芝加哥黑帮大佬，1924年被对手卡彭-托里奥帮派给干掉了。四千名"哀悼者"出席了他的葬礼。

们是真正地挥金如土，他们买最好的座位。他走到哪里都受欢迎。在纽约，里卡德是个烧钱的主儿，他什么时候来嘴里都叼着根雪茄。他把六日赛的票都给了迈克·雅各布（Mike Jacob）[20]，让他高价卖出。如果你想买几张好票，就得去找迈克·雅各布。最好的票都给了黄牛。如果你想买好票，得花上二十五块。

股市崩溃之后，我们的手头都有些拮据。大萧条期间，自行车比赛完全没了市场。赛道也毁了，要修复的话得花一大笔钱，所以一直也没有修。

我在1932年退出了比赛，因为他们付不起我的出场费。我和弗兰基·哈蒙（Frankie Harmon）[21]在1934年和1935年的冬天租下了芝加哥体育场。我们举行六日赛。它们仍然很吸引人，但这项运动已经穷途末路了，这一点你能看得出来。我们把下午的票赠送给女士们。每张票只需要支付一毛钱的税。很多盛装打扮的女士来看比赛，但她们没钱支付税钱。就是这样。我们一直希望这项运动能重新流行起来，但一直没有。

道格·格雷厄姆（Doc Graham）

基德·法拉洛（Kid Pharaoh）认识我也认识他，他坚持认为我们俩应该见上一面。道格·格雷厄姆显然是见过大世面的。

"有个家伙在我的对面被一枪爆头，于是我来到了芝加哥。在我住的那个社区，什么样的人都有。骗子、抢劫的、小偷：凡是你说得出的，应有尽有。"

---

[20] 迈克·雅各布，特克斯·里卡德的继任者。
[21] 弗兰基·哈蒙，芝加哥的体育经纪人。

"这些行当都是需要经验的。为了干好这一行,我的天,你得花一辈子的时间。然后,你可能因为经验不够被逮住。你可能是犯了一个常见的错误,比如留下指纹……"

我是困在笼中的猎豹。社会就是个丛林,活下去是最重要的。我亲眼见到同伙栽了跟头。我觉得是方法出了问题。没什么用,白费劲。熬过一夜又一夜,在监狱里过了十个周六之后,我就改变了手法。

因为什么事进的监狱?

各种指控。都是还未证实的。我是个骗子,还抢劫过——凡是你能想得出的坏事,我都干过。

抢劫犯和骗子有什么不同?

一个用蛮力,一个用诡计。极少有人两样都干得来。我胆子很大。我刚到这座城市的时候,看到街边的杂货店,就发誓以后绝不再挨饿。我家里很穷,爸爸是个潦倒的赌徒,妈妈是个传教士。这两个行当都跟有钱扯不上什么关系。

家庭冲突?

嗯,有点儿。爸爸把《圣经》扔到火里烧了。他偶尔也对一回。(笑)我妈就不这么看。

我今年六十一岁了,从来没有办过社保卡。我不是要批评这个。我就是被这个社会叫作寄生虫的那种人。但我觉得就算我干着两份工作也不会过得更快乐。

我的教师是绰号"伯爵"的维克多·拉斯提格(Victor Lustig)。他可能是美国有史以来最高明的骗子。拉斯提格最为人所知的"战绩"是被抓进监狱,还有用三万块的假钞贿赂得克萨斯州的一名治安官。这位治安官也受到了处罚。他应该是拉斯提格的信徒,也干起了制造假钞的行当。

另一位教师是埃斯·坎贝尔（Ace Campbell）[22]。他是最厉害的扑克牌老千。"希腊佬尼克"[23]不愿让他当总管，只让他做个跑腿的。他可不愿意给尼克开门。埃斯玩牌时作弊，他在牌上做记号，小到你得用显微镜才能看见。我知道这些手法，但我半只手没有了，只能用左手。我有两只手的话也可以像他那么灵活。

因为事故？

一个来自北部的黑人干的。二十年代和三十年代早期的美国就是一个丛林，只有强者才能生存下去，弱者只会被淘汰。那个时候在芝加哥，没什么经验的新手不是在"臭虫"莫兰（Bug Moran）的帮派，就是在卡彭的帮派。有经验的老鸟们一个都不参加，然后两边都打劫。

我们谁也不靠。因为我是爱尔兰人，和"臭虫"莫兰手底下的一帮人有往来。有时我打不过别人，就会向莫兰求助。另外，莫兰在行动时也有可能会用到我。

有的行动是这样的：如果你有一批威士忌被人抢了，我们就赶过去，将它们重新装到一辆卡车上，同时还有几个人拿着机关枪、霰弹枪什么的围着现场。

有没有偶尔发现自己陷入麻烦中？

有啊，很多次。你看到这个人被清算，那个人被干掉。"红魔"麦克劳克林（Red McLaughlin）一向被人视为芝加哥最强硬的狠角色。可是，当你看到"红魔"从排污河里跑出来，就晓得他的那一套行不通了。克利福德（Clifford）和亚当斯（Adams）是他的同伙。他们躲在艾尔·卡彭位于西塞罗[24]的酒店里。这也没什么用。"红魔"和他的同伙曾经抢过柴克出租车公司。他们端着机关枪冲上去，还举行了一次选举，就这样接管了公

---

[22] 埃斯·坎贝尔是二十年代和三十年代早期一个有名赌徒的化名。他现在仍在世。
[23] 尼古拉斯·丹特劳斯（Nicholas Dandolos），当时另一位著名赌客。
[24] 伊利诺伊州东北部城市，在芝加哥附近。——译者注

司。我在这次行动中也出了力。

这个过程中,法律和秩序发挥过什么作用吗?

只要交十块钱,就啥事儿没有。如果你有熟人能跟汤普森市长[25]说上话,那干什么都没关系。(笑)艾尔·卡彭就和他走得很近。

大萧条期间,警察在很长一段时间里连欠条都收。现金就是一种特有的语言。一天晚上,我没有带手枪,跟我在一起的妓女告诉我一个嫖客很有钱。(笑)一辆警车开了过来,我对这车很熟悉。一辆凯迪拉克,车顶上有警灯。所有的警官我都认识。我从一个警察那里借了把枪,把那个人给抢了。然后,我不得不脱去衣服,让这帮最后决定"保持清廉"的警察搜身。我们平分了这笔赃款。他们希望数目没错。他们怀疑我自己藏了一部分,连我的鞋子都没忘了检查。

在那个时代,警察就是贼,合法的贼。我接受这样的现实,并按此行事。我们之间没出什么问题。那个时候糊口不是一件简单的事情。所以,我通过自己的努力吃上饭和警察让我吃上饭有什么差别呢?我和上百个警察合作过。我不能说他们是好还是坏,我只能说他们都是机会主义者。他们只是没胆干我在干的事情。不管怎样,他们愿意参一脚。很小的一脚,就这样。

那样的年代很容易导致犯罪,因为老的说法做法在我们的日常生活中都不管用了。如果不给警察和消防员钱,你要怎么盼着他去执行他眼里的法律和维护他眼里的秩序?卖啤酒的巨头拿着一摞摞百元大钞,皮条客和妓院里的家伙拿着一摞摞百元大钞,挖下水道的工人却连账单都支付不起,谈何公平呢?

还有一个很好的例子就是克莱德·巴罗(Clyde Barrow)和邦妮·帕

---

[25] 威廉·黑尔·汤普森(William Hale Thompson),曾三届连任芝加哥市长。

克（Bonnie Parker）[26]。他们就是这个时代的产物。并不是说约翰·迪林格（John Dillinger）[27]是个很让人棘手的家伙，他也是强者生存这条法则的产物。迪林格实际上是个乡巴佬。当他发现形势不妙，就会顺势而为。我认识迪林格。没错，我在北区碰见过他。迪林格和别人在书里写的不一样。时代造就了迪林格。还有"小帅哥弗洛伊德"（Pretty Boy Floyd）和"娃娃脸尼尔森"（Baby Face Nelson）。他们都是货真价实的劫匪，为了达成自己的目的，最后都死于非命。他们全凭自己，不需要别人帮忙。

艾尔·卡彭让别人背了锅。他很快就从危险地带脱身，用棒球棒打死了安塞尔米（Anselmi）和斯卡利斯（Scalisi），还是逍遥太平。"臭虫"莫兰最后因为在俄亥俄抢劫一家银行而死。他们是两种不同的人。一个人专事偷盗；一个却是狡诈多计但又魅力十足的黑手党。所以，你可以说莫兰是一心一意做劫匪，而卡彭却是个机会主义者。

在那段艰难的日子里，你是怎么过活的？

靠着你所能想到的任何法子。我所有的兄弟都在监狱里，分别在杰斐逊城[28]、圣昆丁[29]、莱文沃思[30]和路易斯安那[31]。那时候我是个拳手。我从1925年开始打拳，打了十四年，一直打到1939年。这份工作非常血腥残忍。

你怎么成拳击手的？

命中注定吧。为了赚钱生活下去。《拳击场》杂志[32]在五年里都将我

---

[26] 克莱德·巴罗和邦妮·帕克是美国历史上著名的"雌雄大盗"，二十世纪三十年代经济大萧条时期，他俩结伙抢劫银行、杀害不少无辜。——译者注
[27] 约翰·迪林格，美国萧条时期最著名的黑帮分子和银行劫匪。——译者注
[28] 杰斐逊城，密苏里州首府，密苏里州州立监狱设于此地。——译者注
[29] 圣昆丁州立监狱，位于加利福尼亚州旧金山湾。——译者注
[30] 莱文沃思监狱，美国最早的联邦监狱，位于堪萨斯州。——编者注
[31] 路易斯安那州立监狱，美国最大的高度设防监狱。——编者注
[32] 《拳击场》（Ring）是专业的拳击杂志。——译者注

评为 P4P[33]最具毁灭性的拳手。

在那段日子里当拳击手是一种什么样的感觉？

活下去。如果你比其他人都厉害，就能赚钱。如果你比最厉害的差上三四个等级，赚钱就很不容易了。拳击手都是非常、非常嗜血的。

我赚了不少钱，这些钱都用来把我的兄弟们从全国各地的监狱里捞出来。圣昆丁的那个花了三万，杰斐逊城的那个花了两万五。这在当时都是不小的数目。

我的生活来了个大翻身，过得比谁都不差。我有管家帮我打理一切，有司机送我去廉价旅馆……

他讲了那个时候拳击场上"一堆破事儿"：被操纵的比赛，经纪人的拒绝和他自己"继续比赛"；拳击手成了投资的对象；"像西瓜一样"被切开。

我打拳期间受了很多伤。我的手，你看得到。（他伸出粗糙的双手，指关节都断了）与此同时，我还得继续比赛赚钱。这从来都不是合法的。

我到处赶场，什么比赛都去，用尽了你所能想到的各种方法。我可能是剩下来的珍稀品种。

一直要卖力气吗？

要赚钱当然要用到体力。哪里都要卖力气。因为某些不为人知的原因，自从罗马军队以一种生活方式征服战场之后，肌肉就大受欢迎。

如果你在某个行当里干得不顺利，一定是规划有问题。风险大于收益，只能磕磕绊绊地往前走。结果就是有一天你突然醒悟自己的那一套有问题。智慧、创新、规划……它还涉及很多权衡，失败的概率、得手

---

[33] P4P（Pound-for-pound），拳击术语，用来形容某一级别的拳击手在与同级别和不同级别的拳击手相比较之下的实力和价值。——译者注

的概率——如果你很在意生活在一个自由的社会里。

我在监狱里待得太久。所以,很多东西我都得学。

聊到这里,基德·法拉洛和他就胡佛和罗斯福谁更不可靠展开了激烈而又有些匪夷所思的辩论。基德认为是胡佛,他利用权势甩掉了那个"烂摊子"。道格则认为是罗斯福无疑,这笔账本来就应该算在他头上。

你还记得你在三十年代干过的最大一票吗?

据说……

据谁说?

报纸上报道是七万五。我们实际上到手八万,非常开心。

禁酒令期间,你干什么了?

行骗。在跟随维克多·拉斯提格和埃斯·坎贝尔学习之后,我觉得帮人运啤酒是件有失身份的事情。但我还是喝啤酒的。我和黑帮分子混在一起,折牌作弊、做记号、藏牌——我不想运酒的原因就是你可以雇个有把好力气的人去干这个,可是,你能雇到脑子吗?大公司也没能很好地做到这一点。

那个时候,我碰见了几个老练的高手。杰克·弗雷德(Jack Freed)就是其中之一。(用手掩着嘴,低声说道)已经死了。他一直干到快要死的时候。那是在晚上,你不在家的时候。他一直以来都干这个。他这一辈子,有一半的时间都是在监狱里度过的。他是跟我走得最近的朋友之一。我当然也会时不时地给他帮忙。跟骗人、欺诈相关的,只有你想不到的,没有我没干过的。

如果我理解得没错,你也被抓过几次……

被关过。什么罪名都没有证实。我是时势的受害者。这些罪名是什么，我不会说。没错，我在加利福尼亚的萨利纳斯待过一年，还有其他地方。最有意思的是我十九岁那年。如果我被判有罪，我就得被押去圣昆丁监狱。我哥哥在那面待了二十年。如果被判无罪，我也是要去探监的。反正不管怎样，我都会去圣昆丁。

你去了吗？

去了，不过是以自由之身。我很幸运，有最出色的刑事律师一直为我辩护。

就那些和你干着同样行当的人来说，现在的人和三十年代的有什么不同？

现在跟那个时候太不一样了，你说不出这个不同到底是什么。现在，所有东西都是机器人，都是机械的。几乎没什么创意。什么都没有个性。现在的一切都是既成事实。在我们那个年代，他们得证明自己的观点。现在，你根本不需要这么做。

当时，埃斯·坎贝尔给阿诺德·罗斯坦（Arnold Rothstein）[34]设了一个纸牌赌局，可能是我见过最大的赌局，一起的还有"黑鬼"内特·雷蒙德（Nigger Nate Raymond）。他们在纽约的中央公园酒店开赌，我只是个小角色。埃斯换了记号（笑），结果罗斯坦输了五十万。他说对方作弊。罗斯坦输掉那五十万之后，开始变得厌世，对什么都失去了兴趣。对生活也没了兴趣。那场赌局之后，他说他对这个那个、对什么都不再有兴趣了。他拒绝还钱。所以，"黑鬼"内特·雷蒙德就私下解决了他。就这样。

私下解决？

用史密斯威森[35]造出来的东西解决的。就这样。罗斯坦本来没必要付钱的。你懂我的意思吗？我知道，因为那个时候我是埃斯的帮手。不

---

[34] 阿诺德·罗斯坦，有名的赌客和赌局操控者。他在1919年卷入了臭名昭著的"黑袜事件"——操纵当年的世界棒球大赛结果。

[35] 史密斯威森（Smith & Wesson），美国最大的枪械制造商。

过,就这样吧。挺不幸的,不过那就是他的命。

那个时候,持枪的人多吗?

当然多,简直就是你日常穿戴的一部分。

活下来的人里,有没有人现在干着合法的营生?

有一个家伙,以前在芝加哥拉皮条,现在是酒店老板。他的酒店是拉斯维加斯最豪华的酒店之一。我之前给他帮过一些小忙。不过,拉皮条的都这样,他老了之后已经完全不记得我了。

禁酒令之后,这些人都在干什么?

那些够精明的去干了别的。至于那些什么都不懂的,就被淘汰了。我在赛马场上小有收获。"机关枪"杰克·麦克古恩(Machine Gun Jack McGurn)[36]受不了这种交易。他只能干体力活,于是去干别的了。

禁酒令废除的那天晚上,每个人都喝醉了。这是罗斯福当政期间干的唯一一件好事。我可不是他的崇拜者。我四次都想把他赶下台。如果说有人为我服务但不能让我满意,那就是罗斯福。四次大选我都没投他的票。

你为什么不喜欢他?

他是个骗子,随意摆布那些听信他讲的神话故事的人,那些可怜的、误入歧途、口齿不清的蠢蛋。他的新政、各种鬼把戏、全国工业复兴总署……都是骗人的诡计。

有人说是罗斯福拯救了我们的社会……

我敢说如果罗斯福的爹妈当年没搞在一起,我们的社会才是得救了。

很多人都在领救济……公共事业振兴署什么的……

这个跟我一点儿关系都没有,因为我觉得这有失身份。不管怎样,

---

[36] 据说杰克·麦克古恩是"情人节大屠杀"执行者之一。1936年情人节前夕,他在一家保龄球馆被杀。

那些领救济的不过是希望饭桌上能看到肉，厨房里能有吃的，仅此而已。为了活下去。自那以后，社会异议都没有什么内涵，归结起来就是为了吃饭。

如果现在再来一次大规模的大萧条，情况会怎样？

很简单。如果是现在，人们会选择自杀。我觉得他们适应不了那种情况，他们忍不了。那时候，我们更能吃苦耐劳。我们能打赢战争。我们不拖延。我们要么赢，要么输。现在的人完全不一样。他们会在平局的时候收手。只要他们看到有机会体面地结束，就会罢手。过去的人不会这样。你去参军，每个月能拿到二十一块钱。所以这些人去打仗，打赢了战争。而且，那场战争开始之后，女人们也解放了。

基德·法拉洛突然插嘴："大萧条期间，美国的女人们都是在家干家务。到了六十年代末期，没有一所高中开设烹饪课，也没有缝纫课。现在的女人连烧水都不会。她们都在生意场上同男人竞争。为什么《花花公子》的兔女郎一个星期能赚两百块？一个老兵去打仗，拿命去拼，却养活不了自己的家人。"

道格："……这座城市里的许多乡巴佬都喜欢看那些误入歧途的、口齿不清的可怜女招待。她们像妓女一样脱光衣服，但不明白那个蠢家伙是因为性才在这个地方的。最后什么都没有。这种愚蠢的虚无……脱光衣服的荡妇为客人端酒，是达不到……"

基德·法拉洛："……他的老二就像雷达一样，牵着他去了花花公子俱乐部（Playboy Club）。在一个讲道德的社会，比如俄国，像休·海夫纳（Hugh Hefner）[37]这样的人会在图书馆里上班。"

---

[37] 休·海夫纳，世界著名色情杂志《花花公子》的创刊人及主编。——译者注

大萧条期间，如果有人和一个姑娘喝了几杯酒的话……

如果这个姑娘和他喝了两杯，而又不肯跟他睡觉，她肯定会有麻烦。她可能解释说自己犯了个错误，为了婚姻嫁给了一个蠢蛋。可是在三十年代，如果你喝了第二杯，而她还是不愿意跟你睡觉，事情会干脆利落地解决，最后引发混乱。那姑娘肯定会有麻烦。

那么在三十年代，骗子、劫匪是不是活得更容易些？

对，那个时候要容易得多。现在不管你干什么，联邦政府都盯着你。不管你干没干成，都是他们说了算。所以说，现在到处都充满了危险，无论你干什么。很可怕。而且这都是在联邦法令的名义下进行的。联邦政府还收税，但是只有少数跨州的事情与这个有关，比如贩卖妇女。

现在，联邦政府无孔不入。举个例子，你用电话时，塞了假币，这是要坐牢的。这看起来可能很奇怪。这会让你感觉到联邦政府对个人权利的侵犯也太过了。

你觉得罗斯福跟这有关吗？

当然。他可能是公职人员中人品最低下的。很不幸，他是个独裁者。我是说，你让一个骗子身居高位，他会开始相信愚蠢的老百姓嘴里关于他的陈词滥调。

大萧条期间，年轻人是什么样的？

大萧条的时候，年轻人是很看重法律的。如果他们要偷东西，也会有尊严地去做这件事情。他们尊重警察，对警察心存敬畏，认为警察是社会不可缺少的一部分。但是，无论怎样都不会阻止他们得手。没错，不会阻止他们。

现如今的年轻人都太"娘"，看着像同性恋。爱当警察的眼线。

那些年轻的异议者呢？

如果你推他们一把，他们也会变成同性恋。五十年前，德国人的军队包围巴黎的时候，贝当元帅（Marshal Pétain）[38]把那些皮条客、妓女、小偷还有黑帮分子都找了出来。他说：德国佬要破坏我们的游乐场。巴黎所有的小偷、劫匪、皮条客都冲了出来，拿起枪，挡住了德国军队。

现在，你再也看不到那样的爱国精神。他们拆了法庭，往约翰逊[39]的车上泼油漆。你怎么料想得到曾经的那个世界会变成现在这样？现在的这些男人，你忍不住怀疑他们是同性恋。

大萧条之后，男子气概这种东西就没了，我所知道的男子气概——当四五个男人开始做一件事情，他们急切地想把这件事做成。就算死了，也没什么大不了的。如果事情没成，也不会互相指责。无论做什么，他们都会铆足了劲去干。

现在，我们的文明有个问题——用臭鸡蛋袭击警察，冲他们扔臭鸡蛋。还有就是举着标语游行，反对现代社会所倡导的一切文明的东西。现在的人哪，堪比罗马帝国灭亡的那个时候。他们是世界上最强大的民族，结果还不是化为云烟。因为堕落，因为道德沦丧。

他们做任何事情都需要麻醉剂，他们单靠自己做不了。他们需要嗑药。在我们那个时候，我们就干脆利落地把事情给做了。

杰罗姆·泽布（Jerome Zerbe）

"在《安邸》[40]杂志的秋季刊中，有八页内容是在介绍这间公寓的配色。这样，真正关心这个问题的人就能看到。"

在这间位于萨顿酒店（Sutton Place）的公寓房中，全部都是各种各

---

[38] 亨利·菲利浦·贝当（1856—1951），法国元帅，曾任维希法国总理。——译者注
[39] 林登·贝恩斯·约翰逊（1908—1973），美国第36届总统。——译者注
[40] 《安邸》（Architectural Digest），设计界的顶尖杂志。——译者注

样的艺术品：玉石、复制品、照片、朋友和熟人的画像、雕塑等。"这两件威尼斯风格的作品是我在威尼斯看到的，非常喜欢。赫达·霍珀（Hedda Hopper）把它们送给了我。她是我的老朋友，也是最好的朋友之一。什么东西都给我。你看，我作为一个穷小子……"（笑）

三十年代？我自己是很穷。我的父亲一个月给我三百块零花钱。有了这笔钱，我跑去巴黎，开始画画。他突然写信来说：以后都没钱了。没有钱，一个画家在大萧条的时候能干什么呢？我回到了美国，在克利夫兰找到了一份工作——在《PARADE》杂志做艺术指导。这不是什么体面的工作，但在那个时候我还是很知足的。一个星期三十五块。那是在 1931 年。

我想，为了给杂志找卖点，我可以拍拍我老家那里的人。那时候没有一体式的电子闪光灯，什么都没有。我们只有小小的柯达照相机，举着闪光灯……不过我拍到了莱斯利·霍华德（Leslie Howard）、埃塞尔·巴里摩尔（Ethel Barrymore）[41]这些人。比利·海恩斯（Billy Haines）是那个时候的大明星。

我们将照片登在《PARADE》杂志上。这是我们所说的抓拍摄影第一次出现。我知道自己开创了一股新的潮流。《城市与乡村》（Town and Country）杂志请我到不同的地方去，我去拍了好多自己认识的人。他们都有点儿害怕，等不及看到照片。（笑）

父亲死后，我就没钱了。我把自己的书卖给了克利夫兰博物馆和克利夫兰艺术图书馆。有了这笔钱，我来到纽约，开始我的事业。《城市与乡村》杂志给了我一百五十块，似乎是很大一笔钱。这是在 1933 年。

一天，一个芝加哥的姑娘给我打电话，问我愿不愿意和约翰·罗伊

---

[41] 莱斯利·霍华德和埃塞尔·巴里摩尔都是美国早期影星。——译者注

(John Roy)还有她在彩虹厅(Rainbow Room)[42]吃午餐。我们共进了午餐,他说道:"杰罗姆,你在纽约认识这么多人真是太好啦。你愿不愿意到彩虹厅来?我一个星期付你七十五块,只要你过来拍照,再把照片传给报纸。你的开支我都包了。"那是 1935 年,洛克菲勒中心顶层的彩虹厅可是大名鼎鼎。

就这样,我一个星期在那里办两次聚会,给客人们拍照,这些人都很乐于被我拍。第一晚的时候,我实在太开心了,因为我过去一直都很穷。我还穿着从伦敦定做的衣服,非常得体合身。我还戴着昂贵的饰品,可是我没钱。你知道吗?衣服和鞋子穿久了之后,就跟纸板一样。

我去摩洛哥饭店(El Morocco)[43]庆祝得到这份新工作。约翰·佩罗纳(John Perona)说:"剩下三个晚上给我干活吧。"那样一个月有一百五十块。接着他又说道:"杰瑞,彩虹厅那边别干了吧。他们比我这个地方得到的宣传更多。如果你来这拍照,我付给一样多的钱。你不用付出租车的钱。你肯定没问题。"

于是,我开始为约翰·佩罗纳干活儿。从 1935 年到 1939 年,我都在摩洛哥饭店工作。他是个传奇人物,现在已经不在了。他是个非常好的人,非常好。虽然我们总是在争吵,而我总是闹着要辞职,但我很喜欢他。

我开创的这个东西却让大部分人头疼。我拍下那些穿着时尚的人,再把照片传给报纸。《新闻报》(Journal-American)的莫里·保罗(Maury Paul)将我拍的重磅人物的大幅照片登在社会版上,一周最少用四次。

我发明这种可笑又愚蠢的小把戏——街拍——之前,社会名流不会去彩虹厅或摩洛哥饭店。照片一登出来,他们就来了。

---

[42] 彩虹厅位于洛克菲勒中心六十五层,过去主要是名流富豪私人聚会所用。——译者注
[43] 摩洛哥饭店,有名的夜总会。——译者注

那个时候他们就成了名人？

没错。我不仅把照片传给纽约的报纸，也传给伦敦的《旁观者》（Bystander）杂志，给一家澳大利亚或是里约的一家报纸……我把它们传到世界各地。所以，大家都愿意到彩虹厅或摩洛哥饭店，而我会接到一张纸条，说："萨瑟兰公爵夫人（Duchess of Sutherland）来了，我们希望看到她的照片。"（笑）你明白吧？

一直以来，我最喜欢的两个人就是威廉姆·科萨·范德比尔特（William Kissan Vanderbilt）先生和他的太太——威尔和露丝。我们就像朋友一样。他们会在春天和秋天各安排一次聚会。露丝带来两顶帽子、三件外套，我给她拍下未来六个月的照片，每过两三个月再把照片发出去。其实这些照片是一个晚上拍的。这样做让她特别开心。这个安排很妙。摩洛哥饭店一直都有名人来，不穿礼服是进不去的。绝对进不去。人们在外面的街上排队等着进去，队伍足有一个街区那么长。

我们现在说的还是大萧条吗？

不是，大萧条在1934年就结束了。我想大致是这样的。可是因为我发明了这个玩意儿（笑）。像拜伦·福伊斯（Byron Foys）那样的人会打电话来订桌。他们会把桌子留很久：如果他来了，卡里诺（Carino）就知道他该坐哪儿。卡里诺是最棒的领班。顺便插一句，他死的时候留下了价值四十五万的房产。那个时候的税不是特别重。为了在摩洛哥饭店订一个好位置，通常要花两百块钱。

他们都是上流社会人士。这些人的家里，满屋子都是奇珍异宝。女人们都穿最好的衣服，戴最漂亮的珠宝。这些人都是我们仰望的梦幻人物，希望自己或者朋友有一天能够结交并变成那样的人。

你还记得华尔街股市崩盘吗？

不记得，因为我们家没受到影响。我父亲手里有煤矿，而煤矿在1931年之后才受到波及。那时候，他仍然每个月给我三百块。我去了巴黎，靠这些钱生活。

我父亲是俄亥俄州和宾夕法尼亚州煤炭公司的总裁。公司在俄亥俄州的加的斯，临近西弗吉尼亚州。克拉克·盖博就出生在那里。我去过那里，因为那个时候父亲让我当总裁，年薪一万二。这可是一笔巨款——我说的是1932年、1933年的时候。我去了，在城里待了两个星期。矿井深八百九十七英尺，竖井在地底下，工作面有三英里半。我在那儿待了两个星期，回来说："妈，饶了我吧，我再也不想去那个鬼地方了。"

那里的男人很嫌弃自己邋遢的老婆，每晚都去打台球或是找别的乐子。家里死气沉沉得令人难以想象。你可能会想女人至少种点花花草草什么的吧。我和两三个朋友会跑到城里去过周末。我们像没事人似的搅乱了这个地方。我们去酒吧，这些家伙会说："天哪，你的衬衫哪来的？"你的这个或那个是哪来的？我会说："你们为什么不回家稍微收拾一下自己呢？"他们说："我们的婆娘太他妈邋遢了。我们甚至都不愿意跟她们上床。"我说的是那些矿工。他们下午五点从矿井里出来，脏得要命。我有一张那时候的照片，可以给你看一下，就是我当矿工的时候。你可以看看我有多脏。

他们会去浴室冲个澡，洗刷干净。他们会回家吗？当然，要回家吃饭。家里还有吵哄哄的孩子。然后去酒吧。他们厌恶自己的生活。公司的经理曾经对我说："直到听到你的笑声，我才知道跟朋友一起尽兴地玩是什么感觉……"

我们都玩得很开心，他加入了我们。这又引出来另外一个故事……我曾为希腊国王保罗拍过照，我们成了很好的朋友。他说："泽布先生，我们有许多共同的朋友。你有没有意识到处在我们这个位置的人不应该笑呢？每个人都那么尊敬我们。我听说你有很多令人觉得不可思议的故事。"

你什么时候去的这座煤矿小镇，哪一年？

1933年。对我来说，这简直太可怕了。又脏又小的酒店，糟糕透顶的饭菜和差劲的服务。我之前被宠坏了。我小时候，妈妈总是跟我说：

"杰罗姆，我觉得在床上吃早饭舒服多啦。"所以，我一直是在床上吃早餐的。而且我们家的火炉里一直有火。我是个被惯坏的孩子，我喜欢这样。

你的朋友们会聊起罗斯福吗？

嘿，你听着，我们在那个时候是不谈富兰克林·罗斯福的。约翰·罗斯福和小富兰克林都是我的好朋友，我在自己的公寓给他们拍过照。我们从不聊起他们的父亲，从来不。我一直不喜欢政治。在我看来，所有的政治家都是狗屎。富兰克林，我很崇拜他。我想当时的人也是太轻信了，第四次选他当总统，这都是快要死的人了。

天，他的声音。"我亲爱的朋友们……"你知道的，这有多刺激人。他的态度多么屈尊俯就，就像伟人居高临下地向我们这些凡夫俗子讲话。

在摩洛哥饭店有人提起他的名字吗？

事实上并没有。我很尊敬这一家人。很遗憾他的儿子们没有实现更大的成就。他们没有。总统的儿子有什么呢？胡佛的儿子又遭遇了些什么？

你拍照的那些人提过他的名字吗？

有，不过总是带着恨意。他们不喜欢他。埃莉诺是个伟大的女人，但是非常倒霉。她总是尽量把一件坏事想成好事。她永远不乏崇拜者。

你认识的人在三十年代有没有说起过外面发生的事情？你知道的……就是领救济的人？

我们没提过这些人。他们可能私下说起过，吃早餐的时候，喝茶的时候或是喝鸡尾酒的时候，但在公开场合从来不说。因为我一直遵守这么一条原则：当你和朋友外出的时候，在公开场合的时候，一切都必须是迷人的，不允许丑陋的东西存在。

我们甚至不讨论黑人问题。让我们忘了他们只占这个国家人口的十分之一，看他们现在装腔作势的样子，将来会像害虫一样被人踩踏。这种事太多了。我在着手做一件事情：为白人争取同等的权利。我想黑人有点儿太过分了,看他们的项链、长头发还有胡说八道。

我现在的男佣还是之前的那个,是个黑人,干了三十三年了。这可是非常了不起的。我想他应该是我在这个世界上最亲近的朋友。约瑟夫,他是一个好人。

但是,现在也有些漂亮的人戴珠子和项链啊?

今天晚上我一直在想……我得出去吃晚餐,可我的马耳他十字(Maltese Cross)[44]夹子不在。这个东西是用珐琅和钻石做的,非常棒。我把它借给别人了。我得戴上自己真正喜欢的东西,那就是印第安祖尼族的珠宝。这是正牌的好东西,大家都认它。

你有没有在街上见过那些卖苹果的人?

没有,一个都没有。在纽约没有。一直都没看到。这里有一些乞丐。他们今天在这个街区出现,明天在那个街区出现,你慢慢才能认得他们。后来有一天,我看见了那个可怜的乞丐,我一直为他觉得难过。一辆凯迪拉克从我身边开过。我刚给了他两角五分钱,车就把他接走了。一个女人开的车。我想:好吧,如果他们开得起凯迪拉克,应该是不需要我那两毛五分钱。他的老婆有辆凯迪拉克。

你还记得领救济的队伍或类似的东西吗?

从来没见过。在纽约从来没见过。如果有,应该在哈莱姆区或格林威治村。这块地方从来没有过。这里从来看不到贫穷的影子。

新政对你来说意味着什么?

除了税更高之外,它对我来说毫无意义。它显然也没有帮到这个国家的穷人,我想……我不知道。新政!老天,看看他对我们这个国家都做了些什么?上帝啊。

与三十年代相比,你感觉现在领救济的人有什么不同吗?

---

[44] 马耳他十字是江诗丹顿的标志。——译者注

听着,那时候很少有混蛋穿得这样装腔作势。这些孩子们是被自己的父母强逼的。我想他们的父母鼓励他们这么做。在我看来,我们的国家处于非常危险的境地,我感觉在二三十年内美国会爆发一场彻底的革命。可能是独裁。

我看到了一些迹象,我们正在朝那个方向发展。看看在哥伦比亚大学发生的事吧。他们应该把消防水管对准那些小混蛋,把他们赶走,而不是容忍他们。

最后还有什么想说的?

三十年代是一段迷人的、闪闪发光的日子。

朱迪(Judy)

她二十五岁,做公关工作。

你会有这样的印象,股市崩溃之后,犹如一场地震,一切都在走下坡路。突然有一天,太阳又出来了,战争来了。各种各样的人都在造飞机,造汽油弹和类似的东西。富足和战争画上了等号。我讨厌战争,讨厌和它有关的一切。

如果大萧条再来一次,最先失业的应该就是像我这样的人。这个社会中有很多像我这样的人,堪比一个小社会。我们专门做一些开门啊,礼仪啊这样的工作。我们是昂贵的奢侈品,没有什么实质的功用。这样的人很多。除了教师和护士,大多数女大学生属于这个可有可无的群体。很多女性都在做这种中介工作——广告代理、社会中介,成为别人的秘书,工作上得过且过。如果没有一个富足的社会,根本不会有像我们这样的人存在。

在精神科诊所

纳森·阿克曼医生（Dr. Nathan Ackerman）

精神科医生，家庭治疗研究所主任，哥伦比亚大学精神病学临床教授，爱因斯坦和伦诺克斯医院的客座讲师及顾问。

"1937年，精神分析开始流行。起初，我的诊疗费是一小时两块五。一个小时赚十块也是很大一笔钱。非常有钱的人一小时付二十五块，有人觉得这简直疯了。在那之前，精神病治疗主要跟精神病院联系在一起。你努力往上爬，可以拿到相当不错的薪水。"

那时候，精神病学还不属于社会问题，简直就像一座象牙塔。有一点，真正的穷人是不会去看精神科医生的。它无论如何也和贫穷还有改革扯不上关系。社会健康和心理健康之间没有什么关联。国家为穷人提供了社会服务，但没有提供心理治疗服务。只有很少的好诊所提供这种服务。

前来寻求治疗的人内心充满了痛苦。他们意识不到外在的生活状况是病因。这种问题都有特定的解决办法。对于穷人和失业的人，那就是提供救济。焦虑是内在的，医生要处理的是病人内在的痛苦，而不是他们的生活状况。我们都在同一条船上，所以情感上的痛苦不是什么好事。没人会愤愤不平地抱怨这个。在年轻人中间，他们还有未来生活会更好的梦想，并为此激动。社会理想。

病人各有特点，但他们的症状都很相似。年轻人开车到医院或是经过墓地，心里会非常恐慌。一种恐惧症，强迫症。

有没有哪些症状同社会地位的变化有关，比如说丢了工作或丢了面子？

没有，这是内心的痛苦。要知道看病的都是中产阶级。

我在宾夕法尼亚州的失业矿工中间做了一点儿实地调查。只是观察而已。失业两、三、四、五年对他们的家庭和他们自己有什么影响。他们成群结队地在街角闲荡，彼此安慰。他们不喜欢回家，因为在家里会被指责，好像失业是他们的过错一样。失业的男人就是一个懒惰的废物。女人们就不带培根回家，不跟他们做爱，以此来惩罚这些男人。男人在家里被看不起，受到各种羞辱，这有损于他们作为家长的权威，家里的长子开始承担起他们的角色，成为家里主事的男人。这些男人变得沮丧，感觉被人看不起，觉得丢人。他们变得畏畏缩缩，只能互相安慰。不想回家。

现在的很多病都和社会行为这一层面相关。我们经常把内心的情绪表现出来。病人不会压抑自己的神经症，不愿意咽下内心的痛苦。他们在冲突中释放自己的情绪。与他人相处变得困难起来。他们制造紧张，发泄自己的情绪：饮酒、嗑药、偷窃、乱交……他们不再抱怨，而是情绪突然爆发。他们把内心的冲动发泄出来。他们不再把焦虑藏在内心。

三四十年前，人们因为太讲究道德良知而背上沉重的负担。过分的自责。现在就不会有这样的自责。那个时候，尽管贫穷，人也会约束自己的行为。三十五年前我根本没法想象抢劫。尽管物质稀缺，权威模式依旧占了上风。现在，那些标准都被推翻了。在很多群体中，抢劫和暴乱都得到了认可。

社会没有问题，矿工应该内疚？

没错。这种生活方式是既定不变的。它不会以一种混乱的方式被扰乱。尽管贫穷，但生活还是可预测的。你可以制定长期计划。如果你愿意勤奋工作，那么十年之后可能就会有回报。即便在大萧条期间，这种生活方式也是具有连续性的。现在就没有这种信念。人们都没法预测五年后的生活。

大萧条的时候，大部分人知道自己的处境。知道自己是富人还是穷人。尽管贫穷，组织化的程度却更高了。暴力被压制。现在则陷入了无政府状态。

那时候，病人的情况更为具体。穷人想要食物、衣服和生活必需品。现在则是要求人人平等的地位。

大萧条期间，我曾给一个十七岁的黑人小伙子看过病。他来到我的办公室。这个小伙子曾是哈莱姆区一伙非常暴力的孩子的头头。后来，他转换了角色，从帮派头目变成了社区领袖，让黑人帮派同附近的白人帮派能够和平相处。他遭遇了情绪上的危机。我想给他看病，但他跑了。原因应该是接受一个白人医生的治疗而引发的焦虑，这个医生的办公室还在麦迪逊大道。周围的环境都太舒服了。办公室很舒适，沙发也太舒服了。结果他逃之夭夭。这是一种沉默的肤色障碍。现在，它不再沉默了。它是公开的；用语言表达出来。现在，来自医生或教师的意见不再被视为特权，而仅仅是一项权利。

三十年前，病人的情况对医生来说都比较熟悉。现在，病情普遍变得含糊不清：他们不开心，因为孤独而感到痛苦。他们不知道自己的归属在哪……在那个时候，感觉孤独、不被赏识和被疏远可不是看精神科医生的理由。

钱是病因吗？

不是。他们的问题在于迷失感。他们害怕亲密的关系。他们对自己的妻子不满意。他们完全没办法掌控自己的孩子。他们感到困惑，迷失。

就像三十年代失业的矿工？

对。没有归属感。那些矿工也是这样，但原因完全不同。他们觉得自己被社会排除在外。这有点儿像现在中产阶级的迷失感。但这跟钱没有任何关系，而是跟社会群体有关。

在我看来，现在来一场大萧条的话，会产生十分矛盾的效果，至少短期内是这样。一方面是政治动荡，另一方面是人们更加团结，更加关心彼此。就像伦敦暴风雪的时候民众互相关照。一个人受苦，所有人关心。他们团结在一起，彼此安慰。

你装煤十六吨，又得到什么？
日子多过一天，债单多欠一笔。
圣彼得哟，别再召唤了，我还没法走，
我把魂儿都抵给公司老板了。

——《十六吨》(*Sixteen Tons*)[01]

---

[01] 矿工歌谣。曲作者梅尔·崔维斯（Merle Travis）。

煤矿工人的一天

巴迪·布兰肯希普（Buddy Blankenship）

来自西弗吉尼亚州，现在生活在芝加哥。因为生病而失业。家里的孩子，年龄最大的处于青春期后期，最小的还是小婴儿。这些孩子、继子女、女婿、孙子和疲惫不堪的妻子或坐在公寓里或到处走动：想要在这个湿热的夏日午后让自己凉快一点儿。所有房间里都有二手家具，非常显眼。

我一出生就过着萧条的日子。现在仍是一样，稍好或更坏而已。1931年、1932年是我们最苦的时候。

我告诉爸爸不想再上学了。他说：那你就和我一起工作吧。我就去了矿上，开始干活。从1931年一直干到1932年年底。大萧条的时候日子是如此艰难，我们回去务农，自己养家畜。爸爸在矿上干了五十一年。他被杀的时候六十三岁，一个小伙子开枪打死了他。

我们家离矿上八英里，得骑马来回。我坐在爸爸身后。很多次我都不得不先下马，用锤子把他的脚从马镫里敲出来。它们在马镫里冻住了。你知道的，天很冷。当你从矿井里出来时，脚都汗湿了，在地下走的时候也是湿的。上马把脚套在铁制的马镫里，骑上八英里，脚就会冻住，没法从马镫里出来，得用锤子把它们敲出来。爸爸的脚都木了，当它们开始变暖的时候，就感觉到疼了。

我们早上五点起床，六点出发，晚上十点收工。我们一天要工作十六个小时左右，有时候甚至十七个小时。老板让我们运了煤之后把底下清理干净。我们不照做的话，第二天早上矿上就会来一个人清理。司机问：你们装了几车？五车多。快点，我们可不想待在这儿。

他们一天赚一块七毛五分钱。我们一天要装六十到六十五吨——我们两个，我和爸爸两个人。之后，他们给我换了工作，一天给我一块五。我得一直待在矿井里。

为什么一直待在井里？通风门关上了，所以空气通过矿井流通。拉煤的车过来，我就把门打开。我得待在那里，直到所有人都离开。之后，我们要走两点五英里左右，才能到外面。要到我们上马的地方，还得再走一英里。我们骑上马，走上八英里才能到家。夏天的时候还好。可是冬天，老天爷，那可遭了大罪。被雪困住了，迈不动步子。结冰太糟糕了，而且还危险。当然，我们还是得去上班。如果不去家里就没饭吃。

他们也有安全装置，这是他们自己这么叫的，不过一点儿都不安全。他们给你一把斧子、一把锯子，你自己去砍木头，再把木头背进来。你拿着单人锯到山上去，看你想要多大的树枝就锯下来，再把它们背回来。星期天，我在两英里以外的地方把树枝砍好，捆在一起，周一再把它们摆好。公司会把这些木头放好，但你得自己去砍。你得自己干……

我亲眼看见过好几起事故，还曾经不得不把四个死人弄出矿井。但这事我从来不愿意去想。我曾把一个人背在背上走了七英里，结果他站起来比我走得还好。我力气就快耗光了，他其实一点儿伤都没有。一块石头砸到了他，我拿千斤顶把石头顶起，然后把他拖了出来，但他其实只是吓了一跳……

大约是在1932年，公司只让我们一个星期工作两天。公司欠我们二十块的工钱，他们让我们停工两个星期，直到把那二十块在商店里换了东西。我们必须得拿工资在商店里换东西，否则他们就不让我们再干下去。商店是公司的。我们赚到的钱必须在公司里换东西，不这么干就会被开除。他们根本不让你领到钱，就给你一张代币。他们让一个人记下你装车的吨数，然后将这个数字报给代币办公室。如果你用二十块的工资去支付房租、电费什么的，他们就会让你停工，直到你在公司商店里花了那二十块钱。

你住的那个小镇……

那就是一个洞，煤洞。洞里住着三十二户人家。里面建的房子很漂亮，不过是用没有加工过的木材搭起来的。房子归公司所有，什么都是公司的。他们还有公司公寓。

我在矿上干了两年左右，然后就回到自己的农场去了，从1932年待到1937年。跟现在相比，那时候在农场过得好太多啦。干活儿很累，但你不用花很多钱去买这买那。你自己养猪养牛。这样，你就自己有肉，有培根，有猪油。除了面和饭，你不用再买别的。你自己种土豆。你手里没钱，因为你没法赚到钱。日子非常艰难。大萧条对我来说，就像是一场梦。我还年轻，也没多想。我没有外套，也没有内衣穿，不过吃得还算不错。比起之前干的那些活，我更愿意回到农场待着。

之后，我们在1937年又回到了原来的煤矿。罗斯福让这些煤矿重新运转起来。生意开动起来，钱得流通起来。我在那里从1937年工作到1957年。当时情况已经大不同了。那里有了工会，我们一天就工作七小时十五分钟，不像大萧条时那么辛苦。公司也不让我们加班，因为他们不想付加班费。我猜是这样。我们的薪水很不错，我和爸爸的都不错。他一直工作到1941年，然后就被裁掉了。因为年纪大了。他从没领过养老金。他在工会待的时间还不够长，所以拿不到养老金。

我参加了四次罢工。我们曾因为罢工被公司罚过。"野猫罢工"，他们是这么叫的。我帮忙组织了六个矿区。公司可不喜欢这样，一直在打击我们。他们什么方法都用了，甚至还杀了人。在西弗吉尼亚州的一个地方，他们用枪把人打成了碎片。他们有各种各样的枪。

那里驻守了三百名州警察。警察是站在劳工一边的，从那些工贼的口袋里拿走了很多烟幕弹。他们说："你们加入工会也好，不加入工会也好……都不能带枪。没人付钱让你们拿枪，也没人付钱让你们用枪。我们才是靠用枪拿薪水的。如果你们要加入工会，就去加入。"他们就真的加入工会了。

谁都没想到，这三百个州警察是站在我们这边的。警察队长说：如果他们不想组织工会，就把他们的公司关掉。他走进公司的澡堂，天，里面到处都挂着枪，工贼们的。瞧，公司给他们配备了枪。他们有机关枪，各种枪。他们让州警察进去，把枪都拿了出来。如果仔细想一下的话，我是能回忆起州长的名字，他站在劳工这边。[01] 那是在 1942 年。

他接着回忆，过去和现在交织在一起……"这些矿上的煤都挖完了，只剩下了这辆小矿车，它都没有轨道可走。你只能跪下来，因为煤洞很低，只有七十一厘米高。那地方在西弗吉尼亚州的豹溪。我们要开车穿过隧道到另外一边。在没有氧气的情况下，我们憋着气能开多远开多远，然后回来吸一口气，再开出去，能开多远开多远。我们到了其他地方才能换口气。"

"我们在一个方向开了条十二英里长的隧道，另一个方向开了二十八英里，因为有一边是山脊。他们从上面挖走七十一厘米厚的石头，让矿坑足够高，好让人在里面干活儿。我一天来来回回要跪着走七英里。膝盖肿得有两个拳头那么大……"

---

[01] M. M. 尼利，1941—1945 年任西弗吉尼亚州州长。

我喜欢待在这里,直到我没办法继续干下去。这里的空气不流通,我喘不上气,没办法干活儿。我跑去修路,一个小时一块钱,一直干到工程结束。然后,我就来到了芝加哥。

玛丽·奥斯利(Mary Owsley)

1929年,她跟丈夫一家人追随当地的石油热,搬到了俄克拉荷马州。在那之前,她的丈夫在肯塔基的矿上做爆破工作。

有一天,他注意到锅炉旁边有块碟子大小的地方。他们管这叫通气阀,是锅炉上的一个薄弱点。他跟老板讲这地方要修理一下,因为他不想死。星期一早上,我看他回家了。他们没修通气阀,什么都没做。他告诉这些人不出三个星期就会发生爆炸。果然不出所料。就因为那个东西,死了三个人,还有矿上的两头骡子。

我们住在公司提供的公寓里。我们用的每一桶水都得花钱买,因为公司把周围的环境破坏得太厉害了,所有水井都被毁了。我从公司商店里买食物,家具也从公司商店里买,我们付的钱是市面价格的三倍。我丈夫要买药品之类的都得从下个月的薪水——也就是代币里预支。我们的生活一点儿也不奢侈。我们从公司商店里买的家具要花两百六十多块。我们付了大头,还欠二十块。当我丈夫离开这里去做另外一份工作时,他买了一辆卡车来拉家具,但公司把所有东西都拿走了。他们也不同意我们付清那二十块钱。

他不干了,因为喜欢惹事?

不是，原因是他为了锅炉上的那个通气阀辞了工作。他惹的是这种事，你这么说也对。他不想死。

我们住在煤矿的营地里。四间房子中间有一个水泵。我们四户人家就公用这一个水泵。冬天的时候，水泵上面会结一英尺厚的冰。我们女人要在家里的煤炉上一直热着一盆水。男人们早上三点就得起床，把水泵上的冰融掉，再去上班。其实只要在水泵上盖个小屋就行，但这可能会让公司的银行账户缩水吧。

亚伦·巴克姆（Aaron Barkham）

"我在煤矿干活儿，说退休太年轻，继续干下去又太老。当你到了三十五岁、四十岁的年纪，在矿上干了十年、十二年，他们会想要更年轻的工人。一有机会，他们就会换掉你。"

他从西弗吉尼亚州来。他的父亲干了一辈子的矿工，死在了一个煤矿营地里。"尘肺病，我们从来没听说过。他死于动脉硬化。[02]爸爸是怪人会（Oddfellows）的成员，他们每个月给妈妈十一块钱。我们有一头牛、一头猪。手头紧的时候，就把它们放出去。我们家还有一片贫瘠的农场，地里长不出什么东西，不值什么钱。四岁的时候，我就知道日子很艰难。"

人们一天工作十五个小时，装满一辆载重四吨的车，可以拿到一块钱。如果公司自己可以做到，它会拿走那笔钱。（笑）我想大多数人一天

---

[02] "数百次的尸检结果证实许多矿工死于心脏病，原因是煤灰进入肺里的小动脉，导致其硬化，加重心脏负荷。"——罗伯特·G.谢里尔（Robert G. Sherrill，见后面章节）

能赚两块钱。我们有来自煤矿营地的人搭伙,其他人就没这么幸运。我最大的哥哥十五岁,他在倒煤场捡矸。

几年前,他和我另外一个哥哥——那年十二岁——想到去卖私酿酒。我们先是花一块钱买上一加仑,然后每品脱卖两毛五。生意很不错。有时候我们一天能卖三加仑。禁酒令期间及禁令废除之后,那些领救济支票的人也是那些买威士忌的人。我们把买来的酒装在半加仑的罐子里,分装在容量一品脱的瓶子里。

之后,就该快乐的小男孩上场了。我那时候大概六七岁,可以拿着东西沿街跑,不会有人起疑心,而大人就有可能被捕。我从1931年开始,一直干到1936年。那是我们家唯一的进账。只有一个问题,就是我那个远房表哥。他是县里的副治安官。他个子很高,又胖,我得躲开他。为了抓到我,他有时候会穿过树丛追上几英里。

九个缉私酒官员兵分三路,在树林里找蒸馏炉。找到后,他们就在那里做个记号。我的工作就是把那些记号换掉,这样他们就全糊涂了。每个人都在酿私酒,简直就成了一门合法生意。你得比狐狸还狡猾,就这样。

我那个远房表哥在政治上是个骑墙派。所以当公共事业振兴署组建的时候,我们没有从本地的政治家那里领到任何救济。我母亲支持共和党。我们没有改变政治立场,我想她一定很骄傲。我们并没有太多抱怨。酿私酒让我们不至于饿肚子。在我们五个孩子中,有四个一直失业,直到1938年左右。

我从来没在学校完整地读完一个学年,可能念了五六个月。我十三岁开始干活儿。我在一家锯木厂干过,一小时给我一毛钱。我干活儿的厂子垄断了煤矿公司的木材供应。我就是给这帮人干活儿。最后,我一个小时能拿到两毛五分钱,但他们把伙食费提高到了一天七毛五。我们每天早上四点起床,爬上一辆大卡车,被拖到十五英里以外的地方。我们五点差一刻开始干活儿，一直到眼睛看不见东西为止。这个时候，我们就停工啦。这么算下来，一天要干将近十六个小时，远不止八小时。我们上床睡觉之后，还来不及第二次翻身，他们就开始叫我们起床吃早饭啦。

1929年，情况变得很糟。股市崩盘让我们损失了一块价值二十元的金币。所有的煤矿都关闭了，还有商店，都关了。头一天他们还在干活儿，结果第二天煤矿就关闭了。三四个月之后，煤矿又重新开张，一个星期干两三天，大多数时间一星期就干一天。他们的灵魂不属于自己，想死都不行。那个时候，大多数人欠了公司很多钱，没办法生活。

他们中的一些人从1929年开始，直到现在还欠着债，一直没还清。一些人连试都不试一下。似乎不管他们什么时候回去工作，还是欠那么多钱。直到现在，公司还是一脚踏在他们身上。

股市崩盘之后，如果他们求主管给自己一份工作，一个小时能拿到一毛钱左右。装满一辆载重七吨的车，可以拿到五毛钱。如果公司在车上发现三块手掌大小的石块，你就拿不到钱。他们管这个叫扣工资。工人们没法预测运煤车在穿过几英里长的隧道时，什么东西会落到车上，不管怎样都会掉东西下来。

有一次，他们拉了一头骡子出来，开除了那个运骡子的家伙，因为骡子给砸死了。他们跟他讲，骡子比人值钱多了。他们买头骡子要花五十块，可是招个人进来可以一分不花。从那之后，他再没找到工作。因为让公司损失了那笔钱，他上了黑名单。

我记得有一次，红十字会运来大约四吨重的面粉，分装在袋子里，一袋二十四磅，卸下来之后就放在公司的仓库里。那是红十字送来的救济，但公司说我们必须干一天活才能拿到一包面粉。就是这样，像是走在炼狱里一般。

有一个六十岁左右的老妇人，她从峡谷溪来。有一次，她在一条铁轨边做演讲，站在一个箱子上。工贼用一把霰弹枪朝她开枪。于是，她来到我们这里——洛根县，发表演讲，帮忙组织工会，但是遇到了很大的困难。

县里的治安官手下有上百个工贼，这些人被叫作助理。公司每运出一吨煤就给他们一毛钱，好让工会组建不起来。治安官在选举中被哈特菲尔德（T. Hatfield）打败了，这个人是站在工会这边的，他的家族为工人的权益进行了长期的斗争。两人之间的恩怨持续了两三年。

军队也卷进来了。整个县处于军事戒严下，一直持续到1931年左右。让我极为震撼的是部署在公司沿路的士兵，他们的任务就是驱散人群。人们聚到一起的时候，不能交谈。两个可以，三个就不行。

那个时候，一帮工贼拿着霰弹枪和斧头柄就来了，想要冲散工会的集会。矿工联合会差不多都解体了，形同虚设。直到1949年，它才真正算得上羽翼丰满。但是，当时在西弗吉尼亚州它没有太大作用。所以大部分人拉帮结派，组成了三K党。

三K党是社区里真正的老大。他们在1932年之前势力很大。爸爸和一个大哥都是其中的成员。直到去世前，爸爸一直都是领袖之一。公司召集军队来，想把三K党赶出去，但没什么用。工会和三K党差不多就是一回事。

矿上的主管想采取更强硬的手段。他们用一辆运肉的车把他和十多个公司领导给拖走了。煤矿关闭了。这些人没有被杀掉，但他们也没再回来。他们把一个工头痛打了一顿，把他赶出了县里。他们让他在十二个小时之内离开，带着家人一起走。

矿工联合会有一个现场代表，他是个律师。因为他偏向公司，他们往他身上涂焦油，粘上羽毛。当他缓过来的时候，简直气疯了。我们举行野猫罢工时，他试图告诉我们，是我们做错了。他站到了公司那边。我和大伙儿一起用棍子往他身上涂焦油。这不是我们第一次这么干了。

三 K 党代表着那些希望过上体面生活的人，白人黑人都有。在煤矿营地，一半都是黑人。这里并不歧视黑人。黑人有着和白人一样的责任心。他们的草地和白人的一样绿。他们拿同样的工资。三 K 党里就有两个黑人。我还记得那两个人跑来找爸爸，问了很多问题。他们就加入了。我们社区教堂的牧师也是个黑人。他也是三 K 党的一员。三 K 党是我们这工人唯一的保护伞。

没错，公司想让黑人和白人对立起来，不过没有得逞。黑人和白人彼此支持。就好像是在国际象棋的棋盘上，有白人家庭，也有黑人家庭。我们这里没有种族问题。他们对黑人也是有感情的，当然有。他们对白人也有感情。如果社区里有人惹事，如果事关白人黑人之间的问题，那他就待不下去。

我还记得有家人搬进来，住在我们对面。他们家有不少女人。我从自家窗户往外看，看到的情况不太妙。三 K 党警告过他们一次，给了他们一天时间。他们没把警告当回事。第二天晚上，他们就将休吉——也就是那个男人——打了一顿，一起挨打的还有他的老婆、侄女、叔叔婶婶，以及在附近凑热闹的六个人。他们用鞭子打这些人，将他们赶了出去，全部都赶走了。这些人是白人，不是黑人。

有一次，一个黑人打了一个白人小孩一巴掌。他们没警告他，直接打了他一顿，将他从城里赶了出去。如果是白人打了黑人小孩一巴掌，他们也会一样处理。他们不会因为你是黑人就打你一顿。他们的目的就是让我们的社区变成一个可以过体面生活的地方。他们反对猥亵和酗酒。

酿私酒呢？有人管吗？

他们不会大惊小怪。你私下里干什么，那是你自己的事。你说的这种事是山里人才干的，这里又不是美国的南部腹地。

人们很快改掉了自己的暴脾气。组织工会的时候，我们没有通过劳资关系委员会。我们的搞法就是所谓的"骡队计划"。我们先搞清楚有多少人在矿上干活儿,然后告诉他们要么组建工会,要么就把矿关了。我们给他们三天时间考虑。有时候他们会拿着根棍子站在矿井出口。整个地区有一万七千人,每个人我都认识,如果一个人罢工,其他人就会跟着罢工,然后就加入了矿工联合会。

在矿工联合会的一次集会上,他们对付不同意见的人,我靠着一把0.38口径的手枪才逃出会场。我们本地的主席同矿上的主管走得很近,我在会上提到了这一点。有的人可不喜欢听到这个,他们是紧紧追随这个人的。当时我们在学校的一间教室里开会,我就在黑板旁边,门在房间的另一端。他们把门堵上了。我老婆同父异母的哥哥坐在中间的位置。他拔出自己的枪,扔给了我。我跟他们说我要出去,如果有人拦我就开枪。他们一直跟我走到教室外面,有五十来人。他们堵住了校门。所以,我跟他们讲我要把挡在前面的六个人打死。

第二天,我又回去干活儿了,带着我自己的枪。他们都很冷静。他们花了一周的时间真正冷静下来。

在我这一生中,我发现人们不会拿走别人的东西。如果情况真的变得很糟,恐怕有些百万富翁会变成穷光蛋,因为别人会拿走他们的钱,而且是用强硬的方法拿走。大家都要养家,如果不得不开枪打死别人,他们也会照做。你不能因为这个而怪他们。如果你有一百万,而我要保护我的家人,你觉得我不会干吗?我肯定会的。我会想办法拿走你的钱。有的人没有勇气争取自己想要的东西。1934年之前,洛根县里超过一半的人都与工会为敌,还让你觉得他们不知道有这回事……

爆炸?1935年发生过一次,死了好几个人。巴特利(Bartley)发生过一次,死了一百三十六个人。同一年在麦克贝斯(Macbeth)也发生过一次,那是哪一年来着?一场火灾加爆炸,死了十八还是二十个人。之后在1947年,因为一场爆炸又死了几个人。

他们让我去弗吉尼亚州做工。竖井有一千五百英尺深。我下去了一次，四周看了看，上来之后再没去过。瓦斯和粉尘。那是在 1965 年。据说那还是世界上最安全的矿井。四个月之后那里发生了一场爆炸。死了两个，伤了九个……

附记：他突然轻轻笑了起来："我还记得与洛根县相邻的明戈县里有了第一台收音机。1934 年的时候，我的表兄韦恩·斯塔巴克把它带了回来。这可是了不得的东西。它个头不大，可是嗓门比谁都大。每个人都走几英里的路来瞧它一眼。我们没有电。表兄把它和两块汽车电池连在一起。我们用它收听《乡村大剧院》(*Grand Old Opry*)节目。"

爱德华·桑坦德（Edward Santander）

他在中西部一所小规模的学院里当成人教育主任。"除了在学校当教师，我从未想过干别的。我一辈子都干这行。这跟大萧条有点儿关系：如果我能工作换回几分钱，让生活好一点儿……"

我最早的记忆是在 1931 年左右。当时面临着很关键的问题：是有饭吃还是饿肚子，活下去或者活不下去。我的父亲是个煤矿工人，在伊利诺伊州的一个小镇上干活儿。爸爸、爷爷还有叔叔都在同一个矿上工作。他的工资少了，但我们仍然过得相当不错。当我们坐在 1927 年产的哈德逊汽车里时，我看见一队人等在电车轨道旁边。我问他这是怎么回事。他说他们在那等着领吃的。

三十年代早期，那家煤矿暂时关闭，爸爸不得不去别的地方找工作。他在州内四处奔波，给人粉刷过谷仓，什么都干过。

我去过一幢非常老旧的乡村风格的学校，外墙刷着红色条纹。一间教室里有八排座位，每个年级占一排。前七排都很安静，只有第八排在背书。那位女教师的薪水还不错，一个月三十块。她弹风琴，那种脚踏式风琴。所有年级的所有科目都是她一个人教。那是在1929年到1931年……在教室后面的角落里，有一个大肚子的炉子，为的是让教室里不那么冷。这所学校占地大约有一英亩，操场上什么设施都没有。外面有厕所，三个蹲坑。那是冬天，你还记得"奇克"塞尔[03]吗？厕所门上面有月亮、新月和星星的图案。到了三十年代末期，乡村地区还有很多人没有户外厕所，真是让人吃惊。

公共事业振兴署最大的贡献之一就是普及了户外厕所，带现代化排水系统的那种。（笑）他们在这里建了数千个厕所。你现在还能看到一些。公共工程署建了新的学校和市政厅。我还记得全国青年总署。我通过他们的项目学会了干木工活。

罗斯福是那个时代的偶像。从内战开始，这个县里一直是支持共和党的。然后民主党占了上风，一直到杜鲁门时代。大多数人很敬畏罗斯福，不过偶尔也会碰到有些人跟你说："他得了梅毒，病毒都跑到他脑子里去了。"这里的报纸都恨罗斯福，就是恨他。（笑）

几乎所有人都在同一条船上，都很穷。我还记得那些没有袜子穿的孩子。我们都穿连体秋裤，你可以把它们染成红色，也可以把它们弄成白色。这些男孩会把连体秋裤的底部剪掉，然后塞进鞋子里面，看上去他们就像穿了袜子一样。

当时，我们那里流行伤寒和白喉。房子外面都贴着告示。学校里有一个小姑娘得了白喉，头发都掉光了。她们家肯定没钱给她买顶假发。这是很丢脸的事情。在我认识这个小姑娘的时候，她就光着头到处跑。这

---

[03] "奇克"查尔斯·塞尔（Charles "Chic" Sale），一个"土里土气"的杂耍演员，最著名的节目是《专家》(The Specialist) 里关于厕所的幽默故事。

没有什么大不了的，因为我们都习惯了。可是，这对她的内心有什么影响呢？ 1934年到1935年，州政府开始让人们打伤寒和白喉的预防针。

他的祖父是家里的家长。那是一个大个子的男人，出生在一个小木屋里。他在家接受函授教育，成了矿上的起重工程师。他是个社会主义者，德布斯[04]的坚定支持者，三度当选位于桑塔利亚（Centralia）附近的中央市的市长。"那时候，妇女们刚刚获得选举权。她们中的很多人还很犹豫。他鼓励她们去投票，不管投给谁，只要去投票站就好。"

在这个地区有很多社会主义者。现在的人不像那个时候那么喜欢想事、议论事。我还记得那些因为长期用铁锹手上长老茧的男人，他们会在一起讨论丹尼尔·迪里昂（Daniel DeLeon）[05]、德布斯、基督教社会主义、工团主义和无政府主义。他们中的许多人是世界产业工人组织的成员，还加入了矿工运动。许多人是第一代移民，来自波兰、意大利、克罗地亚……他们慢慢改变了自己名字的写法。那些不识字的，有人读给他们听。几千家的出版社都在印发小册子，像是堪萨斯吉拉德那一家。[06] 我的爷爷、爸爸和叔叔都是自学的。当时没有那么多分心的事。

大萧条的时候，喝酒是问题吗？

我还记得有一次，我开车穿过一个人口不足一千的小镇。那里有十家酒馆。但是，他们经常把酒喝光。不管按什么标准来看，这都是一群酗酒的人。他们中的许多人在家里酿酒。我记得有一个老人，他周一到

---

[04] 尤金·V. 德布斯（1855—1926），美国工会领袖，国际工人联合会与世界产业工人联盟的创建者之一。——译者注
[05] 丹尼尔·迪里昂，美国社会主义报纸编辑、政治家、马克思主义理论家及工会组织者。——译者注
[06] E. 霍尔德曼－朱利叶斯（E. Haldemann-Julius）的蓝色丛书，内容涵盖哲学、政治、科学及文学经典。五分或者一毛就可以买到一本。

周五都喝自己酿的酒。到了星期六,他就决定犒劳一下自己,进城去喝他们所说的工厂酿的酒。(笑)

我的祖母是个非常节俭的女人。我们家都是女人管钱。我们在1936年才真正受到大萧条的波及,当时煤矿彻底关闭了,家里没了收入。我们试着开了个汽车加油站,结果因此破了产。挖煤是这些男人唯一的生计。你能去哪儿呢?到肯塔基州的哈伦县?那里也没有工作。伊利诺伊州的西法兰克福?卡特维尔?这些地方都面临着同样的问题。

当时用的是天然气,各座城市明令禁止使用高灰煤。这家煤矿几乎没有盈利。煤矿主那一家都是非常不错的人,决定把矿卖了。矿工们——这些人不管怎样还是认得墙上写的字,鲁莽地决定要把矿买下来。那是在1936年、1937年,他们卖掉股票,凑了三万三千块。矿主的遗孀接受了这笔钱,拒绝了圣路易斯一位金属废料经销商三万八的报价。这位经销商是打算将煤矿关闭的。

整整十八个月,这些人分文不取,只为了让煤矿恢复原样,开始挣钱。刚开始的时候有四百人。这个矿一直运转到五十年代。到那个时候,还剩十八个人……

有人开始进行露天开采。十五或是二十个人聚在一起,从某人手里买来开采权。然后,他们把梯子和竖井放进去,开始采矿。这个州现在几乎没有露天矿留下来。

这个地方还没准备好向其他类型的工作转型。有钱人都是非自主经营的老板。很多东西出去,没什么东西进来。当发现这些煤矿根本赚不到钱,就关闭了。这个地方唯一的收入来源也没有了。

三十年代,矿工联合会开始活动。工会是这些人唯一的保护伞。它有时候变得暴力,非常暴力。如果矿上有工贼,距某些人被搞死也不远了。

你还记得发生过的矿难吗?

我可以带你去一块墓地,那里只有一个陵墓。除此之外,所有人都埋在地底下。这座陵墓的主人是一个矿工,他在强克逊城的一次事故中丧生。他生前经常说自己太多时间都在地下待着,希望余生能在地上度过。他们时时都在担心事故。

他回忆起1947年发生在桑塔利亚的矿难。"五号矿井爆炸时",死了一百十一个人。他记得1951年西法兰克福的矿难,死了一百十九个人。"伊利诺伊州的煤矿安全规则一向宽松。即使是那种用鸟检查矿井内空气是否安全的古老方法,也很少人用。"

他的叔叔死于桑塔利亚的矿难。他回忆道:"所有煤矿都有冲洗间。一个矿工冲洗干净之后,就回到家里,坐在镀锌的盆里,泡在里面。因为煤灰都跑到指甲盖里去了,甚至渗到皮肤里了。早上,他们把自己穿着来上班的衣服挂在冲洗间的钩子上,然后拉上拉链,将衣服升到接近天花板的地方,免得蹭到煤灰……"

"1947年发生矿难的时候,我们所有人都坐在冲洗间里。那里又湿又冷。有人松开拉链,将衣服放下来。房间里一片死寂。没人哭出声来。你肯定看过这种照片,裹着头巾的女人耐心地等着,满怀希望。1947年的这次矿难,所有人都死了。有一组人被救援队找到时,他们的身体还是暖和的。"

"在桑塔利亚,所有地方都变成了停尸间。在停放我叔叔遗体的殡仪馆,我的表兄说:'我得看他一眼。'他揭开床单,看到的几乎不成人形。'这是你爸爸吗?'有人问。'不是。'他揭开另一块床单,对我说:'我受不了……'我的父亲过去了,凭着手上的婚戒认出了叔叔。整个地方只有一口棺材是敞开的:我们这里的邮递员,正常死亡。"

三十年代的人都会感觉到一点儿不同。当村里不得不杀猪时,农民把猪杀死，但会告诉别人猪埋在什么地方。这些人就会去把猪挖出来带回家。这些农民无论如何是不会卖猪的，所以他们不用付钱。

家里没什么东西的人不会去分享，这话不对。当所有人的处境都一样，他们也就不会把东西藏着不让别人知道。他们会分享。但是，当手里有钱之后，你会听到：看看那个狗娘养的。他一无所有的时候，还算个好人。看看他现在这个样子。

大萧条对有些人的冲击如此之大，在"二战"结束的时候，你会听到部队里有人在讲："等我回去，我要找份好工作，买房子买车，银行里存点儿钱，这样我就永远不用犯愁了。"他们将这些东西都传到了自己孩子身上。在很多情况下，年轻人都很抵触这个。

我从来没听人说过美国政府完蛋了。事实刚好相反。大家都希望这个国家能够重整旗鼓，重现往日的富足。这在大家心里是最重要的。即便那些说着要取缔公司制度的社会主义分子，也只是说说而已。就是这样。

我基本算是一个乐观主义者，可是如果现在再出现一次严重的萧条，我不觉得这个国家能挺过去。现在的很多人都没有归属感。就像是二十年代的德国。你会看到公然的独裁统治。你将看到自己的阵营……

附记："我们经常说要保持自己的偿还能力及不要欠债。欠债之前我都快三十岁了。"

罗杰（Roger）

他十四岁。八年前，他被人从西弗吉尼亚州带到芝加哥。他的母亲已经去世。他的父亲在阿巴拉契亚山区，很久才能见一次面。尽管他和嫂子生活在一起，但大部分时间是在街上流浪。在很大程度上，他是靠自己过活。

如果我说起"大萧条"这个词,它是什么意思?

我不知道。我之前从没听说过这个词。

那你觉得它是什么意思呢?

我想可能是说你们都很紧张、发愁的意思。我只能想到这个。

有没有听说过在,你出生很久之前的三十年代,有很多人没有工作?

我听说过。他们没有吃的,也没有钱,不能让自己的孩子吃饱穿暖。有人说,好像在很久之前,煤矿工人特别辛苦,只能赚到几块钱,而且还找不到工作。尤其是在像我老家那样的地方。

我们来这里的时候,日子也不好过。我只有六岁。爸妈跟我说在这里找份工作特别难。所以,待了一段时间之后,我就想让爸爸回到西弗吉尼亚州去。看,我从来不记得我们在那里的日子有多苦。我跟爸爸说:"咱们回西弗吉尼亚吧。"他说:"我们在那里找不到工作,生活不下去。我们得待在这儿。"他还说:"说不定哪天在那里找工作就容易了,到时候我们也可以回去。"

生活太苦啦。似乎每个人都在占你便宜。我之前从没听说过"萧条"这个词,他们只会跟我说"苦日子"。现在仍是这样。这个社区附近的人仍然过得很苦。你也看到了,房子很破,没有体面的地方可以住。我们家根本就不适合住人。房子太烂了。如果我们把它推到,也不会有人给我们盖新的。所以,我们不得不住在里面。

如果我们付得起一个星期一百或者五十块的房租,也可以搬到郊区去。在那里,一个周二十五块就可以住到干净的房子里。就我们现在付的房租,本应该住在干净的房子里,而不是这样的。生活太艰难了。苦日子啊。

哦，农民就是那个人，农民就是那个人
靠借贷度日，直到这个秋天。
利息是如此高昂
他没死掉真是个奇迹
房贷的那个人
得到了一切。

——《农民就是那个人》(*The Farmer Is The Man*)
民粹主义的歌，1896 年

农民换不到任何东西

哈里·特勒尔（Harry Terrell）

他的祖先是贵格会[01]教徒，在十九世纪早期西迁。考彭斯战役（Battle of Cowpens）[02]之后，他家一位南卡罗来纳州的先人被英国人绞死了，原因是他不肯背叛游击队……"他其实并没有死透，他妻子又把他救活了，他活了很大岁数，把他的故事说给后人听。"

这是一个星期六，下着雨。我们在得梅因[03]。坐在一家大型汽车连锁旅店的房间里，他回忆起二十年代末和三十年代早期，感觉自己就像是个异乡人，尽管他这一辈子都是在这里度过的。他现在已经七十七岁了。

他在基督教青年会做过秘书，但他说："我天生就是个农民，因为直到我二十二岁去上大学之前，我从来没有离开过农场。"

三百二十英亩的农场，都是很好的地。这片农场是我的舅舅开垦出来的，归他所有。后来因为还不起贷款被没收了。那是州里最好的农场

---

[01] 贵格会（Quaker），又称公谊会或者教友派，是基督教新教的一个派别，曾受到英国国教迫害，与清教徒一起移民到美洲，主张和平主义和宗教自由。——编者注
[02] 考彭斯战役，美国独立战争中的一次重要战役，美国革命军取得了决定性的胜利。——译者注
[03] 得梅因，艾奥瓦州的首府。——译者注

之一。他再也借不到一分钱了。

农民没什么东西可以用来抵押借款。他到这里来看我，因为他知道有工作的人是能借到钱的。他想借八百五十块。我知道自己存钱的银行会把这笔钱借给我。于是，我跟他讲能弄到钱。

他说："哈里，我想给你点儿什么，作为这笔借款的抵押。"我说我怎么都不会让自己的亲舅舅在我这里抵押东西。这是他要抵押的东西：一台约翰迪尔联合收割机和拖拉机、十六头牛、一队骡子、棚车和农具。就为了借这八百五十块。你就知道当时的情况有多糟。这个人从两岁起就生活在这个州里，可他贷不了款。

我出生的地方就在赫伯特·胡佛叔叔的农场对面。我认识胡佛一家子——总统的远亲。我们这些人替他们家卖猪——纯种的切斯特白猪，一磅两分钱。这些猪肉很受欢迎，但他们的日子还是过得跟其他人一样。当时就是这样。玉米的话，八分钱一蒲式耳。有一个县坚决要求把玉米烧了为法院供暖，因为比烧煤便宜多了。

那个时候，抵押农场比较盛行。所以，他们搞一毛钱的大甩卖。他们把农民的全部财产都陈列在那里，开始甩卖，所有邻居都会过来，想着花两毛五买一匹马，一毛钱买一把犁。当这一切都结束之后，他们会把这些东西再还给他。这么做是合法的，那些恶意抬高价钱的人，就是想夺走这个人的农场。这种人会被严惩的。

这样的搞法激怒了那些想像往常那样经营农场的人，银行、农具经销商、私人贸易市场等。贷款里他们都有份。农具经销商的处境也不好，欠债人的农场是唯一可以帮他摆脱困境的东西。他们举行了一次法院拍卖。

人们都很绝望，恨不得把法官绞死。因为他们发现这个法官取消了抵押农场的赎回权，他们又没有办法阻止。法官把所有取消农场赎回权的情况都发布在诉讼目录表中。

这事发生在勒玛斯。他们把法官带出法庭,拉到露天集市,用一根绳子套住他的脖子,再把绳子的另一头扔到树枝上。他们想用过去对付马贼的方法把他吊死。不过幸好还有人比较理智,没让他们做得太过分。

他们也游行,就像我们今天的游行一样。他们来自州里各个地方。那个时候正是"农民假日"(Farm Holiday)。他们还设置了一条警戒线。"农民假日"运动的目的在于不让农产品进入市场,借此抬高它们的价格。这事本身挺暴力的。

他们拦下运送牛奶的棚车,把牛奶都倒了。他们不让农民把干草拉到市场上去。他们企图阻止整个农产品的流通过程。在他们看来,只要封锁了通往食品加工厂的公路和入口,别人就买不到两分钱一磅的猪肉。

他们会说:我们要在切诺基的东边聚集,就在那个岔路口。现在,他们把范围扩展到整个乡下,不让任何东西通过。相信我,他们确实这么干了。他们随身带着一切能用上的东西。有的人甚至拿着干草叉。(笑)他们可以用干草叉把汽车轮胎堆起来设置路障。

在乡下,人们都起来反抗将财产从一个人手上夺走的做法。你拿走他的马和犁,就相当于夺走了他的饭碗,让他的家人挨饿。就是这么现实。

我还记得有这么一个人,他是我见过最虔诚的人,一个天主教徒。他也卷了进去,我说的是由此引发的暴力事件。牧师想让他冷静下来。他说道:"我的上帝啊,神父,我们都绝望啦。我们不知道要怎么做。"他是我所见过的最守旧的人,在州议会工作。

有一次,他们准备在法庭上指控一个来自挪威的贵格会教徒,如果他认罪的话就会轻判。这个人的妻子叫道:"西蒙,你必须得进监狱。"

他们有没有说过要改变这个社会?

没有。你越生活在底层,就越保守。土地就是他的命,任何可能改变这种状况的事情他都不会赞成。我从没见过艾奥瓦的农民表露出任何意愿,来接受自己政府以外的任何形式的政府。如果我的家人,我的祖父、曾祖父听说了我的政治信仰，他们一定在九泉之下不得安宁。我觉得要是没有这场大萧条，我们这里的农村只会变成麦金利的共和国。

你知道吗，希特勒的人对我在艾奥瓦北部经历的一次农场罢工很感兴趣。1937年，我和妻子到德国去旅游。我为了裁军大会跑去日内瓦。我在柏林碰到了希特勒的农业专员。他们刚刚控制住自己的农民。他想知道我们是如何处理这场暴乱的。他越听越生气。我说："那换了你会对这些人做什么？"他说："他们必须向政府妥协，不然我们就灭了他们。"

新政出台……

它的进展非常缓慢。当然，亨利·华莱士（Henry Wallace）[04]和他的常平仓拯救了农民。农民本来走投无路。他们付钱买走玉米，并储藏起来。他们出的价格比市场上那可怜的低价高出许多。一蒲式耳八分钱是不被允许的。

农民们迫不得已，犯了法。除此之外，他们没有别的办法。眼看着自己的邻居彻底破产，他们只能到城市去流浪，他们得吃饭啊。

唉，这些镇子实在太可怜了。我说的是现在。你离开公路走一小会儿，就会穿过几个小镇。沿着主街走下去，只会看到一所接一所的空房子。有电梯和加油站的鬼镇。

对于小农场主而言，现在的日子太悲惨了。我姐夫现在还有一块农场，还是他父亲年轻的时候来这里开垦的。他之所以还能在这一行里干下去，是因为他把农场上长出来的所有东西都变成了牛饲料，再变成牛肉。牛肉的价格不错，主要是工厂里的工人在吃。可如果是在农场里种植作物，想用作物还钱，那日子可就紧巴喽。

在很多农民家庭里，没人愿意继续在农场上劳作。孩子们要进城。农

---

[04] 亨利·华莱士（1888—1965），美国政治家，在罗斯福时期先后任农业部部长、副总统和商务部部长。后成立进步党参选美国总统，反对冷战，主张限制大企业。——编者注

场要么被卖掉，要么被社区里某个大型的土地经营公司纳入囊中。个体农民已经成为过去。控股公司规模越来越大，人越来越少。即便现在一个人能经营不属于他的八百亩农场，他还是会面临这种问题。

战争经济有没有帮到农民？

不，没有，没有。至少对小农场主没什么帮助。他们一直都很惨。从来都不要指望战争能帮到农民，可能暂时有点帮助。虽然我很讨厌这么讲，但的确是"二战"终结了大萧条。我们通过杀戮自己家和别人家的孩子解决了问题。

可是，我觉得还会再来一次大萧条。现在如果出现这个问题，会让上一次大萧条看上去就像是学校组织的周日野餐。现在如果发生大萧条，打击会更深、更快。现在是机器时代，它会像所有东西一样突如其来。

三十年代，我姐姐家完全自给自足。他们有菜地、有鸡蛋，养了好几群鸡。现在，鸡蛋都是大型养殖场供应的。靠机器，每天可产出几千枚。那个时候，都是自己养的鸡下的蛋，吃不完。现在，牛奶就是给这里的餐厅提供原材料的同一家公司供应的。那个时候人们没钱买新衣服，买车或是农机具，可是让自己吃饱活下去没问题。现在，一旦钱没了，他们连吃的都没有了……

现在的人学会了暴力，在没钱的时候丧失人性。人们都在朝那个方向发展。我觉得他们忍受不了我们当年受过的苦。年轻人受不了这个，因为他们知道没这个必要。但你没法让议会里的大多数人明白你现在明白的道理。

奥斯卡·赫兰（Oscar Heline）

他已经七十八岁了，一辈子都住在艾奥瓦州的这片农场上。这片农场是他父亲在一个世纪之前开垦的，位于艾奥瓦州的西北部，邻近南达科他州。马库斯的人口只有1263人。

在这个下着毛毛雨的周日午后，主街上空无一人。没有一扇窗户开着，也听不到一点儿声音。突然之间，摇滚乐的声音打破了这片死寂。在一家看上去空置了许多年的商店里，走出来两个姑娘、一个小伙子，十三四岁的年纪。

我向他们问路。他们很友好，但有些"摸不着头脑"。"一个老人？"他们很想帮上忙。一个指着北边，一个指着南边，还有一个指着西边。每个都很肯定有"一个老人"住在附近的某个地方。

我沿着一条石子路往前走，路过三家农舍，每经过一家我都会停下来：没有老人，不知道有"一个老人"，也不晓得他的名字。每一家的树上都挂着一块牌子"小心恶犬"。一条狗向前小跑，然后又警觉地停了下来，像外号"公牛"的康纳（Bull Connor）一样盯着陌生人。这几家的年轻人都特别友好，但并不知道有奥斯卡·赫兰这个人。

在第四家农舍，一位年迈的老妇人正着迷地看着电视里老虎队和红雀队的职业棒球大赛，她知道奥斯卡在哪儿……我往回走了好几条石子路，终于找到了他。

我们经历过的那些苦难简直令人难以置信。一个人在自己的农场上生活了一辈子，结果农场被人夺走了。一个接一个。农场被没收之后，人们还会收到清偿债务余额的判决。他不仅失去了农场，而且根本不可能还清债务。

他回忆起二十年代的农业萧条："我们把农场给了抵押持有人，接着我们还会被告上法庭，被要求偿还债务余额。"在二十年代早期的土地繁荣之后，土地的价值一直在下降，直到上一个十年末期。"在1928、

1929年，眼看着天似乎亮了一点点，结果遇上了利息到期不付，三十年代的大萧条又来了致命一击……"

农民们都很绝望。谁都不会从邻居那里买东西，因为卖东西的农民什么都得不到，钱都到债主那儿去了。而债主们的胃口永远也填不满。把农场卖掉有什么用呢？我们为什么要让他们这么干下去？这笔钱又不能还清贷款，偿还不了所有债务。已经破了产，却仍然背负着债务。一开始，他们拿走你的农场，接下来就拿走你的牲畜，再就是你的农机具，连你家里的东西都不放过。最后把你赶走。那时候，农民们都团结在一起。我们会搞一分钱的拍卖。有的邻居会花一分钱把东西买走，之后再还回去。

粮食都烧了。它们比煤还便宜。玉米也烧了。东边的一个县，整个冬天都在法院烧玉米取暖。在1932年、1933年，你用玉米几乎换不到任何东西，连运费都挣不回来。在南达科他州，县交易市场标注的玉米价格是负三分。一蒲式耳负三分钱。如果你想要卖掉一蒲式耳的玉米，还得倒贴三分钱。他们负担不起处理玉米的钱。如果你摆脱不了困境，想想会发生什么吧……

公路上也有很多麻烦。人们决心不让农产品进入市场，包括牲畜、奶油、黄油和鸡蛋。如果他们把农产品都毁了，市场的价格就会被迫抬高一点儿。农民们堵住公路，将奶油倒进水沟里，鸡蛋也都倒了。他们还烧了高架桥，这样火车就拉不了粮食。保守分子不喜欢这样的反抗，也不太同情这些农民。但总得干点儿什么。

在得梅因，我的大部分时间在为成立州合作社当说客。希望通过一些法律。我没有在公路上参与他们的活动。有的农民可能觉得我不是很支持他们的做法。他们是太绝望了。如果你不去跟他们一起，你就不是朋友，只能是对头。我每天都不晓得会不会有人要对我的家人不利。他们把桥烧了，事故、暴力，可能还有人死，我不知道。

有一些特别保守的人不肯加入这个阵营。我自己也不想，因为这解决不了问题。他们采取了那样的行动——我说的是那种不能解决问题的行动。你得做点有建设性的事。不过对那些在公路上闹事的人，我从没说过难听的话。

有些农民带着马队，有时候开着卡车，想过去。他们想让家人填饱肚子，卖掉几十个鸡蛋、几磅黄油，换点儿东西回来给家里刚出生不久的小娃娃吃。他们也很绝望。一方想卖东西好让自己活下去，另一方不想让你卖东西，这样他们才能活下去。

农民都是非常独立的个体。他们想成为保守的人，想成为受人尊敬的人，想还清债务。但世道艰难。州里的官员们从小就是保守派，我们中的大部分人也是。他们永远都不会这么做，除非身陷绝境。

有少数人可以比别人得到多一点儿贷款。他们希望一切照旧。他们多半就是试图冲破警戒线的那些人。穷人受苦，他们得益。物价便宜的时候，他们有钱买东西。总有那么一小撮人，能够因为别人的贫穷赚钱。这是富人和穷人之间的斗争。

比方说，一些有想法的银行家来到了我们州。如果我父亲要借一百块钱，他只能拿到八十。但是到了还款日，他却得还一百，此外还有利息。他早期的借款都是这么来的。就因为这样，我们这个乡下地方有了不少有钱人家。

我们确实通过了一些法律。我们做的第一件事，就是让法官不再有权做出清偿贷款余额的判决。原则就是：拿走的财产有一天还能回到你手里。

我们通过的第二条法律是针对每个县里的委员会——也就是审判委员会做出的规定。他们将你的债务合在一起，和你的债主坐下来协商。他们给你机会，给你争取更多的时间。土地银行和保险公司一开始都非常强硬。他们拿到了农场，得到了清偿贷款余额的判决，结果却发现捞不到什么好处。他们得找人来经营农场。于是,他们又转头把农场租给原来的农场主。他开出的条件可不会大方。那个可怜的家伙没办法跟人讲公平,因为他也不会公平。他得活下去。所有的出租人都是同伙。所以,土地银行和保险公司变聪明了,不再取消抵押农场的赎回权。

我们通过联邦政府的一个项目拿到了一笔农场贷款。我们的委员会有二十五个成员,在三十五年前起草了最早的农场法案,是和亨利·华莱士一起拟的。新注入的资金交到了农民手上。联邦政府也改变了之前的销售计划,从焚烧一毛钱玉米到玉米价格涨到四毛五。人们现在可以看到一丝光明和希望。态度出现了彻底的变化。你可以想象……(低声哭泣)

华莱士救了我们,让我们重新站了起来。他了解我们的问题。当他被任命为农业部部长时,我们前去拜访他,他很明确地告诉我们,他不想起草法律。他希望农民自己来起草。他说:"我会和你们一起来做这件事,但你们才是真正受苦的人。它必须是你们自己的计划。"他总是乐于给出自己的意见,但从不指手画脚。这个计划是农民自己制定出来的,真的。

当时还发生了一件事:我们养了太多猪,大约是常规产量的两倍,这是因为玉米实在太便宜了。我们提出了别人口中的"华莱士的蠢招儿":宰杀小猪。另一个农民和我帮助推进了这件事。猪肉的价格是三块钱,我们买不起四毛五的玉米当饲料。所以,我们得想一个办法来处置多出来的猪。我们把猪收购回来,然后杀掉。这事可真令人绝望。可是只有这么干才能抬高猪肉价格。我们把杀掉的大部分猪扔到了河里。

艰难的日子让农民家庭更加团结。我妻子在县里的农业局上班。我们积累了好多居家过日子的经验,比如怎么用麻布袋和面粉袋子做内衣。当时大家都是互帮互助,也因此产生了一些很美好的东西。彼此之间的同情是显而易见的。虽然世事艰难,个人价值也有所体现。

赫兰太太插话道："她们甚至把座椅套从汽车里取出来，用它们来做衣服或是铺在旧椅子上。我们教她们怎么用剩余的棉花做垫子。我们有自留地，把很多东西做成了罐头。我们把产的肉做成罐头，或者把它们腌起来。我们有工作可做，忙碌的人总是开心的。"

真正的振兴是在我们卷入"二战"之后。每个人都在偿还旧债和抵押贷款，可是土地的价值还在走低。它现在的价值比这个国家历史上的任何时期都高。战争……（长长的停顿）

它对国家有一定影响，增加了就业。它对个人也有影响。战争刚开始的时候，我们的儿子准备去参军。我们有一个邻居，有一天，这个邻居对我说，我们需要一场战争，这样就能解决农业问题了。我说："没错，可我不想为此付出的代价是我儿子的生命。"结果真是这样。（低声哭泣）这代价真是太沉重了。

1928年，胡佛会见了农场代表团，我是代表会的主席。我们家一直支持共和党，我是支持他的。但他让我很失望。我不认为大萧条是他一个人的过错，他也努力过，但他所有的计划都行不通，因为他让政府置身事外。他倚靠的是个别组织。

这是一件很奇怪的事情。它发生在三十五年前——罗斯福、华莱士。如今经营农场的是新的一代人，非常成功。他们这么快就忘了自己的父辈曾经得到过联邦政府的援助，这让我很吃惊。农业局是我协助在这个州组建的。1935年，它没有帮助我们。现在，它的立场依旧没有变：我们不需要政府帮助。但是我很肯定，单凭我们一己之力是做不成的。个人做事，牵涉到太多各种各样的利益了。土地银行在三十年代陷入困境的时候，是谁出手救了它们？是我们的联邦政府。

我对那个时候印象最深刻的是，贫穷催生绝望，绝望又引发暴力。在勒玛斯的普利茅斯县，就在我们西边，有一天早上，一群人聚在一起，决定要阻止法官做出清偿贷款余额的判决。这个法官有个习惯，就是他通常很快就为抵押品的拍卖开绿灯。这些农民再也忍不下去了。他们眼睁睁地看着邻居的财产被卖光。

有少部分法官会拒绝受理这样的案子。他们要么拖延，要么把案子转给其他人。但是，这个法官非常粗暴傲慢，总是说："你做这个，你做那个，这是我的法庭。"每天都有几个农民破产，而这个法官却得意扬扬地坐在那里说："这是我的法庭……"他们说："你他妈的算老几？"他不过也是个人，跟他们没什么区别。

一天，这群农民聚集在一起。我猜他们当中有些人要去喝点儿酒，壮壮胆。他们说：咱们去收拾那个法官。他们闯进法院，头上的帽子也没摘，要求跟法官对话。法官决定要给这些人一个教训，说道："先生们，这是我的法庭。摘掉你们的帽子，在法庭讲话要注意分寸。"

他们嘲笑了他一番："我们才不在乎这是谁的法庭。我们到这里来是为了纠正你的做法。你现在做的那些事情，我们不会再让你干下去了。"他们就这样一直争论，言辞越来越激烈。法官根本不听他们在讲什么，还威胁他们。于是，他们将法官从椅子上拽下来，从法院的台阶上拖下来，并拿出一根绳子在他眼前晃了晃。然后，他们就狠狠惩罚了他一番。

州长召集了国民警卫队，将这些农民关到了铁丝网后面。你想象一下……（低声哭泣）……在这个州，你不会忘记这些事情。

弗兰克（Frank）和罗姆·亨吉斯（Rome Hentges）

这是艾奥瓦州勒玛斯最古老的房子，就在街角。里面的装修具有另一个时代的风格。弗兰克八十多岁了，罗姆七十多岁。大萧条之前他们是服装商人。

弗兰克：（笑）哎哟，美国大萧条。

罗姆：这里的假日。

弗兰克：没错，农民的假日。他们闯进了法院，当时布拉德利（Bradley）法官正坐在法官席上。那些农民不想……怎么说，失去自己的农场。我想他们是对的。他们的理由是正当的。

罗姆：农民的农场可能值七八万块钱，却因为还不出一万五的抵押贷款而被没收。这是不公平的。

弗兰克：当然不公平。

罗姆：我不会因为他们采取那样的立场就责备他们。

弗兰克：他们把法官从法官席上拽下来，在他脖子上套了根绳子。

罗姆：他们打算吊死他。

弗兰克：对，把他带出了法庭。

罗姆：他吓坏了。

弗兰克：他怕得要死。

罗姆：布拉德利是我们非常要好的朋友。我们非常了解他。他后来去了得梅因。

他们惩罚他了吗？

弗兰克：没，没在这里惩罚。

罗姆：算是有吧，不过不是在这里。他们把绳子套在他脖子上，他都吓坏了。

弗兰克：他吓死了，因为他什么都干不了。他能做的只有执法，无论那是怎样的法律。我不知道……

他们把绳子套在他脖子上了？

弗兰克：我不在那里，我没看到。

罗姆：他们没有吊死他。但这确实把他给毁了。在那之后，他过得不怎么好。我想他退休了。他过得不好。对一个上了点儿年纪的人来说，这是个不小的打击。

弗兰克：没错，就差一点点，那些暴徒就要了他的命。

罗姆：这群农民，我想有几百人吧。他们随意摆布他。我不知道他们最后是怎么决定不绞死他的。在这件事之后，他们全都被逮捕了。乡村俱乐部在小镇的南边，他们就被关在那里。几百号人。

大萧条对你们有什么影响？

罗姆：让我们的日子很不好过。

弗兰克：有钱人的钱都没了。

罗姆：没错，所有银行都倒闭了，你知道的。

弗兰克：我想我们是在这里生活的人家当中唯一留下来的，是不是？

罗姆：我们在好几座城市里都有商店，南达科他州的扬克顿和沃特敦、艾奥瓦州的梅森城和卡罗尔。1933年左右，这些商店都关门了。

弗兰克：我们是这座城里生意做得最好的。

之后你们重新开业了吗？

罗姆：没有一家重新开张的。

从那个时候开始你们做什么呢？

弗兰克：无所事事。（笑）

奥林·凯利（Orrin Kelly）

从1940年开始，他就在勒玛斯的普利茅斯合作社做销售。在最后八年里，他在那里打零工。现在，他一天工作两小时。

如果他们要搞农场拍卖，我们就会派人过去阻止他们。不会有像现在这样的暴乱。我们只是去到那里，他们看到我们的几百号人，就会取消拍卖。我们也不会游行示威，只是去到那里。

布拉德利法官的事确实让人非常意外。当时我不在这里。事发当天我在得梅因。他们去了苏城，阻止了一场农场拍卖。那群农民来到勒玛斯，可能有一百多号人。他们听说了这里进行的拍卖，就去了法院，想当面问问布拉德利法官。他态度强硬，而且目中无人。他们把法官带到外面，还是只想好好跟他谈谈。可是随着事态的发展，他们把他带到了乡下，并威胁要对他动用私刑——他们当然不会这么做。

可以料想到，政府为此动用了军队。那天是周四。周六早上，军队来到勒玛斯。我周六半夜的时候回到家。周日早上，军队把我带走，因为我是自卫委员会的主席。我在监狱里待了两周，罪名是两天不在岗。

那天我去了教堂，正往市区走的时候，《环球邮报》(Globe-Post)的编辑跑出来对我说："奥林，你最好赶紧出城。部队的人为了布拉德利法官的事正在找你。"我说："我没有逃跑的理由，我不走。"他说："我给你找个律师，让他为你辩护。"于是，我走上那位律师办公室所在的大街。当我迈上台阶时，国民警卫队的人跟着我。他们说："我们要把凯利先生带走。"那位律师企图为我辩护："你得有逮捕证。你不能就这样把凯利先生带走。"但他们说："我们要把他带走。"于是，他们把我带走，塞进一辆囚车，拉到了一处营地。那地方在城南，那个下午他们就把我关在里面。

我问他们是否可以给我妻子打个电话。他们说："你不能给妻子打电话。"有人给她打了电话。他们让她进来。搜了她的身。

那天晚上六点左右，一辆囚车开了过来，将我带到苏城。我在警察局一直待到周三晚上。囚车里没有座位，我就一路蹲到了苏城。就因为这个我落下了背疼的毛病。一个黑人小伙子走进我的号房。他看着我说："你怎么啦？你看起来很痛苦。我们最好把你弄出去。"于是，他出去开始用最大的声音喊起来:"这里有个人要死啦。"

他们把我弄上救护车,送到了圣文森特医院。有三个人一直看着我。两个警察从夜里十点待到第二天早上七点。然后,国民警卫队的人就进来了。始终有一个人守在这里。

我在医院的头几天,发生了一件好笑的事情。病房里有两张床。那三个看着我的人一直都是两个睡觉,一个醒着。护士说:"我要给凯利先生做治疗了,你们可以出去吗?"他们说:"我们不能离开这个房间。"护士说:"但是我不想你们待在这儿。"于是,他们开了个小会,最后还是出去了。

第二天,我的妻子过来了。当时,我们的孩子就要出生了。那是1932年。分别的时候,她伸手抱住我,哭了一会儿。她随身带了个小包,里头装着祈祷书和一串念珠。当她走到门边的时候,把包扔到我床上。我赶紧把它捂到枕头底下。那三个警卫就在门外聊天。

护士走了进来,甩上门。差点把我推倒。她拿出枕头,重新整理了一遍床铺,里里外外细细查看了一番,然后走了出去。

这三个看守当中有一个是退伍军人,只有他跟我讲过话。第二天,他说:"昨天夜里,这里发生了件好玩的事情。有个家伙认为你的妻子给了你一把枪。本应该进来检查的人有些害怕,他想让护士进来。护士说:'我进去找枪。'这就是她进来的原因。"

第二天下午,护士说:"外面那几个胆小鬼不敢进来。我跟他们说我进来。不过我关上了门。如果你真有一把枪,他们无论如何也不会知道。"

他们一开始在星期天逮捕你的时候,把你带去了什么地方?

那个地方占地大约十英亩。四周围有尖桩篱栅,顶上盖着铁丝网。他们在那里扎下营地,支起行军床。周日晚上我就在那里了,他们还没扎营。营地是周一搭建起来的。他们审问了关在那里的人。它原本是个乡村俱乐部,已经被卖掉了,现在建起了现代化的住宅。

被捕的都是些什么人？

跟"农民假日"有牵连的所有农民。只有农民。他们星期天抓我的时候，开了两辆卡车到我们村，干草堆都翻遍了。他们不知道我已经在城里被捕了。一辆卡车上下来三个人，又走了。几个小时之后，又一个人跑到我家地下室去搜查。我的父亲告诉他们我从周三开始就没回过家。看到了吧，他们手上有协会所有成员的名字。这就是布拉德利法官事件的结果。我是唯一一个被带到苏城的。我也不知道原因。

你们当中有人被审判吗？

法官和县检察官只进行了预审。他们企图把罪名安到我头上，说我曾经写了一封信，内容是要吊死某人。他们说是我的一个朋友说的。后来，这个朋友告诉我，他从没说过这样的话。

你觉得谁是幕后主使？

州长，他出动了军队。也有保险公司和大农场主的份。州长和他们是站一边的。

我们有一千六百名成员：堵路，拦卡车，把牲口放跑。还有两个共产主义分子想要加入我们。其中一个是"布卢尔大娘"。和她一起的是一个长相非常英俊的小伙子，总是穿得很体面。她自己就穿得很破烂。她说这个小伙子是她的女婿。一有机会，"布卢尔大娘"就要站到箱子或者其他东西上面，试图跟农民们讲点儿什么。他们总是把她嘘下来。当然也发生了些摩擦。不过没人受伤，也没人想让别人受伤，像是扔东西或是打对方头什么的。这很奇怪：跟我们在一起的有很多生意人，他们组成了警戒线。我们的队伍里甚至还有两个工人。玛勒斯的一个医生一直在警戒线上。一天晚上，这个医生拦下一辆卡车。他径直走到卡车后面，打开栏板，开始把牛往外赶。这很奇怪，因为他是城里一个非常好的医生。但他很同情这些农民。

大部分人站在我们这边，但也有一些农民手里有钱，利用当下的情况赚钱——买下大量农场,增加自己的资产。

我参加过几次农场拍卖。那些拍卖师通常是同情农民的。只有朋友会来竞价。有的人出五分钱、一毛钱、一毛五分钱。拍卖师就会说:出售给某某某,一亩地一毛钱诸如此类的话。拍卖就这样结束了。

但许多农民还是失去了他们的农场。我的一个叔叔曾经拥有三片农场。大萧条来袭的时候,他再也经营不下去。很多人会去租农场……之前曾经属于自己的农场。很难说清楚的事情……

现在生活在勒玛斯的人还记得有关布拉德利法官的那段历史吗?

只有上了年纪的人才知道。

埃米尔·罗瑞克斯(Emil Loriks)

住在南达科他州阿灵顿的农场。1927年到1934年,曾在州议会任职。

"1924年,我们的粮仓都空了。农产品的价格崩溃了。我还记得我私下里签署了一张便条,担保经纪公司不会遭受损失。那些天,我晚上就没有睡过安稳觉。州里各处的银行都破产了。我们开始感受到压力。股市的恐慌对我们来说并不意外。我们的政府就没做对一件事……战争让我们获益。我们做的唯一一件事情就是控制小麦产量的上限。我们收取高额的保护性关税,其他国家开始报复……"

有这样一种说法:萧条是农民引发的,也是农民推动的。在三十年代确实是这样的。随着农民失去购买力,大型拖拉机都堆在这两座城市的明尼阿波利斯-莫林(Minneapolis-Moline)工厂里。有一天,工厂关门大吉了,雇员们只能去乞讨或挨饿。我的侄子就是其中一员。我开着卡车去明尼阿波利斯,把他和他的家人接到我家农场。他们在我那儿一直待到工厂重新开工，那已经是两三年后了。

1927年，我第一次参加州参议院的会议。当时，五百个农民到国会山游行。这事让我很兴奋。我都不晓得农民这么聪明，知道要组织起来。（笑）他们在那里停留了两天。我之前都没意识到我们拥有这样的力量。

他们离开之后的第二天，一位参议员抨击这些人是无政府主义者，是布尔什维克。（笑）他说他们举的旗子比莫斯科的任何东西都要红。什么样的旗子呢？就是挂在礼堂里的一块棉布。上面写着"一起买，一起卖，一起投票"。这就是激进的危险。（笑）他们一直在组建合作社，这正是农民所急需的。

我是参议院里第一个反驳他的，之后其他十一个参议员就轮番上阵了。他再也没有当选。农民联合会的成员在众议院占据了三四个席位。这给我上了很好的一课。

我们农民假日协会的成员中有银行家、商人，也有农业局和商会的主席。（笑）他们不愿意太出头，但会场总是爆满。人们都把身子探出了窗外。我们的口号是："不买也不卖，让税收见鬼去吧。"（笑）

唉，接下来就出动军队了。在米尔班克举行的一次农场拍卖中，治安官和十六个副治安官都来了。其中有个人比较喜欢乱开枪。这是个错误。小伙子们很快就把他的枪缴了，他甚至都没反应过来是怎么回事。他们猛搜这几个人的皮带，连皮带扣都没解开。他们把枪拿走了。从那之后，我们的拍卖没遇到太大的麻烦。

通往苏福尔斯的十三条公路都给封锁了。他们在一两天之内把所有牲畜围栏里的牲口都放走了。确实发生了一些暴力行为，但大多数是意外。

我永远都忘不掉一位天主教牧师在塞勒姆的一次集会上发表的演讲。那地方在我们的正南边，距离大约四十英里。这是我听过最激昂的讲话。他说："如果你们这些男人没有勇气封锁公路，阻止这些东西流入市场，那就穿上裙子回到厨房里去，换你们的妻子来，她们会做到的。"（笑）这些农民把警局当成自己的总部。（笑）警察也不能做什么。治安官和副治安官都只能听之任之。

艾奥瓦州的法官事件拉响了警报。在布朗县，农民们涌入法庭，有五六百人，法院里的人根本没法办事。（笑）

副治安官们带着卡车队和枪过来。有一个农民在路上放了些木板。治安官命令他把木板搬走，他们掏出了枪。他说："开枪吧，但你们这群狗娘养的不会有一个活着离开这里。"旁边树林里有大约一千五百个农民。卡车没开过去。这种情绪跟美国独立战争的时候比较像。

有一件事我记得特别清楚。当时我们在休伦的城市公园举行大型集会，有上万农民参加。我也邀请了州长沃伦·格林（Warren Green）出席。他强调了法律和秩序。他看上去好像有点儿吓坏了。晚上来了个惊喜：全国农民联盟（National Farmers Union）的主席约翰·A. 辛普森（John A. Simpson）。他的开场白就点燃了现场群众的情绪，这些话我现在仍然记得一字不差："如果宪法、法律和法庭判决阻碍了人类进步，那么是时候让它们消失了。"当集会被迫中止，人群依然一动不动，大家齐声吼道："还我们辛普森！还我们辛普森！"直到辛普森重新回到讲台，他们纹丝未动。

农民假日协会是相当保守的。在这个州的北部有一个左翼组织——农民联合联盟（United Farmers League）。商界的人希望我们能够阻止那些极端的左翼分子——共产党，但我们跟他们没有什么关联。

在十到十一个州里，局势一触即发。你几乎可以闻到火药的味道。当艾奥瓦的州长赫林（Herring）要出动国民警卫队时，米洛·雷诺（Milo Reno）说："等等！我不会让自己的双手沾染上无辜民众的血。"我们花了很长时间才让农民离开75号高速公路。那里可能聚集了上千人。雷诺在苏城召集了一次会议，来了大约三万农民。我们决定前往华盛顿，勉强接受它的一个农场计划。

如果1932年罗斯福没上台,我们就有麻烦了。我永远也忘不了我们和他的一次会面。当时,他乘坐专列来到皮尔[05],出现在车尾平台上。接下来,我们就被请进了一间包房,还有一些农民和劳工领袖。我们和总统先生一起度过了大约一个小时的时间。

他指着密苏里河说:"这是你们州最伟大的母亲河,应该好好开发。"他跟我们讲瑞士是如何开发电力资源让人民受益的——低电价,等等。他知道的可真多。

1934年,我辞去在州参议院的职务,成为南达科他州农民联合会的主席。我们举行过多次抗争。在那之前,我曾提出议案,要求将拖欠付款的罚金利息从12%降到6%。我因此受到了攻击。本地的记者说我的激进立法将毁了这个州。(笑)

南达科他州从建州开始就被反动势力控制着。这里有金矿,牵涉到公司利益。这也是我第一次听说"共产主义分子"这个词。当时我住在瓦威里酒店,他们管这个地方叫共产主义的大本营。只要是他们不喜欢的东西就冠上这个词。我都是查了字典才知道它的意思。(笑)

我们这里拥有世界上最富饶的金矿,就在布拉克山(Black Hills)。我在立法机构中是支持对矿石征税的。这座矿归赫斯特集团所有。这事做起来很困难。我们通过全民投票的方式把这件事交由当地的人民来做决定。我们赢了,通过了征税的决议。我们的口号是:"征金矿的税,而不是猪毛菜。"1933年干旱的时候,这些可恶的、长满刺的猪毛菜就堆在那里,用来喂牲口。它们富含蛋白质。

1935年,我们发起了一个活动,打算筹集一百万税款。一天晚上,菲利普斯下着暴风雪,我遇到了一群矿工。矿上给了他们一天假还有一

---

[05] 皮尔,南达科他州首府。——译者注

笔钱来参加这次集会。他们团团将我围住，说这笔税款将害他们六百人失去工作。他们是破产的农民，幸运地在别的矿上找到了工作。我回家的时候特别担心。不过，税收法案还是通过了，而且没有一个矿工丢掉工作。

他们其实是被矿产公司怂恿的。这些公司为州内的各所大学提供资金支持。当税收法案就要通过的时候，他们就给学校的校友写信，附上一张支票和一句话：给你的参议员拍电报，反对这项邪恶的、不公平的税收法案。（笑）现在，他们像我们农民一样陷入困境，因为金价是固定的，而开采的成本却在不断上涨。他们得到了政府支持，也就是停止收税。我们没有。

1938年，我竞选国会议员。我在城市里赢得了选票，却输掉了农村选区。在竞选开始前一周，凯斯议员（Case）、布什费尔德州长（Bushfield）和我的竞争对手要求戴斯委员会（Dies Committee）对我进行调查。竞选前一两晚，他们拿出一张照片，照片上我和农民联盟委员会正在与产业工会联合会的人会面。这就是他们说我是共产主义分子的证据。

在我竞选输掉之后，凯斯向我道歉，他说有人未经他允许就用了他的名字。各家报纸也在竞选之后拼命道歉。我曾在其中几家报社干过。有一家说我参加了共产党的游行。我从来都没见过共产党的游行。

他突然记起达科他州那些有名望的有钱人、大农场主，他们在三十年代也是假日协会的成员。"他们现在都是百万富翁，其中很多人已经走向了对立面。"

我偶尔会碰到一个对我心怀感激的农民。他会说："你真是救了我啊。我当时穷得不行，但拿到了贷款。"这种事情不常发生。很多在当时得到过帮助的人现在都很恨罗斯福，变得极端保守。

现在，公司也开始进驻。农业综合企业。他们的客户包括电影明星和医生。算是不错的投资吧。

这种牲畜养殖生意简直就是瞎胡闹。他们可以核销损失，收取折旧费用……小农场主根本没有机会。

露丝·罗瑞克斯（Luth Loriks），他的妻子

有一次，我们开车去阿伯丁。那是 1933 年，正赶上蝗虫泛滥的那段时间。我们离开家的时候，阳光灿烂，走到半路，天就变黑了。原来是成群的蝗虫遮住了太阳。

我们有一块很大的园子。小鸡会跑进去啄小草。我们的邻居说："蝗虫来了，把树上的叶子都吃光了，它们甚至开始吃那些篱笆桩。"我以为她是开玩笑呢。可是，第二天它们就飞来了，在篱笆桩上排成一队。我那尽职尽责的母鸡拼命护着西红柿，不让它们接近。（笑）可它们还是飞来了。

一天中午，我们这儿起了最严重的一次沙尘暴。我这一辈子都不想再经历一次。空气里都是沙子。我们可以看到它们飘进来，而我们的防风窗很厚，质量也是很好的。一年之前，我们听说沙尘暴吹到了南边。他们收了麦子，用卡车运到那里。有些好心人说："最好跟大家分享，我们谁也不知道什么时候会遇上旱灾。"结果第二年就遇上了。我们居然挺过去了，我都觉得不可思议。

我们那个女邻居失去了她的丈夫，当然是因为他欠银行的钱。拍卖官来到这儿，她还给他们做了午饭。她站在窗户边上小声哭着。"我们的最后一头奶牛也没了……"马也被牵走了。她叫着它们的名字，这真让我们心碎。他们都不给机会让她想办法偿还账单。他们从没给过她机会，

只是过来把东西都处理掉。她就站在那儿哭。

克莱德·T.·埃利斯（Clyde T. Ellis）

来自阿肯色州的前国会议员。他担任全国乡村电力合作协会（National Rural Electric Cooperative Association）的总经理二十五年。

"肮脏的三十年代"，因为那时候的沙尘暴，才有了这个说法。我们一家来自阿肯色州，多年干旱又赶上大萧条。即便风调雨顺，年景也谈不上好。一切都干枯了……温泉、水井、池塘、小溪、河流。

各地的银行纷纷倒闭。我们县的十二家银行里，只有三家幸免于难。我们失去的最宝贵的东西就是希望。如果一个人仍然心存希望，他就能经受很多苦难。

山里人比其他人更能吃苦。我们的日子比别人的更加艰难。我们想要什么，大部分得自己种或是自己做。乡下从来都不适应机械化的生活……现在仍然如此。很难办。我们家就有亲戚放弃了。一家人被迫分开，四散到不同的州落脚。在我们县里，有很多人选择去底特律，然后他们又用尽办法动身前往佛罗里达，搭顺风车……我兜售《圣经》的时候也搭过顺风车。那是一个夏天，我还在上中学。

后来，我成了一名教师。工资不高，工作倒是很体面。我在只有一间教室的乡村学校教书。罗斯福当选总统的时候，我去了法学院读书。在那里，我们一群人决定，就算下地狱，我们也要闹点儿动静出来。我们去竞选公职。

我去竞选州议会的职位。我没有过问当权派的意见，所以在县里的集会上受到恶意攻击。政治集团和经济集团是一丘之貉。但我还是当选了。议会里的绝大多数人是新来的，他们击败了在任的候选人，人们称之为1932年革命。我们组织起来，成了"少壮派"。

我一直在提倡为人民发展电力。小镇上几乎都没电，只有一家发动机砰砰作响的电厂，而且供电极不稳定。乡下更是从来就没有电。我们看到雾气从怀特河上升腾而起，当河水涨高，就能听见水流的怒吼。我们都知道巨大的能量就这么浪费掉了。我们读过世界各国水电厂的资料，也谈论过这个问题，但能做的很少。电力公司反对。阿肯色可能是由一家电力公司全面控制的一个州。

我们试着做一些和防洪有关的工作，在这个过程当中顺带为电气化铺路——因为田纳西河流域管理局（Tennessee Valley Authority）已经成立，它有多个目标：比如防洪和发电。

我们开始组建电力合作社，希望从那些电力公司购电，因为不知道还要等多久大坝才能修建起来。他们定的价格高得离谱。他们一直以来都决心要搞垮我们合作社。

1934年，我通过竞选进入州参议院任职，又提出了一项农村电气化提案。提案在1935年通过，但仍然面临一场艰苦卓绝的斗争。它成为农村电气化管理局（Rural Electrification Administration）的一个范例，其他各州也开始在农村地区投入应用。1936年，我们组织了一些电力合作社。

现在，怀特河及阿肯色州其他河流的上下游都修建了大坝。工业进驻，鼓励发展。但是，仍然有一些地方没有从大萧条的冲击中恢复过来。

"我要跟你讲的与贫穷有关。1942年，我因为农村电气化的问题竞选国会议员。可就在那个时候，巴丹陷落[06]。美国人关心的只有一件

---

[06] 1942年4月9日，菲律宾巴丹半岛上的美菲守军向日军投降，七万八千人被俘，在押解战俘营的过程中数万人死亡。——编者注

事——我们的孩子们是否还活着。几乎所有的士兵都是从国民警卫队去的,都是穷人的孩子,他们之所以那么快参军是因为可以拿到几块钱。我的小弟弟哈罗德没有工作,他退学后自愿参军。他牺牲了……"

"他们首当其冲。我们整个县里的年轻小伙子都在科雷吉多尔岛[07]上送了命……"

当我们这里开始供电的时候,我希望在父母家和他们一起见证。那是在1940年。我们每个人都在不停地拉开关,生怕错过来电的时刻。我们可不想错过。终于来电了,一开始灯泡只是微微发亮。我记得妈妈一直笑着。电量充足之后,眼泪也终于从她脸上滚落。过了一会儿,她说:"哦,要是你们从小长大的时候有电就好啦。"我们经常生病。如果你不是在一个没有电的家里长大,而且经常生病,很难想象电有多重要。

我从父母家又去了祖母那里。那真是一个欢庆的日子。人们举办了各种各样的聚会——山里人第一次用上了电。

现在仍然有一些地方没电。那里的人用煤油灯,家里的烟囱永远是脏兮兮的。不过,电力合作社越来越多了,它们的源头是罗斯福的新政。而电力公司还在与我们作对……

艾玛·蒂勒(Emma Tiller)

她的父亲在得克萨斯州的西部有一小块农场。在她的回忆里,第一次萧条是从1914年开始的。"我们简直快要饿死啦。爸爸有块非常肥沃

---

[07] 科雷吉多尔岛位于菲律宾巴丹半岛尖端,1941年12月至1942年5月美日在此展开战役,5月5日日军登陆,美军投降。——编者注

的土地，可是虫子就像暴雨一样来袭。棉花长得特别大，你肯定没见过那么大的棉花。你只能坐在房子里，听那些虫子吃棉花的声音。你得把门上所有缝隙都检查一遍，因为小孩子们很害怕虫子会飞进来。"

1929年，我和丈夫都是佃农。我们那年的收成都被地主拿走了。

我们几乎一无所有，这种可怕的生活一直持续到罗斯福上台。还有一件最奇怪的事情，整个三十年代，我们没有饿过肚子，而很多人的日子要苦得多。你经历的事越多，你就比别人更能适应各种情况，然后活下去。

我摘棉花。摘一百磅才赚三毛五，可我还是能过下去。因为我同时也在别人家里干活儿，他们会给我一些旧衣服、旧鞋子。

这段时间，我在别人家干活儿比较多，白人家里杀猪时，总是会让黑人来帮忙，像是洗内脏、事后清理等。给我们很多肉渣。对我们全家人来说，这些肉渣就很够吃了。那个农场上的绝大多数黑人和我们的情况差不多。庄稼都叫虫子给吃了。除了务农，他们也没别的活儿干。

1934年，在这个得克萨斯的小城里，农民们都没了吃的。政府给我们一张纸条，可以拿条子去领吃的东西。整整一个星期，有人过来排队，但什么也领不到。这是一个小城，大部分是白人。队伍里只有我们五个是黑人，其他都是白人。我们一整天都站在那儿，等了又等，什么也拿不到。好不容易领到点儿什么，是已经坏掉的肉。

我们在那里站了两天之后，走过来三个人。他们拿着三把霰弹枪，腰上缠了一圈子弹。他们上下打量着我们的队伍，说道："你们都放宽心。今天，我们担保所有人都能回家，领到食物回家。"三个白种男人。

他们中的一个人走到柜台那儿，放下他的条子，说他要肉。发肉的人拿了一些坏掉的肉回来。拿枪的人说："你会拿这个肉喂你的狗吗？"于是，他就领到了好肉。他就站在那儿，现在轮到下一个人了，是一个黑人。他拿起了那个白人拿回来的坏肉。那个白人说:"不要拿那个。我要带回去喂我的狗。"老板说:"我要报警啦。"

这时,另一个人把手从柜台上伸过来,揪住老板的领带。那个黑人不得不剪了他的领带,不然他就憋死了。他站起来以后,已经眼泪汪汪了。另外两个带枪的人不声不响地站在那儿。于是,老板说道:"我能为你们两位先生做点儿什么?"他们说:"我们已经在这儿三天了。我们看着这些人在大太阳底下像苍蝇一样,回家,第二天再来,什么吃的都领不到。今天,我们要让队伍里的每个人都能领到食物,这样我们才会离开。"他们没有用枪直接指着他。他们的枪口冲着天花板。他们说:"别耍滑头,别想碰电话。给这些人发吃的。我们会一直站在这儿,直到外面所有人都领到了食物。他们都领过之后,就轮到我们。"

老板试图去够柜台外面的电话。那三个人中的一个说:"你可别逼我开枪,除了你,我们谁都不想伤着。我的枪可不会打偏。报警对你没好处,我们会在门口拦着他们。所有人今天都得领到吃的。"那天,所有人都领到了食物。

政府派了两个人过去,看看出了什么问题。他们发现那个老板和另外两个人租了一间大仓库,把食物存在里面,然后卖掉。那些食物原本是要发放给穷人的。这三个人被关了起来。

公共事业振兴署成立后不久,我们就开始工作了。人们一旦通过公共事业振兴署找到事情做,就不再去救济站了。他们只是不想再领救济食品。他们走进去说:"你知道的,这是我最后一次来了,下周我就要去工作啦。"黑人和白人都会这么做,渐渐地,只剩下残疾人才去领救济,或者那些家里没男人或没人去公共事业振兴署工作的人家才去。

我记得在得克萨斯州这个地方,那天有二十五个人走进去说不会再来了,因为他们已经报名了,下周就要去公共事业振兴署干活儿。他们当中有些人不得不想办法撑到发薪日,因为工作的事情并没有他们料想得那么快。但是，他们再没回去领过救济。

大家似乎都有点儿想知道靠自己赚钱生活下去的那种独立的感觉。所以到了今天，你听到有人批评这样的事情，就忍不住会生气。

在罗斯福时期，我想不通的是他们搞出这样的政策——让你毁掉地里的一部分庄稼，尤其是棉花。我想不通，因为那都是很好的棉花。

我还看到所有的牛被宰了。它们是和其他牲口一起养大的，对我来说跟人没什么两样。母牛和小牛犊子都是我们养大的。我看到那些农民，那些养牛大户，他们没饲料喂牛，又加上大旱，他们只好杀掉好几百头。

我会去那儿看看这些牛，对我来说，它们就跟人一样。被人宰杀，还没有完全死掉的时候，它们会呻吟，挣扎。我记得有一天去那儿，我突然觉得特别难过。我看到了一场战争。

当我听到这些牛惨叫，看到它们挣扎，我就明白了为什么战争那么残酷。我想：为什么要有战争呢？对我来说，这些母牛就像为自己的丈夫、孩子、饥饿、家乡及所有已经不在了的东西而哭泣的女人。我跑回家，呆坐了好长时间，然后我就哭了，为这些母牛。

仁知角夫（Sumio Nichi）

第二代日本移民。

我们家在加利福尼亚州萨利纳斯附近有一块很大的农场。生菜、西芹、花菜……什么都种。1934年，我花一千六百块买了辆卡车，一年之内我就把这笔钱赚回来了。接着又买了第二辆。1936年，我买了四辆卡车和拖车，花了两万四。我们有自己的食品加工厂。1937年到1938年，日子过得比较艰难。庄稼太多，生产过剩。那两年里，我们变得几乎一无所有，最后还欠了银行七万八千块。在1939年、1940年、1941年，我们就挽回了损失。1941年，我去装配中心报到那天，欠款只剩下了九千八百七十五块。前往再安置营的那天，我去了银行，把那九千八百七十五块都还清了。

我们家还有价值八万块的农机具存货。周围的白人知道我们必须离开这里。他们就在那儿袖手旁观。我想把这些东西存起来，可他们说我们不可以这么做，因为会妨碍战事。于是，他们找来估价官，我拿到了六千块。

战争结束之后——我参了军，做反情报工作，你相信吗？（笑）我回了萨利纳斯一趟。我一亩地都没拿到。什么都没有了。接管我们家农场的那些人现在过得相当不错。（笑）所以，我又回到了芝加哥，待到现在。（笑）

编辑和出版人

弗雷德·斯威特（Fred Sweet）

在大萧条的最后几年，他是《联盟纪事》(*Union Register*)的出版人兼编辑。他现在居住的这个小城位于俄亥俄州中部，只有两千五百个居民。

我的天，我破产的原因之一就是农民总在跟我讲："我想在报纸上登广告，我那个地方得卖掉了。"这样的农民通常有很多头娟姗牛、一台干草压捆机、一台拖拉机、一辆四轮马车，还有其他东西。在广告的末尾，总会有这么一句话："其他诸多物品，恕不一一列举。"

你到拍卖会的现场去看，那些"恕不一一列举的诸多其他物品"都有些什么呢？一个洋娃娃、几本书、装了本《圣经》的篮子、孩子们的玩具车……你可以通过这些破烂了解这家人的历史。人们在那里翻来翻去，最后花一点点钱把它们买走。

我忍不了这种情况——有的家伙想登四十英寸版面的广告。一英寸两毛五。一共十块钱，对吧？他还想在电线杆和围墙上再贴五十或一百张传单。你怎么开口问一个身无分文的家伙要传单的钱？就连一开始要收他的广告费也会让你觉得很可笑。

我接手这家报纸的时候共有八百四十三个订户，我离开的时候，订户数量大约是两千七百八十户。从编辑的角度来讲，这是非常成功的。可是，我是在一个拥护共和党的小镇里办支持新政的报纸。其他两家报纸可以接到官方机构的广告，我可是一点份儿都没有。

你看，遗嘱检验法院的法官是个共和党人。按照法律规定，他必须在两家普通发行的报纸上刊登某些特定广告。如果他是个民主党人，我还可以分杯羹，明白吗？但这也只是我破产的原因之一。

那个时候，基烈山有家工厂，为飞机机身生产液压机。1940年，"二战"已经开始，但这里依然还没有走出大萧条。高度熟练的技工一小时能拿到六七毛钱。在辛辛那提、克利夫兰和托莱多，同样水平的工人可以挣到两块五。

一天，一个工会巡视员来到镇上。他说："我注意到，这里所有人都不想被人发现他们在跟我说话。每个人都很害怕。"我说："如果你想请人来，我们车间的后面就归你了。我们可以把百叶窗放下来，你坐在印刷机后面，没人看得到你。"于是，当他们计划在那家公司组建工会时，我们小小的报社成了他们的总部。

那家公司的总裁是长老会主日学校的校长，整个镇子都由他做主。但是，工厂里的工人纷纷响应。很快，我们报纸开始报道他们组建工会的进展。我试着把这些内容放在新闻专栏中。每次工会有话要讲，我都会给那个家伙打电话："你有什么要说的吗？"我就把它们并排登在一起。不过在我自己的专栏里，我还是会发表一些看法。

不久之后，镇上最大的百货商店的老板过来找我。"弗雷德，别再登那些工会的屁话了。"我说："如果镇上有了工会，这是一件好事。"过了两个星期，他撤掉了登在我们报纸上的广告。那可是我们最大的广告商啊。（笑）

我们这里很快就招来了退伍军人协会，他们拿着斧头把。县里的治安官让公路维修车把戴着协会帽子的这帮人拉了过来。公路局给他们提供斧头把，他们就用斧头把殴打组成警戒线的工人。

最后，工会还是组建起来了。一个周六晚上，那个百货商店老板走进来，带我去了他的商店，让我在收银机旁边待着。他说道："我想你在这儿看一会儿。"那些技工走进店里，兜里揣着他们有史以来赚得最多的薪水。他们把欠了半年、一年甚至两年的账单都还清了。

这让他很吃惊。他说："我不应该把广告撤掉的。你是对的，我错了。"可是为时已晚。我一分钱都没了。我的银行账户一直在透支。事情发展到了这一步——一天，报社的整形铸排机工坐在前廊上，衣兜里放着一把这么长的刀。他拿到了要去银行兑现的薪水支票。"我想要我那十五块。"唉，我的乡村报纸生意就这么破产了⋯⋯

唐·麦克斯韦 [W. D. (Don) Maxwell]

他最近从《芝加哥论坛报》编辑的位置上退休。和许多现在依然活跃的记者一样，他的身上体现了报人罗伯特·卢瑟福·麦考密克上校的思想和精神。

"我正式参加的第一次面试是在一个周六。我接到麦考密克上校从办公室打来的电话。他的第一个问题是：'海参崴距离上海有多远？'我说：'上校先生，这是我不知道的少数事情之一。如果你不介意，我现在就下楼去查清楚。'五分钟之后我给他回了电话，告诉他这两个地方距离多远。他很开心我没有糊弄他。"

"他的办公桌上有一个按钮。每次他摁下按钮，他的秘书就知道他想让办公室里的访客离开。一次，合众社的头头来跟他谈采访麦克阿瑟的事情。那人留了一头凌乱的短发，就像年轻小伙子在大学里常留的发型。他一直讲，一直讲，上校认真地听着。我听到他摁按钮了，所以这个人必须得走。上校说：'唐，我有事跟你讲。'我以为是和麦克阿瑟有关的要紧事。他看着我说：'他为什么要留那样的发型？'"

"上校先生和麦克阿瑟是很要好的朋友。他非常崇拜军人。你知道的，他写过格兰特的传记和各种各样的文章。他小时候去过俄罗斯，跟着尼古拉斯大公到处走。他写过关于俄国军队效率的文章。后来证明是不对的，不过在那个时候……"

1929年华尔街股市崩盘，麦考密克上校的反应是什么？

我知道他在本州南部地区买了很多牛，所以即便全都垮掉了，他肯定还有牛排吃。（笑）他在纽约好几个保险箱里都存了钱，他去那儿时就有很多钱用。

他有没有提起过罗斯福？

我想没人会提起这个人的名字。（笑）与上校相处的方式特别简单。当他提出什么事情，你就说："有意思。我得花一天的时间好好想想。"如果你回来的时候，提出了反对意见。他就会说："我想你是对的。"他这个人也经常犯错的。

几乎没人被解雇。鲍勃·琼斯（Bob Jones）是个例外，他自己辞职走了。太蠢了。上校让他在报纸上放张地图。他对地图很在行。战争期间，我们可能是绘制作战地图最棒的美国报纸。可是，琼斯告诉上校："我们三天前已经登过了。"这么跟上校讲话可不太明智。上校没看到（笑），如果他没看到……

……那就是没登。

没错。总而言之，我成了一名新闻编辑。当时是1930年。你知道的，上校先生出身显贵，罗斯福也是。他们不会受人摆布。上校掌控着他自己的报纸，没有老板跟他讲：我喜欢罗斯福，别登那个。他讨厌罗斯福的虚伪。

一开始，他对罗斯福是友好的。帕特森（Patterson）[01]也是。可是，当罗斯福将最高法院拉下马，成立全国工业复兴总署，上校就开始反对他了。这是企图向人们施加苏联搞的那一套。当时有一个商人代表团过来，要求《论坛报》停止攻击全国工业复兴总署，上校认真听他们讲话，把他们送出去，然后要求在报纸头版登一张漫画。画上面是一个很大的铁丝围栏，穷人们想穿过去。标题是："哪里都没救济。全国工业复兴总署。"

漫画的内容都是上校他自己想出来的吗？

他每天召开一次编辑会议，漫画家和记者都会参加。会上一直都是他在讲，没有太多讨论。有些东西他想让大家写出来或画出来。约翰·麦卡琴（John McCutcheon）[02]一直对这个不太在意。而奥尔则是政治漫画家里的职业打手。

从那时起，上校就一直跟罗斯福对着干，但不是很成功。我们有一个叫兰登的候选人，最后一败涂地。我们还有威尔基，不过上校对他不怎么上心。他为塔夫脱出了不少力。伊利诺伊州的议员团和他站在一边。他希望本州的议员团自始至终全力支持《芝加哥论坛报》。

有一次，上校被新政惹火了，让人把我们旗子上的一颗星星拿掉。那面旗子挂在论坛报大厦前厅的旗杆上。罗得岛州的最高法院表示支持新政中的一些政策，他想把旗子上代表那个州的星星拿掉。

我给我们的律师事务所打了个电话。他们说："你们最好把星星放回去，不然就得进监狱。你们不能毁坏美国国旗。"现在，有人当街烧国旗也没人管，像史波克（Spock）那些人。上校就像这些烧毁和亵渎国旗的小子一样。

在我的印象里，还有很多反对公共事业振兴署的漫画……

---

[01] 上校的表兄约瑟夫·帕特森，《纽约每日新闻》的出版人。
[02] 麦卡琴的漫画作品通常和政治无关。多年来，他最受欢迎的作品《印第安人的夏天》（*Injun Summer*），每一季都要重印。

他不相信公共事业振兴署，觉得那就是浪费钱。那些人本应该去干些有意义的事情，结果去扫树叶。我们从来不反对真正的救济，我们反对的是这种琐碎而且无用的事情。

在那些漫画里，支持新政的教授都戴着学位帽……

事实证明，他是对的。现在还有很多人赞同他的意见。如果说他反对教授，也是今天那种加入造反派毁掉大学的教授。这就像在南北战争中，你想要保护北方，却加入叛军一样蠢。

我在想，那他在"智囊团"时……

他是反对塔格威尔[03]的。他加入"智囊团"时，所有人都攻击他。上校也反对华莱士、伊克斯。伊克斯恨他，他也恨伊克斯。当他们亮出自己的态度，并企图说服上校时，他做出了反击。你要知道，我们是进攻的一方，他们是防守的一方。

三十年代的那些示威游行有没有给他带来困扰？

还好。他反对这些人，但也没有遇见像现在这样的事情。圣公会的牧师带领一群乌合之众从这儿去了乔治亚州，诸如此类的事情。

上校的所有行为都符合贵族的做派。我管他叫"芝加哥公爵"。作为一个"公爵"，他对农民很友善，并为他们的利益而抗争。可以说，他对他们非常好。

凯里·麦克威廉姆斯（Carey McWilliams）

作家，《国家》杂志编辑。

---

[03] 农业部副部长雷克斯福德·塔格威尔（Rex Tugwell），正是他推荐亨利·华莱士担任农业部部长。他是个政治学者。亨利·华莱士说："雷克斯是我学识领域里的导师。"

"1929年股市崩盘之前我就适应了这样的日子。我父亲在科罗拉多州的西北部养牛。1919年'一战'前夕，牲畜市场崩溃了。从1914年到1918年，西部的牧场主交了好运，不断扩大规模。他们以为这样的情况会一直持续下去。然而，事与愿违，他们全部破产了，包括我父亲在内。这给我们家带来了致命的打击。

"母亲带着我哥哥还有我到加利福尼亚生活，我就是在这里经历了这一切……"

二十年代末和三十年代初就是一个无知的时代。

股市崩溃之后，纽约的一些编辑建议举行听证会：到底是什么导致了大萧条？听证会在华盛顿举行。回想起来，他们真是提供了最好的漫画素材。重要的实业家和银行家出席做证。他们根本没有意识到是哪里出了问题。现在翻看当年的纪录，你会很吃惊：他们是那么无知。这是他们的职责，但他们却不懂经济的运行规律。只有教授们算是合格的证人，不过，那些年他们的名声可不怎么样。事关经济，人们觉得教授只懂那些虚头巴脑的东西。

当时大家沉浸在巨大的困惑中。没人料到会这样，尽管我们过去经历过多次恐慌。商业领袖的无知令人震惊。那个时候，有一些群体被描画成邪恶和极端反动的形象，像自由联盟等。他们可能有一定的道理，但总体而言，这就是一群不懂世故的人或者说滑稽演员。

你是说股市崩溃之前出现了一些明显的征兆？

是啊。股市已经失控。股票价格和公司收益完全没有关系。欧洲也出现了严重问题的征兆。德国由于战争赔款每况愈下。希特勒在二十年代早期就开始有动静了。墨索里尼在意大利……

你觉得大萧条本来是可以避免的吗？

我确信1929年的时候可以。如果回到1929年之前的某个时间点，重新来过，采用现代化的财政管理，知晓经济运行周期的话，对，是可以避免的。

有了父亲1919年在科罗拉多州的经历，还有我自己在大萧条中的经历，这个经济体的运作挫败了我的信心。我试过要实行零资产，但没成功。我对股票和债券都没信心。所有东西加在一起也没能给我信心。现在还是一样。就我个人而言，这种态度可能有些不可理喻，但是……

对于1929年10月发生的那些事，人们的反应是滞后的。我当时在洛杉矶当律师。一两年之后，我看到了它们对我客户的影响，所谓的客户也就是加利福尼亚南部为数众多的寡妇。她们把钱从中西部带出来，投进不可靠的房地产市场。她们的资产开始缩水。身边发生的一切让我目瞪口呆。当时兴起了一股抵押品没收潮。

1927年，我从法学院毕业的时候，并不关心政治，就是个亨利·路易斯·门肯（H.L.Menchen）[04]式的人物。当三十年代拉开序幕，我的兴趣越来越偏向社会和政治。

我对罗斯福的第一印象是非常负面的。1932年他在好莱坞露天剧场发表的演讲让我失望至极，我记得特别清楚。我觉得他的演讲蠢透了。他一点儿都不了解大萧条是怎么回事。他准备均衡预算，准备做各种各样的事情，但都与他面临的问题无关。他，也很无知。他没有计划。他只是被迫做过些好事。

劳工运动、静坐示威是推动劳工立法的原因。农民假日运动是推动出台农业方案的原因。汤森医生（Dr. Townsend）、考福林、休伊·朗是推动社会保障的人物。罗斯福擅长做出反应，而且充满同情心。在后来几年，我就成了他的崇拜者。

---

[04] 亨利·路易斯·门肯（1880—1956），美国记者、讽刺作家、文化评论家。他犀利地抨击那些他认为愚蠢、伪善的现象，以及美国社会生活中文化的匮乏。——编者注

除了汤森医生倡导的，加利福尼亚还有过多次退休金运动。参加这些早期的集会是很棒的体验。与此同时，你会对他们的个性有所了解。他们身上都有蛊惑人心的因子。艾伦兄弟（Allen Brothers）、"火腿与蛋"运动、乌托邦社会……

1934年是我个人生涯中至关重要的一年。首先，发生了旧金山大罢工。接着，厄普顿·辛克莱竞选州长。我认识辛克莱，我们是很好的朋友。我为《巴尔的摩太阳报》报道了这次竞选。这事令所有人感到惊异。他是作为民主党候选人参选的，差一点就赢了。他在选举举行的一年之前以一份小册子起家，没有其他资源。当时，他在别人眼中就是一个无神论者、社会主义者及自由恋爱的倡导者。电影行业很卑鄙地向从业者施加压力，威胁说如果辛克莱当选，它们就关掉电影公司。他最后赢得了八十万张选票。

他非常热切地相信自己可以结束加州的贫穷。我记得1934年，竞选过去了六年还是八年之后，在加州北部的蛮荒深处，还能看到用粉笔写在石头或桥头上的这句口号："结束加州贫穷。"这是一场规模巨大的教育运动。我想如果辛克莱真的当选了，那将是一场灾难。他根本不知道该怎么做。但他真的认为贫穷是人为造成，需要摆脱。

那些年里，如果你在加州各处奔走，就会发现这个州就是富足的代名词。它非常富裕，农业特别发达。但是，你还是会看到各种作物被毁。在加州南部，有专门的填埋场供果农倾倒橘子，再洒上焦油和化学原料。而那个时候，还有许多人生活在水深火热中。就这样，随着三十年代序幕拉开，我骨子里的门肯主义开始消退。

你很容易为三十年代赋予一种浪漫的色彩。那个时候对待种族问题的态度可不算太好。我自己也卷入了这些问题，人们的态度令人难以置信。尽管那个时候不像现在分出了穷人的类别——包括前医生、失去律师资格的人、生意人等，人们没感觉到存在全国性的种族问题。

1938年，我被州长卡尔波特·奥尔森（Culbert Olson）任命为加州移民与住房处处长。这份工作让我与州内所有的少数族群有了接触：西班牙裔美国人、日本裔美国人、华裔美国人、印度人、菲律宾人。那个时候加州的黑人不像现在这么有地位。

在三十年代的后五年，大约有三十五万人为了躲避沙尘暴涌入加州。这些人很快被打上标签，就像一个少数种族一样。他们被称为"奥客"和"亚客（Arkies）"：都是些得过且过的懒人，没有责任心，生了一大群孩子。如果我们改善了劳工营的条件，比如说添了一张桌子，他们会把它剁掉，用来烧柴火。有一次，我走进贝克尔斯菲市一家三流影院的前厅，看到一张告示：黑人和奥客请上楼。

1939年左右，加州开始出现战争带来的繁荣，这些奥客和亚客成了加州的拯救者。他们投身造船厂和国防工厂，不到两年，他们身上的标签就开始褪去。现在，这些人认为自己是老加州人，理所当然地看不起那些最近从南方迁移过来的人。这种贴标签的行为是不会变的。

这些人刚来的时候，本地人并没有种族歧视的倾向。他们的脑子被自己的贫穷占满了。当时，有许多墨西哥人在领取非常微薄的政府救济，完全不够用。奥客来的时候，当局认为应该把这些墨西哥人赶走。我就曾亲眼看到许多辆遣返列车从南太平洋站出发，把数千名墨西哥裔美国人，以及他们的家人和行李卷送返墨西哥。当然，他们又掉头回来了。这个过程就这么循环往复。

我调查过劳工营。那里的条件差得难以置信。当时也没有对这些人施以援手的项目。营地很脏。在八九月的收获季，我们的一个劳工营收容了十七万五千人。春天，他们会强行断掉救济，逼这些人去工作，一小时挣两毛钱。我说服奥尔森州长让我举行几次听证会。我们提出一个建议——在他们的时薪达到两毛七分五之前，继续提供救济。当局的反应简直比得知我们轰炸圣华金河谷（San Joaquin Valley）的反应还要激烈。太不像话了，他们应该每小时支付两毛七分五的。

在他的请求下，拉福莱特委员会于1939年来到加州，调查农业工人基本自由被剥夺的问题，并查明农民联合会（Associated Farmers）所扮演的角色。加州检察长厄尔·沃伦（Earl Warren）拒绝合作，并为"州里各县"的治安官辩护。日裔美国人的大规模撤离也被提及。沃伦对此抱支持态度，他再一次站在了沃伦的对立面："……他是一个公民自由论者，而且无疑是在加州受这种教育长大的。看到'弹劾厄尔·沃伦'的标语，我笑了。"

到1938年，新政带来的助力就结束了。最具创造性的一段时间是从1934年到1938年，那会儿有很多好时光，因为钱不是那么重要。我和一个朋友曾经资助过一个年轻作者。我们给他在洛杉矶租了一间房，在他写书期间，我们每人每个星期给他五块钱维持生活。他每个星期就努力靠十块钱过下去。你看，那么一点点钱就让我们变成了慈善家。（笑）

如果这样的时代再来一遍，情况肯定会有所不同。如今我们的不满都是含糊不清的，而此同时，我们的那一套警察控制机构有可能发展成美国的法西斯主义。和欧洲的不一样。

在我看来，新政拯救了美国的资本主义。它是一座桥，但没能真正把问题解决。

**Hard Times:
An Oral History of
the Great Depression**

**Book
Three** _____ 第三卷

罗斯福和他的新政

加德纳·C. 米恩斯（Gardiner C. Means）

他与伯利（Berle）合著了《现代公司与私有财产》（*The Modern Corporation and Private Property*）。

"1933年夏天，我接到雷克斯·塔格威尔[01]的电话：要不要来华盛顿？"

他成了农业部部长亨利·华莱士的经济顾问。他在推行新政期间担任过的其他职位还包括：全国工业复兴总署消费者顾问委员会委员、国家资源计划委员会（National Resources Planning Board）实业部主任。战争期间，他还曾担任预算局的首席财政分析师。

新政推行之初，他们称之为革命。接着，他们又开始说这不是一场革命。我们的机构受到支持，得以维持下去。真正发生的是一场观念的革命。我们走进二十世纪，却从十九世纪的小企业的角度来描摹我们现实的经济。

我们的经济是由高度集中化的大型公司组成的。这种经济无论如何是无法用经典的经济理论来描述的。罗斯福和"新政"所做的就是转变观

---

[01] 雷克斯·塔格威尔和米恩斯博士的同事伯利都是罗斯福"智囊团"最早的成员。

点,面对现实。

正是这种实验阶段的不稳定性催生了"新政"。一百年以后,当历史学家回顾这段历史时,他们会说这是很重要的一个转折点。人们一致认为旧的东西已经失灵,贯穿新政始终的就是找到一个让一切有效运转起来的新方法。

在那之前,胡佛会借钱给农民,好让他们的骡子活下来,却不愿意借钱让他们的孩子活下来。就古典思维模式而言,这一点儿错都没有。如果一个人没办法弄到足够的食物,那是因为他不够勤奋,这是他自己的责任。而"新政"秉持的观点是:失业的人并不是因为懒惰才失业。

罗斯福在一个充斥旧观点的大环境下树立起新观点。他早期的竞选演讲都是纯粹的"旧政",他呼吁平衡预算。他当政时,整个银行系统崩溃了。它需要的是"新政"。

那些年,从来都不会有人告诉我该怎么做。我们一直在走自己的路。我们开会可能一开就开到第二天凌晨,十几个人围桌而坐,研究怎么解决问题。这不是闲谈,因为我们是在认真地做决定。

我替华莱士回复了一些邮件。来自各地的信件如潮水般涌进来,我至少处理了两三百封。内容都是人们提出的建议,解决各种问题的方案。其中一些不过是荒唐之言,也有一些相当不错。每个人都提出自己的建议,这个国家已经醒悟过来,知道自己正处于危机边缘,这是之前从未有过的。

几天前,我们和当年新政的支持者聊天,大家都觉得那是一段振奋人心的时光。毫无疑问,我们都觉得自己在拯救这个国家。我的一个学生还记得当时他有多兴奋。那个时候,他在劳工部工作。他说:"我有什么主意都写在纸上,向上呈报,然后就会有人关注,不管是谁,可能是珀金斯夫人、伊克斯,也可能是华莱士。"整个流程就是这样的。

我还记得罗斯福夫人提出的一个请求。有一家大公司对某位股东不屑一顾，这位女士给罗斯福夫人写了封信，问道：他们有权利这么做吗？罗斯福夫人把信转给塔格威尔，塔格威尔又把信转给了我。我替罗斯福夫人回复了这位女士，我记得自己确实给她提出了一条建议。

我最早做的事情之一就是和玛丽·拉姆齐（Mary Rumsey）取得联系。她是全国工业复兴总署消费者顾问委员会的主任。正是她说服罗斯福，让消费者有了自己的代表。她是埃夫里尔·哈里曼（Averell Harriman）[02]的妹妹。我们刚一见面，她就将我带到她的轿车里——我们聊天的时候，她就让司机载着我们在乡下到处转。我们整个早上都在聊消费者的需求及对消费者的保护。她这个人非常有见地。

我还记得一件事。我把里奥·汉德森（Leon Henderson）引荐到全国工业复兴总署。我们派他去跟休·约翰逊将军（General Hugh Johnson）讨论问题。这个人暴躁又浮夸，汉德森讲话的时候，约翰逊对他颐指气使。汉德森回敬了他，捶了桌子。约翰逊很欣赏他敢这么干，让他做了自己的助手。（笑）那时候华盛顿的氛围就是这样，讲究个人好恶，又充满活力。

全国工业复兴总署是"新政"最大的成功之一。它在该消失的时候就消失了。可是，在它创建之初，美国的商业萎靡不振，价格和工资都激烈下滑……没人可以计划明天。每个人都在原地转圈，做着无用功。全国工业复兴总署改变了商界和公众的态度，它让人们重新相信可以做一些事情。它为价格和工资设定了底线。

部分压力来自企业，它们想废除反垄断法，让市场说了算。还有部分压力来自劳工，他们想每周的工作时间更短。这是整个体制的问题，罗斯福将其合二为一。玛丽·拉姆齐又提出了消费者权利的问题。所以，

---

[02] 威廉·埃夫里尔·哈里曼（1891—1986），美国商人、外交家、政治家，美国民主党人，曾任美国驻苏联大使、商务部部长和纽约州州长。——编者注

一共设立了三个顾问委员会：企业、劳工和消费者。行为准则也制定出来了，你不能以低于成本的价格销售……劳工享有集体谈判的权利。在某种意义上讲，这就是《瓦格纳法案》的前奏。经过企业和劳工之间的协商，工资涨了。

最重要的一点是，十九世纪流行的自由主义走到了终点，政府在工业活动中扮演了一定的角色。我们没有走向法西斯式的政府管控，因为我们在继续实行市场机制。在全国工业复兴总署成立的两年时间里，工业生产指标显著增长。

当时，一切都在走下坡路——每况愈下，越来越糟。正是全国工业复兴总署改变了这种大趋势。它完成了自己的使命。如果它存在得更久一点儿，它就不会再为大众的利益服务了。但在它功成身退的时候，消费者组织取得了很大的进展。

如果全国工业复兴总署继续存在下去，它会削弱市场的定价作用，这是相当危险的。你知道的，全国工业复兴总署几乎不涉及政府调控。政府将工业交给工业界去运作，通过劳工和消费者顾问委员会的形式向其他两方提供一点点保护。工业界变得害怕自己人。过多的权力下放给了规则的制定者。虽然他们自己不那么说，但实际上企业害怕的是企业，而不是政府。可以说，全国工业复兴总署最大的贡献，就是证明工业的自我调控是行不通的。

就其本身而论，自由主义当然没有随着新政走到终点。私人公司制企业依然拥有很大的自由决策权。新鲜的元素就是政府在我们的经济运行过程中承担了积极的责任。

在新政刚刚推行的日子里，随机应变、即兴发挥带来了许多兴奋感。在人们的脑子里，没有什么事情是完全既定不变的。他们很乐于接受新鲜观点，始终如此。如果没有华盛顿当年那些即兴的念头，我们也就不是现在的我们了。

大家这样献计献策，觉得自己正在向着某个方向前进，至于是如何前进，谁都不太清楚。我们发现，在这群人当中，牧师、拉比和传教士的儿子多得惊人。没错，尽管它与宗教无关，但就是有一股传道般的热情在里头。这些人向往一个更加美好的世界，他们来到华盛顿，被这项事业所吸引。尽管现在还不清楚我们要走向何方，但有那么一股活力、一种乐观、一腔热情……这是一场冒险。

雷蒙德·莫利（Raymond Moley）

在这个小阳春，他坐在自己的办公桌前。他是罗斯福智囊团最初的成员之一。"从他竞选州长开始，我就通过各种方式为他效力。1928年，我第一次为他写了演讲稿。"

"我的意愿——同时也是他的意愿，就是恢复对美国人民的信心：对银行的信心，对工业体系的信心，还有对政府的信心。信心就是一种鼓舞人心的精神，可以使繁荣重现。这是我一直以来的观点。"

在1933年的"百日新政"期间，公众都不知道发生了什么。他们不理解为何如此仓促地通过这些法案。他们知道有事发生，而且是对他们有利的好事。他们又开始投资，工作，怀抱希望。

人们没有意识到罗斯福挑了一个保守的银行家担任财政部部长[03]，还挑了一个保守派担任国务卿[04]。其实获得通过的大多数改革方案可能也对胡佛的胃口，前提是他得有让它们被接受的政治权力。它们都潜藏

---

[03] 保守的银行家指威廉·哈特曼·伍丁（William Hartman Woodin）。
[04] 保守派指科德尔·赫尔（Cordell Hull）。

在胡佛的脑子里，尤其是银行援助计划。援助实际上不是罗斯福完成的，他只是签署文件而已，真正的功臣是胡佛留在这届政府里的人，他们知道要做什么。

1933年的银行救助可能是大萧条的转折点。人们从银行全都倒闭的打击中走出来，然后看到它们重新开张，他们的存款得到了保护，于是又开始有了信心。好日子正在到来。后来的大多数立法实际上并没有真正帮到公众。是公众在重拾信心之后，帮了自己。

它标志着希望的复苏。人们也害怕了一小段时间，一周吧。接着，议会通过了法案，银行又开张了。在银行关闭潮的那一周之后，罗斯福在周日晚上向民众发出呼吁。这是他的第一次炉边谈话。人们又把钱存回银行，他们放心了。

大萧条就像是对银行的一次挤兑。它是信心的危机。人们恐慌了，要把钱都取出来。我很喜欢跟人讲这个故事：那是在我的家乡。那时候我还是个小孩子，一个爱尔兰人从他工作的采石场来到银行，说："如果我的钱在这儿，我就不需要这笔钱。如果它不在这儿，我就要取出来。"

保障银行存款的法案是由副总统加纳、杰西·琼斯（Jesse Jones，得克萨斯州的一位银行家）和参议员范登堡（Vandenburg）通过的。这三个都是保守派。他们把这项法案硬塞给罗斯福，结果就让罗斯福抢了功劳。如果你能让小喽啰不惹事，大佬们是会照顾好自己的。如果你能把个人存款的保险金额提高到一万，小喽啰们就安心了。那么就万事大吉。在那之后，银行没再出过问题。

自由派是不会赞同这种做法的。但是，我从来都不是一个真正的自由派。我是一个守旧的民主党人。我对我们的工业体系有信心，它不需要彻底的改造。在我看来，只要我们能让它重新运转起来，恢复常态，就不会有问题。事实确实如此。

塔格威尔认为我们应该在改造经济方面做得更多，但我不这么想。

我们确实让它达成了自己的使命。我们不知道如果当时还做了其他事情，会变成什么样。

第一次"新政"是对美国生活的严重偏离，它让中央政府拥有更大的权力。在那个时候，这是必要的，特别是在农村地区。如果完全交给农民，农场经营将处于一种无政府状态。此外，工业也没必要重组。我们要做的仅仅是让农场重新兴旺起来，为城里的工业产品打造一个市场。

第二次"新政"就完全不同了。我就是从那个时候开始不抱幻想了。罗斯福在1936年之后就不再遵循任何政策。我们的经济开始下滑，失业率也开始升高，一直持续到1940年。"二战"拯救了我们的经济，也拯救了罗斯福。这是自由派很不愿意承认的。

1937年，我们的经济小幅回落，具体的原因是他打击铜价，一般的原因则是他打击我们的商业。当然，他的"最高法院填塞计划"[05]也确实让人震惊。人们对此很不满。这是罗斯福的第一次大挫败。1938年，他企图清洗议会。结果，除了纽约州的一个议员，他想清洗掉的每个人都重新当选。

在我看来，如果不是那场战争，罗斯福可能在1940年就败下阵来。你可能就会看到更加重视商业的一届政府：不再那么把注意力放在权力上。这样的话，状况会正常许多。

在"百日新政"期间，难道就没有对我们的社会有一丝丝担心？

我一直坚信我们的社会会挺过难关，就像之前一样。正如德克森（Dirksen）最近所说：我们的社会没有问题，只是管理不善。

记住一点，罗斯福起初是一位非常保守的总统。人们没有意识到这一点。他最初担任纽约州州长的时候就非常审慎。他平衡了预算。他不是

---

[05] 1937年2月5日，罗斯福向最高法院发起强有力的挑战，宣布了一个名为"最高法院填塞"的计划。按照这个计划，总统可以提名一名法官取代任何一个年龄超过七十岁但还没有退休的联邦法官。联邦最高法院的法官也不例外。——译者注

一个大手大脚的人。我们抵制像拉福莱特和塔格威尔那样的激进派，他们想为公共事业花更多的钱。罗斯福说：值得一做的公共事业不能超过十亿美元。他们想要五十亿。最后，他妥协给了三十亿。他想的和他们要的有分歧。

是什么导致罗斯福从审慎转向了？

我想他是厌倦了改革。他开始起用一些激进派，这些人在那个时候都还不是他的支持者。在他早期改革的时候，商界是和他站在一边的，但在1937年之后，总统先生到底要往哪儿走开始让他们感到紧张。他总是朝令夕改，漫无目标。

失业保险和它的资金筹措方式一样不可靠。1934年，我最早的建议是将税收投入市政和国家债券，以及优质的工业股票。议会创建了一个弄虚作假的信托基金，由联邦政府的债款组构成。这是不可靠的。你把通过收税得来的钱花掉了，然后把债款投入这个信托基金。如果你在私人企业里这么干，是要被扔进监狱里的。

失业保险是一项福利措施。不管从哪个意义上讲，它都算不上保险。越来越多的人靠越来越少的人生活。开始实践这种不可靠的做法时，情况就变成这样。到现在，这种现象愈演愈烈……在繁荣时期也是如此。

1935年，我的立场很坚定。我说福利就是麻醉剂，因为它没有个头。我们停止提供福利，让人们都去工作。让人们去工作的最好方法就是鼓励工业科技的发展。联邦政府没办法让人们去工作。

我在1935年开始有了疑虑，和罗斯福产生了很多争执。当时有很多激进派，我的团队里也有，像是塔格威尔。在他看来，罗斯福在1932年没有变得更激进是一件很遗憾的事情。事实上，他很不确定是否还会投票给罗斯福。

华盛顿开始充斥着这些年轻的激进派。他们中的许多人坚持留了下来，和法兰克福特一起。他们散布在华盛顿各处。不过，在1935年之前，这里仍是保守派的天下。

最后，我还是在1936年年中选择了退出。在那之后，我再没为他工作过。

他有没有试图说服你留下来？

有。他是个很骄傲的人，他难得求人，但我还是不能答应。我不能认同他当时前行的方向。他正在变成一个蛊惑人心的政客，比休伊·朗（Huey Long）[06]还要休伊·朗。他有些怕休伊·朗。

休伊是我的好朋友。他威胁说要在1936年竞选总统。民意调查显示休伊有望得到10%的选票，法利（Farley）能证实这一点。他会减少民主党在全国各地的选票。罗斯福为了消除这种影响，选择向休伊的计划靠拢。他1936年的税收计划完全是休伊的风格：对富人课以重税。罗斯福也采用了同样的煽动策略。如果休伊·朗没有被暗杀，那时候他也有可能把民主党搞得四分五裂。就像乔治·华莱士现在干的那样。

当然，休伊的脑子比华莱士好使多了。只不过他滥用了自己的权力。他为人傲慢，而且酗酒。如果你在下午三点之后去看休伊，会发现这个人完全不讲道理。他只在早上言之有理。他有些瞧不起罗斯福，觉得他不够聪明。

我们去他在五月花饭店的公寓看他。我说："休伊，你能力很强。当心你身边的那些人。"他说："我没有钱。这就是我的生活方式。我过得很简单。"我相信他没有中饱私囊，不过他身边确实有不少小偷。

他在自我放纵。如果是莎士比亚，他会说这个人的激情已经支离破碎。他不必那么做。他太有头脑，不会让自己变得暴力。但那就是他与

---

[06] 休伊·朗（1893—1935），美国民主党人，1928年当选路易斯安那州州长，执政期间越过州议会行使权力，大幅增加对富人的税收，加强福利事业帮助穷人，被一些反对者指为独裁。大萧条期间担任美国参议员，提出"分享财富"计划，并计划参选总统。1935年遇刺身亡。——编者注

南方人打交道的方式。他毁掉了一些东西，他自己就是其中之一。他没必要到处耀武扬威，这不是他这种层次的人该做的事情。这是一出惨痛的悲剧。

在我看来，罗斯福是他那个时代、他所处环境及其他因素的产物，他尽享天时地利人和，休伊就没有。休伊出身贫苦，谋求权力并最终得到权力。罗斯福恨他，因为他是如此与众不同。这是贵族对农村小子的猜疑。

附记："1933年8月，休伊·朗在一个大热天来到我的办公室。他说：'我想请你帮我的法学院找个院长。'我曾经在哥伦比亚大学教授国际公法。他说：'薪水随你开。我的医学院相当不错，不过我还想要一个出色的法学院。'我说：'哈佛法学院院长的薪水可能是一万五。''没问题，这不成问题。'我想了一会儿说道：'两年前，我在哥伦比亚大学有一个学生，叫韦恩·莫尔斯（Wayne Morse）。他是俄勒冈大学法学院的院长。'休伊说：'给他打电话。'休伊跟他聊了聊，对他说：'你现在的薪水是多少？我给你两倍。'"

"韦恩给我发了封电报：'这是怎么回事？这位参议员可以指派法学院院长吗？'我给他回了封电报：'如果他给你提供了这份工作，你就能得到这份工作。'于是，他就去找俄勒冈大学的校长，结果这位校长给他涨了一倍工资。如果他去了路易斯安那，现在又会怎么样？"

比尼·鲍德温（Beanie Baldwin）

1933年，他从弗吉尼亚州来到华盛顿，担任农业部部长亨利·华莱士的助手。他一直在这届政府任职，直到罗斯福于1945年逝世。

"我们第一次碰面的时候,华莱士说:'我们办公室一直在找一个有南方口音的人。'"(笑)

"新政"是一次不稳定的联盟。两派之间的斗争由来已久:一边是大农场主,另一边是小农场主。我到华盛顿后不久,农业调整署(Agricultural Adjustment Administration)就成立了。它的宗旨是提高农产品价格,当时价格真是低得可怜。所有的农场主都身陷困境,大农场主也不例外。有人提议说让这个机构独立于农业部。华莱士和塔格威尔打消了他们的这个念头。

你可能会说这牵涉到三方的利益,还有消费者。雷克斯邀请杰罗姆·弗兰克(Jerome Frank)担任农业调整署的法律总顾问,目的是保护消费者。乔治·皮克(George Peek)是调整署的一把手,他不喜欢在华莱士手底下干活。他唯一关心的就是提高农产品价格。当时还有必要保护南方的小佃农。

烟草的价格降到了一磅四分钱,价格低到没人愿意再生产。调整署和烟草业达成了一项协议:立即将烟草的价格抬高两倍多。他们不想限制香烟和烟丝的价格。如此一来,这个行业的纯利润比支付给小农场主的钱和生产香烟及烟丝的人工成本加起来还要多。我们的消费者保护机构和杰罗姆·弗兰克自然极力反对。华莱士决定否决这项协议。

总统对部长说:"亨利,很遗憾我们不得不做一些妥协。我希望你批准这项协议。"他们小小争执了一番。最后,华莱士说道:"总统先生,这是你的决定。"我把文件拿给华莱士签名。我们在五月花饭店的大厅里碰面。他说:"比尼,这是全国最适合签署这份该死的协议的地方。"[07](笑)

华莱士实际上是反对作物种植限制的,这一点几乎没人知道。但我

---

[07] 五月花饭店是代表各种利益的说客最青睐的聚集地。

们遇到了问题。猪肉价格低得惨不忍睹。多少来着，四五分钱一磅？农民在挨饿，任由食品加工厂老板摆布。我们试图达成一项协议，和烟草协议类似。我们排除万难，干得相当不错。

他们决定宰杀妊娠母猪，妊娠母猪就是正在怀孕的母猪。他们决定付钱让农民杀掉它们，还有小猪。许多猪肉被做成了肥料。这种可怕的矛盾现象我们现在仍然能看到。

他们降低了市场上的供应量，价格很快就涨上去了。接着是媒体一片强烈的谴责之声，特别是《芝加哥论坛报》，内容都是关于亨利·华莱士宰杀小猪的。人们觉得那都是些珍贵的小猪崽。当时的情况就是那样，你必须采用非常手段。华莱士本人并不喜欢这么干。

棉花也出现了类似的情况。价格降到了一磅四分钱，而生产成本是一毛。所以，当时启动了一项铲除棉花作物的计划。如果我没记错，铲除的比例是三分之一。棉花的价格涨到了一毛，甚至一毛一。

这一措施还带来了其他影响。农业局（美国农业联合会）施压，坚持要将赔偿款直接支付给土地所有者。我们则力争这笔钱要直接发放给佃农，而不是通过土地所有者下发。因为在大多数情况下，佃农只能拿到一点点钱。

对农业部极度不满的诺曼·托马斯（Norman Thomas）[08]也介入了。保罗·阿普尔比（Paul Appleby）[09]和我一起和他见面，告诉他我们打算做什么。他觉得我们的做法是不可饶恕的，我不怪他。南方佃农联盟围住农业部示威。现在回过头去看，我们在保护佃农这方面做得很差。虽说这是一届很好的政府，但那些繁复冗长的手续也会让你一败涂地。当时的情况是，两股针锋相对的势力暂时结成了极不稳定的联盟……

---

[08] 诺曼·托马斯，美国的社会主义政党领袖。——译者注
[09] 保罗是比尼的同事，农业部部长的另一位助手。

"1932年大选的时候,罗斯福承诺要削减政府开支。那是他最保守的演讲。所以,我们的双手一开始就被绑在了背后。不增加开支,新政派想做的很多事情都做不了。"

"他得改变立场。于是,他邀请哈里·霍普金斯加入进来。失业人口数量已经上升到一千六百万左右。必须得做点儿什么了。1934年,他拿到一大笔拨款,用于救济和公共事业。公共事业这一块由伊克斯负责,他是个非常谨慎、办事有条不紊的人,他要确保没人占用这笔建设资金。"

"霍普金斯让总统认清了当前的形势很严峻,这个国家所有想工作的人都得有工作可干,即使工资很低也没关系。几乎在一夜之间,他就成立了土木工程署。"

"哈里是个非常马虎的行政官员,伊克斯就比较谨慎。霍普金斯很着急,他知道人们总得有碗饭吃。他这个人很少写信,只会打电话讲:'送一百万到阿肯色,五十万到纽约,那里的人急需用钱。'"

"他们很快就组建起土木工程署,在全国各地都设立了办公室,不做经济状况审查,随便一个人走进来,都能得到一份工作。耙树叶、打扫图书馆、给市政厅刷油漆……在两个月之内,四百万人上岗就业。"

"在这件事情上并没有曝出什么真正的丑闻,但它容易遭到反对派的批评,罪名是管理不善。按照我们的观念,你不能给欧扎克山区的一个县塞上两万块,说:让大家都去工作。这有违于我们的政治体制一直以来的信条。[10]这项措施只持续了六个月,罗斯福和霍普金斯就不得不将其结束。他们难以再争取到支持,好让它继续实施下去。"

"罗斯福通过一项综合法案又拿到一笔三十亿的拨款。这再次引起

---

[10] 有一次他去拜访南卡罗来纳州的参议员埃里森·杜兰特·史密斯,后者强烈反对多项新政措施。这位参议员对他说:"你看上去是一个聪明、友善的年轻人。我不明白你为什么要为政府工作。离开那里,堂堂正正地生活吧。"

了一场轩然大波。伊克斯认为这笔钱应该用于公共事业建设：大古力水坝、邦纳维尔水电站及诸如此类的工程。它们进展缓慢——虽然做得很好，但也很花时间。霍普金斯则认为应该立即让人们去工作，即便这么做效率非常低下。"

当时成立的机构还有移垦管理局（Resettlement Administration）。它独立于农业部，由雷克斯·塔格威尔领导，直接向总统汇报。这是一个独一无二的机构，在当时是很了不起的。行政命令主要由雷克斯起草。它关系到小农场主和移民工人的困境。

"我从一开始就在这个机构里工作。雷克斯让我负责行政事务。一旦他授权给自己信任的人，就会全力支持他们。当时有各种各样的官僚斗争，但雷克斯从不牵涉其中。他一直坚定地支持我。"

哈里·霍普金斯组建了农业振兴处，它关系到城市里的失业情况。一个解决方案就是把人送回农场，哪怕这个人没有务农的经验。塔格威尔表示反对，他当然是对的。务农是需要很多技能的，这些人只会束手无策。

霍普金斯很早就意识到这是一个错误——这件事应该与农业的关联更密切。所以，他同意将它的运作移交给移垦管理局。

"拿到可怜的五百万拨款，自耕自给农场管理处（Subsistence Homesteads Division）就成立了。在农村地区建立产业群落，这是许多空想社会主义者的梦想。它一开始由伊克斯负责，但他一直不怎么同情空想家。"（笑）他接着说："关于怎么花掉这笔钱，各种疯狂的主意都冒了出来。伊克斯很高兴能脱身，所以把这个机构又移交给我们。一般来讲，伊克斯什

么都喜欢干,不过这是个例外。"(笑)

他描述了新泽西州海茨敦(现在更名为罗斯福)的一个项目。一批犹太制衣女工从纽约搬到这个农业社区,她们"热情高涨"。它是一个合作社,有的人在农场干活,有的人在制衣厂工作。"第一年相当不错,可是你让人们离开原来高度竞争的环境,试图建立一个乌托邦社会,肯定会遇到一些困难。"(笑)

"罗斯福夫人想引起杜宾斯基(Dubinsky)[11]的注意,但他不喜欢这种无聊的合作社。制衣行业也表示反对。他们称之为一个社会主义、共产主义项目。不管怎样,它最后以失败告终。"

农业振兴还事关购买次边际土地[12]。不再将它们用于耕作,重新造林,打造成国家公园。我们授权购买的土地大多位于大平原地区,曾受到沙尘暴的侵蚀。塔格威尔的想法是:这些地区的人应该迁移到更好的土地上,而不是简单地将他们从贫瘠的土地上赶走。

这是雷克斯和我最感兴趣的地方。这个国家大约有六百万农民。我想我们帮助了超过六分之一的农户、一百万个农场。最让人振奋的是移垦计划。

塔格威尔对这次农民迁徙非常有热情。但是作为一名出色的经济学家,他也预见到那些无法适应竞争的小农场主会遭遇什么。于是,我们在全国范围内组建了一批合作农场,一百个左右,涉及大约两万户家庭。埃弗雷特·德克森(Everett Dirksen)后来说这就是苏联的集体主义。(笑)我们试着建立合作社,为了方便起见,农民们的房子都聚集在一起。各个地方的格局都不一样——为小孩子建托儿所,为人们交易产品建中央

---

[11] 戴维·杜宾斯基,国际女装工人工会的主席。
[12] 次边际土地(sub-marginal land)指土质瘠薄,远离市场,其收入还不够支付生产费用和开垦投资利息的土地。——译者注

市场……有人可能觉得这算是乌托邦，但我不这么认为。

我来给你说一个例子。我们在阿肯色买下了这块美丽的三角洲，每英亩一百块。现在每亩的价值已飙升至七百块。我们在这块五六千亩的土地上建起了这个小小的群落。我们迁入了大约五十户年轻的家庭[13]，一批经过精心挑选的年轻家庭……

我们盖了房子，还建了一所学校、一个托儿所……每家都有自己的园地，用作不同的用途：养牲畜、种棉花、栽果树、种菜。他们每个月能拿到不少钱。一年结束的时候，所有收成都上交，然后平分利润。它这样运作了两年，做得相当不错……

亚历山大在这个地方走访了好些家庭。晚上，他去找他们聊天，这个时候他们很放松。他们会说："亚历山大博士，这样真的很好。你知道，如果我们能在这儿待上四五年，就可以出去经营自己的农场了。"

这话对我们是个不小的打击。看看这种对土地所有权的渴望……虽然他们很开心，比过去任何时候都安心，但还是渴望有朝一日离开这里，拥有自己的土地。你得重视这种情况。

罗斯福死后，这些项目戛然而止，全部废除了。议会着手处理这件事情。这真是让人再伤心不过了。这些项目有各种各样的问题，但如你所见，它们肯定也是消除贫困的重要途径。如今在那里，超过一半的家庭都消失了。他们成了城里贫民窟的一员，黑人白人都有。

我们做的几乎每一件事情都有争议。霍普金斯在加利福尼亚州建了几个外来劳工营。它们也被移交到我们手上。都是些非常简陋的营地，关于这些地方，《愤怒的葡萄》讲得比我更好。

---

[13] 它现在被称作农场安全管理局。"1937年，雷克斯离开了。他成了反新政派的头号靶子。他觉得自己的价值被贬低了。我相信他也是累了。"威尔·亚历山大博士接替了塔格威尔的职位。

"我接到约翰·斯坦贝克打来的电话。他向我求助。他打算写一部有关流动工人的小说。威尔·亚历山大和我都很高兴。他说:'我要写的是人,我得像他们一样生活。'他计划去做工,干上七八周,摘豌豆或者干别的。他希望我们派个人跟他一起去,一个流动工人。我们从弗吉尼亚州挑了一个小个子男人,他的名字叫柯林斯。"

"我给柯林斯付薪水,这可能是违法的。他和斯坦贝克一起在地里干了七八周的活。斯坦贝克干得非常不错。改编同名电影时,他坚持让柯林斯——这个小个子的流动工人做影片的技术指导。电影字幕上都有他的名字……"

在这些劳工营里,人们各自为政。我们有项目经理在那儿为他们提供帮助。[14]在我们做过的所有事情中,这个最受争议。每搭建一个营地之前,我们都会举行一次公开听证会。我们会听到很多反对意见,尤其是来自农民联合会(Associated Farmers)的反对意见。

在一次听证会上,我坐在听证席。来自加州的国会议员阿尔·艾略特(Al Elliott)反复盘问我。我拿出了反映流动工人悲惨境地的各种信息和照片。他反对设立这种劳工营。大农场主不希望设立劳工营的真实原因是流动工人可能在这种地方聚集并组织起来。想想现在的查韦斯(Chavez),三十年里这种情况几乎没有变化,想到这个真是让人恶心。

当艾略特结束了连珠炮式的盘问,我说:"你没能说服我不建这个营地。我发布指令开工了。"他穿过房间,冲过来。他是个重量级拳手,大约六英尺三英寸高,体重二百一十磅左右。我只有一百五十五磅。(笑)他吼道:"你不能代表我这个地区的人民。我才是他们的代表。"我说:"我代表全国的选民,这个国家的流动工人是其中的重要组成部分。我再说一

---

[14] 参见约翰·比彻(John Beecher)章节。

遍,艾略特议员,我要建这个流动劳工营。"我们还是建了。(笑)

唉,我们经历过的那些斗争。国会中就有人靠这么做往上爬的。弗吉尼亚州的参议员伯德——来自我家乡的参议员——就铆足了劲要打垮我们。[15]他企图通过立法来废除我们这个机构。

代表大农场主的农业局派了一个毫无经验的小伙子到南方调查我们到底在干什么。他回去后,提出了各种不可思议的指控,并且全都在媒体上刊登出来。我不得不做出回复。伯德的委员会上门将我大骂一通。

我授权操作的一件事情差点儿让我栽了跟头。我建议我们的基层工作人员和县政委员在发放农业振兴贷款时,要加上那些无法投票的人的投票税。[16]伯德以为他在这件事情上抓住了我的把柄。

他说:"你用联邦政府的钱为南边的人缴纳投票税,这是真的吗?"我说:"不对,不是这样的。"他说:"你这是什么意思?"我说:"我们给那些在别的地方贷不到款的小农场主贷款。我们发放这样的贷款是有原因的。第一,让他们有钱买种子;第二,确保他们在庄稼收成之前有饭可吃;第三,让他们有钱买必需的农具。然后,我们还得让他们有足够的生活费,起码让孩子们有体面的衣服穿。而且我已经跟县政委员说过了,如果他们可以登记投票,贷款里还要加上支付投票税的钱……只有这样,参议员先生,他们才能算得上美国公民。"

我家乡弗吉尼亚州的资深参议员卡特·格拉斯(Carter Glass)说我违反了弗吉尼亚州宪法:不得为他人支付投票税。我说:"我们没有替这些人缴税,只是借钱给他们,这是我们整体工作中的一环。"

我自以为这件事处理得不错。按照计划,我将在两天后回去。第二天早上,我拿起《华盛顿邮报》,头版报道就是《鲍德温代缴投票税,罗

---

[15] 当比尼被指派为农场安全管理局的负责人时,伯德写来了一封贺信。
[16] "在有些州,比如亚拉巴马州,投票税高达四十块,这让穷人,尤其是黑人根本无法参与投票。"

斯福点名批评》。老天，这下可糟了。罗斯福本人是反对投票税的。

还好我知道有一个人对投票税的问题很感兴趣，而且在白宫说得上话。我说道："去见史蒂夫·厄尔利（Steve Early）[17]，把这些话传给总统先生。他完全误解了我们在做什么。"他快步冲了出去。

我又站到了听证席上。我的天，伯德简直得意扬扬。他把我逼得死死的。他说："鲍德温先生，昨天的《华盛顿邮报》有一篇文章说罗斯福反对你代缴投票税的做法。"与此同时，我拼命拖延，花四十分钟又做了一番声明，希望白宫会派人过来。我知道总统要在十点半召开新闻发布会。我听到房间后面窸窣作响——这地方挤满了人。这是城里最热门的新闻。那个家伙拿着一张小纸片冲到我身边，把它交给了我。

伯德这个时候是真的一心想扳倒我——总统批评了我，而且说我必须马上停止这一做法。于是，我清了清喉咙（笑），说道："伯德参议员，就在三十分钟前，总统召开了新闻发布会，而我刚刚听说他完全支持我在投票税这件事情上的立场。"这位来自弗吉尼亚州的参议员先生恐怕是你见过表情最痛苦的人了。（笑）

唉，这种骚扰从没停过。这项工作异常烦琐，你得重组移垦局，让所有的机构彼此协调，顺利运转。我手底下的员工都很能干。但我同时也知道，为了拯救这个机构，我们必须有一个非常出色的说客。

在亚拉巴马州，我们遭到了猛烈攻击。塔鲁拉（Tallulah）的叔叔——参议员班克赫德（Bankhead）非常保守，不过他喜欢这个机构，态度很友好。他说："我们在亚拉巴马是真遇到麻烦了。我收到了十五封信，都是我的支持者写来的，说应该废除农场安全管理局。这都是些举足轻重的人物。"他看着我，脸上似乎带着笑，"比尼，你要怎么办？"我说："给我两天时间。"

---

[17] 史蒂夫·厄尔利，罗斯福的新闻秘书。

我给我们在亚拉巴马的地区负责人打了电话,让他要所有的县政委员给自己所有的政治伙伴打电话,让他们写信给班克赫德议员。我说:"你至少要保证有三千封信。让大部分人用铅笔来写信。他们说什么不重要,只要是我们正在帮的人写的就行。"

大约过了十天,班克赫德议员打电话给我。(笑)他有一小叠信,大概这么高,是持反对意见的。现在,支持我们的信有好几摞,这么高。(笑)他说:"老天,别让他们写信了。我们可以放心了。"(笑)

在鲍德温领导下的农场安全管理局雇了一些摄影师去拍照片,用以展示农村地区穷人的悲惨境地。这些摄影师包括多罗西亚·兰格(Dorothea Lange)、沃克·埃文斯(Walker Evans)、本·沙恩(Ben Shahn),还有玛格丽特·伯克－怀特(Margaret Bourke-White)。"这事我得遮遮掩掩的——尽管我是用花生支付的。你要知道,一个持反对意见的国会议员会说:'这些混蛋在浪费我的钱。他们为什么要派人去拍照片?'"

"最后,我们拍了超过十万张照片。大约在1940年,我成了农业部里最具争议性的人物。国会一直盯着我,因为这些项目,也因为我是塔格威尔的亲信。我知道我们坚持不了太久。我们唯一想做的事情就是将这些底片保存起来……"

"罗伊·斯特莱克(Roy Stryker)[18]联系了阿奇博尔德·麦克利什(Archibald McLeish)[19],后者理解这些底片的重要性,同意帮忙。于是,我们悄悄地将所有胶卷搬到了一个安全的地方保存起来。后来麦克利什成了国会图书馆馆长,我们就把胶卷搬到了那里,它们将一直保存在那里。"

---

[18] 罗伊·斯特莱克,移垦局历史分部的负责人。"他是这些极为珍贵的照片的负责人。"
[19] 阿奇博尔德·麦克利什,罗斯福政府的御用诗人。——译者注

"在我看来，我们所做的影响最深远的贡献就是这些照片了。与过去三十年里的其他东西相比，它们以更具冲击力的方式展现了穷人的困境。这事很偶然，我们也只是突然想到要用图像把它记录下来……"

帕尔·罗伦兹的两部纪录片《开垦平原的犁》(The Plow That Broke The Plains)和《大河》就是在农场安全管理局的支持下拍摄的，又是具有争议性的做法。"一开始，很多影院都不播放我们的纪录片。最后，我们还是走进了多家影院。"

大萧条有所缓解，但在"二战"开始之前它从未真正结束。"新政"无论如何都是不够的，现在回过头去看，它其实太过保守。雷克斯·塔格威尔有一次对我说："比尼，我们太畏首畏尾了。"我曾经申请过八亿元的资金，最后只拿到一两亿，我们还觉得这已经很不错了。现在，看看我们的战争预算……

当罗斯福的死讯传来，就我个人而言，"新政"也走到了终点。我并不反对杜鲁门，他只是做不了这个而已。摩根索（Morgenthau）[20]被迫退出，伊克斯被迫退出，华莱士被解雇……它成了一场全新的游戏。就是在这个时候，我对政府的幻想完全破灭了。

詹姆斯·阿洛依修斯·法利（James A. Farley）

他在罗斯福的头两届政府中担任邮政部部长。他是罗斯福1932年和1936年大选的竞选经理。

---

[20] 亨利·摩根索，罗斯福的财政部部长。

1928年，罗斯福当选纽约州州长，得到的选票不足三万张。[21] 1930年，"我是民主党全国委员会主席，帮他组织了再选，结果他以七十五张选票再次当选州长"。

在他办公桌对面的墙上，挂着罗斯福的大幅画像——年轻，充满活力。

他抬头看着画像……

这让我想起了和他的最后一次谈话。我劝他不要第三次竞选总统。我预感他会吃不消。全世界的处境都不太好。他打破了一条本不该打破的传统，那是自华盛顿以来就存在的传统。而且，他的年纪也大了。我觉得他还会第四次竞选。我径直跟他讲我觉得如果他赢了，他还会第五次竞选。当然，我跟他在这个问题上决裂了。

我对这件事的感觉异常敏锐。他认为其他人都没有足够分量坐上总统的位置。我这么说并没有恶意。或者我们这么说吧，他不喜欢放弃权力。

1936年，我比他还要乐观。我预测他能拿下除缅因和佛蒙特之外的所有州。当时，我想出这么一句口号：俗话说"缅因在握，美国在握"。在选举过后第二天召开的新闻发布会上，我说："缅因在握，佛蒙特在握。"

1931年，我为他跑遍了全国。如果我没记错，大概是从6月18日开始的。都是坐火车。我出去了二十多天，有十八天的晚上都是在火车上度过的。早上起床的时候，床单上蒙了一层煤灰。当时天气很热，没有空调，非常艰苦。

火车停下来加燃料时，比如在内布拉斯加州的格兰德艾兰或者爱达荷州的波卡特洛，我就会下车，在站台附近转转。我会和铁路上的工作人员及其他人聊聊天。他们不知道我是谁。我问他们觉得民主党提名人

---

[21] 1928年，阿尔弗德·E. 史密斯（Alfred E. Smith）与赫伯特·胡佛竞选总统,没能拿下纽约州。

的最佳人选是谁,他能不能赢,诸如此类的问题。

我给罗斯福先生写了一封信,我不知道它是从波特兰还是西雅图发出去的。我在信里说,我遇到的每一位州长几乎都是副总统候选人,因为他们都确信自己会赢。

这只是其中的一件事情而已。你坐车穿过城市,和出租车司机及其他人交谈。你也可以去餐厅。你得到的信息并不总是准确的,但人们的情绪是明显的。

人们都想要改变。失业,当时还有禁酒令。阿瑟·布里斯班(Arthur Brisbane)是一名出色的记者,效力于赫斯特报系。他应该是一位非常敏锐的新闻人,我肯定他是。他在芝加哥国会酒店的大厅说了这样一番话:"民主党把什么写进他们的政纲又有什么区别呢?在座各位,在你们的有生之年里,宪法第十八修正案都不可能废除。"当时是1932年7月。1933年12月,第十八修正案就废除了[22]。你可以想见政府对民意的反应有多快。

罗斯福先生展现了卓越的领导力。他的身边聚集了一批人,雷蒙德·莫利是其中最出色的之一。很遗憾,他们最后也决裂了。那不是莫利的错。

我感觉罗斯福身边的那些人……他在1940年的时候告诉我,白宫里的人都认为他是唯一能胜出的。我看着他说:"总统先生,你很清楚这些家伙想保住他们的饭碗,如果你不再竞选,新总统宣誓就职后的第二天,他们就要从这里消失了。"我说:"赫尔(Hull)[23]去竞选的话,成绩会比你好,因为连任三届真的说不通。"根据民意调查,赫尔的支持率很高。

很少有总统容许自己身边的人肆无忌惮地跟他讲话。如果有人这样做,他们也就待不久了。莫利跟他讲话都是直截了当,我也是。在内阁

---

[22] 美国宪法第十八修正案于1920年生效,该案禁止酒类酿造、运输和销售。1933年,美国国会批准了废除宪法第十八修正案的宪法第二十一修正案。——编者注
[23] 科德尔·赫尔,在罗斯福头三届政府里担任国务卿。

会议和其他场合都是一样。

我一直不知道法院填塞计划,最后是在报纸上读到的——当天下午的《电讯晚报》(Evening Telegram)早版。他召集内阁成员的时候,我不在华盛顿,没办法去参加会议。几天之后,我见到了他。我说:"你召集会议为什么不让我知道?"他说:"我试过知会你,不过得到消息说你在纽约,我联系不到你。"我说:"恐怕你知道我是反对这个计划的吧。"他说:"不尽然。"(笑)这是个错误。但我还是发表讲话支持这一法案,因为我是这届政府的一员。

人们说罗斯福在1932年拯救了我们的社会……

他拯救了我们的自由企业制度,他拯救了银行,他拯救了保险公司。毋庸置疑的是,罗斯福在"百日新政"期间的作为确实是非常了不起。

在你看来,如果他没有当选总统……如果他的"新政"没能颁布,情况会怎样?

天知道。我还记得在罗斯福宣誓就职期间,支票都无法在华盛顿兑现。酒店很怕兑现支票,这么多银行都破产了。在宣誓就职的那一周,罗斯福关闭了所有银行,接着又尽快让那些有偿付能力的银行开业。他们做了一项快速调查。分秒必争。

如果现在再来一次大萧条,人们的态度会有所不同吗?

现在,尽管大家都有工作,但他们的态度还是很糟。我很难理解年轻人的态度。我自己从来没上过大学,但我信奉这样的理论——如果你不满意,就退学,去上另外一所大学。如果我现在在哥伦比亚大学就读,我就不会在外到处发表异议,惹一大堆麻烦。我会选择一所大学,可以在那里学习、毕业,获得我想要的教育。这个想法很老套,但我就是这么想的。

在你的记忆里,罗斯福夫人是什么样的?

我和她的关系很好。她在很多事情上向我求助,而我总是尽力帮她。

她用心良苦。有些人的说法可能正好相反，但她完全没有干预过我的政治活动。她会寻求我的意见，同时也会传达一些建议，有的我接受，有的我拒绝。我们之间从未有过嫌隙。

她真的很向着我。我不在政府任职之后，我的一些朋友还是会见到她。她总是说富兰克林——她是这么称呼罗斯福的——没有处理好我和他之间的问题。

唯一让她不快的是我在书里写的一些内容。[24]我引用她的话说罗斯福在与自己社会地位不相当的人相处时会觉得不自在。好吧，他是个势利的人。我们都是势利的人，各种各样的势利眼。他总是不自觉地用高人一等的口气跟别人讲话，很多人都讨厌他这样。

你知道的，他就是在那种贵族社会里长大的，他们那种人总是瞧不起别人。他自己意识不到这一点。我为他做过那么多事情，他从没为此感谢过我。他当选州长的时候，还给我写了信。但在那之后，他再没给我写过信或是感谢我。我为他做了那么多事。这从来没有影响到我和他之间的关系。我不会让这种事情发生。到他第三届任期开始之前，我们两个人之间的关系都还特别好。最后那样决裂，我很遗憾。

乔·马卡斯（Joe Marcus）

他是一名经济学家，新政期间在哈里·霍普金斯的一个项目上工作：研究科技对创建再就业岗位的影响……"换言之就是为什么失业那么难应对。"

---

[24] 这本书指的是詹姆斯·阿洛伊修斯·法利所著的《吉姆·法利的故事》(*Jim Farley Story*)（纽约麦格劳-希尔国际出版集团，1948年）。

"1939年，我们还有一千万失业人口，劳动力的供给量是四千万，失业率高达25%。1936年，失业人口是一千五百万，也有可能更多。1937年前后，工业生产恢复到1929年的水平，但只持续了几个月。之后就一路下滑，直到再次陷入萧条。"

"'新政'开始思考一些问题，可能是垄断，也可能是科技。我做的就是这样的工作。"

我想那是在1931年或1932年。我在纽约市立学院上学。那里大部分学生的家长是工人或小商人，受到了大萧条的冲击。在公开演讲课上，我被叫上去说一说失业保险。结果，我受到了大多数学生的攻击……他们认为这是社会主义。他们的愤怒让我震惊。如果我记得没错，美国劳工联合会在其全国大会上已经投票否决了。社会保障的想法是很先进的，是那些真正在挨饿的人想要的。但是知识分子、学生和官员都觉得这是个可怕的想法，具有颠覆性。一开始是这样。

但他们学得很快。这对他们来说是个不小的冲击。当罗斯福提出这个想法时，显然没有经过深思熟虑，在很大程度上是临时想出来的。而在与之相关的人的心里，他们的感觉由来已久。他们想要改变社会的意愿，只是出于愤怒，出于需要。在我看来，哪怕是更激进的想法，他们也会接受。

罗斯福反映了当时的倾向——更多的是情绪上的，而不是认识上的。它不仅仅是国王恩赐那样的问题。来自底层的压力是事实。在这件事情上，大家并不是同心协力的。像这样一个涉及绝大多数人的项目，却缺乏组织，这是我们的社会在政治上奇怪的地方之一。底层人的行为都特别具有革命性。但一般来说，这些人的想法都是很落后的。

1935年，我从纽约州立学院毕业。我去了华盛顿，1936年春天开始工作。"新政"就是年轻人的天地。年轻人只要展露出才能，就会得到机会。我还年轻，二十二三岁。在几个月的时间里，我就成了部门的领导。我们和一些大佬开会，讨论要做什么。我指出了一些问题：让我们搞清楚自己的目的是什么。他们立马让我接手了。我组建起这个机构，雇了七十五个人。我这个年轻人得到了尝试的机会，学了很多东西。这种挑战本身就是很好的体验。

我们要准备好回答别人提出的大问题。技术问题都是小问题，得自己想办法解决。但当时的背景是宏大的：社会在向哪个方向发展？你的统计问题成了充分就业的问题。我们在学校的时候可没有学过这个。想要新的答案，就需要找到新的一类人。这是很让人振奋的。

如果生活还是往常的样子，那么我可能会在大学里找份工作，批改试卷或是给教授当助手。但突然之间，我就在做原创性研究，在问别人有关社会运作的基本问题了。是什么原因导致了大萧条？怎么才能走出大萧条？一旦你开始从这些角度思考问题，你就进入了一个完全不同的环境。

当时的氛围令人振奋。你是这个发展中的社会的一部分，你做的事情能够产生重大影响。法律可以被改变，人们的生活条件也可以被改变。

如此近距离地接近政治生活的中心，这是不可思议的，两三年之前根本想象不到。对于像我这样出身中下阶层，对贫民窟和犹太人的生活比较熟悉的人来说，这是不可思议的。这不是你之前所生活的那种封闭式社会。

你和现在那些孩子身处的环境不同，如果不打碎旧世界，面对的就是普遍的绝望……你是某种更大的事业的一部分，改变是可以实现的。为正在挨饿的人做些立竿见影的事——你可以做点儿事情，这是最重要的。感觉就是这样。

我有一种感觉就是：如果你想说什么，它可以传到高层那里。现在回想起来，我当年写的备忘录通过某种方式被送到了白宫。我这辈子最兴奋的时刻就是听到罗斯福的一篇演讲选用了我写的备忘录。

每个人都在找新点子。许多家伙是机会主义者,有的则是不切实际的狂想家。但是,有一种追求,一种价值观……在人们的生活中产生了重大影响。

我们没有想着改造社会,不是这样的。我不相信梦想这种东西。当时的情况是中央政府的社会态度正在彻底转变。问题是:在这个体制当中你要怎么做?所有新政机构里的工作人员都秉持着这种精神。

旧的政府官僚没办法管理这些新项目。罗斯福就曾被人批评是一个糟糕的行政管理者,他非常清楚这一点。参与新政的工作人员也会有缺点,但重点是如果你想要在短时间内帮人们找到工作,像是在公共事业振兴署,你就得找到有这种精神、这种干劲的新人。

在某个阶段,哈里·霍普金斯和他手下的工作人员——有许多人——在一间很大的礼堂里碰头。他解释说他们必须夜以继日地工作,才能完成某项工作。他问有没有人愿意从当晚开始,一直工作下去。礼堂里的每一个人都举了手。他们年轻,充满激情。

搞行政的人通常年纪大得多。就连在旧官僚中算得上年轻的,也都是些顽固守旧的人。他们来上班,到时间就下班,中间出去吃午餐……坦白地讲,他们工作并不勤奋,只要有可能,就停下来休息。右翼分子对政府工作人员的评价在很多情况下都是真的。

新政派则不同。我说的不仅仅是制定政策的人,还有那些执行者,他们觉得自己做的工作非常重要。因为有工作要完成,他们都不会出去吃午饭,就在办公桌前吃一个三明治了事。他们的工作是有意义的……当然,我可能把这个浪漫化了,但确实存在这种差别。

公务人员都是非常能干的人,但他们在僵化的体制下工作。他们只要干满工作时间,等到下班就行了。彻夜不眠地工作,这种想法……

晚上是令人兴奋的。大家谈论的是政策,是你都在做什么。不玩桥牌，不会闲坐着喝酒，也不聊八卦……

他的妻子苏插话道："男人们聚在角落里，谈论失业的严重程度，这是妻子们不愿意看到的。女人们聚集在另一边，但是男人们太忙碌，太投入了……我得说我们不愿意看到这样。"（笑）

"我们偶尔会说'这是什么'，我们会感兴趣。但这些东西非常难懂。他们太投入了。"

（他笑了，接着补充道）"我得承认，我们说的都太专业了，三句话不离本行。"

"我们觉得他们的工作非常重要。我记得有一次，乔的老板为了什么事打电话到家里。他们想让我帮忙在桌上找一张纸。他说：'我希望你不要介意我占用你丈夫的周末。'我说：'我当然介意。'（笑）当乔回到家，他说：'天哪，你说的都是什么话。不管怎么说，我们都是为了打赢这场仗啊。'那是三十年代末期。（笑）我们都理解那些概念上的东西——这是理所当然的。他们讨论的技术上的问题让我们觉得实在太无聊。其他人的妻子也觉得自己是他们当中的一员。但在社交方面，有时候会变得很难。他们一头扎进专业问题里，天花板掉下来他们都不会注意到。"（笑）

现在那些野心勃勃的年轻人也会把工作带回家。但这是他自己的事情，是他个人的野心，与社会无关。当然，我们当中最出色的一些同事本身也是很有野心的，但大环境不同。

我们当时没有工作时间和休息时间之分。当然，这不是说我们不会去看电影或去公园散散步。我认识的人在工作之外也过着很充实的生活。在某种程度上，我们的行动也与这个有关。

苏："对于我们及其他在华盛顿忙着'新政'的人来说，最棒的事情莫过于大家都生活在同一个水平线上。不存在攀比的心态。没人硬要得到什么,因为大家都是一体的……"

在华盛顿,生活在这群人中间真是件令人兴奋的事情。兴奋感、成就感和幸福感是我们最主要的感受,我这么说可不仅仅是在怀旧。生活很重要,生活很有意义。

在华盛顿,人们会谈论关于社会本质的话题吗?

我感觉革命并没有成为过日常话题。有些人违反法律、破坏社会治安,这种事实本身就是革命的行动。人们突然听说有个共产党。在那之前,它是无足轻重的。突然之间,那些更加活跃、更加关心这个社会的人都通过这种或那种方式跟它有了关联。它从未真正得到过民众的支持,但它在一些关键地方也是有影响力的。这是一套全新的观点,但革命从未真正被摆上议事日程。

就搞清楚如何更好地掌控这种局面而言,罗斯福非常重要。不是说他凭一己之力,而是他起用了那些可以制订计划的人。

有人说罗斯福拯救了我们的社会……

这是毋庸置疑的。那些有洞察力的实业家很快就意识到这一点了。如果没有来自富裕阶层的重量级人物支持,他做不了那些事。他们没有破坏我们的计划。事实恰好相反。

战争结束之后,摩根公司的年度报告最早提到的问题之一就是充分就业。五年之前,这还被当成布尔什维克的观点。战争初期,商界领袖认识到推出更多革新计划的重要性。这是为企业社会辩解的一种方式。"新政"也是这么干的。

这次大萧条在人类社会的历史上是不同寻常的。它的持续时间如此之长,影响如此之深。通常来讲,在一次萧条,甚至是严重的萧条中,经济下滑两三年,再过两三年就能回到原来的水平。可是这次,十年哪……

想一想，我们的工业生产1939年才回到1929年的水平。而在这十年当中，人口还在增长。如果不是有法国和英国的战争订单，我们能不能回到原来的水平还是个问题。确实是"二战"终结了大萧条。但这并不意味着除此之外就没有其他东西能终结大萧条。

伯顿·K. 惠勒（Burton K. Wheeler）

来自蒙大拿州的参议员。1924年，他以进步党的身份成为罗伯特·拉福莱特参议员的竞选伙伴。

我眼睁睁地看着大萧条就这么来了。乔·肯尼迪来找我，他说："我怕自己一觉醒来就剩下了九个孩子、三处房子，身无分文。"我说："你想保住财产吗？买黄金。"他又来找我。"他们拿走了我的黄金。"我说："买银条。"他又来了一次。"他们拿走了我的银条。"我说："你想一劳永逸吗？买一块农场，你可以养一头牛、一头猪、几只鸡，让你的几个孩子去干活。但是农场不要太大，因为我们也可能把它从你手上夺走。"他说："现在的情况有这么糟吗？"我说："没有，不过可能会变得那么糟。"

他回忆起1923年访问维也纳时的情形，那里的萧条影响了社会各个阶层。"我觉得它不会像在美国这样开始得如此迅猛。"

通过复兴金融法案的时候，胡佛是总统。我是反对的。它的目的是帮银行家、保险公司和铁路公司摆脱困境。我说："这么做将带来很大的压力，到时候那些家里奶牛生病的人都会跑来华盛顿借钱。"小鲍勃·拉福莱特说他会投赞成票，因为他害怕会出现金融崩溃。我说："会有金融崩溃，而且它发生得越早越好。"复兴金融公司只会延缓崩溃的到来。我们负债越多，崩溃得就越厉害。

詹姆斯·哈密尔顿·刘易斯（J. Ham Lewis）[25]也来找我。他过去总叫我"小子"，让我很恼火。"小子，给他们讲讲这么做的弊端。"我说："难道你不会就此发表点儿意见吗？"他说："不，我不能。我代表的是一帮强盗，强盗！我跟你说，这帮人就想着把手伸向公共财政，把钱都拿出来。我的天，如果我是个自由的人，恨不得把这个东西撕得粉碎。"

这些人在衣帽间走过来对我说："我赞同你的意见。"结果出了门就去投反对票。这让我很泄气。我还记得我很感兴趣的一项立法，它涉及挑战权贵的权威。一位参议员对我说："我认为你是对的。我要投票支持你。"到了下午，他说："我办不到了。""为什么办不到？""我的老板给我打了电话。""你还有个告诉你该怎么投票的老板？""你的老板是谁？你应该也有个老板。"我说："我只有一个老板，那就是人民。"他说："不要跟我讲这种废话。你肯定有个老板在什么地方。"

汤姆·彭德格斯特（Tom Pendergast）[26]受到指控，哈里·杜鲁门来找我。"我应该辞职吗？""你为什么要辞职？"他说："他们起诉了那个老人。没有他，就没有我现在的一切。我应该和他站在一起。"

罗斯福当选之后，我提出一项将白银重新作为本位货币的法案。这个国家里的所有银行家都表示反对。在金本位制下，他们能够更有力地控制货币。西部一些大的矿务公司对我提出的法案很感兴趣，不过他们感兴趣的原因可让人不敢恭维。这些人想借此抬高银价，并不关注白银在货币中的使用。阿那康德铜业公司（Anaconda Copper）的总裁认为我是对的——银总比纸好。毕竟黄金的供应量并不充足。我说："你为什么不

---

[25] 詹姆斯·哈密尔顿·刘易斯，来自伊利诺伊州的民主党参议员，穿着非常时髦。
[26] 汤姆·彭德格斯特，多年来一直是堪萨斯城政治集团首脑。

在公开场合这么说呢?"他耸了耸肩。我说:"你不敢这么说,因为你欠了国家城市银行那么多钱。"

他讲述了自己与罗斯福在法院填塞计划上的分歧。在"'一战'带来的不正常的兴奋中,我看到大家群情激昂,只有联邦法院脚踏实地,其中又属最高法院做得最好。虽然它们应当做得更好,但确实已经比别的机构都做得好了"。布兰迪斯大法官的帮助和首席法官休斯写的一封信帮他挫败了罗斯福的努力。他领导了反对罗斯福某些立法提案的斗争。

我接受了公共事业控股公司法案。这是一场恶战。一起钓鱼的伙伴对我说:"这些公共事业公司的人要毁了所有挡道的人。"几天之后,他们的两个首席说客来拜访我。我说:"你们带枪了吗?"他们说:"没有。你的人已经搜过了。"我说:"我让他这么干的。"他们说:"你打算给我们多少时间?""一周。""我们得要一个月。""我给你们一周,给政府一周。如果你们一周之内说不清楚这个法案有什么不对,那可就太糟了。"他们说:"你太自以为是了。"我说:"不,我只是厌烦卑鄙的说客和律师。"

罗斯福的同僚向他施压,让他接受在1940年大选中竞选副总统的候选资格。"墨菲大法官从白宫来到我这里。'总统会给你打电话的。''我不会接受。''你真他妈是我遇见过最大的傻瓜。你会当上美国总统的。''可我不能接受。'"他反对罗斯福的"战争政策"。

我在1939年见到罗斯福。我跟他讲竞选第三届总统是个错误。他也表示同意。他对我说:"伯顿,我们要在明年一二月份挑出一个能赢的人。支持那些老反对派可真是让我烦透了。"接着他又说:"法利想让赫尔去竞选,他想以副总统的身份参选。他认为赫尔过不了这一关,这样,他就能当上总统。曼德林大主教(Cardinal Mundelein)说,虽然他很想看到一个信仰天主教的总统,但并不希望看到他通过不正当的手段上台。"罗斯福可真是一位大师。

大卫·肯尼迪(David Kennedy)

财政部部长。[27]

"我1929年9月来到华盛顿上法学院。1930年4月,我进入美联储。1933年,马里纳·埃克尔斯(Marriner Eccles)成为美联储主席。"

"看到我,他笑了。他说:'我也是犹他州来的。你认识我吗?'我说:'认识,不过你不认识我。那时我还是个小孩子,而你已经是个坐办公室的大人了。'他说:'好吧,我可不能因为提到你而受到责骂。'我说:'不会的,不过如果我因为提到你被人责骂也没关系。'"

我的第一份工作和银行破产潮有关。1933年,罗斯福总统宣布实行"银行假日"的时候,我们得夜以继日地工作。我们要在三天时间里向那些有偿付能力的银行发放营业执照。我们必须从各州、联邦储备银行、货币监理署及个别银行那里拿到报告。从全国各地拿到报告。那三天,我都没离开过办公室——睡在沙发上,吃外面买来的三明治。

我们要处理一些有名的银行,经过二十四个小时的审核,决定它们是应该开张还是关闭。底特律的两家大银行相继关门,因为我们认为它们没有偿付能力。那些处于临界状态的银行则被允许开门营业。

银行重新开业分三天完成。第一天是大城市里的大银行,第二天轮

---

[27] 这次对话是在他被尼克松总统任命为财政部部长之前。当时,他是大陆伊利诺伊国民银行与信托公司的董事长。

到联邦储备银行所在城市的，其他银行在第三天重新开张。那三天里，我们的外勤调查员摸清了这些银行，也搞清楚了这些银行背后的故事。这并不完全是从零开始。他们从问题出现的时候就在研究它们了。

"银行假日"可是金融界历史上最具戏剧性的一幕。很多人都为此感到震惊。这是要出什么事？这是什么玩意儿？但是，一旦你从现实的角度来考虑这件事，华尔街和全国各地的人就都能接受了，这被视为一段清理后院的时间。它让银行家们有机会整合资源。

整个二十年代，每年有大约六百家银行关门大吉。那是在华尔街股市崩盘之前，经济形势一片大好，大家都没意识到这个问题。到了1929年、1930年的时候，这个数字达到了几千家。每天都有银行在倒闭。纽约有一家银行——美利坚银行，在它倒闭之前有两百家小银行破产。因为它的存款来自这些小银行。

我们面临着重建银行法的问题。在一次严重的经济萧条或破产中的强制拍卖会上，有什么东西是值钱的？它只别人愿意为此支付的钱而已。价值狂打折扣。所以，马里纳·埃克尔斯提出了内在价值这一理论。调查员必须掌握一些票据以外的证据，才能决定一家银行能不能继续开下去。

要让会计和银行家接受这一点很难。但是当《1933年银行法》（即《格拉斯-斯蒂格尔法案》）通过的时候，他们也开始遵循这条理论。它让美联储接受良性资产的抵押发放贷款。在那之前，他们坚持的是商业票据理论——你在发放贷款的时候接受一些特定的东西作为抵押。银行为了借钱，抵押品都耗尽了。

接着，联邦存款保险公司（Federal Deposit Insurance Corporation）成立了。它让人们又有了信心——自己存钱的银行不会破产。如果破了产，保险赔偿额度可达到一万块。这是《1933年银行法》的部分内容。

《1934年银行法》的内容则更加基础，它让整个联邦储备系统有了更稳固的根基。这同时也引发了马里纳·埃克尔斯和卡特·格拉斯[28]之间的斗争。他们的理念不同。马里纳是最早倡导政府刺激经济的人之一，格拉斯则更老派一点儿。马里纳喜欢争吵，他也有办法让自己的大多数提议得到批准。这对他来说是个不小的胜利。

他讲述了三十年代早期的失败主义态度。"我们在学校，在大学交谈过的每个人几乎都不清楚这个伟大的国家和它所拥有的资源能做什么。我们的研究仍在继续，关于住宅，关于教育，关于各种公共事业，目的就在于刺激经济。"

"股灾影响了我们所有人。我的工资降低了15%。我本来是要加薪的。我被聘用的时候，那个职位共有三十五个应聘者。我得到的承诺是六个月试用期结束之后就给我大幅加薪。我们部门的主管过来对我说：美联储所有人的工资都被冻结了。这是政府干的，虽然当时我们这个机构是独立运作的[29]，也得配合。他说等这次危机结束之后会补偿我的。"

"最后，《1933年银行法》通过，他为两个人破了例。我就是其中一个。我的薪水涨了六百块。我终于知道'大幅'是什么意思了。"（笑）

1937年和1939年是有趣的两年。我们还没有从大萧条中走出来，它的影响实在太深远了。美联储提高了会员银行的存款准备金率，因为它们的超额准备金数量巨大。我们的研究表明，只有极少数银行受到此次调整的影响。接着，我们就遇上了一次真正的衰退。

1937年出现了一次非常严重的衰退。马里纳花了很多时间试图向公

---

[28] 卡特·格拉斯，来自弗吉尼亚州的参议员，参议院财政委员会（Senate Finance Committee）主席。
[29] "美联储是完全自治的。当然，它是由国会创建的，其成员由总统指派，但它所具有的独立性超过大部分机构，原因是我们不从属于总审计局。斗争从来没有停止过。国会众议员赖特·帕特曼（Wright Patman）坚持美联储应该由联邦政府领导。"

众证明这不是由美联储的措施引发的,但批评者说是。

1939年,战争在欧洲爆发,我们市场上的价格暴跌。证券遇到了问题。美联储表示将以市价购买市面上所有证券,不管它们的数量有多少。此举结束了雪崩般的抛售潮。市场稳定下来,我们挺过了难关。

当时我们确实还没有从三十年代初的大萧条中完全恢复过来。失业率依然高居不下。"新政"计划并没有激发人们改变思维模式。当时有一种失败主义的态度——政府得对一切负责。如果不是那场战争和它带来的经济刺激,我们不会从大萧条中走出来。是那场战争,而不是"新政"帮我们摆脱了大萧条。

事实上,"新政"推出的政策让我们陷入了真正的麻烦。它改变了我们的生活方式。你花钱,负债,但你不会真正想办法去开拓新的事业。就像现在,我们处在一个观念爆发的时代。

哪怕推出了这些机构和项目——公共工程署、公共事业振兴署、农场安全管理局等,也是如此?

它在某些地方解决了人们正在经受的苦难——在这方面我并没有要批评它的意思——不过,它并没有带来实质性的改善,从而让私营企业可以取代它的位置。

在评论罗斯福和胡佛的时候,你都用了"失败主义"这个词……

罗斯福早期确实给了我们一线希望。从那个意义上讲,他可能让我们避免了彻底陷入绝境。但很多问题他都没有解决。他的很多计划都是做做停停……变来变去。因为我们从来没遇上这样的事情。

他们没有计划。所以,他们要出去把山移走,把废墟清扫干净,接着风来了,把这些东西都吹了过来。但是那些赚到钱的人,从某些方面来说是获益者,从另一些方面来说又是受害者。他们不想看到浪费……他们的反应各不相同。

我们在犹他州有一片牧场。1933年,那里遭遇了严重的旱灾。生活在那里的人都会告诉你，旱灾几乎毁了当地所有牧场。那时候，我和父亲在牧场上。我们把牛从草原上赶回来，它们又渴又饿。我们要把它们卖给政府。他们的出价从四块到二十块，只要牛是活的，就给四块，如果是头相当不错的牲口，可以卖到二十块。

来自农业部的买家开着车来了。一辆车里坐着七个人，都是政府出的钱。我们在一头公牛的价格上起了争执。那是我见过最棒的牛，挑不出任何毛病。他们只愿意给十六块。我的父亲说要么二十，要么不卖。争论一番后，他们还是给了二十块。在政府插手这件事情之前，我们把家里的牛都卖给一位买家——就一个人。现在来了七个。我们那儿的人都觉得这就是大政府，只为就业而让一些人去做不必要的工作。这些事情容易引发人们的失败主义情绪。

你感觉，在胡佛当政末期和罗斯福上台初期，华盛顿的氛围有什么不同？

在胡佛当政的最后那段日子里，人们都是悲观绝望的。金融崩溃给所有人都浇了一盆冷水，他们不知道要往哪个方向走。胡佛先生本人承担了很大一部分责任，这是不公平的。罗斯福凭着如簧巧舌，说了许多重燃希望的话。他开启了很多计划，但总是做做停停。我们成立了全国工业复兴总署、公共事业振兴署等，但它们也是变化不定。你从来听不到十分明确的决议。今天是这样，明天又是那样。华盛顿充斥着混乱和困惑。

伊克斯那些家伙也不知道究竟该往哪个方向走。今天他还受到重用，隔天就轮到摩根索。再过一天，所有人都在询问哈里·霍普金斯那帮人，因为他们深受总统器重，经常秘密会见总统。我们听说金价是通过扔硬币来决定的……我不知道这个传闻的真假，但我们总是听到这种事情。

罗斯福上台的时候，我激情满怀。我想：我们身陷困境，必须做点儿什么，现在终于有人来做这件事了。他第一次和第二次竞选总统的时候，我都投了他的票。在那之后，我就投了反对票。这不仅仅是因为总统只能连任两届的传统——当然这也很重要，也因为高等法院填塞计划并没有如我所愿取得相应进展……这让我的幻想彻底破灭了。

他是个非常引人注目的领导人。他魅力十足、个性鲜明、泰然自若……他善于激发人。但对我来说，他缺乏将一项计划实施到底的韧劲。

你觉得私营领域没有被充分地调动起来？

我感觉我们太过依赖政府的拯救，私营领域没能承担起足够大的责任。我觉得人们失去了靠自己走出困境的动力，而是想着：请替我做好吧。当然，在这个方面，现在比起当时有过之而无不及。不过，现在私营领域倒是介入了，这很有趣而且非常普遍。各有所长，有得有失吧。我不想过多地批评罗斯福先生，因为他确实在我们所处的那个历史阶段做了不少事情。

用罗斯福式的语言来说，这是一个"模棱两可"的问题：假设他没有推出那些计划，你觉得会怎么样？

我们必须要实施其中的一些计划。如果他没有这么做，别人也会做。就某一方面而言，他拯救了这个国家，因为他是我们的领袖，而且受到民众的支持。

金融系统的崩溃让许多人感到震惊，那时候有人对我们的社会产生过怀疑吗？

有，但不像现在这样。现在是另外一回事。当时就是觉得困惑。当然，我们还没有习惯我们现在享有的富足。我不认为我们的人民很穷，大多数人不穷。他们吃得很好。但失业的问题一直存在。

现在，态度有了变化。社会上有了我们当时没过的反抗。那个时候世道安稳，大家都遵守法律。你可以兜里揣着钱走在大街上，没人会把钱抢走。你可能会碰上乞丐向你讨钱，但你不会担心有人从你这里把钱抢走。当时的人更尊重法律。现在，到处都是这种强人所难的事情。这是普遍情况，全世界都这样。

附记："我最早来到华盛顿的时候，汤森医生来看我。他是一位英俊的绅士，头发灰白，身材清瘦。我觉得他是一位很好的乡下医生。他有一个很疯狂的想法，谁也不能说服他放弃：向所有流经银行的存款征税。我说：'有人会为此付出代价的。'他说：'看看，银行里的存款有几十亿。我们只取出来很少一部分。'他没有意识到这个政策会成为某些人的负担。但他是很多老年人的代言人，他给了他们希望。我觉得他在这个问题上有些错乱。但从另一方面讲：他这么做有助于解决当时面临的一个问题。他让老年人有了养老金的概念。现在他们都组织起来了。我尊重这位老人。"（笑）

约翰·比彻（John Beecher）

诗人。他的两本诗集《活于迪克西，死于迪克西》(*To Love and Die in Dixie*)和《听听风吹》(*Hear the Wind Blow*)写的就是大萧条时期的南方。

他的祖先是废奴主义者。他是亨利·沃德·比彻（Henry Ward Beecher）和哈里耶特·比彻·斯托（Harriet Beecher Stowe）的曾侄孙。他的外公是爱尔兰移民，做过煤矿工人，曾是莫利马圭尔社（Molly Maguires）的成员，这是十九世纪七十年代武力反抗矿主的一个秘密矿工组织。"我这一辈子，受到的最有颠覆性的影响就来自他。"

"我的父亲是美国钢铁公司南方分公司的高层管理人员。他在1929年的股灾中损失了大部分钱，对我来说这是很幸运的，对他来说可能也算幸运。他在心理上很难从这次变故中恢复过来。"

"我还记得晚餐过后，他就躺在沙发上，神情是彻底的绝望。每晚如此，一躺就是几个钟头。这个男人对音乐感兴趣，什么书都看：小说、戏剧、历史、经济学等，就是这样一个人被绝望打倒了。我们都很担心他会自杀。他有个很亲近的朋友就从四十层高楼的窗户跳下去了。他依然拿着可观的薪水，可是直到那个时候，他还是认为衡量一个人成功的标准就是他积累财富的多寡。"

"但他最终还是恢复过来了，在某种程度上变成了一个冷静果决的智者。他随时准备好应对这个体制里可能出现的任何变化——这个体制可能不是永恒的，可能应该出现一个更加讲究合作的社会。"

我的第一份工作是在钢厂，当时是二十年代。你可能会说大萧条就是在这里开始的，亚拉巴马州的安斯利——伯明翰郊外的钢铁工业区。大萧条刚开始的时候，就有一家银行破产了。所有工人都信任那个银行家。

1929年秋天，我辞去平炉炼钢专家的工作，去威斯康星大学任教，讲亚历山大·米克尔约翰（Alexander Meiklejohn）的《实验学院》（*The Experimental College*）。当然，大萧条期间学生们很容易情绪失控。在毕业典礼上，你会看到戴着学士帽、穿着学士袍的人在礼堂门口卖苹果。这算得上一种示威，就是为了让别人看到才学满腹的人在拿到学位之后只能去廉价商店工作。能找到这样的工作已经很幸运了。所以，大萧条让他们变得激进，就像现在的年轻人因为越战及社会的动荡不安而变得激进一样……

1932年夏天，我躲开了那种激烈的学术竞争。当时我正在写博士论文，主题是关于狄更斯的小说和1832年的艰难岁月。我决心要搞清楚在我所处的这个时代到底发生了什么。在我的家乡，我彻底明白了。事实上，这让我深入大萧条中，一开始是以社会工作志愿者的身份，之后则是作为一名"新政"的管理人员。

从1934年开始,我成了一名基层管理人员,足迹遍布整个南方,一共干了八年。打交道的对象有黑人、白人,有农民、煤矿工人、钢铁工人、纺织工人、化肥厂工人、采松脂的工人,还有佃农。

他们的态度都很顺从吗?

一点儿都不。我发现在伯明翰,人们的反抗情绪一触即发,随时准备采取行动。当然他们也不知道要怎么干。1932年,没什么人相信罗斯福能够解决问题。

我去南方的时候路经芝加哥,在赫尔馆(Hull House)停留了一下,去拜访我的文学偶像——约翰·多斯·帕索斯(John Dos Passos)[30]。他认为我们正走在通往革命的道路上……罗斯福当然会再次当选,但他没有能力应对当下的局面。他似乎认为无政府工团主义有可能帮助我们解决问题,美国的工会将成为领路人。当然,他们当时还没能做到这一点。罗斯福推出的应急计划让所有人都感到吃惊,它们大大缓解了公众的不满情绪。

我记得在安斯利的那一年,一个女人在救济中心吵吵嚷嚷,想为她的小婴儿弄点牛奶。你真该看看没有牛奶的时候她们给婴儿喝的那些东西。我曾看见她们把咸肉汤装进奶瓶,再套上奶嘴,那个婴儿就开始吸肉汤。一个浑身青紫的婴儿,真是饿死的。我看到这种事情在一户又一户人家里上演。

这个女人决心要给孩子弄到真正的牛奶。她使出浑身解数大闹一场,直到那里的最高主管同意给她一夸脱牛奶。他们把牛奶递给她以后,她往后退,接着将那罐牛奶摔到墙上。啪的一声,砸了个粉碎。你看,就是这种精神,和你现在在黑人当中看到的一样,不过在当时这么干的主要是白人。他们似乎是最具战斗精神的,至少在南方是这样。

作为一名管理人员,我曾在雷克斯·塔格威尔的农村移居项目上工

---

[30] 多斯·帕索斯曾为《新共和》(*The New Republic*)杂志报道共和党和民主党大会。

作过。雷克斯当年还在哥伦比亚大学就读时写过一首歌颂社会主义的诗。他们就不停地旧事重提，来攻击可怜的雷克斯。你还记得他被攻击得有多惨吗？事实上，我参与的那个项目一点儿都不像我希望的那样激进。

它不过是处理农村问题的权宜之计：向小农场主发放资助款，好让他们能坚持下去，继续种植作物。我管理过五个这样的社区。

后来，我又转到流动劳工营项目。我在佛罗里达为流动农民工建起了这样一处营地，那里住的主要是来自佐治亚和亚拉巴马的穷苦黑人及无家可归的佃农。此外，也有流离失所的白人，他们大多是食品加工厂的工人。

我们建了一所医院、一间诊所、一个社区中心、一所学校，还有几个临时营地。它们至少比他们之前住的茅草棚、树屋及各种糟糕的窝棚要好。

去年冬天，我又去了当年的那个地方，差不多已经过去三十年了。我发现那些"临时"营地还在，破旧不堪。有一个地方的地面已经下沉了十英尺。因为地面下陷，这些房子就悬在半空中，用桩子支撑着。1968年，他们还住在我们三十年代搭建的营地里。

那个时候，这些流动工人没有真正享受到"新政"带来的好处吗？

没有。战争爆发以后，国内的所有计划都停摆了。他们将我们的流动工人营地移交给地方社区。现在，我们经常听到这种事情：地方管控。营地由地方上的人员接手了……

我们在埃弗格莱兹[31]为黑人修建了一家大医院。那里有五万人，却连一张病床都没有，一张都没有。他们生了病，却没地方治，所以我们建了一所医院。这是那届政府第一次做这样的事情。按照计划，它主要是为黑人服务的。

---

[31] 埃弗格莱兹，佛罗里达州南部大沼泽地区。——译者注

战争时期，医院刚刚交给地方，他们就把所有黑人都赶走了。他们把医院里里外外都重新粉刷了一遍，把它变成了一家为白人服务的医院。我最近和住在黑人营地的一户人家聊过天。那个时候他们把什么东西都分开。黑人营地依然是黑人营地，白人营地还是白人营地——依旧隔离开。

他们告诉我，去年冬天，他们再也不被允许召开社区会议或是进行任何形式的自我管理了，他们甚至都不能在我们为他们修建的社区活动中心跳舞。活动中心现在由白人经理和白人助理管理。我们曾经尽力想要摆脱的东西，在经历了一代人之后，又回来了。

这种流动劳工项目是政府做过的最开明的事。移居社区更倾向于家长式的管理。他们根据华盛顿制定的标准精心挑选适合的家庭。营地中的事情，我们得靠这些居民才能完成。他们定好所有规矩，管理所有营地，比那帮官僚干得出色多了。

（一会儿在讲述，一会儿沉浸在充满诗意的回忆中）他们住在运河堤岸上散发着臭气的营地里，有时候十三个人住一个房间。还有糊着沥青纸的棚屋或者搭在草丛里的窝棚。每天早上，天还没亮，他们就爬上卡车，被拉到豆子地里去。整整一天，所有人都在地里摘豆子，最小的只有五六岁，就那么跪在埃弗格莱兹的黑泥地里。晚上天黑了，他们才能回营地去。那里的赌场通宵营业，威士忌、骰子和女人把他们白天挣的钱耗得干干净净。

这是白人农场主想出来留住劳动力的方法——他们说就是让黑人破产。没有教堂，没有学校，这个农场主在营地中心盖了一间赌场，把白天付给工人的钱在晚上挣回来。

政府到这里来为黑人修建了一处示范营地，有带纱窗的房子、淋浴房、冲水厕所、医务室、社区活动中心、学校、操场、洗衣池和电吹风。大农场主们大吵大闹：政府想干什么？毁了他们河堤营房的租赁价格？或者用一堆无用的奢侈享受毁了他们的劳动力？再说了，黑人不会住到营地来。他们就喜欢脏兮兮的，就喜欢生病，喜欢堕落。

等到这些农场主发现政府无论如何都不会收手时，又说道：你们必须雇用一批营地警卫，白人警卫，让他们用棍棒或枪支来管理营地，否则这帮黑人不会交租，要么就彻底不干活，拆了这个营地。

我当时就在那儿，负责管理这一处营地。营地启用那天，我们打开大门，放所有愿意进来的人进来。没有精挑细选，也不用介绍引荐。对我们来说，有一户人家愿意住进来就已经很满足了。我们也没有雇用白人警卫，在这个住了上千人的营地，没人舞枪弄棒。

我们把这些人都集中到社区活动中心，告诉他们这就是他们的营地。他们可以让它成为一个很好的营地，也有可能让它变成一个糟糕的营地。这完全取决于他们自己。除了他们通过自己选举的委员会制定的规章制度，不会再有其他的规矩。他们在营地里搞了为期一周的竞选活动，这些人有生以来第一次竞选公职。选举结束之后，他们在社区活动中心举办了一次大型舞会，以示庆祝。没人喝醉，没人捣乱，也没人拿刀子捅别人。他们为自己选出了一个委员会。

这个委员会制定了规章制度。委员会规定所有人家的狗都不得乱跑，必须用绳子拴好。委员会规定男人不得打老婆。如果有人晚上回来的时候喝醉了，就得在外面等到天亮。委员会规定所有人都得交租，交上来的钱用于购买棒球用具，维持托儿所的运作。

最后，委员会表示：现在还不是开商店的时候。合作社就是这么搞起来的，人们不在里面放上一点儿钱都不会心安。

在委员会任职的一些人不会写自己的名字。你看，他们不过是佐治亚和亚拉巴马州的乡下黑人，在地里摘棉花的普通人。朗兹县里的种植园主说，他们这种人一旦有了投票权就会毁了这个国家。（他睁开了半闭着的双眼）我所知道的是：我看到了民主的力量。

顽固的民粹派

国会议员 C. 赖特·帕特曼（Congressman C. Wright Patman）

这位来自得克萨斯州的绅士正在他的第二十一届国会议员任上。他是众议院银行和货币委员会（House Banking and Currency Committee）主席。他的外表看起来就是个朴实的"乡下小子"。他与维克托·穆尔（Victor Moore）在《为君而歌》（*Of Thee I Sing*）中扮演的颟顸官员很像。记者罗伯特·谢里尔（Robert Sherrill）曾指出，人的外表具有很大的欺骗性。可以说，这位议员就是这样。

二十年代末期，农民都很穷苦，因为所有钱都流入了华尔街。由于各种操控，他们的钱都在那里耗光了，而不是用在这个国家的其他地方。现在同样的事情还在发生——1929 年那档事情重演了。一百多人掌控着一切——确定利息、债券及所有一切。国会议员都不敢去冒犯这些银行家。

正是出于这个原因，我在 1929 年 5 月提出向"一战"老兵支付三百五十万现金的首个法案，这笔钱由美国财政部直接拨款。直到 1936 年，老兵才拿到钱，平均每人一千零十五块。他们的处境是如此艰难，我们不得不同意用债券来支付。这些人还想在利率上趁火打劫一把，他们对这些老兵真是……他们不想支付本来就属于这些人的钱。这就是调整后的薪水。要知道，军队一个月才发二十一块钱。1932年6月，众议院通过了抚恤金发放法案，但参议员不喜欢这种压力，投了反对票。这些可怜人，他们又没做什么过激的事情，只是在高呼"美利坚"。他们隐忍着。

对抚恤金征讨大军来说，你就是他们的英雄……

当然啦。他们从得克萨斯送了一头驴子到我的办公室，把它放在货车的车厢顶上运过来的。他们教了这驴子一些把戏。他们希望我竞选总统。我说："不，我们还是让他们把钱付了吧。"

这里一度聚集了两万人。我就站在国会大厦门口的台阶上跟他们讲话。

所谓的抚恤金征讨大军都是些什么人呢？他们是为了完成一项事业而来的说客，跟五月花饭店的那些家伙是一样的。他们也没想把这些人驱逐出去。穷人进了城，就成了惹事精。当然啦。他们踩上草坪，结果就因为踩上草坪被扔进监狱。五月花饭店的那帮人就没有任何麻烦。在国会山每一栋建筑的每一层楼里，随时都能见到他们的身影。

征讨大军都是遵纪守法的好公民。他们用废纸、箱子及一切可用的东西为自己搭建临时住所。好几条街上都是他们的人，像是"复活城"。麦克阿瑟先生和艾森豪威尔先生领导下的军队将他们的住处一把火给烧了。麦克阿瑟先生昂首阔步地走在大街上，仿佛这是一场盛大的游行。

用催泪弹把他们赶走之后的第二天，你在路边可以看到小婴儿和他们的妈妈……世界上从没发生过如此可怕的事情。他们杀死了一些老兵。这些凶手应该全部被指控谋杀。老兵们有权利为了自己的事业在这里游说，就像五月花饭店里的说客一样。

安德鲁·梅隆（Andrew Mellon）[01]也反对给钱。他说这样会导致预算

---

[01] 安德鲁·梅隆，曾任美国财政部部长（1921—1932）和美国驻英国大使（1932—1933）。

不平衡。他们总是这样讲话。他们中的一些人把它说成"迁算"（笑）——导致迁算不平衡。这就是我跟他作对的原因。我不喜欢少数人在利用特权来满足私欲的同时惩罚别人。

1932年1月6日，我回到国会，马上就着手弹劾安德鲁·梅隆，理由是重大犯罪和行为失检。共和党人震惊又困惑，不过他们没有阻止我。我有一个小时的发言时间。我说到了利益冲突，他名下有银行、股票等，而他同时还在这里领导财政部。这违反了一百年前定下的规矩——财政部部长连政府债券都不能有。

他们投票把这一案件移交到司法委员会。我坐在长桌的一边，对面坐着梅隆先生和他的十二名律师。他们是美国最贵的律师，要花大价钱才雇得到。那两个星期很难挨，但我像猫一样有九条命，总能化险为夷，因为我手里有证据，都记录在案。他们没有。瞧，这些价格不菲的律师，开价越高，做得越少。（笑）

两周过后，轮到梅隆先生坐到证人席上。司法委员会休会到下午一点半。大概中午十二点半的时候，报纸就出来了，头条新闻大标题："梅隆辞职，被委派到圣詹姆士朝廷[02]。"司法委员会中的一些人无论如何都要弹劾他。拉瓜迪亚（Laguardia）就是其中之一。但有人提出：为什么要浪费时间呢？他不仅离了职，而且都不在国内。所以，他们就此放手。他们把所有的文件都毁了。

什么文件？是你的证据吗？

当然。从我办公室偷走的。他们经常打劫我的办公室。他们派人藏在角落里，进出我办公室的人都看得一清二楚。他们晚上闯进来。到了早上，我就发现文件都堆在地板中间。我试过去找工作人员来处理这种

---

[02] 圣詹姆士宫是英国君主的正式王宫，非英联邦国家驻英大使的全称为"驻圣詹姆士朝廷大使"。——编者注

情况，但叫不动他们。

什么工作人员？

华盛顿的安保人员。财政部有一些。白宫也有类似FBI那样的人。

所有文件都丢啦？

听着，财政部没有，别的地方也没有。事实是梅隆没有辞职。他不愿意离开那个位置。他想再搏一把。他觉得自己能赢，因为他够有钱。不过，当时胡佛的竞选刚刚开始，他的对手是罗斯福。他很清楚自己必须把梅隆弄走。他接受了一份没有提交的辞呈。这是胡佛做过的最有勇气的事情了。

梅隆宣誓就任驻英国大使的时候，他告诉我一个搞新闻的朋友："这不是婚礼，这是离婚。"他们把他赶走了。为了高效地达成目的，他们弹劾了他。胡佛在审判的过程中赦免了他。

大萧条期间难道没有人企图扳倒你吗？

当然有。每隔三到四次选举，他们就会下绊子。他们看到我给他们所谓的城市整顿勾当带来了不少麻烦。我把他们形容成货币兑换商，针锋相对地声讨他们。（笑）他们也会骂回来。我有很多次竞选都赢得很艰难。那些大商人不需要我。这里自有他们花钱收买了的人。他们撒了不少钱，然后变得特别受欢迎。

我们在华盛顿有两个政府：一个由我们选出来的那些人管理，这只是很小的一部分；另外一个则是有钱人说了算，他们掌控着一切。

比如得克萨斯州的一个农场主有几口油井。他开始收购河流周围的土地。人们对他的这一举动感到不安，怕他是在大量买进，要买走全部的土地。他告诉这些人，他没有买下全部的土地，只是想买下挨着自己土地的那些。（笑）我们这里的情况就是这样。少数几个人在尽可能多地买进与他们的资产临近的所有资产。

大鱼正在逼近小鱼，准备痛下杀手。他们一度以为可以在这里搞独裁。斯麦德利·巴特勒（Smedley Butler）将军被选为他们的带头大哥。他就要成为这些人的"白马王子"了。他们正要一步步逼近，接手这个国家，只是他们挑错了人。[03] 如果他们真的办到了，会让这个国家再次回到原来的位置。

你担心吗？

是的，我很担心这个。如果这个国家变得太糟，那么独裁统治可能就是一夜之间的事情。如果再来一次大萧条，我们将迎来一场革命。人们不会再忍耐下去。他们有知识、有想法了。那些大人物如果不同意，就会去找一个有能力杀人的人。如果张三、李四要出头，他们只会径直把他干掉……

大萧条期间，你和罗斯福的关系怎么样？

我非常喜欢他。从他的身上能感受到乐观和希望。他上台之后，把那些有钱有势的人清理出去了，把那些货币兑换商也清理出去了。但在老兵抚恤金问题上，他的立场是错的。他，罗斯福也反对给钱。我没有去烦他，因为我知道国会肯定会通过的。

他们在白宫举办了一次首脑会议。《纽约时报》报道的标题是："帕特曼白宫座谈计划。"他们的议事日程上有一系列"必做"事项。不让抚恤金

---

[03] 记者约翰·L. 斯皮瓦克（John L. Spivak）在自传中记录了自己对该事件的调查。他第一次造访巴特勒家时，这位将军……"是一位与众不同的人，他讲述了'一个无异于在必要情况下以武力控制政府的计划'。" 1935年，"巴特勒在一次全国广播转播中谴责国会委员会没有披露他的部分证词，其中牵涉到一些重要人物的名字"。"罗杰·鲍德温（Roger Baldwin）对共产党人并不友好，因为他们剥夺言论自由和新闻自由。他作为美国公民自由联盟的主管发表了一份声明：'调查反美活动的国会委员会提交的报告显示，企图控制政府的法西斯阴谋已被证实。虽然联邦共谋法案明文规定此乃重罪，但是所有参与者均不会被起诉。想想，如果这个阴谋是在共产主义分子当中发现的，情况会是怎样！'""这当然只会凸显我们政府的本质，那就是代表着财产拥有者的利益。对于那些以维护当前利润制度为己任的人来说，即使颠覆政府也是可以原谅的。"——摘自《时代人物》（*A Man In His Time*），作者约翰·斯皮瓦克（纽约地平线出版社，1967年）。

法案通过就是他们的"必做"事项。在我看来，罗斯福是真的担心会引发通货膨胀。他也是很看重预算的人。但他得改，得面对现实。

你有没有觉得在过去三十年里，你在很大程度上被排除在媒体的聚光灯之外？

当然有。我本来二十五年前就应该当上众议院银行和货币委员会主席。不过他们一直以老兵抚恤金的事为借口排挤我。他们知道我对钱这档子事了如指掌。他们可不想身边有这么一个人。

我起草《充分就业法案》的时候可是成了新闻人物。他们说我是共产主义分子、社会主义分子，还有其他什么分子。但我们最终还是让这个法案通过了。他们现在都承认这是一个不错的法案。

每当我陷入低潮的时候，就会想起以前读到的一首诗，那个时候所有人都以我为敌。那首诗内容差不多是这样的：

> 你说，他没有敌人，
> 我的朋友，夸口的人儿最可怜。
> 他身陷事关职责的那场斗争，
> 只有勇者才能坚持到底，
> 他们一定会有敌人。
>
> 如果他没有敌人，
> 一定是他的工作微不足道。
> 他没能痛打叛国贼，
> 也没有把杯子砸向那做伪证的人。
> 他从来不曾纠邪为正，

他就是这场斗争中的懦夫。[04]

你知道吗？我经常念这首诗。（笑）

附记："我住在水门饭店附近，不过我可没住在那种权贵出没的地方。"（笑）他接着说，"他们花上五十万买下那里的公寓。当然，他们一年能花上一万到一万五，就为了让走廊保持干净。从我住的地方，就能望见内阁的那帮人住在哪儿。"（笑）

---

[04] 这首诗是苏格兰诗人查尔斯·麦基的作品。——译者注

夸夸其谈

汉密尔顿·费什上校（Colonel Hamilton Fish）

他的办公室位于曼哈顿市区一间酒店大厅的尽头。许多许多年以前，这里曾经非常奢华。现在，几个上了年纪的人坐在阴冷的前厅里。

办公室里，到处都是能让人记起旧日风光的东西：亚历山大·汉密尔顿（Alexander Hamilton）的半身像、林肯的头像、沃伦·盖玛利尔·哈定（Warren Gamaliel Harding）、卡尔文·柯立芝（Calvin Coolidge）、道格拉斯·麦克阿瑟将军、参议员艾维特·麦金利·德克森（Everett McKinley Dirksen）的亲笔签名照片。附近的书架上摆满了军事著作，还有一张他自己的照片：一个不戴帽子的年轻橄榄球运动员。1908年在哈佛大学，被沃尔特·坎普（Walter Camp）[01]选为有史以来全美最佳前锋。

上校本人又高又瘦，对他这个年纪来说精力异常充沛。他跷着二郎腿，眼睛半闭着，仿佛面对着众多听众。

1920年12月，我在国会提出了第一个议案，内容是将阵亡的无名战士的遗骨带回国内。伍德罗·威尔逊（Woodrow Wilson）签署了这项法案，这也是他签署的最后一项法案。这已经是五十年前的事了。当时至少有

---

[01] 沃尔特·坎普（1859—1925），美式橄榄球泰斗，被称为"美式橄榄球之父"。——译者注

五万人……

作为"一战"老兵,你对1932年抚恤金征讨大军怎么看?

我永远支持老兵。我是老兵们选出来的。那个时候,小伙子们知道如何战斗——我和抚恤金征讨一点儿关系都没有。这件事考虑欠周,引发了政治事件,这在任何时候都是不应该的。我赞成发放抚恤金凭证,不赞成发救济金。在抚恤金征讨事件中有一些极端分子,他们什么事都想插一脚。这次事件当中就有许多极端分子,他们惹了事。在这件事情上,我选择了回避。

我是美国第一个调查共产主义活动的委员会的主席。它当时被称为费什委员会。不过,它只存在了一年,从1930年到1931年。我们不会追捕个人,不会把人送进监狱什么的。国会不能把人送进监狱。不过,我们确实追查了一些组织,以此警示美国人民。它主要起教育作用。

我们当时做调查只拿到两万五千块。现在,他们动辄就给三四十万。我们甚至连两万五都用不着,因为我们另外四个成员同时也是律师。我们的两万五用来支付差旅费等。我想我是国会里第一个,也是唯一将调拨给委员会的资金再还回去的人。我还回去五千块。

我现在很后悔当时那么干。因为我应当用所有的钱把我们的报告打印出几十万份。HR2290号文件只有六十页左右,但它依然是美国关于共产主义最好的报告。

我起草了成立非美活动委员会的法案,并获得通过。委员会几年之后才组建起来,主席是来自得克萨斯州的戴斯(Dies)先生。我手里有一封他写来的信。很有意思,因为国会里的人都妄自尊大,喜欢把一切功劳都算到自己头上。可平心而论,在这件事上,戴斯一点儿都不虚荣。1962年的时候,他主动从得克萨斯州给我写来了这封信。

他用响亮的声音把这封信念给我听。戴斯为上校的开创性工作及提供的信息而向他致敬。"……我们政府所掌握的所有档案都神秘地失踪了。你之前所做的工作给我提供了宝贵的帮助……"

众议员戴斯先生说的档案消失是什么意思？

他说的是那些文件在罗斯福的授意下被销毁了。我不是说罗斯福是个共产主义者，他是个社会主义者。他曾经说过：我最好的朋友当中就有一些共产主义者。想想吧，堂堂美国总统居然说这样的话。接着他就大受欢迎，讨好斯大林。我想做的就是鼓动希特勒去斗斯大林，让他们分出个胜负。让那些自由的国家作壁上观就好，挑唆两方，让他们都不得好报！

戴斯的工作做得相当出色。为什么你会认为现在的美国基本没有共产主义了？事实上，美国的共产主义者所占比例不到1%。加上同情者，极端分子和其他人，这个比例也就稍高一点儿。为什么现在是这种情况？因为非美活动委员会，美国的劳工和它作对，美国退伍军人协会也和它作对——所有爱国团体都来掺和。如果不是它坚持自己的宗旨，那共产主义者的比例可要占到10%了。现在我们所有人都要付出代价。我们的麻烦已经够多了。

戴斯之后，麦卡锡登台。他遭人诽谤，遭受迫害，险些致死。他遭人恨是因为他无畏。现在还有人恨他，因为有关他的事实真相被歪曲了。我不知道他是否会得到赞誉。在近代历史上，麦卡锡可能是最遭人恨的，但绝大多数人始终支持他，比如斯贝尔曼主教。有人耗资数百万想毁了这个人。参议院通过法案谴责他，就这样毁了他。要是我那个时候在参议院就好了，因为我总是能说上话的，我会让他们好看。他们杀了他，你晓得的，他们杀了他。一开始，他们联合起来对付我，接下来又对付戴斯，但他们对付麦卡锡的手段要恶劣一百倍。还有些招数没用到他身上，真是太可惜了。

富兰克林·德拉诺·罗斯福……当然，我代表达奇斯县海德公园，这正是他走出来的地方。我在国会里代表该地，做了二十五年的议员，就是他当上总统之前的十年，再加上他就任后的十五年，直到他死。我在那个地方从未落选过。

罗斯福每次都竭尽全力企图在国会中打倒我。他付了很大一笔钱给专栏作家和广播评论员。我想，比起自己当选总统，他更想打倒我。

他非常怨愤，因为我经常公开批评他。不过我从来不针对他个人，我从来都没说过他是个共产主义者或亲共派。我只是说他可能是一个社会主义者，可是如果他自己想成为社会主义者，他有权这么做。他越来越怨愤。

他开始恨我。我对他并没有什么不满。我不属于那一撮共和党人，他们到处骂人，骂得很难听。我都是正大光明地与他对抗，因为他做了很多有损于这个国家的事。我们可能要过一百年才会忘记。

这事非常有意思。他提交了一项必须通过的立法——一项激进的措施。然后我站出来——我和民主党人处得相当不错，提出针对那项法案的修正案，完全改变了它的初衷。法案通过了。第二天，他把手下的那帮人叫过去："你们是怎么回事？出了什么问题？"他们就说："总统先生，那是您自己的议员提出的修正案。"他们说他气得差点儿中风，差一点儿就死了。那些民主党领袖回来后都会到我这里来，我和他们的关系很好，他们笑着说："你差点儿害死总统。他想怪我们，我们把责任推到了你头上。"他们说他差点儿当场晕倒。这种事情发生过不止一次，而是六次。

我一年里要在广播中发表十到十五次讲话，都是大的广播公司。这也让他不舒服。因为我总是在批评他：我批评总统这个、那个，各种指责。这让他大为光火。

罗斯福从来不会专门攻击我本人。他确实谈起过"马丁、巴顿和费什"[02]，说我们是反动势力。这话不对。我对社会保障和最进步的立法都投了赞成票。美国劳工联合会一直都支持我。在社会公正问题上，我的立场是中间偏左。他雇了个专栏作家来攻击我。他们中的一些人总是猛烈地抨击我，造谣中伤。他的内阁成员比如伊克斯[03]，也试图攻击我。我当然要还击。我说过杰克逊[04]、伊克斯，还有罗斯福，我说他们是三个"瞎眼领导"。（朗读）

> 三个瞎眼领导，
> 看看他们是如何当家做主。
> 他们一头栽进大萧条，
> 却说只是一次小衰退。
> 你可曾听过这样的谎话？
> 就出自三个瞎眼领导。
> 看看他们是如何当家做主，
> 看看他们如何窘迫，
> 如何为自己开脱，
> 这三个瞎眼领导。

罗斯福第一次竞选总统的时候，我对他还是很友好的。他当时的立场不偏不倚，或者说是相当保守。可能是历史上最保守的。我的妻子都把票投给了他。

我支持胡佛。他们问我，能不能把我的主题演讲拿到华盛顿给胡佛

---

[02] 众议员约瑟夫·马丁（Joseph Martin）和布鲁斯·巴顿（Bruce Barton）都是共和党人。
[03] 哈罗德·伊克斯，罗斯福的内政部部长，讲话刻薄。
[04] 罗伯特·杰克逊，罗斯福的司法部部长；后来成为最高法院的大法官；纽伦堡审判时，他是美国派出的法官。

总统看。他看过之后表示赞同，除了其中有关禁酒令修正案的那一部分。里面有一段讲的是赞成喝低度酒和啤酒。他的妻子是基督教妇女禁酒联合会的成员，坚决支持禁酒令。我怕她会反对。他第二天早上把报告带回来说："你得把有关低度酒和啤酒的内容删掉，因为我不赞同。"一件事就改变了整个大选的局势。当然，我说的是大萧条。

人们失业，都在责怪胡佛。但是，这本来可以为他带来数百万张选票。他可能输掉了一千万张选票，他本可以得到其中一半的。如果是这样，结果就会大不一样。但胡佛是不会当选的，因为他们彻底破坏了他具有建设性的计划。这些计划本来可以缓和大萧条，并最终结束大萧条。他们故意破坏了计划，就是国会里那些民主党人。罗斯福很清楚这一点。那个时候他甚至都不会跟胡佛商量。他们希望大萧条继续下去，这样他们就能得到全国的支持。他们希望人们继续失业，这样就能得到选票了。真是卑鄙。

罗斯福一上台就变了。他改变了之前的立场，在华盛顿聚集了一批年轻的、激进的、支持社会主义的智囊，他们力图改变美国的意识形态。他最终变成了一个极端主义者。

在头一百天里，他提出的每一条建议我都投了赞成票。我和他之间的裂痕是在承认苏联这个问题上产生的。在国会无一人支持的情况下，他承认了苏联。所有前总统都反对在那个时候承认苏联，但他还是一意孤行。

在那之前，我们的关系相当不错。他为我设计了一枚邮票。当时的邮政部部长吉姆·法利是我的朋友，一直到现在都是。他把这枚邮票印制出来。我这里还有罗斯福写给我的感谢信。

我跟他决裂后，成了反对派的领袖之一，主要反对"新政"的社会主义性质及庞大的支出。推行"新政"期间，有一千万人失业。那段历史从来没有说清楚过。那时候，大部分历史学家是领薪水的新政派。他花了一亿，连账都不记。他给自己的作家朋友们大笔的钱，他们写出来的都是赞成"新政"的东西，反对内容一概没有。从那时开始，情况发生了一些变化……

慢慢说到了他最喜欢的话题，他讲起了"罗斯福坚定的主战立场"：1940年大选的时候，他向战士们的父母承诺不会把他们的儿子送到国外的战场上。这番话既不诚实，又卑鄙可耻，因为他一直打算着把我们都卷进去。德国人不希望我们参战，所以无视我们二三十次的攻击：袭击他们的潜水艇，轰炸他们的潜水艇，派驱逐舰到英国……当他发现没法让德国人与我们作对时，又转向日本，企图把日本卷入这场战争。

罗斯福想打仗的原因有三：第一，在新政实施十年之后，还有一千万美国人失业；第二，成为战争总统，会让你在一夜之间变成伟人；第三，他想组建一个联合国，并作为它的发起人，成为这个世界的无冕之王。他的这些美梦我可以说上很多，不过那是另外的话题了。

如果只连任两届，他本可以成为历史上一位伟大的总统。但他犯了个错，又去竞选第三届。吉姆·法利和其他人都反对。他的悲剧在于，作为一个垂死的病人，他向自己投降了，精神和身体上的双重投降，都这时候了，还坚持竞选第四届。"我是不可或缺的。"真是无稽之谈。

他提出的法案都是盲目、激进的。它们不是基于美国的传统，是社会主义性质的，而在这里社会主义一直都是失败的。对于这一点，我和其他人一样清楚，因为我曾和诺曼·托马斯辩论过不下十次。我觉得这个人很不错。

当然，社会主义也有很多理想。如果每个人都是天使，社会主义将会是件很美好的事情。如果每个人都为了他人、自己和国家而工作，可能还行得通。可是在我们这样的大国里，永远都行不通。在一个人口只有五百万的小国家里，也许还有可能……

我为了所有人的权利发声：民主党、共和党、左翼、右翼、自由人、极端分子等。共产主义害怕的只有"自由"，他们害怕这个就像基督徒害怕魔鬼。HR2290文件是关于共产主义最好的报告。我只后悔当年没留着那五千块，把它印上一百万份。

附记："阿尔·史密斯（Al Smith）是我的好友。他热爱这个国家，憎恨共产主义。共和党领袖曾经问我愿不愿意去帝国大厦拜访阿尔·史密斯，问他愿不愿意以共和党人的身份与他的老朋友罗伯特·瓦格纳（Robert Wagner）竞争参议员席位。这是阿尔临死之前的事情。让我大吃一惊的是，他说：'汉姆，你知道的，我很想去竞选，击败瓦格纳。我很想去华盛顿做参议员，站出来反对新政那些带有社会主义性质的立法，嘲讽它。可是，我做不到了。'"显然，史密斯糟糕的身体状态让他没法参加竞选。"他说：'我的心脏没有那么强壮了。而且，我这里的工作不错，薪水有五万。'我说：'说到工作，我们已经联系了杜邦先生，也就是给你发薪水的那个人。不管怎样，他都会继续付你薪水。'"上校后来不再求他："因为我相信他能当选，可是不想他以生命为代价。"

旗帜和神圣祷告

威廉·L. 帕特森（William L. Patterson）

他七十七岁。

"我的母亲生于1850年，生来就是一个奴隶。当内战看来已经不可避免的时候，她的祖父把家里的白人送到了马萨诸塞州，家里的黑人则被送到了加利福尼亚州。我的父亲来自西印度群岛。"

从加利福尼亚的法律学校毕业以后，他与一艘开往利比里亚的轮船签约，成为船上的第三厨师。停泊伦敦的时候，他遇到了资深的工党议员乔治·兰斯伯里（George Lansbury），后者力劝他回美国，因为"那儿将发生一场伟大的抗争"。

在亨利·L. 斯廷森（Henry L. Stimson）的帮助下，他在纽约取得了律师资格。很快，他的事务所就成了城里首屈一指的黑人法律事务所。他开始对"萨科和万泽蒂案"（Sacco-Vanzetti case）[01]产生兴趣。"大多数年轻的黑人律师没有意识到自己与这个事件的联系……然而，我问自己，如果社会问题发生时我置身事外，那么从事法律工作的意义又在哪

---

[01] 美国在二十世纪二十年代镇压工人运动中制造的一桩假案。1920年5月5日，波士顿地区发生一起抢劫杀人案，警察指控积极参加工人运动的N. 萨科和B. 万泽蒂为主犯，并逮捕了他们。虽然有充分的证据表明他们无罪，但二人仍被判处死刑。此案在世界范围内引发抗议浪潮。

里……"

作为赴波士顿抗议死刑执行的代表团成员之一[02],他遇到了布鲁尔大娘和其他一些共产党人。"他们十分关心我的生存状况。与他们的交往使我认识到,这是一群不一样的美国白人。然而,直到布鲁尔大娘将'萨科和万泽蒂案'与对黑人的压迫联系到一起时,我才真正被她所追求的高尚事业所震撼。于是我放弃了法律职业,加入了共产党。"

他在苏联的远东劳工大学(University for Toiling People of Far East)学习了三年。虽然那儿有那么"一两个非洲人",但多数学生是年轻的亚洲人。他于1930年回到美国。

有一段时间,我是哈勒姆社区的工会组织者。这是孕育了黑人文学的一段美妙时期。詹姆斯·韦尔登·约翰逊(James Weldon Johnson)近在身旁。当然,也少不了21世纪的伟人之一——威廉·爱德华·伯格哈特·杜波依斯(William Edward Burghardt DuBois)博士[03]。还有霍华德大学(Howard University)[04]的艾兰·洛克(Alain Locke)教授……以及一些年轻的黑人作家,他们追随着金钱至上的白人作家所开辟的道路前行——只有两个诗人例外,他们是克劳德·麦凯(Claude McKay)和兰斯顿·休斯(Langston Hughes)。

我受党派遣到匹兹堡去掌管一所新学校,那儿的学生都是矿工和冶金工人。匹兹堡处于大萧条的中心地带。我们组织了若干个失业者委员会和几次反饥饿大游行。

---

[02] 他当时正参与一场在波士顿公园举行的游行示威活动。厄普顿·辛克莱此时也在波士顿,他描述了"骑警是如何纵马践踏并追捕他的"。

[03] 威廉·爱德华·伯格哈特·杜波依斯(1868—1963),美国社会学家、历史学家、民权运动者、作家。他是哈佛大学第一个取得博士学位的非裔美国人,毕业后任职于亚特兰大大学。——编者注

[04] 霍华德大学成立于1867年,是美国著名的黑人大学。——译者注

我曾在一次抗议示威中被逮捕。在那次示威中，千余名黑人与白人一道，将属于一个被驱逐的白人家庭的家具送回了他们家。在审判过程中，我为自己和其他被捕者进行了辩护。陪审团最终做出了无罪判决。

在向宾夕法尼亚州西部和俄亥俄州东部的黑人和白人矿工发表演讲时，我又遭到了逮捕。一度有传言说我会被处以私刑。工人们围绕监狱拉起了警戒线，整晚举行游行抗议。

还有一次，我在未经控告的情况下被投入监狱。夜里，持枪暴徒来到我的牢房，说他们要把我转移到另外一所监狱。我清楚镇上只有一所监狱。我想，我的日子到头了。

我被带上一辆福特车，车子驶向镇外。车上的三个男人开始用一种我听不懂的语言交谈——不过我能辨认出他们的语言是斯拉夫语的一种。我用俄语问他们准备对我做什么。听到一个黑人说俄语，他们倍感惊奇。我们开始交流我在俄国的经历。

很快我们来到一片树木繁茂的路段。车停了，他们让我下车。我想，这时候逃跑的话肯定会被打死，因为他们的枪一般都是上了膛的。结果他们中的一人只是踹了我一脚，然后一帮人驾车扬长而去。

失业者委员会是由共产党人创立的，尽管其大部分成员并不是共产主义者。我一直记得因为参与此类活动而被枪杀的人们。数以百计的人被指控参加暴动或叛乱，不是这个理由，就是那个理由。那真是一段让人大开眼界的日子。

许多情况下，失业者委员会产生于一次会议。人们在会上选出代表到市政厅或州议会去——要求获得食物和工作。这些代表回来后，会向他们所属的团体汇报。一来二去，就产生了失业者委员会。随之萌生的，就是举行反饥饿大游行的想法。游行的目的地是市政厅和市议会。在尤宁敦（Uniontown），我曾领导过一支数千人的游行队伍。当我们抵达时，大批骑警已经在那里严阵以待了。我登上台阶，开始演说。很快，市议会和市长做出让步，决定举行一次会谈。我们派出了一个代表团到市议会。我是代表团的发言人。议会很快就同意拨款六千美元用于救济。这是一笔不大的数额，但是，尤宁敦也只是一个不大的地方。

罗斯福上台了，开始谈论向人们提供救济的必要性。很多人忘记了一件事，他曾说过他的目的是将资本主义从自身的危机中拯救出来。他做到了。通过他的公共事业振兴署和工程振兴管理局，他让美国社会在一定程度上恢复了稳定。

然而，许多错觉也随之产生。罗斯福通过非常巧妙的方式推行了一项计划——在给予银行、铁路和其他产业数百万美元拨款的同时，少量地向工人发放数百美元。但是，对劳工阶层而言，与胡佛相比，罗斯福所做的多多少少算是"新政"了。

对于产业工会联合会（CIO）的出现，你认为共产党人在其中发挥了什么作用？

约翰·L.刘易斯（John L. Lewis）对此有过无比清晰的阐述。如果没有共产党的组织能力，产业工会联合会或许根本不会出现。对于那个时期共产党所扮演的重大角色，如今的年轻人了解甚少。它迫使罗斯福政府推行了一些社会保障措施。

黑人建国的设想是不是由共产党提出的？

二十世纪末，作为一种抗争的工具，民族自决理论兴起。有人认为，在黑人人口占大多数的地区，美国黑人有权成为这部分地区的主人。与此同时，黑人分离主义运动也方兴未艾。对于这两种现象，杜波依斯强烈反对。美国黑人不是非洲人。如果把美国黑人视为非洲人，如同让他们放弃自己的传统，归顺于他们曾经最大的压迫者。

如今，黑人群体以一种新的形式实现了自决，即黑人聚集区的自治。这绝对是一种更具积极意义的方式。因为任何诞生分离主义思想的地方，都会滋生流血冲突。

我在匹兹堡只待了很短一段时间，直到"斯科茨伯勒男孩案"（Scottsboro Boys Case）爆发。1931年4月，九名黑人青年被逮捕，案件在亚拉巴马州的斯科茨伯勒审理。这几个青年中，有一些是搭货车，准备去找工作的，还有一些是在家乡无法获得适当的医疗救治，出外求医的。这趟货运列车从田纳西州开往亚拉巴马州，车上还搭乘了大量的白人青年，他们同样无以为业，缺钱傍身，焦虑不安地从一个地方流浪到另一个地方。这些年轻人被逮捕后，无论是黑人还是白人，都因流浪罪受到指控。直到警察发现，这趟列车上还有两个身着工装裤的白人女孩。

两个女孩受到警察的胁迫，宣称自己曾被九名黑人青年强奸。因为生活境况不佳，两个女孩早年都曾出卖过肉体。

他接到一个从纽约打来的电话，得知国际劳工辩护组织（International Labor Defence）将为这九名黑人青年提供辩护。该组织的书记正陪同其中一名黑人青年的母亲怀特女士（Mrs.Wright）前往欧洲，寻求国际舆论对他们处境的关注。于是他同意担任国际劳工辩护组织的执行书记。

我立刻找到塞缪尔·雷波维兹（Samuel Liebovitz）来担任辩护律师。他是纽约最杰出的刑事律师之一，从没有输过死刑案件。他对我说："我会把这些男孩带回来，交到你手里的。"我回答他说："唉，恐怕你做不到。他们都是政治犯。对他们的逮捕和审判都出于一个目的⋯⋯维持对黑人的高压统治。"

雷波维兹以大师级的表现对该案展开辩护。这些年轻人当时搭乘的货车有四十九节车厢。雷波维兹提供了一个火车模型，每个车厢都按照案发时所处的位置复原。在庭审时,他要求自称受害人的两个女孩指认强奸案发生的车厢。他向法官指出,那节车厢装满了碎石,高度已经跟车厢四沿齐平。如果这些女孩是在那里被强奸的,那她们的后背应该会有划伤……

霍顿(Horton)法官推翻了对被告的定罪。他公允地分析了检方证据,认为多数都是不可信的。尽管如此,从1931年到1947年,"斯科茨伯勒男孩案"仍然延宕了十七年。海伍德·帕特森(Heywood Patterson)是这九名黑人青年中最出色、最勇敢的一位,直至1947年,他才最后一个获得释放。

这是一宗闻名于世的讼案,促使来自世界各地的百余万人奔走呼号。我想,也正是这宗案件,使我彻底地看清了美国政府在压迫黑人问题上所扮演的角色。该案两次交由美国最高法院裁决。无论是法律方面,还是事实方面,都有充足的证据支持法院否决对被告的无端指控。而现实却是,每次这些男孩都被送回去,继续接受牢狱生活和种族压迫的摧残、折磨。我开始清醒地认识到,有些人试图将种族歧视作为一项制度,使其在我们的生活中永远存在。

那两个自称受害人的女孩,其中一个后来不是成了辩方的证人吗?

这也是这个案子最引人入胜的地方之一。它展现了抗争所带来的巨大力量,这种力量促进了民众在思想和认知上的觉醒。鲁比·贝茨(Ruby Bates)是案件中的白人女青年,她是一个值得钦佩的人。她告诉我,她十三岁时曾被迫卖淫。她当时在一个纺织工厂工作,薪水只有一点点。当她提出涨薪时,老板告诉她,通过向其他工人卖淫,她可以达到涨薪的目的。她跟我说,那时她别无选择。

开始时她一直跟白人工人苟合,不久警察就把她传唤了去。他们没打算以卖淫罪逮捕她,而是让她参与他们所谓的"黑鬼日"(Nigger Day)。她必须在指定的一天里跟黑人工人交合,如此一来,无论是要指控哪个黑人强奸，还是组织一场私刑派对，警察们都可以获得一个"罪无可逭"的对象。

我曾经有机会和鲁比交流。当时她愿意讲述自己的真实经历，我们把她带到了纽约。在纽约，她与哈利·爱默生·福斯迪克牧师（Reverend Harry Emerson Fosdick）见了面。我还带她去见了剧作家艾尔默·莱斯（Elmer Rice）。韦斯利的戏[05]上演时，鲁比和我都发表了演说。

她讲述了自己受到怎样的威胁——如果不指控这些黑人青年强奸，她就会遭受牢狱之灾。她还讲了另一个女孩维多利亚·普赖斯（Victoria Price）的遭遇——她是如何卷入一项谋杀指控，以及定罪的威胁是如何困扰她的。鲁比还揭露，只要维多利亚按照当权者的意思做证，他们许诺给她一套斯科茨伯勒的房子。鲁比意识到，自己不能参与到如此恶劣的罪行中。

鲁比·贝茨是一位卓越的女性。在贫困、堕落的表象之下，她是一个正派的人、纯洁的人。这是一个没受过教育的白人女孩，一直以来，她所接受的都是白人优越主义论调的熏陶。正是这样一个人，在人们为挽救九名无辜男孩的生命而展开的抗争中，逐渐意识到自己在其中被迫扮演的角色——一个陷无辜者于死地的凶手。于是她转而反抗她的压迫者……我永远不会忘记她。

马克斯·沙赫特曼 (Max Shachtman)

曾经是托洛茨基分子的领袖，如今是美国社会党的重要理论家。

---

[05] 约翰·韦斯利（John Wexley）的戏剧《他们不会死》（*They Shall Not Die*），根据"斯科茨伯勒男孩案"创作。鲁丝·戈登（Ruth Gordon）在剧中饰演鲁比·贝茨。

直到股市大崩溃之前，人们还普遍认为，美国的资本主义制度有其独一无二之处。甚至是激进主义者也持如此观点，那时他们的处境正糟糕透顶。共产主义者因内部纷争而受到削弱，社会主义者也裹足不前。福特每天给他的工人发五美元——这是前所未有的高薪。阶级斗争似乎正走向消亡，激进主义可能会消散如烟。然而，1929年的危机激发了一次思想上的革命：它影响了自由主义者，在很大程度上，它也影响了保守主义者。当然，激进主义者也不能例外。

对美国共产党而言，所谓的"美国资本主义大崩溃"产生了巨大的刺激效应。二十世纪三十年代，美国共产党经历了两个发展阶段，分别是前一个五年和后一个五年。而后一个五年中又包含了某些第三阶段的特征。

最初，它忙于内部大清洗，与发生在美国的各类大事件毫无瓜葛。在有关共产主义者的问题上，它一如既往地映射着苏联发生的一切。"美国资本主义大崩溃"的前夕，以"支持托洛茨基的反革命政策"为由，开除了包括我在内的一大群人。其他的驱逐行动紧随而至。斗争的结果是形成了至少十二个不同的派别。这种混乱使美国共产党长期处于瘫痪状态。

然而，失业潮紧随而来，并在这个国家达到前所未有的程度。共产主义者因此有机会组织失业劳工，策划轰轰烈烈的抗议行动。他们是这类活动最早的领导者。在纽约的联合广场（Union Square），他们能在一次集会中组织多达十万人。

胡佛那时还是总统。由于他没有为失业者的境遇提供最起码的改善措施，共产党似乎行情看涨。但是，暂时的成功是站不住脚的。归根结底，失业工人对共产主义并不感兴趣。他们在乎的只有一件事：工作。共产党可以带领他们游行示威，但无法给他们工作。是"新政"，最终给失业工人带来了工作——至少几百万份工作。

随着罗斯福当选总统，共产党进入了一个新的时期。它预期资本主义制度将会走向彻底消亡，全球无产阶级革命的胜利也将随之而至。它奉行尽可能激进的政策。党内任何偏右的人——也包括一些左翼——都被视为敌人。社会主义者成为社会法西斯主义者，他们受到的攻击比真正的法西斯主义者还要猛烈。第一次新政时期，议会被称作是法西斯主义的"军机处"。

尽管昙花一现，共产主义者仍然在失业群体中获得壮大。不幸的是，他们与国内其他激进团体之间的裂痕更深了。"赤色工会"（Red Trade Union）已经创立。他们的计划是开展极尽彻底的革命，他们的领导层十分狂热。唯一的不足是成员太少。后来，他们在各类工会组织中声誉扫地。这在劳工圈造成的祸害与双重工会制度造成的祸害相差无几：工人阶层在与雇主的斗争过程中分崩离析了。

尽管如此，资本主义制度看起来也相当脆弱。相当广泛的人群偏向激进主义。在自由主义群体和学术圈里，曾经被认为已经过时的马克思主义又再度流行。这些年里，越来越多的马克思主义论著涌现出来，数量超过了美国历史上的任何时期。在很多情况下，这些论著尽管并不富有真知灼见，但非常讨人喜欢。

在二十年代末期和三十年代早期，数以千计的年轻人加入美国社会党。他们在许多场合借用共产党人的说辞，不断地将社会党人推向"左倾"。这导致了一场分裂。很多老社会党人都是右派，他们退出了组织。在1934年的底特律会议后，这种状况愈演愈烈。这次会议通过了一项纲领，赞成实行无产阶级专政。

除了国内的危机，共产党人和社会党人的发展也受到欧洲两起事件的影响。

首先，法西斯主义在德国取得胜利。希特勒推翻了魏玛共和国。在这个过程中，他并没有受到来自德国共产党和德国社民党的真正抵抗——在苏联之外，它们是世界上最大的两个激进党派。他们一枪没放就屈服了。在这种情形下,野蛮蒙昧以时髦的形式重生,第二次世界大战的危险悄然而至。这是1933年的事。

第二件事是斯大林推行的"五年计划"[06]。外界对于它的细节知之甚少。后来,因为与之联系在一起的各种惨况,这个计划才为人所知。然而,当时美国99%的激进分子眼里看到的都是这样的对比:美国工厂的烟囱已经不冒烟了,而在苏联那边,产品疯了一样地制造出来,每个人都在工作。而且,在所有重要的政治势力中,只有苏联是坚定不移地反法西斯的。

尽管如此,激进主义并没有在美国扎根。共产党员的数量增加了几千人,但是它在这个国家的政治生活中仍然无足轻重。尤其是与美国社会党1918年的巅峰时期相比,情况更加明显:当时社会党成员超过十万人。

对于美国左翼团体而言,三十年代后半段发生了巨大的变化。那就是新政的推行和产业工会联合会的成立。当无组织者被组织起来,劳工就踏入了政治场。各个派别的激进主义者都深受影响。由于其丰富的经验,共产党人和社会党人完全卷入了这场运动。在许多事件中,他们都成了推动力量。

随着希特勒的崛起和西班牙人民抵抗法西斯的内战爆发,一件更具决定性的事件发生了。那就是共产主义者的政策出现了重大转变,人民阵线,即统一战线诞生了。统一战线欢迎所有激进主义者、自由主义者,以及……所有"思想正确"的资本家。(笑)欢迎任何人。"新政"和罗斯福受到欢迎。各种演说都在呼吁大家理解全国制造商协会(National Association of Manufacturers)的立场。前几十年如果有人提出这些理念,那他肯定会在政治上遭受惩罚。那时成为朋友必须符合两个先决条件:对俄国友好,敌视希特勒。

---

[06] "五年计划"指苏联1928年至1932年推行的第一个五年计划。——译者注

就共产党而言，它的策略非常有效。毫无疑问，团结所有激进分子总好过内斗。它成了一个友善的党。有谁能拒绝它呢？那你简直就是跟自己对着干……

很快，进入民主党内展开工作的策略获得通过。这是自然而然的。劳工运动完全支持罗斯福和他的新政。共产党这样做的目的并不是要取代民主党。右翼人士声称共产党人占据了民主党。对于这样的无稽之谈，我是不相信的。共产党这样做，仅仅是为了增强影响力。与它在三十年代上半期孤立无援的状态相比，这对共产主义者而言算是一个巨大的进步。然而，这也只是一时的荣光。它的阿喀琉斯之踵，在于它对莫斯科的亦步亦趋。

那段时间，美国共产党干得不错。它反法西斯，它为西班牙的共和政府奔走，它为产业工会联合会出力，它为新政中所有的好事而奋斗。就一个激进党派而言，你还能要求它做得更好吗？美国历史上从来没有出现过这么好的东西。（笑）然而，一夜之间，它就把自己毁了。它支持希特勒与斯大林缔结的盟约。[07]

冲击来得非常猛烈。劳工运动将共产党人驱逐出去，他们失去了自由主义者的支持，逐渐沦落到无关紧要的地位。到三十年代末期，美国共产党显得比三十年代初期更为威信扫地，更为孤立无援。从这时起，它再也没能恢复元气。

希特勒入侵苏联时，美共又迎来过一次声望的高峰。激进主义和自由主义知识分子再次集合到它的旗帜下。但这只是很短的一段时间。很快，冷战就来了……如今，就连新左翼，也把它看作陈腐、古板、保守和官僚主义的代名词。

---

[07] 这个盟约指1939年8月23日苏联与纳粹德国在莫斯科签订的《苏德互不侵犯条约》。——译者注

如果不是那么富有悲剧性的话，这还挺可笑的。之所以让人感到伤感，是因为它曾在美国这场真正的激进主义运动中发挥过作用。最初，它保持着对某种目标的追求，这一目标也是它可能企及的，然而最终未能实现。

社会党的衰弱更令人惋惜，尤其是对我而言。过去十年，我都是这个党的成员。它没有认清罗斯福和新政带来的深刻政治变革——时至今日，它才开始认识这一点。

一个新的政治联盟被创造出来：劳工——其中涵盖了许多少数族裔，他们与黑人联合。最初这只是部分黑人的想法，如今它运作起来了。我坚信，在未来很长一段时期，这个联盟都将是美国政治的决定性因素之一。

这个联盟奏效了。它没有建立社会主义，但它也不符合罗斯福的设想。（笑）他拯救了我们的社会，借由的方式是一种新型的资产阶级改革。我不喜欢这个术语，但是，只要这个术语还存在，就说明资本主义制度仍然存续着。

因为以上种种原因，社会党人获得的选票持续减少，它在劳工运动中获得的同情逐渐稀释、消散。共产党人则受莫斯科所累，如今已经消亡。相比左翼在欧洲国家所扮演的角色，美国左翼形同虚设。必须做出如下的论断——没有什么比这么做更让我伤心了：我们的愚蠢在于没有认清这个联盟的重要性，我们没与这个群体站在一起，我们孤立于美国政治思想的主流之外，没人理解我们独特的语境。这非常可怜。

我并不寄希望于我们的力量架构能开创一场激进运动。我希望激进主义者们来做这个。时至今日，他们已经失败了。当我将目光投向新左翼时，我唯一能做的就是抱头痛哭。如果有人总结出旧左翼的错误和愚蠢之处，再将其放大许多倍，呈现出来的面貌就是如今的新左翼了……

二十世纪三十年代的激进主义者们已经各走各路，只有为数不多的人仍然坚持他们原来的选择。对社会主义理想，我比从前更加坚定。数以千计的老激进主义者，比如我，仍然将选票投给该死的民主党人。无论如何，当我回顾那个年代，整个三十年代，对于激进主义者而言，无疑是美国历史上最令人心潮澎湃的时期。

多萝西·戴伊（Dorothy Day）

《天主教工人报》（*Catholic Worker*）的总部位于纽约的下东区。有个年轻人把这个地方称为"农民家的宅院"。在报社的厨房——其实是一间多用途房——墙上，挂着一面匾额，里面镶着丹尼尔·贝里根神父（Father Daniel Berrigan）的名言："只要人们曾被投入战争，他们此后都将为和平奔走呼号。"

走上两段台阶，就是她的房间。里面鲜有贵重物品：一张简易折叠床、两把椅子、一书架仔细翻阅过的书——其中很多是平装书。采访不时会被她年轻的同事们打断。他们有一些问题需要她拿主意：如何安置一对流浪夫妻？如何应对一位不期而至的来访者？我是否会留下来一起进餐？都不是什么大事，但络绎不绝。

她骨架有点儿大，长得很好看。快七十岁了，虽然已是一位白发祖母，但举止仍然像个年轻、雀跃的女孩儿。疲倦的神情时而在她脸上闪现，但很快就消失无迹。

"小时候，我认识世界的方式就是宗教性的。我的一些老朋友是共产党人，他们都觉得我宗教倾向太强，因此难以成为一名真正的革命者。反战是我的根本主张。一拨人通过杀戮另一拨人的方式来实现一个更美好的社会，这让我无法容忍。人们必须通过非暴力的形式来达成目标。我不觉得自己这是受了甘地（Gandhi）的影响，我认为这根本上源自基督教的教谕。"

"过去我之所以成为一名社会主义者和共产主义者,是因为我认为世上有很多事应该被改变。人类的苦难无穷无尽,人们不加掩饰地肆意妄为,理所应当地与极端的贫富差距共存。在这种贫困中,人们像狗一样生活,毫无出路可言——对我而言,这是无法容忍的。"

1932年12月,我正在华盛顿采访失业者委员会组织的一场反饥饿游行。此时还有一个农民会议正要举行,它应该是由共产党促成的。我继续待在那儿为《公益》(Commonweal)和《美国》(America)[08]报道这一事件。我坐在教堂里,祈祷有一扇门能为我打开,让我能更直接地为解决那些问题而尽力。显然,我的祈祷足够虔诚。正是在这一年,我认识了彼得·莫瑞(Peter Maurin);也是在这一年,《天主教工人报》开始发行。

她谈到了彼得·莫瑞。这个法国乡下人选择贫困作为一种生活方式。他曾经是一位教师,后来却混迹于芝加哥的贫民区。他在铁路、麦田和钢铁工厂工作过,还当过看门人。他参加各种体力劳动:"那些挖掘沟渠、清理下水道的人,有资格获得和坐在办公桌后面的人一样多的收入……"他坚信,所有的变革都必然是由下而上的,不可能来自上层。他信奉"个人的共产主义革命"。它源自个体及个体对贫困的反应……

我们的主张更接近无政府主义:国家是一种极度危险的存在。在教会组织中,我们是首先站出来反对墨索里尼和希特勒的。我依然记得,我们在海滨针对"不来梅号"邮船[09]的抗议活动。共产主义者当时也在那

---

[08]《公益》和《美国》是两份天主教刊物,前者每月出版一次,后者是耶稣会的周刊。
[09]"不来梅号"(Bremen)是一艘德国邮船,挂着纳粹的卍字旗。

里抗议。共产主义者和天主教徒一起……

那应该是1935年。一群共产党登上船,扯下了卐字旗。他们中的一些人被捕,另有一人中枪。我们两方的人一起散发传单。尽管根据列宁的理论,无神论是马克思主义不可撼动的组成部分,但是,我们仍然在这些方面取得了一致……

我们参加了他们在警察局门口举行的抗议示威。警察驱散了我们。当那些被捕的共产主义者被带上法庭的时候,他们宣称自己是信奉天主教的工人。他们中很多人都是码头装卸工人,生来就是天主教徒,是出生在天主教家庭的所谓"摇篮信徒"。听到这帮人站出来自称天主教工人,感觉真是不可思议。(笑)很快,他们都成了我们的支持者。我觉着这简直太有意思了。

我们还参加了接下来举行的罢工活动。我记得有一场啤酒厂罢工。我现在都搞不明白,当时我们为什么要包围一座啤酒厂。(笑)在酒精的问题上,我几乎就是另一个凯瑞·南申(Carrie Nation)[10]。你在鲍威利街(Bowery)[11]看到那么多悲剧,但你就是无可奈何……还有一场针对百货商店的罢工。我猜这是警察在抗议队伍中第一次看到天主教徒。他们把我们当作共产主义者中分离出来的派系。

当我们进入1932年或1933年的时候,中日战争已经爆发,接下来是埃塞俄比亚战争和西班牙内战。宣扬非暴力理念成为教会的重心。在这种时候,关于主耶稣的教谕,关于"山上宝训",关于"八福"[12],还有什么更值得说的吗?

---

[10] 凯瑞·南申(1846—1911),美国禁酒运动中出现的一名激进人物。她在禁酒令颁布之前就坚决地主张禁酒,以经常手持斧头袭击酒馆而闻名。——译者注
[11] 鲍威利街位于美国纽约市曼哈顿,街上低级旅馆、廉价酒吧林立。——译者注
[12] "八福"出自《新约·马太福音》第五章,耶稣在发布"山上宝训"时,提到了八种有福的人。——译者注

很多年轻人支持我们,他们刚从学校出来,找不到工作,完全没有经验。也是这时候,我们才开始真正地创立《天主教工人报》。在我们都有了一把年纪之前,我们在全国建立了三十二个"好客之家"(Hospitality House)[13]。

就观念而言,这些学生们与现在的年轻人有巨大的差异。在那时候,上州立大学很便宜。你可以读一所州立大学,很容易就可以获得学位,但是找不到工作。现在,市面上有很多工作可以做,多数年轻人都在考虑什么工作是值得做的。他们不愿意成为体制的一部分。战争的阴云笼罩在他们心头,比如核威胁。他们有一种持续的危机感。

三十年代,是温饱问题……

是的,他们不像现在的学生那样顾虑社会规则,也不用考虑和平问题……

在1933年和1934年,东部地区发生了大量房屋收回事件,以至于你走在街上,很难不看到家具被丢在人行道上。我们经常沿路寻找空着的公寓,并向救济站施压,让他们支付公寓第一个月的租金。我们时常帮助人们搬进这些公寓,慢慢安顿下来。在这个过程中向他们施以援手。

你们会不会像失业者委员会那样,努力让人们回到他们被驱赶出来的公寓里?

不。我们认为,不能为了表达某种立场而以这种方式利用人们。我们总是尽可能先执法官一步把他们搬出来,这样,他们就不会感到羞愧或者受到羞辱和贬低。他们受的罪已经够多了,不能让他们成为一场示威的组成部分,把这种痛苦再叠加到他们身上。

---

[13] "好客之家"是戴伊及其同伴在美国各地开设的慈善机构,致力于为穷人提供食物和栖身之所。——译者注

共产党对《天主教工人报》是什么态度？

《工人日报》（Daily Worker）[14]发表过一些文章抨击我们的主张。他们将它定性为错误的神秘主义。他们中的一些人是我们的朋友，除此之外，我们之间没有任何联系……至于某类罢工或某场示威游行，比如在德国大使馆前面的那场示威，我们和共产党都参与了，那是基于共同的目标。

我们不是激进的反共产主义者。然而，我们发现如此众多的自由主义者在三十年代发生了转变，以至于我们不得不展现自己在观点上的重大独特性。某种程度上，他们是靠不住的。他们领导了英勇无畏的抗争，他们冒着被打击、被逮捕，甚至被置于死地的危险，把人们组织起来，我认为每个拉丁美洲国家都将建立另一种类型的共产主义。教会也可以成为一个共产主义组织。

三十年代，共产主义者做出了许多贡献，这是不容置疑的。在南方，华盛顿反饥饿大游行提出了若干诉求，如今它们已经成了我们拥有的权利。他们集结了三十万人在华盛顿举行游行，要失业保险，老年人退休金及未成年子女家庭补助。我们如今拥有的所有社会保障，那时都出现在共产主义者的纲领中。只不过现在它们已放弃这个国家的理念所接受了。

那时你们参加过争取社会保障的运动吗？

不，我们侧重的是另一方面。所有与失业保险，社会保障有关的项目，其实是我们侧重整个社会规则失序的一种表现，也是基督教规则没有得到践行的表现：人没有看顾好自己的兄弟，以至于他不得不求助于国家。

[14]《工人日报》是美国共产党的党报。——译者注

这里存在着一个可怕的矛盾。联邦政府不得不一次又一次地保护人民免受不公对待——南方就是这样。可是按理来说，这又不应该是国家的职责。"权力补贴"（Subsidiarity）[15]——教皇和无政府主义者都曾强调这一原则。当职能可以由更小的组织来履行时，国家不应该插手。只有在出现严重权力滥用的领域，国家才可以介入。在这个问题上，田纳西河流域管理局（Tennessee Valley Authority）[16]是个积极的例子。它侧重于好几个州里民众多百姓的福祉，开启了一个新的社会秩序——这是一种公社型的秩序，从某种程度上讲，它是自治的。

《天主教工人报》与新政的关系？

我们反对它。一方面，我们必须朝前看。这是一段危机时期，就像要面对洪水造成的后果一样。我们也的确实努力地让人们得到援助，尽力为人们提供房租。但前提是，你必须先全力做好你力所能及的事。

所以，本质上，你们并没有反对新政的改革措施？

[15] 权力补贴，也叫辅助性原则，是罗马天主教会传统教义的一部分。它的意思是：权力应该尽可能被赋予组织里最低的一层。教皇比约十一世在《四十年通谕》中有经典阐述："作为最高权威的国家，应当把一些不太重要的事情交由次级团体去处理；否则，它的大量就会被极大分散。遵循这一原则，国家获得更大的自由，更强的力量，更有效率地去履行真正属于它并且只有它才能完成的职能，从而根据环境要求和事态需要，对多类重大事务进行指挥、监督、激励或限制。因此，当权者应当明白，越是遵循辅助原则，保持各种辅助性组织之间的层级秩序，就越是可以增强社会的权威性和效率，从而促进国家更加幸福和繁荣。"1941年"教皇通谕"里有这样的说法："较高层的神职机构不应把属于较低层神职机构的职责拨到自己身上。……取他人的决定权是不对的。"可参看《张干帅》——中央与地方关系的基本理论》。——译者注

[16] 1933年5月，田纳西河流域管理局在罗斯福的主导下成立，是全权负责田纳西河流域地区治理与发展的超党派国家机构。它管理的地区覆盖整个田纳西河流域，横跨田纳西、弗吉尼亚、北卡罗来纳、佐治亚、亚拉巴马、肯塔基和密夕法尼亚七个州，占地四万平方英里。刘绪贻先生在《田纳西河流域管理局的性质、成就及其意义》中称："从它采用的具有灵活性经营方式来说，它是个像私营公司一样的国家所有制……从所有制来看，'真正新颖而富于想象力的设计'，是一种新型的国家所有制。史学家林克和卡顿评论说：'它创造的一些概念和方法，很可能是新政对美国政府的理论与实践的最重要贡献。'"参见 http://www.mgyj.com/american_studies/1991/fourth/fourth04.htm ——译者注

402

是的，我们没有。但是，如果由一个更小的群体来实施，效果会更好。我们意识到庞大机构的弊端——滥用权力。向下分权是必要的。这是一个严重的问题。相比眼下的需求，自治权更重要。我们始终强调我们的无政府主义主张。

个体能做些什么？这正是我们在大萧条期间创立"好客之家"的初衷。一个女孩找到我们。我们曾给主教寄过一封关于教会传统的信，她读到了它。她从自己的房子里被驱逐出去，只剩下两个手提袋，睡在人行道上。我们这儿都住满了，没有空房子。我们不知道还有没有其他地方能收留她。这个女孩看着我们说："像这些事情，既然你们做不到，为什么又要写下来呢？"这让我们感到羞愧，你能理解吗？我们又租下了一所公寓。不久我们就拥有了"好客之家"。我们是被推着走的。我们做成的每一件事，都是被推着向前走的。

我们从没有特意设立食品救济点，也不曾有计划地在门口开设食品或汤水救济点。1937年船员罢工期间，我们遇到六名船员。他们说："我们正在罢工，没有地方待，没有东西吃。我们睡在海边的一间阁楼里。"我们接收了大概十名船员。罢工持续了三个月。我们租下了一间店面，搞来了几大桶白软干酪和花生酱，还有数吨面包。他们可以成日做三明治，咖啡也是现成的，就热在炉子上。

当我们为船员做这些事的时候，一位来自鲍威利街的朋友说："你们他娘的在搞什么，竟然把吃的给那些船员？你们忘了鲍威利街的人吗？没人会给他们吃的。"于是，只要有人来我们这儿讨要衣服或一双鞋子、袜子，要么一件外套，而正好我们没有剩下的，我们就会说："要不先坐下吧，喝一杯咖啡。这儿还有三明治。"我们不停地煮咖啡，把屋子里所有的东西都拿出来分给人们吃。我们第一个食品救济点就是这么来的。在大萧条时期我们每天要接待一千人。食品救济点之所以诞生，完全是因为那个鲍威利街来的家伙冲我们发了脾气。

我们善良的意大利邻居,谁都不能否认他们过得很穷。他们把所有剩菜都送来加进汤里。这些店主和邻居,送来一盆盆意大利细面,还送来旧家具、旧衣服等等。正是这样一些人,甚至他们自己也还很穷。我们成了他们的邻居,他们接纳了我们。

同样是这些人,他们会在窗台上摆放墨索里尼的小塑像,并把自己的婚戒送给他。[17]所以你不能简单地说这些人是坏人或好人。你说不清楚。他们可以被说成是左翼或右翼,但所有的人都是弟兄。共产主义者对此有更深刻的理解,但是只有在使用武力的过程中,他们才想到运用这种理解。是不是很可耻?因为他们确实有这样的视野。他们会不会要消灭那些窗台上放墨索里尼塑像的人呢?

后来我们搬进一些更"体面"的社区,那里的邻居在我们路过的时候总是向我们砸东西,说我们让他们蒙羞。人们只要过得稍微舒适一点儿,这种事情就会发生……

如今这种态度还要恶劣得多。三十年代,所有人都在一艘船上。这是一场无人幸免的灾难。伊尼亚齐奥·西洛内(Ignazio Silone)[18]说过:"所有人的灾难就不是灾难。"过去的人可没像如今的人这么遭罪。如今接受救济的人受到的鄙视可是从前的人们绝不会受到的。

对许多人而言,再来一场大萧条可能是一种救赎。他们清楚,我们的繁荣建立在战争的基础之上。相比战争,大萧条要好得多。人们不得不无止境地力争上游,不得不无休止地偿付钱款——这种情况不会再发生了。也许有必要按下这一个暂停键。大萧条的威胁完全不值得担忧。我真心希望股票市场永远而彻底地崩溃。我想看到一场非暴力的革命发生,这场"圣战"终于走向结局……

---

[17] 1935年,埃塞俄比亚战争期间,意大利法西斯大力搜集金、银和铜。作为送出婚戒的交换,妇女们会收到铁质的戒指,上面刻着这样的字:"把金子交给祖国。"

[18] 伊尼亚齐奥·西洛内(1900 – 1978),意大利作家和政治家。——译者注

弗雷德·托马森（Fred Thompson）

"我和这个世纪同龄。"他是世界产业工人联盟（Industrial Workers of the World，IWW）的成员，1922年加入的。

他年轻时是一名建筑工人：挖隧道、整修灌溉水渠、筑大坝、建矿场、铺设铁路。"我们总是扒车，从一个工地赶到下一个工地，从不付车票钱。我之前听说过'沃布利斯'[19]……关于他们的各种古怪说法，说他们是一群疯子，想通过焚烧干草垛子一类东西来改变世界。"

"我们和老板之间仍然存在着斗争。让我们为了自己的利益而工作吧，这样我们才不再需要斗争。他们有信念：那些憧憬终有一天会实现……但是，当下，我们来清扫营地吧，我们来加点儿工资吧。"

"有这么一种看法认为，世界产业工人联盟是被伴随着第一次世界大战而来的镇压活动给扼杀的。当时，我们中的很多人，包括我，都以有组织犯罪的名义而被逮捕。事实并非如此。在1923年夏天，我们的成员数量达到顶峰。"

"到1924年，我们遇到了重大挫折。一场内部派系纷争将我们一分为二。但是1927年的科罗拉多煤矿大罢工后，我们又团结起来。"

三十年代，我们最大规模的发展是在克利夫兰取得的。随着大萧条的继续，我们不断地重申这样的观点：对没有工作的人而言，与仍然有工作的工人站在一起，并对他们说，"如果你们罢工，我们不会抢走你们的工作；我们会加入你们，壮大你们的纠察队伍"，这样做才是更有好处的。我们散发传单，我记得内容是我自己写的：上面有食品救济队伍、罢工纠察队伍。意思是，食品救济队伍指向绝望，罢工纠察队伍指向希望。

---

[19] "沃布利斯"（Wobblies）是世界产业工人联盟成员为人熟知的称呼。

我开始了一系列巡回街头演说。我经常从德卢斯（Duluth）[20]出发，再到明尼阿波利斯（Minneapolis）[21]，最后到密尔沃基（Milwaukee），直至芝加哥。我们经常在密歇根州和明尼苏达州境内诸如钢铁工业区之类的地方落脚。在芝加哥，我们去的是位于北区的瑞典城（Swedetown）。那里的工人大多数是男性，本地人。这帮哥们不是流动工人，不会四处晃荡，他们有一份稳定的工作。

亨利·福特给世界产业工人联盟带来了某些改变。我们在小麦收割工人中间一度很有影响力。他们一般是挤货车赶到工作地点。但是联合收割机（用于收割小麦和打谷的机器）的出现，削减了对额外收割劳力的需求。所以，人们逐渐开起了破败不堪的福特T型车，成为"车轮上的流浪者"。这意味着我们之前的组织方式已经行不通了，我们也不得不投入小汽车的丛林。

1922年，建筑工棚里看不到任何女性，除非她是跟随业务代表一起来视察的（笑），只待很短的一段时间。你看不到成双成对的两口子。

到1927年，因为加利福尼亚州给我扣上有组织犯罪的帽子，我小小地"休了个假"。当两年后我回来时，发现整个产业都变了。每个工棚都为已婚夫妇提供了生活空间，但是他们的孩子必须一起工作。

只有很少的一部分人生活在附近的镇上，前提是镇子和工作地点之间有通畅的道路。因为有汽车，人们才有可能过上相对安稳的生活，去城镇之外工作。流动工人在1926年就基本消失了，直到沙尘暴时期，你才会再次听说他们。这时候，一种新的迁移出现了。

那些年里，共产主义者和社会主义者曾试图吸引你们的成员加入他们的事业吗？

---

[20] 德卢斯，位于美国明尼苏达州东北部的港口城市。——译者注
[21] 明尼阿波利斯，美国明尼苏达州最大城市。——译者注

激进运动起伏不定，相互竞争。没错，我们喜欢这样互相争抢人员和资源。然而，整个反资本主义运动是一道发展的，也是一起衰弱的。他们全都同时壮大，也都在同一时间式微……（笑）

总体而言，还是有合作的——尽管这不是全部。世界产业工人联盟一直尽力避免陷入武断和教条主义。我们不会去问一个人：嘿，你的政治信仰是什么？我们会问：你做的是哪类工作？你所在的产业是哪类？我们不会因为一个人的信仰而阻止他加入。

1920年，共产主义者希望我们加入他们的组织。他们接到了莫斯科的指示，而一个源自莫斯科的误会传到了他们那儿，说我们是一个地下组织。海伍德（Haywood）[22]赶到那边向列宁解释：我们在芝加哥有一个大型的印刷厂，在那儿我们印发了十二份不同的周刊、大量的杂志及诸如此类的东西。我们和政府之间是有些摩擦，但是可以肯定的是，我们没有隐藏起来。我们的所作所为他们都一清二楚。（笑）

世界产业工人联盟有没有像其他组织一样陷入内部争斗？

我们被迫卷入了其中一些斗争。1923年之前，共产党提出，我们只能在农业和林业领域活动，其他产业不允许我们介入。如果他们的成员加入了我们，他们将不遗余力地搞垮我们。这自然给我们造成了一些困扰。但是，即便这样，我们也只是努力让他们认清常识，仅此而已。

三十年代，世界产业工人联盟的成员情况怎么样？

那几年我们过得紧巴巴的，但是确实有了更多的人手——人们有的是时间。在三十年代早期，直到1935年，可能所有人都一文不名，但他们总能找到途径去参加某个集会。

在大萧条最严重的时候，你有没有听到过很多人谈论革命？

噢，是有很多这样的议论。但是，我们从来没有设想过，我们马上

---

[22] "大比尔"海伍德（"Big Bill" Haywood），世界产业工人联盟领导人。

就要接管所有的事情并维持它们的运转。世界产业工人联盟认为，只有一个充分组织起来的劳工阶层才能做到这件事。这个劳工阶层，他们不能吃自己生产出来的食物……他们制造出无数件衣服而自己却不得不在屁股后面打满补丁……他们饱受欺辱。如果这个劳动阶层还不得不去乞求一块煮汤的骨头，那么这个阶层就还没有能力来接管并运作这个世界。他们首先必须被组织起来。

我偶尔也遇到一些井底之蛙，他们在使用"革命"这个词时非常欠考虑，说什么"形势已经不可收拾，我们将面临一场革命"诸如此类的话。我没有碰到过一个认真筹谋如何去掀起一场革命的人。我想要一场革命。说实话，我希望现在就来一场革命。但是现在的条件并不成熟，而在1931年或1932年，情况也是一样。对于掀起一场革命而言，并不是有一帮食不果腹的人就够了。真正需要的是这么一群人：他们希望捍卫自己应有的权利……

世界产业工人联盟对罗斯福的观感如何？

他去世时，我们的报纸发表了一篇讣告："他被他帮助过的人憎恨，被他损害过的人爱戴。"联盟的大部分人认为这句话切中了要害。关于他如何对待劳动者，身后留下了巨大的争议。他在把劳动者捏在手心之后，似乎觉得可以将他们弃之墙角，或者转而取悦我们的敌人。

对于新政，你们怎么看？

摆在面前的是一个已经停摆的经济体系。符合逻辑的补救方式是支持劳工阶层维护应有的权利：对于我们所生产的东西，我们想要分得一部分，至少够生活所需，这样我们才能够继续工作。然而，这类劳工行动没有出现。那些肥猪，正是他们的贪婪让所有事情都歇菜了，到头来他们却没有吐出任何东西。不过总算还是出台了一些调整措施，缓解了人们的吃饭问题。胡佛执政的时候，你可以使用联邦经费喂养动物，却不能用来给人提供食物。他说，这个你得指望你的邻居。

所以，你认为罗斯福阻碍了激进运动？

当他给激进运动造成损害时，我并没有意识到。他改变了糟糕的状况。他导致很多人以为，只要你找到一个好人并让他执政，他就能帮你搞定所有事，而你就可以回家睡大觉了。对于激进主义而言，他绝对没起到积极作用。

此后发展起来的，也是如今我们正开展的劳工运动，仍然带有这种与生俱来的印记。经过许可的工会制度——国家劳资关系委员会及诸如此类的东西。

在三十年代早期，几乎陷入绝境的劳工运动重新焕发生机。各式各样的激进活动盛行：托洛茨基分子活跃在明尼阿波利斯；共产主义者在托莱多（Toledo）立足，社会主义者也在那儿；"沃布利斯"扎根于克利夫兰、底特律等地。就像一个世纪前的劳工文学，工会文学也热切期盼着资本主义制度的替代物。那就是工业民主制。在这样的制度下，你会生活在一个相互协作的公社里，享受人与人之间的手足情谊。尽管那时的关注点还放在提高五分钱的工资或为金属修理工提供更好的锉刀这种问题上……那些文字作品确实传递了某种愿景。

然而，不久之后，在宾夕法尼亚州的各个煤区小镇，你会看到刘易斯和产业工会联合会的标语："总统要你加入工会。"它很管用。所以，激进主义被其他东西替代了。政府已经设置好流程。你只需要签上名字，填上授权卡，就可以很隐秘地做这些事，不用再被迫充当英雄好汉。我们都能在工会选举中投票，没人知道你的投票内容。当然，老板不得不承认工会，再没有人必须去做出头鸟了。

小时候，如果有人问我什么是不公，我会说，不公就是那些我们不喜欢的事情。如今，不公仅仅意味着那些与仲裁标准不一致的事情。更见鬼的是，我们甚至会被告知，这些天应该不满意哪些事情。

当我还年轻的时候，工会还是"我们的人"，它是属于我们所有人的。

现如今，人们说起工会时从不用"我们"。几乎在所有地方，工会都被代称为"它"或者"他们"。

有一个越来越盛行的观点认为，在资本主义制度之外，我们应该还有其他的选择。然而人们对此并不感到兴奋。这是个怪事。现在，我发现很少有人不同意这样的观点——不应该让账单决定我们的生活。多数人都认为，像密歇根湖的污染状况竟然取决于公司需要花多少钱来治理，这样的事是很离谱的。人们逐渐意识到，这样一种环境正在形成，无论是资本家还是劳动者，生活在其中都是充满危险的……让盈余和赤字来决定重大事项，这太疯狂了。

我听到温和派这么说：这个商业驱动的体系不大靠得住。（笑）我觉得这种说法的冲击力不够。

我认为，某种无力感或者说宿命论从三十年代萌发了出来。因此，我们总是觉得自己力量不够或者组织不足。我们从没有想过，我们之所以无法获取这些东西，是因为我们固有的软弱。

最让我感到振奋的是如今的年轻人。你会发现，无论身处世界哪个地方，他们都具有命运共同体的观念。他们是我所见到过的书生气最少的激进者，也是受教育程度最好的激进者。在三十年代，人们读了几本书就希望所有的事情都照着书上的内容来做。今天，这些大学生把书本当作领悟世界的方式，他们没有条条框框。他们更加灵活，更加开放，更加感性。他们富有感情……

索尔·阿林斯基（Saul Alinsky）

产业地区基金会（Industrial Areas Foundation, IAF）主管。

他的工作是在社区创建权力基础、推动邻里自治。他的注意力首先放在穷苦白人和穷苦黑人身上，不过现在也逐步覆盖到中产阶级地区。

"在大萧条时期，激进主义有一条脉络贯穿始终。如今，在一帮人的鼓捣下，这种历史延续性被打断了。他们不相信过去发生的所有事情。这让人怀疑，他们是不是在做重复的无用功。难道他们不知道吗？约翰·L.刘易斯是五十七岁才建立产业工人联合会的。我认为是麦卡锡时期破坏了这种延续性，中断了薪火的传承。激进主义在这中间有一段空白。"

"我不相信有人知道所有的答案，在三十年代我不信，在今天我仍然不信。只要有人跑过来兜售通向天堂的捷径，我就会忧虑。天堂，根本就不存在！我不想去什么天堂。我无法想象一个没有问题的世界。那可能是地狱。"

我在芝加哥大学有一个犯罪学的研究员职位，我的工作是研究犯罪。所以我接触到卡彭的黑帮，还和他们一起待了两年时间。在这之前，社会病理学、社会迷失理论及诸如此类的破烂课程我已经上得够多了。

你是怎么让那些人接纳你的？

我在莱克星顿酒店（Lexington Hotel）混了一阵子，那是他们的大本营。"大艾德"（Big Ed）是他们中的一员，他讲什么烂笑话，我都报以笑声。他挺喜欢我的，带我到处转悠，形形色色的人向我传授各种各样的手段。上帝啊，我这才知道！我终于明白，这个操蛋的世界究竟是个什么样子。

如果你想为缓解犯罪问题尽些绵薄之力，那么你最好从那些好人、体面人开始下手。我曾经结识这样一个人，他是反犯罪委员会的头头。他拥有一套公寓楼，每层都有应召女郎。

我意识到，有组织犯罪是一种庞大的准公共服务事业。那是在禁酒令施行的最后几年，人们想要啤酒，想要威士忌，想要女人，想要赌博，还想要其他东西。这是一个企业。每个人都在其中占有股份：市政当局、民主党人、共和党人、全世界……

日子就这样过去，直到有一天，我对犯罪学的兴趣减弱了。我想起了学生时代，当时我饥饿不堪，为了活下去不得不到餐馆骗吃骗喝。有一次，我差点就想踹碎亨里齐餐厅（Henrici's）[23]该死的窗户。人们在里面吃着厚厚的牛排，我却饿着肚子。当一个少年跟我讲述他如何打劫一家A&P商店[24]的时候，或者当另一个人跟我坦白他如何抢了一个加油站的时候，希特勒和墨索里尼也正在掠夺一整个国家，屠戮人民。我发现我很难再去聆听那些鸡毛蒜皮的供述。我大部分时间扑在反法西斯和参加产业工人联合会的活动上了。就是因为这个，我创立了"后院"[25]。它所在的区域，即便在全美国所有的贫民区中也算是最糟糕的，比现在的哈莱姆区还糟。这片肮脏灰暗的地带面积大概有两平方英里，位于大屠宰场的南面。木隔板建造的房子一栋挤着一栋。其中的很多房子还带有户外厕所。居民基本上是天主教徒。你从来没见过那么多教堂。对比之下，罗马简直像个新教哥特式小镇。

这时候，我决定退出学术工作，投入群众组织工作。我很清楚地意识到，作为一名在职人士，我很难坚持下去。如果待在学术圈，同时又饱受争议，那么你的麻烦就大了。因为你必须围绕热点开展组织工作，而

---

[23] 亨里齐餐厅，当时是芝加哥最好的餐馆之一。

[24] A&P全称为the Great Atlantic and Pacific Tea Company（大西洋和太平洋茶叶公司），是一家美国大型连锁超市，成立于1859年。——译者注

[25] "后院"（Back of the Yards）位于芝加哥南部，因邻近原来的联合牲口中心（Union Stock Yards）而得名，后者当时号称世界最大的牲畜屠宰场。十九世纪末期和二十世纪早期，大量的东欧移民来此定居。三十年代，由于大萧条，该地区居民的生活陷入困境，于是索尔·阿林斯基在这里开展社区建设。这项工作促使他后来建立了产业地区基金会，以不断地培养社区组织领导者。——译者注

所有的热点都是富有争议性的。

我想要彻底检验我的理念——通过群众组织来寻求现状改变。如果这些理念能在"后院"发挥作用，那么它们在任何地方都会管用。如果你想打击犯罪，或者改变所有令人绝望的事情，那就必须从它们的根源入手。

在这片区域有大量的法西斯团体，这不是偶然的。为什么极权社会能不断发展？对于这个问题，只要抛开所谓的政治学分析，就不难得出这样的结论：煽动家凑过来对你说，"来跟我混吧"，正好你又没有什么鬼东西可失去的，你就跟他走了。这不正是发生在德国的事吗？

曾经有一个本笃会牧师，在附近领导考福林运动。他发表演说抨击全世界的犹太人。因为没有人买他的账，他很抓狂。他大概只有五十个追随者。这是他在世上唯一的立足之地。所以我让他担任这一地区的反法西斯委员会主席。现在，他可不止五十个追随者了，跟在他身后的有一千人。他成为最得力的反法西斯主义者、民主的信徒。他获得了个人认同感。

我不断地组织活动、鼓动群众、制造麻烦。三个月后，我已经可以让天主教会、产业工人联合会和共产党携手合作了。食品加工者工会（Packinghouse Workers Union）也加入了我们。我甚至把美国退伍军人协会也拉了进来，因为他们闲得没事可做。这些组织当时的状态有一个共通点，那就是——困苦不堪。他们都感觉到无力。

之前提到的那位天主教牧师，我去拜访了他。我说："听说你在布道时抨击工会，说他们是共产主义者。你知道吗，神父？你的听众们频频点头，离开你那儿后就加入了工会。知道为什么吗？他们失业了，他们的家庭陷入绝境，而你却什么忙也帮不上。你就这样安安稳稳地坐在你的圣器收藏室里，对于你的那群迷途羔羊而言，你不再是能引导他们的牧人，所有人都无视你。你还想当领袖吗？那就回到人民中间，走到街上去，为工会战斗。敌人是那些肉类加工厂厂长，是低工资。"所以他按我说的做了。这完全是出于自利的原因。

对一个神父、一个拉比或是一个牧师，你不用扯什么犹太—基督教道德原则，他们不会明白你究竟扯的是什么淡。

我只在一位神父那里碰过钉子。他是爱尔兰人。这个地区的波兰人在举行教堂婚礼时有个敲钟的仪式，行情是每敲一下收一美元五十美分。这个爱尔兰神父传出话去，说他举行的敲钟仪式，每敲一下只收一美元，这样，波兰牧师的"客源"就流失了。他找到我说："你这家伙总是说什么——人们要团结起来，这样我们才会有力量。这样吧，如果你能让那个爱尔兰人恢复到以前的行情价，我们就加入你的组织。否则，免谈！"

于是，我就去拜会那个爱尔兰神父。我犯了个错误，我完全在精神层面的范围内跟他讨论这个问题。他告诫我，管好我自己的那摊子事就行了。我说："那好吧。我注意到去年夏天狂欢节期间你的进账，那可是让你荷包迅速鼓起来的大事。你赚了一万八千块。我会盯住这点，等到了狂欢节的时候，产业工人联合会、退伍军人协会、商会和这个社区的其他教堂都会在同一时间搞出各式各样的幺蛾子。我们会让你的狂欢节乱七八糟。假设借助一美元敲一下钟，你拉到了所有的婚礼生意，那最多也就是一万美金。而你丢掉的将是一万八。"他把我赶了出去。

大概十分钟后，电话铃响了。他重新考虑过了。当然，是基于道德原则。他把每敲一下钟的价码提高到了一块三毛五。就这样，我争取到了三个波兰教堂加入"后院"委员会。这说明：不同的情况应该采取不同的应对策略。

约翰·L. 刘易斯听说了这件事，不太高兴。产业工人联合会仅仅是一个组成部分，而他希望它成为主体，社区则只作为其附属而存在。但是后来他的观点转变了。他给了我一份工作，一年付我两万五千块。我需要做的就是到全国各地把产业工人联合会的各个工会组织成产业社区。我拒绝了他。尽管我很敬重他，尽管我的心一直向着产业工会联合会。

三个星期之后，罗斯福把我召到白宫。那风度！那气派！他给我提供了一个职位，是国家青年管理局的主管助理，工作是在全国范围内组织青年民主党人。同样，虽然我的心向着新政，但是我还是说了"不"。

这是那个时代最杰出的两个人物。我为什么要拒绝他们的工作邀请？理由很简单。"后院"委员会，以及我服务过的其他组织，它们的秘诀是：群众不会去为任何人装点门面，那是群众自己的项目。

三十年代，就我而言，我得到的最大启示是：要赋予人们依靠自己的力量就能有所作为的信心。这不仅仅是针对穷人。穷人并没有特别高贵的地方，任何人都没有。这段时间可能是我们最富有创造力的阶段。这十年我们都是这样过来的。现在，我们身处一个冰冷的世界，而那时候的世界是火热的。

汤森医生、休伊和史密斯先生

乔治·默里(George Murray)

《芝加哥美国人报》(Chicago's American)记者。
1938年到1945年,他与"汤森运动"(Townsend Movement)关系密切——先是做其报纸的编辑,后来成为它的总经理。

当我加入的时候,全国已经有一万两千个汤森俱乐部了。在这些俱乐部里,担任秘书的小老太太会用铅笔或钢笔写下会议纪要:我们听到了这样或那样的讲话者发言……一位夫人烤了个蛋糕,我们用抽奖出售的方式把它卖出去。就是些活动记录。我的日常杂事就是搜罗这些字迹不清的手写材料,从中整理些小故事出来,通过一段故事来介绍一个俱乐部。这件事让我整周都忙个不停。就这样,我成了一名编辑。

对于汤森医生,那个从内布拉斯加州出来的乡村医生,他这样描述自己对他的印象:"他单薄瘦弱,体重不到一百二十磅,有一头漂亮浓密的白发。"

"1933年,他六十七岁,在加利福尼亚州的长滩担任健康专员。与此同时,作为兼职,他还推销不动产。跟他打交道的都是老年人。他意识到,他们既缺少金钱,也缺乏其他人的关注。他写了一封三百字的信给《长滩电讯报》(Long Beach Telegram)的编辑。他的想法是：对全国所有人统一征收2%的收入税。将这笔税收分给所有六十岁以上的老人、盲人和其他残疾人，以及抚育未成年子女的母亲。他们必须在三十天内花掉这笔钱。他虽然不是个伟大的经济学家，但是他还是有一些真知灼见的。"

"他的观点迅速传播开来，他自己都不知道该怎么办了。最初，这并不是一项运动。不久之后，他在一个月内收到一万封来信。长滩的民众把剪报寄往全国，其他报纸纷纷转载。他把自己的不动产办公室改成总部。从此以后，它登上了美国历史舞台。"

我还记得在印第安纳波利斯(Indianapolis)召开的全国大会。那是1939年。H. L. 门肯正为《巴尔的摩太阳报》报道这一事件，他很欣赏汤森医生。在记者招待会上，他声援了汤森医生。一名记者把矛头转向门肯，声称正经的报纸都反对这项疯狂的计划，而"门肯先生，你谈论它的方式好像是在表达对它的支持"。我记得门肯先生嘴里叼着雪茄说道："我会很高兴看到汤森计划在明天早上获得通过。我也同样很想看到纽约遭到轰炸。我就是喜欢大场面。"

我的工作不同于普通的新闻报道，我同时也是运动的推动者。这项运动依靠捐款来推进。我们会在每年的1月13日召开一场汤森医生的生日聚会，然后在9月30日还会有一个创始人纪念日，不久之后我们还有个省亲日。在这三个场合，女士们会烘烤蛋糕，举行蛋糕售卖活动。我们在四十八个州都有组织者。当然，对它的组织不可能像是计算机做出来的那样完美无缺。这就是个不经意间发展起来的事物，也没有人认为它会持续下去。它只是各种因素凑在一起的产物……

这是一个彻头彻尾的草根运动。但是，为了达成目标，它发挥了应有的作用。它促成了《社会保障法》的出台。1935年年底，当罗斯福签署这一法案时，他是心存遗憾的。他说：这份社会保障计划还没有经过保险精算师的充分论证。然而，他必须抢先一步颁布它以遏制汤森计划。人们尖声欢呼，他们想要养老金。

给汤森医生扣什么帽子的都有。他被人当成江湖骗子，一个从人们身上榨钱的家伙，拿走的都是老年人来之不易的血汗钱。但他并没有从中拿走一分钱。他办报纸，在那领一份薪水，每周九十块。很多年以后，薪水也只有每周一百五十块。

他不是一个经济天才，但是他的常识和直觉指引他想到了这个计划。他在城里的影响力并不大，他的影响力集中在农村地区和小城镇。那一万两千个俱乐部也分布在这些地方。在考福林神父、杰拉尔德·L. K. 史密斯（Gerald L. K. Smith）这样的人看来，如果他们能够拥有这些民众的支持，他们就能实现任何计划。如果非要给个评语的话，汤森医生算是政治天才。当这些人来找他时——我非常确定他们想利用他达成自己的目的——他从不说"不"。当然，他也从不点头。他总是说，"这很有意思"。他会尝试着去利用那帮人。他身上总能体现出与生俱来的精明。没人能够从他手里夺走他的俱乐部。

这个运动在"二战"前达到高潮，战后开始走下坡路。它失去了原来的势头。汤森计划是一个与大萧条息息相关的运动，如今它变成了一个只有老年人才会参加的蛋糕烘焙活动。但是在三十年代，它有自己的方向：它想要影响联邦政府。它做到了。

拉塞尔·朗（Russell Long）

来自路易斯安那州的参议员。

能成为休伊·朗这样一个男人的儿子，是我的幸运。即便是在大萧条时期，他也总是能给家人提供物质财富。在我出生并成长的地方，邻里都是劳工，我非常清楚悲惨的生活是个什么样子。我们这些人生活穷困，但你可能还会说，相较于和我们同样出身的人，我们过得算不错了。

在路易斯安那州，只有很少的黑人拥有投票权，休伊·朗对黑人怀有强烈的同情心。但在路易斯安那，他没有为黑人的权益进行激进的抗争。他自认已经竭尽所能，背负了尽可能沉重的十字架——事实也是如此。他不想在这个十字架上被钉死。

他去世那年[01]，我大概十七岁。我听过他的演讲，也见过这些演讲在听众中引起的反响。他总是去之前没有去过的地方，那儿的人都没听过他演讲。每次他发表完讲话，都会立刻赢得人们的拥戴。

他年轻时是个旅行推销员，后来成了一名政治演说家。他的诀窍与上一份工作时如出一辙——那就是推销。他会用一些玩笑话暖场。然后开始解释一个观点，紧接着是另一个观点，引领听众跟随他的思路，一直通向他真正想表达的论点。之后他会再次使用幽默的语言，说一些趣闻逸事，然后再加大力道。他把听众的神经绷得特别紧，你会觉得好像有什么东西快要折断。他突然将氛围推向高潮，听众的紧张情绪也瞬间得到释放，紧接着再说几句简单的笑话……所有人都轻松了。无论说的是很严肃的东西，还是很荒谬的东西，他都能让他们大笑，让他们欢呼。他不会让人群哭泣，这不是他的方式。但是他绝对向他们推销了一些观点，之前从来没有人向他们宣扬过这些观点。

我很享受在人群中聆听他的演讲。有一次，他马上就要在新奥尔良的一个大型足球场发表演讲。他通过收音机听着其他人的演讲，不一会

---

[01] 1935年，休伊·朗在巴吞鲁日（Baton Rouge）的议会大楼被卡尔·奥斯汀·韦斯（Carl Austin Weiss）刺杀。

儿就打起了呼噜。他太累了。我在三个街区之外都能听到人群的嘈杂声。但他一出场,你就会不由自主地安静下来。人们大喊:"让我们听听休伊怎么说!"就是这样。

他从不担心要说多长时间。他会让所有人给他们的朋友和邻居打电话,让这些人打开收音机。他会说:"接下来的几分钟,我不会讲任何重要的内容,你们去打几个电话吧。"之所以这么做,是因为他在华盛顿发现某些人卷入了偷窃和贪腐行径,他希望人们了解这些事情。

走在大街上,你会发现到处都能听见他的声音。在新奥尔良,家家户户都把收音机调到他的频道。直到凌晨一点,整个镇上还飘荡着他的声音。新奥尔良是个不夜城,它就是个这样的城镇。

他在全国各地都很受欢迎。他的政见完美地体现了旧民粹主义哲学。金钱几乎都流入了很少的一部分人手里,他认为是时候让财富惠及所有人了。他有一个财富分享计划,主张将全国三分之一的财富分配给所有人——即便这样,计划还是允许将剩余三分之二的财产交由上层的百分之一的人掌握。这项计划具有极大的吸引力。

他的批评者称:再过三到四年,富人们就会把这些钱重新卷回自己的保险柜。而朗的支持者可能会这样回答:或许会是你说的这样,但是想想看,这个过程里我们享受的是何等美妙的时光啊。(笑)

休伊·朗对罗斯福政府产生了巨大影响。奥特梅耶博士[02]跟我谈起过这点。他是负责汇总社会保障计划的人之一。他说,他们在白宫开会讨论这个计划时,相比社会保障,罗斯福谈论更多的是休伊·朗。在很大程度上,社保计划被设计成了针对休伊·朗的防火墙。

正是为了阻止休伊·朗继续前进,罗斯福才转向左翼,推出自由主义的新政措施。最开始他是一个保守派。当罗斯福宣布经济法案,削减政

---

[02] 亚瑟·J. 奥特梅耶(Arthur J. Altmeyer)博士,多年来担任社会保障署主任。

府薪金和退伍军人救济金时，休伊发表了演讲，题目叫"凌驾在无助者头上的胜利"。在一次演讲中，他朗读了一名退伍老兵的来信："……有了罗斯福的新计划，我就不需要这个东西了。所以，把它送给你戴吧。"这伙计在信封里附上了他的假牙。(笑)人群里一片哄笑。

罗斯福没有全盘接收休伊·朗的计划，但是他绝对在沿着这个方向行动。在很多方面，他的福利计划与休伊·朗的主张并行不悖。国家青年管理局创立之时，罗斯福赞誉我的父亲是一位先驱者，因为我们在路易斯安那州也推行过一个类似的项目。

维斯布鲁克·培格勒(Westbrook Pegler)[03]在他的专栏里写道，休伊·朗拥有路易斯安那州立大学全体学生的支持，是因为他给其中三分之一的人发工资。确实有大概三分之一的学生获得了奖学金，他们借此得以完成大学学业。休伊·朗想要的远不止于此。对于每个达到录取成绩的年轻人，他都希望能为他们创造条件以完成学业。

那是在三十年代早期。那时从路易斯安那州立大学毕业的学生，如今很多已经成为银行主席，而当时，除了身上的一件衬衣和难得找出换洗的内衣裤之外，他们身无长物。现在，他们都是成功人士啦。

最开始的时候，休伊·朗是支持罗斯福的，后来他们分道扬镳。我认为罗斯福犯了个错误，他小看了休伊。如果我父亲没死，他会在1936年作为第三方候选人参加总统大选。他可能会阻止罗斯福赢得大选。我猜他一直在考虑这些问题。他很可能会导致兰登(Landon)赢得选举。如果真是这样的话，他有很大的机会在四年后取得胜利。

有些人认为，将他的个人野心置于国家的利益之上，这是一个自私的选择。他的回答可能是：如果公众会跟着罗斯福或兰登遭殃，那么，他俩越早出局，对大家越好。毫无疑问，如果罗斯福没有转向左翼，休

---

[03]　维斯布鲁克·培格勒(1894—1969)，美国记者、作家。——译者注

伊·朗将激发大众的期待。有了他的参与，事情不会变得那么糟。

他认识汤森医生，也认识考福林神父。我不确定他们是否花过很多时间相处，但是他们都清楚彼此正在做什么。他们的演讲体现出同样的观点。虽然各自有不同的表达方式，但是他们之间没有本质的区别。

我想，如果上帝让他活到现在，他就有机会大显身手了。他的思想超越了他的时代三十年。

伊夫琳·费恩（Evelyn Finn）

休伊·朗被枪杀时我正好住在巴吞鲁日。事情发生的时候，我本来也应该在州议会大厦的。我和我哥哥过去经常去那儿。他们在晚上召开会议，因为晚上凉快些。这次我没去，我说："噢，我已经看过休伊·朗太多次了。"所以我哥自己去了。我们在家听收音机，然后就听到了这个新闻。我哥哥当时就在旁听席上，回到家以后，他说："那儿发生了严重的骚乱，好长时间都不让我们出去。我想发生了什么大事。"我在心里说："好吧，不需要瞎想了。休伊·朗被枪杀了。"他都到家了竟然还不知道这件事。

1933年，她离开路易斯安那，在外面待了几年。后来，她放弃了裁缝工作，回到家乡巴吞鲁日，经营家里开的杂货铺子。

那些贪腐者，休伊手下的人，直到被逮捕之前，都过着纵情享乐的生活。曾经有个家伙来到我们店里，他是公共事业振兴署的一个工头。

在这之前,公共事业振兴署叫另一个名字[04]。管它呢。他们用公共事业振兴署的钱修建漂亮的住宅。在那些豪宅里工作的仆人,我给他们兑支票。他们总是说:"我们是某某的女仆,我们是某某的园丁。"你明白了吗?所有这些政客,他们用公共事业振兴署的钱来付仆人的薪水。

黑人们会进城来领取配给粮,但这些东西根本没法吃,里面都是虫子。他们来店里的时候总会跟我聊起这些事。他们拿到手的食物大半都不能吃,但是他们还是会去领。否则,他们就什么都得不到。因为那些发放食物的人会说:"如果你们不领走这些,那以后也没必要再给你们发吃的了。"他们就是这样对待黑人的。

有一天,两个人来到我们这儿,自称是休伊·朗的人。选举马上就要来了,我们家里握了不少选票。他们向我们介绍了休伊·朗眼下正在做的好事。我们的路是泥水路,我说:"只有想要选票的时候,你们才会来这儿。"

第二天清晨,门口就运来了一大卡车碎石,一同来的还有五六个人。拜公共事业振兴署所赐,他们有大把的人力。工头说:"我们会满足每个人的需求。"噢,这就是休伊!他是个人物!

杰拉尔德·L. K. 史密斯(Gerald L. K. Smith)

"杰拉尔德·L. K. 史密斯牧师,神学博士……在这个星球或者说整个宇宙中,他是最具爆发力,最骇人听闻,嗓门最大,最疾声厉色,最具破坏性,最该受诅咒的演说家。"

——H. L. 门肯,《巴尔的摩太阳报》,1936 年

---

[04] 公共事业振兴署之前叫土木工程署(Civil Works Administration,CWA)。

这是一位七十一岁的老人，虽然有些许虚弱，但身体还算硬朗。他和妻子爱尔娜（Elna）（他们的基金会正是以她的名字命名的）[05]……"她得到了一笔可观的遗产"）是阿肯色州尤里卡斯普林斯（Eureka Springs）一个宗教团体的经理人。这里过去是著名的温泉胜地，后来一度变得鬼气森森，直到史密斯先生干劲十足地登场，这里的状况才有所改变。现在，这儿类似于一个圣地：最近一次上演《基督受难》（The Passion Play）还用上了立体声设备。"……如果这个神圣的场面是反犹的，那么《新约》就是反犹的。"一位通用汽车的高管宣称，这个表演比奥伯阿默高（Oberammergau）[06]的表演更好。这里还有展示宗教艺术的美术馆，以及欧扎克基督像（The Christ of the Ozarks）。

欧扎克基督像是一座令人印象深刻的塑像，高七十英尺，位于磁力山（Magnetic Mountain）的山顶。塑像洁白得让人惊奇，"……我们订购了一种特殊的砂浆。"四个州都可以看到它：阿肯色州、俄克拉荷马州、密苏里州、堪萨斯州。救世主伸展着双臂，好像是带着一视同仁的"奇妙之爱"（Wondrous Love）为他们祈祷。

傍晚时分，史密斯先生站在山脚，低垂着头，牛仔帽扣在胸口，旁边停着他的林肯牌大陆型汽车。围绕基督像的环廊处悠悠传出唱诗声。凯特·史密斯（Kate Smith）和田纳西·厄尼·福特（Tennessee Ernie Ford）的声音尤其嘹亮清晰。

"谁都不要说，杰拉尔德·史密斯是借着救世主的名义大捞外快。但是，如果我还年轻，我会到这片土地之外的地方寻求其他选择……"

史密斯夫妇是一对亲切和蔼的主人，"我们已经结婚四十七年了，我对她的爱和她刚刚嫁给我的时候一样深"。他们提供了一顿乡村晚餐

---

[05] 他们的基金会叫爱尔娜·M. 史密斯基金会（Elna M. Smith Foundation）。
[06] 奥伯阿默高是德国慕尼黑西南的村镇，以每十年举行一次耶稣受难剧表演著称。

和一番充满感情的交流。这些年来，虽然他是罗纳德·里根的崇拜者，但仍然一直受到大众媒体的"隔离审查"，为此他感到极度受伤……

在宗教事务之外，他依然对世俗事务充满热情："我们家三个女孩每天都很忙，因为我为多达两百家右翼刊物口述文章。"《十字架与旗帜》(*The Cross and The Flag*)是他自己的杂志，创办于1942年，目前正在发展壮大。它以厉声抨击"犹太权势集团"和桀骜不驯的黑人而著称。

我们坐在一座维多利亚时代风格的豪宅里：墙上镶着彩色玻璃的窗子，屋里摆放着很多宗教手工艺品、肖像画、雕塑、蒂凡尼牌的电灯、枝形吊灯、波斯地毯……"这栋房子的每一块石头都是人工切出来的。"这栋房子最初的拥有者是一名内战时期联盟国的军官，他的祈祷室已经被改成了浴室，史密斯说："我不认为仅仅在特定的时间——比如说星期天上午十一点——上帝才会显能。"除了各种关于救世主的油画，在面对入口的地方还有一幅油画，画的是老年的亨利·福特。

被卷进大萧条的时候，我正在路易斯安那州什里夫波特（Shreveport）的一座教堂里担任牧师。教堂的领导层囊括了社区里的头面人物。不久大幕就落下了。礼拜天早晨，我就站在教堂的门边与那些哭泣的男人和女人碰面——他们失去了一切。

与此同时，休伊·朗掌握了权力。他把路易斯安那州称作封建领主的最后据点。奴隶制度依然在施行。当一个黑人或一个贫穷的白人被捕，他会被法官、地方检察官或治安官分配给选区议员，后者往往拥有一个种植园或锯木厂。这是惯例。

大萧条来了，那些有权有势的人一夜之间身无分文。这座城市里，一万五千个家庭马上就要丧失住房抵押赎回权。建筑和放贷公司决定在房主贷款公司（HOLC）[07]预先垫付借款之前取消抵押赎回权。

我无法对这些人的眼泪视而不见，对这件事我进行了强烈的抵制。我呼吁这家公司延迟取消抵押赎回权，他们说这不关我的事。你瞧，我等来的是我们教堂的领袖，他们施加压力让我辞职。他们是这家强盗公司的秘密合伙人。

我给我的朋友休伊·朗通了电话："我们教堂的伪君子们计划盗窃五千万。"大约三十分钟后，电话铃响了。是那家建筑和放贷公司的头目。他一边哭号，一边说："史密斯博士[08]，我该怎么办？你都不知道休伊·朗对我说了些什么。他要毁了我。他说让我听你的，你说什么我就做什么。"我说："你唯一需要做的，就是穿过马路到法院，将取消抵押赎回权的申请撤销。"他们照办了。这件事加深了我对休伊·朗的深厚情谊，也让我丢掉了国王公路基督教堂的牧师工作。

"有人问我为什么不再担任正式的教职，我说：'因为我想进天堂。'我坚持让人称呼我'史密斯先生'。我不喜欢攻击我的人这样说，'不许还击，我是一个牧师'。正是这些传教士引发了问题，例如煽动无政府主义之类。他们跑出去告诉这些人应该做什么。何不扯掉你牧师服上的白领子，以普通公民的身份参加这场论战？这样，当有人还击时，他们不是在侮辱一名神父或攻击一名牧师。"

我和休伊·朗彼此敬重。当他的权力达到巅峰时，他对我说："即便

---

[07] 房主贷款公司全称为 Home Owners' Loan Corporation，成立于 1933 年。大萧条期间，大量房主因支付不起分期付款而被取消住房抵押权，为缓解危机，国会通过法案成立房主贷款公司，为受到取消住房抵押权威胁的房主提供债务融资。——译者注

[08] 在美国南北分界线——梅森—狄克森线（Mason-Dixon Line）以南地区，无论是否上过学，所有牧师都被称作博士。

上帝来当路易斯安那州的州长,他也找不到足够多的实诚人来担任每个县议会的主席。如果我发生什么事,杰拉尔德,你是这帮人当中唯一不该被送进联邦监狱的。这些家伙,我遇到他们的时候,他们还光着脚丫,如今,他们连管住自己的手不染指公共资金都做不到。"

休伊·朗推出了一项主张。在这个问题上,我一直在协助他。他是本世纪唯一既知道如何像政治家一样去思考,又知道如何像煽动家一样去竞选的人。虽然对于保守派而言,他的"分享财富计划"听起来像是在蛊惑人心,但是它确实是合理的。垄断巨头进入了这个国家。他们买下了所有的自然资源:石油、天然气和木材特许租约——所有东西,从石油到树木,从硫黄到鱼类。休伊·朗称,在我们这里,地上地下的所有财富都必须分给人民。他说:在没有征收渐进税的情况下,一个人积累的财富不应该被允许超过五百万美元。想想看,我们竟然吸引了具有远见卓识的保守派人士。

我的策略是将休伊·朗打造为1936年的总统候选人,就像1968年的华莱士[09]。人们普遍认为我们会分走罗斯福的选票。而对于共和党候选人将花落谁家,我们会拥有发言权。如果休伊·朗活着,我们绝不会提名兰登。

保守派之所以失败,是因为他们不懂该怎么支持一名政治家。他们只知道收买参议员和众议员。当真正的危机到来,没有人挺身而出,因为一个可以被收买的人绝对没有足够的智慧进行独立思考。这种人的反应太慢。

在梅隆时代,我记得我曾对共和党的领袖们说,我们愿意分散罗斯福的选票,但是不能保证我们会输。休伊·朗是如此受欢迎,他蹿升的速

---

[09] 乔治·华莱士(George Wallace),1968年作为两党以外的第三方候选人参选总统。——译者注

度是如此之快，他有可能赢。吉姆·法雷（Jim Farley）[10]说，如果休伊没有被杀，他会成为美国总统。

当时佐治亚州轻视路易斯安那州，不让我们加入橄榄球联合会。休伊威胁对可口可乐额外征收一分钱的税。可口可乐的拥有者坎农家族（Cannons）赶到佐治亚。然后路易斯安那顺理成章地加入了联合会。

所有人都来找我们。共产党领袖们从莫斯科和纽约来拜访我们。他们知道我们是人民的真诚朋友，希望我们信仰马克思主义哲学。我们拒绝了，他们称我们是法西斯。而当我们拒绝极端保守派的时候，他们又称我们是共产党人。我们就是跟这样一些人打交道——他们认为人们应该为了一美元的日薪去工作，穿着工装裤上教堂。

我们希望国会通过法律并征税。这点却被银行家做到了。我们上调了利率，从4%提到6%，从6%提到8%，从8%提到10%。一家保守的保险公司会把客户劝到金融公司去，那里的利率是12%。我小时候，他们用枪把一个男人店里的当铺标志打了下来，结果老板为此进了监狱。（笑）

"当你说到银行家时，他们认为你说的是犹太人。'反犹主义'是个不得体的说法。如果有人反对具有侵略性的犹太人，他就被扣上了这个词。我的看法是，具有侵略性的犹太人不能完全代表其所属的群体。如果我攻击瑞普·布朗（Rap Brown）[11]，你会谴责我反黑人吗？[12]我不认为犹太人应该控制巴勒斯坦，就像我不认为他们应该控制纽约一样。我并不是说他们应该被驱逐出去。他们的自由不应该受到一丝一毫的影响。他们的公民权不应该受到任何形式的侵犯，但是他们同样也不应该控制

---

[10] 吉姆·法雷（1888—1976），美国政治家。
[11] 瑞普·布朗，美国著名黑人人权运动领袖。——译者注
[12] "nigger在南方不是当脏话用的。如今我们甚至不能说chiggers,我们得说chigg-roes。"（笑）
"现在我们必须说black，不是吗？"

所有事情……"

"如今我们有了这些自由政体。但是我们看到的却是人类已知的最大的暴政。食人族吞噬食人族，恐龙吞噬恐龙。那些大型企业集团，在哈里曼家族、肯尼迪家族、洛克菲勒家族、罗斯福家族之类饱受贫穷之苦的政治家领导下（笑），而今我们制造出了人类历史上数量最多的超级利益垄断集团……"

休伊·朗死在我的怀里。我们一同穿过大厅，那个男人向休伊开了枪。在杀手向其他人开枪之前，人们杀死了他。他把我漏过了。

这是历史上最盛大的公葬仪式。单单摆放的花束就占了三英亩地。人们从世界各个地方赶来。还有一支长达八英里的队伍挤在密西西比河的另一边，他们没办法过河。

我坐在灵床边写下了悼词。葬礼之后，我把它印了下来。

它的内容是："他无限的天赋总是引来一些人的妒忌，这些人不如他，却假装可以和他相媲美。不止一次，是的，很多次，他都是绿色女神（Green Goddess）伤害的对象；形象点说，他就是史特拉第瓦里提琴，在与含妒的大鼓和眼热的手鼓的竞争中奏响音符。他的弹奏是未完成的交响乐。"[13]

据他回忆，休伊死后，他形单影只地与休伊留下来的政治班底——"一群槽里好斗的猪"——展开斗争。最让他愤怒的是，他们与新政拥护者达成了协议：休伊在世的时候就有几百万拨款被截留，新政拥护者许诺把钱交给他们，作为条件，他们必须在1936年全国党代会上支持

---

[13] 拉塞尔·朗参议员说："对他而言，这是一次政治演说。他将自己抬高到休伊·朗继任者的位置，给人留下了深刻的印象。"

罗斯福……"在这个九人班底中,我是唯一表示拒绝的人。会上我站起来发言……"

他们手里没有我想要的东西。而其他人,他们没有申报收入税,盗用资金,于是受到国家税收部门的胁迫,不得不结成一伙。我杜撰了一个词,叫"对路易斯安那州的第二次购买"。

我向民众求助。那是路易斯安那州历史上最富戏剧性的一个夜晚。我拿出自己仅有的钱,向州里所有的广播电台购买时段。我宣布自己将在广场发表演讲,结果七十万人来到现场。我一直讲到午夜过后。我讲述了休伊·朗的鲜血如何在拍卖台上被出卖。因为那个晚上人民从我这儿听到的内容,那些无赖几个月之后才敢离开家或者开车穿越这个国家。

许多人认为,休伊·朗对《社会保障法案》的通过发挥了重要作用……

现在的政治家喜欢把事情浪漫化。社会保障取代的是真正有意义的事物。比如说,亨利·福特从不相信慈善。他认为,一份工作比抚恤金更加可靠。

但是,为什么你会喜欢像亨利·福特这样的人?

亨利·福特不是在圈占财富。他把一个螺母拧到一个螺栓上,把一个螺栓装进挡泥板,把一个挡泥板装进一辆汽车,把一辆汽车融入一个天才的方程式赛事(福特方程式,Ford Formula)。这是美国的财富。联合收割机被设计出来,毁了所有人的就业机会,但福特不是这台机器的组成部分。他不是金融市场的组成部分。

我去了底特律,着手创建基督教民族主义十字军(Christian Nationalist Crusade)。弗兰克·墨菲[14]当时正平步青云。当产业工会联合

---

[14] 弗兰克·墨菲(1890—1949),美国政治家、法学家,1930年—1933年任底特律市市长,后曾任司法部部长和最高法院大法官。

会毁掉福特先生的工厂时，他竟然装傻充愣。

你来到底特律的时候，正好是产业工会联合会开始组建的时候？

噢，我支持组织劳工。我担任美国劳工联合会的名誉会员很多年了。但是，我认为劳工和资本都流向了同一个方向——垄断巨头。

福特先生规定，任何向福特汽车公司销售货物的人都必须给基督教民族主义十字军捐款。这时候，我对福特先生彻底地心悦诚服了。我们竭尽所能去唤醒所有的教师、牧师和公职人员。

后来有一天，我和福特先生的私人秘书会面，他同时也是我的朋友。他说，他之前见了一名白宫的私人代表。对方告诉他，除非福特先生不再支持我，否则他们会以战时紧急情况的名义夺走工厂……

1942年，他在密歇根州竞选参议员。赢得共和党的提名需要至少两万张选票，他的得票数不够。"两党联合起来反对我"，只有亨利·福特除外。

1936年，这一年最有意义的事件是形成了一个民众的大联盟。当时有三个比较大的群众团体，分别是休伊·朗的追随者、汤森医生的追随者和考福林神父的追随者。在这个联盟形成的过程中，我发挥了作用。

汤森是一个真诚、善良、无私的人。他们狠整汤森的时候，我正在华盛顿。真是一群恶狼。他们召集一帮神经病的女人来指证他。他们雇人做伪证，控诉汤森涉嫌非法敛财。折磨这个老人，真是让他们得到了不少乐子。

我说："医生，他们是想毁了您。您对他们太客气了。您应该对他们置之不理。"他有两三个门客，他们一下子脸色苍白。他们都是看管经费的人。（笑）我接着说："如果是我，我会站出来，亮出我对他们的蔑视态度，然后走人；要是有人来带走我，我会奋起反抗。"他说："如果我身边有一个像你这样的年轻人,我就会这么做。"我说:"这个年轻人就在您身边。"

一切都准备好了。我们没有对那些人透露半个字,这会吓着他们的。

这位老人站出来了。对于国会的调查委员会,他做出了评判,并宣布自己将无视它。他违抗了法律。我拉着他的胳膊,我们一走了之。与此同时,我联系上了亨利·门肯。我跟他说,我要拐走这位老人,我会把他带到巴尔的摩,"找个地方把他藏起来"。

门肯非常高兴。我们不顾调查委员会的意志,把他藏了三天。对这位老人的同情是如此广泛,以至于如果哪个国会议员提出要因为他的藐视行为而传唤他,那么这个议员无异于"政治自杀"。如果我可以这样说的话,正是这一点让步,使得汤森运动成为一股政治力量。

汤森在克利夫兰有一场会议,他让我在会上发言。你很难想象现场有多少人。[15]它是一场平民运动。

这个项目的组织者说会议必须不偏不倚。我们必须有一个共和党人、一个新政拥护者及诸如此类的人。我被安排在十点半发言。罗斯福的朋友被安排在十一点半,共和党人被安排在十二点半。我一讲就讲了三个小时。(笑)每次大会主席催促我,群众都恨不得绞死他。

据门肯回忆:"第二次到克利夫兰(另外一次,在考福林召集的大会上),我在记者席上目睹了教士先生鱼雷般的爆炸威力。除了贪婪和圆滑之外,记者席上的老油条们已经二十多年没有表露过任何情感了。但是他只用了十分钟,就让他们全都号叫起来……"

我讲完的时候,所有人都饿了。其他人还没有发表演讲,会议就结

---

[15] "那时候,我在玫瑰碗球场向十一万人发表演说。想想看,那是什么劲头啊。"

束了。当然，那时候汤森医生喜欢我，尊重我。后来，我们产生了一些分歧。我觉得，随着他的年纪越来越大，他丧失了生气，被人利用了。但是直到他去世，我都尊敬他。

与此同时，考福林神父发展了大量的追随者。他问我，我是否愿意在他的会议上发表主题演讲。集会场面和汤森那次一样大，地点在克利夫兰的棒球场。

有一天，我去了罗亚尔奥克[16]。我和考福林正讨论一场巡回访问。突然之间，也没人敲门，房门被推开了。进来的是他的上司加拉格尔主教（Bishop Gallagher）。他的身边站着那位人尽皆知的主教——他身材高大，戴着黑宽边帽，表情严肃，神色黯淡，面色苍白，好像正准备宣布州长已经丧失了仁慈之心。

加拉格尔拍拍考福林的肩膀说，"跟我来，查理"。他们出去了大概二十分钟。考福林回来的时候，脸色像我的衬衫一样白。他说："吉姆·法雷的手可真长。唉，这下我完了。我们教会一直想要一名大使，但是新教美国不会允许教皇给我们派一个。梵蒂冈只能派驻一名友好代表。罗斯福先生已经正式通知了，除非我闭嘴，否则什么都免谈。"他从此再没有公开讲话。

想想看，这样一个人，他曾经在每个礼拜天向两千万民众发表演讲，后来不得不一直保持沉默。多么让人无奈啊！

于是我又成了孤家寡人。休伊·朗死了。汤森医生死了。考福林被封了口。伍德将军[17]迷失在他的生意经里。林德伯格对我说："我不知道该怎么跟沃尔特·温切尔（Walter Winchell）[18]这样的人斗争……"但是这些都无法阻止我。我可不是那种娘娘腔的男人。我被人围攻过，被扔过

---

[16] 罗亚尔奥克，密歇根州东南部城市。——译者注
[17] 罗伯特·E. 伍德（1879—1969），美国实业家。
[18] 沃尔特·温切尔（1897—1972），美国报纸专栏作家和广播评论员，以八卦评论著称。——编者注

臭鸡蛋。有一次在下路易斯安那，我揪住一个捣蛋分子的领子，把他拉上讲台，整场演讲的过程中都把他拎在那儿。每一次我要阐述一个观点，我就摇晃他。(笑)

我有没有跟你讲过在佐治亚州的那次？那是一个保留了私刑传统的州。我正准备在附近的一个城镇演讲。我们在法院门前摆放好音响设备，然后暴徒来了，所有的小农场主都在那儿。那些富有的小农场主可是美国的脊梁啊。

他们抢走了我们广播车的电缆线，把它抛到一棵树的枝丫上。他们尖叫着："绞死那个混蛋！"我跑进一家商场躲了起来。负责音响的人要么跑掉了，要么就藏了起来。暴徒们松开刹车，广播车最后翻倒在一条沟里。他们开始叫嚷："他在哪儿？他在哪儿？"

我跳上一块大水泥台上，用最大的声音喊道："我在这儿。谁动了我，谁就动了一位圣徒。谁敢上来试试？"（他的声音哽咽了，他很努力地压抑着啜泣。房间另一边，他的妻子在轻声地哭泣。谈话中断了很长时间）后来他们离开了。

几天以后，凌晨三点左右，我接到一个电话。电话那头的人说："我是带领那帮暴徒的人。我是州立法机构。史密斯先生，我现在确信你是个好人。如果我不能得到你的宽恕，我会睡不着觉的。"这不是很了不起吗？

附记：从位于费耶特维尔（Fayetteville）的机场到阿肯色州尤里卡斯普林斯大约有五十英里的距离。除了插播几条广告，汽车上的广播一直播放着赞美诗——歌手都是白人。在行驶过程中，看不到一张黑人面孔。除了跟着父母一起来朝圣的小孩，这儿的年轻人也非同寻常的少。

巡回牧师布道时刻

克劳德·威廉姆斯（Claude Williams）

他和诗人艾兹拉·庞德（Ezra Pound）长得惊人地相似。

"我曾被最好的社区赶走，被最好的教堂解雇，被南方最优秀的公民鞭打过。"

他在田纳西州的西部山区出生长大，"住在深山里的人白天就得开始抽水，一直干到第二天早上"。他起初是原教旨主义者，认为传教的目的在于"将永远不死、永远珍贵的灵魂从魔鬼永恒的地狱中拯救出来"。他练得一张口就能引经据典。

他作为一名福音传道者在田纳西州的黎巴嫩市待了四年，之后受邀前往范德堡宗教学院。那里为乡下牧师举办讲习会，对他影响最深的教师称耶稣为"人子"——"清理掉神学理论中的胡言乱语，让他在我们当中复活，成为一名具有挑战性的人类领袖。"

我在田纳西州史密斯县罗马区的基督教长老会教堂任牧师。我的信条就是："往普天下去，传福音给万民听。"我们必须平等地对待众生。一天晚餐时，一位长老问我："牧师，你是想说那该死的黑人跟我是一样的吗？"我回答说："不，我是想说他和我一样。"于是，我只得再找一家教堂。

我在奥本敦的时候跟大家讲："朋友们，我很喜欢在这里当牧师，也很喜欢这里的人，但我必须告诉你们，我认为上帝是一个社会存在。'人子'值得我们追随，而《圣经》是一本揭示对错的书。"这次奋兴布道会[01]之后，我不得不再换个地方待。

我去了一趟密西西比州的韦夫兰市，深受打击。那是1928年，一次跨种族的布道会。这是我这辈子第一次和黑人待在一起。坐在餐桌前，我能感觉到食物在咽下去之前戳在喉咙里的感觉。一个朋友教我在黑人当中要强调"e"的发音，避免用一些歧视性的老词。我去一个黑人教堂传教。有一边坐了些白人。信众们走出教堂时，第一个和我握手的是一位年老的黑人。这有违我从小到大受过的教养。

有人推荐我到阿肯色州帕里斯的一间小教堂去。那是一座煤区小镇。尽管困难重重，那里的人还是在努力组织工会。我们举行了一次罢工，并取得了胜利。在这件事情发生之后，我就开始收到莫斯科来的钱。（笑）但我发现，"莫斯科来的钱"花起来更快，与代币券相比，在公司商店能买到的东西更少。矿工们开始过来听我布道，最远的要走上三十英里。他们用自己的双手建起了这座教堂。我们想着建一间工人教堂和一所劳工之家。我取消了自己的保单，为修建地基买水泥——他们不再付我薪水。一开始只有十五个活跃成员，现在已经有一百多人了。有一位长老，他是个商人，特别生气。"你已经和这些专爱唱反调的矿工打成一片了，这些胡言乱语的家伙。"他们指责我的赤色倾向，说我教坏了年轻人。这间教堂也不能待了。长老们会晤之后，决定"为了天国着想，解除克劳德·威廉姆斯牧师和本教堂之间的关系"。

我们到城市剧院去做主日崇拜。里头挤满了人，许多是年轻人、矿工，还有失业者。当时是在1932年、1933年。黑人们到我的家里来开讨

---

[01] 奋兴派（Revivalists），美、英等国基督教新教派别，亦称"教会复兴派"，为谋求教会的"复兴"，着重鼓动宗教狂热。——译者注

论会。有人说:"你应该把百叶窗放下来。"我说:"不,我要把百叶窗拉上去,让那些伪君子看看我们的兄弟情谊。"我有些鲁莽。

那间教堂还欠我两千两百块的薪水。我拒绝离开他们为牧师提供的住所。他们把我赶了出去,还因为他们欠我那笔钱的利息起诉我。我被一些人从这个城里赶走。其中有一位是当地报纸《帕里斯快报》的编辑,我们管这家报纸叫《帕里斯狡辩报》,有一个是保险销售员,还有一个是退役的上校,这个人把自己家刷成了红、白、蓝三色。我被赶走后,去了史密斯堡[02]。

我和失业的白人和黑人一起干活,在南方佃农联盟开办的第一所学校里教书。1936年6月,我去了孟菲斯,为一位黑人佃农筹备葬礼。这个人是被打死的,尸体都不见了。我一到那边就开始调查。

在我们到达阿肯色州的厄尔时,五个副治安官已经在那里等我们了。他们让我下车,把我拽下来,四个人摁住了我。一个男人手里拿着根四英寸长的皮带,看起来他是这些人的头,他抽了我大约十六下——跟我一起的女人在旁边数着呢。他们把我打成了一摊烂泥。接着,他们说道:"我们给那个肥娘们的屁股来几下吧。"他们又抽了她五六下,小心地避开了长筒袜。后来,他们就让这个女人穿过铁丝网走了。他们不知道是该把我扔进河里,还是放走。他们让我签了一份声明,说我并没有受伤。我不干,他们就说:"你不签,咱们就没完。"我签了字。但这个东西他们是派不上用场的,因为是他们逼我签的。他们把我带到70号公路上,让我朝伯明翰的方向开。他们的车跟了我几英里。我在布林克利才甩掉他们。

那算是我真正的入门教育。我终于明白,在讲道坛上讲一些激进的东西是一回事——人们到教堂来忍受一次激进的布道,就当是为自己做的错事赎罪。可是,当你和那些真正在抗争的人走到一起,"你收了莫斯

---

[02] 史密斯堡,阿肯色州西部城市。——译者注

科来的钱"，就是另一回事了。这场斗争我坚持了四十年。我在铁丝网围栏后面度过了许多个夜晚。

"1934年，我被免去牧师的圣职。但是到了1942年，长老会的人让我到底特律去，因为那里的汽车厂里有许多南方来的工人，但那里的教会无法影响他们。他们希望我到工厂里做牧师，还给了我一个五千块的账户。但我到那里之后，就跟工人们打成了一片。这时，长老会的人开始收到投诉。杰拉尔德·史密斯、卡尔·麦金泰尔（Carl McIntyre）等人施加了很大的压力。他们就把我解雇了。"

在我看来，《圣经》是适合工人读的书。你可以在其中找到先知——摩西、阿摩司、以赛亚和人子，《旧约》和《新约》，你会看到他们在为了公正和自由而斗争。另外，你还会看到法老、彼拉多、希律王等住在冬宫和夏宫里。施洗约翰这样的人跟我们一样，和我说着一样的话，但他们被别人绑架了，他们嘴里说着奇怪的话，是要让我们弄清楚，他们到底想让我们明白什么。我们的语言就是我们手里的利剑。

我把这些解释给佃农听。我们不得不聚在小教堂里，有黑人也有白人。这是之前地下铁路工人的传统。我把《圣经》翻来覆去地讲。我如何影响一个人，又不让他产生困惑呢？这应该是本揭示对与错的书。让真正的宗教为人们之间的友爱服务。这本书里所有能满足这个目的的段落，我都用红笔做了记号。可以说我对《圣经》了如指掌。

那些煽动者恨死我了。不过我穿着最厚的铠甲呢，因为我用的书和他们的是一模一样的。我把他们的枪口调转了方向。在当时的情况下，我用自己想象中先知们的解释方法向大家解释书中的内容。

"在美国有一种宗教现象，它源于南方。过去的官方教会会追赶城里的潮流。这里的人与世隔绝,对宗教的理解都是基于眼睛看到的。商店里买的衣服——因为穷,他们买不起——变成了世俗的东西、有罪的东西:'我们宁愿在耶和华的殿中做乞丐,也不要生活在国王的宫殿中。'他们没有上学接受教育的机会,被人叫作红脖佬、大话精和该死的黑鬼。可是,《圣经》是上帝之书。没有医疗服务,信仰可以治愈我们的身体和灵魂:'我们追寻的是另一个世界。'这是对他们经济上无法购买的东西的一种抗议。我解释了这种抗议,并将它与《圣经》关联起来——而不是叫他们乡巴佬和红脖佬。"

"在一次聚会上,来了五六个三K党成员。我说:'我想讲一讲三K党。'三K党的成员不全是坏人,我弟弟就是其中一员。你要让人们明白自己的需求。我在圣灵降临节那天引用了彼得的话:'拯救自己,不要等别人来拯救你。'彼得和所有跟他讲一样话的人结交。我赢得了不少三K党成员的支持。"

"我将民众宗教的民主冲动,而不是它初期的法西斯拥护者的一面,解读成教民能理解的内容。这让宗教会议找上了我的麻烦。我受到了审判。他们问我如何看待耶稣的神性。我说:'我相信他的神性,但不是他的神位。'他们搞不懂其中的分别。神性是与上帝的相似性,神位是天主的地位。在我看来,人子就是一个木匠。"

"牧师们讲了《圣经》里的一个故事,中间插科打诨一个小时左右,然后又回到这个故事。年轻的激进分子试图弄清楚讲话里提到的所有问题。大家摸不着头脑,出去后都在挠头。小孩子们说:这些蠢家伙都怎么啦?煽动者更聪明,因为他们会插科打诨。我试过在他们的游戏中打败他们,但你得清楚在什么时候控制自己的情绪。"

在温斯顿—塞勒姆[03]的时候,我们准备将烟草工人组织起来。那里的工人领袖说:"如果你们能在两年之内把工会建起来,那真是奇迹。"我们去了当地最古老的一间教堂。那是一个寒冷刺骨的夜晚。那里的牧师是一位白人女性,她坐在那里,肩上裹着军用毛毯,头上戴着一顶小小的旧帽子。我知道她是这里的领头人。如果不能说服她,我们就谁都说服不了。

我向她传讲了列王的福音:只有让穷人吃饱肚子,好消息才算是真的好。这位女牧师站起来,慢吞吞地说:"这还是我头一次听到有关一日三餐的福音,我很想搞清楚。我喜欢大声叫嚷,现在我明白了,每次我大声叫嚷,就是我需要一双鞋子的时候。"我首先明白的是,她掌握了节奏,正在偏离我们的主题。

我跳起来说:"等等。"(他放松下来,滔滔不绝地开始一大篇布道)"我在主、救世主及将来审判活人、死人的基督耶稣面前嘱咐你,传讲这道,务要传道。你的道就是真理,真理就是你的道。无论得时不得时,总要专心,责备人,警戒人。普莱斯姊妹,诸王的时刻终会来临。当他们培植起由贵族强盗资助的教师和神学家,就会从我们当中挑选一些人,男人女人,教他们听从命令,不要谈论争议性的话题,从而犯下过错。他们会说:'不要相信这世上有贫穷这种东西。约翰老板把你们的权益都放在心上。如果你死于疲累、营养不良、肺炎或因为没有得到医治而死,你最珍贵的灵魂将被一亿四千万光年以外一双纯白的天使翅膀带走。'背离真理,我们就会被背弃。普莱斯姊妹,我们不能背离真理。我们要唱歌。"(他开始唱歌)"让我们达成主的旨意,在学校,在教堂,在工会……"

我得把这种情绪转化成行动。可是,如果我让她继续大叫下去,我们就永远做不成事了。三个月之内,他们举行了劳工委员会的选举。我们赢了。我们求告了《圣经》和"人子"。

---

[03]　温斯顿—塞勒姆,北卡罗来纳州中北部城市。——译者注

来自堪萨斯的绅士

阿尔夫·莫斯曼·兰登（Alf M. Landon）

1932年和1934年两次当选堪萨斯州州长。1936年作为共和党候选人竞选总统。

我们在托皮卡。在前往兰登办公室的路上，我和出租车司机随意地聊着天。他三十岁，在这座城市出生、长大。

"那是阿尔夫·兰登。"（兰登在路边走着）

"从没听说过这个名字。"

"你不知道他是谁？"

"想不起这个名字。"

"没有人告诉过你？"

"没。"

"他们跟你讲过罗斯福吗？"

"他是军人，'莽骑兵'。"

"泰迪·罗斯福[01]？"

"对。"

"他们没跟你说过富兰克林·罗斯福？"

---

[01] 西奥多·罗斯福（1858—1919），美国第26任总统，昵称"泰迪"。——译者注

"没，没怎么说过。大部分人叫他泰迪。"

"你的家人没跟你提起过大萧条吗？"

"说过。那时候很难搞到东西，东西也不好，想要什么得拼命去争取。"

阿尔夫·兰登八十二岁了，精神矍铄，和蔼可亲。他穿着靴子，好像刚刚从麦地里回来。他办公室的墙上挂满了纪念品和照片，都是来自另一个时代的朋友和同事，包括他1936年的竞选伙伴弗兰克·诺克斯上校（Colonel Frank Knox）、众议员乔·马丁（Joe Martin）、亨利·路易斯·门肯、"一战"时的战友、大学橄榄球队的队友、他的父亲及年轻时的阿尔夫……

对州长来说，那些年真是时日艰难，尤其是1933年。整整两个月，我的接待大厅里就没有落脚的地方。男人们眼里含着泪，求我给他们一份工作，好保住自己的家和农场。我没办法在办公室接见所有人，但我会送他们每个人出去，再握握手。我听他们讲自己的遭遇，每个人。可我显然没办法顾及所有紧迫的需求。如果我能提出一些建议，我会这么做。这真是让人心碎的经历，我永远都忘不掉。

除了大萧条，当时还发生了旱灾，从1930年左右开始，一直持续到1937年、1938年。还有黑尘暴。在托皮卡这里，你最远只能看到三个街区。1935年春天，我见到了罗斯福。他把当时的农业部副部长威尔逊派到了这里。我们花了两天时间开车穿过堪萨斯州，当时的能见度特别差。我跟他讲了我们的洪灾和干旱。最后的结果是，罗斯福总统推出了一个农用水塘计划。联邦政府提供资助。在那之前，农民们已经尽了自己最大的努力。现在，你在州里还能看到这些农用水塘。

农场的抵押贷款都快到期了，这也是接待大厅挤满了人的原因。我在每个县里指派了一个由三名成员组成的调解委员会，这也是罗斯福先生计划的一部分，目的就是尽可能地把还款时间延后。很多时候，我都亲自给本地的银行和保险公司打电话，让他们同意延期偿付。既然银行家有假日，为什么农民们没有？我们是首批宣布抵押贷款延期偿付的州。法庭宣布这是违反宪法的，所以我们组建了调解委员会。事实上，我们暂停了所有农场售卖。在堪萨斯州没有发生暴乱。

我和罗斯福先生的关系一直很好。我每次去华盛顿都会拜访他，向他表达我的敬意，但我也理解他的时间宝贵。他从来没让我等在他会客名单上那些名字的后面，而我有一次反倒让罗斯福夫人和马歇尔将军等在后面。有些激愤的民主党人批评过我，不过我不放在心上。

"新政"实践了农业学院一直在教授的土地管理。这些计划在那个时候是必要的。1936年，我提出进行长期的土地使用研究，这是之前从未有过的。有两项用途是我们之前很少想到的：开垦和休闲。

1936年，共和党为什么提名你当总统候选人？

那次竞选是从最基层开始的。我对这个不怎么上心。我的几个朋友组建了一个委员会。我的竞选策略是这样的：我不会与受爱戴的候选人作对。但是，我想这就像一场山火。俄亥俄州的议员团希望提名我，他们说这次竞选的费用将由一家大型连锁银行的老板提供。我说："这正是我不答应的原因，我不愿意接受任何人的恩惠。"我一直都只做我自己。

在竞选中，我们接受捐款的上限是两千五百块。罗伊·罗伯茨（Roy Roberts）[02]说他这辈子都没见过这么多钱摆在候选人的眼皮子底下。胡佛在全国代表大会上讲了话，会议是在克利夫兰召开的。弗兰克·诺克斯后来告诉我，他们当时有个计划——就胡佛竞选的事情达成一致。他很想再次竞选，不过没有太多支持。

他们为什么会选中你——共和党里的进步派，一个老派的公麋党

---

[02] 他在《堪萨斯城星报》工作了五十六年，先后当过记者、编辑和总裁。

人[03]？

（1914年，他是公麋党的县主席。1922年，他退出共和党去支持恩波里亚的编辑威廉姆·艾伦·怀特作为独立候选人竞选堪萨斯州州长，以此反对三K党。）

我不知道。

你对新政计划有很多不同意见吗？

没有太多意见。我在发给全国代表大会的电报中提出，我希望能发布一份支持金本位的声明。政纲委员会——如果你想用现在的说法，那就是东部权势集团（笑）——都认为问题不过是有一点通货膨胀。我表示了不同意见。"喜欢乱投票"的草原州站在我这一边。我详细解释了有关社会保障的政纲。这是在唱票之前。我明确表示他们的政纲不适合我。可他们还是一致同意提名了我。（笑）我的感觉可能和本党的代表而不是政纲委员会更接近。

一些坚定的共和党人指责我是个太过自我的新政派。他们看不到顺应时代潮流的必要性，与这个时代脱节了。

这种所谓的福利国家是社会主义与资本主义的一种独一无二的组合，我们最好让它能够顺利运作。这个话我说过好多次。在竞选的时候，我从未在任何演说中用过"社会主义"这个词。我不怕"温和的社会主义"，我更怕"温和型的通货膨胀"。

一直以来，我都认为如果我们能让金融系统良性运转，承认劳工保护自己、妻子和孩子的权利，承认农民组织起来的权利，我们就能走出困境。我一直都赞成劳资谈判及为农民开展合作社项目。

如果我们从共和党和民主党现在的立场来看罗斯福先生的计划，他

---

[03] 公麋党（Bull Moose）是1912年成立的国家进步党的昵称，因其领导人西奥多·罗斯福自比为公麋而得此雅号，该党于1916年解散。——译者注

无疑是相当保守的。我从来没有谴责过罗斯福的目标，我不满的只是他那届政府。

你觉得是"新政"拯救了我们的社会？

总体而言？（停顿了一下）是的。

总而言之，现在所有政府面临的基本问题就是保持从底层到高层的流动渠道畅通。这可以通过劳资谈判及合作社实现。

在我看来，你更像是个被错误的党派提名的人民党。

他笑了笑。接下来谈了谈早期的人民党，他们对许多改革所做的贡献现在都得到了认可。他表达了对鲍勃·拉福莱特的崇拜。

那些东部的银行家担心你吗？

我不知道。他们中的许多人都是支持我的。他们知道我的想法。可能他们只是太绝望。（笑）

1930年，当参议员拉福莱特——也就是小鲍勃——提出将一百亿资金用于公共事业建设的法案时，如果我是胡佛先生，我会全力支持并通过。我们需要那些大坝，它们后来用在了防洪和河流污染治理上，但胡佛否决了那项法案。

1936年我竞选失败的时候，觉得没什么大不了的。我本来可能去参议院的，可我觉得共和党需要一个没有竞选公职的领袖。政治于我而言只是副业，不是我的正职。

你有没有想过自己可能会赢？

只有一次。当时我在纽约参加麦迪逊广场花园会议，堪萨斯州的前州长亨利·艾伦（Henry Allen）接到了《文学文摘》编辑打来的电话：过来看看我们的民意调查，兰登要赢啦。那天晚上，我都开始准备挑选我的国务卿啦，然后，然后我就醒了。（笑）

你能解释一下《文学文摘》的民意调查吗？

解释不了。（轻声笑）我觉得他们故意加了权。

我要去纽约参加第五大道的盛大游行，途中在纽瓦克市稍作停留。我问艾奇州长在新泽西州胜出的概率有多大。他说："没可能。"他又问："你在全国胜出的可能性有多大？"我说："没可能。"一个年轻的小伙子坐在角落里，我以为他是艾奇的人，其实他是个记者。艾奇激动地跳了起来。"我来给他的报社老板打电话。我认识他，他是共和党的。我让他们别发消息。"我说："你快坐下来。我来处理这个事。"那个年轻人被吓着了。我给他们报社的编辑打了电话，说道："你的记者完全有权报道那件事情。如果你把消息刊登出来，我一个字都不会否认。不过，你最好别这么做。我不会给你的老板或任何人打电话。你的记者就在这里，这完全取决于你。"他们最后没有刊登出来。

那次竞选也有过好时候。我受邀到联盟俱乐部（Union League Club）讲话。那是他们每年一度的林肯日晚餐。我说：不，我不会去的。有人跟我说，在共和党全国代表大会上获得提名的人，没有不去联盟俱乐部发表演讲的。我说："那又怎样？"（轻声笑）

第二年，我到底还是在那里讲了话，就在我输掉竞选之后。我在那里碰到了雷·莫利。他说："你知道罗斯福在竞选中最怕什么吗？"我说："我觉得他什么都不怕。"莫利说："他怕自己的广播节目听起来太完美，听众会觉得那是事先编排好的。"我说："是的。在广播讲话中讲究对仗是很占便宜。"我这个人说话不爱打草稿。我想我讲话中有太多对仗了。（笑）

我得到了每个民主党提名候选人的支持，除了科克斯。我在纽约开大会的时候，房间里挤满了人。阿尔·史密斯也在那里。我之前从来没见过他。他要离开的时候，我说："州长，我只是想让您知道——我非常理解您在决定支持我这个共和党人之前犹豫了那么长时间。想想那些为了您提名州长而辛勤工作的人们，那些冒着雨雪出门为您投票的人们，那些把您的竞选卡片钉在这个州各处的树上和栏杆上的人们。我知道，只因为您相信美国处在一个非常危险的关口，您才会支持我。"阿尔的眼睛里饱含着泪水。他说："我知道你会理解的。"然后，他转身走了出去。

你觉得他真的认为……我们的国家处于非常危险的境地？

是的。

你也这么认为？

并没有。

返回机场的路上，载我的是一位四十八岁的出租车司机。他是"二战"老兵。

"对阿尔夫·兰登这个名字有印象吗？"

"有。他当过州长。那时我还小呢。他甚至还竞选过总统。"

"他的对手是谁？"

"记不得了。我记得他参选只是因为他是堪萨斯州的州长。"

"富兰克林·罗斯福。"

"哦，对。就是这个人。"

"你对罗斯福怎么看？"

"他带领这个国家走出了大萧条。没错，我还记得。我有些担心还会再来一次……"

林中景色

克里斯托弗·拉希（Christopher Lasch）

美国历史学家，著有《美国新激进主义》(*The New Radicalism in America*)和《美国左派的苦恼》(*The Agony of the American Left*)。

三十年代初期，大家会谈到革命的可能性。那是大萧条最苦的几年，尤其是1934年，休伊·朗、考福林和汤森医生这样的人物支持当时那股异议的风潮。当时有各种各样的自发行动，像是艾奥瓦州的农民运动。有的地方的居民很担心革命的危机正在酝酿。这种恐惧——不是对革命，就是对某种形式的暴乱的恐惧——在白宫和议会中也催生了一种紧迫感，可能推动了1934年年末和1935年各项改革方案的通过。

现在回想起来，我认为美国在三十年代早期并不存在革命的风险，那时候并不是那种如果不实施新政改革就会导致社会主义革命的状态。当时需要精力充沛而又具有相当权威的领导人。实业家叫嚣着集中控制，甚至将有些行业国有化。哈罗德·伊克斯在他的日记里谈到，实业家们拥进华盛顿，要求政府接管石油行业。在我看来，如果当时没有一个像罗斯福这样强有力的领导出现，那就会蓄积起一股压力，和导致墨索里尼在意大利上台的那种压力一样。换言之，我们可以想象政府被迫采取极端措施，不过我认为事情会朝着左翼的方向发展。

全国工业复兴总署是个鲜明的例子，向我们展示了新政是如何发挥作用的。各方的观点都顾及了，各种顾问被召集到一起。人们聚集在一起，有时候就是被关进一间屋子讨论。罗斯福说：不管什么办法，你们总得想出一个来。结果就是在劳工想要的东西和企业想要的东西之间求得一个平衡。早期新政实现的妥协都像这样具有片面性。企业得到的好处就是反垄断法暂时失效，劳工则得到某种形式的认可。

二十年代，公司和贸易协会呼吁推出新的反垄断法，可以免除定价这类活动的责任。因为大萧条，再加上新上任的总统不像胡佛那么教条地崇尚自由主义，他们一直到1933年都没有达成目的。

如果最高法院没有宣布全国工业复兴总署违反宪法，国会也可能会投票反对它继续存在下去。因为当时的小企业和博拉[01]这样保守的进步派都在强烈抗议。

全国工业复兴总署的主要宗旨是抬高价格和刺激投资。如果没有这种卡特尔式的措施，这些都是无法办到的。它的另一个目的就是通过给劳工扔根骨头来保持产业和平。

在史学领域中，有两次新政的说法。第一次以全国工业复兴总署和农业调整局为代表，是一种匮乏经济；第二次旨在提高产量和认可劳工的权利。

不过，之后的政策就没有明确的分界线了。就我所见，整个新政确实很混乱，一直在尝试各种各样的实验措施。所有改革最直接的目标，就是不管采取什么措施，都要结束大萧条。在没有明确政策的情况下会出现什么结果，这就是很好的案例。

不过这并不是我想针对新政表达的观点。人们回顾三十年代那些狂热的举动时，商界形成了两派不同的观点，不过他们对美国社会的设想是一致的。

---

[01] 威廉·博拉（William Borah），爱达荷州的参议员。

那就是美国将一直是资本主义社会,这一点是毫无疑问的。其他的可能性从一开始就被排除了。与此同时,也出现了一系列严肃认真的观点。尽管大家的设想是一样的,但是两种不同的观点还是显现了出来。一边是所谓的开明企业家,代表着进步的大型公司的观点,他们意识到管控的必要性,承认劳工在工业企业中合伙人地位的必要性——资质浅、处于较低地位的合伙人。他们提出要承认劳工进行劳资谈判的权利,以及实施福利计划,目的就是阻止他人提出更为极端的方案。

另一边,有人坚持自由主义的观点,这些措施都不合他们的意,部分原因就是它们有损那些小规模独立机构的利益,全国工业复兴总署就是最好的例子。不管新政如何粉饰,它显然是为大公司的利益服务的。

那些被排除的可能性是什么?

我不确定当时是否真的存在这些可能性。举例来说,社会主义从一开始就被排除掉了。就我所知,这种观点不是新政派提出来的。

回过头这么讲有些残酷,而且在某种意义上歪曲了人们在三十年代的经历。有人可能会说,相较于六十年代的舒适氛围,新政措施就是缓和剂,但对生活在三十年代的人而言可不仅仅如此。在很多情况下,它们事关生死。

三十年代的评论家几乎没有感受到革命的情绪。所有人几乎都在描述着同样的沮丧感、迷失感、无力感和羞耻感。失业似乎更多的是一种羞辱,而不是阶级剥削的证据。是他们自己的错。资本主义社会的危机不一定会引发革命或让人觉得有其他的选择,除非人们意识到在另一种社会秩序下,不会发生这样的灾难。人们认为萧条和地震、洪水这样的自然灾害是一样的,而不是社会灾难。事实上,这就是社会灾难。

一开始,人们不得不很严肃地考虑其他的可能性。大萧条之前,有关其他出路的讨论几乎没有,这也部分说明了为什么人们会产生那样的反应。

批评罗斯福政府没有提出社会主义这个问题是没有意义的。你也不应该指望他们提。当你说三十年代没有提出像社会主义这样的可能性时，这批评的不是罗斯福，而是美国左翼。

从"一战"之前的美国社会党与三十年代共产主义分子的差异中，我们可以得到一点启示：工会运动是他们最关心的问题，可是社会党尽他们最大的努力将工人发展成为社会党人，通过这种活动，让人们意识到还有其他的社会组织形式，而共产主义分子的组织活动就好像它们本身就是目的所在。

整个美国左翼都是失败的。如果"一战"前的社会党在三十年代仍然活跃，遵循他们早期的行事风格，致力于宣传社会主义思想，与此同时还能认识到它的支持者——也就是工人——最迫切的需求，更主要的是，不要因为改革延迟了觉醒的时间就认为所有改革都是不好的，那么，情况可能截然不同。

当时有的是左翼，和现在没有太大区别，他们在眼前的革命危机和一种让谈论其他可能性都变得不可能的改良主义之间摇摆。

现在谈革命的人低估了美国资本主义的能力、韧性和创造力。不管你怎么评价新政，它确实是一种创新。美国的资本主义除了极其丰富的资源，还有能力让其他的可能性成为不可能。

罗伯特·A. 贝尔德（Robert A. Baird）

他住在偏远的西北部城市，是一家大型企业集团的总裁，他是当地最有权势的人之一。他参与了许多慈善事业。

我的父亲一辈子都是销售员，做得相当成功，尽管他只念到了小学五年级。二十年代金融形势一片大好的时候，他把债券都卖了。他打工的那家公司破产了，公司总裁因为负债太多，自杀了。

我的父亲又回去卖起了卡车，不过那个时候一辆卡车都卖不出去。我们有时候都不知道晚上有没有东西吃。现在，我把这些讲给孩子们听，他们觉得自己的老爸简直是疯了。

父亲失去了他当时贷款买下的房子，我们租房子住了一阵。他破产了，这在当时是司空见惯的。他精力异常充沛，拼命干活儿，可他还是很担心能否养活我们这一家子。我现在非常理解那些黑人男性，因为我看到过父亲的处境。

不过，他从不怀疑，他相信这个体制，他就是在这个体制里长大的。他是个很擅长给人鼓劲儿的人，就像许多出色的销售员一样。你不得不相信。因为他接受的教育有限，他坚持必须让自己的儿子、女儿都去上大学。他做到了。

华尔街股灾爆发的时候，他说起了我们在那一天损失的钱。他并不认为我们的体制出了什么问题，怪只怪少数投机者。这在当时是一个很流行的论调。他当然是错的。社会需要彻底的改变。罗斯福带来了这些改变。不过，这就是他的那股销售员的精神。

底特律在走下坡路，汽车工业裁了很多人。他们开始组建工会。在一段时间里，他们把所有人都组织了起来。我记得在史都华餐厅，有人吹着口哨，女服务生都坐着。人们都在反抗自己所经受的苦难。还有什么更好的办法呢？

我还记得福特工厂里的大麻烦，荣格工厂里爆发的冲突[02]。那是一次大规模的示威活动，游行的人嘴里喊着：我们要面包，你给我们子弹。很有意思，这么小的事情却深深印在了我的脑子里。

---

[02] 1937年，荣格工厂冲突不断，一边是福特公司的保安人员，他们一直抵制美国产业工会联合会；另一边是汽车工人联合会的组织者。拉弗利特委员会随后举行了听证会，证实了工会对公司暴力的指控。

我大学毕业之后到帕卡德工厂（Packard Plant）工作。我希望自己最终能站到劳资关系中代表企业的那一方。在那里干了六个月之后，我理解了那里的工人及他们的不满。我当时在装配线上工作，我到现在都记得我的工号——FSG348。那是1937年。

关于雇用关系，我学到了很多。我学会了不能怎样对待工人。那个时候，他们在帕卡德工厂干了很多招工人恨的事情。

他们有时会让火车开到工厂来，工人来上班的时候他们经常这么干。这样一来，你就会被火车耽搁十五分钟到二十分钟。如果你迟到一分钟，就会被扣掉三十分钟的薪水。当时就是这样。没有什么借口好讲。我还记得自己跟工头反映这个事，一点儿用都没有。

当时我们正在为纽约车展生产1938年款汽车的新车型。在装配线上，每个人的工作速度是一定的。如果他们改变了速度又没通知你，那么很快你就落到了下一个人的工位上，你想努力跟上节奏，但这个底盘跑到你前面去了。整条流水线上的情况都是这样。最后，你不得不停掉这条装配线。没人想停掉装配线，这样一来，你肯定会挨骂。

我还记得他们调快了装配线的速度，结果每个人都在妨碍别人的工作，最后他们在那里大叫：停掉流水线。我们的大工头史蒂夫大概有三百磅重，沿着装配线一路走一路骂：到底出什么问题了？工会那会儿才刚成立。工会管事说：我们不干了。

一个小时之后，工厂经理和工头出来了。管事把整件事解释了一遍。经理说了对不起，向工人们道了歉。他说："有一列火车还等着把我们的车运到纽约车展上去。来年的业务全指望我们在车展上有个好的开始。"管事说："你之前怎么不跟我们讲。我们会把这些车弄好的。"他们让这些年轻人把速度加快了一倍。没人抱怨。

我永远都忘不掉这件事教会我的东西。如果你告诉工人要干什么，以及为什么要这么干，他们就会非常配合。在这里，我始终这么认为：如果我们站在工会的立场并做出合理的解释，就能让他们接受合理的计划。但是，如果你颐指气使，他们是不会忍的。

1937年12月，我被裁掉了。当时汽车业正处于衰退期。在底特律，一旦汽车工业走了下坡路，一切都会走下坡路。

我给大学期间面试过我的那些公司写了很多信。一家大型邮购公司问我愿不愿意到公司所在的城市去，他们可以给我一份工作。于是，我坐公交车赶了过去。从底特律到那座城市的车费是六块钱。我得到了那份工作。

回公交车站之前我还有一个半小时可以消磨。于是，我去看了看在我现在这家公司工作的一个人，上大学的时候他也面试过我。我想，跟他结交一下也不错。他说服了我留在他们公司工作。于是，我又给之前那家公司打了电话，说我不去了。

汤姆，罗伯特的小儿子

二十一岁。为了逃避越战兵役，他现在躲在加拿大的某个地方。

我的父亲讲起大萧条，总是一副说教的口气。他想从中总结点儿小教训。没错，聊起这个话题，他总有个小故事要讲。对他来说，这有点儿像是他的光辉岁月。这让他成为一个极端主义者：他的道理哪儿都套得进去。关于一个国家的目标应该是什么，一个人在上学的时候应该做好什么准备，他的观点非常极端。也许因为大多数人持这样的观念，它就不叫作极端主义了。可它就是。

你听到的都是些陈词滥调。美国人总是在说："我一点儿都不喜欢我现在干的事，但我得挣钱。我打算将来去干更重要的事情。"与此同时还要挣钱。这就非常极端。那些挨过大萧条的人全都彼此认可，互相扶持。

他们听不得其他意见，他们管那叫极端。在一家大公司里，你不能指望每年赚一样多的利润。你会倒闭。一家发行股票的公司要想活下去，它的利润就要不断增加，对我来说，这不像是可以管用一百年的办法。他们建设的福利资本主义是不容否认的……

我父亲很圆滑。他总是说些我们爱听的话。一天晚上，我们在放比莉·哈乐黛的一首歌，他就开始说她其他的歌。你看，他真的会说："我跟你们是一伙的。"他工作的时候也用这一招。

他在福利资本主义里如鱼得水，因为他清楚怎么跟工人打交道。他总是说工会是最好的。我敢肯定在真正的工会沦为给公司服务的工会的过程中，他肯定也是滑头的工人。工会现在就是这样的。所有这些都是他从大萧条里学到的。那是他的战争。

彼得，罗伯特的大儿子

二十四岁，大学毕业生。他在学生争取民主社会组织（Students for a Democratic Society）做全职组织者，沿着西海岸招募成员。

作为一个人来讲，我的父亲是个好人。他的用意总是好的，动机也很高尚。他真心觉得扩张福利资本主义就是在为这个世界上的人做好事。[03]要理解一个像我父亲这样的人，重点在于，在这样一个国家，一个人是

---

[03] "这个国家很搞笑，如果你用正确的名字称呼它，就会被贴上激进的标签。在大多数国家，人们都会给自己的经济体系一个名字。我们应该说自己的经济体系是资本主义，就像他们说自己的是社会主义。然后，要么维护它，要么攻击它。我们用了一个政治定义——民主，而不是它的经济定义——资本主义。这是我们公共关系运动的结果……"

好是坏是无关紧要的，人们都扮演着特定的角色，他们表现出的态度和他们所扮演的角色不太一样。你可能不介意和他这样的人共进晚餐，但他在这个社会里却扮演着坏人的角色。

我很肯定，大萧条对我父亲这一生都产生了重要的影响。很多上了年纪的人看着如今的年轻人都会说："这些浑球儿，从来没经历过大萧条，看看他们都干了些什么！"我觉得这种态度是没什么道理的。我的弟弟和我经历的是一段历史，他经历的是另一段。我不是因为他的经历指责他，而是为他现在所扮演的角色指责他。

大萧条的时候，人们走投无路，恐惧。当你陷入那样的绝境，什么救命稻草都想抓在手里。对这些人而言，那就是军费开支，也就是战争。[04]

我们没有经历过大萧条。在我们长大成人的这个时代，上学就像去工厂。不过这并不完全一样：我们在物质上更加富裕。但学生所面临的情况跟大萧条时代工厂的情况越来越像。在他人眼里，我们不是渴求知识的人，我们是被制造出来的，被教育着去扮演特定角色。我们被集中起来，按不同的职业需求分门别类，与此同时，我们又长时间地找不到工作。因此，我们成熟得越来越晚。

因为所受的教育及交流的本能，许多年轻人非常认同这个世界其他地方的人。我们是在大萧条之后成长起来的，以为所有地方都是这样的富足社会。然后，现实给了我们当头一棒：这个世界上还有三分之二的人口在挨饿，被控制着我们大学的那些公司剥削。我的父亲就是我们这里一所一流大学的董事会成员。另外，他还是一家银行的董事会成员，那

---

[04] "我们可以说社会里的诸多矛盾都通过新政立法、应急措施及工会机构解决了。但是，这个国家不能再像大萧条和'二战'之前那样靠地理边界来界定自己。你见过大通银行的广告吧：里约有我们的网点，世界各地都有我们的网点。这是个全球体系，而且正在崩坏。在越南、瓜地马拉和莫桑比克这样的地方，不管有没有爆发革命，它都会影响到我们。资本主义跟以前已经不一样了……"

家银行和南非有许多业务往来。

从很多方面来讲，他都算得上一个慈善家。这也是那些所谓成功人士的处事方法，体现了一种竞争心态：我成功了，现在，我可以帮助别人了。竞争的真相是这样的：有一副事先作弊洗好的扑克牌。一些人就为了一点儿残渣打倒另一些人，而赚到大头的却是那些拿到作弊扑克牌的人。

父亲确实想了解我们。他最希望看到的就是我们恪守他宣扬的那些价值观。可是，当我们的所作所为变成了更加幼稚的消遣，他就感觉受到了威胁。他没法真正面对这个，因为我们的说法是：我们想要构建一个社会，在那里，他这种人没有立足之地。

（语气变得柔和）他曾经跟我说过，在我们这些孩子当中——一共五个，我是最可能成事的那个，甚至有可能接他的班，成为那家大型企业集团的总裁。他一直都觉得我有成为领导的头脑和动力。我觉得他一定对我很失望，但还存着这样的希望——我在经历过这个阶段之后就会走到正道上去。

他的大部分野心、动力和能量源于大萧条。这一点我很肯定。我也有很多能量，可我没有他那种经历。

他总是瞧不起三十年代里那些极端的大学生。他叫他们异类——脑子有病的年轻人……

附记：彼得后来成为学生争取民主社会组织中气象员派[05]的主要代言人之一。

---

[05] 气象员派（Weatherman）的前身是美国大学生民主会，于二十世纪六十年代初成立。起初，美国大学生民主奉行非暴力原则，经常举行游行、抗议、集会等活动，参加者主要是美国各大学的学生，与其他国家的大学生也有联系。——译者注

校园生活

宝琳·凯尔（Pauline Kael）

1936年，我去伯克利读书的时候，许多同学已经失去了父亲。有的父亲很不体面地四处晃荡，因为他们养活不了家人；有些父亲选择了自杀，这样家里人就能拿到保险赔偿金。家家户户的日子都过不下去了。每个父亲都觉得是自己的问题。这些中产阶层显然还没搞清楚到底发生了什么，于是他们选择了自杀。

当时，大萧条还没结束。有的孩子连睡觉的地方都没有，只能在学校的桥底下缩成一团。我有奖学金，但有些时候还是没东西吃。很多时候，三块糖就是一顿饭。我们住在一起就像一家人，我会煮好多意大利面，分给同学吃。

那个时候，大学里还有不少学生穿得很讲究，这让人觉得很尴尬。我现在还讨厌那些穿着羊绒外套、戴着珍珠首饰的兄弟会、姐妹会的成员。我到大学讲课的时候，对那些穿着过分讲究的学生仍有这种感觉。这并不是因为我想要这些东西而妒忌他们，而是因为他们根本不明白当时的社会状况。

我一个学期上七门课，一个月赚五十块。我想我是伯克利校园里唯一在劳工局工作的女学生。我们正努力争取让大学里的最低工资涨到一小时四毛钱。那些打扮入时的学生不会理解我们的苦处。努力改善学校各种条件的穷学生和压根都不关心的富学生之间有一道真正的鸿沟。

三十年代末期，伯克利就像一口大锅。你一旦被这所学校录取，马上就会接到托洛茨基分子和斯大林主义者伸出的橄榄枝。我十六岁就被录取了，这在当时是很了不起的。我加入了助教工会。我们也有自己的马里奥·萨维奥（Mario Savio）[01]。他现在是专打破产官司的律师。我们选了一个自由派当学生会主席，这在当时是个奇迹。

在旧金山，兄弟会的成员通常受雇去破坏罢工，包括一些运动员和学工程的学生，穷学生则在为每小时赚四毛钱而努力。学校管理层一直靠兄弟会来镇压学生运动。

现在不同了，兄弟会和姐妹会的权力小多了……

罗伯特·加德（Robert Gard）

威斯康星大学戏剧学教授。

9月的一个早晨，我兜里揣着从本地银行借来的三十块，出发到堪萨斯大学去读书。我有一套西装、一个领结，还有一双鞋。妈妈在我的两个木头箱子里装满了水果罐头和蔬菜。我爸爸是一个乡下律师，有人用一辆1915年的别克房车抵了律师费。那辆车有点儿破，但足以把我送到目的地。后来，它散架了，再也没法开回家。

我不晓得三十块能撑多久，但它必须得撑很久，因为除此之外我一无所有。学费交了二十二块，还剩下八块。走运的是，我找到了一份给

---

[01] 马里奥·萨维奥，美国著名政治活动家，曾是美国加州大学伯克利分校"言论自由协会"的领袖。他以激情的演说著名。——译者注

法学院院长开车的差事。我就是这样撑过第一年的。

搞到一磅火腿能让人乐到天上去。你花五分钱买下来，拿到联合太平洋铁路公司（Union Pacific Railroad）的铁道边上野餐。大家愉快地聊天，有时候还会在堪萨斯河里游个泳。

我一个朋友全副"武装"地来到学校。他有一辆福特T形车，可能是1919年的车型。他把这个东西鼓捣得跟个房子一样，他整年都住在里面，就在这辆福特T形车里做饭、睡觉和读书。我永远也搞不懂他是怎么办到的。我有一次上他那儿吃晚餐。他用车里的小炉子做了一顿相当不错的饭菜。他是个很优秀的学生。我不知道他现在在哪儿，不过，如果他在哪家大公司当老板，我应该不会意外。（笑）那时候就是这样，得坚持下去……

我觉得那些穷学生可能坚持不下去。很多人垮掉了，很可能是因为营养不良。就我所知，有不少学生在挨饿。

有的人干了些奇奇怪怪的活儿。例如有一家生物公司，愿意花很少的钱买蟑螂。我想他们可能是要用蟑螂做研究。有的学生每天晚上都在抓蟑螂，用盒子把它们装起来，卖给这家公司。

我记得我们曾经举行过热火朝天的学术讨论，还有许多新运动。在文学领域，还有一种叫无产阶级小说的东西。此外，还有联邦剧场和活报剧[02]。我们第一次有了社会意识，我们开始思考自己及所身处的社会。

我们大多来自乡下。对我们来说，这些观点在一定程度上还很陌生。在这之前我们从未想过这些问题。这是一个必经阶段，它让我们开始直面这些经济问题和其他问题……总而言之，一个痛苦但荣耀的时代。

---

[02] 活报剧（Living Newspaper）是一种以应时性、时事性为特征的戏剧演出形式。这类剧目能及时反映时事以达到宣传的目的，就像"活的报纸"。——译者注

钱斯·斯托纳（Chance Stoner）

华尔街的金融顾问。

"事实上，就我的生活而言，二十年代和三十年代没什么不同。我生活在弗吉尼亚州的一个小镇上，那里特别穷。二十年代，乡下有五千家银行倒闭……我的父亲是一个打字机推销员，尽了他最大的努力……"

他们给了我一百元奖学金去弗吉尼亚大学读书。当时是1931年，这相当不错了。母亲也给了我一百块。我有一条卡其裤、一双运动鞋，还有一件卡其衬衣。这是我的全部家当。

大学第一年，我组织了一个马克思主义学习班。学校的学生分两拨，大约九百个有汽车，还有大约九百个有工作或奖学金，另外九百个介于两者之间。这里真的有阶级斗争。学生会由那些开汽车的学生和兄弟会的成员说了算，兄弟会在街道上有三十三处希腊式的豪华住所。于是，我把另外九百人组织起来，把学生会从他们手里夺了回来，并改写了章程。

我一半的时间都花在激进活动上。我还试图在夏洛茨维尔[03]组建一个工会，把黑人带到学校来演讲。重建时期[04]以来，这还是第一个黑人在我们这里演讲。他是个老派的社会党人。

他认为奴隶制是对的。他禁止我们用学校里的地方。当时，我每周都给学校的报纸写专栏。于是，我就开始攻击这位院长："是怎样一个心胸狭窄的人继承了杰弗逊先生的大学？"（笑）这篇文章在东部沿海地区的报纸上都登遍了，还上了好些报纸的头版，比如《纽约时报》。（笑）

校长派人来找我。他那儿有一沓五英尺厚的剪报。他说："看看你都

---

[03] 夏洛茨维尔，弗吉尼亚州中部的一座城市。——译者注
[04] 重建时期，指南北战争后南方各州的重建时期。——译者注

干了些什么！"（笑）我说："这不是我的错。那个人受到了正式的邀请，完全有资格在这里演讲，而且他还要去新教圣公会教堂去演讲。"那位院长是教堂的会使之一。所以，我们的日子很不好过。

学校的人行道上写着标语："打倒帝国主义战争！要奖学金，不要战争！"我再次被叫到了校长办公室。他问我能不能阻止那些人在人行道上写标语。我对他说："我们很愿意遵守学校最基本的规章制度。如果秘密社团和兄弟会也不能在台阶或人行道上写东西，我们也不会的。"他带我走到窗前，窗外就是用紫色的大号字体写的标语："打倒帝国战争！"他说："你们至少也要把单词拼对吧！"（笑）

1935年，为了和平示威，我们是所有大学当中第一个正式停课的。你猜演讲嘉宾是谁？马修斯（J. B. Matthews）。他后来去了非美活动委员会，是戴斯的办公室主任。就是他发明了整套文件对照系统，还有战线理论，等等。他才华出众。他一开始是新教牧师，后来转向社会主义，最后倒向马丁·戴斯。没有他，就不会有后来的乔·麦卡锡。我们为他停了课……哦……

我那时可没少惹麻烦。（笑）真希望现在还是这样。

**Hard Times:
An Oral History of
the Great Depression**

Book
Four 第四卷

勉强过活

爱德华·伯吉斯（Edward Burgess）

这曾是家很高级的酒店。和大部分房客一样，他也是领养老金的。他的房间里到处可见老式的小电器，有可以用来协助做家务的小型工具，还有一个台式收音机……"这些东西，电池组啊，都是我自己做的。我现在还有事情要做。我还有一套工具，你看了准保目瞪口呆，值两百块呢。各种各样的工具……"

他八十二岁。三十年代，他有一份稳定的工作，在唐纳利公司做印刷工。

我在橱窗里看到了这台斯图贝克[01]汽车。我跟梅讲，我们买下来吧。于是，我们就走进去，掏出六百块买了这辆车。这是我们身上所有的钱了。销售经理叫康普顿，我跟他讲这就是我们想要的车。于是，我们叫了几个人把车推出来，给轮胎充了气，又加了几加仑的油，沿着公园南路就把车开走了。我们开着车到处转，去了菲尔德博物馆……这车可是六轮驱动啊。

---

[01] 斯图贝克（Studebaker）曾是美国的豪华汽车品牌，该公司由德国移民创建于1852年，1966年倒闭。——译者注

唐纳利公司的工头说："你这是为美国走出大萧条做贡献啊。"他也买了车，是一辆新福特。我说："如果现在每个人每天都比平时多花一毛钱，我们很快就能走出大萧条。"（笑）我是这么说的。我觉得就是这样。因为我们一直在挣钱，从来没有失业，没理由不这么想。

你是什么时候意识到大萧条来了？

我真的没有太关注这个。我的看法是：如果没人做广告，就说明没有生意。你做广告，总得把它印刷出来吧。你明白吧？

大萧条期间，你的生活水平有变化吗？

没什么变化。我从不乱花钱。酒也喝得不多，到处喝，但只喝一点儿。不过从某种意义上来讲，我也是个大方的人，总想着去帮助别人。大萧条对我没什么影响。

我曾经为别人在贷款公司做过担保这样的事情，两三次吧。事实上，我就为韦恩堡的一个家伙做过这事。他后来溜之大吉，我只好把贷款还了，一共五十五块。1919年，我的父亲死了，当时他正在去俄亥俄的火车上。我希望把他和妈妈葬在一起。我总是想着给其他人帮忙。

你还记得为领救济排的长队吗？

就我看到的，芝加哥没有这种情况。

比利·格林（Billy Green）

三十年代，他的诸多产业当中还包括赌博公司。

对我的影响不太大。我没有股票。我不信任那个时候的股市，对现在的股市也不太感冒，你懂我的意思吧。（笑）股市就像吹牛或赌马。你总是听说这个赚了那个赚了，你从来没听说过有人亏了。我跟你说，输

勉强过活

爱德华·伯吉斯（Edward Burgess）

这曾是家很高级的酒店。和大部分房客一样，他也是领养老金的。他的房间里到处可见老式的小电器，有可以用来协助做家务的小型工具，还有一个台式收音机……"这些东西，电池组啊，都是我自己做的。我现在还有事情要做。我还有一套工具，你看了准保目瞪口呆，值两百块呢。各种各样的工具……"

他八十二岁。三十年代，他有一份稳定的工作，在唐纳利公司做印刷工。

我在橱窗里看到了这台斯图贝克[01]汽车。我跟梅讲，我们买下来吧。于是，我们就走进去，掏出六百块买了这辆车。这是我们身上所有的钱了。销售经理叫康普顿，我跟他讲这就是我们想要的车。于是，我们叫了几个人把车推出来，给轮胎充了气，又加了几加仑的油，沿着公园南路就把车开走了。我们开着车到处转，去了菲尔德博物馆……这车可是六轮驱动啊。

---

[01] 斯图贝克（Studebaker）曾是美国的豪华汽车品牌，该公司由德国移民创建于1852年，1966年倒闭。——译者注

唐纳利公司的工头说:"你这是为美国走出大萧条做贡献啊。"他也买了车,是一辆新福特。我说:"如果现在每个人每天都比平时多花一毛钱,我们很快就能走出大萧条。"(笑)我是这么说的。我觉得就是这样。因为我们一直在挣钱,从来没有失业,没理由不这么想。

你是什么时候意识到大萧条来了?

我真的没有太关注这个。我的看法是:如果没人做广告,就说明没有生意。你做广告,总得把它印刷出来吧。你明白吧?

大萧条期间,你的生活水平有变化吗?

没什么变化。我从不乱花钱。酒也喝得不多,到处喝,但只喝一点儿。不过从某种意义上来讲,我也是个大方的人,总想着去帮助别人。大萧条对我没什么影响。

我曾经为别人在贷款公司做过担保这样的事情,两三次吧。事实上,我就为韦恩堡的一个家伙做过这事。他后来溜之大吉,我只好把贷款还了,一共五十五块。1919年,我的父亲死了,当时他正在去俄亥俄的火车上。我希望把他和妈妈葬在一起。我总是想着给其他人帮忙。

你还记得为领救济排的长队吗?

就我看到的,芝加哥没有这种情况。

比利·格林(Billy Green)

三十年代,他的诸多产业当中还包括赌博公司。

对我的影响不太大。我没有股票。我不信任那个时候的股市,对现在的股市也不太感冒,你懂我的意思吧。(笑)股市就像吹牛或赌马。你总是听说这个赚了那个赚了,你从来没听说过有人亏了。我跟你说,输家总是比赢家多。

每次只要你猜，你就会输。如果想赢，唯一的办法就是让别人去猜。我的理论就是：永远不要去猜。在生活里永远不要表明自己的立场，你让其他人先去猜。你总会得到最好的结果。那样的话，你不可能犯错误，你永远都是赢家。关于这一点，我已经证明成功的生意人，被股市崩盘摘掉下了。唉，我还记得当时的恐慌。一片混乱。

那个时候，我身边的所有人——都是些那么多次了。

我从没打过工，都是自己创业。我还算幸运。你得有上帝保佑，得让他一直庇护你。我愿意行动。

我的生意从卖果汁的小摊到开旅馆，后来还开了保龄球馆。我还投资了一些地产。现在，我也没什么要做的，算是半退休吧。不过，我总是对新东西很感兴趣。我赚了些钱。

我没理由不高兴。我在我觉得找不到的东西，不再是你自己说了算了。现在，什么都要受到管制，明白我的意思吧？也许这是大萧条落下的毛病，谁知道呢？所以，我要找的东西是不存在的。奇怪吧，你明白吗？但我没什么好抱怨的，就算全世界都在抱怨，我也不会。因为就像我说的那样，生活待我不薄。老天待我不薄。全得靠他们的保佑。

斯古普·兰克福德（Scoop Lankford）

他七十五岁，之前被判无期徒刑，后来减刑，在莱州立监狱待了三十一年，从1919年到1950年。

监狱的影响特别大。我们基本都没饭吃，只能勉强糊口。有一次，他们想让我们吃鱼。他们管它叫比目鱼，这种鱼长了一身黑皮，没有那种小白边。你知道的。他们想让我们吃的是刚出生的小鲨鱼。那味道真是那道真是搞得整栋楼里都臭烘烘的。（笑）所以，大家全扔地上了，不吃。

你想象一下那是什么样。有时候还能吃点儿肉，再恶劣几倍差不多就是实际情况了。一开始是东西没法吃。有时候还能吃点儿肉，就是肉渣。要的肉渣泽都不会一饱吧。大萧条这种肉渣全煮在一口锅里。很油腻。大概能吃个四分之一饱吧。大萧条期间，监狱里饿死的人比任何时候都多。

这个不叫饿死。他们说这是营养不良。如果他们因为营养不良死得很快，那才叫饿死。他们给你吃的刚够你活下去的，你的体重任下掉，你越来越瘦，直到医生追着他们说，至少要让我们每天吃上一顿饭。如果不是那个医生，我们估计还要死上千人。

狱警跟你们聊起过大萧条吗？

他们的处境和我们一样糟，不少人在里面偷偷吃东西。我甚至还给过他们一片玉米面包让他们带出去。这些人几乎是有家有口的。如果不是说到这些，你都不会知道当时是大萧条。这没什么好说的。我们至少还有吃有喝有睡觉的地方。监狱也算算是一种保护，让我们不受外面的影响。外面的人要拼命挣钱。我们是落魄到不能再落魄，得在地底下挖个洞，才能比现在更低微。（笑）

打仗的时候，我们的伙食好多了。战争期间，东西多到吃不完。是的，那些家伙一谈起这个就会说："战争万岁！"那就是我们的态度：战争万岁。因为我们的伙食相当不错。

凌晨三点钟

威尔伯·凯恩（Wilbur Kane）

他是记者，三十九岁。地点：他位于东部的家里。时间：凌晨三点左右。我们喝了不少酒……

当时我七八岁。妈妈手里拿着一张《世界电讯报》。那好像是1937年。报纸头版有一个大大的标题"上海陷落"。妈妈很难过。埃塞俄比亚也让她很难过。我还记得有关于埃塞俄比亚战争的泡泡糖卡片，埃塞俄比亚人都穿着幽灵似的袍服。那些意大利士兵用刀刺死这些穿袍子的人。

那个夏天，我待在祖母家。她住在宾夕法尼亚州的一个小镇，算是艾伦镇的郊区。镇上只有两个人订阅《纽约时报》，她就是其中一个。有人说她是个社会党人，她确实是。

彼得和米莉·戈尔是我们家的亲戚。米莉胖胖的，是个好人，她总是坐在前廊，整个夏天都在给人送吃的和啤酒。彼得叔叔会说起"一战"。他讲起连队里有一个黑人，是从德国人那边跑过来的。他说他朝那个黑鬼开了枪，把那个黑鬼打死了。我听得目瞪口呆，简直蒙了。这是我第一次听到"黑鬼"这个词，但我知道它的意思。从那时开始，我就不再喜欢彼得叔叔了。

斯特尔一家搬到了我们的隔壁。他们是真正的纳粹。我特别恨他们家的小姑娘，那就是个小纳粹。乔·路易斯（Joe Louis）[01]的第二场比赛……

他打败了施梅林（Schmeling）[02]……

对，可是他们没想到，你明白吗？他们邀请我们过去听比赛，奶奶和我，收听比赛的实况转播。他们家有收音机，是跑到伯利恒[03]买回来的，还买了德国蒜肠、德国小香肠，各种各样能买得到的德式香肠。他们把香肠装在大盘子里，我们就这样闲坐着，准备一边吃香肠，一边看那个德国人把这个美国人打得满地找牙。他们会特别开心。我就记得我拼命祈祷乔·路易斯不管怎样一定要赢下这场比赛。他果然赢了。（笑）

我还记得路易斯出场及把施梅林打倒时那家人的表情，就在比赛刚开始四十五秒的时候。[04]摆在眼前的香肠他们也吃不下了，连啤酒都咽不下去了。我大叫着上蹿下跳。奶奶小声对我说："我知道你高兴，但你不能表现出来。你得有点儿礼貌。"（笑）

那天晚上，她把我拖出来，说："你太没礼貌了，太没礼貌。"因为我一直上蹿下跳，大喊大叫："你们纳粹罪有应得，你们纳粹活该。"她说："你没错，可你不能那样说出来。"我说："既然没错，为什么不能说？"（笑）

哦，我还记得一两件事。我记得富兰克林·德拉诺·罗斯福，记得他的声音。很好听，我喜欢那个声音。不过，我们中的一些人已经晓得他说的全是废话。他就是个该死的谎话精，一无是处。

你为什么这么讲？

因为他没有兑现承诺。让我们面对现实，让我们来说一说慕尼黑，让

---

[01] 乔·路易斯，美国的职业拳击手，被认为是历史上最伟大的重量级拳击手之一。——译者注
[02] 马克斯·施梅林，德国拳击手，曾在1936年6月19日击败路易斯成为世界重量级拳王，并因此受到希特勒接见。——译者注
[03] 伯利恒，宾夕法尼亚州东部的城市。——译者注
[04] 1938年6月22日，乔·路易斯第一回合就把马克斯·施梅林击倒，从他手中夺回世界重量级拳击冠军的称号。——译者注

我们说一说这个那个的，全是些空话。那时我还是个小孩子。他、丘吉尔、达拉第（Daladier）还有拉瓦尔（Laval），他们一步步让纳粹坐大，以为这样就可以灭掉共产党。他们在慕尼黑就是这么干的，这就是慕尼黑协议的真相。所有的绥靖不过是谬论。

只不过他们认为可以利用纳粹来对付共产党，事态也真是这么发展的。他们让四千万人丧命，才发现自己错得有多离谱。他们把我们都卷了进去，我的整个人生……把我们这整整一代人都卷入了一出无休止的可怕悲剧。他们就他娘的是一帮卑鄙无耻之徒。

他们让我们卷入那场该死的战争，而他们本可以在三十年代就结束战争的。他们本可以干掉希特勒。可他们更喜欢希特勒，真的。比起共产党，他们更喜欢希特勒。不管苏联共产党有多烂，他们至少隐约代表着一种生活原则，不管这原则有多扭曲。而其他那些浑蛋，他们代表的只有死亡，只会带来死亡。我的一生都深陷在这些人的阴影中。

我有点儿醉了，可我不会收回我讲的话，因为我清醒的时候也会这么讲。我搞不清那场战争、大萧条，还有三十年代这三者有什么不一样。它们交织在一起，而我就在那样的环境下长大，所有那些……

一封电报

玛娜·洛伊（Myrna Loy）

电影和舞台剧女演员。

《慕尼黑协定》是1938年签的，对吧？我那时在加州马里布的海滩上。我从收音机里听到扬·马萨里克（Jan Masaryk）[01]在伦敦的讲话。当时是凌晨四点。这个男人很打动我。他们出卖捷克斯洛伐克的举动让我很生气。冲动之下，我给马萨里克发了份电报。这是他收到的第一份电报。

后来，他来到这个国家，还专门拜访了我。这封电报对他来说意义重大。他说，在他人生最黑暗的日子里，是我的电报鼓舞着他。他说的是《慕尼黑协定》的签署。他说他向本国人民广播的原因之一，就是想看看能不能让像我这样在六千英里之外的马里布海滩上的人听到……

我的电报被登在了伦敦的《泰晤士报》上，后来又传到了布拉格，再后来传到了柏林。结果，我的照片被禁止在德国出现。我到1939年才知道这事。在阿姆斯特丹的时候，我遇到一个从德国逃出来的男人，他说我在希特勒先生的黑名单上。（笑）他说："你在第二页上。"（笑）我说："我的天，我还不知道呢。"

---

[01] 扬·马萨里克，时任捷克斯洛伐克外交部部长。——译者注

几个月之后，米高梅电影公司（Metro-Goldwyn-Mayer）的人来找我，很烦恼的样子。"我这里有样东西，都不好意思给你。"那是一封骂我的信，将我的政治立场和我的工作混为一谈。他说："你想让我怎么处置这个？"我说："撕了它。"

大萧条来临时，我在好莱坞有一份相当不错的工作，那是我职业生涯的开端。大萧条对我来说确实有点儿远，我身边的每个人都在工作。早上五点半起床，七点到摄影棚。化好妆，九点钟做好准备，一直工作到傍晚六点。他们现在说这是电影的黄金时代，可能真是这样。人们需要电影，用它们来转移一下注意力。我并没有很深地涉入政治。我把这事都抛到脑后了。直到罗斯福上台，我才振作起来……

有人说我是罗斯福最喜欢的女演员，但我从来没有见过他。后来，在华盛顿的一次鸡尾酒会上，亨利·摩根索（Henry Morgenthau）对我说："老人家觉得是我们不让你见他。你从来没去看过他。明天早上，准备好，我会给你打电话的。"第二天早上，他打电话说总统去了加拿大。

后来，他们派人请我去参加他的生日庆祝会。我给自己买了一顶约翰·弗雷德里克（John Frederick）设计的帽子。我戴着这顶黑帽子，手里捧着一大束紫罗兰花进了白宫。我在大厅里四处张望，看到了罗斯福夫人。我走到她面前。她说："亲爱的，我的丈夫该难过了。"他去了德黑兰。（笑）这位盛装打扮的迷人女士就站在我面前，我当时就爱上了她。我非常幸运，跟她一起度过了不少时光。我非常想念她。能让你这么想念的人并不多……

**Hard Times:
An Oral History of
the Great Depression**

Book
Five 第五卷

生机勃勃的艺术

西拉姆·谢尔曼（Hiram Sherman）

六十岁，久负盛名的百老汇演员。无论是在"闲暇时光"还是参与戏剧演出，他的大部分时间都花在演员权益委员会上。

我听说在二十年代只靠很少很少的东西就能活下去。田纳西·威廉斯（Tennessee Williams）[01]的作品告诉我们，你可以靠陌生人的善意活下去。1929年大萧条开始时，我正在去纽约的路上。这算不上我生命中的一个分水岭。我压根没股票，所以也没在股市损失什么钱。

纽约没有工作可干。我在夏季轮演剧场和旅游公司工作。1931年，我在罗得岛的纽波特演出了一段时间。那里就好像大萧条根本不存在似的。维京酒店和赌场剧院依旧正常运营。范德比尔特夫人（Mrs. Vanderbilt）和摩西·泰勒夫人（Mrs. Moses Taylor）坐在摆满鲜花的赌场中间，她们是坐着自己的高级轿车来的。我没看见戴着巴拿马草帽，穿着蓝色上衣和白色鞋子的男人。禁酒期间，纽波特的所有顶级酒店里都有人在偷偷地用瓷杯喝酒。你可以坐在那儿小心地摆弄一个装满违禁杜松

---

[01] 田纳西·威廉斯（1911—1983），美国剧作家，代表作有《欲望号街车》《热铁皮屋顶上的猫》。——译者注

子酒或威士忌的茶杯，但一切看起来都很优雅。用茶杯喝，陶瓷茶杯。

当时，纽约的生活已经不能再糟了。车子就扔在大街上，那里可没有停车场的标志。（笑）如果你有一辆旧车——你认识的朋友总会有辆旧车，它会在那儿停上几个月，也不会有人管，最后因为太老旧而散架。[02]

银行里的存款是没法指望的，你倒是可以指望一排空的牛奶瓶子，因为它们就等于现金，退回去可以换五分钱，这笔钱能让你坐上地铁。如果你对自己还有信心，就看看自己还有几个牛奶瓶，它们是靠得住的。两个瓶子：一个可以让你坐地铁去上城区，另一个让你再坐回来。

我记得有一次，我找了份工作，就是在复活节那天早上站在第五大道圣帕特里克大教堂的门口，两只手里各拿一个遥控计数器。时尚界的一位女士让我调查一下漆皮钱包和白色帽子的接受程度。每看到一顶白色帽子，就按下右手里的计数器；每看到一只漆皮钱包，就按下左手里的计数器。然后，我就回家看看计数器上的数字。结果，那个春天推出的是白色帽子，漆皮钱包被淘汰了。

我还记得我总是想方设法地赚点儿零花钱。当时有观光巴士，去看看唐人街、包厘街还有纽约市貌。游客会在时代广场那儿排队。如果你看到一辆观光巴士，上面一定坐着几个人。而且他们会说：马上就开车，有导游，马上去唐人街和包厘街。坐在车里的人通常都是托儿。他们就负责坐在这里，表现出急切的样子，干这个可以拿到两毛五或五毛钱。我就在时代广场的观光巴士车上当托儿。（笑）游人上车后，你就下去："等等，不好意思。"接着跑到另一辆车上。这是一个坐着就能挣钱的工作。

到了夏天，演员总是能找到工作。我不知道为什么，我也解释不清楚。不过，那个时候越来越多的谷仓被改成了夏日剧场。大萧条开始之

---

[02] 一个十九岁的大学生本说："我的祖父有辆车，不过从没开出过车库。车已经放了两年了。汽油太贵。他跟我们讲他如何每周擦一次车，如何好好保养它，但他从来没开过。因为开不起。"

后就这样了。

1936年,我加入了联邦剧场[03],被派去891项目。导演和制作人是奥森·威尔斯(Orson Welles)和约翰·豪斯曼(John Houseman)。我们接手的剧场是玛克辛·艾略特戏院(Maxine Elliott)。大萧条期间,很多剧场都没有演出,老板都很乐意把它们租给政府。

联邦剧场有一个特别好的地方,那就是不受商业标准的约束。它可以上演诗剧[04],算得上是实验剧场。"活报剧"推出了一些让人热血沸腾的节目。[05]不过,这个戏院还是有些官僚气,什么事情都要向上面汇报,无数的账单要审批。我们给全国各地带去了很多快乐,然而在外人看来,这也许纯属浪费时间。从很多方面来讲,剧场都很超前,它预见了现在的许多问题。我所在的演出小分队是没有种族歧视的。我们上演了马洛的《浮士德博士的悲剧》(Doctor Faustus)。恶魔靡菲斯特(Mephistopheles)是黑人杰克·卡特(Jack Carter)扮演,奥森·威尔斯扮演浮士德。

我们排的下一出戏是《大厦将倾》(Cradle Will Rock),词曲作者是马克·布利茨坦(Marc Blitzstein)。我们一天排练八个小时,每一分钟都在工作,有时还会加班,因为我们爱这出戏。

《大厦将倾》在那时候算是一出革命剧目。它攻击的对象是大企业及其牵涉的腐败问题。从这出戏里,能看到德国戏剧家布莱希特(Brecht)的影子。我们精心地排练。

首演那天晚上,观众聚集在街道上。我们发现玛克辛·艾略特戏院大

---

[03] 新政支持下的"联邦艺术计划"之一。"它的范围涵盖全国,将失业演员变成娱乐工作者,为走出大萧条出份力。"它不仅雇用正规剧团的演员和舞者,还雇用了杂耍演员和杂技演员。
[04] 艾略特的《大教堂谋杀案》(Murder in the Cathedral)就是其中最受追捧的例子。
[05] 纪录剧场,根据当时的情况和具有争议性的话题排演剧目:《消失的农业调整法》(Triple-A Plowed Under)以新政的农场计划为背景;《电》(Power)讲述的是乡村的电气化;《全国三分之一的人》(Third of a Nation,出自罗斯福1937年发表的一次演讲)以住房危机为背景。

门紧闭。他们不肯放观众进去，因为华盛顿传来命令说这是一出革命剧目。有人传下话来，我们不能演出。

如果你的剧团处于这种待命状态，所有成员都情绪高涨，而且还有个精通宣传的大师奥森·威尔斯，这就成了他大做文章的材料。（笑）

那是一个美好的夜晚，五月底还是四月来着。一个温柔而迷人的夜晚。观众进不去戏院，又不肯离开，因为891项目的导演奥森·威尔斯和约翰·豪斯曼在大街上向这些人高谈阔论："不要走！"他们希望那个命令能够撤销。有人让我们先不要上妆，也不要回家。我们也不知道要发生什么事情。

华盛顿方面没有撤销命令。于是，奥森·威尔斯和约翰·豪斯曼打电话给他们的朋友：我们可以在哪家戏院演这出戏？有人提议乔森戏院。于是，他们连麦克风都没用，向所有的观众大声宣告：如果你们去乔森戏院的话，就能看到这出戏。我们也出发了，被观众围绕着，走到百老汇大街，穿过第七大道，来到五十九大街。我们的观众越来越多。

就走在马路中间？

是的，而且没有警察的许可。（笑）人行道上挤满了人。显然是发生了什么事。乔森戏院已经好几个月没有安排演出了，剧场里落满了灰。但它是开着的。

演员权益委员会传话来，说演出合同没有安排好，演员不得出现在台上。因为现在不是在联邦剧场，而是在一个不清不楚的私营演出场所。

这吓不倒我们。我们马上开会讨论了一下，决定如果不能上台，就把钢琴推出来，马克·布利茨坦就像他在很多次实演中做过的那样，让我们就坐在观众当中，把场景之类的描述出来。演员权益委员会没说我们不能坐在观众中间。当轮到我们讲台词时，我们就站起来，把台词说完。我们就是这么干的。

戏院里坐满了人。我不知道没有首演戏票的人是怎么进来的，我一直没搞明白。售票处是开着的吗？或者他们就光说：进去寻乐子吧？反正，剧场里坐满了人。[06]舞台上是空的，幕布拉起来了，一个演员都看不到。我们坐在观众席里。

最后，戏院的灯光调暗了一些。马克·布利茨坦出场，描述场景，弹了几个小节的音乐，然后说道："妓女出场。"我不知道扮演妓女的演员奥利芙·斯坦顿（Olive Stanton）在哪儿。突然之间，你听到奥利芙清脆的女高音从左边传过来。一束聚光灯突然照到她身上，她站了起来，她在左手边底层的包厢里。一个接一个，我们都出场了。如果我们的位置在前面，就转过身去，面对观众。演员都站在不同的位置。那真是个刺激的晚上。观众的反应非常热烈。

我记不清了，是1938年还是1939年的夏天，马克·布利茨坦把剧团的大多数人召集起来，问我们愿不愿意放弃周日的休息时间，去宾夕法尼亚州的伯利恒演出《大厦将倾》。我觉得这个主意很棒。因为我们现在要去把《大厦将倾》演给工人看，这出戏本来就是为他们写的。我们坐上一辆巴士，在一个风和日丽的日子出发了。我以为工厂很快就会关门，钢铁工人们会拥进游乐场。天快亮的时候，他们就能听到这个传奇故事。结果没人出现。

零星几个人晃进来，你知道的第一件事却是他们大多听不懂，也不会讲英语。而这出戏是用美国人常说的话写的。我们为无产阶级准备了一出戏，结果无产阶级既不想看，也看不懂。这事让我们很震惊，但我们没有放弃。

你当时在一个酷热的露天剧场里。威尔·吉尔（Will Geer）[07]一点儿都不泄气，四处去找观众。他看到教堂的几位女士在附近的山上野餐，正在摆放野餐篮。他问道："你们想看戏吗？"她们表示愿意，于是又把

---

[06] 乔森戏院比玛克辛·艾略特戏院大。
[07] 威尔·吉尔，经验丰富的性格演员。

方格桌布折起来，三明治收起来，来到了这个小小的游乐场。她们坐了下来。

马克·布利茨坦走出来，报出这出戏的名字——《大厦将倾》，背景是美国的钢铁城，故事发生在夜晚的街角，妓女出场。当他说完这些话，我们的观众就站起来，装好野餐篮，走了。我们就没在宾夕法尼亚州的伯利恒演成《大厦将倾》。

我们要向联邦剧场和891项目汇报。那时候，我们没有演出安排，但作为戏院的固定剧团，我们所有人都得在玛克辛·艾略特戏院一天待够八小时。我们不能带吃的进戏院，中午有一个小时的午餐时间。我们可以读书，但不能写东西。我们不能在任何东西上乱涂乱画。我们不能排练。只能坐着，被迫坐着，没什么能引起我们的兴趣。这是我这一辈子受过的最残忍的酷刑。我从来没坐过牢，但犯人还有人付钱让他们工作呢。

我不知道我是偏向受压迫的一方，还是我自己就是受压迫的一方。我的政治信仰与他人无关，然而现实并不是这样的，你做任何事情都会受到指责。我在工会里很活跃，我参加义演——援助西班牙，西班牙内战，你知道的。我的生活很充实，睡得不多。所有的事情都让我兴奋。他们拆了第六大道上的高架铁轨，把废铁卖给了日本。我要去抗议……（笑）每一秒钟我都有大事要干。

一天早上，我发现一位来自堪萨斯州的众议员在《国会记录》（*Congressional Record*）中说演员权益协会的理事会里有七个共产主义分子，我就是其中之一。这可把我吓傻了。我觉得这事很蹊跷，就给这位议员发了一封电报。我说：我看了新闻报道，如果你还在议会以外的地方重复这些指控，我就告你害我丢了工作。之后，我再没听到他这么说过。

演员权益理事会也是一片哗然，有人让我辞职。我说我才不会因为有人这么说就辞职，而且他也没有回复我的电报。"如果你们不喜欢我，下次选举的时候就不要把我选入理事会,但我是不会辞职的。"有几个委员跳出来抗议我不辞职。我在政治上很幼稚,那个时候根本不知道怎么加入共产党。我连怎么入党都不知道。(笑)

有一段时间,你都不能认真思考"左"和"右"的问题。跟你关系最好的朋友会走到你身边说:"听着,说实话,你真的是?"我说:"是什么?"他们说(小声地):"你是共产党?"如果你说不是,他们立马就觉得你在撒谎。我也不知道为什么会这样。一旦你说不是,他们就那样看着你——我的天。如果你说是,你也是在撒谎,因为共产党在被盘问时是不会说出自己身份的。我发现自己陷入了这种窘境,在每个街角都被人质问。

我当时真的快要爆发了。有一次,我在演员权益理事会开会,休息时间,一个老成员问我:"嗨,我是真的很想知道。"这一次我完全不在乎了。他说:"我想跟你聊聊。"我说:"真的?"他说:"告诉我,你是不是共产党?"我想:我不能说是,也不能说不是。我讲得很快,我说:"我们不能讲。"他的表情凝滞了,就好像我已经自绝生路似的。很滑稽。那番话在我脑子里萦绕了好多年。(笑)

我还记得去一家剧场找工作。我走上前去问:"今天是谁选演员?"栏杆上挂着一块牌子:共产主义分子免开尊口。它就挂在那儿。我生气地扯下那块牌子,走到前台的姑娘那儿:"为什么不干脆写所有演员都别来找工作?你们这么做什么意义都没有。"那牌子可能又挂回去了。

接下来战争爆发,如我们所知,大萧条也就结束了……

对我来说并没有。

我加入了海军——直接入伍,我的年龄有些大了。在演员权益协会的议事大厅受辱之后,他们跟我说我是个了不起的人,理事会的位置会永远为我留着。五年之后,我脱下军装又回到那里。我问:"我的位置在哪儿?"他们说:"你得像其他人一样竞选。"

战争之前我欠了一些债,战争结束之后它们还等着我去还。理事会的位置没了，债还在。

很长时间以来，普通演员什么工作都干，只要能挣钱。我现在到了这样的年纪，再也做不到那样了。我对生活的要求很低。我们现在不就在酒店的房间里，桌上堆满了还没回复的信。这就是我的生活。我不在乎。我有一套衣服穿，这就够了。我希望在死之前能回完这些信。（笑）我也不晓得能不能做到。

尼尔·沙夫纳（Neil Schaffner）

这个活动房屋位于艾奥瓦州的瓦佩洛，看起来非常舒适。他和妻子卡洛琳都退休了，在佛罗里达过冬。

尽管他们俩从小就"巡回演出"，但"沙夫纳剧团"直到1925年才组建起来，"我们每年都演出，不管是战争、天灾还是大萧条，直到心脏病在四十年代末将我打倒"。这是一个住帐篷的剧团，在艾奥瓦各镇巡回演出。第一个十年过去之后，他们也去中西部的其他州"巡回演出"。

世纪之交以前就开始在全国各地农村演出的剧团中，"沙夫纳剧团"属于比较出名的。

他们的节目以喜剧为主，偶尔也会出现严肃的主题。"所有的节目都会讲一个道理，表达一种观点。"他在大部分的剧目当中是以托比这个形象出现。他就是乡下的喜剧明星，红色假发和雀斑是他的标志，总是靠自己的机智让油腔滑调的城里人出洋相。不管他演的是美国大兵、联邦调查局的特工还是乡下报纸的编辑，角色的名字都叫托比。他妻子角色的名字一概叫苏茜，鞭子、雀斑还有同样辛辣的俏皮话是她的标志。

他们剧团通常会在镇上演一个星期，每晚演出不同的剧目。他们的出现是当地娱乐生活里的一件大事。"距离演出开始还有两三个小时，大家就开始排队了。"售票处总是很忙碌……

是谁在1930年6月6日跟所有人讲大萧条开始了？5月中旬，我们在瓦佩洛开始这一季的演出。我们之前听说东部的日子又不好过了，但我们感觉不到。来看演出的人跟平常差不多，卖出去的糖果和爆米花也跟往常差不多。6月4日，我们在艾奥瓦的奥利结束了常规的一周演出。接下来我们要去费尔菲尔德，那里的观众一直都很多。

6月6日晚上，我们的收入只有三十块左右。那个星期，我们的收入是两百块，而演出成本是一千五百块。我们都蒙了。一定有人跟所有人讲不要去看戏。这一天我记得很清楚。

我跳上一辆车，开到贝尔普莱纳。道格·摩根（J. Doug Morgan）在那儿演出。他说："今天是摩根秀开始以来收入最低的一天。"我始终没弄明白，大家是怎么在那一天发现大萧条来了的，就好像突然之间，浴缸的塞子就给拔掉了。

我家里有老婆、孩子，还有丈母娘。我能拿出来卖的只有表演者的才华。可是，似乎没人有钱来买。观众们都麻木了。他们觉得这是不好的事情，并且接受了。对于你无法改变的事情，你只能接受。演出可以让你暂时逃避每天为了活下去而受的所有苦。剧团得挨下去。我们现在的处境就跟土拨鼠一样：要么拼命活下去，要么完蛋。我们要坚持下去，这是我们唯一能做的。

我们在米迪亚波利斯的票房一直特别好。我听说有些领救济的人会来看我们的演出，他们被人威胁说以后再也领不到救济。那天晚上，我多讲了几句："在我们亲爱的观众当中，有许多曾是我们剧场的常客，不过他们现在手头没了钱。如果有人来跟我讲他买不起票，我会很开心邀他免费看我们的演出。"我抢先讲出了这些人心中的不安。我不知道有人得少吃一个汉堡才能去看戏到底是谁的责任。

我们要想出各种花招才能让剧团坚持下去。在伯灵顿，我和当地的剧场老板谈了一笔交易。一张票他们付我一块，往外卖一块一。他们想要多少张卖给自己的客人，我就给他们多少张。周期性的固定剧团就是这么来的。全是因为大萧条。一家剧团有个大本营，同时也在附近的六七个镇上预先售票。每个镇上演一晚。他们会跟剧场老板说："我们每周二晚上到你们镇上演出。"第二天可能又在另一个镇上演出。他们想要多少票，都一块一张给他们，他们会把这些票卖出去。多出来的一毛就是他们赚的。

剧场定期换演节目的传统不知是从什么时候开始的。传统剧目日女士免费，结果就是周一观众特别多，周二几乎没人来。我们把剧目互换了一下，于是周二人多，周一没人。我会往乡下的所有邮箱里寄明信片，当然会附上一张免费季票。不过，票必须每晚都用。这样一来，如果那个农民有一晚不能去，就会把票给别人。每个座位我们能赚到一毛钱。

大萧条初期，肖托夸（Chatauqua）剧团经营得相当不错，是我们最大的竞争对手。他们是做教育节目起家的——讲座、问答。本地人都给钱补贴他们。不过，他们后来转向了娱乐表演。他们想占用镇上最好的地段扎帐篷。他们还会结交市长，企图提高我们的执照费。但我们还是坚持了下来。

说一说当时一些疯狂的点子吧。我们觉得剧目的名字不够吸引人，所以把《桑尼布鲁克农场的瑞贝卡》——这个名字是我想出来的——改成了《她不受欢迎的亲戚》。我自己写了一出戏叫《连锁商店》，我们把名字改成了《妈妈不知道的事》。我们熬夜直到天光大亮，就为了想个好名字。结果，收入翻了一番。

大约在1932年，我为《楼上人家》（The Family Upstairs）支付了一百五十块的版税，观众们非常喜欢这出戏。他们说："我告诉你托比，这是我看过最好的演出，够我回味一个月。"好嘛，他们真就再没回来看过戏。

我做了一个侦探系列剧《神出鬼没》（Jittering Spooks）。首演之后的第一个晚上,我们邀请观众留下来,给他们奉上开场演出,作为免费礼物。第二个晚上,我们就演第二场,以此类推。总之就是想尽办法让他们再回到剧场……

再说说倒霉的事吧。他们经历了一次非常严重的干旱。在那个酷热的晚上,我宣布:"根据托比的预测,明天就会下雨。"他们大叫着起哄。第二天真的下了雨。他们觉得这太神奇了,结果也没再回来看演出。

我们想了各种办法。一天,有个家伙来找我,说可以在我们帐篷前面表演热气球升空,要我们给他十块钱。我答应了。我打广告说是免费的热气球升空表演。结果他到了我们这儿,气球却飘到了五英里外的地方,人都跟着他跑了,这个王八蛋再没出现过。

当然,我也拿大萧条开玩笑。一个旅行推销员去找一个农民。他看到这个人在地里,手里拿着根鱼竿在钓鱼,于是他掉头就走。他又去找另一个农民,这个人正把绳子往母鸡的脖子上套。农民说:"那个家伙已经疯了,这一定是大萧条闹的。"推销员问:"你为什么把绳子套在母鸡脖子上?"农民说道:"等我把这个船外发动机启动了,就能和他一起钓鱼了。"(笑)

对我们来说,大萧条在1936年结束了。我们在广播上做了一档节目《托比和苏茜》,一星期五次,每次十五分钟。之后,又在全国广播公司(NBC)为"我可舒适"[08]做了《民族谷仓舞》(*National Barn Dance*)节目,在五百五十家电台播出。我们收到了几千封信。节目开始的时候,商店都不招呼顾客。就连给马蹄钉马掌的地方,都装上了喇叭。农民们都从田里跑来听……

附记:"联邦剧场跟我们没关系。那是罗斯福夫人的主意。她觉得

---

[08] 我可舒适(Alka-Seltzer),一种泡腾片,用于治疗消化不良。——译者注

这可以缓解演员失业的问题。他们选了海莉·弗拉纳根（Hallie Flanagan）做负责人，而不是威廉·阿洛伊修斯·布雷迪（William A. Brady）或者戏剧界其他德高望重的人物。这个剧场成了那些喜欢艺术的、混饭吃的及各种怪人的避难所。而正规演员都在穿街走巷地找工作。

"我一个朋友负责皮奥里亚的项目，他赚了不少钱。这让弗拉纳根女士很反感。她说：'这是艺术，不是商业性质的戏院。你不能盈利。'"

"他们本可以只用很低的成本就解决演员的失业问题，只要做一次调查。如果他们跟每个演出经理讲：给你们剧团添一个人，政府会给他发工资……这是最简单的办法。可是，不，他们不能那样做。那是现实的搞法……"

保罗·德雷珀（Paul Draper）

独舞演员。

大萧条之前我没钱。大萧条的时候我也没钱。所以，我不清楚是什么在影响我的生活。我是个舞蹈演员，每天不是在排练厅，就是找工作和试演。

1933年，我们搞什么半薪磨合演出。每当磨合期结束，演出经理就会换掉戏里的某个人，再想出另外一个戏名，接着就是另一个磨合期。所以，我们一直是半薪演出。很长一段时间里，我都没意识到这个问题。我好几年都拿着半薪。

那时候歌舞杂耍表演还很活跃。我们曾经在电影院每天表演五场。一个星期就是三十五场。在这一个星期的三十五场演出中，我能演上十九场。有演员生病了，他们就会问：谁不需要排练就能上场？那个时候我是单独表演"闪舞"[09]的。我在大理石桌面上跳过舞，表演了一支曲子——《再见了，布鲁斯》(Bye Bye Blues)。要把我插进一个节目里并不难。

"闪舞"表演时有时无，没什么个性。它只是表演，而我只是一个杂耍艺人或杂技演员。在那个时候，跳舞的就只能表演"闪舞"。它只是展现一个人的身体技巧。你总能插入一个节目中，同时又不打乱原来的节奏。

三十年代末，他改进了踢踏舞技巧，可以用来给经典乐曲伴舞。他成了夜总会里的头牌人物，随后成了一名音乐会的舞者。"我不再在大理石台面上表演。我有了那么一点儿地位。"

我的政治意识和大萧条无关。对我有影响的是西班牙内战。那时大约是1937年、1938年。我为西班牙共和派跳舞筹钱。当然，我的舞蹈事业还比较稳定，让我可以有时间和精力关注其他的事情。

如果说我对三十年代有任何怀念，那也跟当时发生的社会经济变化没有任何关系，而是波斯厅[10]。那是个非常高级的地方，人人都穿着晚礼服，不戴黑色的领结你都进不去。如果领班看你不顺眼，会跟你说没有空桌子了。

我曾在那儿连续表演了三个月。观众总是同一群人，不过这没什么关系。最后几晚，每一桌都点了香槟。我们都站起来，敬酒，一起唱《友谊地久天长》(Auld Lang Syne)。这是在1937—1939年。

那个时候，我们觉得穷人和我们这些不穷的人没什么关系。一个人做点儿慈善，生活就能好起来。你身边总是有穷人，他们是不幸的，你就捐

---

[09] 闪舞（Flash act），踢踏舞早期的一种表演风格，强调舞步与杂技动作的结合。——译者注
[10] 波斯厅是广场酒店里一间昂贵的餐厅兼夜总会。

款。你可以应付他们。这有点儿让人不开心,但不会让你彻底感到不安。

现在,我们第一次面对这样可怕的现实——我们并没有什么不同。他们就是我们,他们是我们造就的。现在,你没办法想象这样的说法:费什,你会好起来的。虽然这么说有些受伤,有些痛苦,也有些震惊,但我们开始意识到真正有所欠缺的不是穷人,而是我们自己。

罗伯特·格瓦思米(Robert Gwathmey)

艺术家,波士顿大学的客座教授。出生于弗吉尼亚州,现在纽约生活。

"我们家的人都很有礼貌,穷,但是有礼貌。我们从没挨过饿。我们有一块小小的园子,里面什么都有。我们养狗、养猫、养鸽子,什么都养。我家的亲戚都很有钱,不过我只在婚礼和葬礼上见过他们。"

在弗吉尼亚州的里士满[11],你感觉不到大萧条有多严重。这是个烟草城。奇怪的是,不管大萧条多严重,人们似乎一直都在抽烟,这让我很不解。烟草在一定程度上支撑了这座城市的经济,里士满只有一家银行倒闭。

但在那个时候,里士满有很多人自杀。那些举足轻重的人物开始去教堂,还迷信手相和玄学。那时,通灵板可是了不得的东西。他们可能没钱去电影院,就说:今天晚上都来玩通灵板吧!大家都可以提问题。他们不会问"我可以和奶奶说话吗"这种问题,他们的问题都是:某某银行明天会破产吗?这在当时非常流行。如果你愿意,可以说它是神秘的宗教仪式,不过情况确实已经糟到了极点。

---

[11] 里士满,弗吉尼亚州首府。——译者注

1930年，我从艺术学校出来。那是一个艺术家离开学校的不错时机。（笑）每个人都没有工作，艺术家看起来就没那么奇怪。我找到一份工作，在费城的一家女子学院——比弗学院（Beaver College）教书。当时是1932年。我一个星期上两天课，其余时间都在画画。公共事业振兴署是那个时候组建的，1933年还是1934年。

费城的演员工会也成立了。虽然我不在公共事业振兴署工作，却是这个工会的副主席。我们总是说明天会更好，当时的情绪还是积极乐观的。我们进行了很多政治宣传活动。我们为罗斯福竞选、西班牙内战中的共和派、劳动节大游行制作海报。

许多议员认为，公共事业振兴署纯属浪费国家的钱。我们费了好大工夫跑去华盛顿，找到这些议员面谈，请他们让公共事业振兴署继续办下去⋯⋯

联邦艺术项目的总投入只有两千三百万美元。许多画作、雕像和版画作品都送给了博物馆、法院和公共建筑⋯⋯现在光博物馆里的那些就值一亿了吧。

这两千三百万不仅资助了刚出校门的年轻艺术家，也帮了那些处于过渡期的艺术家。我敢打赌：如果有五百个成功的艺术家（成功指有画廊收藏他们的作品，有艺术经纪代理他们的作品），那么其中大约四百个得到过公共事业振兴署的资助。

那个时候没人买艺术品。三十年代，惠特尼博物馆（Whitney Museum）每年有三万五千美元用于购买当代艺术作品。我们觉得这真是再好不过了。现在，一个人就愿意掏三五万买下一幅画作。

这些项目上的人一个月可以拿到九十四块。他的女朋友可能也在这个项目上，那么就差不多是一个月两百块。这样就可以过得很好啦。

可是，最重要的事情是：艺术家的赞助人没有审美。你偶尔会发现项目的负责人会厚此薄彼⋯⋯我敢说，艺术家们头一次有了个完全没有审美的赞助人,也就是政府。

联邦艺术项目的负责人是爱德华·布鲁斯(Edward Bruce)。他是罗斯福的朋友,出身于一个上流家庭。他本人是个画家。他是个真正有大视野的人,他坚持认为艺术家不应该受到限制。你是个画家,那就画你的画。你是个雕塑家,那就做你的雕塑。你是个版画家,那家做你的版画。只要他愿意,艺术家什么都可以干。

当然也有领导,那都是些已经功成名就的艺术家。他们一个星期到工作室来两天。作品完成之后,当然归政府所有。

我画了这幅名叫《烟草》的画。如果我要画烟草,就要去干点儿跟烟草相关的活儿。1936年,我在北卡罗来纳州的一个烟草农场待了一个夏天。他们有三个佃农。我说我每周帮这三个人各干一天活。收割烟草是很辛苦的。这里在某种程度上有点儿像集体公社,有六个农民。一个星期干六天活,休息一天,对吧?这六个人合力采摘烟叶[12]。星期一在这个农场,星期二在下一个农场,以此类推。

我采摘烟草是因为想弄清背后的来龙去脉。如果只是在一旁观察,就只能了解个大概。如果亲身参与,就能挖掘出更深层次的意义,对不对?我们都是要做就全力做到最好的人,是不是?是。我坚持要做到最好。如果我自己没做过,就不能只是坐在那里,画个大概出来,管它叫"采摘烟叶"。我必须亲手去摘。

我丢了比弗学院的工作。教师聚在一起午餐时,我常常和他们讨论《国家》杂志上的文章。他们没明说,但这就是原因。我还干过这种事:有四个姑娘要毕业了,她们想去纽约做毕业作品,我开车带她们去了纽约。我们走了几所学校,还看了马克·布利茨坦的《大厦将倾》。我们还

---

[12] "采摘时要挑下部新熟的烟叶。茎上有三十五到四十片叶子。要摘下面的叶子,因为它们是最早成熟的……"

去了一家意大利餐厅，喝了鸡尾酒，吃了点儿东西，又回到宾夕法尼亚。

校长给我写了一封信，当时我们在北卡罗来纳州和我妻子的家人待在一起，她怀孕了。"我听说你和自己的学生去了喝酒的地方。这是对你的校长，对这所学校的不忠诚……"

比弗学院的校长是一位长老会牧师，但他做事活像一个旅行推销员。他后来也丢了工作，因为他从学校的采购员那里为已婚的女儿索要家具，却没给学校钱。就是这么一个家伙开除了我。

我并不把失业放在心上。丢掉一份工作，我会找到更好的。我去了卡内基技术学院[13]，在那里教了三年书。1942年，我来到纽约，一直待到现在。

我不会指望1930年的人像1968年的人那样去思考问题，你会吗？当然不会。现在很多人像艺术家一样去看问题：我要成为理想主义者，我要成为浪漫主义者，我要成为这，成为那。你就是你自己，活在现实生活里，提炼其中的经历，再用艺术的形式表现出来。

艺术家也得生活，对吧？吃饭、睡觉、呼吸、工作。如果政府或是其他人向你提供资助，对你又一无所求，那就很不一样了，因为你不大会去想再额外赚点儿钱。那段时间真的是非常自由、快乐。当时可以感受到社会评价的风向。现在风向变了。可是，不管艺术家追求的是什么方向，他在政治上仍然是纯洁的。

艺术家是有机会成为好人的，因为他们都独自工作。我去自己的工作室创作，而不在流水线上工作。作品完成之后，吃过晚饭，你和大家聚在一起，侃侃而谈。这之前你一整天都一个人待着。现在给我倒上第一杯酒吧，可以吗？就这么点儿？

---

[13] 卡内基技术学院，1912年由安德鲁·卡内基创建，位于美国匹兹堡，1967年与梅隆工业研究所合并为卡内基梅隆大学。——编者注

有人对政府主管艺术比较担心，原因是政治审查的风险……

这话真是愚蠢之极。我们生活在一个民主国家。我们管它叫民主国家，对吧？我可以投票，我可以争取自己应当享有的权利，对吧？我为什么要害怕自己的政府？我是其中的一分子，对不对？

也有可能有独裁政府，但那又是另外一回事了。像希特勒，他就说：你只能画大胸的金发女人……

想到现在的生活这么富足，我就很担心。我过得非常非常好。我属于上层的那10%。可是，我眼里还是看得到贫穷，还是那么穷。我讨厌这种感觉。

大萧条期间，我们多多少少都陷入其中。现在，人们说到贫穷都会转过头去。他们不想承认贫穷依然存在。他们的生活太优渥了,对不对？如果你过着养尊处优的生活，看到穷人，你会说：他们不是好人。大萧条的时候，大家更容易接受失业的人，因为你也有可能是他。

克努德·安德森（Knud Andersen）

这里是一个肖像画家和雕塑家的工作室。画布上一双锐利的眼睛锁定了我们，这是艺术家年轻时候的自画像。其他人的眼睛则照亮了这间屋子的黄昏。都是些油画，其中有参议员亨里克·席普斯塔德（Henrik Shipstead）。关于这幅肖像画，哈罗德·拉斯韦尔（Harod Laswell）说："画中人的蓝色双眼并没有迷茫地看向未来，而是炯炯有神地盯着现实。"

四十五年前，他从挪威来到芝加哥："这是一次大冒险，艺术来到一片全新的土地上。"过去，政治界和金融界有权势的人都委托他画肖像。

他回忆过去的时候，他的视线从一件作品游移到另一件作品，从一张脸到另一张脸……

你看，对我来说，大萧条是件幸事。辛苦工作赚来的钱都没了，这打击太大了，不过我在艺术里找到了庇护。在这样悲惨的境地里煎熬……人们的生活都受到影响……有人自杀……我沉浸在艺术中。我觉得经济损失带来的痛苦总会过去的，这些东西就像日出日落……人们看到损失，自杀了，没有意识到这种痛苦是会过去的。

我非常虔诚，因此内心比较平静。当然，经济上的问题还是很让人忧心，但我还是挺过来了。我经常自己琢磨坚持下去的好方法。

你参加过联邦艺术项目吗？

没，没有。这个东西太让人失望了，我是不会参加的。如果它的做法得当，有才华的艺术家可以得到国家的帮助，同时也能做出贡献，灵魂和身体都得到滋养。这样的话，我才会参加。可是这个计划有违我的原则。我不认可浅显的艺术。

唉，大萧条那些年真是难过。偶尔有人找我画画，我才勉强熬过来。

没有吃的？

我都不想回忆那些日子。我的自尊使我不想让任何人知道我曾经处于那样的境地。我有一个复式的工作室。我有巴赫和贝多芬，其他的没什么了不起。我活在精神的圣殿里。也许我的身体需要吃的，但我并不知道。

有一次在工作室，一只老鼠从我的胳膊上跑过去，咬了我一口。走运的是，之前一位访客落下了一瓶威士忌，我后来告诉他，这瓶酒可派上了大用场。我把威士忌倒在伤口上消毒。这些都是意外，就像大萧条一样。我一直避免自己的精神出现意外。

小兄弟蒙哥马利（Little Brother Montgomery）和红色桑德斯（Red Saunders）

他俩一个是爵士钢琴家，另一个是乐队队长，为黑人音乐家找工作花费了他们很多时间和精力。

蒙哥马利：星期天晚上，我一晚能挣一块钱，外加一顿意大利面晚餐。在租房派对上演奏。周六晚上，我的报酬是三块钱，没有晚饭。周末，牲畜饲养场的工人都回去了。周二晚上，我只挣两块钱。我每周都排满了这样的演出，一晚上挣两三块钱。

周一晚上挣得最多，四块钱。他们会搞蓝色周一派对，那些行为放荡的人。周六、周日晚上，所有人都在外面瞎搞，赌棍和骗子。如果他们骗到钱了，就在周一晚上去吸毒，买私酒，寻欢作乐。从傍晚五点钟一直到第二天凌晨，闹一个通宵。

桑德斯：这些蓝色周一派对还有一个意义。这样的夜生活、赌博、卖淫，还有皮条客，不仅仅就这么发生了，它们也是一种必需，为了活下去。女人们为了两毛五或者五毛钱就要出卖自己的身体。现在黑人皮条客少多了，这是因为黑人女性更加独立了。

在一套公寓里面，所有东西都搬走了。他们在房间里弹钢琴，喝威士忌。另一间房里，有人玩"佐治亚圈套"[14]、扑克或其他游戏。还有一间房，里面是妓女、皮条客。房里的东西都搬走了。一个人总得有自己的生活。

蒙哥马利：这些以前都是别人的房子。起居室里有一架钢琴，大家在那里跳舞。走私酒，两毛五半品脱。不收门票钱，赚钱靠卖酒、意大

---

[14] 佐治亚圈套（Georgia Skin）是在美国南方很流行的一种赌博游戏。——译者注

利面和辣椒……房子里往往挤满了人，什么样的人都有。五六间房，有时是四间，里面装了百八十号人。他们开派对是为了把房租赚出来。

警察经常会来突击检查，抓卖私酒的，还有赌博的。那个时候也有一些坏警察，杰西·詹姆士、大老六、卡拉汉小分队……

当时，我们有许多专门在家居派对上表演的钢琴师——"四十五"、"跛脚"克拉伦斯·洛夫顿（Cripple Clarence Lofton）、"松冠"史密斯（Pine Top Smith）、"席琵"华莱士（Sippie Wallace）和"牙签"。钢琴声整晚不停。大家走进来，不用工作，尽情玩乐。那时有各种各样的钢琴演奏，都非常棒。布吉伍吉爵士乐[15]就源于家居派对，不过它当时还不叫这个。1929年到1931年，我们管它叫杜力·乔（Doodley Joe）。我们付四块钱租下一间房，一个星期能赚十五块。我们干得相当不错。

桑德斯：1933年，啤酒开始流行，我们的生意也好了很多。他们可以到外面去喝酒。价钱也很合理。啤酒一毛五，还能看表演。禁酒令废除之后，人们看到了新的希望。实施禁酒令的时候，你得搞这些租房派对，因为那个时候没有夜总会。这就是黑人的地下酒吧。

蒙哥马利：我三十年代初就离开了，在密西西比的杰克逊附近组建了一个乐队。我们有时会在舞会上表演，一支曲子一毛五。（笑）我们开着一辆二手凯迪拉克和一辆破得快要散架的林肯车，整个乐队的人，走上两三百英里去演出。我们到了目的地，像是默里迪恩、哈蒂斯堡和维克斯堡这样的地方，都在密西西比河三角洲地带，结果连油钱都没赚到。从1935年、1936年一直到1939年前后都是这样。

表演比较集中的时间就是农民摘棉花的季节。他们摘一百磅棉花可以拿到一块钱。（笑）有的人一天可以摘两三百磅。我们在南部的烟草仓

---

[15] 布吉伍吉爵士乐（Boogie Woogie）是曾经风行一时的钢琴演奏风格，其特色为左手平稳地重复弹奏八个音符的变格，被右手弹奏的旋律覆盖。——译者注

库里表演。我还记得有一支乐队在仓库里演出时着了火。我们今天在白人的舞会上表演，明天就在黑人的舞会上表演，但从来不把他们混在一起。

桑德斯：那个时候，黑人艺术家任由经纪人摆布。后来，美国音乐公司（Music Corporation of America）和其他一些公司开始雇用他们，不过它们一开始是不签黑人乐队的。宾馆和舞厅只允许白人乐队去表演。那个时候，广播节目很流行。白人音乐家在各个场合演出，在摄影棚、音乐会和正规剧场赚钱，很多很多钱。穷兮兮的黑人音乐家只有破得快要散架的林肯车，他们就是你们口中的饥饿乐队。你知道"一夜演出"[16]就是从黑人音乐家那儿来的吗？

他们没有家。五年中，他们能坐下来的时间只有十个星期。他们住在汽车里。固定演出的机会都是班尼·古德曼（Benny Goodman）和汤米·道尔西（Tommy Dorsey）这些人的，在宾馆或舞厅。他们唯一能够坐下来的时候就是在纽约的阿波罗剧场、芝加哥的帝王剧院、华盛顿的哈沃德剧场……[17]

蒙哥马利：甚至他们的音乐都是从黑人音乐家那儿来的。克拉伦斯·威廉姆斯（Clarence Williams）写了《甜心蓝调》（*Sugar Blues*），结果被说成是克莱德·麦科伊（Clyde McCoy）的作品。多尔西兄弟的布吉音乐是"松冠"写的，他在租房派对上演奏过……

杰克·柯克兰（Jack Kirkland）

作家兼制作人。他的戏剧作品《烟草路》（*Tobacco Road*）是根据欧

---

[16] "一夜演出"指一个地方只演出一场。——译者注
[17] 这些都是接纳黑人现场演出的剧场，放电影就比较冷场。

斯金·卡德威尔（Erskine Caldwell）的同名小说改编的，"差不多演了八年"[18]。

1932年春天，有一天，我醒来的时候，宿醉还很厉害。一位经纪人把这本书拿给我，让我下午看看。他说："你是南方人，你可以好好挖掘一下。"我带着宿醉回了家，读了这本书，然后对自己说：你该写成一出戏。于是，我带着这本书跑到马略卡住了三四个月。我那个时候穷得很。

他在好莱坞——别人"花大钱"雇他去写电影剧本——写完了这出戏。他的作品中，有一部是秀兰·邓波儿（Shirley Temple）演的，相当成功。"《烟草路》的成功要归功于秀兰·邓波儿，真的。"（笑）

1933年12月4日首演。我当时找不到人来当制作人，他们都很担心，觉得这个戏上不了。所以，我拿出了所有积蓄，其他人没出一分钱。我把大部分钱给了合作者⋯⋯

这出戏的制作费是九千美元。日报上的评论不怎么好，除了对亨利·赫尔的表演赞不绝口。我只好在一个星期内又筹了五六百块，才让这出戏能继续演下去。直到《纽约每日新闻》的社论刊登出来。报纸的创办人帕特森上尉很喜欢这出戏，亲自写了社论。第二天我们就火了。后来，杂志出来了，乔治·简·纳森（George Jean Nathan）、鲍勃·本奇利（Bob Benchley）和多罗茜·帕克（Dorothy Parker）都对它赞誉有加。

五个星期里，你怀疑过吗？

没有，否则我也不会花那些钱。这出戏讲的是贫穷。观众们理解，而且关心这个话题。当然，这是大萧条之前的故事，萧条在南方本来就存

---

[18]《烟草路》是百老汇上演次数最多的剧目之一。——译者注

在，棉花一磅五分钱等。这当然是有冲击力的。不过我认为它的成功在于它现实，而且诚实。

罗斯福夫人也帮了我们的忙。她喜欢这出戏，因为它反映了社会现实。《烟草路》在亚特兰大首演时，她特地到现场观看，以防有人捣乱。不过那天没出什么乱子。

你在审查方面遇到过麻烦吗？

没有。拉瓜迪亚市长[19]禁了粗俗的歌舞表演，但他不会禁好的戏剧表演。后来在芝加哥，他们管我们叫"纽约知识分子"。[20]

从那时开始，大萧条对我来说就是一段欢乐时光了。一切都顺理成章，而且我的收入相当不错。（笑）我从来没见过这么多钱。之前你忙着挣钱糊口，把所有钱都押上了，这个结果不过是水到渠成，你没有任何感觉。那个时候，我净忙着结婚了。（笑）除了艺术，婚姻也是我生活中的主题。（笑）

天哪，我也见过"胡佛村"，透过火车窗户看到的。即便隔着火车窗户，看起来还是那么可怕，但我并没有被触动。

很多人都被触动了，尤其是年轻人。所以，当时有那么多人加入了共产党。他们是如此厌憎美国，以至于认为其他的制度可以纠正这样的饥饿惨状。很快他们就幻灭了……

但是，相比今天，那个时候大家都更加慷慨。对无法名状的东西没

---

[19] 菲奥雷洛·亨利·拉瓜迪亚（1882—1947），美国意大利裔政治家，共和党成员，曾任美国众议员和纽约市市长，支持罗斯福新政。——译者注

[20] 这出戏在百老汇首演之后，过了几年，来到了芝加哥。"我们的首演大获好评。观众们把我背在背上，沿着过道跑来跑去。芝加哥的首演是我见过的最棒的首演。几个月之后，我到了加利福尼亚。我在广播中听说凯利市长禁了我们的戏。他任性妄为，撤销了那家戏院的经营许可证。据我所知，凯利夫人带她的牧师来看了戏，大为恼火。"这个案子在联邦法院审理。州法院的判决支持柯克兰；联邦上诉法院又否决了之前的判决……"所以，我们到了圣路易斯。我们全剧团的人在芝加哥待了五六个星期，就为了等一个判决，其间工资还是足额发放。"

什么好恐惧的。后来，它就变得很具体：饥饿。我们有了一个更加具体的敌人要打倒。我们的处境都不好。当你陷入困境，你从来不去找有钱的朋友帮忙，你总是向穷朋友求助。我比他们更幸运，可以帮助朋友摆脱困境。

别忘了，我们当时都还年轻，有一种冒险精神。你三十岁的时候，很多东西都不怕。你不会害怕三四十年后现在的我害怕的东西。就像我现在跟你说的一样，我还是在从年轻人的视角看这个问题。哦，那真是一段绚烂多彩的时光。当然也少不了姑娘们。（笑）我真庆幸那个时候我还年轻。

赫曼·萨姆林（Herman Shumlin）

戏剧导演兼制作人。他的作品包括：《大饭店》(*Grand Hotel*)、《小狐狸》(*Little Foxes*)、《守望莱茵河》(*Watch on the Rhine*)、《孩子们的时光》(*The Children's Hour*)、《向上帝挑战》(*Inherit the Wind*)和《副手》(*The Deputy*)。

在距离时代广场两三个街区的地方，你会看到这些人，他们沉默不语，站在队伍里慢慢往前挪，领取从大卡车里发放的咖啡和甜甜圈。卡车两边刷着"赫斯特《纽约晚报》"几个大字。衣服很破，但你看得出来它们之前是很体面的衣服。

我会停下来打量他们的脸，看到的是黯淡、迟钝和面无表情。对我来说，这简直是人类灾难。每个街角，都有人在卖苹果。那是在戏院工作过的人，我认识他们，他们曾经身居要职。现在，他们没了工作，没了房子，没了家人。最糟糕的是，他们对自己没了信心。他们完全被打垮了。

我认识一个住在新罗谢尔的人。他有妻子和三个孩子,特别为自己的家庭骄傲。他曾是一家剧场的财务主管。1926 年,我的一出戏曾在他们那儿上演。他见多识广,什么都懂——一些了不起的东西,在剧场工作的人都懂。一个能力出众的人。

1931 年,我在街上碰到他。从他身边走过,我才想起来他是谁。我掉头去追他。在我赶上他的时候,他躲开了我的目光。我一把抓住他,他的眼睛里没有一丝生气。他小声说:见到你真好。他不想跟我说话。我跟着他,让他和我一起回家,坐了下来。

他告诉我,他妻子把他赶出来了。他的孩子也瞧不起他,因为他连房租都付不起。他只好离开,从家里出来。他一直觉得很羞耻。对我来说,这就是大萧条最残酷的地方,比没吃的更糟,承认自己是个没用的人,不管你之前什么样。

大萧条没有影响到我的经济状况。相反,市场开始崩溃的时候,我的事业却相当成功。但它确实影响了我眼前的一切。在这些发生的同时,我赚着我的钱。

1929 年 10 月,我和别人合作制作了一出戏,它在珠宝戏院(Bijou Theater)首演。作为戏剧,它并不算特别好。我站在街对面,古老的阿斯特酒店旁边,看着人们往戏院里走。我有点儿奇怪,这些人是怎么啦。他们看起来是那么萎靡不振,那么沉默不语,那么闷闷不乐。他们不可能已经知道这出戏的内容了吧?直到第二天,我去拿报纸看剧评,才知道股市崩盘了。那出戏很快就没再演了,但那个晚上我记得很清楚。

一直到 1930 年,变化才真正看得出来。出于某种原因,剧场还跟过去一样。它的下坡路走得比较慢。戏剧仍在排演,数量还不少,大家都在工作。

那年晚些时候,我制作并导演了《大饭店》,结果出乎意料的成功。这是我第一次当导演。突然之间,一个过去荷包总是干瘪瘪的家伙,一个星期就赚了七千块。不过,那时候整个国家开始走下坡路。

我觉察到大萧条带来的影响,百老汇的街道变得灰扑扑的,商店关门,店铺沦为卖便宜食品的地方,商店破产,被改造成带自动机器的小小游戏室。

百老汇每天晚上还是很热闹,到处都是人,跟以前一样。不过也有变化——人们的衣服没以前光鲜了。闲逛的人多了,不是去某个地方,而是在街上漫无目的地走来走去。还有那些排着长队沉默不语的男人,他们领完咖啡和甜甜圈就走了。这让我很不安。我在这边赚着钱,可我又能为此做点儿什么呢?

我一直都留意到人们遗忘的本领。我想即便是曾经深深陷入恐惧的人也都忘了,在感情上都忘记了。痛苦的记忆总是特别容易消失。我很好奇心理创伤是不是真的会表现出来。我认识许多挨过大萧条的人,我的同龄人,我很好奇他们是否记得自己曾经受过的苦,经历的那些愤怒和耻辱。我真的不知道。

你和他们在一起的时候会提起这个话题吗?

不,从来不提。我有时候会讲到这个,但我发现没人感兴趣。我不觉得他们是想逃避,这不过是他们曾经受过的委屈,他们不想再讨论而已。

我觉得那就是恐惧。一个人怕他的工作被人抢了,怕街上发生的事情。富人和穷人都害怕。如果再来一次大萧条,我怕美国会变成一个法西斯国家。

附记:"我每次去中央公园,都会去儿童动物园看看。这是公共事业振兴署的工人在大萧条期间建的。这是个非常不错的地方。我经常去公园,忍不住回忆——看,这是大萧条时候的东西。因为有人失业,因为国家给他们创造挣钱的机会,才有了这些美好的东西。"

公务员和领救济的人

伊丽莎白·伍德（Elizabeth Wood）

她是住房援助署（Housing Assistance Administration）的社会服务主管。从三十年代末到四十年代末，她一直是芝加哥市房屋管理局（Chicago Housing Authority）的负责人。

1933年，我刚被联合慈善会聘为社会工作者。那个时候，社会工作开始跟精神病治疗沾边。我觉得这非常讨厌。我的救济对象让我觉察到我们的一些工作方法有多愚蠢。我们提供什么样的东西并不重要——我说的是精神病治疗——重要的是坐下来听救助对象讲出了什么问题。这是我第一次接触到贫穷，我费了好大劲儿才搞清这一点。

我看到一个家庭受到的影响。九个孩子和父母住在三居室里。我给他们找了一套不错的大公寓，阳光充足，卧室也够多，让大家晚上能够体面地睡觉。他们第一次有了餐桌，第一次有了足够多的椅子。我看到这套公寓带来的魔法，这家人越过越好。这是我第一次了解到房子的重要性。不过，这并不是故事的全部。这只是我的观点。

这个家里有一个酗酒的父亲，他的妻子是一个吃苦耐劳的小个子德国女人，牙都没了。我一直记得这个。孩子们什么病都得过。那个十二岁的男孩逃学，因为他不得不穿姐姐的鞋子。不过他非常自豪，因为他是家里唯一有牙刷的人。

我也记得那个女孩,一开始我觉得她很迟钝。搬到新房子以后,她完全变了一个人。我不知道是怎么回事。她的妈妈向我坦白——原来她用买食物的钱带这个小姑娘去烫了个头发。她怕得要死,以为我会责怪她。可是,正是这一系列的事情让这个姑娘走出了以前不好的状态。她找到了一份工作。

住在那套三居室的公寓时,每次父亲醉醺醺地回来都会打妻子。这个姑娘就在那儿,站在旁边。这显然对她有影响。到了新地方,父亲想要打妻子的时候,男孩们就把他拖到后面的卧室,把门锁起来,这个姑娘就再没见过那种残忍的画面。所有这些改变仅仅只是因为房子更宽敞了。不过,其中也有那个母亲的功劳,她简直就是我所见过的最棒的"社会工作者"。

她让房子充分发挥了它的魔力。当另外一个十六岁的女儿开始约会时,她布置出一个前厅。她摆上一盆植物,还放了一张沙发。我之前一直让那个房间空着,现在她都填满了。这个妈妈还让女儿买了一个粉色的电灯泡,这样她约会的时候,房间看起来会很温馨。这就是我说的社会工作。(笑)

从某些方面来讲,这也让我看到新政的一个失误:人们需要的只是一所干净卫生的房子。之后,他们自有办法。

1937年,《美国住房法案》(United States Housing Act)通过。它的设想不错,与那些枯燥乏味的东西不一样。我们在全国各地建了好些非常漂亮的项目。联邦政府的标准很高,但谁都没想过:关于游乐场、房屋设计或管理措施,这些人可以自己做决定。随着我们让更多的穷人住进去,这些措施越发地制度化了。很多情况下,我们想在穷人当中挑出那些好一点儿的人家,回避那些不那么好的人家。但我们完全不了解……

当时,我们的立法还没有采用现在通行的一些理念:有些时候,这些人有很不错的主意，比我们的要好。我们才刚刚意识到居住者有权自己做决定。

四十年代早期，我们把1937年住房法案的经费花完了。那个时候就比较节俭了。新的政策似乎是：因为公共住房是给穷人住的，所以它应该看起来像穷人住的房子。如果它看起来很漂亮，就会惹人不满。从那时开始，我们的住房项目就毫无美感，建得跟兵营似的。

它带来了多重影响。单单因房子而受益的人越来越少了。我们发现对那些真正受挫的人而言，仅仅有住房是不够的。所以说，新政时代的政策放到现在还是不够好。因为我们充其量就是乐善好施的"慷慨女士"[01]。年轻人，这个在现在行不通了。

以前在1937年、1938年的时候，"项目人"这个词说起来是很自豪的，无比自豪。挑战在于不要让居住者因为他们拥有的东西而变得势利，要搞清楚一点，街对面的孩子也能过来用他们的游乐场。

我还记得有个年轻女人，她搬进了简·亚当斯项目[02]的公共住房。我们开始建那个项目的时候她刚结婚。从看见房子盖起来的那天起，她就想搬进去。她怀孕了，买了新的家具放在她当时住的谷仓里。当她带着刚出生的宝宝和新家具搬进去的时候，她简直就是这个世界上最骄傲的女人。

我也还记得帕切利夫人。她说："我住在贫民窟的时候从不跟邻居讲话。但到了这里，我们都是被选上的。"言语中透露出一些贵族的意味，这是很可笑的。现在则完全相反了。

本地还开展了许多没有系统化、组织化的工作，都很不错。在两个婴儿死于百日咳之后，项目里的几个妇女自愿去做预防工作。她们挨家

---

[01] "慷慨女士"是英国戏剧家乔治·法夸尔的喜剧作品《美男心计》（*Beaux Stratagem*）中的一个人物。——译者注
[02] 简·亚当斯项目是芝加哥的公共住房项目之一，1938年春天开始入住。

挨户地敲门，让所有六岁以下的孩子都接种了百日咳疫苗。她们想出了好多有创意的点子。

这都是她们独立完成的。我们的居民都很棒，他们什么问题都没有。只是我们还没有意识到人的独立性，以及市民扮演的角色……

这种情况一直持续到1949年。然后，我们就得大清理了，让那些高收入家庭搬出去。就亚当斯项目而言，入住家庭的平均收入是一千零二十七块。如果他们的收入超过一千二百五十块，就得离开。这确实有点儿残忍和卑鄙了。在全国各地，都有人跟我讲：我从项目里搬走，住进了非常差的房子。

那时候，在选址问题上还没有纷争，当时还是蜜月期。蜜月期维持了十年。我们工作上的唯一限制就是我们的脑子。我们不知道如何树立这样的意识——这些人可以为自己独立思考。

总的来说，住进来的都是夫妻带孩子的家庭，大部分渴望过上中产生活，但被大萧条所累。接受公共事业振兴署援助的家庭占很大比例。这些人流动性很强。他们找到一处房子，就因为那是一处好房子。

在我们的项目里，黑人少得可怜。早期的项目都建在白人区的空地上。这是伊克斯提出的政策——不要改变一个社区的样子。种族关系顾问都是好人，我们也没有深究。

我们在一个隔离开的单元里安置了二十四个黑人。之后，白人家庭的态度发生了转变，入住的黑人倒没有。我们很快拆除了隔离，黑人住户的数量稳步上升。一直到四十年代末期实施了老兵项目，我们才真正采用种族融合政策。[03]

之后就开始走下坡路。那些最穷的人家，因为城市改造不得不搬迁，于是住了进来。如果他们不知道如何安置一户人家，就会把他们送到住房

---

[03] 伍德女士因为坚持这一政策受到强烈抨击，当地和州内政客们对她的批评尤其强烈。

项目这儿来。所以,当时有大批吃救济及破产的家庭住进来。"项目人"的感觉变了。这不再关乎他们的权利。我现在还记得一个女人,她用那种厌烦的声音说:"我搞到了一个项目的名额,如果没有其他地方可去,我们就搬进去。"在那一刻,我无比清楚地意识到这些家庭不再有以前的那种感受了。

它不再是一个进步。在这个地方,你要接受调查。过去,你的私人习惯从来不会被审查。那些调查人员认为他们被领救济的家庭骗了,开始数人家的牙刷、检查出生证明,并盘查他们睡觉的情况。公共住房的制度变得僵化起来。

如果你是个女人,同时又是一家之主,而孩子们没有爸爸,那么你的处境就困难了。多少人家因为"家有男人"[04]的规定而离散。这是极不人道的。我们给人造成的伤害简直难以置信。现在,我们不建设房屋,我们建设制度。

新政是一个巨大的进步。它是一次大的飞跃,政府承担了提供补助住房的责任。但我们没有认识到,光有房屋是远远不够的,还要有人。如果忽略了人的种种可能性,我们将造就吃救济的一代人。这是我们造成的。

米克·休夫洛(Mick Shufro)

他是罗斯福大学的公关主任,在美国社会工作者协会干过类似的工作。三十年代末和四十年代初,他在芝加哥市房屋管理局担任助理局长。

一位有九个孩子的母亲可以领到两夸脱牛奶。后来因为预算危机,她

---

[04] 如果家里有健全的成年男人就失去领取救济的资格。——译者注

只能领到一夸脱。她在救助站大吵大闹，出言不逊。我们的社会工作者就向上汇报，说她有精神病，把她送到精神病医生那里。这位医生的回应在那个时候是很少见的。他说：她什么时候不这么做了，你们再告诉我，那才是不正常的。

预算削减的时候，我发现动物收容所的大狗每顿吃得比领救济的人还多。我把这事说了出来，一家报纸将它登上头版。预算还是少得可怜，不过我们突然弄到了钱。

我不清楚这突然的转变是怎么回事。后来，我发现街上商店的偷窃行为太猖獗，店主们不得不请求领救济的人多给点儿钱，好降低自己被盗的损失。情况可能是这样：一个孩子没有衣服穿，他的父母就到商店偷了一条裤子或是一双鞋等。

我曾在流动人口管理局的海员分处担任处长。这些海员去过很多地方，特别有组织。他们从来不单个来见我，一来就是一个委员会。他们反对我们的规定。我建议他们自己为留在这里的人定规矩。当时，他们有大约三百人生活在这里。他们自己定了一系列的规矩，比我们管理局的还要严格。我不会让他们把这里变成"恶魔岛"[05]。但他们定了规矩，并且遵守这些规矩，挨过了大萧条。

他们在问卷调查上给出的答案80%都是假的。他们跟社会工作者讲的一些个人问题压根就不存在。这是故意的。他们反对别人调查他们的过去。他们组建了一个委员会。在这一点上，我赞同他们。我说：别管什么个人经历。如果你有资格领救济，就能领到救济。

许多劳工可以领到救济，同时又可以保住自尊，不会情绪失控。办公室职员和专业人员则经常精神崩溃。

---

[05]　阿尔卡特拉斯岛（Alcatraz），俗称"恶魔岛"，是位于美国加州旧金山湾内的一座小岛。1933年至1963年间此地被设为恶魔岛联邦监狱，关押过不少知名的重刑犯人。——译者注

当时有各种各样的谣言，就跟现在一样。他们说住在公共住房项目里的黑人不会打理自己的房子。一天，我看见一个人穿着节日盛装，在花园里挖坑。他说："好多人跑来看我们，然后告诉其他人黑人是怎么过的。所以我在花园劳动的时候都会穿上最好的衣裳。"有人过来时，你会看到妈妈会突然拉住自己的小孩。几分钟之后，他们穿着纯白的衣服又走了过来。这是做给别人看的，但也有它的道理。

当时的"救济"和现在的"福利"有什么不同吗？

那个时候，我们说救济，指的就是救济。说的是一个健全而且有意愿工作的人，只是没有工作可做。现在，社会认为有些人不适合工作。从来不给他们机会，他们几乎是不能被雇用的，也就是我们说的"吃福利的人"。

埃尔莎·庞塞尔（Elsa Ponselle）

她是一所小学的校长。该校是芝加哥规模最大的小学之一。

我是家里最小的孩子，所以上了大学。哥哥姐姐们都希望我去，他们当年都没有机会。对我们家来说，有一个女儿去上大学就是一个进步。

我从1930年12月开始教书，工资只发到1931年6月。我们回来之后，这座城市已经破产了。我们当然还是继续教书。我没有挨饿，也还有地方住。我的父亲给了我足够的钱，让我可以过下去。但对于那些已经成家有孩子要养的男人来说，又是另外一回事了。

他们开始用欠条来发工资，利息是6%。听着是不错的投资嘛。但对于把它们当工资领的教师来说可不是这样。他们不得不拿着这些欠条去换所有换得到的东西。市政府承诺有了钱就会给我们钱。我们觉得这笔钱是永远拿不到了，商人们肯定更清楚。

每当我想起市区里的一些商店，就心怀感激。他们无条件地接受这些欠条。还记得中心商店和利顿小店吗？店主都是很好的人。像我们这些怀旧的人现在还会去光顾。也有一些商店，你想起来的时候是没法高兴起来的。他们也收欠条，但要打折，只能兑现60%到75%，很多教师的欠条居然打对折。时间一天天过去，它们把兑现比例提高到90%。我的一个朋友买了一架三角钢琴，因为店家居然不折扣她的欠条。（笑）我要说——请原谅我的措辞——欠条真是见鬼的东西。

后来，富兰克林·德拉诺·罗斯福入主白宫。有人去了趟华盛顿，拿到一笔联邦贷款。如果没有压力，这是不可能发生的。当时，教育董事会的主席说，不管我们拿到什么都应该高兴。我们问他，光凭我们赚的那些钱他的妻子能否过下去。一批人聚集在一起，又把我们组织起来。那个时候，每个人都全心全意地为工会服务。有人说："为什么不成立一个教师工会？"是啊，为什么不呢？

当然会有反对意见：我们不是生意人，也不是劳工阶层，我们是专业人士。作为专业人士，我们就算饿死也要平静而优雅。我们中的一些人对优雅和专业可没什么兴趣。他们更感兴趣的是改善他们的处境。

我们当然没有静坐示威，这么做会影响孩子。我们决定了一件事情：我们不会让孩子们受到影响。不管拿没拿到工资，我们都继续教书。不能让孩子受影响。

我们在拉塞尔街上游行。我们在迪邦街上游行。我们在密歇根大道上游行。我们到处游行。人们都惊呆了：教师应该是温顺而文雅的，我们理应维护现状，结果却加入了革命。（笑）我们站在下层民众这一边。我们怎么能够这么做呢？我很惊讶，因为有那么多教师参与了运动，尤其是那些上了年纪的教师。他们游行示威，这让当局吃了一惊。他们派人去了华盛顿，为我们拿到了一笔钱。

大萧条也影响了家里人。我的哥哥跟父亲一样，是个裁缝，每三个月才能接到一天的活。他还有妻子和两个孩子要养。我们可以向他伸出援手。一天，嫂子来看我，她说："你想不想听真正好笑的事情？约翰尼回家说，他要带些罐头到学校去送给穷学生。天，他还能上哪找到比我们家更穷的孩子？"我们不让孩子们觉得自己很穷。

现在的孩子拿到五十块钱，就开心地去把它花了。当然他们这么做没什么不对。一次，有人跟我讲："这些孩子需要的是经历一次大萧条。"我们两个人回想起那段艰苦的日子，都冲他大叫："永远不要！过一千年也不要！"我不在乎他们花钱的时候有多开心。没人应该经历一次大萧条。年轻人不应该。

你注意到在我这一代人里有多少人没结婚吗？对现在的年轻教师来说，结婚是再自然不过的事情。她们身边都是年轻的小伙子。我们年轻的时候，身边也有年轻的小伙子，但他们要赡养自己的母亲。

我们也有过机会的。大萧条的时候，我正和一个人交往。我们有可能结婚的。他是个商业艺术家，事业发展得相当不错。我记得有天晚上，他跟我说："他们刚裁了不少人。"他从没想过下一个可能就是他。他比其他同事年纪大，特别自信。他觉得这种事情不会发生在他身上。他突然就被解雇了，这对他来说就是晴天霹雳。之后他就消失了。

在我们学校有很多墨西哥孩子。在我强烈反对那些大企业的时候，我想到了这些可怜的小孩子。这些墨西哥人被弄到这里，在铁路上干活儿。工作没了，那就只好："兄弟，能给我一毛钱吗？"[06]他们就那样没了工作。他们接受了这样的命运。我的意思是说这个世界就是这样。

有一段时间，下雨或下雪的时候，中产家庭的孩子穿得特别暖和，或者干脆就留在家里。我们的孩子不管有没有衣服穿，每天都到学校。因为教室里暖和。

---

[06] 这是一首歌，前文有提及。——译者注

墨西哥人和黑人的孩子更习惯于贫穷和饥饿。意大利裔和希腊裔孩子,以及他们的父母都措手不及。现在有这样的说法:如果你想工作,就能找到工作。就在前不久,我侄子在提到黑人的时候对我说:啊,如果他们想工作,就能找到工作。我说:"如果你再这么说,我可不管你都快四十岁了,我还是会给你一耳光。你父亲在大萧条的时候找不到工作,他可是想工作的。"当然,他已经忘了这事。可是,我觉得以前的那种愤怒又回来了。

我现在这些学生的父母都在工作,可其中的一些非常非常穷。大萧条期间,如果你穷,你四处瞧瞧,不会看见……现在这个社会是,除了我,其他人都不是一无所有。我有什么问题?我们没有这些东西,我的父母又有什么错?我也会得到一些东西。我不怪他们。别人在看电视,其他人什么都有。为什么我没有呢?

大萧条的时候,问题不仅仅是"我没有",也有"你没有"。当时,富人们有自保的本能。你还记得吧,他们不会炫耀自己的钱。他们不会为初入社交界的少女举办盛大的派对,因为这不是当时该做的事情。他们怕得要死,怕会有革命。他们真的害怕,对不对?哦哦哦,他们怕成那个样子!还有比一百万美元更让人恐慌的吗?

对我来说,大萧条就是一种生活方式,从我二十岁到三十岁。我想以后还会一直这样。人们永远活在恐惧中,害怕丢了工作。你知道的,恐惧。不过,我们也算有过好时光。那时我们还年轻。

记得吗?废除禁酒令就是一件好事。我们之前喝的酒实在太难喝啦。谁会觉得喝酒是享受呢?我说的是私酒。我现在还是不喝杜松子酒,因为每次举起一杯必富达(Beefeater)[07]马提尼,我只会想起在禁酒令期间喝过的那种白白的东西。

---

[07] 著名的杜松子酒品牌。——译者注

说起大萧条，怎么能不提富兰克林·德拉诺·罗斯福？我还记得他来到芝加哥体育馆，我们都从学校跑到那儿去。他的儿子把他抱进去的。直到我们看见他的那些支架，我们才意识到他是真的残废了。他站了起来，那个地方简直沸腾了。他特别了不起的地方是他的幽默感，我们都崇拜得不行。他却好像没把自己当回事。

还有埃莉诺。埃莉诺，我想她是我们所有人最大的福星。我想起了人们是如何谈论她、她的容貌、她的声音。我有一段时间对她特别狂热。我怎么没得高血压呢？我也不知道。

不久前，一个学生家长对我说："你知道吗，你说话的时候有几分像埃莉诺·罗斯福。"我说："你是说我们的声音像？"她说："不，不。你的声音和她一点儿都不像。"我说："那你的意思是？"她说："我也不知道。你就是说起话来像埃莉诺·罗斯福。"很了不起吧？

文森特·默里（Vincent Murray）

警队队长。在位于芝加哥南区的一家警察总局。

"我在美国运通公司（American Express Company）工作了十年。1933年，我被解雇，之后一年都没有工作。我去了不同的地方，但都没有找到工作。运通公司的业务稍有起色之后，他们又把我招回去了……"

我1935年加入警察部队。五百个年轻的新人在同一天宣誓入职。那天，一位记者宣布威利·波斯特（Wiley Post）[08]和威尔·罗杰斯（Will

---

[08] 威利·波斯特，著名喜剧演员和社会时事评论员。——译者注

Rogers）[09]因飞机失事在阿拉斯加丧生，我们都很伤心。

我们的起薪是一年两千三百块。制服、枪、衬衫等都要自己买。那个时候，很少有警察开车。我们穿着制服坐电车来上班。我们到警局那站的时候，车上已经有了十五到二十个穿制服的警察。在我们的人里，95%都坐电车上班。

现在从窗口望出去，我的右手边，可以看到一百五十辆车，都是侦探和警察的。我想说的是1935年、1936年、1937年、1938年那几年和1968年不同。现在我坐巴士去市区，车上再也看不到一个警察。他们开着各种各样的车来上班：福特、雪佛兰、克莱斯勒，你甚至还能看到他们开凯迪拉克、野马。那个时候，我们量入为出，绝不入不敷出。

现在警局里的这些年轻人，90%都过着入不敷出的日子。他们开着负担不起的车，看着负担不起的彩色电视。一些人还在聊避暑别墅。就他们那点儿工资，绝对没可能。如果他们想维持下去，他们的妻子就得出门工作。或者，他们做兼职。那个时候他们还不能兼职。有一份工作就算走运了。就在上个月，他们允许警察兼职开出租车。

现在，我们有二十辆警车，过去只有两辆。那个时候，大概有五十个警察在洛普区徒步巡逻，现在可能只有十个，其余的都坐在警车里。过去在洛普区工作是很有意思的。每隔二十分钟，就有城外的人把我们拦住。他们看见穿制服的警察就会问大楼、餐馆在什么地方。

大萧条就要结束的时候，洛普区有许多招聘机构，骗局频发。找工作的人从招聘机构出来，这个骗子就走过去，拍拍他的肩膀问道："不好意思，你是在找工作吗？"他会说："是的。"骗子说："那就好。"他说自己叫帕森斯。"我有一份工作介绍给你，就在加兰大厦。管理电梯，一个星

---

[09] 威尔·罗杰斯，第一位单独完成环球飞行的飞行员。——译者注

期三十块。"那个时候三十块可是很大一笔钱。

于是，他们两个就去了加兰大厦。骗子会带这个年轻人坐电梯到他的办公室去，让他坐在角落里。接着，他会和楼里的某个人讲几句话，然后走回来说："那份工作是你的了。你明天开始工作吧。不过，你得有套制服，要花五十块。"

于是，他们坐上一辆出租车，去这个年轻人的家里。如果他没有五十块，就会问他的姻亲或者邻居借。他太想得到那份工作了，所以他会交那五十块钱。帕森斯说："好了，明天早上来报到，我会把制服给你。"

第二天，这个年轻人去了加兰大厦，径直去到那间办公室，到处找那个帕森斯。帕森斯先生却没有出现。于是，他走过去问昨天跟帕森斯讲话的那个姑娘。她说："我不认识帕森斯先生。"

我们接到了五十起报案，都是关于这个帕森斯的。事情有些失控了。这个地区的队长找了十个年轻小伙子，让他们穿上便衣，去这些招聘机构走动走动。我们对这个骗子了解得很清楚。

我们抓到了他。大约三十个人来指认他，结果他一露面这三十个人都把他认出来了。我们把这个家伙扔进监狱待了五年。我讲这些只是让你了解当时的人有多渴望找到工作。他们几乎可以为此付出一切代价。

那个时候，你遇到过罢工或工会组织者吗？

这些组织产业工会联合会的人没什么错。如果你不与普通民众为伍，就会说那里有左翼。他们把那些在牲畜围栏辛苦工作的人组织了起来。美国劳工联合会没有为劳工做任何事情，什么都没有做。

我还记得父亲在牲畜围栏工作，那时我还小，已经是五十年前的事情了。他的工资是一个小时一毛钱。我哥哥也在那里干活，工资是一样的。他干十个钟头可以拿到一块钱。如果他们在那儿提到工会，就会被解雇。美国劳工联合会没有为这些人做过任何事情。大萧条的时候，产业工会联合会出现了。

就在那个时候，人们开始说这些人是左翼和布尔什维克等。就我个人来讲，我不觉得他们比我更加布尔什维克或更像共产主义分子。他们只是想靠正当的收入生活，仅此而已。

如果这一切发生在今天，我想这些人会把事情掌控在自己手中。他们跟以前的人不一样，接受了更多的教育。

那个时候不存在根本的种族问题。黑人自己待着，从来不闯入其他的社区。大家都不怎么关心这些人。

厄尔·B. 迪克森（Earl B. Dickerson）

他是至上人寿保险公司（Supreme Life Insurance Company）的总裁。"公司主要为黑人提供保险服务。鉴于现在的竞争来自白人的公司，我们也在谋求进入行业主流。所有这些都是从1954年最高法院的判决开始的。[10]"

他还是芝加哥城市联盟（Chicago Urban League）、全国律师协会（National Bar Association）、库克县律师协会（Cook County Bar Association）[11]及全国律师协会（National Lawyers Guild）的主席。

1939年到1941年，他是市政委员会的一员——来自第二选区的市议员。

"大萧条就像飓风。幸运的是，这种'天灾'是公平的。白人和黑人都深受影响。"

---

[10] 1954年，在堪萨斯州的托贝卡，黑人布朗试图把女儿送进一所全白人学校就读，遭到校方拒绝，他向联邦地区法院提起的诉讼未能获胜，法院宣布隔离学校制度不违宪。美国最高法院则在1954年5月17日宣布公立学校中的黑白种族隔离制度违反宪法。——译者注
[11] 库克县律师协会是一个黑人律师协会。

南区的贫民窟看起来和现在是一样的。人们在街角消磨时间。不论是周六还是周一,街上都挤满了人。人们都没钱坐车去找工作。他们弯腰坐着的时候,绝望都写在脸上。几乎所有的黑人公司都破产了。社区里的银行也倒闭了。尽管它们为黑人储户服务,但是由白人在经营。

几乎在市政委员会的每一次会议上,南区的代表都会要求更好的救济待遇。我也多次提出要更多地考虑他们的需求,但市政委员会的回应一概是勉强和小气的。一位来自西区[12]的市议员指责他们懒惰。他说:"就因为懒,所以有那么多人在吃救济。"

我回答他说:"这就像把一个人的双手绑在身后,打他的头,再责怪他是个懦夫,因为他没有反抗。"根据我的调查,很少有黑人在这座城市找到工作,州街上的大商店一个黑人都没雇。

市政委员会由凯利市长说了算,就像现在由戴利说了算。他这个人无情又跋扈,就是他一个人在那唱独角戏。只有三个市议员敢跟他对着来。保罗·道格拉斯是一个,约翰·博伊尔(John Boyle)是一个,我是第三个。

一开始,凯利表现得很友好。可是,当我对现状提出质疑,他的态度就变了。我不同意对那些与贫民窟发展息息相关的限制条款视而不见。我发现学校委员会六年没开过会了。我问他为什么白人孩子可以随意转学到其他地区,黑人孩子就不行。我提出的决议一个都没通过,凯利不批准。

哦,成功了一次。我要在交通条例中加入一条非歧视条款。那个时候,芝加哥地面公交线路公司还没有黑人司机或车长。因为战争,劳动力严重不足,凯利让步了。这并不是说他个人对我的提议表示赞同。他

---

[12] 这一地区因与财团关系密切而著名。

从来都不站在黑人这边。他也就是靠着罗斯福的提携上位的。

据他讲述，1942 年，凯利市长挑了自己的亲戚取代了他，做了民主党的高层。这个人就是威廉·道森（William Dawson），他之前一直是共和党的。"原因就是我不听话。"

从我离开市政委员会那天开始，我就再没回去过。有时候想起那四年，我觉得很后悔。作为一个政治人，我的抱负没有得到充分的施展。我想为黑人打开的每一扇门都关着。住房，没有成功；就业，没有成功；教育，没有成功。我能做的就是提出问题，让公众了解……

附记："罗斯福指派我到公平就业委员会（Fair Employment Practices Commission）任职。我在那儿从 1941 年干到 1943 年。我还记得在洛杉矶举行的听证会。一家大型的飞机制造公司雇用了两万人，其中没有一个黑人。就在举行听证会的当天早上，他们招了十五个黑人。我问人事经理他们在什么部门工作，他回答说'保洁'。他们的工作就是扫地。

"另一家公司没有黑人砖瓦匠。他们给出的理由是：一两个黑人没法跟白人一起干活。他们得凑够人数在大楼的另一边干活。既然他们招不到这么多人，那就干脆一个都不要。"

马丁·比卡姆博士（Dr. Martin Bickham）

城里的失业人口超过了四万。伐木工、铁路工人、矿工……他们坐着火车来到了芝加哥。

他当时正在为联合慈善会——一家私营福利机构——做研究。他的关注点是失业的残疾工人。"这些人当中有只剩一条腿的,他们曾经在铁路上工作;有在训练营没了一只胳膊的锯木工;还有很多聋哑人。"再加上黑人,他们是最早流离失所的。

跟埃德·瑞尔森(Ed Ryerson)谈了谈。他是这个委员会的主席。结果,他们把我叫了过去。

我告诉他们,1848年的巴黎因为让人们工作,从而避免了一场革命。如果不让这里的人有机会参与我们的经济活动,就有可能爆发一场革命。他们接受了我的计划。

计划很简单。如果这个人领的是合同规定的最低工资,但他挣到的钱既达不到他养家所需,也达不到他可以领到的救济金数额,那么他就可以一直干活,直到达到同等的数额。

难道不会有人问你:"一个人可以领到同样多的救济金,为什么还要去工作呢?"

这些人想工作。这是大萧条那些年里贯穿始终的主题。我很少遇到将领取救济当作谋生之道的人,人们很清楚这会逐渐削弱一个人的意志。我永远忘不了我们办事处对外开放的那天早上。那是1930年12月,寒冷的一天。几千人排着长长的队伍,足足有好几个街区那么长。好些都有一身熟练的技术,带着自己的工具。在那个冬天,我们帮将近一万人找到了工作。

办事处开放后不久,最早来找我的人还有那个选区的委员和市议员。辛克·丁克(Hinky Dink)来了,老鲍莱尔(Bauler)也来了。[13]我礼貌地与他们交谈,问他们想要什么。他们开出了一张清单。我对他们说:如

---

[13] 在长达半个世纪的时间里,辛克·丁克都是第一选区的市议员。鲍莱尔则是第四十三选区的市议员,好像一直都是。

果这些人在我的清单上，或者在官方认可的救济机构的清单上，他们的出路就是去工作。这些政客出去的时候都是一脸嘲讽的表情。他们以为可以说服我。不过，当他们发现其他每个人拿到的药方都是一样的，他们就在市政委员会上维护我的计划了。

1935年，一些势力开始疯狂地攻击公共事业振兴署，我起草了一份回复意见，被罗斯福和霍普金斯采纳了。那就是保存人力资源。让民众工作，保护养家糊口的人，保护家庭生活和这个国家的孩子。这是政府的基本职责。

《芝加哥论坛报》毫不留情地嘲讽我，取笑我，试图诋毁这个计划。可它已经激发了全国各地民众的想象力……

我在州里四处走访的时候，发现成群的人聚集在县政府，在大厅里无所事事，干着赌博或是诸如此类的事情。他们看起来没吃饱，有的还喝点儿小酒。随着公共事业振兴署的成立，这些人不见了，可能去某个项目上干活了。他们开始领薪水，不用再受不超过救济金额的限制。公共事业振兴署给他们支付全额薪水。如果你做木匠的工作，就能领到木匠的薪水。

在这些工作中，很少有偷懒的现象。我每个月在本州各地对他们进行调查。有些工程是由委员会主导的，可能不那么明智。记者一般都会深挖这些项目背后的故事。

我住在郊区，我们社区的一些邻居会在门廊那儿等我。这些人之前都在工商界从业。我通过公共事业振兴署给许多人找到了工作。

到了1931年，数千黑人被解雇，他们是最先丢掉工作的。那年冬天，好几十人从家里被赶出来，他们的家当就放在人行道上。这个时候，共产主义分子参与进来。这些从纽约来的厉害角色搞游行，还组织了一场暴动。警察当街打死了六到八个黑人。这让整个社区怒火中烧。我在那儿花了四十八个小时，试图平息事态。

我去拜访了瑞尔森及企业领袖委员会。他们都很忧心,觉得星期天会有一场暴动。我说阻止暴动的唯一方法就是让这些被赶出来的人全都去工作。当时是星期六。他们说:"我们没钱。"我说:"那你们最好筹点儿钱。"到了周一早上,他们搞到了钱,我们当天就让那三百人去公园里干活。这让他们平静下来。我们解决了这个问题……

驱逐、被捕及其他

威莉·杰弗里斯女士（Mrs. Willye Jeffries）

一个瘦弱的妇人：银白的头发越发衬托出她黑色的皮肤。她坐在厨房里。便携式收音机里传来播音员连珠炮似的声音，正在播报当天的新闻。

隔壁房间里，一个小男孩正蜷在铺得整整齐齐的床上，睡得正香。这是邻居家的小孩。

我们当时有了工人联盟。就在第四十五区，我在那里做过秘书和会计。我们经常上救助站，有时候一天会被逮捕两三次。

有一次，我们为一个已经去世的老妇人而抗争。救济站不肯给一百块的安葬费，他们什么都不想给你。我们找了大约五十个人，去了救济站。如果他们不给这一百块，我们就不走。我们最后拿到了这笔钱。但我们花了两三天才找到那个人，就是救济站的头头。你看，那个时候警察要逮捕我们。不过当他们知道我们这么干的原因之后，就放手不管了。

真有警察这么觉得，然后还放任你们不管？

对，他们管那个人叫"双枪彼得"。

（大吃一惊）"双枪彼得"华盛顿[01]？

没错，他就是其中的之一。那天，他们开了好几辆警察巡逻车到救济站，很大的车。我们把那个东西给掀翻了。我们把它掀翻了，但没有人被抓进去。这个组织里还有许多波兰女人。她们有辣椒粉，就把这个东西撒到警察的眼睛里去，没人知道是谁干的，因为他们都看不见嘛。辣椒粉，那种红辣椒磨成的粉。很多时候，男人被警察们打倒在地，又站起来继续战斗。女人们也发挥了很大作用。

还有一次，一个好好先生死了。我们到了总部那边，当时工人们都在一楼干活儿。我们当中有一个白人老妇人，有两三百磅重，我们叫她库尔茨妈妈。她帮我们望风。我们来回走着，把那个地方围了起来，因为他们不想安葬那位老人。我们把"遗体"带到那里——不是那个人，只是看起来像尸体的东西，就放在那里，工人工作的地方。他们都上楼去了。我们把他们赶了上去，然后围着这个地方巡逻。我们是不会离开的。我们还唱歌，表明我们一点儿也不慌张。到了午饭时间，这些工人凑了五块钱，送到楼下，让我们去吃点儿东西。

警察巡逻车来了。库尔茨妈妈早就发现了他们。她拄着拐杖，在那儿走来走去，用拐杖敲击地面告诉我们他们还有多远，明白吗？她说这样即便警察来了，我们也不会慌张，该干什么还干什么。所以，他们进来以后只是站在门边，叉着腿站在门边，看着我们。然后就回到了警车里，干他们自己的事去了。

不过，我们还是把那个老人安葬了。我们在一楼待了两个多星期。我们有毯子，还弄进来一架钢琴，过得很开心。我们有很多吃的，不负责巡逻的人会确保我们每天都有吃的。

---

[01] 黑人警察西尔维斯特·华盛顿（Sylvester Washington），在芝加哥南区很有名望，令人敬畏。他最为人所知的就是动辄开枪。

老式的静坐抗议……

没错,就是这样。这也是我们的抗争。我很喜欢这么干,很喜欢。我不想让他们觉得我是个无能为力的女人。

我丈夫死的时候,女儿还不到两岁。他死的那天是9月3日,在食品加工厂上班的时候死的……女儿要到11月8日才满两岁。我带着她,觉得每个人都在欺负我,因为我老公死了。我可不是好惹的,不好惹。

我搬进一栋老楼,现在已经拆了。洗澡间和厕所都是公用的。楼上会有水渗下来。那不是人住的地方,我早就听说了,我搬进来是为了跟房东斗一斗。我打了一场漂亮仗。

我开始把楼里的住户组织起来。每次我弄出一张传单,他们就把它带到楼下,堆在房东的办公桌上。他住在比弗利山庄[02]。第二天早上他过来的时候,桌上就堆满了传单。他看着我说:"杰弗里斯女士……"他提出给我五百块,让我不要再组织楼里的住户了。我说:"你看啊,我组织的这些人都是我的人,我不会出卖我的人。你的钱是没用的。"

威尔金斯(Wilkins)[03]就花钱找了一帮警官,他们都是从四十八街[04]过来的侦探和便衣。他手里有一份楼里寡妇住户的名单,这些人都是领救济金的。他把这份名单给了警察,他们在晚上十一点半或十二点的时候就来敲门,看屋里有没有男人。看见没?只要他们看到男人,这些寡妇就不能再领救济金了。[05]

一天晚上,警察马龙敲了我家的门。我问:"谁呀?"当时我和爱德华·加里(Edward Gary)正在玩扑克牌。我们还喝了一点儿酒。桌上还有

---

[02] 芝加哥比弗利山庄位于远南区,是中产阶级居住的地方。
[03] 威尔金斯是该楼的房东。
[04] 一个辖区的警局,当时可能是世界上最繁忙的警局。
[05] 根据当时领取救济金的规定,如果单身母亲家里有身体健全的男人,不论对方是单身还是已婚,不论他是否抚养这一家人,这位母亲和她的孩子就失去了领救济金的资格,也就是前文提到的"家有男人"规定。——译者注

一品脱的酒，但没有打开。他又敲了几下，说道："警察，开门。"我拿起了扫把杆，说道："进来吧，你他妈有钥匙的。"就在他踢门进来的同时，我一把把门拽开，他就栽了进来。我打了他几下。我对女儿说，她那时已经九岁了："简，快起床，到楼下隔壁街区去。"工人联盟的主席就住在隔壁街区。她去了，找到托尼，可他没办法尽快赶来这里。

我正和马龙打着呢，托尼来了，说："好，再给他几下，姐们儿。"他站起来，拿着手表，计时四十五秒钟。他说："再给他几下，姐们儿。"我家里有一把小刀，我有时用它来切玉米，它就在桌子上。那个警察受不了我一直打他，就从扫把杆底下钻过去，抓住我的胳膊使劲拧。我被桌子绊倒了，小刀也给震了下来。我女儿看到了，从床上跳下来，冲过去把小刀捡了起来。就在那个时候，他用枪顶住了我女儿身子的一侧。

最后，他叫来了巡警。他说："这里有个女人动手了，我治不了她。"我的块头很大，那时候可不像现在这么瘦。巡警开着囚车就过来了，他们说："加里，你最好离开这儿。我们不想为难你。"他对他们讲："如果我现在撇下这个女人走了，未免也太不绅士了。她丈夫还在世的时候，我就经常来看他们。现在让我这么做，我也太不是人了吧。"他又说："如果这个女人得了九十九分，那我肯定能拿一百分啊。"好吧，我们俩都给带走了。

等着受审期间，我们鼓捣出一份传单。工人联盟里所有来自南区的人那天都出现在了法庭上。他们一整天都在那里胡闹，法院花了点时间才传唤我们出庭。

与此同时，马龙看到一切都对他不利，因为他私闯民宅。他没道理进我家的门。他把加里叫到大厅里。加里回来后告诉我马龙到底想怎样，他想让加里和我交一块钱的罚款，并且承认有罪。我说："我的态度是，我到这里来的时候是个自由人，我走出去的时候还是个自由人，我不会留下任何记录的。"

轮到我们的案子开庭时，威尔金斯找了五十个人来跟我们作对，他们坐在法庭的后面。我们走上前去，结果法官说："本案不予受理。"威尔金斯和他的老婆正在来的半路上，而我们已经在回去的半路上了。他们不知道发生了什么，我们都往家走了。

威尔金斯说："杰弗里斯女士，让我送你回南区吧？"我说："不用了，谢谢。那边就有电车。我坐电车过来的，这会儿也坐它回去。"

那个时候，我帮租户处理事情。你知道的，我不介意陪他们上法院。他们还以为我是个律师。（笑）

我有个棕色的大公事包。后来我一天要去法院两三次，他们一看见我就开始大叫："那个老娘们律师。"我找了好多报纸，把它们撕碎了塞到公事包里。（笑）它们就是我的法律书。一直有人在笑话我。"看啊，那个老娘们律师来了。"我上前，开庭……我把念珠放在桌子上，法官也放了念珠。我还有一个小袋子，上面粘了个十字架。那个法官还以为我跟他一样是个天主教徒。（笑）我一场官司都没输过。

那天，我从华盛顿回来[06]，正在下雨。我早上八点左右回到家，屋里的墙都湿了。没有水管把这些水排出去。我住的公寓有两间房。我让人去叫房东。然后，威尔金斯就来了。我说："看到啦？你觉得我今晚能在这儿睡觉吗？赶紧把水管装上。"他说："你过来。"他把放在院子里的水管指给我看。我说："这些水管在院子里已经放了三个多星期了，顶屁用？"我又说："如果你不把水管装好，我就不交房租了。"第二天，他就把水管装好了。

我又问他要瓷漆。他答应了，派了一个侄子来给我刷。不过，他让那个小伙子刷的是冷水漆。我让他回去了，告诉他："你不能往我的墙上刷这个东西。"最后，他终于带着真正的瓷漆来了，把我的两间房子刷得

---

[06] 三十年代她多次参加穷人的集会。

漂亮极了。

那天晚上,楼里所有的住户都想来看看我的房子,它实在太漂亮了。我说:"我要这一层楼的住户都结成统一战线。"我让二楼的所有住户结成了统一战线。这一层楼里没人付房租,因为所有人都想把房子修整得跟我的一样,但是房东不肯。那好吧,我把所有人的房租都收到我的手上。不过我不会给他。我说:"除非房东把你们的房子装修得跟我的一样,不然你们就不付房租。"他们当中有的人想要一张床,有的想要油毡,有的想要椅子和桌子。

住在我对面的格里芬太太是第二个修房子的。我说:"你房里还需要什么东西吗?"她说:"没有了。"我说:"那你下楼交房租吧。"桑德勒太太是住我隔壁的小个子女人,有好几个孩子,她的丈夫已经过世了。我说:"你想要些什么?"她说:"我想要个床垫铺在孩子们的床上,我还需要几把椅子和一张桌子。"他楼下的仓库里就有这些东西,可是如果你不拼命要,他是不会给的。我说:"下楼去要吧。你没拿到想要的东西之前,我是不会把房租给你的。"她下楼去了,拿到了想要的东西。梅杰[07]把这些东西扛了上来。这些人说出自己想要什么,他们就按要求布置,之后房东才拿到房租。

那之后,房东就准备赶我出去。我让他把我赶走了。我让法警进门把我赶了出去。

他们把你的家具放到了人行道上?

嗯,对。我让他们进来这么做的。不过,我们有个委员会把一切都安排好了。我们在外面待了整整一个星期,搞得整个社区都沸沸扬扬的:到底出什么事了?我有一个很好的朋友,就住在之前那栋楼里。每天早上要是在外面守累了,我就上去睡一觉。我的小女儿天天都在上面睡觉。

---

[07] 梅杰是楼里的管理员。

最后，房东跑来找我。他说："杰弗里斯女士，你没必要这么干。"我说："当然没必要，可是你把我赶走了。现在我想在这儿待多久就待多久，你不能再赶我啦，这不是你的地盘，这是市政府的地盘。这个街区可不归你所有。"

下雨了，不过男人们支起了防水油布，没有东西受损。我们在那儿做饭，吃的东西比之前住在屋里时还多。

有很多人被赶了出来。房东打电话叫来法警，把他们赶出去。法警一走，我们就把他们弄回原来的地方去。我们要做的就是给"希尔顿大哥"打个电话，他现在有九十多岁了吧。看，就在这么一个地方，有一户人家被赶出来在外面待着。每个经过这个社区的人，只要是工人联盟的成员，就有一个他可以打电话求助的人。那个人过来的时候，还会带上大约五十个人。

房东会切断煤气，再把煤气管拿走。如果没有接到天花板上，他们就会拿走，把电也断掉。我们组织里有人是电工，所以，我们会悄悄地在人群里转悠。一些漂亮的家具就堆在街面上。有时候还会下雪。我们找到家具的主人："如果我们把家具放回去，你愿意待在那儿吗？""愿意。""那好，咱们走。"我们把这些东西搬上去。电工先把灯泡接上，然后去五金店买回煤气管，把炉子接通煤气。我们把家具放回原来的地方，就像没被赶出去过一样。

她在那片地方的几栋大楼里搬进搬出，不断地惹事上身再摆平。她清楚地记得自己之前所有的地址。1936年大选期间，她是民主党选区负责人的助理。在她住的那栋楼里，她让所有人都投了罗斯福的票，而房东是共和党人。"因为我让他楼里的住户都支持民主党，所以他打算把我赶出去。我跟他讲'你应该跟我们上同一条船'。"在罗斯福的其他几次竞选中，"罗斯福每一次当选，我都让房东的立场发生了一点儿变化"。

谁手里都没有钱。我们成立了这个组织,让大家每个月交一毛钱的会费。之后,我们会举行派对筹钱,让组织得以维持下去。到了战争爆发的时候,大多数人手里有了一点儿钱,然后他们就不听你的了。他们不再需要你了。三十年代,日子真的很苦,没人有工作,我们把自己有的都分给别人。因为领救济,我可以拿到一张小小的支票,支付我的房租。他们还会把多余的食物给你,还记得吗?你得到救济站去,领一点儿肉、豆子,还有面包什么的。我们的这点儿东西都跟朋友们分享。

现在,他们看你一无所有也不会管你。他们宁愿把那些东西倒进垃圾箱。他们觉得自己比你强。他们中的有些人会说:"我死也不会给他们。"

我们曾经组织警戒线,为黑人争取在电车和高架列车上工作的权利。结果也是一样。当时的斗争很艰难,但我们最终让他们得到了工作机会。现在,他们中的一些人不知道该如何对待我们。上车的时候,他们的态度特别糟糕。有时候,我忍不住说:"你们不知道自己的工作是怎么来的。你们现在在这儿工作,但你们不知道自己是怎么得到这份工作的。"他们中的一些人会表示赞同,然后说起当年的事情。我说:没错,那是一场斗争。

从三十年代过来的人,大多数不在了。我还在,我和"鼓手尤克姆"。从三十年代过来的人,我只认识这么两个啦。

哈里·哈特曼(Harry Hartman)

我们在县政府大楼见面。他的转椅都快坐不下了。他很胖,稍微有点儿气喘，还有一两年就该退休了。他在这间法警办公室已经待了"三十三年半"，在别的地方还待了几年。他是从1931年开始做法警的。

大萧条期间，"我是唯一在办公室工作的。结果就是，他们成了大人物，而我还在工作"。但他也得到了补偿。"简单来说就是看戏的时候能坐到前排。"作为法院的法警，他羁押了一个十六岁的少年——男孩在一个周末杀了四个人。审讯期间，"他跟我赌了一包香烟，说他会被判死刑。我也赌了一包烟，说他不会。当陪审团宣布他有罪时，他一副若无其事的样子走回我那里，对我说：'好啦，把烟给我。'我在公开法庭上把烟给了他，还被人拍了照，标题是：'杀手赌烟。'你明白我的意思吧，他们把这件事情闹大了"。那个小伙子被处死刑——这对他的打击相当大。

三十年代，"我负责看管法警扣押的财物"。他经常负责发还和扣押财物的文书，偶尔也会参与驱逐住户。"发还财物是说有人按带附加条件的销售合同买了某样东西，结果又没能履行合同，那么我们就要去把他买走的东西拿回来。因为即便还差一块钱没付清，东西也不是他的。扣押是针对商店和企业的，我们要去那里执行法院的判决。"

我们每天都会遇到这种事儿。我们开着卡车过去，把桌上的食物拿开……丈夫一般会跑出家门。我们把吃的放在地上，把椅子和桌子搬出去。如果这家确实很穷，我们会权衡一番，你知道的，就是留下几样东西。这样，他们可以勉强过下去。对大多数人来说，日子很难过。

有一次，我们去的那户人家有三个孩子。那张桌子看起来在家具公司的清单上，还有床和其他东西。我们感到不可思议的是，这家人差一点点就付清了所有这些东西的欠款。就在他们上次去家具店付钱的时候，他们又买了一样别的东西。这样东西他们没有付钱，也没有分开记账。售货员说："你随便挑，我们把它记在原来的账单上。"他们把之前买的东西都付清了，结果大萧条来了，他们付不出新买的那样东西的钱，所有的东西都得收回去。

你晓得的，就像是收音机。你还记得那个时候吧，人们买一台收音机搁在橱柜里。橱柜是大家伙，要花两百块。这些人把卧室和餐厅里的家具都付清了。接下来，他们想要一台精巧的收音机。收音机记在了原来的账单上。结果，所有的东西都被收回去了。

这件事情很难办，但我们好好筹划了一番，留下了好些东西。清单上的床和其他东西我们都没管。等我们东西拿得差不多了，就说那些床垫太不干净，我们不要了。如果我们有办法，就会替这些人盘算，如果原来的账单是五百块，而他们已经付了三百五，我们就会算一算，你已经付了三百五，那么床留下好了，桌子也留下。或者，我们会说床垫上都是蟑螂，我们才不碰那个东西。我会在单子上记下：床不见了。我会跟那个家伙说："你能确定这就是你的床吗？"我对他说："嘿，你就说那不是你的床。就说你的小舅子搬走了，这个是他给你的。"我们会干这样的事情。

我是说，我们总能想出办法来。这是人性的一面。如果你真想帮人，你就一定能帮到他。让他们的生活好过些，也就是让你自己的日子好过些。大多数情况下，有大量征兆告诉我们，如果他们付不起钱，会做什么事情。他们破了产，还拼命坚持着。可是一旦发生这样的事情，他们中的很多人就放弃了。

最可惜的是，当你走进一户豪宅，发现他们只要卖掉墙上的一幅油画，就可以支付法院判决的赔偿金额。你走进工厂，那个人向你求情，让你留下他的工具，这样他就可以在家干活儿。你在盘点清单的时候，如果让他留下某样东西，嗯，比如说一块牛肉，这不太好；可是，如果你让他拿走他真正需要的东西，他就可以用那些东西去养家糊口。所以，在很多情况下，你得用用脑子。

问题在于你进屋的时候得像个正派的人。这么做也是会有回报的。如果你对那个人好,他会心怀感激。长远来讲,我们比那些执行公务时动粗的家伙干得好。我们盘点的时候,清单是站得住脚的。我可以打开一个崭新的盒子,比方说里头装的是男人的衣服——衬衫,我怎么样才能不在盒子上标记"未满"呢?我要做的就是拿出一件衬衫,这样我就可以说它"未满"。

我们甚至在晚上出去,用一种不同的方法去收回车辆。委托人想要这辆或是那辆车,他会要求你去把车收回来。可是,如果我们认为欠账的那个家伙人不错,他或许可以凑到钱,或者说我们觉得他需要用那辆车去办事,就会让他把车停在半个街区以外的地方,而且一定要找个律师,否则我们下次就要把车拖走了。你明白吗?我们做了一些好事。

那个时候,公司也已经办法用尽了,想自己收账,这样他们就不用在法院申诉。他们想避开这一环,他们有自己的办法。我们不让他们这么做,把他们的假徽章都收走了,就像"23号美女检查员"[08],你懂的。他们不择手段,结果这样一来,大伙儿都特别恨我们。他们会说,你看,什么人都能执行公务。这些家伙戴着假徽章去收账,还号称是我们的人。后来我们再去的时候,他们恨不得拿枪打死我们。

镇上有个大银行家,他是我们那最了不起的人物之一。那天,我们刚进他家门,就看见他站在楼梯口,手里拿着把来复枪。我的上司就说:"是,你是可以打死我们当中的一个,可我们还有一个人能把你打死。冷静冷静,或许我们可以谈谈。我们不想要这个地方。我们知道你有钱,我们知道的。你为什么不和律师商量个办法出来呢?你开枪打死我们又有什么好处?我们也不是自己非要来的。"人在那个时候很容易情绪失控。

有一次,我们进屋去拿个收音机,一个年轻的姑娘就把衣服脱光了。

---

[08] "美女检查员"是爱看性感女郎者的自称,他们还自己制作了类似警徽的徽章。——译者注

她说:"你们必须离开。我现在光着身子呢。"我说:"你可以留下来。"我们把她推进卧室,还是把收音机拿走了。但是,我们得在她出来之前叫来一队增援。尖叫,哭闹,什么动静都有。收音机在二楼,她想把它扔下去。一个人在暴怒中把沙发和长椅砍成两半,这种事我们遇到过好多次了。

我们进门的唯一方法就是人家愿意给我们开门。对于不愿意开门的人,我们只能试试其他方法。总是有办法的,如果你想把场面搞得难看,你是可以达成目的的。

我们经常在晚上出来工作。我们四处找要收回的车子,去那些白天不让我们进去的地方。只要能完成工作,我们什么都干。

当你不得不去干这差事的时候,你心里怎么想的,还记得吗?

一开始,我们很担心。可是,慢慢你发现你可以做更多好事,有可能减轻别人的负担,与此同时,做这工作还挺挣钱的。之后,我的心态就平和了。它只是一个工作,并不赖。

不过,我们有时候要去拿走一个人的卡车,让人没法再做生意,对方就会跑去抽屉那儿拿枪。我们就一把掐住他的脖子,你知道我的意思吧,就是动点儿粗。我不知道这人拿枪是想自杀还是想吓唬我们。不管怎样,他走到抽屉那儿,啪!我猛地把抽屉合上,夹住他的手,我的同伴掐住他的脖子。我打开抽屉,里面果然有把枪。我说:"你拿枪干什么?"他说:"我要找钥匙。"(笑)钥匙就在他的兜里。

我们见过有人情绪崩溃。也有一些人,我们觉得他会崩溃,却表现得无懈可击。不管他的内心有多煎熬,面上看不出任何情绪。

一些无耻的公司什么都想捞回来。我们从它们那领到文书,心里是不愿意的,但又不得不接受。上面某些内容真的让你犯恶心。还有一些,看起来还是很搞笑的。总而言之,我们有时会边看边笑,不管什么东西统统拿回来。你会干得不错的。

除了床、桌子，我想还有屈辱……

我们尽量把它淡化。让他们觉得是把东西送回去，或者说他们要换新东西。坦白讲，他们的邻居跟他们处境差不多。这种事情大家都心知肚明。当时的日子就是这么艰难。

当你看到那些人站在旁边看，他们就只是站在那儿……

很沮丧。你到了那儿，他们就会觉得自己在妻子和孩子眼里很无能。不过和所有事情一样，他们总是能克服的。大家都在想办法尽力撑下去，这就是我们撑下去的方式。我们可以尽力让整个过程变得开心一点儿。这是我们的上司所希望的：麻烦尽量少。不管怎么说，他是从政的，想要好名声。

与中产或更高阶层的人相比，穷人更容易接受现实，也更能体谅我们。

如果我走进一户人家，他们的家具都是从史密斯家具店[09]买的，首先我会很羞愧自己家里都没有这样的家具……这些人往往是反抗得最激烈的。在他们以往的人生里，从未碰上这种事。他们家可能还有一个西班牙式的橱柜，如果他们可以把这个卖掉，就有可能把欠的钱还上。就是为了那笔欠下的账单，那些家伙才这样逼他们。男人走出房间，眼里含着泪。剩下的由家里的女人来处理。男人们受不了这个。尤其是涉及车的时候，你懂我的意思吧？

大多数穷人处理得比较妥当。他们知道这些东西终究是要被拿走的。他们清楚自己面对的情况，知道这不过是时间问题，早晚会有人来把它们拿走。穷人比较让人省心。我的意思不是我们喜欢收回穷人的东西，因为他们穷，你更应该多帮助他们。

那时候的日子真的很艰苦，但我尽量笑着面对。我们试着去帮助别

---

[09] 史密斯家具店是芝加哥一家比较高档的家具店。

人，而不是趁火打劫。那段时间还是很有意思的。

你工作期间遇到过有人反抗吗？

几乎没有。一百个里面有一个吧。

你走进一个房间，有个人突然就激动起来，抓起一把刀就冲过来……这种情况也有可能发生。不过，通常他们一哭，就算是妥协了。他们哭的时候，就已经筋疲力尽了。最重要的是，他们就这样接受了自己的命运，很让人诧异。

我们当时做的事情，我觉得现在做不到了。你想想他们现在对待法律的态度，他们的行动和感受。你懂我的意思吧。他们现在才不会像过去那样接受命运。我们当时的情况是不一样的。人们仍然尊重法庭，尊重法律。他们不想为了满足自己的私利就去修改法律。（疲倦、听天由命的样子）我要怎么跟你说呢？

现在你让一个人上庭，如果他不喜欢法官说的，就管他叫狗杂种，你懂我的意思吧。三十年代，我们的市民都是守法的，可现在你要怎么跑到别人家里去？现在，我们可能会惹上一堆麻烦。如果我们把他们从家里赶出去，把他们赶到大街上，他们会马上搬回来。那你要怎么办呢？现在情况不一样了，人都变了。

在以前，如果你戴着警徽，还是有点儿用的。现在，如果你戴着警徽，那你最好小心，因为有人想让你看看他们跟你一样是条好汉。我们老啦，不再年轻啦。（笑）

现在驱逐房客比我们那个时候难多了。现在，如果你想把某个人赶出去，你不仅要把这个人弄出去，还得把希望这个人留在那里的七八个组织赶出去。而且，每个人都能找出法律依据，解释为什么他们不给房东交房租还应该留下来。现在我也不站在房东这一边。我知道房东在自己的楼里是怎么压榨租户的，租户们本来就没有错。不过，就遵守法律而言，又是另外一回事了。

马克斯·R. 奈曼（Max R. Naiman）

他是个律师，六十五岁，不过外表看起来像个身材矮小、四十岁左右的摔跤运动员。

"我过去是个永远静不下来的年轻人。1918年，我十四岁那年，就开始堆稻子，打谷子。我到西部各州走了三趟。我在达科他、蒙大拿这些地方的农场上收割过庄稼。我还不买票偷坐火车。我在爱达荷州的货运场做过修理工[10]。我碰到过世界产业工人联盟的成员。我住过丛林的营地，你能在那里学到很多东西。"

"作为一名农场工人，我是个受害者。一个农场主打了我一顿，还不给我工钱。可我能上哪儿找律师为我辩护？我1932年从法学院毕业。我们一个班有八十五个人，只有六个准备改行。邮递员继续做他的邮递员，银行职员继续做银行职员，警察继续做警察。我呢？我加入了国际劳工保护组织（International Labor Defense），为工人辩护。委托人教了我很多东西。我们花了很长时间，直到我们的案子被受理。法庭就是这样，让我们一直等着……"

那个时候驱逐住户的事情很多。幸运的是，失业委员会都组建起来了。他们算是一群侠盗罗宾汉吧。法警把家具搬到街上之后，他们再马上搬回去。如果门上挂了锁，他们就直接撬开，明白吗？让那些被赶出来的人再住回去，房东都要绝望了。

有时候，这些罗宾汉简单直接而又肆无忌惮，他们直接在门上贴个条：这里的家具是23区的失业委员会搬回来的。

曾经有这么一个案子，一个法警带着副手去驱逐一家黑人住户。这

---

[10] 他在车子跑完一趟之后检修发动机。

家人早有戒备，他们没有遵守判决搬出去，正等着法院采取行动。为首的法警一脚踹在门上，拔出手枪警告对方把门打开。一场冲突就在法警和房屋女主人之间爆发了。在对峙的过程中，门外边框的缘木板掉了。那个女人捡起木板，狠狠地砸了法警的手腕，让他把枪放下。这帮副手的头头被牵制住了，也就放弃了将这家人赶出去的企图。

很快就下达了逮捕这个女人和一个男性同伙的命令，这是理所当然的。那个男人是她的丈夫。他们是我的委托人。那个时候，我的经验就是不要相信法官，一直要求陪审团审案。与法官审理相比，这么办的时间要长得多。法官审理的时候，你站起来说不到几句话就结束了。我的两个委托人都很沮丧。这是常识，如果伤害了公职人员，他们肯定是吃不了兜着走。事情还有不清楚的地方，有人还在撒谎。后来陪审团认为控方证人的证词完全不可信，认定我的客户无罪。

我正在走廊快步走着，要赶去另外一个法庭。我的委托人挽住了我的胳膊。她想让我停一会儿。最后，她结结巴巴地说："律师，我爱你爱得不得了。我真希望能陪你上床。"（笑）这样的案子我碰到了数百件，这是回报最丰厚的一次。（笑）

还有一种逮捕的情况是：我的委托人在救济站坐着，痛苦地等上一整天。痛苦可能是因为挂念留在家里的小婴儿，也有可能是因为烦琐的程序等得人心焦。我有个女客户，她要求给自己的孩子多点儿牛奶。她等得太久，不耐烦了，开始抗议。她想说服救济站的人，对方很生气。她就被捕了。

她被送进了精神病院。这是当时新执行的管理策略。在直接起诉之前，罚你的款或是把你关起来。这是新策略：法官、两个精神病医生，没有陪审团。

救济站的负责人雷蒙德·希利亚德（Raymond Hilliard）跟我很熟。显然，他对我是充满敌意的。我打去电话问那个精神病医生为什么没来，他原本是要为我的委托人做证的。我从希利亚德和一个警官的身边走过，他说了一句很羞辱人的话，非常挑衅的话。我没理他。

突然，我整个人被扯得转过身来。我发现自己和希利亚德正好脸对着脸。他对我说："我给你一个承诺，看好了啊。"他冲我的脸打了一拳。我目瞪口呆，后退了几步。他往前逼近。我扔下公事包，把外套也脱了下来。在他距离我近到不能再近的时候，我终于空出手来。我开始反击。我还是懂一点儿格斗的。你得打出第一拳，而且是致命的第一拳，这是我从杰克·伦敦（Jack London）学来的，出自他的小说《野性的呼唤》（Call of the Wild）。

所以，我拼尽全力，给了这个大块头两三拳。他膝盖一歪，倒了下去。我下一眼看到他的时候，他正血流如注。警察冲过来抓住我。一个坐在车里的小个子女人也冲了过来，她说："抓住那个人。我亲眼看到那个大个子从后面袭击这个小个子。"（笑）

警察跟希利亚德说了几句话，他正在用手抹脸上的血。警察问："你想我逮捕他吗？"希利亚德说不。接着，他又转过来朝向我，同样的话又问了一遍："你想我逮捕他吗？"我说不。那个小个子女人坚持道："我从密尔沃基来的，刚才发生的一切我都看见了。逮捕那个人。"她说的是希利亚德。

我到办公室的时候，引起了大家的围观。一个男士说："我知道希利亚德的事。他被送进医院急救了。我听说你被打得够呛。"我说："那你可搞错了。"他说："哇，编辑让我过来拍张照片。来，快用食指指着你的脸。"我说："给你十分钟从这里消失。"他说："哎，别生气。那就摆个打斗的姿势吧。"我说："这倒可以。"第二天，《芝加哥论坛报》就封我是"战斗的奈曼"。（笑）

国际劳工保护组织会为所有抗争的人提供辩护。就我所知，它并不在意你个人的政治立场。警方通常说他们是共产主义分子。我从不过问这个。

很少人知道这种残酷的现实并不是刚刚出现的。它是过去长年积累的结果,尤其是在三十年代。有人在皮奥里亚[11]的公园里露天集会。警察过来驱散了人群,把发表演说的人从台子上拖下来,全部扔进监狱,还抓了一个抗议的牧师。

受害者们被带到一间大房子里,十二英尺宽,十五英尺长吧。警察将这些人挨个抽了一遍。他们连跟别人说话的机会都没有,就被扔进了监狱。五个人在地方治安官面前被判了刑,送进了伊利诺伊州万达利亚的监狱。国际劳工保护组织知道了这件事情,就问我愿不愿意去搞个明白。

在那个时候,不光律师的客户穷,有些律师也穷。我曾经是一个救济组织的头头,成员是三百个律师。我们代表团一行六人去了华盛顿。最后,他们真的为律师出台了救济计划。你还以为只有工人才会受到大萧条的冲击吧?(笑)我没什么钱,做这些事是没有钱拿的。在我执业生涯的前三四年里,我不得不靠借钱活下去。我们偶尔也会接到一些小官司,挣个几块钱。

尽管这样,我这一次还是搞到了人身保护令——这可是崇高神圣的令状,把这五个人从监狱弄了出来。那是7月的一天,非常热。我们站在法庭外面,看看我们几个一共有多少家底。我的口袋里有一块五毛七。其他五个人当然一分钱都没有,而且离家还很远。这一块五毛七能干啥呢?我们就这个问题好好讨论了一番。

如果把这一块五毛七给了某一个人,其他人就一分钱都没有。我们打算把这点儿钱分了,吃个饱,钱花没了就饿着吧。我们买了些面包和牛奶,能填饱肚子就行。(笑)我们在公园吃了晚饭,然后躺下过夜。我们围着一棵大树绕成一圈,每个人的头枕着另一个人的屁股。(笑)缀满

---

[11] 皮奥里亚,伊利诺伊州中部的城市。——译者注

星星的天空就是我们的毯子，(笑)美丽的月亮就是我们的守卫。

警察把这些劳工领袖都逮捕了。芝加哥南部发生了小小的骚乱。三四个人挨了打，被送到了布里奇韦尔医院[12]。警督抽出一张传单，内容是关于警戒线和抗议的。他非常夸张地抬起眼睛，举起胳膊，手掌都快碰到天花板了。他说："天，我们要有麻烦了！"我没有追问他是什么意思。第二天就发生了"阵亡将士纪念日大屠杀"，那年是1937年。

我在三十年代还处理了其他一些事务。一些年轻人想去西班牙，站在共和政府这一边作战。他们加入了"林肯旅"（Lincoln Brigade）。很多人拥入我的办公室，查看他们的保单和遗嘱。我一直忘不了这些人的品格。他们当中有一个年轻的律师，他是法律书籍出版社的编辑，还为国际劳工保护组织写陈辩书。1936年夏天，我收到一张明信片，邮戳上的地址在比利牛斯山脉附近，他正穿过法国进入西班牙。当我再次听到他的消息时，是他腰上别着手榴弹冲向法西斯的一个机枪掩体，结果被狙击手打死了。

威尔登是伊利诺伊州南部的一个小镇。我在一个矿工家里。因为煤矿关闭，他没钱交房租，就被赶到了大街上。五个被告的家具……

他们当地有个失业者委员会。这些家伙把家具搬到了广场中间，靠着纪念碑堆在一起，有床垫、椅子，还有炉子。他们的目的是想让大家关注法院、地产商，还有典型的小城居民是如何对待矿工家庭的。他们的举动让那些所谓的社会栋梁十分恼火，于是控告他们非法集会。

几英里范围内的地方，一辆辆由福特T形车改装的破旧房车堵在法庭门口，有的车轮胎都瘪了。他们这样做是为了支持被捕的矿工。附近的邻居会过来看望他们，给他们吃的东西，把自己的小破车借给他们用。这么说吧，虽然大家的处境都不好，但这种温暖依然存在。

---

[12] 布里奇韦尔医院是芝加哥一座监狱的附属医院。

现在的人只顾着自己的车子、电视什么的,人道主义是没有什么市场的。

我现在很期待自己可能享受到的社会保障福利。早年间人们为了争取更好的生活条件而抗争时,社会福利计划一直都出现在当时的传单上。人们的口号是:通过社会保障立法。现在,当数千人走到邮箱去拿社保支票的时候,应该感激当时的先驱。他们那时所背负的骂名是你没法想象的……

附记:在理查德·赖特(Richard Wright)关于三十年代的小说《本地人》(Native Son)中,马克斯律师的原型就是他。

塞缪尔·A. 海勒法官(Judge Samuel A. Heller)

他已经退休了。

我在道德法庭(Morals Court)干了一年左右。一天,法庭上有二十三个被告,都是妓女。旁听席上有五六个人,明显就是来找乐子的。我对他们说:"很幸运,我们这里没有人把自己的快乐建立在别人的痛苦之上。我很高兴来这里的都是些富有同情心的人,就像你们一样。"(笑)

这些姑娘穷到了极点,身无分文。我觉得旁听者可能会被触动。结果,一个旁听的人——她是前市长的女儿——说:"我想捐二十五块钱去买手绢,给这些姑娘擦眼泪。"手绢!

三十年代,我在很多治安法庭做过法官。周一通常是人最多的一天,因为大多数醉汉是在周六晚上被抓起来,星期天就关在监狱里了。警察拿着警棍走来走去,不时用警棍去打他们的大腿,嘴里吼道:"站直,这是在法庭上。"我说："你先出去，扔了棍子再进来。"他说："他们得尊重法庭。"我说："那你呢？你怎么可以带着警棍进法庭？"

其中有一个人还在流血，他说是警察打的。还是那个警察说道："他说政府的坏话。"我说："他又不是政府的敌人。你才是。他有权表达自己的观点。"

这四十个人怕极了，站成了一排。我说："你们怕我吗？如果你们在大街上看见我还会害怕吗？放松一点儿。"我看到已经当庭释放的一些人在那儿擦地板。还有一个在洗车，他说是警长让他干的。我让那个警长给了他五毛钱。谁允许他使唤免费劳力的？

已经被释放的一些人在后面靠墙站成一排。我发现有个铁路公司的代理人在跟他们讲：如果你们不去达科他为我们工作，法官会把你们再送回监狱。我说："抓住这个家伙。"他跑了出去。

我给铁路公司的办公室打电话。"有个人把我的法庭搞成了你们的招聘机构。这个人叫什么名字？我要签发逮捕令抓他。"他们说不知道。于是，我威胁要签发一张不具名的逮捕令，把办公室的负责人抓起来，管他是谁。就算是公司总裁，也会被捕。

第二天，这个人就出现了。他说警察和其他的法官一直都允许他这么干。他的短工就是这么来的。他们把这些人带到西部，干上六到八周，再让他们一路流浪回来。

那个时候，有个法官喜欢拿醉汉取乐。他会说："举起你们的手来。啊，你们在弹钢琴。"他们中的一些人还在抽搐。我对他说："我的天，你这是在干吗？这些人都要吓死了。"

还是这些法官，他们喜欢拿不幸的人取乐。唉，这些人在民事法庭上总是表现得低声下气。他们看一看诉讼案情摘要上的名字,如果是家大的律师事务所，我的天，他们就卑躬屈膝。那里很多选票都来自律师协会。他们对穷人口出恶语，遇上有权势的人却胆战心惊。典型的看人下菜碟，就看来的人是比你弱，还是比你强。人是有权利的。理论上，每个人都有权利，但在实际生活中还不值三分钱。

在业主与租户法庭任职期间，我平均每天处理四百个案子。日程挤得满满当当的。有人晕倒，有人哭叫：我能去哪里？我不能骗他们，告诉他们可以提出申请，有工作等着他们。有人告诉我，我的前任会记下他们的名字和特长，承诺给他们提供帮助。我上班的第一天，就看到文件柜里有几千张卡片。我跟书记员讲，我要看看这些人当中有多少找到工作了。我大意了。不到二十四小时，这些文件全都不见了。

一个女人带着三个孩子，一个还抱在手上，一路走到城里。没有车费，没人给她辩护。他们都很绝望，也很害怕。我进来的时候，他们都站了起来。我跟他们讲：你们可以坐下来吗？这样我才能坐下来。

这些被告都有五天的宽限期：如果五天之内不交房租，就会被赶出去。他们是没有法律保护的。失业意味着一无所有，生病意味着一无所有。我不能把这些人赶出去。所以，我用自己的方式来解读法律：五天是最短期限，最长期限是不确定的。我给了他们十天。当然，我这么做会惹恼地产经纪人。家里每多一个孩子，就再多宽限一天，这就让他们更生气了。最后，我给了他们三十天。

就在那时候，地产界的一些人请我共进午餐。听他们的介绍：这有五千个租户，那有八千。这么几个人就代表了大约六万家租户，如果可以说代表的话。饭后，一开始很诚恳邀请我的那个人突然就变了脸。其他人笑嘻嘻的，好像他们知道接下来要发生什么。他说："我就打开天窗说亮话吧。如果说法官偏向租户，是因为租户代表的选票要比业主代表的选票多吗？"所有人都在笑。

我站起来说："你这话说得可还没打开天窗呢。如果你够直接，应该说：'你是在法庭上玩弄政治手段吗？'现在，让我来打开天窗回答你。如果我是在耍政治手腕，那也是跟你们玩。"我故意讲得很粗俗，"因为你们钱多记性好，会支持那些站在你们这边的人。到我法庭来的这些租户是什么人？他们穷困潦倒，没有工作。选举的日子到来时，有人出去找工作，有人把自己的选票卖了五毛钱，好给自己的孩子买牛奶。大多数人会忘了这事。帮助穷人得不到任何政治上的回报。你们怎么会觉得审判业主与租户案件的法官会站在租户这一边"？

"总有一天，你们会唬住坐在我这个位置上的法官。他每天都有机会把四百户人家赶到大街上。一个人挨着饿，还失了业，如果别人不知道，他还能控制自己。可是，当他那少得可怜的几件家具被扔到街上，邻居们都知道了，他就没啥好怕的了。聪明人会过来说：'笨蛋，为什么不组织起来呢？别交房租了。什么时候给你五天宽限期，你就去要求陪审团审理。'"

他们中的一个人很惊恐地问我："他们可以要求陪审团审理？"于是，我告诉这个光鲜体面的人："是什么让你觉得只有收租的人才有要求陪审团审理的权利？"

"如果是陪审团审理，每天只能处理一个，最多两个案子。按照现在一个星期两千个案子的节奏，四个月里就会有三万两千人要求陪审团审理。如果他们关闭了州内的所有法庭，你都没有足够的法官来审你的案子。到时候，你就希望有一个像我海勒这样的人，起码他有胆子告诉你：你为什么不管好自己的事，让别人去操心他自己的事。"

他们中的另一个人说："我欣赏你的坦率，不过你这么做对自己没好处。"他说对了。等到我竞选公职的时候，地产组织发出了几千封信，说我不尊重私人财产。他们赢了。穷人们都忙着让自己一天天挨下去，他们没有时间也没有精力管这个。

我的竞选对手之前就说过，不用给宽限日期，直接把人扫地出门，只要不出乱子就行。我们说好了要进行公开辩论。他没有露面。选举的时候，在有许多租户居住的那个社区，他得到了几千张选票，而我只得到了几百张。

我从那段艰苦的日子里得到一个教训。穷人遭受的大部分苦难源于他们没有组织起来。他们与世隔绝,被洗脑了。

我本来可以在法官席上一直干下去,直到我死的那一天。如果我同流合污的话……就这样吧。我做不到。但我还是做了二十一年法官,对我来说,这简直是个奇迹。

一名来自底特律的年轻小伙和他的两个女同事

他二十四岁,为一家银行收账。"我给那些刚刚拖欠账单的人打电话。对于他们当中的大多数人,我是同情的,可这是我的工作……"

"那些销售人员就是强盗。他们给你报出一个数字,到了签合同的时候,他们又给出一个不同的数字。他们不告诉你这些贷款的利息是多少。他们打交道的都是没受过什么教育的人……都是些老实、勤劳的人。许多是黑人,也有穷苦的白人。"

这两个姑娘,一个二十岁,一个十九岁,和这个年轻人在同一家银行工作。"做支票信用工作。你可以不断地借钱,每个月偿还。你可以一直这么干下去……"

年轻小伙的故事

一起工作的一位先生跟我说,他想带女儿去汽车汉堡店点餐。她说:我不想让人看见跟你在一起。似乎被人看到跟自己的家长在汽车餐厅是一件很丢人的事,显得你很蠢。大萧条的时候,从没有这种事情,因为他们什么都经历了。在一个家里面,人人为我,我为人人。

我觉得现在来一次大萧条有可能解决民权问题。这样人与人的关系就可以变得很简单，不会再有那么多歧视。如果你要站到队伍里领救济面包，不管你是黑人还是白人，别人都会给你一块面包，你也不会拒绝。这有可能解决全部问题。

我想有的人会真的疯掉。我的家人跟我讲过，1929年大萧条的时候，有人真的疯掉了，因为他们损失了钱。我觉得历史还会重演。那些拿大笔钱去投资的人，习惯了收入五六万的生活的人，没了那么多钱，他们可能会疯，不知道该怎么办。当了那么久的人上人，他在心理上无法接受自己变成一个没有地位的张三、李四。

我也试着存了点儿钱，要么投资，要么存入银行账户。要是买什么东西，我能知道钱在哪儿。有一次，我用信用卡买了一套西装，把这笔钱付清之后，我就把信用卡撕了。还有一个问题：我们这一代人太注重穿着。我肯定，如果大萧条再来一次，他们肯定要担心下一次怎么还款。

你会偶尔因为这份工作而感到不安吗？

不会。因为我觉得这是我的饭碗，我总得有一份工作吧。唯一让我觉得不安的是当我遇到一个好人，我们得把他的工资全部收走，因为这是我们能拿到钱的唯一方法。他在签家居装修合同时就应该意识到，他签了那个东西，那就是他的债务。这跟我没关系。我不是那个背后捅他一刀的人。这只是我的工作而已。

第一个姑娘的故事

对我来说，大萧条就是别人嘴里讲的故事，就像"二战"一样。它对我没有任何意义，除了一点，我不想有这样的经历。我不习惯底层生活。

你习惯什么样的生活？

中产阶级的吧。（笑）我在朝那个方向努力，很难。（笑）

如果现在再来一次大萧条,你觉得会发生什么样的事情?

如果我能弄到一颗药丸,一切就都结束了。所有我真正关心的人,我也希望他们这么做。我害怕经历大萧条。我真的不能忍受这个。我不能眼睁睁看着我的家人挨饿,我真的不行。

你自己从没缺过什么东西?

是啊,我想要的东西可多了。

我的意思是,你从来没有感觉到自己缺少过什么东西吗?

我有点儿怕我爸爸。如果想要买鞋子什么的,我就得自己想办法。我帮别人看孩子的时候,我就花自己的钱,因为我不想问爸爸要太多东西。但我从来没挨饿过。我从来不知道真正的饥饿是什么滋味。

当你看到有人靠救济生活时,你是怎么想的?

我为她们感到难过,但换了我肯定不会这么做的。她们的丈夫或者她们自己可以出门工作。我知道有很多工作可以做。福利部门应该解散。大笔大笔的钱就这么浪费了。

我有一个女朋友,她在一家钢铁公司上班,在那儿做秘书。那里还有很多黑人。她给我讲了其中一个人的故事:他工作六到八个月之后,就辞职了。首先,他把自己折腾进监狱,然后给自己的妻子打电话,这样他的妻子就可以得到州政府的救助。这真让我觉得恶心。我没法看着自己缴的税就这么浪费掉。虽然我缴税时间不太长,但我还是得缴税。

我只是想生活得开心点儿,就这样。我想有个家,一栋漂亮的小房子,汽车,舒服就行。做一个家庭主妇。

第二个姑娘的故事

我算是中产阶级出身,快乐的中产阶级。我的父亲在一家香肠公司工作,负责送肉。妈妈在一家压铸公司上班。

萧条意味着孤独。在那样的一段时间里，一切都孤独而且让人沮丧。每个人都在想尽办法让自己的家人活下去。我妈妈年轻的时候经历过大萧条。所以，她现在想把一切都给我，我不会再经历大萧条。

我爸爸的家境很不错。家里有四个男人，每个人在大萧条期间都有自己的车。他们有新车，有漂亮的房子。妈妈一直在跟我讲以前她的生活有多苦，而爸爸的生活有多安逸。

如果现在再来一次大萧条，我觉得我们的国家可能不像第一次那样能撑下来。我觉得整个国家都会垮掉，美国会彻底完蛋。每个人似乎都只在乎自己。你的车得比邻居家的大，你的女儿得比邻居家的女儿穿得漂亮。在过去那个时候，每个人都尽力互相帮助，现在很难找到一个亲戚帮你，真的。我为什么要帮他？我可以买辆更大的车，让大家都看到我的日子过得好多了。因为现在每个人都只想到自己。

我住在佛罗里达州杰克逊维尔的时候是六七岁。有一次假警报响了——他们拉响警报让人找地方避难，空袭演习。反正，警报响了。那个时候我们还在学校里。每个人都失去了理智。所有人都在疯跑，没人关心小孩子会怎样。他们只想着自己。

他们都跑到大街上。街上的车太多，你甚至都过不了马路。你想上车，但没人肯让你上。有的妈妈也在跑，她的孩子就跟在后面大哭大叫。

这些人太可怕了，你看得出他们根本不在意。有人觉得是俄国人来了。我们的教师说：大家都到桌子底下去。其他教师也在到处跑。孩子们怎么办呢？看上去就像教师突然凭空消失了。

外面也很可怕。车里塞满了人。女人带着孩子在跑，旁边可能有四个男人挤在一辆车里，可他们不会打开车门让那女人和孩子们进去。他们一小时都走不到两英里。人太多了，没人挤得过去。但是，谁也不愿意帮助别人。

现在，情况可能变得更糟。如果发生了什么事情，像你说的大萧条，那么整个国家都有可能被共产主义分子掌控，或者国家就干脆垮掉……除非大家都团结起来，关心身边的每个人，而不是只想着自己。

对于现在靠救济生活的大部分人，我是同情的，真的。但我不想说这个，因为一旦我想起一些让人不开心的事情，我就会把它从脑海里赶走——嗯，那就明天再想吧。其中也有一些堕落的人，你只是不想花时间去想那些穷人。

从一些方面来看，我觉得自己也是堕落的。比如说，我有时想到现在正在挨饿、住在窝棚里的那些人，但我完全不愿意去细想。我明天再去想它好了，现在不想考虑这个问题。很多人甚至根本不会花时间去想。

荣耀和屈辱

艾琳·巴斯（Eileen Barth）

1933年，她大学毕业，专业是社会服务管理。很快，她就成了县里的一名社会工作者。

开始工作的时候我二十岁，一点儿经验都没有。学校里学的东西根本不管用。我要怎么处理这个问题呢？当时我们还在研究流动家庭，而不是大规模的失业。我们学校没有跟上时代。我们犯了非常可怕的错误，我可以肯定。

那时候大家都很依赖社会工作者。一个年轻的小姑娘为他们做主，他们会怎么想？他们还能指望谁弄到吃的，虽然只是很少的一点点？他们总是担心跟她讲错了话。社会工作者代表的是救济机构。我们看上去权力很大，因为我们是他们唯一的收入来源。事实上，我们能做的非常少。

而且，我觉得特别内疚。我生活得相当不错，和另外两个姑娘合住一套漂亮的公寓。我的最高工资是每个月一百三十五块，我手头很宽裕。但是，那个时候失业是常态。我经常想，如果我丢了工作，我还可以领救济。所以说，我从未失去过安全感。

我想大部分的社会工作者跟我的想法是一样的，不过还是有很多人自以为是，觉得有些人找工作不够努力，或者说他们很懒。这些社工相信报纸上登出来的东西，即便是在那个时候。他们有时候会让自己的救助对象特别为难。当时有很多伪君子。

我的工作对象有白人，也有黑人。有人可能觉得黑人更习惯过穷日子，但他们仍然会说："如果我有工作，是不会上这儿来的。"在救济办事处，常常需要等待。他们去领食品救济券的地方，大多是旧仓库，非常阴沉。这很让人泄气。坐在那里无所事事，等待，等待……

社会工作者通常就是他们发泄怒气的对象。不然，他们上哪儿去找别的出气筒呢？所以，他们把气撒在我们身上。他们不知道自己问题的根源在哪里。当然，气氛有时会很紧张。我的工作范围覆盖了全城，经常到了晚上还在工作。我总是发现自己身在一个非常陌生的社区。我把这当作理所当然的事情。但我也知道当这些人感觉自己受了骗，会出现什么情况……

1934年，一个社会工作者被她的救助对象杀了，当时她正坐在这家人的椅子上。这个年轻的白人和他的母亲住在一起。事情是这样的：她答应帮这个人找份工作。那个时候，土木工程署就要成立了。但失业的状态把他压垮了，他彻底疯了，把社工杀了。他把自己的妈妈拖到我们地区的办事处，杀了负责人、一个职员，又杀了他的妈妈，然后自杀了。

我们都很害怕。各个办事处都接到了公告：社会工作者可以暂停家访。每人都跟我们说不要去家访，但我决定无论如何还是要去。我年轻，而且觉得我的救助对象都需要我。（轻轻一笑）如果那事儿发生在现在，我还会去吗？我也不知道。

我记得在那之后有一段时间，在按门铃之前我都会从窗户往里看一看。我猜我心里是很害怕的。有一户人家对我说这事很可怕，不过有些社会工作者确实该死。他看着我，笑着说："不过你不是那种人，巴斯小姐。"（笑）

我永远都不会忘记我家访过的第一户人家。那家的父亲之前在铁路上工作，后来失业了。我的上司告诉我得检查对方是不是真穷。如果这家人需要衣服，我就得看看他们手头有多少衣服。所以，我去看了这个人的衣柜（暂停，哽咽）——他个子很高，头发花白，年纪还不是特别大。他让我看了衣柜——他觉得这是种侮辱。（愤怒地哭泣）他说："你为什么要这样做？"我还记得他那种屈辱的感觉……特别屈辱。（她说不下去了，过了一会儿才又继续）他说："我真的没什么东西好藏着的，不过如果你真的要看……"我看得出他自尊心很强。他深感羞辱，我也是……

沃德·詹姆斯（Ward James）

他七十三岁，在东部上流社会的一家私立男校教书。他出生在威斯康星，也是在那里上的学。

华尔街股灾之前，我在纽约的一家小出版社，负责内容编辑和大部分的印刷工作。这份工作不错，公司的业务也在不断发展。它看上去像是一份可以长久干下去的工作。我特别有安全感。

我意识到出版界的人是没有安全感可言的——没有终身职位。我的第一步就是在纽约组织了书籍与杂志出版工会[01]。那个时候，很多白领觉得工会不是站在他们那一边的。他们不屑于加入工会。

直到1935年，我还在这家出版社工作。他们坚持让我不带薪休一个月的假，还有一些别的要求，但这还不算真正让我恼火的。情况变得越

---

[01]"那个时候，我还参与了消费者工会的组建。我们的想法是，帮助那些内城贫民区的人更加明智地购物。当时的广告宣传甚至还没有现在规范。商人们损人利己。现在，消费者工会仍然是一个有存在价值的组织，为中产阶级提供了很好的服务。但我还是希望它有一天能深入贫民区，发挥真正的作用。"

来越糟。

最后我被解雇了,什么理由也没说。我觉得这和我在工会做的事有很大关系,但我没办法证明这一点。让我觉得难受的是,我特别擅长给男孩子们写科普书,已经出版了三本。可是现在,资金紧张,如果你的书成不了畅销书,就没有出版社愿意出。

我六个月没工作。我的工作合同没了,精气神也没了。我不断地从一家出版社跑到另一家出版社,但我从来也没接到过录用电话,这不过是在浪费时间。这事是最闹心的。我干脆跑到图书馆去,拿一本杂志到房间里读。我没有收音机。我试着想写点儿东西,但精神完全集中不起来。日子无聊而漫长。晚上没有事情可做,我就在屋里转圈圈,这种感觉真是太可怕了。我每天就是这么无所事事。

我认识的一些人开始表现出冷淡和回避:我现在不想看到你。可能我自己下周就没工作了。另外,我也收获了一些很亲密的朋友,过去他们不过是熟人而已。如果我必须借五块钱交房租,总能借到。

我有个很好的朋友,他把红利债券兑成了现金来交房租。我没有床,他就让我睡他那儿。(笑)我还记得自己只剩下最后一条裤子,破到不行。另外,一个朋友刚刚找到工作,他还有一条裤子,我穿很合身,那条裤子就成我的了。(笑)

我去申请失业保险,这玩意儿才刚刚实施。我连着去了三个星期,还是没有搞成。后来,我发现了问题所在。当时,如果一个人的年收入超过三千块,他就拿不到失业保险。除非他的雇主表示同意,不然失业保险就有可能被扣留。我的雇主行使了他的否决权,报复了我一把。我再也不相信法律了。

我最终领上了救济金。我希望任何人都不要经历这样的事情。那种感觉就像被钉在十字架上……你坐在一间礼堂里,有人给你一个号。面谈的内容莫名其妙,让你颜面扫地。在我面谈的过程中,一个家伙很夸张地从二楼的楼梯上跳了下去,头先着地。他想以此表明即便要被送到医院也要拿到救济的决心。

他们问的问题包括:你的朋友都有谁?你住在什么地方?你的家人在哪儿?我把老婆和孩子送到了娘家,在俄亥俄州,她们在那里能生活得好一点儿。为什么有人会给你钱?为什么有人会给你睡觉的地方?这是什么样的朋友?这样的问题能问上半小时。我生气地说道:"你知道什么叫朋友吗?"他很快就改变了态度。一段时间之后,审核通过了。一个月给我九块钱。

离开那儿的时候,我觉得自己活着再也没什么意义了。我像个寄生虫,依附在别人身上,依附在一个伟大的社会身上。

随着一封从芝加哥发来的电报,这一切才告一段落。电报是伊利诺伊州作家计划发来的。我曾经为那个负责人编辑过一本书。他了解我的工作。他需要一名总编为正在出版的书做最后的编辑工作,特别是《伊利诺伊州旅游指南》。我觉得我们真的出了一些好书。

这里是一个地区办事处,所以我又为其他四五个州出了旅游指南书。《芝加哥论坛报》说这个项目花了两百万,完全不值得。不管怎么样,这些书确实不错。

加入这个计划的第一天,我从来没有这么害怕过。在纽约的时候,我的自信几乎全部被毁掉了。在这里我一个人也不认识,但我还是感受到一种友好、合作的氛围。很快我就发现自己的才能派上了用场。

我在芝加哥待了一两个月。我记得我想赊账买一套西装。有人告诉我,在公共事业振兴署工作的人,在芝加哥的任何一家商店都不能赊购。我在几年之后才有了信用证明。

我买了一台便宜的收音机,爱默生牌的。我的儿子大卫只有四五岁,他让妈妈帮忙写了封信寄给外婆:"我们买了收音机,钱都是我们自己出的。"显然,他不喜欢自己和妈妈在俄亥俄那段不用交房租的日子。

他妈妈可能也会穿他姨妈的衣服。没错,即使是年纪很小的孩子,也会受到影响。

在大萧条最严重的那段日子里,你还记得人们的情绪是什么样的吗?

当时的感觉就是一场血腥的革命马上就要爆发,直到新政推出。在失业的人里,有很多是知识分子,不知道还能做什么,就跟共产党混在一起。共产党自然会好好利用一番。新政的出台让这种情况有所改变,俄国人和德国人缔结的条约让它走到了终点。

我记得在"银行假日"的时候,有些人情绪很消沉。我走到街角去买报纸,给了那人五毛钱硬币。他把钱抛到空中说道:"这钱管什么用呢?"然后他把钱扔到了马路中间。(笑)有人认为"银行假日"是天大的笑话。也有人情绪失控,就像这个卖报的家伙:不会有钱啦。什么都不会有啦。但大部分人的反应很平静。情况不会更糟了,肯定正在采取措施了。

每个人的情绪都受到了影响。我们变得很害怕未来。即便我已经找到了很不错的工作,这种恐惧还是一直都在:一切都可能凭空消失,而你又不知道该怎么办。日子可能会更难过,因为年纪更大了……

大萧条之前,我们会觉得即便现在的工作出了问题,还是可以找到下一份。总是有工作可干的。当然,即便是在大萧条的时候,工作也还是有的。有人说如果你想工作,你就能找到工作。这完全是胡说八道。

到了现在,我还是会为自己的每一份工作担心,想着这次能干多久,还有,做什么会害我丢了工作。

我觉得一切都有可能发生。就我来说,我有点儿害怕它可能再来一次。它会扭曲你的想法,你的情绪。让你浪费时间,丧失信心……

本·艾萨克斯（Ben Isaacs）

这是一栋有花园和露台的房子，位于芝加哥郊外的中产阶级住宅区。

我自己做生意，挨家挨户地赊销衣服。按周收款。大萧条之前，人们舍得花钱买东西，还款也及时。但是，他们开始投机，我能感觉得到。我的生意从1928年年初开始下滑。我的客户主要是中产阶级，他们不太有钱，但也不太穷。

突然之间，1929年10月的一个下午……我在做我的生意，听到报童满大街地跑，把新闻嚷嚷出来：股市崩盘啦，股市崩盘啦。这个消息就像晴天霹雳。

我记得特别清楚。当时我正在路上，准备去见我的客户。这件事对我的影响不是太大，我没有在股市投机。当然，我投资了地产和金券，当时叫金券。我对金券比对股市更有信心。我知道股市上上下下。银行告诉我金券跟黄金一样，永远不会贬值。后来，我们伤心地发现这不是真的。

它们变得一文不值。这些银行，把大家存在那里的钱拿出去搞地产抵押贷款。比如说，地产价值十万块，它们就以那处房产为抵押贷出二十万金券。这些银行啊！

我怀疑银行家是知情的。他们这么做是为了私利。如果不是华尔街股灾，这种骗局还会继续上演。很多这样的银行一夜之间就倒闭了。

我们变得一无所有。之前，我一个星期可以收到四五千块。在那之后，每周就只能收到十到十五块。我到处跑，寻摸足够养家糊口的钱。找不到钱。很少有人拿得出钱来。如果他们同情你，可能会给你一块钱。

我们一天天挣扎着活下去。接着，我就交不出房租了。我有一辆小车，但买不起执照。我把它开到法院，卖了五块钱，好给家里人买点儿吃的。我有三个孩子，都还小。那个时候，我连买一包烟的钱都没有，而我是个老烟枪。我口袋里一个子儿都没有。

最后，大家开始说服我去领救济。他们都开设了露天的施粥处。艾尔·卡彭就在市区设了一个施粥处，人们在那儿排长队。你得走过两个街区，站在那儿，就在街拐角，就为了领一碗汤。

很多人自杀，跳楼什么的，因为他们受不了这份屈辱。最后，我也受不了了。

我是那么消沉，什么都不去想。我能去哪里，要面对什么？我当时的那个年纪，也不可能找到工作。除了卖东西，我没有谋生的手段，就是这样。我到处求职，想找一份做销售的工作。因为年纪的缘故，他们都不愿意要我。我简直走投无路。每一扇门都关上了，每条路都没有出口。即便我有金子，它们也会变成土。霉运似乎牢牢缠住了我。不管我怎么努力，都没有用。甚至我的钱也没了。

我口袋里还有两百块钱，我打算去买辆出租车。那个时候，你得有自己的车才能开出租。那个人说：你得从我们这里买出租车。柴克出租车公司。于是，我拿了两百块去办公室，打算付钱买车。我拿出了两百块，结果那个人说他们没有那种车，下个星期可能会有。我就离开了办公室，那两百块钱不见了，我不知道发生了什么。我打电话回去：你们看到桌上有钱吗？他说没有，没有钱。

我就是这么倒霉，没办法心平气和。一般来说，我是不会丢钱的。不过在那个时候，我担心家里人，担心这个那个。我走在大街上，就像个无忧无虑的人，但我完全不知道该如何是好。

我不想领救济。哦，我跟你说，当我被迫去那个领救济的办事处的时候，眼泪都出来了。我没法忍受自己什么都不干就从别人那里拿钱。如果不是为了孩子们，跟你讲实话吧，我不止一次想到自杀。我死都不愿意领救济。但孩子总得有人管啊……

我去了领救济的地方，经过一番烦琐的程序和盘问之后，他们决定一个月给我四十五块。这四十五块，我们得交房租，得给孩子们买吃的和衣服。这四十五块能坚持多久呢？我要交三十块的房租。我找了另外一处便宜的地方，烧炉子取暖，一个月十五块。我跟你说，现在就是一条狗都不会住在那种地方，一个又脏又臭又黑的地方。

我一个星期可能只能买一次肉，一两磅的肉，留在周六吃。其他日子里，我们就只能靠半磅红肠过日子。我花两毛五买上半磅红肠，但对孩子们来说太凉了，也太不健康。我找到一套有六间房的公寓，一个月二十五块。它本该有暖气，还有热水。我们搬进去之后就没了热水。洗澡太冷了，我们不得不用炉子烧热水。也许是房东跟锅炉工闹了矛盾，但看上去又不像。那个房东不要这栋楼了。两个月之后，突然没水了。因为不交水费，市政不再供水。

我的妻子只能从隔壁楼的邻居那里提两桶水上来，给孩子们洗澡，冲厕所，我们自己洗手洗脸，冲茶什么的，全靠那两桶水。我们过了两个月没水的生活。

不管我去哪儿找工作，都不会被录用。我四处转悠，卖剃须刀和鞋带。有一天，我每条街都跑遍了，只做成了一笔买卖，口袋里装着五毛钱回家。事实上，这种情况一直持续到1940年。1939年，战争爆发，情况稍有起色。我的妻子在一家餐馆找到了工作，一个星期挣二十块。我马上给救济办事处的人写了封信：我觉得我们不再需要帮助了。救济让我不舒服，觉得惭愧。我没法再忍下去。

隔壁邻居帮我在他工作的工厂里找工作。那个时候，我差不多已经五十岁了。工厂的人说："我们不能录用你。"他们不雇用超过四十五岁的人。两星期之后，还是这个人对我说："去跟比尔（工头）说是我让你来的。他会雇你的。"他们雇了我，一个小时给我六毛钱。他们缺人，所以才会雇我。

我看报纸上说有个地方的薪水不错,一个小时给一块。我就坐上电车去找那个工作。我还在路上的时候……我也不知道怎么了……就像灵机一动。我说:我要干回老本行。人们现在都过得不错,大家都在军工厂里上班。于是,我下了电车,走进我之前打过交道的那家商店。

我告诉他们我要干回老本行。他们嘲笑我:你要卖什么?你找不到东西卖。我说:你们卖什么东西,我一样卖。我工作的这段时间,我们节衣缩食,再加上我妻子也在上班,我们存下了四百块。于是,我把那四百块全投了进去,开始干回老本行。

老天保佑,世道总算是变了。我又干起了老本行,我又回来了。那是在1944年年底。如果我还留在工厂干活儿,恐怕现在还要吃救济。当时很多人都劝我不要这么做,甚至我的妻子也是这么想的。我们就存了这么几百块钱,他们说我这是要拿它们去打水漂。我说我不会再回工厂干活了。

对你来说,苦日子是——?

从1928年到1944年。我意识到很多人的处境也是一样的。这给了我一点点鼓励。我看着这些人,排着队等着领救济。我对自己说:我的老天啊,还有人跟我一样。他们过去都是有钱人……现在破产了。但我的心还是会刺痛,因为我一直在心里祈祷以后永远不要靠别人过活。当这种时候到来,我很受伤。我没办法忍受。

羞愧?你说呢?我会站到领救济的队伍里,左看看右看看,看周围有没有人认识我。我会低着头,这样别人就不会认出我。它在我身上留下的唯一伤疤就是我的自尊,我的自尊。

你的朋友和邻居呢?

他们的处境都是一样的,一样的。他们当中许多人现在都过得不错,比我更有钱。但在那个时候,我们都靠救济生活,他们也在到处卖剃须刀和鞋带。

我们会串门，这是我们消解愁闷的唯一方法。我们都住在同一个街区。我们会到对方家做客，坐下来聊聊天，开开玩笑，让自己快活一点点。

现在，我们跟朋友离得很远。大萧条的时候，我们都很穷。情况好转之后，大家都更有钱了，在不同的社区有了自己的房子，彼此也就隔得远了。

霍华德·沃辛顿（Howard Worthington）

我不知道自己是怎么挺过来的。我在拉塞尔街上的一家债券公司上班。我们专做外国证券。令人欣慰的是，我们没蹚股市那摊浑水。老天保佑，股灾对我没什么影响。不过，我们还是倒闭了。我们公司的头头卷走七百万资产，消失了。

我的天，我的一个朋友一年赚两万五，他们将他的年薪减到了五千块。他径直跑到芝加哥期货交易所大楼的顶层，跳了下去。那个时候，我还赚不到五块钱。（笑）

我觉得自己不应该干投资这一行。是我老婆一直催我做。做投资的人得认识许多有钱人才行。我从来不是一个机会主义者。我喜欢一个人仅仅因为他们是一个什么样的人。他们当然可能会破产。

我在库克县公共福利委员会找到一份工作——总得吃饭啊。我的工资是一个月九十五块，周薪有这么多就好了。（笑）我的上司是一个黑人妇女，人很好。我一直在讲我有一个头衔，职业援助与自助主任，虽然我不知道它是真是假。为伊利诺伊州紧急救助委员会工作并没有什么大不了。比起我，我老婆更觉得这挺了不起的。她添油加醋，经常在朋友中显摆。我真的很喜欢在那里工作时的一些经历，真的喜欢。

我得感谢我老婆。她在埃文斯顿管理一栋大楼。我们在那儿住着一套有六个房间的公寓，不用交房租。我还搞到一些小玩意，花五毛钱买来，再一块钱卖出去。我用这些钱来买午饭，坐车。我的朋友都快让我搞疯了。我每次搞到一些新玩意儿，就会卖给他们。他们都有工作。

有个家伙发明了一种叫"白净来"的东西，展示起来很神奇。你把自己的手伸进装满它的罐子里浸一下。它是无色的。然后，你再用手去摸最脏的油脂，用冷水冲一下，双手又干净如初。

我有六罐"白净来"。出门卖它们之前，我把手在罐子里浸了一下。我走进一间车库，跑到隔油池那儿，把手伸了进去，然后走到水龙头那儿拧出水来。结果，我的手越洗越脏，越洗越脏。（笑）你看，我在家的时候洗过手，忘了再把手放进"白净来"泡一下。我现在还记得车库里的那个人看着我摇头。我慌了，赶紧走了。（笑）

"我爸爸是一间顶级咖啡馆的销售经理。他已经六十五岁了，仍然拿着一笔不菲的薪水。这是三十年代初的事情。老天，我觉得这些事就像昨天刚发生一样。我的妈妈在弹钢琴，我弹着曼陀林，哥哥姐姐们则在唱歌。这时，门铃响了。爸爸收到一份特快专递，他被解雇了。在那个地方干了三十八年之后，结果就是这样。家里的快乐氛围开始被乌云笼罩……"

"爸爸为销售人员开了一间招聘机构，他过去是销售经理协会的主席。他有很多朋友，却没能功成身退。一个销售员进来了，西装没熨，头发也需要剪一下。爸爸会给他两块钱。这个人会得到这份工作，不过爸爸从来不会收钱。（笑）1936年，他去世了。"

我喝酒喝得有点儿多。这是一种发泄。我没有因为这个丢过工作。可是……我岳母跟我们住在一起。她虽然不是妇女基督教戒酒联合会的成员，但跟她们走得很近。她觉得这是我软弱的表现，因为我不发泄就不能承受所有这些压力。下午，我会小酌几杯。我得算好时间，直到我丈母娘上床睡觉之后才回家。（笑）

我老婆在埃文斯顿管理大楼的工作做得太好了，结果就是银行让我们搬到了南区的一套公寓，只有四间房。小区的环境特别差。她之前把楼里除了我们公寓之外的房间都租出去了，所以银行说：搬出去。他们每个月能多收一百五十块的房租。这就是你工作出色的回报。

我们四代人就住在那四间房里。我的儿子、老婆、丈母娘和丈母娘的娘。外婆是个快乐的人，不过也是个大麻烦。玛格丽特和我只能睡在桌子底下。

唉，我跟你说……如果我能有足够的胆识和学识，我本可以做得更好。我可能会从事其他行当……

我1921年从学校毕业，那一年也算得上萧条。（笑）我在大学的时候，是《伊利诺伊州农学家》期刊的负责人。我以为自己会去《草原农夫》（Prairie Farmer）杂志社或是类似的地方工作，但我碰巧做了投资。如果我当时做了农业相关的工作……

附记："我永远都不会忘记大萧条那年的复活节。我儿子才四岁。我花了一毛还是一毛五买了些鸡蛋。那么点儿钱，买不到几个蛋。那个时候我们很穷。玛格丽特说：'这么几个蛋，他五分钟就找到了。'我藏了两个在钢琴里，还有几个在其他地方。汤米拿着他的复活节小篮子装鸡蛋。在他找鸡蛋的时候，我就把蛋从篮子里偷出来，换个地方再藏起来。这是他过得最开心的一个复活节。他花了三个小时找复活节彩蛋，却没发现有什么不对劲。（笑）

"我儿子现在三十九岁了。每年复活节我都会给他讲这个故事。他就是没发现自己装复活节彩蛋的篮子一直都装不满……"

斯坦利·凯尔（Stanley Kell）

  这个中产阶级住宅区位于芝加哥西北部，里面住的全是白人。"这里大部分房子的价值在一万七到两万四之间。"他是一个组织的头头，他们的主张就是把黑人排除在社区之外。"我的基督教白人邻居？他们在种族融合问题上立场跟我是一样的。不过，他们觉得我太强硬，太激进。"

  他的家是转角处的一个独户住宅。家里除了一台二十三英寸的彩色电视机，还有一套音响，一架哈蒙德牌的电风琴，以及他爷爷留下来的一台闹钟。

  晚饭过后，他的妻子去参加社区会议，今晚的主题是校车接送危机。他们的两个小儿子，兴奋地满屋子乱跑，开心地笑着……

  他四十二岁。

  我跟你说，这里离麦克斯韦街[02]很远。我曾在那儿为了一条面包拼命干活。如果我告诉我儿子，当年的小孩子要做些什么才能挣口吃的活下去……

  第一个让我感受到大萧条的人是我爸爸。我们住在爸爸机械车间的楼上。他是做瓶盖生意的，为奶瓶生产瓶盖。我记得他从楼下上来说："唉，生意没了。我们破产了。银行没钱了。"

  我妈妈有波兰血统，她知道怎么勉强维持一家人的生计。我记得好

---

[02] 麦克斯韦街是芝加哥的露天市场。随着高速公路在这儿会合，它逐渐消失了。

几个星期里，她一直给我们喝汤。汤里的主要原材料就是一条面包。以前一直是我出去买面包。但从那时开始，这成了我每天的冒险。那时候，我们都穿短裤。每天的这趟差事都面临着重重危险。

那面包只要五分钱一条。我得拿着五分钱，走到麦克斯韦街上。那里有一条很长的高架桥，你得弯腰钻过去，把那五分钱省下来。拿面包回来的路上也充满了危险，总有人等着抢你的面包。也是些可怜的孩子，他们一定很饿。黑人孩子。我跑得很快，应当去做田径运动员的。

我现在为什么抗争呢？我还记得爸爸成立了一个委员会，里面的人都是倒闭银行的储户。发传单是我记得的事情之一。他每个月、每年都要开很多次会。他这件事干得很漂亮。我记得他说过，存一美元拿到两分钱的话，那也是很大的一笔钱。他经常在想要怎么偿还贷款。他能弄出来的这些几分几分的钱足以让他还掉房子的抵押贷款。

他不得不卖掉车间里的机器来偿债。他从不欠钱。破产的时候，他把欠人家的钱都还了。跟你现在在报纸上看到的不一样，一个家伙欠人家六百万到八百万，还一笑了之。那个时候，如果你欠人钱，那可是丑闻。

我还记得自己的第一个银行账户。我在大萧条期间一直带着一块牌子。那时候，芝加哥有个大日子，那就是五一。它跟共产主义没什么瓜葛。在芝加哥，五一就是人人都可以表达自己的日子。就算是流浪汉，也可以参加游行。这可以说是一个大的社会联盟。

爸爸是倒闭的波兰银行的储户委员会主席。我永远都不会忘记自己带着的那块牌子：我是个小男孩，你拿走了我的钱。存在你银行的钱对你和对我而言一样重要吗？如果你需要这些钱，拿上这家银行的钥匙，把它们扔进湖里，在监狱里待着吧。那个时候蹲监狱的是那个银行家。他被埋在圣阿德伯特教堂（St. Adalbert's）[03]，是自杀的。让我想想他叫什么名字啊，他可是倒闭银行背后的一个传奇人物。

如果说起类似的事情，可能会说那就是共产主义。其实不是。我记得那个时候在组建工会。一些对工厂环境不满的人会参加游行。某些派别会在五一那天集会：西部电力公司的职员们，为了更好的福利组织，不要加入公司的工会。那是一个不好的词。

我小时候，十个旧奶瓶可以换一分钱。我就去垃圾场捡奶瓶换钱。我把这些钱攒起来，存够了就去买一袋弹珠。我曾经花一毛钱买了一百个弹珠，一分钱十个。然后，我五个弹珠卖一分钱，这样我就可以赚一毛钱。在那个时候，我就试着通过买卖东西来赚钱。今天看来，它似乎刻在了我的骨子里，融入了我的血液，我看上去就像是犹太人。我现在也这么对待我的孩子。我试着向他们灌输这样的观点——你们可以先买些东西，再卖出去赚点儿钱，把赚到的钱存起来，再开始下一轮，重新投资。大萧条教会了我这个。

我说我们不应该再经历一次大萧条，实在是太可怕了。现在有些人觉得好像我们欠他们似的。我回到家会想：这要是让他们赶上大萧条……我曾经想对孩子们说，你们以后得遇上大萧条。现在那么容易就能得到一条面包，到时候他们就得像我一样跑那么远。而且谁会按五分钱卖给他们呢？

妈妈跟我一起去过麦克斯韦街。我还记得那里乱糟糟的样子，人们走来走去，招徕生意的人想把你拉进门去，吉卜赛女人想给你算命。现在，我懂了卖淫是怎么回事。那个时候，她们就站在大街上冲你挤眉弄眼。她们为啥挤眉弄眼，那个时候我还不懂，现在我懂了。

---

[03]　圣阿德伯特教堂，罗马天主教驻芝加哥大主教管教区教堂，是典型的波兰天主教风格教堂。——译者注

哦，我怎么会忘了那些偷偷喝白酒、啤酒的日子。我去过圣心教堂（Sacred Heart Church），私酿白酒和啤酒的人把酒藏在教堂的地下室里。税务官员怎么也想不到教堂里藏着啤酒。我还记得我下到教堂的地下室，闻到了啤酒的味道。我心里想：这么多桶啤酒放在这儿做什么？希利神父藏了这么多酒，简直就是个恶魔。我想他挺过来的原因就是私藏了啤酒。要是税务官员知道教堂私藏了啤酒……乔·弗斯科（Joe Fusco）在多年之后因为同卡彭的关系被调查。乔·弗斯科是圣心教堂的主要支持者。当然，圣心教堂也是乔·弗斯科的主要支持者。

当时是大萧条，但他们仍然有啤酒喝。我不记得有谁像现在这样酗酒或者失控。我自己就有开了一间酒类专卖店。我怎么会做酒的生意呢？我不喝酒，不抽烟，我爱孩子。芝加哥的人都恨我。他们都认为我是个偏执狂，是个种族主义者。

你想尊重自己的孩子，也想在他们面前展示威信，但在这个世界上总有人认为自己大过法律。现在，正是法治体系的崩溃导致了社会上的这些动荡。我想如果在过去，是不可能这么失控的。现在，你敢冲警察吐口水，打他，量他不敢碰你。要在过去肯定会被暴打一顿。那个时候，你甚至不敢跟他们讲话，直接被扔进警车。我没遇上这种事，但我见过。一些比我年纪大的家伙被扔进老式的警车里。我还记得我在苏格兰场老车站的小巷子里，看着那些人被关在警车里。看着这些人被关在警车里，我才对法律和秩序心生敬意。

还有一件事。我都不记得有没有跟我父母讲过：我不想写作业。作业就在那儿，你必须得写。波兰人很擅长用皮带。我记得爸爸说：到墙角去，跪在米上，你会长教训的。我自己不止一次说过：老天，爸爸，我学不会这个。唉，还是到墙角跪在米上吧。

那个时候，你知道爹妈说了算。你知道要是犯了什么事，有顿鞭子等着你呢。好一顿狠抽。现在我自己也会拿根皮带。[04]我会对自己说：什么对我有好处，什么能帮我学习，我永远都不会因为反抗别人而被逮捕——现在这些孩子，为什么他们会犯下命案，和大人顶嘴？当我的孩子站在我面前说，你以为你是谁啊，让我不要干这个，我干吗非得听你的，我就打他几下，或者拿根皮带狠狠抽他几下。他们就会说：我要去告你。过去，爸爸就是老大。

我还记得坐电车去见爸爸。我也记得因为做错了事，不敢坐电车去见他。做了什么错事，我倒是想不起来了。

你爸爸不工作的时候你还怕他吗？在他比较低落的时候？

怕啊。银行户头上的钱都没了，他工作得很努力，他是移民，不会讲英语。事实上，他不得不把自己的名字改了，好去找工作。他被人歧视。在我看来，他觉得很多事都是胡佛的错。我以为他会拿孩子出气。不过，孩子要是感觉到有什么事情不对头了，也会离得远远的。

住在我们隔壁的人不得不去领救济。他们是非常好的立陶宛人，文化也不错。他们靠土豆面包、肉汁和汤熬过了大萧条。

骨头，牛骨头，边上还有很大一块肉。牛骨头、西芹、卷心菜、甜菜或者是洋葱和土豆，全都扔进锅里。那个香啊！现如今，你都闻不出它们的香味了。还有面包。怎么能忘了那些面包呢？它们足足有十磅重，大概有三英尺那么长。这些都是我珍贵的记忆。

我还记得隔壁那家人领到的救济食品里有李子，他们拿来做了李子布丁。那些领救济食品的人还能吃到葡萄干。

那个时候，不像现在能拿到四五百块钱，因为他们有三个孩子。你只能拿到一包食品杂货，就这些。你得学会怎么吃才能坚持得够久。每个

---

[04] 在我们聊天的过程中，尽管他拿着皮带，他的儿子们还是在他身边开心地跑来跑去，一点儿也不害怕。

人都学会了做饭。如果不会，那就交给会的人。他们把东西分着吃。我不记得那个时候有人挨饿。

尽管日子过得艰难，但妈妈总能攒个两分、五分、一毛钱，好让我们走出这个社区。这是个不错的社区，但父母总有自己的想法，想走得更远。

现在我在这里讲自己熬过的苦日子，有一个人过来说，告诉他们，我们应该种族融合，每个人都应该平等地生活。哦，不，在我经历了那些之后，我知道没人可以平等地生活。你出身低微，如果你来到芝加哥，你的起点就和我不平等。你得从底层开始往上爬。黑人得长点儿教训。上帝让我们来到这个世界上，就是让我们拼搏向前，不进则退。不管我们的皮肤是黑的、白的，还是绿的。

如果美国再来一次大萧条？

混乱，肯定乱成一片。我很害怕，我不想说这个。我没法再过一遍。我没法过下去。我的房屋贷款已经还清了，税很高。你敢相信吗？一年要缴九百块的税。老天保佑，我还知道怎么挣钱。可是，如果事情继续这样发展下去，让我成为邻居和黑人之间的纳粹，我的生意也就做不下去了。[05]

如果大萧条来了，会发生什么呢？会爆发内战，会有谋杀、贪婪，还会出现前所未有的各种现象。钱什么都不是。饥饿。不管别人有什么，他们都会抢走。

过去，人们的态度有不同吗？

有的。如果有人知道怎么能让食物保存或吃得更久一点儿，他们会交换做法，他们还会交换衣服。他们不会跟邻居攀比。"街对面的女士买了台彩电，我也要买台彩电"，我是反对这个的。街对面的女士买了架风琴，你也得买架风琴。

---

[05]　在他的酒类专卖店里，绝大多数顾客是黑人。

你有一架哈蒙德牌的电风琴……

是的,我知道。你看,都是因为其他人有了,你就一定要有。我们不能过得不如邻居。

附记:访谈结束之前,我问了最后一个问题:
你的内心……有过挣扎吗?

"有。我的内心很矛盾。每次我跟一个黑人说因为地域问题我不能接受他做我的邻居,我都很难过。在我的俱乐部里,如果我表示支持禁止种族歧视的开放住房,他们就会发出嘘声。我在开发住房这方面的工作做得很出色,他们就冲我扔书,扔一切可以扔的东西。当选举结果出来的时候,发现只有我一个人主张开放住房。我不是真的反对种族融合,但俱乐部的会员跟我说:我们反对种族融合。我们的俱乐部有四百人,我被选为主席。这让我必须代表他们的观点。他们告诉我不愿意跟黑人住在一起,我只能接受。"

"巧合的是,我今天和一个特别特别可爱的黑人小女孩聊天。她是你会很想让她成为邻居的那种孩子。但是你不能。这很荒谬,让我觉得惭愧。你嘴里说出来的话和你内心的想法正好是相反的。是不是很离谱?"

霍勒斯·凯顿(Horace Cayton)

社会学家,与圣·克莱尔·德雷克(St. Clair Drake)合著了《黑色都市》(*Black Metropolis*)。

他是从西雅图来到芝加哥的。他的父亲是西雅图一家黑人报纸的编辑,他自己做过副治安官。他的祖父海勒姆·雷夫尔斯(Hiram Revels)在南方各州重建之后，成为来自密西西比州的第一位黑人参议员。

我告诉你我有多天真。那是在1930年、1931年，我第一次去芝加哥的时候。到了联合车站，我钻进一辆出租车，告诉司机："带我去最好的黑人酒店。"他转过头，就像看着一个傻瓜那样看着我。他带我去了他唯一知道的一间酒店。那就是个仓库。我这一辈子从没这么难受过。我不知道自己预想中的酒店是什么样的，也许很豪华，就像丽兹酒店一样。那可不是丽兹酒店。

我对黑人聚集区、卡巴莱歌舞表演和爵士都有着浪漫的想法。我们离开密歇根大道，走到公园南路，真是太兴奋了。我白天黑夜都在街上逛，就像我在巴黎的时候那样。这是个奇妙的世界。我认识那些有钱的黑人，但我对普通黑人的生活一无所知。

我在南区吃午饭，看到一队黑人从旁边经过，两个两个地走过，很安静，不吵也不闹。这些人有目标，也有意愿。这些人在完成自己的使命。他们要到某个地方去。你能感受到那种压力。

我的甜点没吃完，但我很好奇。我走到了队伍的后面，跟着一起走。我穿得比他们好，但他们并没有对我表露出敌意。我对旁边的家伙说："我们上哪儿去？"他说："我们要把一些人弄回那栋楼里去。他们被赶出来了。"

那是一栋很破的大楼。简直就是窝棚。一群黑人聚集在那里，说……罗伯特·以斯拉·帕克（Robert E. Park）[06]在召集"抗议大会"。他们在南区搞过抗议大会，黑人们以此来发泄怒气。因为那些不公平的待遇，他们没办法控制自己。他们锁上门，开抗议大会，咒骂白人。这就是他们的行动。

---

[06] 罗伯特·以斯拉·帕克，芝加哥大学社会学教授，霍勒斯·凯顿的导师。

他们把一些破烂不堪的床单、就快散架的床架和一个小衣柜从教堂搬到那间房里去。然后，他们举行了圣歌会。当时的气温在零摄氏度以下。我们站在那儿，听到警笛的声音。是警车。每个人都紧张起来。一个虚弱的老妇人挥舞着手说："站稳了，不要动。"他们开始唱："……就像一棵树，屹立在水中，我们不会被撼动……"接着，他们又开始唱另外一首很好听的歌《给我那古老的信仰》(Give Me That Old-Time Religion)。（他唱了一段，结尾的歌词是"……这对我来说足够好了"）他们还加上了一段共产主义分子的说辞："这对斯大林兄弟来说足够好了，这对我来说足够好了。"还有其他版本的，像是："这对列宁神父来说足够好了，这对我来说足够好了。"

他们唱歌的时候，你能感觉到那种紧张的局势一触即发。警笛声响得就像是希腊戏剧里的歌唱团在唱歌，从各个方向传来。有人说："是警厅情报处。"那个老妇人说："站稳了，别动摇。"但他们气势汹汹地过来，手里挥舞着警棍。他们把那个老妇人拉开了，但在一片混乱之中，她消失在了人群中。

我没跑，是因为对这种戏剧性的场面非常感兴趣。直到那时，我才真正感觉到大萧条对人的影响。我不知道自己为什么没挨打。我在外围，而且穿得比较体面。[07]

事实上，那个时候共产主义分子同黑人没什么关系。共产主义分子有很多目标，但黑人并不把它们当真。举个例子，共产党在公园南街的芽福神游行(Bud Billiken)[08]中有一辆花车，但他们真的没有渗透进去。他们提出一些黑人感兴趣的问题，黑人们也从共产主义分子那里学到不少东西。他们接受任何人的帮助。为什么呢？不接受那才是傻呢。

---

[07] 他把自己对这次事件的印象写成了一篇文章，刊登在《国家》杂志上。
[08] 芽福神游行是南区每年举办一次的游行活动，由《芝加哥保卫者报》主办。这个活动专为儿童举行。该地区的商家和社会团体都会制作花车参加。

共产主义分子没能成功的原因是，他们不知道如何跟黑人教堂打交道。教堂是黑人最重要的制度，在稳定性上甚至超过了家庭。奴隶制的时候，当时没有家庭纽带，教堂是黑人的第一个组织。共产主义分子贸然地向他们推销马克思主义那一套。我很幸运，没有加入共产党。现在我说这个，是因为在我这个年纪，我一点儿都不在乎自己加入了什么。我的意思是让他们去死吧，那帮人。

大萧条期间，教堂在黑人社区发挥了一定作用？

亚当·克莱顿·鲍威尔（Adam Clayton Powell）的阿比西尼亚浸信会教堂（Abyssinian Baptist Church）。他的父亲领导着这个教堂，并从中获得了不小的力量。"神圣神父"（Father Divine）是那个时期的典型代表，是那个时期的关键所在。"神圣神父"就是穷苦人的上帝。

有一次我在纽约，那里有一家卖鱼和蛤蜊汁的小餐馆。一个很漂亮的白人小姑娘在那上班。她说："我就出生在'神圣神父'的天国。"她直到十岁还是十二岁才知道"神圣神父"不是上帝，她像雪那般纯洁。她来自神父的社区，神父所有的教堂都被称为"天国"。他还会买酒店，酒店也叫"天国"。大萧条期间，他喂饱的人比任何人都多。

芝加哥的抗议大会真是吓坏我了。问题是那么严重：饥饿，没有地方睡觉，寒冷，有人真的冻死了[09]。

我还记得一开始的躺倒示威。黑人不断得到承诺，之后还是失业。一天，一帮失业的黑人躺在电车轨道前面。车上的售票员和司机都是白人。车子过不去，凯利市长试图和他们做笔交易。他们躺在那儿不

---

[09] "玛丽·埃格尔斯顿太太的公寓位于第六十五街东1449号。星期六，气温接近零摄氏度，屋里没有暖气，因为这栋大楼的业主没有接通锅炉……为了取暖，埃格尔斯顿太太和她的四个孩子穿着毛衣和外套挤在厨房里。之前有五个孩子，但是十四岁的纳丁周一死了。她得了镰状细胞性贫血，她的妈妈认为寒冷加速了她的死亡……'医生跟我说要给她保暖……'"（《芝加哥每日新闻》，1969年1月25日）

让车经过，他们要垒起一道人墙，一道黑色的墙。他们想要工作。他们没有真正指望得到在交通系统的工作机会，最后也确实没得到。但那个时候有人在为公共事业挖沟，就是普通的劳工，就连这些工作，也没有黑人被录用。所以，他们说："我们要让你们的车走不了。车走不了，我们在挨饿，那些干着最琐碎工作的工人都是白人，而且就在黑人社区。"[10]"

你记得黑人社区当时的态度和现在有什么不同吗？

尽管面临大萧条，大家还是心存希望。即使人们在受苦，还是怀抱很大的希望。在今天的美国，没钱是件很丢脸的事情。中产阶级认为靠福利生活的黑人道德败坏，因为他们不工作。可是在大萧条的时候，很多人靠救济过活。所以黑人看不到很大的差别。哦，还是有差别：黑人劳工和公共事业振兴署中熟练工种岗位之间的比例失调。可是，如果说黑人在领救济，白人也在领，但我们的明天会更好。就是这种感觉。这种希望已经消失了。现在的日子是特别艰难，除了仇恨就是幻灭。

黑人怎么看罗斯福？

对，这也是件很重要的事情。他打破了传统。我的父亲告诉我："共和党人就是那艘船。所有其他的都是海。"这话是弗雷德里克·道格拉斯（Frederick Douglass）讲的。1932年，他们不怎么支持罗斯福。不过，随着公共事业振兴署的组建，罗斯福就成了神。这真棒。你工作，拿到薪水支票，就有了尊严。即使一个人的工作是耙树叶，他也能得到报酬，也有了尊严。他们有很多歌都是关于公共事业振兴署的：

---

[10] "他们躺倒的那条线路是从五十一街站和南方公园站到果园村站的，这些黑人都没有工作。他们当中有人说：'我们要怎么办呢？'另一个人说：'跟我来！'于是，他们就在五十一街上躺成一排，还有一帮人走到正在干活的人那边，抢走铁锹，并且让那些人滚出去，说这些工作是他们的。他们从那时候开始就一直在地面轨道那儿工作……"（克莱德·富尔顿，一位八十五岁的黑人对三十年代初的回忆。）

我去排队投票。
我知道投对了票，
所以，我请求你，总统先生，
不要撤销公共事业振兴署。

他们写了很多歌词。我们曾经这样唱道：

哦，我支持你，总统先生，
我自始至终支持你，
你可以撤销一切，
但不要撤销公共事业振兴署。

他们一旦通过公共事业振兴署找到工作，你知道他们要做的第一件事是什么吗？首先，他们要买几件衣服，接着是搬到好一点的地方去住，然后就是去补牙。你穷的时候，牙没了就没了，尤其是孩子，如果有了蛀牙或龅牙，那牙可能会疼，就用阿司匹林或威士忌来止痛。然后就把牙拔掉。他们会去把牙补上，全靠公共事业振兴署……

那个时候人与人之间还是有仁爱的。我们现在没有了仁爱。没了，该死的，这些浑蛋，他们没打算做好事。我可以坐在这儿很肯定地说，他们不会干好事。我现在已经不出声了。这种感觉就像我1935年在法国和德国的时候。我们正在迎头冲向一出悲剧，做什么都无济于事，都是徒劳。

附记：我们做访谈的时候，他正在撰写理查德·赖特的传记。

W. L. 格里森（W. L. Gleason）

他八十岁，独自住在明尼阿波利斯。他用打字机写日记——"就是流水账，纯粹是为了好玩，让生活不那么无聊"。

我经历过大萧条，那正是我人生中最美好的年华。那时我的身体很好，也是思想上最活跃的时候。可是，那些年让许多好人都成了乞丐。

1922年，我买了一块地，自己盖了一栋避暑别墅。同一年里，我还买了一辆福特房车。还是在那一年，我花了六千块买了一套时髦的住宅，有六个房间。同一年，我太太花四百块买了架钢琴。

该死的，要是我没把所有的款项都付清就好了，每一分钱。后来，它们全部作为离婚补偿给了我前妻，还有高达6.5%的利息。

但是，当我回想起那些年，就像它们经常出现在我梦里的那样，不管是白天还是晚上，有一件事总会浮现在我的脑海里……

我的大儿子鲍勃想办法找到了一份工作，在湖滨大道那边给人家修剪草坪。割草机没电可用，他只能用自己的腿、胳膊还有肺。鲍勃全用上了。就为了得到这份工作的报酬——两毛五分钱（你能拿到两毛五，还有两毛五给银行）。

那栋房子的主人很有钱。鲍勃在很短的时间内做完了工作，就去敲门拿他的两毛五分钱。主人开门说道："噢，可是你还没有修剪树枝呢！"她关上了门。鲍勃沿着马路走回了家，再也没有回那儿去要他的两毛五。

这么多年过去了，这件事就像根刺扎在我心里。我想在我余下的日子里，它带来的痛苦会像癌细胞一样扩散。大萧条期间发生了那么多事。有好事发生，也有很糟糕的，就像那三次大罢工，我好多朋友都受到切身的影响。为什么唯独这事儿就占据了我的心呢？

这是卢克·拉金,一个木匠遗孀的儿子……他神情愉悦,外表阳光、坚毅,心地善良,头脑聪慧,尽管他出身贫穷,但依然是格罗夫顿最招人喜欢的男孩。

还是个穷孩子的时候,他就努力往上爬,终于在长大成人之后变得富有,受人尊崇。我承认,其中有运气的成分,但他还是对自己的大部分好运心怀感恩,将其归功于自己的好品格。

——《努力向上》(*Struggling Upward*)
作者小霍雷肖·阿尔杰(Horatio Alger Jr.)

奋斗与成功

哈里·诺加德（Harry Norgard）

一个从事自由职业的商业艺术家。

1933年，我丢了工作。那正是"一个世纪的进步"[01]那一年。这事就像晴天霹雳。因为头一天那个人告诉我这一生衣食无忧，结果第二天他又说我这辈子完了。"我们得勒紧腰带过日子。"

我成了自由职业者，给自己找活儿干。不到两个月，我挣的钱就有离开时的一半了。这是大萧条最严重的时候。我心里一直相信，如果你提供给买主的东西比他现有的好，就一定能把东西卖出去。

对我来说，是不是大萧条没什么关系。自怨自艾于事无补。我只知道只要肯努力，你就会有进步。

确实，很多人连衬衣都没了。从很多方面来讲，这是他们自己的错。当时有数百万人在买股票，自诩内行。如果你对自己干的事情一无所知，就会得到教训。这话是有道理的。

我认识的一个人在股市赚了不少钱——当然都是账面上的。"我要在

---

[01]"一个世纪的进步"是1933年芝加哥博览会的主题。——译者注

谢里登路上买房子了，我要买辆帕卡德（Packard）[02]汽车，我要雇个私人司机，我要买下一切。"贪婪得很。他曾经带孩子去看了四五套公寓大楼："……这套是你的，那套是你的，另外一套是你的。"他准备给孩子们留下一大笔遗产。但他没有完全属于自己的资产。他在每一样抵押资产中的产权都非常小，都是抵押第一样去买第二样，以此类推。他每一样资产的负债状况都岌岌可危。他的多米诺牌倒塌了，一个压倒另一个。

真正有钱的人在大萧条的时候并没有受损，他们可以趁机买进丧失抵押赎回权的房产。全部买下来。真正受损的是那些一开始就没什么钱的人，他们简直是掉进狼窝的羔羊。

我比较谨慎，我喜欢一直有现金可用的感觉。我要花钱的时候，知道钱在那儿。"银行假日"都对我没什么影响。

有些人是时局的受害者，这不是他们的过错。很多人尽力去找工作。我听说有一个银行家后来成了球童，就在他之前是会员的那家高尔夫俱乐部里工作。有些人勇气十足，不会那么轻易被吓倒。

有人曾经告诉我：最糟糕的事情莫过于曾经有过一份好工作。因为你有好工作的时候，就像是在一个安全、可靠而且舒适的港湾。人们总是愿意待在一个美好、温暖、舒适的地方。可以说，如果把一个人扔进狼群，他会更加出色。

商界里最成功的往往是一些没受过教育的人。他们话讲不利落，字也不会写，他们的外表让你不屑一顾。为了生存需要，他们被迫自己创业。他们不得不卷起袖子，全力以赴。如果他们成了收破烂的，就会开家旧货商店。然后，他们又开始回收废金属。在你注意到之前，他们已经成了钢铁大亨啦。

大萧条成就了许多人。我认识一个人，他失业之后，思来想去，给

---

[02] 帕卡德是二十世纪前期美国著名的豪华汽车品牌。——译者注

制造厂写了十六封信,说他可以免费为它们提供一种服务。三到四家工厂回了信。短短几年中,他就变得相当富有。他给了这些厂家需要的东西,尽管在那个时候他们都还没有意识到自己有这个需要。

艾尔·卡彭设了一个施粥处。人们会在那儿排队,足有半个街区那么长。他成了那个时代的罗宾汉。他去看球赛的时候,人们会起立欢呼。他们不认为他是个黑帮人物,而是一个堂堂正正的人。他在穷人中散播了快乐。像这样的事情哪儿都有。

他们不会因为你有钱就给你勋章,但他们也不会因为你穷就给你勋章。

罗斯福在那些人心中就像是天主教徒心中的教皇。一开始,我和其他人的想法是一样的。后来这一点越来越明显——他把这个国家出卖给了那些大工会。

结果就是:底特律发生第一起静坐罢工时——我刚好认识一些参加罢工的人,这些人把工厂里面搞得乱七八糟。他们把管子毁了,把窗户砸了,把机器扔了出去,他们造成了几十万美元的损失。

你是从哪儿听说的?

目睹这一切的人,他们也参与了静坐罢工。他们甚至都没有因此受到惩罚。我相信如果通用汽车公司真派了一队打手去破坏汽车工人联合会的总部,情况会有所不同。工会主义者总是能得到特殊待遇。

在我看来,这很大一部分是由社会主义者煽动起来的。我从来不在大街上走来走去,妄图以此实现自救。我从来不觉得发生在我身上的一切是别人的错,我只怪自己。我最后才会想着去责怪别人。

说到公共事业振兴署,我脑子里浮现出的画面是一群人懒散地靠着铁锹站着,这是我开车穿过湖滨大道时看到的。我看到这些人坐在路边,抽着烟。

所以,现在的人总想着付出最少,得到最多。大萧条的时候,这样的人坚持不了太长时间。当时，你随时都能找到一个愿意干活儿的人，只需要打开窗户叫一声，就会有人过来干活。那些保住工作的人心里是敬畏上帝的。他们脑子里最主要的念头就是：我要尽力把这份工作做到最好，不然我就会被解雇。我坚信，让大多数人做好一份工作的唯一方法就是，让他对上帝有所敬畏。

你觉得再来一次大萧条对我们是有好处的吗？

不，我不会这么讲。我想要说的是，并不是所有人都值得好心人的同情。很多人的穷苦都是自找的。这些人总是在寻求帮助。如果我们所有人都是这样的态度，事情会怎样呢？

罗伯特·E. 伍德将军（General Robert E. Wood）

在他位于森林湖的家中，他正在书房看电视里的棒球比赛。他已经八十九岁了，"我有三个老板——太太、秘书，还有护士。太可怕了。"（笑）

"麦克阿瑟和我是很好的朋友。我们是西点军校的同学，就在同一个班上。他组建'彩虹师'[03]的时候，邀请我去做上校。后来，我被派到潘兴上将（Pershing）的参谋部，成了这支部队的军需官。"

1924年，他离开了蒙哥马利—沃德邮购公司，来到西尔斯罗巴克公司（Sears Roebuck）[04]担任副总裁。

我一直把大萧条和我为西尔斯罗巴克公司做的最棒的一件事情联系

---

[03] 麦克阿瑟领导的第42步兵师。他声称该师人员来自美国各地，犹如跨越长空的彩虹，所以该师又被称为"彩虹师"。——译者注
[04] 西尔斯罗巴克公司曾经是美国也是世界最大的私人零售企业。——译者注

在一起。1931年,我创立了好事达保险公司(All-State Insurance),当时正是大萧条最严重的时候。事实证明,这个举动是非常成功的。现在,它每年的收入在九千万左右。好事达起步很慢,但从来没亏损过,甚至在1931年都没有。

它原本是一家邮购公司。我将它转型成为一家连锁商店兼邮购公司。通过柜台而不是邮件销售货物。我慢慢将它从一家专门向农民邮购商品的公司变成城市里的连锁商店。我因此当上了公司总裁。那是1928年。这一年,胡佛当选总统,他也是我的朋友。

华尔街股灾发生之后,我意识到出了问题,因为没人买东西了。生意不是逐步下滑,而是突然跳水,就是那样。我也像其他人一样受到了影响,但我确信情况会好转起来。

1932年,我把票投给了罗斯福。没错。你觉得很奇怪?我想是时候改变了。我是共和党人,但把票投给了罗斯福。我忘了是什么时候开始对他不再抱幻想,是在他当政期间吧。我喜欢他这个人——你没法不喜欢他。在所谓的商业大亨中,我是少数几个投票给他并支持他的人。他对我很友好,多次邀请我去任职。他让我去了几次华盛顿。可是他确实有些爱吹嘘,夸大事实,你知道的。他总是从一件事跳到下一件事。我对他失去了信心。

《瓦格纳法案》及产业工会联合会对你有影响吗?

我在西尔斯罗巴克公司的时候是没有的。我们从来没遇到过罢工,我们也没有劳工组织。西尔斯是美国最早与员工分享利润的公司之一。我们和劳工的关系一直不错。在五十多年的时间里,我们从未有过罢工。我们没有工会,但我们也不限制工人们。我们跟员工讲,只要你愿意,可以加入工会:如果你想加入,那就去吧。但他们从来不觉得工会给他们带来了什么好处。

1934年到1935年,情况有所好转。1936年收入就开始大幅上升。

1932 年不行，1933 年也不行，1931 年是最糟糕的。我们的薪水都少了，包括我自己的。我开始削减薪酬，不然我们就坚持不下去。

我们不得不裁掉了好几千人。这太可怕了。那时我从楼里的大厅经过，那些姑娘们都吓坏了。我记得有一次我叫一个意大利姑娘到办公室。她家里有十口人，父母生了八个孩子，她是唯一一个上班的。这太残忍了。可我们必须把她们裁掉。我看得出她有多害怕。

大萧条在 1933 年结束了，但是直到 1936 年才开始大规模地复苏。

有些人觉得直到战争爆发才结束。

这么说真是太荒谬啦。1936 年就已经在开始复苏了。虽然规模不大，但趋势是好的。

你的朋友当中有过得不好的吗？

邻居和朋友里有，但没有大学时的朋友。因为我上的是西点军校，我所有的同学都在部队里。他们在那个时候没受什么影响。部队是个好地方啊。（笑）

我很幸运。虽然我自己没什么资产，但我的薪水很丰厚。这么说吧，我不用削减开支。（笑）不，我还是裁掉了家里的几个用人什么的。

我始终觉得大萧条是暂时的。你不可能让这个国家停摆。我在最艰苦的时候创立了好事达保险公司，不是吗？

附记："要知道，我是个孤立主义者。我现在仍然认为我们卷入战争是一个错误。我们这里有个帝国，还有两块没有充分发展的大陆——南美洲和北美洲。我们为什么要卷入欧洲那个古老大陆的事情呢？我们有无限的扩展空间，为什么还要和古老而又伤痕累累的欧洲搅和在一起？我不明白。"

A. A. 弗雷泽（A. A. Fraser）

三十年来，他一直负责审查一家伐木公司的账簿。最后，他成了公司董事会的一员。

我们在阿肯色州、密西西比州和南卡罗来纳州都有锯木厂。钱哗哗地流进来，我们都不知道该拿这些钱怎么办。不过，我们在1928年将所有资产套现了。那里已经无树可砍。我们在阿肯色州留下四万五千英亩的树桩。

我们买的时候是一千棵，每棵一块、一块五的价格，但我们预计等树砍完之后，就会变成每棵五块。所以，当我们的锯木厂锯掉一百万英尺的木头，我们就可以拿到五百万的收入退税，资源耗竭补贴。你看，当我们留下树桩，资金也就没有了。这跟石油和煤矿是一样的。

试想过重新种树吗？

没有，在这几个州里没有。我们有房屋、一家铁路公司和一家大商店要套现。这些小镇是属于公司的。你应该看看我们的办公室，漂亮极了。就像过去种植园里的宅邸。我们的钱都是通过低工资赚来的。一美元一天。主要是黑人。我们全部卖给了投机者。

当时人们为了这些工作挤破了头。这是反映供需关系的典型例子。为什么工资不给高点儿？这是市价。你得挣钱吧。你看，没有钱的话，我们永远都建不起这些锯木厂。我们是资本家，它是自由企业。我们雇用了很多人，你当然不能怪我们。

房子被卖掉之后，这些人都做些什么？

谁做些什么？

住在这里的人。

哦。有些在别的公司找到了工作，有些人就失业了。这真是悲剧啊。

之后，我意识到自己毕生的目标就是成为多家公司的董事。我知道我已经六十八岁，身体还健康，所以，我辞职了。我最后搬到了黄金海岸，只打理我自己的投资。我把那些没什么价值的股票全都卖了。我只买蓝筹股。我每天就是研究股票，给住在同一栋大楼里的寡妇们提建议。她们每天都会在大厅里拦住我问："今天买什么呀？"我就免费给她们提供建议。

汤姆·萨顿（Tom Sutton）

他是律师，办公室位于芝加哥西部的一处郊区。他的妻子是位医生，办公室也在这边。

他是"新月行动组织"的领导。这是一个白人业主的组织。

"有钱人都有地方可住。我们的人却身处夹缝之中。他们是中下阶层，被遗忘的那些人。我们委员会的成员以前都是自由主义者。我们最棒的主意都来自这些熟练公认。他们了解大众的想法。他们觉得被自己的牧师和学校抛弃了。他们不断地受伤，受伤，受伤……除了自己，他们没地方可以倾诉。他们不恨黑人。他们可能更喜欢白人，但这并不代表他们恨黑人。没人愿意承认自己恨黑人……"

一个人工作并不是因为他喜欢工作。我们工作的唯一原因是如果不工作就没饭吃。想想社会上那些无所事事的人，他们说：我不想。好吧，如果你愿意挨饿，就挨饿吧。他会工作的，相信我，他会去工作。

经历过大萧条的人对他们的财产会感到更加自豪，财产的数目会让他们更加自豪。他们知道，一个人如果在大萧条的时候有他现在这么多钱，那可太走运了。现在，他们更加看重金钱。

钱对人来说很重要，尤其是那些在大萧条期间长大的孩子。你可以看到他们走进这里的办公室，他们想弄清楚：我是个有钱的律师还是穷律师？如果我穷，他们就没什么信心。如果能跟富人握上手，他们会特别开心。

我不喜欢让别人知道我有多少钱。如果我破产了，我永远都不会让别人知道。如果我是个百万富翁，我也不会承认。大萧条让我们变得藏而不露。这是我们自己的事。大萧条期间，没人愿意承认自己破产了。和我一起经历过大萧条的朋友，我从来不知道他们有多少钱，因为他们不会谈起这个。不管他们是有钱还是破了产。

大萧条的时候，人们不愿意承认自己有了麻烦，不愿意承认自己的日子过得很苦。这是我自己的事。如果我没有钱，那是我的问题，不是你的问题。如果我有钱，也跟你无关。我不知道我们家算不算特别隐秘……

上次的大萧条源于缺乏监管。即将到来的大萧条则源于监管过度。如果我们想要摆脱大萧条，就必须回归到之前自由市场的体系。不过能不能管用，我就不知道了。

人们把大萧条的错怪到胡佛头上。他无力控制。如果现在再来一次大萧条，他们又会怪罪政府。你怪罪政府的时候始终存在这样的危险：经济失调会导致混乱，混乱则需要一个强势的人来整治，而强势的人大多会采取镇压措施。大萧条越严重，混乱就越厉害。

我不觉得我们在本质上是一个革命性的国家。我们有一个庞大的中产阶级群体。中产阶级往往是冷漠的，冷漠的中产阶级会赋予一个体制稳定性。他们从不会反应激烈。也许会发生暴乱，也许会出现枪杀。我们也可能揭竿而起，就像艾奥瓦农民的所为。但我们不会革命。

我还记得站在父亲位于瑞普尔大厦[05]的办公室里，看着示威的人群

---

[05] 瑞普尔大厦是洛普区的一栋办公大楼，很多律师将办公室设在那里。

走向市政厅。当时我七八岁。我还记得父亲对红旗和革命的评论。他说："这些穷鬼只是想找碗饭吃。"他们不会伤害任何人。他们游行的理由就是为了吃的。我想：他们为什么要找吃的？这里有那么多商店。

家里总能听到有关金融危机的对话。我还记得考福林神父在广播里讲议会里的金融家。我住在一个新教徒社区。比起天主教徒，似乎收听考福林神父讲话的新教徒更多。我父亲也听，他和其他人一样：只要有人提出一个解决方案，他就会紧抓不放。

但他是个自由主义者，是民主党人，同时也是罗斯福的坚定支持者。总统竞选期间，我最爱的消遣之一就是坐在客厅对面，看他在罗斯福讲话的时候一句句跟着重复。你知道的，数说对方的过错。因为他的大多数姻亲是保守的共和党人，他尤其喜欢这么干。

我和他的意见是一致的。我还记得上高中的时候要写学期报告，题目是《论计划经济的必要性》。我现在偶尔还拿出来读一读，就为了看看人年轻的时候有多蠢。怎么可能会有人拿它当真呢？

所得税制度改变了我。我是赚了一些钱。一想到要把自己的收入情况在政府登记备案，我就怒火中烧。实际情况是我得坐下来向某个人汇报自己赚了多少钱。我得记账。我很烦记账。

我是那种乐天的爱尔兰人。只要有足够的钱交下个月的房租，我就很开心。我不喜欢坐下来想：我是赚了很多钱还是亏了一大笔？我给秘书付了多少工资？我坐出租车花了多少钱？我和国税局有冲突的时候，多半是因为我没有把这些东西都记下来。我们都得记账：一毛钱当小费给了出租车司机，两毛五吃了一顿饭，诸如此类。我们都变成了簿记员。这一切和新政及当时的所有机构都脱不了干系。

大萧条当然也产生了不少社会问题。共产主义分子开始处于自由主义运动的阵地前沿。他们通过罢工、静坐罢工和当时的许多问题来利用劳工。自由经济本来是可以解决这些问题的。

回想过去，很多人都受到了伤害，但当时的那些计划使得现在更多的人受伤。为了缓解一个暂时性的问题，他们制造出一个庞然怪物。

我在法学院认识的许多人都是大萧条期间长大的孩子，他们经常说起自己不得不退学去帮家里的忙。有一个人的爸爸以前是医生，却不得不干起看门人的活儿。他们什么活儿都愿意干，就是不想拿国家的钱。就是那么一种想法——你不能拿别人的钱。这是自尊的问题。我现在还有这样的想法……

附记："还有另外一个问题：我算是有些势利。我希望我的孩子们进入这个社会的上流阶层，不必是最上层。尽管钱只是一个象征。他们要知道工作勤奋一点儿，再努力一点儿，就会走得更远一点儿。我们为孩子做了很多。世界上还有一些干苦力的，他们都是很好的人，但这种事情想想就好，那是别人家的儿女要干的。"

艾玛·蒂勒（Emma Tiller）

三十年代中期，她发现她"能靠自己养活自己"，"世界对我而言几乎是全新的。我不再听从别人发号施令。我成长了。我高兴做什么就能去做，我想去哪儿就能去哪儿，想回来的时候我就能回来……"

我自学了烹饪。我是个很好的倾听者，记性也好。听完《贝蒂妙厨[06]》（Betty Crocker）的一整期节目后，多年来一直都记忆犹新。我相信无论在

---

[06] 贝蒂妙厨是美国著名食品生产商，曾推出过各类与烹饪有关的书籍、广播和视频节目。——译者注

谁家的厨房，我都能搞得定。这意味着我总能找到工作。你能体会到这种自立的感觉，因为你知道他们需要你。这也是我要学着成为一名好厨师的原因。

如果这是一个普通的有钱人家，你可以管好一切。我自己采购食物，自己煮东西，如果我不满意做出来的东西，就把它倒掉，然后再做点儿其他的。因为我一直在努力学习如何成为一个优秀厨师。在富人家里，我可以实现这个愿望。因为当你出了纰漏，如果我有钱的话，我不会哭诉你浪费了糖，浪费了这个、浪费了那个。如果遇上这样的人家，我自己会走人。

1937年，我在威奇托福尔斯（Wichita Falls）[07]一户有钱人家里帮工。女主人的丈夫是一名医生。她跟我说，她准备在草坪举行晚宴，邀请四十个人在户外用餐。如果你曾为这些南方的富人工作过，你就知道他们不会去买冷冻的豌豆、四季豆和卷饼。唉，你要来替他们做卷饼、剥豌豆、给四季豆撕筋……

她应该去请承办酒席的人来准备这些食物，因为这些食物必须先在厨房里做好，然后端到外面。我一直问她有没有去约见承办酒席的人。她总是说，还没有，但她会去请他们的。一直到了这周，我再次问她。晚宴周二就要举行了。回答依旧是：还没有，但她会去请他们的。

所以我对自己说：这个女人是想让我为四十个人做饭，再从炉子上把食物给他们端上去。没错，你还得依照进餐顺序把它们端上去。于是我想：嗯，现在，我最好开始打算该怎么对付她。我不喜欢她的另一个原因是，她非常吝啬。我基本已经厌倦了在这户人家工作，而且，我还想获得更大的自由。不要忘了，到目前为止我都是一个非常不错的厨师。她有这么一个习惯……在我完成了工作的时候，我想要我的工钱，我不

---

[07]　威奇托福尔斯，得克萨斯州北部城市。——译者注

希望自己还要去讨，或者为此等上两个小时——而这期间她却游手好闲。把我的工钱给我，我对他们说，趁我还没死，把钱给我。

每周，我完成了工作以后，她会爬上床，躺在那儿装睡。我就走进去。（发出嘲讽的叹息）噢，进来，艾玛。我想我的钱包放在那儿了。当我把钱包拿回来，她又在打瞌睡。而你只能站在那小声地对她说：这是你的钱包。

所以，我知道她不会请任何人来给我做帮手了。前一周的周一，我们就得开始买蔬菜。她说："我们周一要开始订购材料了。"当他们说"我们"的时候，意思往往是指"你"。于是周一，我们买回一个半蒲式耳的四季豆，洗好了，收拾好。她买了大概三百磅的冰块，因为冰箱里放不下这么多。此外，她还打算上一道奶油桃肉。我打开所有的桃肉罐头，把它们倒出罐子，然后放在冰块里。

她充满感情地详细描述了其他食物的准备过程：鱼子酱和其他餐前小菜；几种充满异国风情的调味品；鸡肉……"所有这些美味佳肴，所有这些额外的小东西……我还备好了一些特制的布丁和沙拉……"

还有个过程你也必须伺候着。那就是在晚餐前，你要不断地提供酒水——他们是我见过的最贪杯的一帮家伙。在这之后你再招呼晚餐。你能想象吗？有人竟将所有这些活儿压在一个人身上。

我清楚我要走人了。但是，因为她一直以来如此可恶，所以我打算让她丢人现眼一次。她要招待四十个人，医生、教师、石油商人——都是些大人物，其中一些来自纽约。啊哈，这真是太棒了。

于是，我一直工作到周六。周二要端上餐桌的所有材料都准备好了。这个周六，我不得不再次叫醒她：把我的工钱给我。我在心里说：大姐，如果你知道我脑子里在打什么主意，你就不会躺下了。

那个星期天,我本应该十一点钟回去给他们做午饭。我拿到了钱,就没这个必要了。因为我不打算回那儿去了。所有的食物都放好了,玉米剔了芯,大盆装满了一半……

她周日的时候给我隔壁的女士打了电话,问我是不是病啦。我没有回答。她不太担心。她知道我周一还是得回那儿去。那个周一,我出去瞎晃。我还有一个星期才交房租,我口袋里还有六块钱。我是有钱人啦。我本该八点就去上班,结果我睡到九点才起床。我觉得最后一个星期要到处去逛逛,反正好厨子紧俏得很。

星期一,她给我的房东打了个电话,我租了间仆人房。你看,在我给那样的人家干活儿时,我总会在别处租个地方。这样一来,即便你丢了工作,还有地方可住。

十一点,我闲逛回来。一个白人妇女跟我说:"你干活儿的那家女主人说你把所有材料都准备好了,她有四十个客人周二来吃晚餐,结果你什么都没说就走了。你是病了吗?"

"没有,我没病。"

"那你怎么不去干活?"

我说:"我周六没交房租吗?"

"交了,你交过了。"

"什么时候你没收到房租再来跟我讲这些话。我什么时候工作,工不工作都不关你的事。那个女人六个星期前就知道有四十个人要来吃饭。她以为只花七块钱就能让我把所有那些活儿都干了。想都别想。"

她那天付了你七块钱吗?

亲爱的,是七块钱一周。于是,这个女房东叫起来:"我、我、我的天哪,你真该为自己感到害臊。"我说:"我一点儿都不害臊。我为那女人干的活已经够多了。每次到了付工钱的时间,我都得叫醒她,她去睡觉了。如果那女人死了,她老公会说不欠我钱。我讨厌任何人躺在我的钱上睡觉。"我又说道:"如果没有罗莎莉,你会怎么样?"她所有的杂活儿都是罗莎莉干的。这才让她闭了嘴。

她们的草坪派对怎么样?

我都记着呢,一点一滴都没忘记。我看见大腹便便的医生和他们的妻子来到她家,全都穿得特别体面。她坐在那里,眼睛里都是眼泪……

如果你蠢到让他们侥幸得手,他们可能会额外给你一两块钱。而且,她盘算着这些人可能会给你一点儿小费,那也算在你的工钱里。你还满怀希望地等着呢……

这次算是让我彻底清醒了。我觉得很不错。我认为黑人都应该这样,当他们有足够的安全感时,就会像这些男男女女一样抬起头做人。就像老话说的:如果你把头伸进狮子嘴巴里,只有你把头拿出来后才能松口气。我把自己的头拿出来了……

W. 克莱门特·斯通(W. Clement Stone)

一个目标的达成是通向另一项更大、更高尚事业的跳板。

——W. A. 沃德(W. A. Ward)

乐观是一种将我们引向成功的信念。

——海伦·凯勒(Helen Keller)

微笑,高兴起来,保持微笑。

……

在美国建筑联合保险公司(Combined Insurance Company of America Building)的走廊和电梯里有许多这样的励志标语。厅堂的背景色彩柔和,飘荡着欢实、轻快的音乐。

在一张巨大的办公桌后面坐着热情洋溢的公司总裁。他留着铅笔胡子("在那个时候,电影明星罗纳德·考尔曼、约翰·吉尔伯特等人都留这种胡子");戴了一个宽领结("这是性格外向的人的象征,这种人具有充沛的能量,有内在的驱动力和行动力");吸着又长又粗的古巴雪茄("当卡斯特罗开始给我们制造麻烦的时候,这货色我一下买下了三个仓库")。他给了我两根。"当你撕下标签,你会看到它的年份是1959年。"他的笑声颇具特色,声音要拔高五个音阶。他很愉快地承认,这些特征都经过周密的设计。这关乎印象。

他是一名著名的慈善家,被《财富杂志》列入美国最新一批亿万富翁。他的公司雇了至少四千人,在许多国家都派有销售代表。其中一些是福利国家,他在那些地方销售"补充保险"。

"六岁的时候,我就开始在芝加哥南区卖报纸。我意识到,如果我试图在人流多的地方卖,那些大孩子会暴揍我。而如果我进到一家餐馆,即便老板会把我赶走几次,或早或晚我也能卖掉我的那摞报纸。事实上,正是这个经历,让我开始运用'直冲招揽'的销售方式——在不事先通知的情况下拜访人们并进行推销。"

在大萧条期间,很多人学会了如何变坏事为好事:首先,我们要有积极的心态。这是基于一个信念——上帝永远怀抱着善意,每一次逆境都是为更巨大的收获埋下伏笔。

大萧条时期,一名销售经理拥有巨大的优势。人们愿意接受任何类型的工作。我所要做的只是把人带出去,向他演示如何在一天时间内赚二十、三十或四十块,很快我就能揽到一个销售员。我们——请注意,主语是"我们"——知道如何把普通人造就成超人。

关于这点,你能再详细说说吗?

对了!

他向我展示了几本书：《通过积极的心理态度走向成功》(Success Through A Positive Mental Attitude)、《永不失败的成功系统》(The Success System That Never Fails)、《思考致富》(Think and Grow Rich)。对于最后一本书，他提道："这是大萧条时期出版的最伟大的一本书。拿破仑·希尔（Napoleon Hill）在1937年写的。相比其他你能买到的仍健在的作家的著作，这本书激励了更多人走向成功。"

事实上，在大萧条那些年里，很多在二十年代已经很成功的人，反而成了"过去式"。他们的心态是消极的。他们曾是一年赚三万块的家伙，却没有勇气从低谷重新开始，东山再起。其他人则认识到，只要他们愿意思考，愿意付出，机会总是无穷的。一个人不是注定贫穷的。如今任何人都可以在美国获取巨大的财富。

我对自己说：为什么我不能一天内赚到别人一个星期赚到的钱？为什么我不能一个星期内赚到别人一个月赚到的钱？为什么我不能一个月内赚到别人一年赚到的钱？我该做些什么？答案很简单：按科学的方法工作。

首先，我永远感恩上帝对我的赐福。然后，我使用一句非常简单的祷告词：求求你，上帝，保佑我卖出去。求求你，上帝，保佑我卖出去。求求你，上帝，保佑我卖出去。求求你，上帝，保佑我卖出去。求求你，上帝，保佑我卖出去。祈祷能产生神秘的力量，这能发挥很大的作用。它让我振奋。我把所有的精力都贯注进去。不久之后，我就会感觉解脱和放松。

在这些艰难的日子里，你有什么伤心的回忆吗？

我不相信悲伤。我认为，如果你有难题，那是好事。当我哪天过得很糟糕，我会努力搞明白我身上到底出了什么问题。可能我需要更多的休息或需要去看场电影。第二天就会是值得纪念的一天。

当大萧条降临的时候，我在全美国有超过一千名持牌销售人员。但很快我就发现他们销售不力。于是我跑遍全国，重新组织起二百三十五人。我训练这些伙计。相比雇用一千人时的糟糕日子，我们卖出了更多的保险。

在此，他讨论了与自我激励相关的问题——自我控制、自我肯定等。"你在早上说五十到一百遍，你在晚上说五十到一百遍，一直说十天，直到产生自发的意识：只有努力的人才能获得成功；或者，想尽一切办法去尝试，这不会让你失去任何东西，却会让你拥有巨大的收获；或者，现在就动手；或者，做正确的事，因为它正确。"

我的人去一个地方推销，他可能会紧张。所以我们会让他大声说话、快速说话，强调特定的词句，在有句号或逗号的地方停顿，在声音里包含笑意，当他要说很长时间时，他要说得抑扬顿挫。这种方法百试不爽。

三十年代，我销售意外险。也是"直冲招揽"，事先不打招呼。我会在办公时间去到银行、商店、办公室，向那里的管理人员推销，并获得许可在公司内部推销。

第一步，你需要一个好的切入点，这样他们才会听下去。"我相信你也会对它有兴趣。"一直以来我都这样切入，因为这样管用。"你"是个非常重要的词。在这个时间点上，我会停顿片刻。他可能会问："你都有什么？""好吧，既然你问我，我就讲讲。"一般情况下，我不会停下来。我径自说我自己的，除非发现潜在的客户有一些紧张或者想要离开。我会通过幽默的方式让他放松。

对于你常用的笑话，如果你自己都不觉得好笑，那么当你讲它们的时候，你只会觉得自己是个笑话。（拉高了五个音阶的笑声）对了！我会说："只要你受伤了——哪怕你（因为听到这句话而）感觉受到了伤害，我们都会赔付你的。这个怎么样？"（笑）

当然，我会利用眼睛和我的钢笔来做引导，于是对方会看向我指到的地方。这样，他可以通过视觉和听觉来保持注意力。即便你有反对的理由，在这么短的时间里你也是意识不到的。你有一个防御系统，我知道怎么解除它。

你还必须来一个能达到效果的收尾。如果你希望那个人说"是"，你要问一个肯定性的问题："我的意思你都清楚了吧？"接下来无论你是否明白我说了什么，你都会忙不迭点头。为什么？因为我对你做了引导。如果我想要听到"不"，这也很简单，做一个否定性的陈述。现在你还没有买意外险吧？坦白告诉我吧……

不，不，我还没有。

你看到了？我让你更容易说不。这种方法消除了很多争论。于是推销就变得非常简单了。大萧条期间，我有一天卖出了一百二十二笔保险。后来，我们的销售员比我做得更好。如果我想卖给你一份事故险，绝不会发生你拒绝不买的情况。你没有理由不买。

（迅速地插话）所以，在大萧条期间，你会拜访精英人士……

我之所以会拜访那些公司的头头，是因为你会发现，相比处于底层的人，那些已经从底层晋升上来的人要慷慨得多。我真正想要的是让他允许我在他公司里推销，我会引导他给我许可。如果他拒绝我的推销，我会（热切地）说："好吧，还是感谢你。明年我会再来拜访你！"然后，当我离开的时候，我会说："哦，顺便问一下，我想再去拜会一下其他人，这样可以吗？如果他们不太忙的话，我想把这份保险介绍给他们。如果他们想买，那就是好事一件。如果他们不想要，也没关系。"我可以径直抬腿出去了，答案往往都是"可以"。因为对于应承者而言，这是一种条件反射。

我绝对不会太过频繁地出现在总裁的视线里。我会从一个部门去到另一个部门。如果这是一个办公室，我会从一张办公桌去到另一张办公桌。

直接冲上去？

我甚至不会告诉他们我的名字。每个男人、女人和孩子都需要保护。在一场大萧条中，他们比以往任何时候更需要这个。如果一个人有买一吨煤的钱，那么，对他而言，更好的选择是买半吨煤和我的保险，不是全用来买煤而不买保险。前面的那个组合更有用。

我研究人的思想，能抓住对方的心理。如果我想卖给你一份意外险，你会买的。给我你的负资产，我会把它变为正资产。

假如现在是大萧条，我有三个孩子，我的妻子病了，公司很不景气，恐怕他们会解雇我……

第一件要做的事就是祈求指引，然后进入思考时间。你要习惯让你的思想来决定你想要什么，找到可行的办法来实现它。可能有一千个你不能实现它的理由，不要担心这些。你所需要的，仅仅是一个你应该去实现它的好理由。如果你有积极的心态，相比现在公司偿付给你薪水的那点儿等价劳动，你可以做更多的事。这样的话，如果让你走人，公司就无法承受相应的损失。相反，他们会提拔你。这是在大萧条，对吧？

是的。假设现在你走近我，要向我推销。而我非常忧虑。我对你说："我也想买你的保险，但是我已经焦头烂额，我确实做不到……"

我的回答很简单："这恰恰是你需要它的原因。"我会逐渐接近你。如果你没有钱，这并不会难倒我。我会说，"你可以去隔壁借钱"。如果你足够热切地想要它，你会去的。为什么不呢？

作为人类思想的研究者，你所做的只是按下正确的按钮。如果有人说"我不信任保险"，你要随声附和他们："容我坦白讲，我不相信你会遇上意外。如果我不这么想，为了我公司的利益，我不会向你推销保险。"这里，你要停顿下来。然后他会说："你也说不准"。我会说："没错，你说得对。"之后我会向他展示保单并卖给他。

整个大萧条时期，到处都是食物救济点、苹果贩子、接受救济的人、各种危机,你就这样一路走过来了……

就是啊!因为心态,每个人都拥有的能量——人类的思想。

在那些日子里,有些事其他人害怕去做,那你去做就会非常轻松。在我的身前身后可能都有十个销售人员,这非常有趣。他们可能都试图卖出保险。但是,借助我积极的心态,我成功卖出去了。至于他们有没有卖出去,我从没有费时间去打听。

雷·瓦克斯(Ray Wax)

他是股票经纪人,住在纽约城外的一个中产阶级住宅区。他最近才转行。之前,他做过建筑商和房地产经纪。

虽然口若悬河,但是他认为值得讲述的事情不多。他正感冒发烧,所以略显焦躁……

我家老爷子在1928年有一百万美元。在股市、赛马场和非法彩票中间来来去去之后,他失去了所有东西。他去赛马场,和寄希望于帮他挑出冠军的马探子一起,坐在一个包厢里,几乎一待就是四年。就这样,他花光了一百万美元。1931年,老爷子给了我五块钱,说:"拿去,看好屋子。"

我花了二十年去搞清楚到底发生了什么。我常常认为,其中肯定有一些我不懂的逻辑。可能是我身上存在着某种缺陷。因为我一直是在一个中产阶级家庭长大的:享受着特权、拥有带仆人的房子——突然,它们都在一天之间烟消云散。于是,我不得不去搞清楚,我他娘的到底是谁。

从这时开始,我被扔进了一个该死的深洞里,我必须学会如何生存。

真的,如果没有霍雷肖·阿尔杰(Horatio Alger)[08],这一点我可能都做不到。我真的相信,这个社会有你的一席之地,工作也会有的,你能够战胜逆境。

有一天,我开始找工作。不到三个小时,就找到了一份船运公司运务员的工作,一周薪水十块钱,我把六块钱交给家里。我成了一个不错的运务员。我一个人工作,我的世界就在码头发货仓库的四墙之间。

我没有接受教育的想法。我没有动力,也不知道自己想成为什么样的人。我开始觉得自己无关紧要。我并不适合上大学——在那里,人们花上四年时间,出来以后得到一份有保障的工作或拥有自己的观点。要么成为教授,要么成为牙医。

我经常搭乘纽约地铁,在上面查看职业中介机构的粉笔板。在街面上,得有好几百号人围着这些板子。我要换换工作。

有一天,我在地铁上捡到一张报纸,上面写着:"花店招收有经验者。"报纸的日期是前一天,但我他娘的想清楚了,我要去试试。

我来到"人人花店"——这就是那家花店的名字。我看到一帮人在花店门前,我问道:"他们雇谁了吗?"一个伙计告诉我:"没有,但昨天是个人就雇。"另一个伙计说:"看啊,他们自己都不知道他娘的到底雇了谁。就跟着那帮人走吧。"于是我加入了人堆。当我们穿过大门的时候,有人问我:"你叫什么名字?"我说:"我叫雷。"他说:"我们没有雇你。"我说道:"不,你们确实雇了我。"他说:"你在胡扯。"我说:"千真万确,你们真的雇了我。""好吧。"他说,然后他给了我一批鲜花。

玫瑰和康乃馨,这个三美分,那个五美分。这些人把纽约花卉市场卖不出去的花买回来。他们获得了跨区快速地铁公司(IRT)[09]的许可,

---

[08] 霍雷肖·阿尔杰(1832—1899),美国作家,作品大多讲贫穷孩子如何通过不懈努力争取到财富与成功。
[09] IRT全称为Interborough Rapid Transit Company,其经营的交通系统是纽约市重要的轨道交通线路之一。

可以派人进IRT系统的任何站点，为此他们给了跨区快速地铁公司一部分抽成。我就这样成了一名鲜花贩子。

三十年代早期，有些人购买一批鲜花自己来做生意，以此谋生。跨区快速地铁公司的人会过来驱赶他们。但是，为人人花店工作的人会拥有一个固定的售卖点。那些人会说："嘿，你们这些可怜的浑球儿，不要只顾着自己。加入我们吧，你们就可以维持生计啦。"

于是我就开始卖花，这些花看起来都不错。你可以举起一些小招牌：一打玫瑰花三毛五，一打康乃馨五毛。允许你经营的唯一一块地方在检票口处。你会尽力给自己找点儿活动空间，但周围都是墙和瓷砖。成百上千的人从地铁里拥出来，我身在其中，就像一条正寻找推销机会的病狗。

我记得第一天，我大概赚到了八块钱。我为人人花店工作的薪水是每天两块。后来，我成了更高层级的员工，我的最高薪水大概是三块。

你是怎么成为高级员工的？

我是看着霍雷肖·阿尔杰的书长大的。我记得我看过阿尔杰的所有书。这可把我害惨了。我真的相信，如果你冲出去拦住脱缰的马，你就能娶老板的女儿。上帝啊，救救我吧。我真的相信，如果你得到一份烂工作，工作得比其他人都努力，而且他们又发现你心中怀抱着某种期许，他们总会意识到，该你得到晋升了。其他人都在你身后明争暗斗，但是莫名其妙你就坐在了办公桌后面发号施令。只有这样才是对的。世界本该是这个样子，事情也应该像这个样子。

第二天我把我赚的钱带回去交给他们，有八块钱。那家伙说："你他娘的小无赖，才赚这点儿钱？小浑蛋，你得努努力才行。"

最开始，列车在不停地轰鸣，旁边有墙的阻隔，你把放花的盒子摆在地上，他们根本不会看你。于是我制作了一个支架，上面放一块板子，高度大概与眼睛齐平，这样每个人都能看到它。而且我发现，只要我开口吆喝几声，就能卖得更多。"快来看啊，这儿有玫瑰花啦！"我会永远记得怎么叫卖芍药花："卖芍——药——喽！"

那儿常常会很冷。我经常穿两条外裤，所以裤子就没得换洗了。如果你要撒尿……我总是掐算好列车的到站时间，这样我就可以冲到公共厕所，解开两条裤子前开口地方的扣子，在下一趟车开进来之前尿上一泡。在下一趟车开进来之前的这点时间里，你要扒开两层裤子撒完尿赶回来，这简直是开玩笑。

在大萧条最严重的时候，如果你有进取心，如果你想着到处去找机会，如果你相信霍雷肖·阿尔杰，那么你可以活下去。如果你依靠自己的力量，你可以穿上一件制服或找一份并不一定合适的工作，跌跌撞撞地往前走。在我看来，那些工作了一整天，然后回去和家人团聚的人都是同性恋。这些人，他们可能在我工作的时候从背后靠近我，把他们的爪子放到我的屁股上。这些体面的男人正赶回家去见他们的妻子和孩子，他们会对我说：需要我载你回家吗？我过会儿回来载你回家，你愿意吗？我想把花卖给那些婊子养的，所以我不会不留余地地拒绝他们。

每天我都带回更多的钱，带走更多的花。到第三天或第四天的时候，他们开始有点儿喜欢见到我了。我为人人花店工作了二十三天，中间没有休息过。在这二十三天里，我身边发生了一些事。

无论我在哪儿卖花，我都比其他人赚得多。以我的无知，我以为自己比其他小贩更好。而我赚得更多钱的原因其实是，他们偷钱。我总是带回所有的钱，就为了那见鬼的两块钱的日薪。但是其他的小贩，他们也会卖很多钱，与此同时，每天根据总体盈利情况偷一部分揣进自己的兜里。他们不把这叫偷，而叫提成。他们会抽走一部分钱。

在那工作第十到十二天的时候，我对经营人人花店的三个恶棍说："我想告诉你们应该怎么经营这门生意。"我开始跟他们说，他们的账面存在问题，一半的花都被带了回来，他们自己都不清楚到底购进了些什么。

正是霍雷肖·阿尔杰的套路。我才二十岁,他们对我洗耳恭听。所有事都妥妥的,只有一个地方出了问题,那就是——隔墙有耳。

我一走出门,两个男孩儿就卡住了我的喉咙。他们把我按在墙上,说:"听着,你个小王八蛋,只要你还在这儿工作,就要像其他人一样做事。如果你还想在这儿工作、在这儿卖花,你也必须偷。这样你才能有条生路。"从那以后,我赚的钱从没有低于一周七十五块,后来是一百块和一百二十五块。我成了他们的高级员工。

行情好的时候,我可以每天提成十块钱,甚至十四、二十块。我必须卖掉一百到一百五十块的花。这可是很了不起的,因为每支玫瑰花的售价是三分钱,菊花算是大买卖,也就每支五分钱。生活在这种氛围里,你必须遵守他们的游戏规则。最后,我成了那些男孩儿中的一员。

每天到了十点左右,汤米或哈里会说:"小浑蛋,你今天生意怎么样?"我说:"哎呀,哈里,我今天可真走运,我卖了四十块。"他会说:"这可真糟糕。"然后他会说:"来喝一杯吧。"随手给我扔来一瓶酒。我一整天都没有吃东西。在这个该死的地铁站里,我必须在两辆车到站之间跑上去,拿一个三明治然后再跑下来。眼下他们将酒瓶子扔到你面前,你不得不来上一口,因为你要证明,你和他们是一伙的。

接着他们会说:"你想不想来上一炮?楼下有个妓女,付半块钱就可以搞。"如果走下那该死的楼梯,我会非常肯定,那儿会有一个黑人婆娘躺在桌子上,一些人正跟她乱搞,她不停地喊叫和呻吟,而我也有点儿醉了⋯⋯你会怎么做?这就是我生活的世界。一周最少两次,会有一个婆娘出现在地下室。桌子上摆着酒。你总要想办法活下去。而我从来没有去过地下室。

在布鲁克林桥下面,你可以找到一个家伙,他有一只粉红色的猫,它总是坐在消防栓上。他是一个皮条客。他会说:"等一会儿。还有一个人要一起上去。"你穿过一扇上锁的门,你们会在这集合,然后穿过另一扇上锁的门，就进到一个厨房。之后你会来到一间公寓，里面有火炉，用来烧热水冲洗身体，还有一张圆木桌子，那儿会坐着一个意大利老人，眼睛看着脚下……这是一家属于卢西亚诺（Luciano）[10]的妓院，一家犯罪集团控制的妓院。我猜警察已经被收买了。

至于我，我要是去了的话，我会垂下眼，坐在那儿，不看其他人。因为你不知道可能会发生什么。那儿会有两个女孩儿，周围飘着有节奏的撞击声。假如你进到一个房间，你和那个姑娘很快就完事了。对这些姑娘而言，那可真是你能为她们做的最好的事了。她会说："亲爱的，你很棒，不用担心这个。你会成为一个情场老手，到那时候，那些老浑蛋们都硬不起来了。"这个姑娘一天要应付四五十个男人。我会经常去这家妓院。在三十年代，这个妓院的消费是每次一块钱。

后来，我还去过欧洲的一些妓院，但是，我再也没有留下过这样的经历：在桑德街，魂不守舍地穿过一扇上锁的门或登上一段楼梯……跟着路易爬楼梯时心在剧烈地跳动，然后进到一间房子，里面有两个老人，坐在一张木桌边，两眼低垂。

桑德街的妓院是唯一能让我保持清醒的地方。我与世界的其他部分格格不入。

我活在一个完全孤立的世界。这个时期支撑我的唯一东西是：不停读书，不停挣钱。我对自己有一个模糊的认识。除我之外的每个人都有一支枪或一把刀。我带着书，所以他们都称呼我为教授。不过最后我开始忘记英语该怎么说了。对任何事的表达都归结于骂人的"三字经"。

此外，我赚的钱也渐渐被我的家人侵吞。我总是把我偷到的现金放在《波兰犹太人的历史》（*The History of the Jews in Poland*）里。我回到家

---

[10] 查理·卢西亚诺（1898—1962），意大利裔美国人，美国臭名昭著的罪犯、黑手党老大，被称为美国"现代有组织犯罪之父"。——译者注

经常会发现一张我家老爷子留下的字条:"亲爱的儿子,拿了你二十块。爸爸字。"那年年尾,我总共存下了一百五十块。我给他们留下了一张字条,说我要去巴尔的摩待上一周。我再也没有回来。我觉得我在地铁里的经历已经足够偿还我的所有亏欠。

他在巴尔的摩的经历包括:

在一个大型的码头发货仓库做工。老板向他许诺"在公司里给一个职位",要求他长时间工作。也是在那里,同事让他看清了世界本来的模样。

在药店开设可以外借书籍的图书馆……"我喜欢传递书籍"。遇见各种激进主义者、知识分子及约翰·霍普金斯大学的学生……那正是"牛津誓约"(Oxford Pledge)[11]诞生和反法西斯运动兴起的时候。

他还试图作为"林肯旅"的一员前往西班牙……"我是一个理想的新兵,孤身一人,到处流浪,找寻着什么东西"。

他曾与一位教师发生过感情,但是他选择了离开……"这是大萧条的一部分。你生活在恐惧里——恐惧对另一个人负责。当有人靠近你时,你选择了后退"。

新奥尔良、库帕斯克里斯蒂、休斯敦、伊萨贝尔港,沿着海湾到了墨西哥。"我也有一个和理查德·哈利伯顿(Richard Halliburton)[12]同样的梦想。这是一个充满着冒险的伟大世界。如果你信仰霍雷肖·阿尔杰和理查德·哈利伯顿,那么你肯定相信,所有事都是车到山前必有路。"

---

[11] 1933年2月,牛津大学学联通过一项决议,宣称"这所学校任何情况下都不会为它的国王和国家而战"。这被称为"牛津誓约"。——译者注
[12] 理查德·哈利伯顿(1900—1939),美国冒险家、作家。——译者注

对我而言，大萧条 1937 年就结束了。那时好像有更多的工作机会出现。当你开着一辆小汽车上街时，你也不会有罪恶感。我步入了中产阶级，但是有点儿不开心……

我居住的这个社区总是怀有那么大的敌意。他们觉得那些领救济的人是在玩弄花招，借此骑在他们身上搭便车。而在大萧条时期，你会觉得他们有这个权利……噢，我的邻居们，他们疯狂推崇罗斯福。他们甚至会告诉你为什么。对他们而言，他是一个好人，因为他拯救了经济。

那时成长起来的年轻人，他们不曾害怕社会，他们不曾受它恐吓。他们曾怀抱巨大的希望。他们认为自己总有办法征服它。如今，年轻人都非常反叛，但也非常沮丧。他们没有我们曾有过的信念……

我在大萧条中脱胎换骨。我放弃了我的信念。我不再相信霍雷肖·阿尔杰。我经历过一些坏时光，然而我也遇到了令人兴奋的事。这何尝不是一种收获。

Hard Times:
An Oral History of
the Great Depression

Epilogue 尾声

鸿 沟

里德（Reed）

他来自芝加哥一个上层中产阶级社区，在上大学，暑假期间打过工。他十九岁了。

我和切斯特（Chester）计划乘坐漂流筏沿密西西比河而下。产生这个想法当然是受了马克·吐温的影响。我们会自己制作一个筏子，从乔利埃特（Joliet）出发，顺流而下到新奥尔良。我父亲认为我在开玩笑。他不让我去。我给切斯特打电话，让他过来一起聊聊。

谈话刚开始的时候，氛围还挺和谐。当我父亲发现我们是认真的，眼泪就从他眼睛里涌出来，说话也哽咽起来。

他开始讲述他年轻时候的梦想——他也想过去做类似的事。他年轻时正好是大萧条。他毕业于安默斯特（Amherst）学院，之后一直对这所学校怀抱深厚的感情。毕业后，他没有钱，只有很少一点儿吃的。刚结婚的那几年，他和我母亲必须勒紧裤带过日子。我拥有他从来没有过的机遇。

他说的一段话让我觉得很奇怪，也让我非常惊讶。他说：只要我今年存下一些钱，说不定明年夏天我可以去欧洲。他说这正是他一直想去做的事。当他谈论大萧条时，几乎要哭出来了。

为什么他赞成去欧洲，却不同意你去其他地方旅行？

我想，在他看来，这趟密西西比河之旅并不是什么有趣的点子。他把它看作是吃苦受罪。也许，他会很高兴地跟朋友说他的儿子出发去了欧洲。他不希望告诉朋友，他的儿子正在密西西比河上的一只筏子上漂着。

他经常提起大萧条这个话题吗？

噢，非常少。很少很少。他从来没用过这样的方式说话，也从来没有这么激动过。他说："里德，为什么现在要干这个！"就好像我要去做什么天大的错事。他极少用这样的语气教训我，就像我给他带来了多大的屈辱似的。

切斯特：最让我感到震惊的是，他竟然提到了"梦想"。"梦想"是他的原话。我们从来没有把这个称作我们的梦想。"你们这些孩子有你们的梦想，我有我的梦想，我和我的妻子也有我们没有实现的梦想。"在他看来，我们的密西西比河之旅似乎并不是那类正确的梦想。

我注意到，最近他们越来越关注这件事，程度比我预想的要厉害得多。他甚至准备自己去欧洲。我不知道如何来解释这一切。这是我父亲的另一面，我从来没有看到过。尽管我们并不是故意的，但确实引发了一些事，而且它们失控了。我非常吃惊，也有点儿不安。他的反应就好像我正在做人生中的一些重大决定，而这些决定与他一直以来寄希望于我的所有事情相悖。这不过是一趟穿越密西西比河的旅行而已。

切斯特：谈论大萧条并不是从我们开始的。我们一直谈的是漂流筏。是他开始说起大萧条。

我爸爸还说，你们这些人似乎并没有意识到我们做过什么。你们似乎忘记了美国人的传统。

我们反驳道，这次漂流筏之旅当然符合美国人的传统。我甚至觉得，相比去欧洲，这更符合传统。

他说：尽管美国现在乱七八糟，但是相比我们接手它的时候，它已经好太多了。我不希望你们忘记这点。你们总是觉得我们这一代人一事无成。其实我们做了那么多事。

（陷入沉思）就好像那不是一段记忆，而是一道没有愈合的伤口。他聊到大萧条时，就好像它昨天才发生一样。我们触碰到了他的痛处。

你知道吗？他的船就要来了。他不想看到我们的筏子起航。

弗吉尼亚·杜尔（Virginia Durr）

这是在亚拉巴马州的威屯卡。地点是蒙哥马利市郊外的一座旧式家庭住宅。一条小溪从旁边流过……她和丈夫克利福德（Clifford）都来自古老的亚拉巴马世家。在罗斯福执政期间，克利福德是联邦通信委员会（Federal Communications Commission）的一员。弗吉尼亚曾经是废除人头税运动的先锋。

噢，不，大萧条不是一段具有浪漫情调的时期。它是一段充满沉重苦难的日子。矛盾已经如此尖锐，却没有哪个聪明人意识到，有些地方出现了严重的问题。

你见过得了佝偻病的孩子吗？他们像中风了一样颤抖，没有蛋白质，没有牛奶。而那些公司却把牛奶都倒进排水沟里。老百姓没有衣服穿，他们却把棉花都铲掉。老百姓没有东西吃，他们却把猪都杀了。如果这都不是世界上最疯狂的体制，你还能想到更愚蠢的吗？这简直是疯了。

人们却埋怨自己，而不是这个体制。他们觉得自己之前犯了错："如果我们没有买那个旧收音机……""如果我们没有买那个二手车……"所有这些让我恐惧的事中，不得不提那些牧师——那些基督教原教旨主义者。他们会告诉民众，他们之所以受苦，是因为他们背负了罪恶。人们竟然相信了,相信上帝在惩罚他们。因为他们的罪恶,他们的孩子才会挨饿。

那些人,他们曾经自力更生,曾经相信自己是生活的主人,转眼之间也不得不依靠其他人,要么是亲戚,要么是救济。自尊心强的人被击倒了,被送进疗养院。我母亲就是其中之一。

一直到那时,我都是一个因循守旧的人,一个势利的南方人。事实上,我曾认为,只有我所属于的那个小群体里的人,才是有点儿出息的人。我那时是女青年会(Junior League)的副主席。与我结交的那些女孩儿相比,我的家庭并不那么富裕。这一点,也让我更加看重自己的"名门出身"……

我在大萧条期间学到的东西彻底改变了这一切。我看到了一道炫目的光芒,就如同扫罗(Saul)在去大马士革的路上遇到的情况一样。[01](笑)这是我第一次看到生活的另一面。佝偻病、糙皮病——这些让我震惊。我看到了世界真正的模样。

通过羞辱、哄骗和劝说等方式,她让乳品公司免费发放牛奶。当他们打算放弃的时候,她说服他们相信"只要这些老百姓尝过牛奶的味道,当他们有工作的时候,他们也许会养成买牛奶喝的习惯"。

当伯明翰的钢铁公司倒闭的时候,数以千计的人丢掉了工作。她认识公司的管理人员,与他们争辩道:"你们养活在你们矿上工作的骡子,为什么你们不养活人?你们负有这个责任。"

---

[01] 典出《新约·使徒行传》第九章:"扫罗仍然向主的门徒,口吐威吓凶杀的话……扫罗行路,将到大马士革,忽然从天上发光,四面照着他。他就扑倒在地,听见有声音对他说,扫罗,扫罗,你为什么逼迫我。他说,主阿,你是谁。主说,我就是你所逼迫的耶稣……扫罗从地上起来,睁开眼睛,竟不能看见什么。有人拉他的手,领他进了大马士革。三日不能看见,也不吃,也不喝……亚拿尼亚就去了,进入那家,把手按在扫罗身上说,兄弟扫罗,在你来的路上,向你显现的主,就是耶稣,打发我来,叫你能看见,又被圣灵充满。扫罗的眼睛上,好像有鳞立刻掉下来,他就能看见,于是起来受了洗。"——译者注

如今的年轻人假扮自己崇尚贫穷。穿牛仔裤、吃汉堡包，这些都没问题。然而，相比于没有汉堡包可吃，没有牛仔裤可穿，那可是完全不同的一回事。在这些孩子中，许多人——尤其是白人小孩——背后，似乎都有一个可以让他们经常伸手的人。我钦佩他们的精神，因为他们拥有强烈的社会公平意识。但是，他们从来没有经受过贫困的折磨。他们没有经历过恐惧。他们从没有见过摇篮里的婴儿因为饥饿而哭号……

我想，黑人激进分子和年轻的白人激进分子之间之所以存在鸿沟，是因为那些黑人孩子对贫困的威胁有更深刻的认识——你可能会在极其短的时间里沦落到靠救济为生。知道一件事和感受一件事是完全不同的。恐惧就是你感受到的东西。当薪水无以为继时，随之而来的就是那种确凿而鲜明的恐惧。

更令我害怕的是，这些孩子就像是待宰的羔羊。他们浪漫，他们年轻。我对那些基于自身需要而产生的运动怀有更大的信心——因为自身的贫穷，人们才努力寻求改变。在三十年代的劳工潮中，我们能清楚地感受到这点。那些组织各种运动最积极的人，基本都来自工厂。

大萧条使人们走上了两条不同的道路。受大萧条影响，大部分人认为钱是世界上最重要的东西。不但要赚够自己那份，还要为孩子攒钱。其他的事都不重要。绝不让活生生的恐惧再次降临到你身上……

而极少一部分人认识到是整个体制烂透了，必须改变它。年轻人也参与进来，他们也想改变它。但是他们似乎都不知道拿什么来替代它。我知不知道？这点我同样不那么确定。我只知道，它必须反映民众的需求，而且如果可能的话，它的实现必须通过民主的方式。这种可能性是否存在，我也不知道——毕竟，如今金钱的力量是如此强大。一些年轻人称呼我为三十年代的遗迹。好吧，我确实是。

致 谢

诸位亲朋好友及为数众多的陌生人都不吝赐教,给我良多建议。没有他们的帮助和提点,就不会有这本书。这些人包括:Richard Lamparski、Robert Cromie、Herman Kogan、Mike Royko、Lew Frank Jr.、Lucy Fairbank、Robert Sherrill、Phyllis Jackson、James Patton、Clifford Durr、Virginia Durr、John Dierkes、Lou Gilbert、Phil McMartin、Sanka Bristow、Harry Bouras、King Solomon、Brendan McMahon、Earl Doty、Lou Abraham、Elizabeth Cooper、Jesse Prosten、Leon Beverly。

和前一本书《断街》(*Division Street: America*)一样,Cathy Zmuda 将数十万个口述单词转录成书面内容,但她的付出远不止于此。她从编辑的角度提出建议,提供了一个我自己很可能会忽视的视角。

请假期间,WFMT 广播电台的同事,尤其是 Norm Pellegrini、Ray Nordstrand 和 Lois Baum 非常体谅我,而且巧妙地填补了我留下的空白。多亏他们,让我的日常节目及重播节目听上去有了一丝时代性。此外,我还要感谢 Jim Unrath 在工作职责以外的付出,在令人难忘的穿越阿肯色州之旅中,他既是同伴又是司机。

在此,我要向编辑 Andre Schiffrin 致以特别的谢意,正是他的创意成就了这本书。字里行间都能读到他的坚持和鼓励。还要谢谢他的同事 Verne Moberg 和 Linda Faulhaber,他们始终对烦琐工作怀抱着热情——向他们致敬。